杜诗菁华

下

林继中文集

三

第三册目录

杜诗菁华(下)

杜诗菁华

下

卷　五

闻官军收河南河北（七律）

【题解】

　　此诗作于代宗广德元年（763）春,杜甫在梓州。是年正月,史朝义自缢,部将李怀仙斩其首来献,并以幽州降唐,"安史之乱"告一段落。杜甫听到这一消息,不禁惊喜欲狂,写下这首冲口而出、一往奔腾的七律,被称为是杜甫"生平第一快诗"。

　　　剑外忽传收蓟北,初闻涕泪满衣裳[1]。
　　　却看妻子愁何在？漫卷诗书喜欲狂[2]！
　　　白日放歌须纵酒,青春作伴好还乡[3]。
　　　即从巴峡穿巫峡,便下襄阳向洛阳[4]。

【注释】

〔1〕　剑外二句：剑外,即剑南,此指杜甫漂泊的蜀地。蓟北,即河北,为安、史叛军的老巢。《岘佣说诗》："'剑外忽传收蓟北',今人动笔,便接'喜欲狂'矣。忽拗一笔云:'初闻涕泪满衣裳',以曲取势。"此泪,应是悲喜交集之泪,饱含往昔的流离艰辛,当然也倾泻出巨大的惊喜。《读杜心解》曰："八句诗,其疾如飞,题事只一句,余俱写情。"

〔2〕　却看二句：上句以妻子的心情见出自己相似的心情，这是老杜常见手法，也是患难夫妻情感多默契的真实体现。如："入门依旧四壁空，老妻睹我颜色同。""老妻书数纸，应悉未归情。"只不过这回是难得的同样高兴。漫卷，随便卷起，意为书也无心看了。

〔3〕　白日二句：放歌，放声高歌。纵酒，开怀痛饮。白日、青春，皆虚写，就好比今人好言"阳光灿烂，春光明媚"，用以衬喜情耳，与"中兴诸将收山东，捷书夕报清昼同"可互训。

〔4〕　即从二句：巴峡，指四川东北部巴江中的峡。《太平御览》引《三巴记》："阆、白二水合流，自汉中至始宁城下，入武陵，曲折三曲，有如巴字，亦曰巴江，经峻峡中，谓之巴峡。"巫峡，长江三峡之一，在湖北巴东西。襄阳，在湖北西北部。洛阳，宋刻本《杜工部集》尾句自注："余田园在东京。"东京即洛阳。《唐诗别裁》评云："一气流注，不见句法字法之迹。"

【语译】

剑南忽传官军收河北，乍闻涕泪洒衣裳。回看老妻愁尽散，诗书胡卷我喜欲狂！朗朗白日高歌须痛饮，浩浩春光伴我好回乡。就从巴峡放舟穿巫峡，直指襄阳去洛阳！

【研析】

韩愈曾说过这样的话："欢愉之辞难工，而穷苦之言易好。"（《荆潭唱和诗序》）明末张煌言的解释是："盖诗言志，欢愉则其情散越，散越则思致不能深入；愁苦则真情沉着，沉着则舒籁发声，动与天会。"（《曹云霖诗序》）所谓"动与天会"，用现在的说法就是：附合社会存在的普遍现实。只要人类还有这么多的苦难，愁苦之言就容易得到共鸣。至于欢愉之情虽然"散越"，但只要你用情深挚，充满向往之情，一样能做到"思致深入"，表达出真性情，同样能感人至深——"难工"不等于"不能工"。杜甫此诗写情感，选在愁苦与欢愉的交接处下手，是所谓的"乐极而悲"的刹那间，这种矛盾纠结的情感最能动人。且老杜善于将情感寓于行动，是《读杜心解》所说："题事只一句，余俱写情。"即"初闻涕泪满衣裳"一句以下六句都以具体细节来表情，尤其是聚焦在"还乡"一事上。《杜臆》指出："其喜在还乡，而最妙在束语直写还乡之路，他人决不敢道。"意为二句皆想像中还乡一路之情景，虚事而实写。陈贻焮《杜甫评传》说："'巴峡'、'巫峡'、'襄阳'、'洛阳'是沿途相距不近的四个地点。诗人标出它们，然后用'即从'、'穿'、'便下'、'向'这样一些表示快速的字眼将它们串联起来，就不仅从意思上，也从急促的节奏上将行旅的神速和渴望还乡心情的急迫表现出来了。"这种写法，与"散越"的欢愉之情是合拍的，却又能做到"思致深入"，形散神凝，贯气如注。诚如黄生所评："（杜诗）言愁者真使人对之欲哭，言喜者真使人读之欲笑，盖能以其性情达之纸墨，而后人之性情类，为之感动故也。"于是情至文生，文从字顺，一气鼓荡，虽律诗也能写得法极无迹，欢愉之辞亦能工矣！这也许是杜甫写欢愉之情成功的奥秘，也是度人之金针。

春日梓州登楼二首 （五律）

【题解】

　　此诗当作于代宗广德元年（763）春，即其作《闻官军收河南河北》之后。

其　一

　　行路难如此，登楼望欲迷[1]。

　　身无却少壮，迹有但羁栖[2]。

江水流城郭,春风入鼓鼙[3]。
双双新燕子,依旧已衔泥[4]。

【章旨】

首章记登楼兴感,叹衰老漂泊,返乡路难。

【注释】

〔1〕　行路二句:难如此,仇注:"杜律首句,有语似承上,却是突起者。如'杖锡何来此,秋风已飒然','故人亦流落,高义动乾坤','行路难如此,登楼望欲迷',既飘忽,又陡健,此皆化境语也。"望欲迷,言望远返乡路难,遂迷茫不知所归,为下一首"思吴"伏笔。

〔2〕　身无二句:不说"却无身少壮,但有迹羁栖",偏倒转一字造成句法拗涩扞格的效果,表达当时的苦涩心境。

〔3〕　江水二句:江水,指涪江。鼓鼙,小鼓;或以鼓鼙指战鼓。邓绍基《杜诗别解》认为:"入"作"纳"解。则句谓春风中纳入鼓鼙之声。《杜臆》:"春风今入鼓鼙,转杀气为生气矣。"时官军已捣叛军老巢河北,太平有望,故云。

〔4〕　双双二句:以燕子春又归来反衬自己有家回不得。

【语译】

行路难哟难如此,登楼远望增我迷茫意。此身不复有少壮,行踪只在他乡寄。涪江犹自绕城流,鼓鼙渐消春风里。双双新燕已归来,依旧筑巢衔春泥。

其　二

天畔登楼眼,随春入故园[1]。
战场今始定,移柳更能存?
厌蜀交游冷,思吴胜事繁[2]。

应须理舟楫,长啸下荆门[3]。

【章旨】

次章由思乡化为展望,怀去蜀游吴之思。

【注释】

〔1〕　天畔二句:登楼眼,《杜臆》:"心之所至,目亦随之,故登楼一望,而天畔之眼,遥入故园。"李白诗:"南风吹归心,吹堕酒楼前","狂风吹我心,西挂咸阳树",与之同一机杼。

〔2〕　思吴句:吴,古国名,即今长江下游一带。胜事繁,盛事多。杜甫年轻时曾"东下姑苏台",凭吊虎丘、剑池,怀想王谢风流,故云。

〔3〕　长啸句:长啸,发声清越而舒长者谓之啸,此指啸歌,即放声吟唱也。荆门,山名,在今湖北宜都西北,长江南岸,与虎牙山对峙,为古楚国西方门户。

【语译】

天边登楼望穿眼,眼随春风飞故园。战场烽烟初熄灭,看看昔日移柳可保全? 交游冷落厌居蜀,游吴盛事忆华年。我呀真该买条船,放歌直过荆门山!

【研析】

杜甫毕竟是个很现实的人,刚写下《闻官军收河南河北》,一阵浪漫过了,就回落到现实中,面对北归洛阳的实际问题。细细想来:若以衰病之身,再度拖儿带女攀越蜀山陇阪,且旅费无着,难! 杜甫登高兴叹,热情顿时冷了一大半。回去吧,"行路难如此";不回去吧,又于心不甘。他不久前说过:"不死会归秦!"何况如今的处境是"贱子何人记? 迷方着处家"(《远游》)。谁还记得你这穷光蛋? 你只能走到哪儿算哪儿。"厌蜀交游冷"一句,含着万千悲伤与无奈。

杜甫青年时曾"东下姑苏台",凭吊虎丘、剑池,怀想王谢风流,至晚年还在《壮游》一诗中写下"越女天下白,鉴湖五月凉。剡溪蕴秀异,欲罢不能忘"这样深情的诗句。如今,在无望的苦盼中,吴地胜事又海市蜃楼般出现了。

诗歌啊,你缓解了杜甫多少痛苦,伴着他在这苦难深重的大地上流浪!

送路六侍御入朝（七律）

【题解】

广德元年(763)春作于梓州。侍御,唐人称殿中侍御史与监察御史为侍御,司纠察百官、承诏推鞫等职。路六侍御,排行第六的路姓御史,据诗中所云,是杜甫童年时代的朋友,多年不见,乍逢又别,因作是诗。

> 童稚情亲四十年,中间消息两茫然。
> 更为后会知何地,忽漫相逢是别筵[1]。
> 不分桃花红胜锦,生憎柳絮白于绵[2]。
> 剑南春色还无赖,触忤愁人到酒边[3]。

【注释】

〔1〕　童稚四句:四,一作三。《唐宋诗举要》称:"起四句几跌几断,第三句倒插一语尤奇。"其实四句"奇"不在什么"倒插",而在写出久别重逢、乍逢又别、别后难逢,这三者汇聚点上的复杂心情,诚如朱东润主编《历代文学作品选》所指出:"充满着乱世人生的感慨",且能做到曲折条达而脉理分明。故仇注引朱瀚曰:"始而相亲,继而相

隔,忽而相逢,俄而相别,此一定步骤也。能翻覆照应,便觉神彩飞动。"

〔2〕　不分二句:不分,或作不忿。嫌恶的意思。生憎,犹云偏憎、最憎。卢照邻《长安古意》:"生憎帐额绣孤鸾。"《杜诗解》:"'桃花红胜锦,柳絮白于绵',岂复成诗?诗在'不忿'、'生憎'字。加四俗字,便成佳笔。"盖加此四字,则恰到好处地与下联春色之"无赖"相呼应,故佳。参看下注。

〔3〕　剑南二句:此联意为:愁人欲以酒消愁,偏春色似无赖小儿不肯放过,以其烂漫撩人,致使到唇之酒也消不了愁。无赖,即"无赖春色到江亭"之"无赖",乃以狡狯小儿形容撩人之春色。触忤,冒犯。

【语译】

与君儿时即相亲,四十年来无音讯。再逢何时复何地?一饭相聚又相分!讨厌桃花之红胜于锦,可憎柳絮之白于绵亦难比伦。蜀地撩人春色真无赖,不许愁人酒入唇。

【研析】

纪晓岚曾批评"不分桃花红胜锦,生憎柳絮白于绵"一联"究非雅音"。将俗语入诗,固然是"俗",难免有人以"村夫子"目之,但也有人看出其中的道理,如宋人吴可《藏海诗话》云:"老杜诗云:'一夜水高二尺强,数日不可更禁当。南市津头有船卖,无钱即买系篱旁。'与《竹枝词》相似,盖即俗为雅。"事实上是将"雅"诗引向俗世间,是件大事。《文心雕龙·通变》不有云乎:"文辞气力,通变则久,此无方之数也……斯斟酌乎质文之间,而櫽括乎雅俗之际,可与言通变矣。"文学演进的规律就是要通变,有所继承有所革新,其中不断调整雅与俗的矛盾是一个重要方面。从总体上看,俗文化充满活力,是促变的积极因素。杜甫对汉魏乐府的学习,对下层社会的深入,使之自觉地吸取俗文化的营养,以摩天巨刃开辟新路径。"子美集开诗世界",杜甫正是从俗文化的切入口打开新世界的大门,鼓荡起中唐以后"由雅入俗"的文学浪潮(详参拙著《文化建构文学史纲》,收入本《文集》第四册)。我们可别小看了杜诗中"当时语"的运用呵!

登牛头山亭子（五律）

【题解】

广德元年(763)春,杜甫仍客寓梓州,但频往周边诸县及阆州、盐亭、绵州、汉州、涪州诸地旅游,写下一些诗,此为其中一首。牛头寺在牛头山,《太平寰宇记》称:"牛头山,在梓州郪县西南二里,高一里,形似牛头,四面孤绝,俯临州郭,下有长乐寺。楼阁烟花,为一方胜概。"虽经千载人世沧桑,古寺旧亭早已泯灭,但山势壁立,仍可下俯城中而"窥万井"。

路出双林外,亭窥万井中[1]。

江城孤照日,山谷远含风,

兵革身将老,关河信不通[2]。

犹残数行泪,忍对百花丛[3]。

【注释】

〔1〕　路出二句:双林,《大般涅槃经》称释迦牟尼入灭于拘尸那国阿利罗拔提河边婆罗双树间,后因称佛寺为双林。上句言亭子在寺的上头。万井,古指水井为人家,此则谓千家万户。

〔2〕　江城四句:写亭中向外眺望情景,句格雄健老苍。江城,梓州在涪江畔,故称。兵革,兵器战甲,用指战事。关河,关山江河,用指路

途上的障阻。此时各地战事尚未全平，且吐蕃日见侵扰，故云。《读杜心解》乃云："由'孤'字影出'身'字，由'远'字影出'信'字。要是由身孤信远，才于写景处落得此两字下也。盖景情相生，篇法乃融。"意谓感慨是从眺望中引发，而眼中景色也是带上主观情感色彩，这就叫情景相生，全篇情景融合有味。

〔３〕　犹残二句：承上二句的意思，言泪已在长期战乱中流尽矣，所剩只这几行，又怎忍心以此面对"楼阁烟花"的牛头山春色？《瀛奎律髓汇评》引何义门云："春和景丽，忽若悲风飒至，真深如也！"

【语译】

寺外山路远上，亭子俯瞰万户。日照孤峭江城，风荡远处山谷。战火频，身将老。关河阻，书信无。还剩几行老泪，岂忍对花倾注！

【研析】

年轻时读《红楼梦》，颇觉"还泪"之神奇："绛珠仙草"为还报那位"神瑛使者"灌溉之恩，转生为林黛玉，为贾宝玉而常常以泪洗脸，至临死前焚诗稿，竟无滴泪可流——这就是所谓的"还泪"。如今读杜诗"犹残数行泪"，才知道杜甫早就认为人生的泪水是有"定量"的。在人生苦难的历程里，杜甫已流过太多的泪水，如今已所剩无几。

是的，杜甫之前曾写下许多感人的痛哭场面，如"泣血迸空回白头"、"此老无声泪垂血"、"感时花溅泪"、"少陵野老吞声哭"等等。无论如何，总算是哭出来了，情感有所宣泄。而"犹残数行泪，忍对百花丛"，则是把泪水倒吞回去，读了反让人心里堵得慌。这里有情感与理性的张力。大凡人要是艰难备尝之后，总会变得"男儿有泪不轻弹"。是更坚强了，不是麻木了。从中我们感受到"兵革身将老"这句诗有水银般的比重：杜甫大半辈子经历过怎样的痛苦啊！就像西方某个美学家说的："我们看到一种比苦难还要坚强得多的灵魂。"

如果说《红楼梦》的"还泪"神话将痛苦化为凄美,那么杜诗则将痛苦化为崇高。"江城孤照日"颇具象征性。

上兜率寺（五律）

【题解】

广德元年(763)春作。兜率寺,在梓州南山牛头寺附近,一名长寿寺。苏东坡诗云:"牛头与兜率,云木郁堆垄。"侯圭《东山观音寺记》称:梓州佛寺大小有十二座;故杜甫此期诗多涉佛寺题材。

兜率知名寺,真如会法堂[1]。
江山有巴蜀,栋宇自齐梁[2]。
庾信哀虽久,周颙好不忘[3]。
白牛车远近,且欲上慈航[4]。

【注释】

〔1〕 兜率二句:兜率,佛家语,意为知足。有所谓兜率天,其内院为弥勒菩萨之净土,此为寺名。唐初王勃有《梓州郪县兜率寺浮图碑》,称其林泉纠合之势,山川表里之形,抽紫岩而四绝,叠丹崖而万变。连溪拒壑,所以控引太虚;蒸云驾雨,所以荡泄元气。真如,佛家称宇宙万有之本体为真如。《成唯识论》:"真,谓真实,显非虚妄;如,谓如常,表无变易。"

〔2〕 江山二句:二句从时空两方面写寺之旷远,气象涵盖。其中"有"、"自"炼虚作实,为诗眼,深得历代好评。上句赵次公注:"江山自有巴蜀时便有之,此乃使羊叔子所谓'自有宇宙来便有此山'之义。"

《杜臆》云："本是巴蜀有江山而倒言之，见此江山不囿于巴蜀耳。"
下句言寺建于齐梁，而王勃《梓州郪县兜率寺浮图碑》称："兜率寺
者，隋开皇中所建也。"杜甫或未详考。

〔3〕　庾信二句：咸自寓，谓虽有庾信乡关之思，但不忘周颙所好之佛法，
即仍向往奉佛也。庾信，北周文学家，以南朝人而仕北朝，诗赋多
乡关之思，代表作为《哀江南赋》。周颙，南齐人，长于佛理，虽有妻
子而独居山舍。

〔4〕　白牛二句：归结到诗题的"上"字，上兜率寺即上慈航，将登览与
参佛合一。白牛，《法华经》云：有太白牛，肥重多力，形体殊好，
以驾宝车；即所谓"大乘"者。远近，言无论远近皆可到达。上句
喻佛法能普渡众生。慈航，谓佛以慈悲心渡人离苦海，如航船之
济众。

【语译】

　　兜率寺呵知名的寺，佛国真如会法堂。江山漠漠有巴蜀，栋宇
悠悠自齐梁。思乡久怀庾信哀，好佛周颙何曾忘。大乘普渡无远
近，登山只想上慈航。

【研析】

　　闻一多《唐诗杂论》说，唐人有"夐绝的宇宙意识"；"江畔何人
初见月？江月何年初照人？"是"诗人与'永恒'猝然相遇，一见如
故"。精彩。杜甫自然也具有这种"文化基因"。"江山有巴蜀，栋
宇自齐梁。"江山庙宇，似乎同处于本然状态，无言而独化，永恒自
在。而这一切竟静静地卧在"有"、"自"二字间。《石林诗话》极称
之："远近数千里，上下数百年，只在'有'与'自'两字间，而吞纳山
川之气，俯仰古今之怀，皆见于言外。"诗中无边的佛理与些小的感
慨，竟被罩在这两句静谧的辉光中。

舟前小鹅儿 （五律）

【题解】

题下原注："汉州城西北角官池作。"官池即房公湖。据《方舆胜览》，房公湖，乃汉州西湖，为房琯任汉州刺史时所凿。此诗当是广德元年（763）春，杜甫游汉州房公湖时所作。

> 鹅儿黄似酒[1]，对酒爱新鹅。
> 引颈嗔船逼，无行乱眼多[2]。
> 翅开遭宿雨，力小困沧波。
> 客散层城暮，狐狸奈若何[3]。

【注释】

〔1〕 鹅儿句：以小鹅儿绒毛之嫩黄与杯中酒色之嫩黄作对比，相映成趣。《方舆胜览》载：汉州有鹅黄酒，蜀中无能及者。按，当是后人因此诗而名酒。

〔2〕 引颈二句：今人刘征赏析云："嗔"字活画出小鹅儿与小孩子一样娇顽可爱；"多"字写出小鹅儿东一个西一个，令人眼花缭乱。二句为小鹅儿传神。

〔3〕 狐狸句：对小鹅儿表示担心：狐狸来了我可该把你们怎么办。

【语译】

鹅儿黄，黄似酒，可爱新鹅对酒看。船近便惊怪，四散眼缭乱。晾翅因夜雨，力小任波转。高城暮色客将散，狐狸来了怎么办？

【研析】

　　咏物诗贵在能巧构形似之言,且能传神起兴,生气远出。此诗以新鹅之色拟诸酒之色,出人意表却恰当不易,又为读者留下想象空间,是所谓"不类之类";且小鹅儿写来憨态可掬,而作者对弱小者爱护之情亦从中沁出,实在是咏物之上乘也。

涪城县香积寺官阁（七律）

【题解】

　　广德元年(763)春末作于涪城县。《新唐书·地理志》载涪城本隶绵州,大历三年改属梓州,其县治今属四川三台。香积寺,在涪城县东南三里之香积山。官阁,公家楼阁,非私有者。仇注:"诗作三层看,便明。山下有江,山腰有阁,山上有寺也。"

　　　寺下春江深不流,山腰官阁迥添愁[1]。
　　　含风翠壁孤云细,背日丹枫万木稠[2]。
　　　小院回廊春寂寂,浴凫飞鹭晚悠悠。
　　　诸天[3]合在藤萝外,昏黑应须到上头。

【注释】

〔1〕　寺下二句:深不流,江水渊深,故不觉其流。迥,远也。迥添愁,就山腰而言,下临深渊,上远离山顶寺院,两头不着,故添愁。《义门读书记》:"通篇无一句不切山腰也。"

〔2〕　背日句:《读杜心解》:"春无丹枫,反照映之故赤,著一'背'字,晚景可想。"则"丹枫"在这里不是实指,只是用来比喻万木背着夕阳而被染上红色,有如那丹枫一般。

〔3〕 诸天:天神所居之天,此指供诸神像的佛殿。

【语译】

寺下春江深,如潭不流动。山腰官阁悬,上下愁添胸。翠壁风轻云如缕,万树背日成丹枫。小院回廊春已寂,浴凫飞鹭晚从容。佛寺该在藤萝外,昏黑须到最高峰!

【研析】

读此诗颇似欣赏元代大画家王蒙的巨幅全景山水:其细密处溪谷宛曲,藏亭露钓;崇宏处山重岭复,岚霭浮动。由山脚仰观,空间渐次延展,呈向上涌动之势,望之苍茫深秀,令人神旺!此诗亦从山脚写起,"深不流"传春山溪涧丰沛之神。视平线落在山腰,平视翠壁含风,万木背日,廊院寂寂,野禽悠悠,自然是望之深秀。再仰止诸天,佛国瑶台,心向往之,更是王蒙画不能到之妙境了!

喜 雨 (五古)

【题解】

广德元年(763)作于梓州。仇注引孙季昭曰:"皆是一片济世苦心。"

春旱天地昏,日色赤如血[1]。

农事都已休,兵戈况骚屑[2]。

巴人困军须,恸哭厚土热[3]。

沧江夜来雨,真宰罪一雪[4]。

谷根小苏息，沴气^[5]终不灭。

何由见宁岁^[6]？解我忧思结。

峥嵘群山云，交会未断绝^[7]。

安得鞭雷公，滂沱洗吴越^[8]。

【注释】

〔1〕　日色句：赵次公注曰："日赤色如血，公极言旱日之可畏。乃晋光熙
元年五月壬辰癸巳，日光四散，赤如血流，照地皆赤。甲午又如之，
占曰：'君道失明。'"古人常将气象与政治联系起来，杜甫《说旱》一
文中，同样也将蜀之大旱与"怨气积，冤气盛"联系起来，劝严武决
狱放囚以救旱。

〔2〕　骚屑：纷扰貌。

〔3〕　巴人二句：巴人，居住在巴地（今四川东部）的百姓。厚土，大地。
下句谓因大旱，故连深厚的大地也被晒热，巴人为之痛哭。

〔4〕　沧江二句：谓久旱逢雨，老天爷造下的孽总算暂时得以洗清。沧
江，青苍色的江水，此指涪江。真宰，造物主；老天爷。

〔5〕　沴气：赵注："沴气，阴阳错谬之气也。"旱灾属天气不正常，故曰
沴气。

〔6〕　宁岁：太平日子。

〔7〕　峥嵘二句：言空中的云团如高峻的群山，在空中滚动交会，却未能
继续下雨。峥嵘，高峻貌。

〔8〕　安得二句：安得，切望之词。鞭雷公，鞭策司雨之神。滂沱，大雨
貌。吴越，今江浙一带。此时杜甫已有"厌蜀交游冷，思吴胜事繁。
应须理舟楫，长啸下荆门"的想法，所以特别属意吴越，希望那儿也
像巴蜀来场及时雨，救民于水火；但最终目的还在"何由见宁岁"，
则如注〔1〕所云，春旱是"君道失明"所致，朝廷政策失误引起，所以
此诗又寓期盼朝廷改善政治之意。

【语译】

　　天地发昏春旱重,赤日炎炎似血红。无奈农事尽休歇,何况战事犹骚屑。巴人军须不得减,热土泪干恸欲绝。沧江夜雨来如抚,老天罪责算一赎。稻根得水稍复苏,暑气终是未根除。天下太平何时来?心结为我一解开!云峰高峻似群山,汹涌交会犹不散。恨不鞭雷公,驱此云去声隆隆;喜雨滂沱下,吴越一洗同。

【研析】

　　宋本《杜工部集》该诗句末原注:"时闻浙右多盗贼。"钱注乃云:"宝应元年八月,台州贼袁晁陷台州,连陷浙东。广德元年四月,李光弼奏生擒袁晁,浙东尽平。"钱氏只是坐实"时闻"的具体事件乃指"贼袁晁"陷浙东事,并未明确言及"鞭雷公"何指。至后人方承其说,捉住一个"贼"字,遂加发挥,以为"鞭雷公"乃杜公促李光弼出兵灭袁;今人亦以杜甫是否主张"镇压农民起义"为议题而众说纷纭。

　　初读钱注及后人促李灭袁之解,颇似完美,"毫无疑义"。但将此解置诸全篇及该时期所存杜诗之整体中,则大可商榷。盖比兴体总是双线并行,喻之载体与喻之所指要合作给出一个意义。就此篇而言,一是作为喻体的雨,由旱而雨,使谷根稍苏息而百姓稍安,老天爷的罪孽得以自赎矣。又见乌云犹积,"交会未断绝",遂欲驱之东驰以惠及吴越,亦天下"何由见宁岁"之主旨,顺势而下,并无转折;一是喻指所向,以春旱喻"君道失明",朝廷失政,人祸重于天灾:"兵戈况骚屑"、"巴人困军须"才是要害,所以虽有夜雨来,"沴气终不灭"。要根本解决,就得息兵戈而"见宁岁"。矛头所向本是朝政,如钱注的发挥者云云,则矛头突然指向袁晁。"真宰罪一雪"明明是怪罪老天爷,而钱注发挥者解"安得鞭雷公,滂沱洗吴越",却忽转而嫁罪于反抗横征暴敛之农民(《资治通鉴》宝应元年八月条:"台州贼帅袁晁……民疲于赋敛者多归之"),还要"鞭雷公",灭之恨晚。到底谁之罪？前后两说成何逻辑？"真宰罪"三字须慎思。

　　再进一步从此诗前前后后，杜甫连贯的思想看，去年（宝应元年，762）蜀大旱，杜公写下《说旱》，认为是"狱吏只知禁系，不知疏决，怨气积，冤气盛"所引起，劝严武要决狱放囚，遣吏存问疾苦，才是正道。今年（广德元年，763），又写下《为阆州王使君进论巴蜀安危表》，认为"惟独剑南，自用兵以来，税敛则殷，琼林诸库，仰给最多"。强烈要求朝廷"敕天下征收赦文，减省军用外，诸色杂赋名目，伏愿省之又省之，剑南诸州，亦困而复振矣"！乃至呼吁："重敛之下，免出多门，西南之人，有活望矣！"这不就是"罪真宰"而"鞭雷公"吗？作此诗之明年（广德二年，764）春，又作《伤春五首》，有云："君臣重修德，犹足见时和"；又作《有感五首》云："不过行俭德，盗贼本王臣。"其中云云，矛头所指，乃朝廷朝政，对百姓小民只有同情，毫无责怪之意。我们岂可不顾诗人再三申明之大义，不顾文本中隐喻之内在逻辑，只捉住与"自注"相关的某一历史事件，断章取义，另起炉灶？所谓杜公的"阶级局限"，并不在这里，幸勿望风捕影，冤枉了杜公。

　　关于宋本原注，也有必要在此说明一下。宋本《杜工部集》保留一些旧注，有些是杜甫自注，有些则不是。除明显标明"介甫云"、"东坡尝云"者外，如卷十一《梅雨》"南京"句下注云："'西'一作'犀'。明皇以成都为南京，犀浦乃属邑"；同卷《野老》"片云何意"下注："一作'事'，又云'行云几处'"；诸如此类，都是注家口吻，非杜自注。至如卷九《忆幼子》题下注："字骥子，时隔绝在鄜州。"而卷十六《宗武生日》诗后又注云："宗武小名骥子，曾有诗'骥子好男儿'。"老杜总不至于连自己儿子的字与小名都混为一谈吧？二者至少有一注非杜自注。又，卷十三《玉台观》同题二首，中间只隔一《滕王亭子》，前一首题下注云："滕王作"；后一首题下注云："滕王造"。后注意思明确，谓玉台观为滕王所建造；前注则意思不明：是说此诗为滕王所作，抑此亭子为滕王所造？如后一义，则何必两首题下皆注？只此数例,可明旧注未必皆杜甫自注也。至若此诗之原注,即使是杜甫自注,也如以上分析,不能坐实"促李灭衰"说。

述古三首（五古,选一）

【题解】

黄鹤定此篇为广德元年(763)代宗即位后作,时公在梓州。赵次公曰:"述古者,引古事以讽今也。"

> 赤骥顿长缨,非无万里姿[1]。
> 悲鸣泪至地[2],为问驭者谁。
> 凤凰从天来,何意复高飞。
> 竹花不结实[3],念子忍朝饥。
> 古时君臣合,可以物理[4]推。
> 贤人识定分,进退固其宜[5]。

【注释】

〔1〕赤骥二句:谓千里马不为人所识。赤骥,骏马名,周穆王"八骏"之一,即所谓骐骥。顿长缨,要挣断长缰绳。嵇康《与山巨源绝交书》:"长而见羁,则狂顾顿缨。"喻贤士不愿受拘束。

〔2〕悲鸣句:语本《后汉书·杨震传》:"有大鸟高丈余,集震丧前,俯仰悲鸣,泪下沾地。"

〔3〕竹花句:竹罕开花,结实尤难,传凤凰非竹实不食。《韩诗外传》:"黄帝即位……凤乃蔽日而至……止帝东园,集帝桐树,食帝竹实。"

〔4〕物理:事物之常理,指上述种种现象。

〔5〕　贤人二句：谓贤智之人应根据是否合乎名分来决定进退，是所谓
　　　"有道则见，无道则隐"，不勉强。这是杜甫多次碰壁后的体会，但
　　　从千里马被羁之惨与凤凰不合则扬的对比中，可看出杜甫强调的
　　　其实是吁请君要识臣，量才录用，给臣以尊重与信任。定分，确定
　　　的名分。

【语译】

　　骐骥为何要挣断驾车的缰绳？因为它明白自己是呀千里足。
它俯仰悲鸣泪沾地，哎哎呀无知的是哪个车夫？凤凰凤凰从天来
归，怎么来了又要飞去？哎哎呀竹花不结实，谁能长此来忍饥！古
时君臣遇合须默契，用此常理可以推。贤人自知名分各有定，或进
或退取相宜。

【研析】

　　仇注引赵次公曰："肃宗初立，任用李泌、张镐、房琯诸贤，其后
或罢或斥或归隐，君臣之分不终，故言骥非善驭则顿缨，凤无竹实则
飞去，君臣遇合其难如此，贤者可不明于进退之义乎？"其中也不无
诗人自己不遇之感慨。事实上老杜自在秦州发出"唐尧真自圣"以
后，就很少再提"致君尧舜上"，而是降而求其次，希望皇帝能信任贤
臣而已。此诗以骐骥与凤凰双意象表达这一意思，从君与臣双方
说，形成张力，比较丰满有味。

陪章留后侍御宴南楼 （五排）

【题解】

　　题下注："得风字。"此为唱和之作，广德元年（763）夏于梓州

作。章留后侍御,即梓州刺史章彝。宝应元年(762)六月严武还朝,以章彝为东川节度留后。《通典》:"节度使若朝觐,则置留后,择其人以任之。"侍御,官名。章彝为梓州刺史兼侍御史,故称。诗人借唱和一抒世乱途穷之恨,律细情豪。

绝域长夏晚,兹楼清宴同[1]。

朝廷烧栈北,鼓角漏天东[2]。

屡食将军第,仍骑御史骢。

本无丹灶术[3],那免白头翁。

寇盗狂歌外,形骸痛饮中[4]。

野云低渡水,檐雨细随风。

出号[5]江城黑,题诗蜡炬红。

此身醒复醉,不拟哭途穷[6]。

【注释】

〔1〕 绝域二句:绝域,边远区域,此指梓州。长夏,农历六月称长夏。兹楼,此楼,指梓州南城楼。同,陪同。

〔2〕 朝廷二句:言战事仍多。烧栈,被烧毁了的栈道。入蜀多栈道,战乱时往往焚之以绝交通。朱注:"《通鉴》:上元二年二月,奴剌、党项寇宝鸡,烧大震关。广德元年秋七月,吐蕃入大震关,陷兰、廓、河、鄯、洮、岷、秦、成、渭等州,故有'烧栈'二句。"漏天,地名,在今四川雅安境内,梓州处其东,因多雨似天漏,故名。

〔3〕 丹灶术:即炼丹术。道士炼丹求长生不老。

〔4〕 寇盗二句:仇注:"寇盗付狂歌之外,乱且莫愁;形骸寄痛饮之中,老可暂忘。"

〔5〕 出号:《通鉴》注:凡用兵下营,就主帅取号。号,犹今军中之"口令"。

〔6〕 此身二句:言托身醉乡,穷途免哭,其实是表现诗人倔强的性格。

哭途穷，《魏氏春秋》：阮籍常率意独驾，不由径路，车迹所穷，辄恸哭而返。后用指逆境中的悲伤。

【语译】

边城六月傍晚中，主客清宴欢与共。朝廷更在烧栈北，鼓角已闻漏天东。屡承款待贵府上，长骑君家厩里骢。本无求仙炼丹术，难免白头成老翁。忧心已托狂歌去，老病且借痛饮空。野外低云轻渡水，檐前飘雨细随风。江城入夜传口令，分韵赋诗烛正红。任从此身醒复醉，不作阮籍哭途穷！

【研析】

这是又一种尴尬与无奈。杜甫几乎大半辈子寄人篱下，靠友朋接济，依权贵"打秋风"度日，"强将笑语供主人"，有多少无奈与愧疚！而此际正值代宗初立而内忧外患不绝，且巴蜀春旱刚过，战乱的脚步声已逼近，地方军阀却仍醉生梦死。侧身其中的老杜情何以堪，笔又如何下？不意老杜于应酬之中，以精严的排律分韵的形式，仍能吐出胸中垒块，字字皆响，实属难能可贵。"寇盗狂歌外，形骸痛饮中"一联尤为生色，化无奈为放达，尾联"此身醒复醉，不拟哭途穷"又翻出新意，以不哭为哭，直显出倔强的真性情。

送陵州路使君赴任（五排）

【题解】

广德元年（763）秋，在梓州所作。陵州，今四川仁寿。路使君，姓路的陵州刺史，名未详。汉人称太守为使君，唐人亦称刺史为使君。《瀛奎律髓汇评》引查慎行曰："一篇有韵之文，感时策勋，托意深厚。"

　　　　　王室比多难,高官皆武臣[1]。
　　　　　幽燕通使者,岳牧用词人[2]。
　　　　　国待贤良急,君当拔擢新。
　　　　　佩刀成气象,行盖出风尘[3]。
　　　　　战伐乾坤破,疮痍府库贫[4]。
　　　　　众僚宜洁白,万役但平均[5]!
　　　　　霄汉瞻佳士,泥涂任此身[6]。
　　　　　秋天正摇落,回首大江滨[7]。

【注释】

〔1〕　王室二句:王室,朝廷。比,犹近来。多难,主要指"安史之乱"。下
　　　　句言武将多在高位。《旧唐书·房琯传》:"时多以武将兼领刺史,
　　　　法度堕废。"

〔2〕　幽燕二句:此二句承上一转,言如今安史乱平,故朝廷开始起用词
　　　　人。词人犹文人,针对"高官皆武臣"而言,表露杜甫的文治思想。
　　　　幽燕,今河北北部与辽宁南部,本为安、史叛军老巢,今官军已收河
　　　　北,故使者能通往来。岳牧,传尧、舜时有四岳十二牧,后因称州郡
　　　　官为岳牧。

〔3〕　佩刀二句:佩刀,《晋书·王览传》载:"吕虔有佩刀,工相之,以为
　　　　必登三公可服此刀。虔谓祥曰:'苟非其人,刀或为害。卿有公辅
　　　　之量,故以相与。'"气象,指人的气局。上句用此以期待路使君事
　　　　业有成。盖,车盖。因方赴任,故曰"行盖"。下句言路使君于乱世
　　　　出任刺史。

〔4〕　战伐二句:言天下因战争而破败,府库因百姓受创伤严重而无
　　　　收入。

〔5〕　众僚二句:劝勉路使君应对困境的为政之道。众僚,众官。

〔6〕 霄汉二句：喻路使君与己地位悬殊。朱瀚评"战伐乾坤破"以下数语云："一段悲悯深心，随风雅溢出。告诫友朋，若训子弟！不如此，则诗不真；不如此，则诗不厚。又云'霄汉瞻佳士，泥涂任此身'，则人我之相都融，拯救之思益切矣！"言己不顾地位相殊而进言如此。霄汉，云霄、天河。

〔7〕 秋天二句：点送别之时与地，又动之以友谊。《读杜心解》云："结语，望其念我流寓，正欲其思我箴规也。"摇落，指树叶飘零。大江，此指涪江。

【语译】

　　近岁朝廷多难战事频，高官尽是用武臣。如今幽燕平定通使者，刺史也该用文人。国家征聘贤士急，君当其时始履新。吕虔佩刀三公相，驰车上任出风尘。天下战后已破败，百姓创深府库贫。府中官吏宜清廉，各种赋役要平均。君是佳士在霄汉，老朽泥途自沉沦。秋风飘叶一为别，惆怅回首涪江滨。

【研析】

　　《瀛奎律髓汇评》引无名氏曰："以史笔为诗，醒快夺目。辞严义正，不粉饰一笔。"此诗是以文为诗的典型。这种诗讲究气势，行云流水，醒快夺目，通体浑成，如《杜诗镜铨》引邵云："杜此等诗，不必尽有警语，要是深浑难到。"其实更难到的还在于处于困顿之中的老杜，仍无处不发其爱国仁民之心，将道义与友情和成一团。

九　日 （七律）

【题解】

　　广德元年(763)秋，在梓州所作。九日，农历九月九日，即重阳节。六朝以后,登高逐渐成为重阳节之风俗。去年诗人也曾在梓州城北登高,有《九日登梓州城》诗云:"伊昔黄花酒,今日白发翁……弟妹悲歌里,朝廷醉眼中。"今年再登高,仍满目悲凉,忧思转深。这是一首拗体七律。

去年登高郪县[1]北,今日重在涪江滨。
苦遭白发不相放,羞见黄花无数新[2]。
世乱郁郁久为客,路难悠悠常傍人[3]。
酒阑却忆十年事,肠断骊山清路尘[4]。

【注释】

〔1〕　郪县:古县名,今属四川三台,唐时为梓州治所。

〔2〕　苦遭二句:上句言老不饶人,下句言愧对岁月。以口语作对仗,颇生动。黄花,菊花。

〔3〕　路难句:路难,人生之路艰难。悠悠,漫长貌,言老是靠人生活,没个盼头。陈贻焮《杜甫评传》解此句中隐衷云:"一个地方住久了易惹主人生厌,经常换换地方,多少会显得新鲜些,这是寄人篱下者的窍门和悲哀。这也许就是老杜年来萍踪不定的一个原因吧!"深得老杜"路难悠悠"心事。

〔4〕　酒阑二句:反省玄宗的骄奢荒淫是祸根。仇注乃曰:"两句中,含多少悲伤。酒阑以后,忽忆骊山往事,盖叹明皇荒游无度,以致世乱路难也。末作推原祸本,方有关系,若徒说追思盛事,诗义反浅矣。"甚是。酒阑,酒罢。十年事,《杜臆》:"天宝十四年冬,公自京师归奉先,路经骊山,玄宗方幸华清宫,安禄山反,然后还京,至此十年矣,所以忆之而肠断也。"清路尘,皇帝出行要清道。

【语译】

去年登高在梓州,今日登高仍在此。白发催老不饶人,愧对黄花空度日。世乱为客长伊郁,艰难傍人何由止? 酒后却忆十年前,可悲骊山荒游是天子!

【研析】

　　白发本是人衰老所至,老的象征。现在将它"独立"出来,"苦遭白发不相放",似乎是它缠着你,害你变衰老了。老杜常用这种反客为主的手法,如"文章憎命达"、"秋天不肯明"、"红入桃花嫩"云云,使事物也具有了活泼泼的独立的生命。由于此联以情对景十分贴切有味,后人也就将"白发"对"黄花"当成现成思路,"九日诗"无不以"白发"对"黄花",皆本老杜。虽然陈陈相因不是什么好事,却衬出了老杜的首创性。

倦　夜 (五律)

【题解】

　　此诗《杜诗镜铨》编在《九日》诗后,未知何据,姑仍其旧。倦夜,夜不寐而疲倦。

> 竹凉侵卧内,野月满庭隅。
> 重露成涓滴,稀星乍有无。
> 暗飞萤自照,水宿鸟相呼[1]。
> 万事干戈里,空悲清夜徂[2]。

【注释】

〔1〕 暗飞二句:《杜臆》:"暗飞之萤自照,不能照物也;水宿之鸟相呼,

人或不如鸟也。"则二句暗寓飘零无助之感。

〔2〕　万事二句：谓整夜所思万事，皆是与战乱相关之事，夜就在忧思中渐渐消逝。《义门读书记》："此诗前三句上半夜，下三句后半夜，以'徂'字结裹，以见彻夜不寐，悲且倦也。"徂，往也；逝也。

【语译】

竹子分凉入卧房，山野月移满庭院。露滴盈盈重，疏星隐忽现。暗渡流萤光自照，一递一声水边宿鸟相呼唤。万事腾涌尽是干戈乱，彻夜空悲叹！

【研析】

《东坡志林》："司空表圣自论其诗，以为得味外味。'绿树连村暗，黄花入麦稀'此句最善……若杜子美'暗飞萤自照，水宿鸟相呼'……则才力富健，去表圣之流远矣。"司空图那联只是写景，其实没多少可回味的东西。杜诗之胜，就在不但写物传神（"萤自照"三字移他物不得），而且兼有比兴。《杜臆》说得好："题曰'倦夜'，是无情无绪，无可自宽，亦无从告语，故此诗亦比兴，非单咏夜景也，但不宜逐句贴解。"这就是说，此诗写景，不是以此物比彼物，而是环譬托讽，以整个夜景形成的氛围，衬出自家当下"无情无绪，无可自宽，亦无从告语"之情绪，是《瀛奎律髓汇评》引李天生所谓："写倦意俱在景上说，不用羁孤疲困之意，所以为高。"读此类佳作，必得反复涵咏，从整个氛围中去感受诗情画意，不可摘句而论。

顺便提一下，仇注题下引赵次公曰："此诗无情无绪，是比兴，非专咏夜景也。"此条与上引《杜臆》字句差不多，但《杜臆》更连贯完整，不似引赵注者；反之，所引赵注则似概括《杜臆》语者，当或仇注张冠李戴，误为赵次公注。

王阆州筵奉酬十一舅惜别之作（五排）

【题解】

　　广德元年（763）秋，在阆州所作。王阆州，姓王的阆州刺史。阆州，汉代为巴郡，唐时州治在今四川南充阆中。十一舅，杜甫母为崔氏，则此族舅为崔某排行第十一者。此诗为陪王刺史宴别舅氏时酬唱之作，却写出自己的真性情来。

　　　　　万壑树声满，千崖秋气高[1]。
　　　　　浮舟出郡郭，别酒寄江涛[2]。
　　　　　良会不复久，此生何太劳。
　　　　　穷愁但有骨，群盗尚如毛[3]。
　　　　　吾舅惜分手，使君寒赠袍[4]。
　　　　　沙头暮黄鹄，失侣亦哀号[5]。

【注释】

〔1〕　万壑二句：壑，山谷；坑沟。秋气，宋玉《九辩》："悲哉秋之为气也！萧瑟兮草木摇落而变衰。""萧瑟"乃秋风吹枯叶之声，则秋气其实就是秋声。自宋玉成功地以秋气之萧条表达人之哀怨情感，这一意象便成为一种原型意象为后人所习用。

〔2〕　浮舟二句：言王刺史在江上设宴为崔某钱行。寄，不仅指宴别在江上，还隐含别情似江水之长涌。江，此指嘉陵江。

〔3〕　穷愁二句：但有骨，即贫到骨。下句言天下犹乱象丛生，如其时不但吐蕃大举入侵，仆固怀恩勾结回纥反叛种种，且各地军阀如四川徐知道、广州吕太一等作乱，还有百姓起义等，不胜枚举，故曰"尚

如毛"。

〔4〕　吾舅二句：惜分手，则题所示"十一舅惜别之作"，言舅氏以诗惜别。下句言王刺史以袍赠舅氏，以示惜别。

〔5〕　沙头二句：亦，一作"自"。《杜诗说》认为"'亦'字举物以见人"。则二句承上"惜分手"、"寒赠袍"而言，谓舅氏与王刺史或作诗或赠袍，各有所示，而自己则"穷愁但有骨"，不能设宴，又无可赠者，但亦如黄鹄以哀号惜别也。《杜诗说》："苏武诗：'愿为双黄鹄，送子俱远飞。'诗人多袭用其语，独此说得灵活，可悟推陈出新之法。"

【语译】

万壑风树涨秋声，秋气欲上千崖平。泛舸森森出城去，涛上别筵别有情。惜此良会哪得久，此生奔波何频仍！穷愁已是贫到骨，于今群盗尚丛生。吾舅赋诗惜分手，刺史寒袍为送行。我是沙头失侣孤黄鹄，暮色苍茫号一声！

【研析】

《后山诗话》："世称杜牧'南山与秋色，气势两相高'为警绝，而子美才用一句，语益工，曰'千崖秋气高'也。"杜牧句诚得自杜诗之启发，但能以实对虚，则别有佳境。而杜诗亦须两句合看："秋气高"从"树声满"出。盖秋风吹树作秋声，千山万壑皆响，便觉秋气涨出千崖矣。重要的还在于，这一开头就像宋玉《九辩》之以"悲哉秋之为气也"陡起，先声夺人，其意绪直贯全篇，声情并茂。所以黄生《杜诗说》亟称其"起调激厉"，杨伦《杜诗镜铨》也说是："起语耸绝，已觉黯然神伤。"

开篇固奇，诗的着力点尤奇：不是要送别的舅氏，也不是设宴的使君，而是乱世中穷愁潦倒的自己。无力设宴，无物可赠，无以为情，唯有黄鹄般的一声哀号，则情何以堪！回顾首联，不觉空谷回响，满纸秋声矣。

·

放 船 （五律）

【题解】

　　广德元年（763）秋，在阆州所作。放船，让轻舟顺流直下，诗就写这一种感觉。

> 送客苍溪县，山寒雨不开[1]。
> 直愁骑马滑，故作泛舟回[2]。
> 青惜峰峦过，黄知橘柚来[3]。
> 江流大自在，坐稳兴悠哉。

【注释】

〔1〕　送客二句：苍溪县，因县界苍溪谷而得名。属阆州，处其北，为嘉陵江中游，放船顺流可达阆州。下句句法颠倒，实为"雨寒山不开"。

〔2〕　直愁二句：谓回来时因下雨路滑危险，乃改为乘船。此联合二句只一意，为流水对，或称十字格。

〔3〕　青惜二句：言船顺流快速行驶，目不暇给，唯第一印象是"青"，随即悟知是峰峦之色；紧接着看到前方的"黄"，渐近方明白是橘柚之色。先感而后思，是乘轻舟观物"当下"的感觉。以这种独特的语序（即以经验过程的先后为序）表达出来，是杜诗特殊的传意手法。

【语译】

　　送客直到苍溪县，寒雨笼罩山不开。因怕骑马路太滑，便乘轻舟顺流回。一抹青色眼前过，可惜峰峦行已改。黄云一片扑欲至，知是橘柚迎面来。顾盼自若放中流，稳坐船头兴悠哉！

【研析】

　　整首诗紧扣"放船",一气流注。颈联起着点睛的作用,使通体皆活。李因笃云:"三联'惜'字'知'字,正写出放船之驶,用加一倍法;结句亦翻跌出之。"是的,此联极富动感,但"青"、"黄"二字置诸句首,也大有讲究(参看注〔3〕)。盖将"青"、"黄"二字置于句首者,不但突出对实景第一眼的强烈印象,且紧接着"惜"、"知"二字写目不暇接的主观感受,可见船行之速。整联似"意识流"按感觉先后而不是按语法要求安排语序,是成功的奥秘。仇注引吴子良《偶谈》云:"钱起诗'山来指樵火,峰去惜花林',不如此诗'青惜峰峦过,黄知橘柚来。'"关键就在杜诗能按轻舟顺流而下的真实感受安排语序,由虚而实,由朦胧而清晰,凸显主观感受的过程,传情达意,而不是刻意造句、为求奇而奇,故佳。

　　说到刻意造句,"山寒雨不开"一句倒是有之。《杜诗说》云:"山宜曰'不开'而曰'寒',雨宜曰'寒'而曰'不开',与'竹寒沙碧'四字,皆句中自相搏换法。"什么是"自相搏换法",说明白点,这只是古代文学中数见的特殊句法。名篇如江淹《别赋》有"使人意夺神骇,心折骨惊"之句,王力《古代汉语》的解释是:词序颠倒,实际是"骨折心惊",但因平仄、押韵的要求而作调整:"心"对"意",平对仄;"骨"对"神",仄对平。同时,"惊"与上文"名"、"盈",与下文"精"、"英"等字押韵。欧阳修《醉翁亭记》也有"临溪而渔,溪深而鱼肥;酿泉为酒,泉香而酒洌"之句。"泉香而酒洌"应为"酒香而泉洌",同样是出于对仗的要求:"洌"对"肥",仄对平。不过除技术上的原因外,"文如看山不喜平",这种错位的句法,也能造出陌生化的效果。当然,作为一种作文之变通,偶一为之可也,但须恰到好处。

严氏溪放歌行（七古）

【题解】

广德元年（763）秋，在阆州作。严氏溪，以阆州大姓严氏为名，在阆州东。

> 天下甲马未尽销，岂免沟壑常漂漂。
> 剑南岁月不可度，边头公卿仍独骄[1]。
> 费心姑息是一役，肥肉大酒徒相要[2]。
> 呜呼古人已粪土[3]，独觉志士甘渔樵。
> 况我飘转无定所，终日慑慑忍羁旅。
> 秋宿霜溪素月[4]高，喜得与子长夜语。
> 东游西还[5]力实倦，从此将身更何许。
> 知子松根长茯苓，迟暮有意来同煮[6]。

【注释】

〔1〕 天下四句：四句谓天下犹动乱，百姓不自保。而巴蜀多乱象，且边远地区的军阀也普遍骄纵。故尔杜甫觉得巴蜀不可久居。沟壑，此以坑沟指代死亡。《孟子·梁惠王下》："凶年饥岁，君之民，老弱转乎沟壑。"谓民饥死弃荒野也。漂漂，亦漂转沟壑之谓。剑南，指巴蜀。边头公卿，远离京城的军阀们。

〔2〕 费心二句：姑息，迁就。《礼记·檀弓》："细人之爱人也以姑息。"一役，一个厮役，打杂的下人。《汉书·张耳陈余传赞》："其宾客厮役，皆天下俊杰。"上句谓"边头公卿"表面上对你很用心、很迁就，

甚至尊重,但心里头只不过是把你当成一个清客,甚至厮役而已。
徒,指空头的东西,没什么实际意义。要,邀请。下句谓他们时或
邀你大块肉大碗酒吃一顿罢了,并不真正重视你,故曰"徒"。

〔3〕　粪土:化为粪土,指早已消逝。

〔4〕　素月:明月。

〔5〕　东游西还:指此期杜甫多次奔波于梓州与阆州之间。

〔6〕　知子二句:此二句示宿处主人以归隐之意。"秋宿霜溪素月高"以
下数句,由议论转入抒情,天真中带沉痛,却见含蓄。老杜七古长
句往往能写来明白如话,一气盘旋且沉着不迫,气象雍容,便是得
力于此种沉郁顿挫的功夫。茯苓,菌类植物,块球状,据说食之不
饥。迟暮,暮年。

【语译】

天下兵戈铁马尚未全销,百姓难免流离失所死于荒郊。入蜀的
日子实在难熬,山高皇帝远这儿的军阀特别矜骄。别看他似乎尽心
尽意,其实骨子里只把你当清客差役瞧。呜呼!惜人才的古人都已
化为粪土,有见识的志士便甘愿归隐渔樵。何况我羁旅漂转无依
靠,整天价惨惨慽慽忍受旅途遥。秋来明月高照宿霜溪,喜得与您
抵足倾谈长夜里。梓州阆州往返奔走令人疲,此身此后何处栖?得
知贵地松根长茯苓,衰年有意来此与您同煮此物长不饥!

【研析】

此诗似率意而成,实归乎率真。中间"费心姑息是一役,肥肉大
酒徒相要"两句,算是将"边头公卿"看透而一语道尽,不为其留颜
脸,其中包括东川节度留后梓州刺史章彝。章彝颇善待杜甫,且为
其东下出资,但是杜甫除写下《山寺》、《冬狩行》讽章氏与其佞佛不
如抚士卒,与其射猎不如练兵御吐蕃,以此为报答外,仍不满其骄矜
不能真正用贤。后来有《将适吴楚留别章使君留后兼幕府诸公》诗

云:"常恐性怛率,失身为杯酒。近辞痛饮徒,折节万夫后。昔如纵
壑鱼,今如丧家狗。"这才是其率真处。古往今来,多少落拓文人都
充当过清客与差役之间的角色。他们有得与失的挣扎,宠与辱的计
较,却少有内心的挣扎、自尊的计较。杜甫可贵之处并不在清高,就
在无奈中有忏悔、有内心的挣扎,不迷失自我。如《狂歌行赠四兄》
对早年干谒的忏悔云:"兄将富贵等浮云,弟窃功名好权势。长安秋
雨十日泥,我曹备马听晨鸡。公卿朱门未开锁,我曹已到肩相齐。"
没有痛入肺腑的忏悔就难有内心的挣扎。晚年作《秋日荆南述怀三
十韵》犹云:"苦摇求食尾,常曝报恩腮。"寄食权贵的耻辱深深地烙
在他的记忆中。孟子曰:"人不可以无耻。无耻之耻,无耻矣。"耻于
无耻,则无可耻之累也。以此诗为发牢骚,亦轻乎读之矣!

对　雨 (五律)

【题解】

　　广德元年(763)秋,在梓州将往阆州作。时吐蕃入寇,边防正
严。《旧唐书·代宗本纪》:"广德元年七月,吐蕃陷陇右诸州。"诗
人因对雨感怀。

　　　　　　莽莽天涯雨,江边独立时。
　　　　　　不愁巴道路,恐湿汉旌旗[1]。
　　　　　　雪岭防秋急,绳桥战胜迟[2]。
　　　　　　西戎甥舅礼,未敢背恩私[3]。

【注释】

〔1〕　不愁二句:二句言自己倒是不担心去阆州的路因下雨泥泞难行;只

担心下雨怕要妨碍唐军的行动。巴,巴州,即阆州一带。汉旌旗,指唐军旗帜。唐人往往以汉指代唐。

〔2〕 雪岭二句:二句承上"汉旌旗"而言,谓岷山前线防务正紧急,绳桥通行受限制,加上遇雨一路泥泞,部队恐怕难及时赶到,要打胜仗当然得推迟了。雪岭,即岷山。防秋,游牧民族秋后马肥,往往入侵,届时边军特加警戒,称防秋。绳桥,竹索桥,以篾索五条,布板其上,架空而度,又称五绳桥。

〔3〕 西戎二句:西戎,指吐蕃。甥舅礼,唐太宗以文成公主嫁吐蕃赞普,尔后吐蕃尊唐帝为舅,自称甥。《秦州杂诗》其十八:"西戎外甥国,何得迕天威!"杜甫一直以中国的"礼义"来看待与其他民族的关系,难免儒生习气。

【语译】

莽莽苍苍的秋雨无涯际,对雨独自江边立。不愁去阆州的路不好走,只怕风雨湿了我唐军旗。那边雪岭如今军备急,绳桥道隘苔滑妨碍咱部队得胜利。但愿吐蕃能懂舅甥礼,不敢背恩作叛逆!

【研析】

这首诗表达了颇为复杂的愁思。杜甫早在秦州时就表现出对吐蕃边患的忧虑,随着唐军在平叛战争中军力的严重削弱,吐蕃的坐大,已成唐西疆最大的威胁。广德元年(763)七月,吐蕃入大震关,陷陇右诸州。这诗大概写于此时。在《为阆州王使君进论巴蜀安危表》中,杜甫说:"昨窃闻诸道路云,吐蕃已来,草窃岐陇,逼近咸阳。似是之间,忧愤陨迫,益增尸禄寄重之惧,瘝寐报效之恳。"诗中表现的正是这种"似是之间"的"忧愤陨迫"之情。一方面是期盼能在蜀击败吐蕃,形成牵制;另一方面又希企吐蕃能识"甥舅礼",知难而退。固然这是儒生有些迂阔之见,但根子还在意识到战争毕竟会给百姓带来苦难,所以有此幻想。诗中充满焦虑,借"恐湿汉旌旗"

的联想,如茧抽丝般写出,甚是感人。所以《瀛奎律髓汇评》引冯舒曰:"此等诗俱无与晴雨。"

王　命 （五律）

【题解】

仇注:"题曰'王命',望王朝之命将也。"《唐书》载,广德元年(763)七月,吐蕃陷秦、成、渭三州,入大震关,陷兰、廓、河、鄯、洮、岷等州。吐蕃与唐王朝的矛盾急剧上升为当时的主要矛盾。杜甫于是有《为阆州王使君进论巴蜀安危表》,对吐蕃入侵与巴蜀安危深表忧虑,恳请朝廷速以亲贤出镇。此意正是此诗主旨。诗当于广德元年作于阆州(今四川阆中)。

汉北豺狼满,巴西道路难[1]。
血埋诸将甲,骨断使臣鞍[2]。
牢落新烧栈,苍茫旧筑坛[3]。
深怀喻蜀意,恸哭望王官[4]。

【注释】

〔1〕 汉北二句:汉北,指处于汉水上游之北的陇西。史载,宝应元年(762),吐蕃陷临洮,取秦、成、渭等州。次年(即广德元年),又取兰、河诸州,尽得唐陇西之地。豺狼满,言汉北尽为吐蕃兵所占据。巴西,古郡名,即川西。下句言因战事而川西道路难行。

〔2〕 血埋二句:二句写将士与吐蕃浴血苦战,使臣来往劳顿,但战、和咸无功。血埋,极言战死者之多。骨断,骨折,言使臣鞍马往来,骨为之折。《通鉴》载广德元年"遣兼御史大夫李之芳等使于吐蕃,为虏

所留,二年乃得归"。

〔3〕　牢落二句:牢落,零落。此形容被烧后栈道残破状。栈,栈道。新烧栈,大概为防吐蕃深入而自行烧断。《通鉴》载,上元二年(761)二月,奴剌、党项寇宝鸡,烧大散关。朱注以此即所谓"新烧栈",录供参考。坛,将坛。汉高祖曾筑坛拜韩信为大将。下句因战事想起筑坛拜将的故事,即题目求命将之意。"苍茫"形容此事之遥远难及。

〔4〕　深怀二句:二句上承"旧筑坛",杜甫以此切盼代宗任命一位能"哀罢(疲)人以安反仄"的镇蜀人选,也就是《诸将》中所说的:"西蜀地形天下险,安危须仗出群才。"喻蜀,汉武帝命唐蒙通夜郎,发巴蜀吏卒千人,运粮者万人,民多逃亡。武帝因遣司马相如使蜀,相如作《喻巴蜀檄》,言明那都不是朝廷本意,巴蜀乃安。

【语译】

陇西豺狼之师漫,川西行路难上难。将士血肉带甲埋,使者脊梁鞍上断。筑坛拜将事茫茫,新烧栈道已凌乱。却忆相如一檄能安蜀,挥泪只把朝廷命官盼!

【研析】

杜甫慎言战争,他认为最根本还是要"哀罢(疲)人以安反仄",只有百姓安定,才能有效支持卫国战争。而要做到这一点,主要还在用人得当。在《为阆州王使君进论巴蜀安危表》中有详说,请参看【附录】。

然而,我们更感兴趣的是:这首诗与《为阆州王使君进论巴蜀安危表》为我们提供了难得的同一作者、同一时段、同一题材的诗与文对读的范本。它使我们明白了杜甫的"诗史",是将"史"酿而为"诗",使之具有浓浓的情思。你看,当时唐朝与吐蕃战、和皆不利而进退维谷的局势,只"血埋诸将甲,骨断使臣鞍"一句,便化迹为情,让人刻骨铭心。而"苍茫旧筑坛","苍茫"二字又将朝廷向来不信任良将如郭子仪、李光弼、严武辈的老毛病委婉道出,充满既惆怅又巴望之情。"深怀喻蜀意"则将《为阆州王使君进论巴蜀安危表》中反复阐明的"哀罢人以安反仄"的意思浓缩点明,发人深省。这是带着血丝的思想。我们于是体会到诗歌意在言外、永言和声的文体特点。

【附录】

为阆州王使君进论巴蜀安危表　杜甫

仇注:广德元年作。

臣某言:伏自陛下平山东,收燕蓟,泊海隅万里,百姓感动,喜王业再康,疮痏苏息,陛下明圣,社稷之灵,以至于此。然河南河北,贡赋未入,江淮转输,异于曩时。惟独剑南,自用兵以来,税敛则殷,部领不绝,琼林诸库,仰给最多。是蜀之土地膏腴,物产繁富,足以供王命也。近者,贼臣恶子,频有乱常,巴蜀之人,横被烦费,犹自劝勉,充备百役,不敢怨嗟。吐蕃今下松维等州(朱鹤龄注:事在广德元年),成都已不安矣。杨琳师再胁普合,颙颙两川,不得相救,百姓骚动,未知所裁。况臣本州,山南所管,初置节度,庶事草创,岂暇力及东西两川矣。伏愿陛下听政之余,料巴蜀之理乱,审救援之得失,定两川之异同,问分管之可否,度长计大,速以亲贤出镇,哀罢人以安反仄。犬戎侵轶,群盗窥伺,庶可遏矣。而三蜀,大(一作天)府也,征取万计,陛下忍坐见其狼狈哉!不即用之,臣窃恐蛮夷得恣屠割耳。实为陛下有所痛惜,必以亲王,委之节钺,此古之维城磐石之义明矣。陛下何疑哉?在选择亲贤,加以醇厚明哲之老为之师傅,则万无覆败之迹,又何疑焉?其次付重臣旧德,智略经久,举事允惬,不陨获于苍黄之际,临危制变之明者,观其树勋庸于当时,扶泥土于已坠,整顿理体,竭露臣节,必见方面小康也。今梁州既置节度,与成都足以久远相应矣。东川更分管数州,于内幕府取给,破弊滋甚,若兵马悉付西川,梁州益坦为声援,是重敛之下,免出多门,西南之人,有活望矣。必以战伐未息,势资多军,应须遣朝廷任使旧人,授之使节,留后之寄,绵历岁时,非所以塞众望也。臣于所守封界,连接梓州,正可为成都东鄙,其中别作法度,亦不足成要害哉,徒扰人矣。伏惟明主裁之,敕天下征收赦文,减省军用外,诸色杂赋名目,伏愿省之又省之,剑南诸州,亦困而复振矣。将相之任,内外交迁,西川分阃,以伏贤俊,愚臣特望以亲王总戎者,意在根固流长,国家万代之利也,敢轻易而言。次请慎择重臣,亦愿任使旧人,镇抚不缺。借如犬戎俶扰,臣素知之。臣之兄承训,自没蕃以来,长望生还,伪亲信于赞普,探其深意,意者报复摩弥青海之役决矣。(朱注:《唐书》鄯州注:度西月河一百十里,至多弥国。摩弥,疑即多弥。)同谋誓众,于前后没落之徒,曲成翻动,阴合应接,积有岁时。每汉使回,蕃使至,帛书隐语,累尝恳论。臣皆封进,上闻屡达。臣兄承训,忧国家缘边之急,愿亦勤矣。况臣本随兄在蜀向二十年,兄既辱身蛮夷,相见无日。臣比未忍离蜀者,望兄消息时通,所以戮力边隅,累践班秩,补拙之分浅,待罪之日深,蜀之安危,敢竭闻见。臣子之义,贵有所尽于君亲。愚臣迂阔之说,万一少裨圣虑,远人之福也,愚臣之幸也。昨窃闻诸道路云,吐蕃已来,草窃岐陇,逼近咸阳。(仇注:《唐书》:广德元年七月,吐蕃入大震关。八月,寇奉天武功。)似是之间,忧愤陨迫,益增尸禄寄重之惧,瘝瘝报效之忞。谨冒死具巴蜀成败形势,奉表以闻。

西山三首（五律）

【题解】

　　此组诗广德元年（763）作于阆州，时松州被吐蕃所围。西山，今名雪宝顶，岷山主峰。山顶终年积雪，故亦称雪岭，在今四川松潘。连岭而西，不知其极。东去成都青城山百里，杜诗名句"窗含西岭千秋雪"，即此。山巉崛，捍阻羌夷，为全蜀巨障。此诗背景请参阅上一首之【附录】《为阆州王使君进论巴蜀安危表》。

其　一

　　　　夷界荒山顶，蕃州积雪边[1]。
　　　　筑城依白帝，转粟上青天[2]。
　　　　蜀将分旗鼓，羌兵助铠铤[3]。
　　　　西南背和好[4]，杀气日相缠。

【章旨】

　　此章记西山形势，言守战之艰，汉、羌须同仇敌忾防备吐蕃。

【注释】

〔1〕　夷界二句：二句谓西山是西蜀控吐蕃的战略要地。唐与吐蕃的分界，此指西山。《元和郡县志》："雪山当吐蕃之界，所以隔中外也。"蕃州，指山那一边的吐蕃，言其逼近也。

〔2〕　筑城二句：二句言西山军城仿白帝城筑在高山，运粮极其艰难，是杜甫忧心之所在。高适《请减三城戍兵疏》："平戎以西数城，邈若穷山之巅，蹊隧险绝，运粮于束马之路，坐甲于无人之乡。"则"筑

城"之城当指此"平戎以西数城"。依白帝,赵次公注:"公孙述自号白帝,其所筑城在高山上,本曰白帝城是已;今公言高山之上筑城,依仿白帝,所以转粟之艰难如上青天也。"

〔3〕　蜀将二句:言西山警急,蜀将分兵增援,而附唐的羌兵也来助战。旗鼓,指代部队。铠铤,甲兵。

〔4〕　西南句:西南,指吐蕃及臣服吐蕃的南诏(见【附录】)。背和好,唐太宗与吐蕃和亲,有盟约,即杜诗所谓"西戎甥舅礼,未敢背恩私";如今吐蕃入侵,是为背和好矣。

【语译】

　　唐夷分界就在雪山巅,吐蕃便在山那边。军城仿照白帝筑在高山上,蹼隘路险运粮难于上青天!蜀将分兵急增援,羌人同仇敌忾来助战。吐蕃如今背盟约,西南杀气竟日相纠缠。

其　二

辛苦三城戍,长防万里秋[1]。
烟尘侵火井,雨雪闭松州[2]。
风动将军幕,天寒使者裘。
漫山贼营垒,回首得无忧?

【章旨】

　　此首直写对三城之重要性的肯定,对松州之围的忧心。

【注释】

〔1〕　辛苦二句:三城,即松、维、保三城,是为唐防备吐蕃戍所。长防句,《资治通鉴》:"唐自武德以来,开拓边境,地连西域……军城戍逻,万里相望。"三城在此边防线上,故云"长防万里"。防秋,游牧民族秋季马肥,往往发动侵略战争,防秋遂为边防专用语。

〔2〕　烟尘二句：烟尘，行急尘起，以此指代吐蕃兵来。火井，唐县名，属
邛州，在今四川邛崃西北。雨雪句，暗示松州之围。松州，唐贞观
二年（628）置都督府，辖羌族部落羁縻州，治所在今四川松潘，为防
吐蕃之战略要地。《资治通鉴》广德元年十二月条："吐蕃陷松、维、
保三州及云山新筑二城"；则松州之围当在十二月前。

【语译】

　　三城戍卫真辛苦，万里边疆急防秋。敌军烟尘滚滚袭火井，夹
雨带雪围松州。风振将军幕，寒透使者裘。漫山遍野贼营垒，如此
形势怎能不担忧！

其　三

子弟[1]犹深入，关城未解围。

蚕崖铁马瘦，灌口米船稀[2]。

辩士安边策，元戎决胜威[3]。

今朝乌鹊喜，欲报凯歌归。

【章旨】

　　此诗一方面很现实地忧虑兵疲粮尽，一方面又心存幻想，希企
战胜，写出忐忑心情。

【注释】

〔1〕　子弟：即《东西两川说》中所说的羌族"堪战子弟"前来助战者。

〔2〕　蚕崖二句：二句谓兵疲粮尽。蚕崖，关名，在导江县（今四川都江堰
市西）。《元和郡县图志》称："其处江山险绝，凿崖通道，有如蚕食，
因以为名。"灌口，镇名，在成都西五十里。《方舆胜览》云："吐蕃、
南诏合入寇，必出灌口。"

〔3〕　辩士二句：二句期盼或如谋士言和，或如主帅力战，必有一成。故

下联祈以早奏凯歌,也只是自我宽慰的话。辩士,谋士。元戎,主帅。

【语译】

虽然子弟兵深入西山救援,松州至今仍未解围。蚕崖道上兵疲马瘦,灌口江面米船疏稀。但愿谋士有策安边,统帅或能决胜取威。今晨听得喜鹊声声,盼是捷报传来凯歌归!

【研析】

仇注:"公抱忧国之怀、筹时之略,而又洊逢乱离,故在梓阆间有感于朝事边防,凡见诸诗歌者,多悲凉激壮之语。而各篇精神焕发,气骨风神,并臻其极。此五律之入圣者,熟复长吟,方知为千古绝唱也。"仇注说得很深透,颇中肯綮。杜诗好议论,却是如叶燮所谓理、事、情并发,识、才、胆、力俱足。必须补充说明的是:杜之理、之识,是与情一体化而为"情志"的,正如肉含着血,共为活体,无先后、无彼此、无体用之别。这才是杜甫忧国之怀、筹时之策入诗而能悲凉激壮、精神焕发的主因。试读"烟尘侵火井,雨雪闭松州。风动将军幕,天寒使者裘",四句皆从"辛苦三城戍,长防万里秋"中来,既存防秋之理、济国之志,亦见戍者辛苦之情;且"烟尘"之"侵","雨雪"之"闭","风动"、"天寒",无不情中有景,景中有情。情志便是网罗一切之胸襟。诚如叶燮《原诗》所指出:"(杜诗)随所遇之人、之境、之事、之物,无处不发其思君王、忧祸乱、悲时日、念友朋、吊古人、怀远道,凡欢愉、幽愁、离合、今昔之感,一一触类而起,因遇得题,因题达情,因情敷句,皆因甫有其胸襟以为基。"熟复长吟三诗,可悟杜诗之本体。

【附录】

东西两川说（节录）　杜甫

旧注：广德二年严武幕中作。

闻西山汉兵，食粮者四千人，皆关辅山东劲卒，多经河陇幽朔教习，惯于战守，人人可用。兼羌（一作差）堪战子弟，向二万人，实足以备边守险。脱南蛮侵掠（朱注：《唐书·南蛮传》：南诏，本哀牢夷后，乌蛮别种也，居永昌姚州之间，铁桥之南，西北与吐蕃接，天宝后臣吐蕃），邛雅子弟不能独制，但分汉劲卒助之，不足扑灭，是吐蕃凭陵，本自足支也，榷量西山、邛、雅兵马，卒畔援形胜明矣。顷三城失守，罪在职司，非兵之过也，粮不足故也。今此辈见阙兵马使，八州素归心于其世袭刺史，独汉卒自属裨将主之。窃恐备吐蕃在羌，汉兵小眠，而衅郄随之矣。况军须不足，奸吏减剥未已哉。愚以为宜速择偏裨主之；主之势，明其号令，一其刑赏，申其哀恤，致其欢欣，宜先自羌子弟始，自汉儿易解人意，而优劝旬月，大浃洽矣。

遣　忧（五律）

【题解】

诗当于广德元年（763）作于阆州。仇注引卢曰："广德元年，吐蕃入寇，边将告急，程元振皆不以闻。十月深入，上方治兵，吐蕃已度便桥。上出幸陕州，吐蕃入京师，焚烧一空。公闻而心伤，故曰遣忧。"

乱离知又甚[1]，消息苦难真。

受谏无今日，临危忆古人[2]。

纷纷乘白马，攘攘着黄巾[3]。

隋氏留宫室，焚烧何太频[4]。

【注释】

〔1〕　乱离句："安史之乱"后，再陷吐蕃，故云"又甚"。

〔2〕　受谏二句：总结历史教训，指出皇帝不听劝告的严重后果，但诗人
　　　　不忍明言，乃托之古人。

〔3〕　纷纷二句：写遍地乱象。乘白马，《梁书·侯景传》载梁末有童谣
　　　　云"青丝白马寿阳来"，后果有侯景作乱，乘白马，兵戴青巾。杜诗
　　　　屡以乘白马指叛将。黄巾，东汉末张角起义，徒众皆以黄巾裹头。

〔4〕　隋氏二句：借隋言唐。《资治通鉴》载吐蕃入长安，"剽掠府库市
　　　　里，焚闾舍，长安中萧然一空"。又柳伉上疏曰："劫宫闱，焚陵寝。"
　　　　未见焚宫室，故曰"留宫室"；但"焚闾舍"、"焚陵寝"，故曰"何
　　　　太频"。

【语译】

　　虽知这次祸乱更甚，只苦消息尚是模糊。早听劝告就不会有今
日，事到临危才会想起当初。现在是纷纷乱象，官割据来民颠覆。
京城宫室幸保留，市井陵寝可恨烧无数！

【研析】

　　"受谏无今日，临危忆古人。"钱注："明皇幸蜀，妃子既死，一日
登高山望秦川，谓高力士曰：'吾取张九龄言，不至于此。'遣使祭
之。"仇注引卢曰："是年四月，郭子仪数为上言，吐蕃、党项不可忽，
宜早为之备。上狃于和好而不纳。至还京，劳子仪曰：'用卿不早，
亦已晚矣。'代宗之劳子仪，犹明皇之思九龄也。公不忍明言，故托
之古人。"玄宗不听张九龄的劝告，酿成"安史之乱"；代宗不听郭子

仪的劝告,酿成吐蕃之祸。这是历史的教训,也是老杜亲身的经验:他之所以弃朝廷西行,正因为肃宗谠言不入。他在《秦州杂诗》中曾愤激地说:"唐尧真自圣,野人复何知!"专制帝王猜忌臣下、刚愎自用本是通性,虽危难中或有悔过,但决不会自新,同样的错误还是屡教不改。杜甫将它铸成警句"受谏无今日,临危忆古人",可为历史之鉴戒,这也正是"诗史"的反思特质。

有感五首（五律）

【题解】

这组诗当作于广德元年(763)史朝义正月已灭之后、吐蕃十月末陷京师之前,是对时事的感慨与对历史的反思。由于议论精警,感慨深沉,所以是杜诗中成功的议论之作。黄生称之为"在公生平为大抱负,即全集之大本领",甚是。

其　一

将帅蒙恩泽,兵戈有岁年。
至今劳圣主,何以报皇天!
白骨新交战,云台旧拓边[1]。
乘槎断消息,无处觅张骞[2]。

【章旨】

首章斥责将帅深受国家恩泽,却未能平定战乱,今又让吐蕃入侵,战和失据。

【注释】

〔1〕　白骨二句：言因边疆新开战，又添白骨，而此地原是当年功臣开拓而来，言外之意谓如今守都守不住。云台，汉筑云台，上绘功臣像。此指唐初开边之功臣。

〔2〕　乘槎二句：槎，木筏。《史记·大宛列传》载汉武帝令张骞寻河源；又，《博物志》载海客乘槎至天河；后人牵合二事为一事。此喻广德元年御史大夫李之芳出使吐蕃后来被扣留一事。赵次公注："诗意当是广德元年史朝义正月已灭之后，吐蕃十月未陷京师之前。句有言胡灭，则指史朝义也。新交战，则吐蕃也。觅张骞，则指奉使吐蕃者也。"

【语译】

将帅蒙恩久，战事却连绵。至今累天子，如何对苍天！新启战场添白骨，原是开国功臣所拓边。和蕃使者断消息，能通西域忆张骞。

其　二

幽蓟余蛇豕，乾坤尚虎狼[1]。
诸侯春不贡，使者日相望[2]。
慎勿吞青海，无劳问越裳[3]。
大君先息战，归马华山阳[4]。

【章旨】

二章主张因内乱未定，先应息战，让百姓恢复元气。以下诸诗正是围绕休兵说事。

【注释】

〔1〕　幽蓟二句：幽蓟，幽州、蓟州，指安史叛将的老巢河北。余蛇豕，喻

残存的安史叛将。盖唐军收复河北,但当初的叛将仍被求苟安的朝廷就地任命为掌实权的军阀,由此开启了中唐的藩镇割据时代,故有下句。

〔2〕诸侯二句:诸侯,指藩镇。不贡,不向中央交纳赋税。下句谓朝廷前往催督的使者不绝于道。

〔3〕慎勿二句:谓目前不要考虑对它们用兵,即下联所说"先息战"。青海,地名,今青海省,当时已为吐蕃占据。越裳,古国名,此指南诏(今云南省一带),当时依附吐蕃。

〔4〕大君二句:大君,指皇帝,即当时的唐代宗。先,先事;首要之事。息战,谓休兵养息。《尚书·武成》:"归马于华山之阳,放牛于桃林之野,示天下弗服(乘用)。"黄生《杜诗说》云:"此诗言河北之孽尚存,四方之盗又煽,诸道贡献不至,而出使者四督之,朝廷之艰窘亦甚矣。然理乱丝者必有其绪,目前时事宜且勿急平贼,自用兵以来,赋敛横加,民困已极,诛求所迫,转徙逃亡,适足为盗资耳。后半云云,特以休兵之说进。其未尽之旨,则见于后数章焉。"黄生的提示很重要,"先息战"的真意要放在组诗中体会。关于息战有不少不同解释,详【研析】。

【语译】

　　河北敌巢虽收有余孽,海内尚有军阀似虎狼。君看诸侯春至不进贡,各路使者催督往来忙。局势不定且莫攻青海,问罪南诏暂时不用忙。皇上首要之事是息战,昭示天下放马华山阳。

其　三

　　洛下舟车入,天中贡赋均[1]。
　　日闻红粟腐,寒待翠华春[2]。
　　莫取金汤固,长令宇宙新[3]。
　　不过行俭德,盗贼本王臣[4]。

【章旨】

三章认为迁不迁都并不重要，重要的是行俭德，得人心。

【注释】

〔1〕　洛下二句：洛下，洛阳。舟车入，谓洛阳水陆交通畅达。天中，古人认为洛阳居天下之中，四方纳贡至此路程均等。《史记·周本纪》："此天下之中，四方入贡道里均。"

〔2〕　日闻二句：红粟腐，《汉书·食货志》："太仓之粟，陈陈相因，充溢露积于外，腐败不可食。"翠华，天子之旗，指代天子。下句谓当地百姓等待天子到来，犹如寒冬等待春天。历来注家多认为此诗为当时程元振议迁都洛阳一事而发，是概括了郭子仪反对迁都的意见。但《杜臆》提出异议："前四亦追论往事。若在当时，诸侯已不贡，安得红腐之粟？"的确，洛阳于安史乱后已成战场，"井邑榛棘，豺狼所嗥，既乏军储，又鲜人力"（郭子仪语）。所以"红粟腐"只是历史的记忆，表明洛阳曾是个富庶的地区。此诗并非一事一议，而具有更深广的忧愤与反思。上四句只是复述议迁都洛阳者的意见，下四句才是作者的意见。

〔3〕　莫取二句：金汤，"金城汤池"的略词。金汤固，城墙如铁、护城河如汤池，形容城池之坚固。贾谊《过秦论》："自以为关中之固，金城千里，子孙帝王万世之业。"又，《汉书·蒯通传》："皆如金城汤池，不可攻也。"下句是由上句引发出来的大议论，是带有规律性的警句。历史经验表明：险固不足恃，惟有想办法经常保持国富民强、政治处于生机勃勃的状态，这才是长治久安之道。

〔4〕　不过二句：言要做到"宇宙新"并不难，只要提倡、实行节俭（在封建社会也就是"有限剥削"），不要"官逼民反"，天下就会大治。须知所谓"盗贼"，原是王朝的百姓啊！俭德，不奢侈无度，能体恤民情。王臣，臣民。《诗·北山》："率土之滨，莫非王臣。"

【语译】

洛阳水陆通，四方贡赋来正中。旧传仓满粟常烂，今议天子春迁东。城坚地险不可凭,要在举国气象新。不难只是倡节俭,须知"盗贼"原我民。

其　四

丹桂风霜急,青梧日夜凋[1]。

由来强干地,未有不臣朝[2]。

受钺亲贤往,卑宫制诏遥[3]。

终依古封建,岂独听《箫韶》[4]。

【章旨】

四章主张分封制,依靠李姓亲藩强化中央集权。

【注释】

〔1〕　丹桂二句:谓唐王室正迅速衰败。丹桂,喻皇室。青梧,喻皇家宗亲。

〔2〕　由来二句:强干,强壮的主干,喻中央集权。历史学家陈寅恪《唐代政治史述论稿》认为:唐太宗依靠皇室为核心、团结功臣世家而形成的"关陇集团",强干弱枝,实行"关中本位政策",内重外轻,"举天下不敌关中",所以地方反叛很容易平息。杜甫这里强调的"主干",从下文看来似乎只是皇族,即《为阆州王使君进论巴蜀安危表》所谓"必以亲王,委之节钺,此古之维城磐石之义明矣"。不臣,不愿称臣,指叛乱者。

〔3〕　受钺二句:受钺,古代命将,授予斧钺,象征授权。卑宫,简陋的王宫,此指"行俭德"的朝廷。制诏遥,谓王命远传无阻。

〔4〕　终依二句:古封建,即分封制度。箫韶,舜所制乐曲名。《尚书·益稷》:"《箫韶》九成,凤凰来仪。"象征教化完成。

【语译】

皇室如丹桂呵风吹霜打,宗藩似青梧呵日见凋零。关中向来是强干似的中央所在地,哪容弱枝般的方镇成叛臣! 只要亲王受命镇四方,皇室遥控边远令必申。归根须行分封制,其效岂止听《韶》教化遵。

其　五

胡灭人还乱,兵残将自疑^[1]。

登坛名绝假^[2],报主尔何迟。

领郡辄无色,之官皆有词^[3]。

愿闻哀痛诏,端拱问疮痍^[4]。

【章旨】

五章对朝廷苟冀无事而使方镇坐大贻害将来的政策进行批评,并盼昏君幡然自新关心民病。

【注释】

〔1〕　胡灭二句:盗灭,"安史之乱"平。兵残,指安史叛军只剩残兵败将。将自疑,《通鉴》广德元年(763)载仆固怀恩恐贼平宠衰,故奏留降将帅河北,自为党援。此即"将自疑"的一个典型事例,但肃宗、代宗不能信任功臣,只用内宠佞臣,已是老问题了,后来李光弼不敢入关勤王,又是一例。二句指出问题已不在安史叛军,而在朝廷未能安人心,取信于军民。

〔2〕　登坛句:登坛,指拜将。名绝假,即实封,指安史降将受实封拥有土地、财赋及军、政大权。

〔3〕　领郡二句:谓当时武人揽权,士大夫不乐为地方官,所以听到任命就失色,说到赴任就找托词拖延不想去。领郡,受命为郡守。之官,赴任。

〔4〕　愿闻二句:哀痛诏,即罪己诏。端拱,拱手端坐,指严肃认真地对待。问疮痍,关心百姓疾苦。

【语译】

虽说叛军平，人心仍惶乱。安史残兵败将不足道，可怕还在将帅遭忌存疑怨。降人拜将还实封，尔等报主何其慢？朝臣闻道出守就色变，一说赴任推托又迁延。啊，但愿皇上能下罪己诏，认真关心民病是关键！

【研析】

《有感五首》是杜甫唐代宗广德年间在梓州一带所作的重要组诗，但是从系年到句解，歧见甚多。拙作《杜甫〈有感五首〉求是》（《杜甫研究学刊》2012 年第 3 期，收入本《文集》第一册）作了探讨，此不赘。这里要敬请关注的是：作于广德元年秋之《为阆州王使君进论巴蜀安危表》从总体上与《有感五首》一气相通（该文见本卷《王命》【附录】），两相比照，此表与《有感五首》从内容到情感上的一致性，一望可知。其中对诛求、病民反复言之，对亲贤出镇期盼殷殷，致意再三；《有感五首》与其说是"正檃栝汾阳（指郭子仪）论奏大意"，不如说是"檃栝"此表大意。

然而，以今日的眼光观之，便感到诗中休兵、封建的主张似不切实际，而以"行俭德"、"哀痛诏"期待昏君，更属"与虎谋皮"。总之，是透出一股"书生气"。事实上读"安史之乱"前后这段唐史，总觉得面对骄兵悍将与昏庸猜忌的君主，当时的儒生们实在是拿不出多少新办法，多少也都透出一股书生气。难怪今之学者要批评当时思想界的平庸，"安史之乱"是场"文化危机"。《剑桥中国隋唐史》则从制度、经济、社会结构各种变化入手，揭示了该时期社会的深层矛盾，建立了全新的参照系，对李林甫、元载、第五琦等做了全新的评价。这些当然是历史学的进步，不过从以大一统为特点的中国历史发展的进程看，正是张说、张九龄直至房琯、颜真卿、杨绾、贾至、柳伉、独孤及等等一大批主张"文治"的儒生们的"书生气"，阻碍着各色各样的分裂势力，渐积地鼓动了后来的新儒学思潮，引导出北宋

的"文官政治",自有其特殊的历史意义,绝非李林甫、元载辈所能替代。兹录《资治通鉴》几则史料如下:

代宗广德元年(763)条:

太常博士柳伉上疏,以为:"犬戎犯关度陇,不血刃而入京师,劫宫闱,焚陵寝,武士无一人力战者,此将帅叛陛下也。陛下疏元功,委近习,日引月长,以成大祸,群臣在廷,无一人犯颜回虑者,此公卿叛陛下也。陛下始出都,百姓填然,夺府库,相杀戮,此三辅叛陛下也。自十月朔召诸道兵,尽四十日,无只轮入关,此四方叛陛下也。内外离叛,陛下以今日之势为安邪,危邪?若以为危,岂得高枕,不为天下讨罪人乎!臣闻良医疗疾,当病饮药,药不当病,犹无益也。陛下视今日之病,何繇至此乎?必欲存宗庙社稷,独斩元振首,驰告天下,悉出内使隶诸州,持神策兵付大臣,然后削尊号,下诏引咎,曰:'天下其许朕自新改过,宜即募士西赴朝廷;若以朕恶未悛,则帝王大器,敢妨圣贤,其听天下所往。'如此,而兵不至,人不感,天下不服,臣请阙门寸斩以谢陛下。"上以元振尝有保护功,十一月,辛丑,削元振官爵,放归田里。

同上,十二月丁亥条:

车驾发陕州。左丞颜真卿请上先谒陵庙,然后还宫,元载不从,真卿怒曰:"朝廷岂堪相公再坏邪!"载由是衔之。

永泰元年(765)三月条:

左拾遗洛阳独孤及上疏曰:"陛下召冕等待制以备询问,此五帝盛德也。顷者陛下虽容其直,而不录其言,有容下之名,无听谏之实,遂使谏者稍稍钳口饱食,相招为禄仕,此忠鲠之人所以窃叹,而臣亦耻之。今师兴不息十年矣,人之生产,空于杼轴。拥兵者第馆亘街陌,奴婢厌酒肉,而贫人羸饿就役,剥肤及髓。长安城中白昼椎剽,吏不敢诘,官乱职废,将惰卒暴,百揆隳刺,如沸粥纷麻,民不敢诉于有司,有司不敢闻于陛下,茹毒饮痛,穷而无告。陛下不以此时思所以救之之术,臣实惧焉。今天下惟朔方、陇西有吐蕃、仆固之虞,邠泾、凤翔之兵足以当之矣。自此而往,东泊海,南至番禺,西尽巴、蜀,无鼠窃之盗而兵不为解。倾天下之货,竭天下之谷,以给不用之军,臣不知其故。假令居安思危,自可厄要害之地,俾置屯御,悉休其余,以粮储扉屦之资充疲人贡赋,岁可减国租之半。陛下岂可持疑于改作,使率土之患日甚一日乎!"上不能用。

不同时、不同地、不同人,但济世之策与杜甫《有感》约略相似(如休战养民、下罪己诏等),尤其是那股"临危莫爱身"(《奉送严公入朝十韵》)的"折槛"(死谏)精神,更是与老杜一气如虹。王元化《思辨随笔》释"情志"有云:"情志应该合理地理解作在人的内心中所反映的时代精神。"《有感五首》之美,尚不在议论如何高明,展示了杜甫议政的"大本领",而更在乎体现了杜甫生平为民请命的"大抱负",须知诗中"情志"才是诗的生命力所在。然而杜诗毕竟不是柳伉辈的谏书。我同意:没有诗意的"诗"不是诗。然而什么是诗意? 诗意不仅仅是在"灞桥风雪中驴子背上",更在人的内心。哲理与诗,就好比山的两面坡,在山顶上合为山脊。带哲理性的东西本身就有诗意。"莫取金汤固,长令宇宙新","不过行俭德,盗贼本王臣","由来强干地,未有不臣朝","胡灭人还乱,兵残将自疑"等,都表达得十分警策,富有历史哲理的同时富有语言上的个性,它就像那蚌病成珠,美丽中包裹着多少痛苦!

早　花（五律）

【题解】

　　诗当于广德元年（763）冬末作于阆州，见早花而伤国难。《通鉴》载，是年冬十月，吐蕃寇泾州，刺史高晖降，引吐蕃深入，遂陷长安，焚掠一空。代宗先期奔陕州（今河南陕县），至十二月方还都。时杜甫远在巴蜀，因"不见一人来"，故不知长安之安定与否，诗抒惶惑中的愤懑。

　　　　　　西京安稳未[1]？不见一人来。
　　　　　　腊月巴江曲，山花已自开[2]。
　　　　　　盈盈当雪杏，艳艳待春梅[3]。
　　　　　　直苦风尘暗，谁忧客鬓催[4]。

【注释】

〔1〕　西京句：西京，长安。安稳未，指吐蕃陷长安，如今不知情况如何。史载，杜甫作此诗的这一个月，即广德元年（763）十二月，唐代宗已从陕州回到长安。巴蜀僻远，直至明年杜甫写《伤春五首》时，犹说"再有朝廷乱，难知消息真。近传王在洛，复道使归秦"，其惶惑不安可知。

〔2〕　腊月二句：腊月，阴历十二月。蜀中气暖，故腊月花开早。巴江，指嘉陵江。曲，水湾，指阆州。嘉陵江绕着阆州，故云。"自"字以物无情衬人有情，杜诗常用此法。

〔3〕　盈盈二句：当雪杏，冒雪怒放之杏花。待春梅，梅早发，似抢在前头等待春来。

〔4〕　直苦二句：直苦，但苦。客鬓，客居人之鬓发。催，催白鬓发。风尘暗，言世道因战乱而黑暗。仇注引《杜臆》："早花有二意。一是因闻报之迟，而伤花开之早。一是见花开之早，而感年华之易迈。但忧乱为重，不暇忧老耳。"

【语译】

长安安定了吗？怎么连个报信的也没有！巴江腊月暖气浮，山花早已自开自秀。杏花盈盈冒雪开，梅也艳艳待春来。但苦世道黑暗漫风尘，谁还顾得上羁旅愁促两鬓白！

【研析】

仇注："此诗上四散行，下四整对，亦'藏春格'也。"律诗往往是中间二联写景，工对；首尾二联多用散行。此诗有意变化，前散后整，从形式上有效地辅助情绪变化的表达：心情由惶惑不安趋向坚定——如冒雪开放的早花，耐心等待春的到来。末句对家国情怀与个人安顿的孰重孰轻作出判断，是其儒生不移的信念。

天边行 （七古）

【题解】

广德元年（763）作于阆州。诗取篇首二字为题，写战乱之痛、骨肉分离之悲，也写出对历史大事件之反思，复有比兴。

天边老人[1]归未得，日暮东临大江哭。
陇右河源不种田，胡骑羌兵入巴蜀[2]。
洪涛滔天风拔木，前飞秃鹙后鸿鹄[3]。

九度附书向洛阳,十年骨肉无消息^[4]。

【注释】

〔1〕　天边老人:处边远地区的老人,诗人自谓。

〔2〕　陇右二句:上句谓陇右一带已不事农业生产,下句则言吐蕃帅诸族兵入侵巴蜀,言史之未言。陇右,陇山以西黄河以东之地,约今甘肃省南部一带。河源,黄河之源,在今青海省境内。胡骑羌兵,泛指吐蕃、党项羌、奴剌等游牧民族部队。

〔3〕　洪涛二句:未必是江边所见实景,因为既有拔木之风,鸳鹄是不可能前飞后随的。则二句是比兴,上句承"胡骑羌兵入巴蜀",喻敌军来势汹汹;下句喻百姓惶悚,恨不能插翅如鸳鹄飞去。

〔4〕　九度二句:谓因战乱而多次寄信家乡,问在洛阳的弟妹之下落,十年间竟无消息。九度,多次。九,言其多,非实数。十年,天宝十四载(755)"安史之乱"起至广德元年,恰十年。

【语译】

　　天边一老,欲归无路。大江日暮,面东恸哭。陇右河源已胡化,有田不肯种麦菽。胡骑与羌兵,联手入巴蜀。如洪涛滔天,似黑风拔木。百姓仰天羡双翼,前飞秃鹙随鸿鹄。哎!信寄洛阳一次次,弟妹十年消息无。

【研析】

　　"陇右河源不种田"有深意焉。《通鉴》广德元年七月条,载吐蕃入大震关,尽取河西、陇右之地。胡注:"先已为吐蕃所陷,史因其入大震关而备言之。"吐蕃对河西、陇右的侵蚀是长期的。杜甫在秦州时已对陇右民族杂居表示忧虑:"降虏兼千帐,居人有万家。马骄朱汗落,胡舞白题斜。年少临洮子,西来亦自夸。""羌童看渭水,使客向河源。烟火军中幕,牛羊岭上村。""羌女轻烽燧,胡儿掣骆驼。"

"华夷相混合,宇宙一膻腥。"陇右的胡化加速了吐蕃的坐大,遂有
"吐蕃帅吐谷浑、党项、氐、羌二十余万众,弥漫数十里"来袭之事。
故《通鉴》追述此事又云:"唐自武德以来,开拓边境,地连西域,皆置
都督、府、州、县……及安禄山反,边兵精锐者皆征发入援,谓之行
营,所留兵单弱,胡虏稍蚕食之;数年间,西北数十州相继沦没,自凤
翔以西,邠州以北,皆为左衽矣!"所谓"陇右河源不种田",不是有田
因乱不得种,而是因从事游牧而不肯种。写的正是"胡化"的现象,
牧民是不事农业的。

　　对胡化现象与唐政权兴衰之关系,史家陈寅恪《唐代政治史述
论稿》给予高度的重视,指出"精神文化方面尤为融合复杂民族之要
道"。胡化,唐因之而昌,亦因之而乱。杜甫以其诗人之敏感,早早
就接触到这一带根本性的问题,再次证明杜之"诗史"不仅是写时
事,更是以其诗"直显出一时气运"、"慨世还是慨身"(浦起龙语),
即由己身感受时代的脉搏,重在对史的反思,以史迹见民情诗心也。

冬狩行 （七古）

【题解】

　　宋本题下原注:"时梓州刺史章彝兼侍御史留后东川。"狩,打
猎。此诗广德元年(763)冬作于梓州。《通鉴》载广德元年十月,吐
蕃入寇,唐代宗奔陕州,太常博士柳伉上疏曰:"犬戎犯关度陇,不血
刃而入京师,劫宫闱,焚陵寝,武士无一人力战者,此将帅叛陛下也。
陛下疏元功,委近习(指宦官),日引月长,以成大祸,群臣在廷,无一
人犯颜回虑者,此公卿叛陛下也。陛下始出都,百姓填然,夺府库,
相杀戮,此三辅叛陛下也。自十月朔召诸道兵,尽四十日,无只轮入
关,此四方叛陛下也。"当时君昏臣庸四方离心如此,正是杜甫所焦

虑者,诗中可见。《杜诗镜铨》引张上若云:"以流寓一老,正词督强镇为敌忾勤王之举,真过人胆力,真有用文章。"

君不见东川节度兵马雄,校猎亦似观成功[1]。
夜发猛士三千人,清晨合围步骤同[2]。
禽兽已毙十七八,杀声落日回苍穹[3]。
幕前生致九青兕,驼驼巃嵸垂玄熊[4]。
东西南北百里间,仿佛蹴踏[5]寒山空。
有鸟名鸧鸹[6],力不能高飞逐走蓬。
肉味不足登鼎俎,胡为见羁虞罗中[7]。
春蒐冬狩侯得同,使君五马一马骢[8]。
况今摄行大将权,号令颇有前贤风。
飘然时危一老翁,十年厌见旌旗红[9]。
喜君士卒甚整肃,为我回辔擒西戎[10]。
草中狐兔尽何益?天子不在咸阳宫[11]。
朝廷虽无幽王祸,得不哀痛尘再蒙[12]?
呜呼,得不哀痛尘再蒙!

【注释】

〔1〕　君不见二句:东川节度,宝应元年(762)严武被召入朝京,以梓州刺史章彝为东川节度留后,故云。校猎,用军队围猎。观成功,检阅凯旋之师。

〔2〕　清晨句:此句称其部队训练有素。合围,四面包围。步骤同,步调一致。

〔3〕　落日回苍穹:《淮南子·览冥》:"鲁阳公与韩构难战酣,日暮,援戈而挥之,日为之反(返)三舍。"后人用以形容战斗之剧烈,这里移来形容校猎激烈的场面。

〔4〕　幕前二句：幕,将军的帐篷。生致,活捉。青兕,如野牛而青。驼
　　　　驼,即骆驼。碨岿,高大貌。玄熊,黑熊。

〔5〕　蹴踏：践踏。

〔6〕　鹳鸲：鸟名,俗称八哥。

〔7〕　肉味二句：俎,盛祭品的器皿。胡为,何为;为什么。见羁,被捕。
　　　　虞罗,虞旗与罗网,为古代诱捕鸟的一套工具。

〔8〕　春蒐二句：春蒐冬狩,天子春、秋围猎,春称蒐,冬称狩。后来诸侯
　　　　亦仿之。侯,诸侯,以比刺史。五马,汉制,太守(即唐之刺史)之车
　　　　驭五马。一马骢,御史乘骢马,此指章彝兼侍御史。《后汉书·桓
　　　　典传》载：桓典拜侍御史,常乘骢马,京师畏惮,为之语曰："行行且
　　　　止,避骢马御史。"二句讽章彝讲排场,露骄态。

〔9〕　飘然二句：一老翁,诗人自指。十年,自"安史之乱"起(755)至广
　　　　德元年(763),近十年,此举整数。旌旗红,用指战事。

〔10〕　为我句：回辔,回马。西戎,指吐蕃。

〔11〕　咸阳宫：秦汉时宫殿,指代唐之长安皇宫。

〔12〕　朝廷二句：幽王祸,717年,周幽王被犬戎杀死在骊山下。二句言
　　　　代宗虽然还不至于如此,但因西戎而出奔陕州,也够惨了。或谓
　　　　"幽王祸"指幽王宠褒姒而亡,玄宗亦因宠杨妃而国破,目前代宗虽
　　　　无"女祸",却也出逃,能不哀痛。此亦一说,录供参考。尘再蒙,
　　　　"安史之乱"玄宗出逃,此次代宗出逃,三代天子两次蒙尘,故
　　　　曰"再"。

【语译】

　　哦哦,你看东川节度使的兵马有多英雄,围猎就像是在检阅凯
旋奏成功! 猛士三千连夜发,清晨合围步调真协同。原野倒毙的禽
兽十有七八,一片杀声将落日唤回天穹。将军帐前有活捉的九只青
兕,骆驼背上沉沉甸甸垂下断气的黑熊。东西南北方圆尽百里,一
片狼藉寒山鸟兽空。有鸟名八哥,无力不得高飞窜入蓬草丛。此鸟
味差不足充祭品,怎地也被驱入罗网中? 天子春蒐秋狩诸侯继其

蹕,你身为刺史可驾五马更兼御史加匹骢。何况如今摄行节度留守握大权,发号施令还挺有前贤风。我呵不过是飘零在危世的一个穷老翁,十年来已经厌见四海战旗红。不过您的部队纪律严明我喜欢,但愿能回师西向擒西戎。草中狐兔赶尽杀绝有何用? 须知天子如今蒙难不在京城中! 朝廷虽然尚不至幽王惨,天子再次蒙难还不够哀痛? 啊啊,天子再次蒙难还能不哀痛!

【研析】

　　骄兵悍将、方镇割据,是安史乱后最大的最普遍的问题。从章彝一次围猎中,杜甫已看出这个苗头。然而寄人篱下使他不能不注意提出批评的口气,"主文而谲谏"(用隐约含蓄的话进行劝告)本来就是专制体制下弱势者的策略。率真高于直率,更不等于使气骂座。此诗采用晓之以理、动之以情的方式,诱导其向善,讲究效果,宅心忠厚。我不反对这种"温柔敦厚"。诗先正面写其威武,却略带微词,如"校猎亦似观成功",见章彝之讲排场,为下面"春蒐冬狩侯得同,使君五马一马骢"显讽之伏笔。"有鸟"四句,小中见大,又为下面"草中狐兔尽何益"伏笔。而"喜君士卒甚整肃,为我回幰擒西戎"一联,不是一味指责,而是肯定其治兵之才,再引导其明大义、做大事,不啻一篇《孟子·梁惠王》也。有了这些渐进式的铺垫,至"天子不在咸阳宫",则急转直下,责以天子蒙难,朝廷播迁,你却在这里打猎取乐,与"自十月朔召诸道兵,尽四十日,无只轮入关"的中原诸侯有何不同? 且天子两次蒙难,国之大耻,为臣子者能不哀痛! 能不哀痛! 晓之以大义,动之以至情,不为所动者岂当时的正常人耶?

桃竹杖引 （七古）

【题解】

题下自注:"赠章留后。"章留后,即梓州刺史东川节度留后章彝。诗当作于广德元年(763),于梓州。桃竹,一名桃枝竹,今名棕竹,干细节密而坚韧,可制手杖。"引"是曲调之名,汉乐府有《箜篌引》。诗由赠杖发兴,奇想凌空,笔力横绝,直追李太白。

江心蟠石生桃竹,苍波喷浸尺度足[1]。
斩根削皮如紫玉,江妃水仙[2]惜不得。
梓潼使君[3]开一束,满堂宾客皆叹息。
怜我老病赠两茎,出入爪甲铿有声[4]。
老夫复欲东南征,乘涛鼓枻白帝城[5]。
路幽必为鬼神夺,拔剑或与蛟龙争。
重为告曰[6]:杖兮杖兮,
尔之生也甚正直,慎勿见水踊跃学变化为龙[7]。
使我不得尔之扶持,灭迹于君山湖上之青峰[8]。
噫!风尘澒洞兮豺虎咬人,忽失双杖兮吾将曷从[9]?

【注释】

〔1〕 江心二句:蟠石,即磐石,扁厚的大石。尺度足,长短已符合拄杖的尺度要求。

〔2〕 江妃水仙:传说中的女神。《杜臆》:"只江妃句便奇,后来俱从此脱出。"

〔3〕 梓潼使君：指梓州刺史章彝。梓潼，梓州西倚梓林而东枕潼水，天
宝年间曾为梓潼郡，乾元元年复为梓州。

〔4〕 出入句：爪甲，指桃竹杖着地一端。铿有声，形容坚杖拄地有声。

〔5〕 老夫二句：东南征，杜公时有东下吴楚的打算，有《将适吴楚留别章
使君留后兼幕府诸公》诗。鼓枻，划桨。白帝城，在今重庆奉节东
瞿塘峡口。

〔6〕 重为告曰：《杜诗说》："一转用'重为告曰'，盖诗之变调，而其源出
于骚赋者也。"重曰、告曰，都是辞赋常用语，乐府中也有用"乱曰"
的，此诗既为"引"，也就有乐府的性质。大体上有两重义：一是就
内容而言，篇章既成，撮其大要，突出重点；二是就音乐节奏而言，
是尾声。

〔7〕 尔之二句：尔，指桃竹杖。《后汉书·费长房传》："长房辞归，翁
（壶公）与一竹杖曰：'骑此任所之，则自至矣。既至，可以杖投葛陂
中也。'长房乘杖，须臾来归。即以杖投陂，顾视则龙也。"又《晋
书·张华传》：晋时斗牛间常有紫气，张华问雷焕，知是剑气，乃以
焕为丰城令。焕到县，乃掘县狱深四丈余，得剑两枚，一送张华，一
自佩。华诛，失剑所在；焕卒，其子持剑过延平津，"剑忽于腰间跃
出堕水，使人没水取之，不见剑，但见两龙，各长数丈"。这一句实
兼用这两个故事。

〔8〕 灭迹句：此句言失杖之扶持，使不得游历君山（也就是实现上文所
云"东南征"）。灭迹，犹绝迹。君山，在洞庭湖中。

〔9〕 风尘二句：颓洞，犹弥漫。豺虎，喻寇盗。曷从，何从。《杜臆》：
"至'重为告'以下，又换一意，变幻恍惚，不可端倪。总是感章公用
情之厚，以双杖比之，恃之而得以安居于蜀；出蜀便失所恃，欲再觅
一章留后而不可得，故赋此为赠，非赋竹杖也。"是。或以为诗讽章
氏勿为军阀之割据，亦推测之词，难以坐实，举供参考。

【语译】

　　磐石在江心，上有桃竹生。江波喷，江水浸，取做手杖够尺寸。

斩根削皮见紫玉,江神水仙难护惜。梓州刺史堂上开一束,满座宾客皆咤异。使君怜我老多病,赠我两根扶我立。桃竹之杖铁爪坚,出入铿然声回壁。老夫正想东南赴吴楚,船下白帝瞿塘峡口惊涛急。路途幽僻必有鬼神来相夺,敢对蛟龙拔剑击。请再听我歌尾声:桃竹杖啊桃竹杖! 你呀生来正且直,切莫一见水哟就想踊跃变化学为龙,使我不得你扶持,到不了那洞庭湖上君山青青之秀峰! 噫! 风尘滚滚浪汹汹,豺虎咬人令人悚。忽失双杖,我将何适何从?

【研析】

　　《杜诗镜铨》云:"长短句公集中仅见,字字腾掷跳跃,亦是有意出奇。"这里点出两个特点:一是节奏感强,"字字腾掷跳跃";一是"有意出奇",充满奇思妙想。二者又是相辅相成的。

　　先说节奏感。这首诗标明是"引",原属乐府相和歌辞。据郭茂倩《乐府诗集》的解释:"古有六引,其宫引、角引二曲阙,宋为箜篌引有辞,三引有歌声而辞不传。梁具五引,有歌有辞。凡相和,其器有笙、笛、节歌、琴、瑟、琵琶、筝七种。"如此看来,杜甫这首《桃竹杖引》是可以伴奏而歌唱的歌词了。今天我们虽然无从听到演唱与伴奏的音乐,但从文字本身依然可感受到那兔起鹘落般流畅而腾掷跳跃的节奏(同时也明白了"重为告曰"不但是"再次向桃竹杖说",而且是乐曲的格式,标示歌的尾声)。朱光潜在其《诗论》中有一个著名的论点:"音律的目的就是要在词的文字本身见出诗的音乐。"诗和音乐本来就是内外交感相得益彰,但诗不配乐时也自有其节奏感,读来朗朗上口。所谓"长短句",也正是要使诗的语言更富弹性,强化其节奏感,尤便于抒发诗人热烈喷薄的情感,故为李太白所独钟。这种风格在杜诗中虽然不多,但并不是没有,本诗便是明证,"重为告曰"以下尤其典型。其句式从一字逗、四字逗,到八字偶句、十一字长句,加上"尔之生也甚正直"、"使我不得尔之扶持"之类的散文句法,参错突兀,章法从上半篇的流畅倏忽转入拗崛,其出入变幻直追李太白的《远别离》。

再说"有意出奇"。林庚先生说:"感受是瞬息万变的,诗的语言也必须具备这种飞跃性,这是诗歌语言的能力问题,有了这种能力,才有表现的自由。"(《唐诗综论》)老杜这首诗之奇,就在于飞跃性。那种联想奇思,借助于一个又一个意象的剪接,就好比长臂猿在一棵棵树木之间荡跃,虽无迹可求却一气连贯。前十二句从桃竹之生、江妃之惜、宾客之叹、爪甲之声、鬼神之夺、蛟龙之争等各个截然不同的视角,及车轮战也似的罕譬妙喻,极写其珍奇。后半则与双杖对话,掏心掏肺,乱世中托双杖以生死,一奇也;恐杖之化龙,匪夷所思,二奇也。然细思之,却是奇中有情理,诚如王嗣奭《杜臆》所说:"总是感章公用情之厚,以双杖比之,恃之而得以安居于蜀;出蜀便失所恃,欲再觅一章留后而不可得,故赋此为赠,非赋竹杖也。"对杖便是对章氏。这就是贯穿外在的意象、节奏的内在情感线索,所以必须合二者观之:节奏之多变与想像之飞跃,在"感章公用情之厚"的作用下竟是如此浑然一体,互相生发,的是杜集中之奇葩。

岁　暮 (五律)

【题解】

诗或作于广德元年(763)年底,故曰"岁暮"。

岁暮远为客,边隅还用兵。
烟尘犯雪岭,鼓角动江城[1]。
天地日流血,朝廷谁请缨[2]?

济时敢爱死？寂寞壮心惊[3]！

【注释】

〔1〕 烟尘二句：烟尘，指战事。史载广德元年(763)十二月,吐蕃攻陷松、维、保三州。雪岭,即西山。江城,梓州、阆州皆临江,均可称江城。

〔2〕 天地二句：言天下受战祸,朝中却无大臣挺身而出,自请靖乱。天地之间,即人间、世间。请缨,自请从军杀敌。《汉书·终军传》：终军对汉武帝说："愿受长缨,必羁南越王而致阙下。"

〔3〕 济时二句：言人间日夜在流血,济世扶众,我岂惜一死？但朝廷弃我不用,使我雄心无着落而深感孤寂无奈。爱死,惜死。

【语译】

　　客居远方一岁尽,边城至今仍战争。吐蕃兴兵犯雪岭,鼓角凄厉震江城。人间日夜流鲜血,朝廷何人敢请缨？我欲济世不惜死,报国无门壮心惊！

【研析】

　　在杜甫诗中,情感世界与物理世界已从对应走向融合,体现为语言的直觉化(这一特点在其高密度的五言律诗中尤其显著)。不说"人间日流血",却说"天地日流血",以厚实的天地取代概念化的人间,这就更具直觉性,这样的流血就更令人触目惊心。战争的阴影笼罩全诗,化为时空寂寞。末句那悖论式的对立——为济时不惜一死,但有谁来理你？这种空寂更令人绝望。这是古往今来多少志士仁人共同的感受啊!

伤春五首 （排律）

【题解】

广德二年（764）春,作于阆州。仇注于题下引原注:"巴阆僻远,伤春罢,始知春前已收宫阙。"则此诗仍当以吐蕃陷长安为背景。《楚辞·招魂》:"目极千里兮伤春心。"故以"伤春"为题。排律严整华丽,旧时多用于酬赠,杜甫却以排律组诗写时事,实属独创。

其　一

天下兵虽满,春光日自浓。

西京疲百战,北阙任群凶[1]。

关塞三千里,烟花一万重[2]。

蒙尘清露急,御宿且谁供[3]？

殷复前王道,周迁旧国容[4]。

蓬莱足云气,应合总从龙[5]。

【章旨】

首章忧乱伤春,提明吐蕃陷京、皇帝出奔,结尾则期望其复国。

【注释】

〔1〕　西京二句:疲百战,疲于百战,既指此次吐蕃来袭,也包括"安史之乱"以来长安历经百战,已大伤元气。阙,宫阙,指代长安之宫殿。因巴蜀在南,故以长安为北阙。任群凶,谓京城任吐蕃及降将高晖等寇盗作践。

〔2〕　关塞二句：谓巴蜀与长安远隔关山，中间有春花重重，属以丽句写哀伤者。下句承"春光日自浓"而言。宋人陈与义将下句与李白名句"白发三千丈"合成一联曰："孤臣霜发三千丈，每岁烟花一万重。"情景相对，更具冲击力。

〔3〕　蒙尘二句：谓皇帝出奔，风餐露宿，不知有没有人接待。蒙尘，指唐代宗出奔陕州。御宿，皇帝的生活起居。谁供，谁来负责供给。《通鉴》载唐代宗奔陕州，"车驾至华州，官吏奔散，无复供拟，扈从将士不免冻馁"。可见杜甫的忧虑是很现实的。

〔4〕　殷复二句：上句期待唐代宗能吸取教训，再现中兴；下句暗喻代宗之奔陕州，也含有恢复国容的意思。殷复，殷商复兴。《史记·殷本纪》载殷高宗励精图治，复先王之政，致殷中兴。周迁，《史记·周本纪》载周平王东迁洛邑，以避犬戎。洛邑本周公营建，故曰"旧国"。

〔5〕　蓬莱二句：谓唐气数未尽，合该中兴。蓬莱，长安大明宫有蓬莱殿。杜甫曾有诗曰："云近蓬莱常五色。"谓祥云缭绕，亦《哀王孙》"五陵佳气无时无"的意思。《易·乾》："云从龙。"龙，此指唐皇帝。

【语译】

　　虽然遍地戈与钺，春色日日自浓烈。长安百战已疲惫，群寇任意践宫阙。关塞遥遥三千里，烟花重重一万叠。朝廷风餐露宿奔逃急，皇上吃住安排无疏缺？殷王励精图治始复兴，周迁旧都终不灭。蓬莱宫上祥云在，我唐气运不应绝！

其　二

莺入新年语[1]，花开满故枝。
天青风卷幔，草碧水通池。
牢落官军速[2]，萧条万事危。
鬓毛元自白，泪点向来垂。

　　不是无兄弟,其如有别离。

　　巴山春色静,北望转逶迤^[3]。

【章旨】

　　二章写巴地春色依然,但官军不堪一击,遂使万事皆危,身衰家散,北望而伤神。

【注释】

〔1〕　莺入句:不说新年莺又语,偏说是"莺入新年语","入"字化时间为空间,好像旧年与新年只隔一堵短墙,莺儿可从那边飞来这边似的,更具感觉化。此亦王湾所创"江春入旧年"句式。

〔2〕　牢落句:牢落,司马相如《上林赋》:"牢落陆离。"郭璞注:"群奔走也。"上句形容官军遇吐蕃作鸟兽散,奔走之速。《通鉴》广德元年十月条载:"上方治兵,而吐蕃已度便桥,仓猝不知所为。丙子,出幸陕州,官吏藏窜,六军逃散。"即官军奔逃之速的实录。速或作"远",误。

〔3〕　巴山二句:"静"字内涵丰富,既写巴山实境,亦衬长安之乱象,并转入下句见出忧朝廷之心绪愈烦。北望,望长安也。逶迤,绵远不绝。转逶迤,谓北望则山脉转为绵远不绝,暗示在寂静中内心对朝廷的忧思由焦虑转为长愁而无已时,即《杜臆》所谓"时不去心"者也。

【语译】

　　莺儿飞入新年唱,花儿开满旧时枝。天晴风卷窗前幔,草已绿来水注池。官军一击便溃散,万事不振国已危! 我本衰病两鬓白,一直以来泪常垂。不是没有亲兄弟,奈何长恨远别离。巴山无语春色静,北望朝廷愁逶迤。

其　三

日月还相斗,星辰屡合围[1]。

不成诛执法,焉得变危机[2]!

大角缠兵气,钩陈出帝畿[3]。

烟尘昏御道,耆旧把天衣[4]。

行在诸军阙,来朝大将稀[5]。

贤多隐屠钓,王肯载同归[6]?

【章旨】

　　三章借天象言时事,主张诛佞用贤,重拾人心。用语似晦实显,颇见疾恶如仇的性情。

【注释】

〔1〕　日月二句:日月相斗,主战乱。《晋书·天文志》:"数日俱出,若斗,天下兵起,大战。日斗,下有拔城。"星辰合围,亦主战乱。旧说金、木、水、火、土五星,若中有二星合,必有战乱或天灾,见《晋书·天文志》。又,《汉书·天文志》亦称:高祖七年,月晕围参毕七重,是年高祖至平城,为单于所围。

〔2〕　不成二句:谓不杀把持朝政的佞臣,又怎能转变当下的危机。执法,星名,即荧惑星,借指当时把持朝政的宦官程元振。《星经》:执法四星,主刑狱之人,又为刑政之官,助宣王命,内常侍官。

〔3〕　大角二句:谓皇帝遭兵灾,携后宫逃出京城。大角,星名。象征天子。钩陈,星名。《晋书·天文志》:"钩陈,后宫也。"帝畿,京城。

〔4〕　烟尘二句:谓天子奔逃,大道上尘埃四起,而父老牵衣挽留。御道,皇帝行走的大道。耆旧,父老。天衣,皇帝的衣服。

〔5〕　行在二句:行在,天子外出驻扎处。朝,朝见。诸军阙、大将稀,史载,代宗奔陕,各路将领因惧怕宦官程元振陷害,都不敢勤王,即柳

优奏疏所说："自十月朔召诸道兵,尽四十日,无只轮入关。"

〔6〕　贤多二句:上句谓在野还有许多济世人才,下句期盼代宗能礼贤下士重用这些人才。隐屠钓,传说吕尚七十岁在朝歌宰牛,八十岁在渭水垂钓,九十岁时遇周文王,被重用。

【语译】

日月相斗星辰合,天怒人怨灾祸随。不杀把持朝政奸佞臣,怎能转变当下的危机!大角星晦缠兵气,钩陈星现皇室将逃离。御道仓黄烟尘起,父老挡驾牵帝衣。御营护卫兵马少,来朝勤王大将稀。如今贤人多隐退,君王肯否礼贤下士同载归?

其　四

再有朝廷乱[1],难知消息真。
近传王在洛,复道使归秦[2]。
夺马悲公主,登车泣贵嫔[3]。
萧关迷北上,沧海欲东巡[4]。
敢料安危体,犹多老大臣[5]。
岂无嵇绍血[6],沾洒属车尘!

【章旨】

四章伤乘舆远出,悲朝中缺少谋国大臣与死节之士。

【注释】

〔1〕　再有朝廷乱:"安史之乱"叛军曾陷长安,唐玄宗逃蜀;此次吐蕃又陷长安,唐代宗奔陕州,故曰"再"。

〔2〕　近传二句:代宗在洛,程元振有劝都洛阳之议;又郭子仪请出蓝田取长安,代宗许之,故有二句云云,但属传闻,故用"近传"、"复道"等疑似之语气。

〔3〕　夺马二句：想像代宗后宫出逃时的混乱与狼狈：公主在混乱中马匹被抢夺，贵嫔上车后泣不成声。

〔4〕　萧关二句：借盛时皇帝出猎与出巡指代唐代宗的逃难，是中国历来常用的避讳语言，可笑也可悲。萧关，在今甘肃固原东南。迷，迷路。《汉书·武帝纪》："元封四年武帝北出萧关，猎新秦中。"东巡，《史记·秦始皇本纪》载始皇曾东巡，临海滨。

〔5〕　敢料二句：谓我辈小臣岂敢谋国，皇帝身旁自有许多老大臣可出谋划策，与"唐尧真自圣，野老复何知"一个样，语含悲愤与讽刺。正应着柳伉奏疏所言："群臣在廷，无一人犯颜回虑者，此公卿叛陛下也。"安危体，国家安危大事体。

〔6〕　嵇绍血：《晋书·嵇绍传》载晋惠帝北征，敌军至御辇前，嵇绍以身护帝，血溅帝衣。

【语译】

　　京师再次遭乱，消息传来难分假与真。说是皇帝近日在洛阳，又道已经派人攻入秦。逃难想必乱纷纷：公主马被抢夺唯悲愤，嫔妃登车泪湿裙。敢情是汉武出猎迷路萧关北？敢情是秦皇东巡欲往海之滨？国家安危岂敢料，朝中不是还有诸多老大臣？难道其中无人比嵇绍，不惜洒血御辇沾路尘！

其　五

闻说初东幸，孤儿却走多[1]。
难分太仓粟，竟弃鲁阳戈[2]。
胡虏登前殿，王公出御河[3]。
得无中夜舞，谁忆《大风歌》[4]？
春色生烽燧，幽人泣薜萝[5]。
君臣重修德，犹足见时和。

【章旨】

末章伤军人不能力战,祈愿君臣重修德、图中兴。

【注释】

〔1〕 孤儿句:孤儿,指皇帝护卫羽林军。盖汉武帝时,选战死军士之子孙,养在羽林,教习武艺,称"羽林孤儿"。此指扈从将士。却走多,《通鉴》广德元年(763)条载:"丙子,出幸陕州,官吏藏窜,六军逃散。"

〔2〕 难分二句:上句言军士在逃难中缺粮。太仓,国家的储粮仓。鲁阳戈,《淮南子·览冥》:鲁阳挥戈,日返三舍。此指兵器。下句意谓:本为勇士鲁阳使用的武器,如今也被竞先抛弃。

〔3〕 胡虏二句:登前殿,《通鉴》广德元年九月条载:"吐蕃入长安,立故邠王守礼之孙承宏为帝,改元,置百官。"下句言王公纷纷逃出皇城。

〔4〕 得无二句:叹如今国难,岂无奋发图强,愿保家卫国的勇士?言外之意是要当今皇帝学汉高祖《大风歌》求猛士的精神,广求人才。中夜舞,《晋书·祖逖传》载祖逖与刘琨,中夜闻鸡起舞,奋发图强。祖逖后来为晋北伐,立大功。大风歌,汉高祖刘邦作《大风歌》云:"安得猛士兮守四方!"

〔5〕 春色二句:言春色中战事火急,而像我这样的在野之人,报国无门,唯独泣而已。烽燧,报警的烽火台。薜萝,薜荔与女萝,两种植物名。此指代隐者深居处。

【语译】

听说当初皇帝东奔,羽林军逃散了许多。粮食难供受冻馁,竞先弃甲又丢戈。吐蕃另立皇帝登大殿,王公纷纷出城过御河。岂无英雄奋起思救国?谁忆高祖为求猛士曾作《大风歌》?春色无边有烽火,隐者悲泣在薜萝。君臣自应重修德,不难中兴致时和。

【研析】

《杜臆》评曰:"五首皆感春色而伤朝廷之乱也。公诗凡一题数首,必有次第,而脉理相贯;此不然,总哀乘舆播越,而时不去心,有触即发,非一日之作,故语不嫌其重复也。"所言甚是。五首各取一个视角,都投向同一核心,就是吐蕃陷京师而代宗奔陕所激起的情感波澜。它们好比水墨画之层层渲染,加深加厚,有悲伤,有憎恨,有慷慨,有柔情,有期盼,情感色阶非常丰富;又如雕塑之注重立体各部位自内至外的突出感。这就是——无论是爱是憎,是悲是恨,是讽刺是期待,都发自内心对家国的至爱,由此鼓起各种情绪。反复吟诵这一组诗,可使我们对杜诗沉郁顿挫风格如何达成有更深的领会。

释　闷（七排）

【题解】

诗云"十年",当作于广德二年(764)春,盖自天宝十四载(755)安禄山乱起至此,凡十年。时在阆州,拟由嘉陵江入长江出峡。释闷,犹排闷。

四海十年不解兵,犬戎也复临咸京[1]。
失道非关出襄野,扬鞭忽是过湖城[2]。
豺狼塞路人断绝,烽火照夜尸纵横。
天子亦应厌奔走,群公固合思升平[3]。
但恐诛求不改辙,闻道窭孽能全生[4]。
江边老翁错料事[5],眼暗不见风尘清。

【注释】

〔1〕　四海二句：咸京，指长安。秦都咸阳，故以咸京指代之。犬戎，指吐蕃。也复，玄宗时安史叛军曾陷长安，如今连"舅甥国"的吐蕃居然也再次攻陷长安，故云。"也"字有蔑视且痛心的意思在。

〔2〕　失道二句：此联用二典故：《庄子·徐无鬼》："黄帝将见大隗于具茨之山，至于襄城之野，七圣皆迷，无所问途。"因代宗出奔不同于黄帝访道迷路，故云"非关"。又《晋书·明帝纪》载明帝尝微行至于湖，阴察王敦营垒。杜甫以明帝微行喻代宗出奔，算是婉言隐语，替皇帝保留点面子。"忽是"二字毕竟露出点奔走的狼狈。湖城，今安徽芜湖。朱注：芜湖县有王敦城，即此诗所云湖城。

〔3〕　天子二句：亦应、固合，用推测语气表示不满，是说诸位也该反省反省了！可谓婉而多讽。

〔4〕　但恐二句：诛求，横征暴敛。辙，车轮印迹，此指原有的政策。嬖孽，受宠佞臣，指程元振。《通鉴》载广德元年"骠骑大将军判元帅行军司马程元振，专权自恣，人畏之甚于李辅国。诸将有大功者，元振皆忌疾欲害之。吐蕃入寇，元振不以时奏，致上狼狈出幸……上以元振尝有保护功，十一月辛丑削元振官爵，放归田里"。

〔5〕　江边句：江边老翁，诗人自指。错料事，诛求不去而佞臣不除，彼处理乖谬，却谓自己"错料事"，怪叹之词。

【语译】

　　十年海内动乱不曾停，吐蕃于今也敢寇京城。出走本非黄帝襄城迷道路，更不是明帝微行暗察王敦营。兵匪如狼行人绝，烽火夜照尸骨横。天子也该厌奔逃，衮衮诸公理当反省如何致太平。只怕还是横征暴敛不撒手，听说误国佞臣居然能保命！唉唉，是我江边老头看走眼，昏昏难见拨乱反正风烟澄。

【研析】

排律是长篇对偶,比律诗更受束缚,容易流于呆板沉闷。此诗多用虚字插入,如"也复""非关""忽是""亦应""固合""但恐"之类,使语气得以舒张从容,细腻而富有表现力,故《杜臆》称:"此排律体……然语排而气势流走,意不排也。"

然而,还有一项语言方面的技巧尚未引起注意,这就是反讽。反讽,修辞学上相当于"倒辞",即陈望道《修辞学发凡》所说:"或因情深难言,或因嫌忌怕说,便将正意用了倒头的语言来表现,但又别无嘲弄讽刺等意思包含在内的。"英美新批评派则以之作为抒情语体的一种技巧,"反讽性观照"是诗的必要条件。它指通常互相矛盾冲突的方面在诗人手中结合成一个稳定平衡状态。这些意见无疑是有助于我们对这首反讽式七言排律的理解。代宗广德元年(763)十月,吐蕃陷长安,帝奔陕州,不久,杜甫写下这首排律。首联所营造的危机感弥漫全诗,形成语境压力。次联反用两则典故(见注〔2〕),黄帝与明帝皆出于主动,代宗却是被迫出逃。"天子亦应厌奔走,群公固合思升平"一联的反讽意味更明显。至"但恐诛求不改辙,闻道婴孽能全生"一联,"思升平"而"诛求不改辙",无异南辕北辙;而"婴孽"却在朝廷庇护下"全生",也属悖论语。末联又以自嘲口吻表达内心沉痛,进一步强化诗人的价值判断与现实之间的矛盾冲突,与篇首形成的危机感相激成章。通篇以悖论、反讽、自嘲等反常化的处理方式叙述,通过对仗的形式将互相排斥的矛盾双方纳于一体,由对应、对比达成统一的语境。可见反讽、悖论、自嘲可以是一种修辞方法,然而一旦成为观察、提示事物本质的整体思维,则上升为内结构,左右全局。反讽是后期杜诗常见手法。

忆昔二首（七古）

【题解】

这两首诗当作于广德二年（764）在阆州时。题目虽曰忆昔，其实是讽今。

其 一

忆昔先皇巡朔方，千乘万骑入咸阳[1]。

阴山骄子汗血马，长驱东胡胡走藏[2]。

邺城反复不足怪，关中小儿坏纪纲，

张后不乐上为忙[3]。

至今今上犹拨乱，劳心焦思补四方。

我昔近侍叨奉引，出兵整肃不可当[4]。

为留猛士守未央，致使岐雍防西羌[5]。

犬戎直来坐御床，百官跣足随天王[6]。

愿见北地傅介子，老儒不用尚书郎[7]！

【章旨】

忆唐肃宗因宠信张皇后与宦官李辅国，致使失去平叛机会，祸乱不断；而代宗重蹈覆辙，引来吐蕃陷长安。

【注释】

〔1〕 忆昔二句：先皇，指肃宗。巡朔方，指唐肃宗在灵武即位。咸阳，指代长安。下句写肃宗收复两京。

〔２〕　阴山二句：阴山，在今内蒙古自治区内，为当时回纥聚居处，阴山骄子即指回纥。《汉书·匈奴传》："北有强胡者，天之骄子也。"汗血马，一种骏马，汉谓之天马，此指回纥骑兵。东胡，指安史叛军。

〔３〕　邺城三句：邺城反复，指乾元元年（758）冬，唐军九节度使围邺城溃败。关中小儿，《唐书·宦官传》："辅国，闲厩马家小儿，为仆，事高力士。"《通鉴》卷二一八胡注："时监牧、五坊、禁苑之卒，率谓之小儿。"纪纲，国家法度。张后，《唐书·后妃传》："张后宠遇专房，与辅国持权禁中，干预政事，帝颇不悦，无如之何。"上，指肃宗。此句竟直接调侃当朝皇帝，唐以后是不可思议的事。

〔４〕　我昔二句：上句指为拾遗时在皇帝左右掌供奉扈从。下句指代宗当时以广平王拜天下兵马元帅，先后收复两京，故曰"不可当"。叨，忝也，谦辞。

〔５〕　为留二句：未央，汉宫名，在长安。上句翻用刘邦《大风歌》："安得猛士兮守四方。"朝廷将边防军抽调入关中守卫京城，"守四方"的猛士成了"守未央"的门卫，致使吐蕃乘虚而入。杜甫早就注意到这一问题，《秦州杂诗二十首》其八云："东征健儿尽，羌笛暮吹哀。"不幸而言中，四年后的广德元年（763），吐蕃攻入关中，陷京师。岐雍，岐州及其治所雍（即凤翔府），属京畿。西羌，即吐蕃。

〔６〕　犬戎二句：犬戎，指吐蕃。御床，皇帝的宝座。跣足，打赤脚。下句指百官仓皇随代宗出奔陕州。

〔７〕　愿见二句：傅介子，《汉书·傅介子传》载傅介子北地人，曾斩楼兰王头，悬之北阙。老儒，诗人自称。下句套用《木兰辞》："可汗问所欲，木兰不用尚书郎"，意谓只要能湔雪国耻，富贵不足道。

【语译】

　　先帝当年即位在北方，千军万马收长安。天骄回纥骑着汗血马，赶得安史叛军直躲藏。邺城形势翻转不足怪——为有李辅国那饲马小儿乱朝纲，先帝一见张后生气便发慌。害得至今天子仍在忙拨乱,劳心积虑补过救四方。我曾有幸近侍先帝充扈从,亲见今上出兵整肃其势不可当! 可惜征调边兵尽,致使眼下京畿成边防。吐蕃径来抢龙椅,百官赤脚狼狈出逃随唐皇。当下谁是能斩敌酋的傅介子? 老儒我欲学木兰从军不为求个尚书郎!

其　二

忆昔开元全盛日：小邑[1]犹藏万家室。

稻米流脂粟米白,公私仓廪俱丰实。

九州道路无豺虎,远行不劳吉日出。

齐纨鲁缟车班班,男耕女桑不相失[2]。

宫中圣人奏《云门》,天下朋友皆胶漆[3]。

百余年间未灾变,叔孙礼乐萧何律[4]。

岂闻一绢直万钱,有田种谷今流血!

洛阳宫殿烧焚尽,宗庙新除狐兔穴[5]。

伤心不忍问耆旧,复恐初从乱离说[6]。

小臣鲁钝无所能,朝廷记识蒙禄秩[7]。

周宣中兴望我皇,洒血江汉长衰疾[8]。

【章旨】

通过今昔对比突显诗的主旨：盼望中兴。浦注："但远追盛事,以冀今之克还其旧耳。"

【注释】

〔1〕　小邑：小城。

〔2〕　稻米六句：六句写开元盛世之丰足。《新唐书·食货志》称："是时海内富足,米斗之价钱十三,青、齐间斗才三钱。绢一匹,钱二百。道路列肆,具酒食以待行人。店有驿驴,行千里不持尺兵。天下岁

入之物,租钱二百余万缗,粟千九百八十余万斛,庸调绢七百四十万匹,绵百八十余万屯(绵六两为屯),布千三十五万余端。"诗与正史对开元盛世的记述有夸大的成分,古人往往是将往昔的昌盛当作理想,浦起龙说得是:"述开元之民风国势,津津不容于口,全为后幅想望中兴样子也。"齐纨鲁缟,齐地所产之熟绢与鲁地所产之生绢。班班,车声。不相失,百姓各安其业,无背井离乡之苦。

〔3〕 宫中二句:圣人,唐人称天子为"圣人"。云门,乐名,周代六舞之一。《周礼·春官》:"大司乐……歌大吕,舞云门,以祀天神。"此处谓天子能修礼乐,敬天敬祖。胶漆,以如胶似漆喻友好无间,以见人际之间尚义。

〔4〕 百余二句:谓玄宗能延续"贞观之治",乃在于倡礼乐。百余年间,自唐高祖至玄宗开元年间,凡百余年。灾变,天灾人祸。叔孙,西汉叔孙通,为汉高帝制礼乐,喻开元制礼事。萧何,汉高帝之相国,高帝命其制定律令,以喻开元制律事。

〔5〕 岂闻四句:写安史乱后至吐蕃陷长安的动乱。直,同"值"。宗庙句,写代宗广德二年十二月返回长安,这才清除荒芜重修宗庙。狐兔穴,形容宗庙破败,成了野兽出没的地方。颜之推《古意二首》:"狐兔穴宗庙。"

〔6〕 伤心二句:谓怕向父老提起伤心事,会引出抚今思昔从头说的悲痛。

〔7〕 小臣二句:小臣,杜甫自谓。识,一作"忆"。蒙禄秩,指授京兆功曹。宋本《杜工部集·奉寄别马巴州》题下原注云:"时甫除京兆功曹,在东川。"

〔8〕 周宣二句:周宣王承厉王之乱,能拨乱反正,是为周宣中兴。洒血,极言自己盼中兴之切迫。这是作诗的主旨。

【语译】

　　当初开元盛世,小城就有万户。谷子白喲米出油,公家私人粮满库。九州道路无盗贼,远行天天是吉日。齐鲁车队何隆隆,生绢熟绢来无数。男耕女织长厮守,朋友义气胶漆固。天子宫中祀神祖,不废西周《云门》舞。一百多年没灾祸,制定礼乐成大治。谁知今日一绢值万钱,农夫流血田荒芜! 洛阳宫殿被烧光,宗庙也才驱除狐兔新恢复。伤心不忍问父老,只怕哀哀乱离从头诉。小臣我本无能性鲁钝,承蒙朝廷记忆授俸禄。身在巴蜀衰病唯洒泪,只盼我皇中兴拨云雾!

【研析】

萧涤非先生论杜甫的忠君思想说:"在对待君主的态度上,杜甫也并非漫无差别,毫无条件,在不可动摇的绝对性中也有一定的相对性。"(《杜甫研究·再版前言》)他举的例子,一是"唐尧真自圣,野老复何知",一是"张后不乐上为忙"。其中透出对肃宗的失望与嘲讽,毕竟与对玄宗的叹惜有差别,与对代宗为广平王时收两京功劳的肯定,也有差别。明代王嗣奭《杜臆》云:"肃宗至灵武,与出奔无异,诗云'忆昔先王巡朔方',语极冠冕。至'张后不乐上为忙',明是惧内。继云:'至今今上犹拨乱,劳心焦思补四方。'召乱者明是肃宗,而公俱不讳,真诗史也。"杜甫的确已达到士对君批评的临界点。惜哉! 后人罕能继而承之,流为传统,更谈不上突破,即使是白居易的"谏官诗",也等而下之。为什么? 这是一个值得反思的问题。

从富有批判性的实质内涵上说,杜诗的"正统"地位在专制日甚的明清时代是颇受质疑的。只要一读蒋寅君《杜甫是伟大诗人吗? ——历代贬杜论的谱系》一文,就明白了。王夫之《唐诗评选》对杜甫《乾元中寓居同谷县作歌七首》的评语有云:"杜本色极致唯此'七歌'一类而已,此外如夔府诗则尤入丑俗。杜歌行但以古童谣及无名字人所作《焦仲卿》《木兰诗》与俗笔赝作蔡琰《胡笳词》为宗主,此即是置身失所处。"将杜诗继承汉乐府及民间文人作品的风格视为"置身失所处",可谓对杜诗精华的根本否定。王氏乃明代士大夫之佼佼者,尚且如此,余不必论矣。涤非师在《汉魏六朝乐府文学史》第二章作结说:"则南朝亦为乐府史上最浪漫与最空虚之时期。唐人《新乐府》之发生,其机兆盖伏于此。又自是而后,乐府始完全与政治、社会脱离关系,仅为一般赏心悦耳之具而为情歌艳曲所占领,大有非此不足以被诸管弦之势……其有歌咏民间疾苦之作如汉乐府者,非唯无入乐之机会,并其入乐之资格亦丧失之。每忆欧阳修嘲范希文为'穷塞主'之言,辄不禁怃然。凡此,皆乐府变迁之迹,亦吾国诗歌升降之所由,而南朝乐府实有以为之关键者也。"联系"老儒不用尚书郎"一句之批评,以小见大,亦值得言"传统"者深思,盖自来传统是多元并行的,或有升降,切莫一例视之。

阆山歌 （七古）

【题解】

　　诗作于广德二年(764)春,时在阆州。阆山,即锦屏山,在今四川阆中南,上有杜工部祠。此诗与《阆水歌》为一时之作。此诗捉住一个"奇"字,造语峭丽生新,为蜀山传神。

　　　阆州城东灵山[1]白,阆州城北玉台[2]碧。
　　　松浮欲尽不尽云,江动将崩未崩石[3]。
　　　那知根无鬼神会？已觉气与嵩华敌[4]。
　　　中原格斗且未归,应结茅斋著青壁[5]。

【注释】

〔1〕 灵山:在阆州城东北十里,传说蜀王鳖灵登此山,因名灵山。

〔2〕　玉台:玉台山在阆州城北七里,上有玉台观,唐滕王李元婴所造。

〔3〕　松浮二句:写浮云、危石,皆取动势。《义门读书记》:"景色无穷,缩作二句,奇绝!"又,此诗中间四句对偶颇工,故《杜诗评注》引胡夏客曰:"此歌似拗体律诗。"

〔4〕　那知二句:根,石根;山根。嵩华,嵩山与华山。仇注:"石根下盘,乃鬼神所护;云气上际,与嵩华并高。"杜诗:"千崖秋气高。"以上四句用力处全在气势与动感。

〔5〕　应结句:青壁,犹苍崖。言中原战乱归不得,不如在苍崖上搭个茅屋隐居。陈贻焮《杜甫评传》云:"于'青壁''著'一'茅斋'便成高栖胜境。这'著'字用得好,犹如魔杖,一挥而就,又如盆景,点缀即成,见诗人意趣的天真和手法的别致。"

【语译】

阆州东,灵山绕云白;阆州北,玉台满山碧。松间薄云或有无,江上危石惊欲坠。岂知山根无鬼神?但觉云气升腾可与嵩华敌!中原战乱归不得,翠壁之上结个茅屋且隐逸。

【研析】

杜甫喜欢运古入律,又以律句入古体,如行如草,如真如隶,打破界限,另创新格。《杜诗镜铨》引陈后山评曰:"二诗词致峭丽,语脉新奇,句清而体好,在集中又另为一格。"堪称的评。

阆水歌 （七古）

【题解】

诗作于广德二年(764)春,时在阆州。阆水,即嘉陵江阆州段。

嘉陵江色何所似? 石黛碧玉相因依[1]。
正怜日破浪花出,更复春从沙际归[2]。
巴童荡桨欹侧过,水鸡衔鱼来去飞[3]。
阆中胜事可肠断,阆州城南天下稀[4]!

【注释】

〔1〕　石黛句:此句形容江水兼有黛、碧二色。石黛,即石墨。青黑色。
　　　相因依,相融合。

〔2〕　正怜二句:写岸景美不胜收:正赏爱日从波中跃出之美,又觉察春
　　　从沙滩上归来。岸草先绿,故觉得春似从沙际来归。

〔3〕　巴童二句:巴童,巴地儿童。阆州古属巴国,故云。欹侧,倾斜。水
　　　鸡,水鸟名。朱注:"闻蜀士云,状如雄鸡而短尾,好宿水田中,今川
　　　人呼为水鸡公。"

〔4〕　阆中二句:阆中,《旧唐书·地理志》:"阆水迂曲,经郡三面,故曰
　　　阆中。"胜事,美景。可肠断,极言其美,犹"美死人了"。城南天下
　　　稀,阆州城南三里有锦屏山,错绣如锦屏,号为天下第一。浦注:
　　　"苦爱'阆中'二句,似旧歌谣。"

【语译】

　　嘉陵江,色如何? 石墨碧玉相映辉。正赏红日波中起,又喜青
春沙际归。巴童荡桨侧舟过,水鸡公哟衔鱼来去飞。阆中美景美煞
人,天下少见城南锦绣堆。

【研析】

　　《唐诗归》谭元春云:"选杜诗,最要存此等轻清淡泊之派,
使人知老杜无所不有也。"大家与名家之别,就在其难以企及的
丰富性、多样性。然而老杜风格多变、文体互渗,并非为变而变,
而是由所要表现的内容决定其变与不变及如何变的。我到过陇

743

右,到过阆中,两地山水之美,截然不同。陇右地跨黄河、长江两大流域,秦岭横贯其间,地貌、气候、人文,复杂多变,故老杜陇右山水诗或峻峭或奇秀,或荒凉或明丽,波谲云诡,且山水与异俗往往结合起来写,诚如《后村诗话》所称:"山川城郭之异,土地风气所宜,开卷一览,尽在是矣。"至若巴山阆水,则纯属长江流域风貌,奇丽明秀,一派生机;而多年漂泊,也使老杜的情感更深沉淡泊。二者相拍合,使这阆山阆水之歌呈现出一种带有民歌味的清新鲜活,且如胡夏客所云:"此歌似拗体律诗。"对偶句如"松浮欲尽不尽云,江动将崩未崩石"、"正怜日破浪花出,更复春从沙际归",细腻、完整地表现诗人在同一瞬间对不同事物的观感;而古风又使整体上呈现出流畅活泼的风格。如果说陇右山水组诗是线式展开的横幅手卷"图经",这两首山水歌则是高清剪接的"蒙太奇"。运律入古加上民歌风,便成为"集中又另为一格"(陈师道语)。

滕王亭子二首 _(七律、五律)

【题解】

题下旧注:"在玉台观内,王调露年中任阆州刺史。"《方舆胜览》载玉台观在阆州城北七里,唐滕王尝游,有亭及墓。滕王,指唐高祖第二十二子李元婴,也就是那位在洪州(今南昌市)都督任上修建著名的"滕王阁"的王爷。此亭为其阆州刺史任内所建。诗作于广德二年(764)春,于阆州。

其　一

君王台榭枕巴山,万丈丹梯尚可攀[1]。

春日莺啼修竹里，仙家犬吠白云间[2]。
清江锦石伤心丽，嫩蕊浓花满目班[3]。
人到于今歌出牧[4]，来游此地不知还。

【章旨】

游胜景而思往昔，以乐景写哀情。

【注释】

〔1〕君王二句：君王，指滕王。榭，建在台上的房屋。巴山，此泛指阆州群山。丹梯，赤石阶梯。《说文解字》："丹，巴越之赤石也。"这里兼寓求仙梯航之意，仇注引《杜臆》："地志：阆中多仙圣游集之迹，城东有天目山，乃葛洪修炼之所，有文山，张道陵授徒符箓处，'万丈丹梯'谓此。"

〔2〕春日二句：修，长也。莺啼修竹，孙绰《兰亭诗》："啼莺吟修竹。"写实兼用事。仙家犬吠，《神仙传》：淮南王白日升天，鸡犬随之，故鸡鸣天上，犬吠云中。这里用来形容亭子高入云端。

〔3〕清江二句：伤心丽，仇注："江石丽而伤心，抚遗迹也。"将主观感受（"抚遗迹"而"伤心"）附着在实景"清江锦石"之"丽"上，产生一种超现实之美，是杜甫诗歌语言的创造。班，通"斑"，杂色。《薑斋诗话》评"昔我往矣，杨柳依依；今我来思，雨雪霏霏"云："以乐景写哀，以哀景写乐，一倍增其哀乐。"此联亦是。

〔4〕人到句：出牧，指滕王李元婴出任隆州（后避玄宗李隆基讳，改阆州）刺史。李元婴史载其劣迹多端，这里却说"人到于今歌出牧"，似有称颂之嫌，杨慎甚至批评杜甫说："未足为诗史。"但"诗史"并非"历史"，杜甫于乱世中重在抚遗迹而思盛世，故第二首又云："尚思歌吹入，千骑把霓旌。"非羡其奢侈也，忆其盛时也。李白《苏台览古》诗云："旧苑荒台杨柳新，菱歌清唱不胜春。只今唯有西江月，曾照吴王宫里人。"可与此同参。

【语译】

　　滕王亭子依巴山,万丈阶梯可登攀。春日莺鸟啼高竹,又闻仙家鸡犬在云端。清江丽石伤心看,满眼嫩蕊浓花色斑斓。至今人歌滕王思太平,来此流连皆忘还。

<h2 style="text-align:center">其　二</h2>

寂寞春山路,君王不复行。

古墙犹竹色,虚阁自松声[1]。

鸟雀荒村暮,云霞过客情。

尚思歌吹入,千骑把霓旌[2]。

【章旨】

　　上半写滕王不再来而景色犹昔,下半写当年滕王巡游威仪可想,吊古伤今。

【注释】

〔1〕　古墙二句:仇注:"此再写吊古之意,情与景相因。"关键在"犹"、"自"二字,使"古墙"、"虚阁"仿佛成了有生命的主体。事实上诗人已不动声色地将主观感受通过二字注入,是所谓"风景不殊,正自有山河之异",深寓着诗人的感慨。前人称之为"以实为虚,化景物为情思"手段。

〔2〕　尚思二句:因听鸟雀、见云霞而想像当初滕王出行之威仪。前六句极写寂寞凄清,结句翻用丽句溯盛时,更见今日衰飒。把,一作"拥"。霓旌,彩旗,旌旗染五彩如虹霓也。

【语译】

　　春游时节山路寂,只为滕王不再来。古墙竹影今如昔,空阁松声自徘徊。荒村日暮鸟雀噪,云霞客情多变态。令人遥想滕王歌吹到,千骑开道彩旗蔽天如霓彩。

【研析】

陈贻焮《杜诗评传》将这两首诗与王勃《滕王阁序》做比较,说:
"老杜也有《滕王亭子》等作,对后世却不起多大影响。仅就这一点
而论,老杜负王勃一局。"评得风趣。不过也"仅就这一点而论",当
不得真,如果只比单篇流传上的影响大小,老杜一千四百多首诗又
有几篇能盖却《滕王阁序》? 那就该说"老杜负王勃千百局"了。在
厦门大学读书时,我曾听郑海夫先生说过:"一个诗人能在文学史上
留下一句诗,就很了不起。"的确,诗是语言的艺术,要用语言铸就
一个让人刻骨铭心的情感意象,谈何容易! 更何况一个饱含民族文
化乃至人性特征的"符号",要经过多少个诗人连续不断的锻造才能臻
美,而这一笔"股份"帐是不好算的。如"柳",如"书剑",如"关山
月",诚如林庚《唐诗综论》所指出:"其中累积了多少人们的生活
史,它们所能唤起的生活感受的深度与广度,有多么普遍的意义!"
所以像"天若有情天亦老"、"红杏枝头春意闹",单那一个"老"字,
一个"闹"字,就是非凡的成就。从这个角度看,老杜这两首诗也许
只是吊古伤今的老话头,但其表现手法却具有开创性。如"清江锦
石伤心丽","伤心丽"可说是一个情感与景物之"化合物","清江锦
石"的"丽",已然着上杜甫的"伤心"而不可磨灭。再如"影着啼猿
树",是杜甫身羁峡内日依峡间之树而闻乎啼猿的强烈印象,身影如
同达摩面壁已着石里一样,五字断断不可分离。有人评名句"思妇
楼头柳"云:"除却楼头不是柳。""思妇"与"楼头柳"长一块了,成了
"连体儿"。"影着啼猿树"亦复如是;"清江锦石伤心丽"亦复如是;
"天畔登楼眼"、"画图省识春风面"、"月静庚公楼"等等亦复如是。
至若"古墙犹竹色,虚阁自松声",黄生《杜诗说》谓为"虚眼句"。也
就是说,炼的是虚字。《诗薮》认为,其中"犹"、"自",加上"孤嶂秦
碑在,荒城鲁殿余"之"在"、"余",这四字"意极精深,词极易简。前

人思虑不及，后人沾溉无穷"。的确，这些字眼本是常用字而已，但用在句中却能唤人遐思。试想，百年老墙上依然与当初一般映出翠竹斑驳的倩影，而亭阁却已荒废无人，只有松涛阵阵自来自去，那份说不清的空寂感，却用一个"犹"字，一个"自"字了得。尤其是这个"自"字，斩断亭子与外部的一切联系，使之成为悬在读者心口上的一片空白，时时发出空寂的感觉。这两首诗在语言诗化上的贡献还少吗？"前人思虑不及，后人沾溉无穷。"是。

奉寄章十侍御（七律）

【题解】

广德二年（764）春，作于阆州。章十侍御，即章彝。章排行第十，故称章十。题下原注："时（章彝）初罢梓州刺史，东川留后，将赴朝廷。"

淮海维扬一俊人，金章紫绶照青春[1]。
指麾能事回天地，训练强兵动鬼神。
湘西不得归关羽，河内犹宜借寇恂[2]。
朝觐从容问幽仄，勿云江汉有垂纶[3]。

【注释】

〔1〕　淮海二句：谓章彝是扬州杰出人士，官居显要，非常风光。淮海维扬，维，通"惟"。《尚书·禹贡》"淮海惟扬州。"意为：淮河与黄海之间为扬州。惟是句中语气词，帮助判断的语气。后人摘取"维（惟）扬"为扬州别称。金章紫绶，章，印章。《汉书·百官公卿表》载：三公彻侯，并金印紫授。唐代三品以上用紫绶。

〔2〕　湘西二句：湘西,陆机《辨亡论》谓汉主报(关)羽之败,图收湘西之
地。注:"湘西,荆州地也。"不得归关羽,蜀将关羽曾拜荆州都督。
此以关羽比章彝,然而章彝已罢东川留后、梓州刺史,犹荆州却不
得归关羽矣。河内,汉郡名。《后汉书·寇恂传》载寇恂为河内太
守,后移颍川,又移汝南。颍川盗起,百姓请借寇恂一年。这里借
示挽留章彝之意。

〔3〕　朝觐二句：朝觐,朝见。从容,举止得体。此形容君王问臣下时的
风度。幽仄,隐居者,诗人自谓。江汉,岷汉与西汉水(嘉陵江),借
指巴蜀。垂纶,垂钓。仇注:"江汉垂纶,隐然以磻溪钓叟(姜尚)自
命也。"二句从字面上讲,是请章彝朝见时不要推荐自己,实际上是
暗示章彝要推荐自己,而且从"垂纶"的用典上看,还自比为八十岁
垂钓渭水,九十岁终于被周文王重用的姜尚,志不在小;故下选《奉
寄别马巴州》则明确表示拒绝赴任京兆府功曹这一小官,请参看该
诗注释。

【语译】

　　章将军,一个杰出的扬州人,风风光光金印紫绶系在身。指挥
若定转乾坤,能训精兵惊鬼神。不得长守湘西如关羽,还应留官似
寇恂。朝见君王或问隐居者,幸勿说出巴蜀有个垂钓臣。

【研析】

　　杜甫向来对章彝有批评也有肯定,但这首诗为了讽章氏向朝廷
推荐自己,说了些恭维话,与前选《冬狩行》的批评与鼓励兼之的写
法迥异,尤其"河内犹宜借寇恂"一句对章留后的挽留,与自己约略
同期所写《为阆州王使君进论巴蜀安危表》"留后之寄,绵历岁时,
非所以塞众望也"的意见(详《王命》【附录】)相左。杜甫毕竟也不
是圣人。然而"湘西不得归关羽,河内犹宜借寇恂"一联的用典颇具
特色,值得一提。

　　用典是中国古代文学中构成隐喻的重要手段。高友工、梅祖麟

《唐诗的魅力》认为："一个典故有两个极点：一个与现实问题相关，一个与历史事件相联，两者互相比较，而比较的目的则在于显示它们的相似之处，从而提供机会以使诗人描述或评论现实的问题。"对头。就以"湘西不得归关羽，河内犹宜借寇恂"这一联来说吧(有关典故请参看注〔2〕)，历史上关羽曾镇守湘西(此指荆州)，为一方最高长官；而现实中章彝本是东川留守、梓州刺史，也是一方最高长官，这是二者相似之处。但章彝现在被调赴朝廷，已免去东川留守与梓州刺史之职，不再是这一方的最高长官了，所以说"不得归关羽"，这是二者不同之处。寇恂移官汝南，百姓挽留，这是历史；而章彝也离职移官了，这又是二者相似之处。但现实是章彝并没有百姓挽留，所以诗人说"犹宜"，表示还是应当挽留，属"个人意见"，这又是二者不尽相同之处。用隐喻当然比直通通地讲要婉转含蓄得多，而且也更美更有回味。你想，关羽是何等英雄人物，拿章彝和关羽比，这一比不是抬高他了吗？但有"用典"这层面纱遮一遮，就比较不会"谀"得肉麻。章彝是骄悍奢侈的武夫，说他像寇恂要百姓来挽留，也一样是抬举了他。用一下典，再"犹宜"一下，口气当然就缓和多了。不管怎么说，杜甫用典手法为后人言难言之言提供了一种美的形式。学杜的诗人李商隐就善用此法，《昭昧詹言》称此联用事精切，"李义山奉为圭臬"。你看："窦融表已来关右，陶侃军宜次石头。"(《重有感》)将对一件能招杀身之祸的宫廷政变的意见按老杜的范式"微而显"地表达出来，简直到青出于蓝而胜于蓝的地步了(对该联用典的分析请参考《唐诗的魅力》第三章)。饮水思源，老杜提供了该手法的蓝本，功不可没。

将赴荆南寄别李剑州 （七律）

【题解】

广德二年（764）春，杜甫经较长时间的准备，终于决计离开巴蜀赴荆南，寄诗告别剑州李刺史。荆南，唐属山南东道，治所荆州（今湖北江陵）。剑州，在阆州西北，今四川剑阁。

> 使君高义驱今古，寥落三年坐剑州。
> 但见文翁能化俗，焉知李广未封侯[1]。
> 路经滟滪双蓬鬓，天入沧浪一钓舟[2]。
> 戎马相逢更何日，春风回首仲宣楼[3]。

【注释】

〔1〕 但见二句：文翁化俗，《汉书·循吏传》载文翁为蜀郡守，重视教育，于成都建学宫，吏民大化。李广未封侯，《史记·李将军列传》载汉大将李广击匈奴，历七十余战，功勋卓著，却始终未能封侯，自谓："岂吾相不当侯耶？"大概李剑州也是个失意官僚，故云。

〔2〕 路经二句：滟滪，险滩名，在长江瞿塘峡口，属今重庆奉节。上句想像赴荆南途中的艰辛，故曰"双蓬鬓"。沧浪一钓舟，楚地古歌谣《沧浪歌》云："沧浪之水清兮，可以濯吾缨；沧浪之水浊兮，可以濯我足。"《楚辞·渔父》中，渔父曾歌此劝屈原隐退自全，后人便以"沧浪钓舟"喻归隐江湖；此句亦有此意。不过这里的"沧浪"兼写江水，故天光云影入其中（《奉寄别马巴州》："南国浮云水上多"），似乎天地也"入"舟中，小舟承载着天地，这就使人胸襟为之一开。

〔3〕 戎马二句：仲宣楼，三国时人王粲（字仲宣），作名篇《登楼赋》，相

传所登楼在荆州。因杜甫将赴荆南,故约李剑州于荆州再会。又,《登楼赋》抒怀才不遇与久客思乡之情,切合二人当时境遇,所以"仲宣楼"既点明地点又渲染了气氛。

【语译】

使君高义可与古今贤人并,三年寂寞剑州守冷清。只见移风易俗一似文翁施教化,哪知命塞翻如李广封侯总不成。别君此去滟滪风涛吹蓬鬓,天光云影共我小舟沧浪行。戎马乱世相逢在何日?荆州仲宣楼前回首春风独伶俜。

【研析】

　　"路经滟滪双蓬鬓,天入沧浪一钓舟。"又是一个令人着迷的句式。由于汉语言文字的独特性,使每一个字词都可能构成一个简单意象,尤其在律诗中,字与字之间,词与词之间,是由词序与对仗组织起来的,就像古代的拱桥,是靠每一块石头之间的张力而不是黏合物牢固地"拱"起来的,语法并不重要。老杜律诗于此用力最深,效果最好。这一联就是典型。"路"与"滟滪"与"双蓬鬓"之间并无逻辑关系,但"经"这一动作将之串起,这就有丰富的意义了。经验直观地告诉我们:一路要经历多少像滟滪这样的险滩,艰苦备尝,必然是憔悴不堪,"双蓬鬓"可知。下句则简单意象间不确定的关系("天入沧浪/一钓舟",或"天入/沧浪一钓舟"?)使人有"天入小舟"的错觉,胸襟为之一开!二句意象密集、造语跌宕历落,造成气势;而语词的"感觉化"又使我们摆脱概念,唤起想像,给出画面,这就有了浓浓的诗情画意。善于学杜的李义山也从中脱胎出一联:"永忆江湖归白发,欲回天地入扁舟。"据说,王安石对此评价很高:认为此联"虽老杜无以过也"(《苕溪渔隐丛话》引《蔡宽夫诗话》)。不过说句老实话,杜诗直接从逆境中动情发兴而来,而义山此联再好,也还是凭藉杜句的翻新,终隔一层。翻新毕竟不是创新,对不?

奉寄别马巴州 （七律）

【题解】

广德二年（764）春，作于阆州。题下自注："时甫除京兆功曹，在东川。"宋人王洙《杜工部集记》："（杜甫）入蜀，卜居成都浣花里，复适东川。久之，召补京兆府功曹，以道阻不赴，欲如荆楚。"从诗中"功曹非复汉萧何"的表白看来，"道阻不赴"只是藉口，真正原因还在对朝廷不作为的失望，及功曹小吏难展平生之志耳。巴州，今四川巴中。马巴州，姓马的巴州刺史。

> 勋业终归马伏波，功曹非复汉萧何[1]。
> 扁舟系缆沙边久，南国浮云水上多[2]。
> 独把渔竿终远去，难随鸟翼一相过[3]。
> 知君未爱春湖色，兴在骊驹白玉珂[4]。

【注释】

〔1〕 勋业二句：马伏波，指东汉马援，封伏波将军，征交趾；此借指马巴州。功曹，郡守的助手，汉代颇有实权，隋唐后已成挂职。句下自注："甫曾任华州司功。"萧何，汉代的开国名臣，辅刘邦成帝业，功居第一，曾任沛县功曹。《史记》《汉书》咸有传。上句赞马巴州，下句自叹。

〔2〕 扁舟二句：上句谓自己已做好准备，将放舟赴荆楚；下句想像自己南去漂流如浮云。南国，指荆楚（今湖北、湖南一带）。

〔3〕 独把二句：上句言自己此去是归隐，下句谓路遥难前往与你面辞。

〔4〕 知君二句：湖，指洞庭湖。骊驹，黑马。白玉珂，马络头上的玉制饰

物。张华诗："乘马鸣玉珂。"《杜诗镜铨》："时马（巴州）必将赴京师，玉珂乃早朝事。"与上联对比，言马刺史不会爱上归隐的，其志在赴京为朝官也。

【语译】

看君勋业一如马伏波，我聘功曹闲官岂比汉萧何？沙滩久系扁舟欲赴荆楚去，南国想必浮云水上多。独持钓竿终当归隐远，难随飞鸟前往相别过。知君无心春来洞庭赏湖色，志在晋京早朝骊马饰玉珂。

【研析】

《杜诗镜铨》引李因笃曰："用意甚曲而笔无不到，写寄别遂无遗憾。"诗中叙事要清晰且有诗意，此诗为我们提供了成功的创作经验。老话说："一支笔难写两头事。"杜甫却能轻松地交流电也似地一路道来。关键还在画面的剪接。首联两个典故就简洁地将自己不赴代宗召为京兆功曹的原因说清楚了：功曹我当过，不比你为一方小诸侯，我还能像汉代萧何那样干出大事来？难表白的事一古脑儿撇清了。颔联与颈联连续用画面表达了自己将赴荆楚归隐的意向，扁舟、云水、渔竿、鸟翼的意象多清新！尾联将对方的心事也揭出，却用湖色、骊驹这样美的事物包装，既表白了己方也理解了对方（与"马伏波"对应），各言尔志。曲而不繁，疏而不漏，以明丽胜。此则叙事画面化的优势。

奉待严大夫 （七律）

【题解】

广德二年（764）春，作于阆州。就在杜甫将赴未赴荆楚之际，忽闻严武再镇两川,正合其《为阆州王使君进论巴蜀安危表》"请慎择重臣,亦愿任使旧人,镇抚不缺"的期盼,自然是喜不自胜,因作此诗表达其欲与严氏相见晤谈的迫切心情。严大夫,指严武。广德二年以严武为黄门侍郎再拜成都尹充剑南东西川节度使,故称。

> 殊方又喜故人来,重镇还须济世才。
> 常怪偏裨终日待,不知旌节隔年回[1]。
> 欲辞巴徼啼莺合,远下荆门去鹢催[2]。
> 身老时危思会面,一生襟抱向谁开?

【注释】

[1] 常怪二句:偏裨,偏将与裨将,将佐通称,当指严武的两川旧部。旌节,旌旗与节符。唐制:节度使赐以双旌双节。这里以旌节指代节度使。隔年回,严武于宝应元年(762)秋入朝,至广德二年(764)春回蜀,故云。

[2] 欲辞二句:徼,边界。巴徼,边远的巴地,此指阆州。鹢,古籍中的鸟名,古人画在船头,用来吓唬水怪。这里指代船。

【语译】

他乡又喜故人来,重镇还要仗你济世才。常怪将佐何以俨然终日待?哪知原是前年节度今再回!巴地莺啼我欲去,远下荆门行舟催。国事艰危身衰老,思君一吐尽开怀!

【研析】

此诗虽然写得一般,但严氏是杜甫在成都最重要的赞助者,何以《新唐书》本传会说严武欲杀杜甫?而杜甫为何又对严武寄以重望?为何老杜虽代宗召之不赴,章彝留之不得,去蜀意决,却因闻严武再镇两川而急回成都?且以杜之傲世、严之急暴,二人如何又能惺惺相惜?"重镇还须济世才"、"身老时危思会面",无论于公于私,严武对杜甫太重要了。"文章有神交有道",研读此诗有助于我们感受、理解作为古人的杜甫,是如何看待友情的。

别房太尉墓（五律）

【题解】

原注:"阆州。"房太尉,指房琯。广德元年(763)八月,曾经当过肃宗皇帝宰相的房琯卒于阆州僧舍,被追赠太尉。房被肃宗罢相时,杜为左拾遗,因疏救房,几死;后被贬华州司功。这是杜甫政治上的大挫折,是其后半生不解的情结。房琯死后,杜甫作《祭故相国清河房公文》。广德二年(764)春,杜返成都前又至墓前祭别,写下这首名作。

他乡复行役,驻马别孤坟[1]。
近泪无干土,低空有断云。
对棋陪谢傅,把剑觅徐君[2]。
惟见林花落,莺啼送客闻。

【注释】

〔1〕他乡二句:行役,出门远行。《瀛奎律髓》:"第一句自十分好:他乡已为客矣,于客之中又复行役,则愈客愈远。"再加上下句"别孤坟",又进一层悲哀。一联有三层苦境矣。

〔2〕对棋二句:谢傅,指晋太傅谢安。安有大功于晋,死后赠太傅。《晋书·谢安传》载"(苻)坚后率众号百万,次于淮肥,京师震恐。加安征讨大都督……(谢)玄等既破坚,有驿书至。安方对客围棋,看书

既竟,使摄放床上,了无喜色。"此以房琯比有大将风度的谢安。觅徐君,《说苑》载吴季札出使,北过徐君,心知徐君爱其剑,及还,徐君已殁,遂解剑系冢而去。后人遂以挂剑比喻生死不渝的友谊。杜甫祭房琯文有曰:"抚坟日落,脱剑秋高。"以己比季札,房比徐君,用典贴切。

【语译】

　　已在他乡更远行,行前下马别孤坟。泪挥近身无干土,天低荒野有片云。忆陪谢傅对棋日,竟学挂剑报徐君! 纷纷只见林花落,啼莺断续不忍闻。

【研析】

　　此诗再次证实了杜甫"文章有神交有道"。房琯曾被肃宗视为玄宗旧臣的"朋党"头头(参看卷二所选《洗兵马》【研析】),但在杜甫看来,他是儒臣文治的代表。为此,他曾冒死疏救之,从此政治上一蹶不起。对房琯与对严武,杜甫主要是从"济世才"出发的。由于情中有思,是"线",不是"点",所以倍觉惆怅。这种惆怅浸渍全诗,难以句举字取。首联从自家苦中苦上再叠加一层"别孤坟"之苦,诗人心中涨满压郁惆怅的情绪,由此弥漫开来充满时空:近处洒泪而无干土,远处低空只有断云孤飞;时间上则昔日曾陪房相,而今独别孤坟;结尾情融入景,林花啼鸟无不增人惆怅。接下来,这种情绪也就弥漫向读者心中。整体性的情绪渲染远比"诗眼"之类浸人更深。

【附录】

祭故相国清河房公文

　　黄鹤曰:考《旧史》,房琯以广德元年八月四日卒于阆州僧舍,而权瘗于彼。时杜公在阆州,有祭文。明年春晚,有《别房公墓》诗。

又明年为永泰元年,房公启殡而归,时公在云安,故有《承闻归葬东都》之作。

维唐广德元年岁次癸卯,九月辛丑朔,二十二日壬戌,京兆杜甫,敬以醴酒茶藕葶鲫之奠,奉祭故相国清河房公之灵曰:呜呼!纯朴既散,圣人又没。苟非大贤,孰奉天秩。唐始受命,群公间出。君臣和同,德教充溢。魏杜行之,夫何画一。(魏徵、杜如晦。)娄宋继之,不坠故实。(娄师德、宋璟。)百余年间,见有辅弼。及公入相,纪纲已失。将帅干纪,烟尘犯阙。王风寝顿,神叛圮裂。关辅萧条,乘舆播越。太子即位,揖让仓卒。小臣用权,尊贵倏忽。(赵次公曰:小臣二语,盖谓李辅国也。)公实匡救,忘餐奋发。累抗直词,空闻泣血。时遭褫诊,国有征伐。车驾还京,朝廷就列。盗本乘弊,诛终不灭。高义沉埋,赤心荡折。贬官厌路,谗口到骨。致君之诚,在困弥切。

天道阔远,元精茫昧。偶生贤达,不必际会。明明我公,可去时代。贾谊恸哭,虽多颠沛。仲尼旅人,自有遗爱。二圣崩日,长号荒外。(二圣,玄、肃两宗。)后事所委,不在卧内。(谓不受托孤之命。)因循寝疾,憔悴无悔。矢死泉涂,激扬风概。天柱既折,安仰翼戴。地维则绝,安放夹载。

岂无群彦,我心切切。不见君子,逝水滔滔。泄涕零谷,吞声贼壕。有车爰送,有绋爰操。抚坟日落,脱剑秋高。我公戒子,无作尔劳。殓以素帛,付诸蓬蒿。身瘗万里,家无一毫。数子哀过,他人郁陶。水浆不入,日月其慆。

州府救丧,一二而已。自古所叹,罕闻知己。曩者书札,望公再起。今来礼数,为态至此。先帝松柏,故乡枌梓。灵之忠孝,气则依倚。拾遗补阙,视君所履。公初罢印,人实切齿。甫也备位此官,盖薄劣耳。见时危急,敢爱生死。君何不闻,刑欲加矣。伏奏无成,终身愧耻。

乾坤惨惨,豺虎纷纷。苍生破碎,诸将功勋。城邑自守,鼙鼓相闻。山东虽定,灞上多军。忧恨展转,伤痛氤氲。玄岂正色,白亦不分。培塿满地,昆仑无群。致祭者酒,陈情者文。何当旅榇,得出江云。呜呼哀哉！尚飨。

将赴成都草堂途中有作
先寄严郑公五首 （七律）

【题解】

此组七律于广德二年(764)春,由阆州还成都的途中所作。严郑公,指严武。《新唐书》本传载严武广德元年(763)为二圣山陵桥道使,封郑国公,故称严郑公。《杜诗镜铨》引邵长蘅曰："五诗不作奇语高调,而情致圆足,景趣幽新,遂开玉谿(李商隐)、剑南(陆游)门户。"

其　一

得归茅屋赴成都,直为文翁再剖符[1]。
但使闾阎还揖让[2],敢论松竹久荒芜?
鱼知丙穴由来美,酒忆郫筒不用酤[3]。
五马旧曾谙小径,几回书札待潜夫[4]。

【章旨】

首章申述自己回成都的缘由是严武再镇两川,成都恢复秩序,且多次邀我归来。

【注释】

〔1〕　直为句:文翁,《汉书·循吏传》载,文翁为汉景帝时蜀郡守,在成

都开学校,行教化。此喻严武。符,古时朝廷命将、传令时的信物,以金、玉、铜、竹、木诸材料制成,剖而为二,朝廷与臣属各执其半,合之以验真伪。故后人以剖符谓任命重要的官职。

〔2〕　但使句:此句谓希望严武能拨乱反正,恢复礼教秩序。《杜诗言志》释二句曰:"今公再至,则必使治化再行,风俗再美,闾阎之间皆知揖让,而无顽梗不率之夫。此诚吾所愿适之乐土,虽松竹荒芜,何足论耶?"闾阎,市井。揖让,指礼仪教化。

〔3〕　鱼知二句:丙穴,地名。左思《蜀都赋》:"嘉鱼出于丙穴。"此泛指成都附近产嘉鱼。郫筒,酒名。《华阳风俗录》载成都郫县有郫池,池旁有大竹。郡人刳其节,倾春酿于筒,苞以藕丝,蔽以蕉叶,信宿香达于林外,然后断之以献。俗号郫筒酒。酤,买酒。

〔4〕　五马二句:上句言严武过去常来成都草堂,下句谓此番又几回来信邀我回去。五马,借指太守,此指成都尹严武。谙,熟悉。潜夫,东汉王符不得志,隐居著《潜夫论》,后以潜夫指隐居者,此处诗人自谓。

【语译】

得归草堂返成都,只为济世之才再镇蜀。但愿市井安定人礼让,哪敢计较草堂松竹久荒芜?心识蜀都嘉鱼从来美,长忆郫筒好酒常送不必酤。使君五马昔熟蓬荜路,今承几回相邀待村夫。

其　二

处处青江带白蘋[1],故园[2]犹得见残春。
雪山斥候无兵马,锦里逢迎有主人[3]。
休怪儿童延俗客,不教鹅鸭恼比邻[4]。
习池未觉风流尽,况复荆州赏更新[5]。

【章旨】

二章预想回到草堂时情景。

【注释】

〔1〕　带白苹：白苹如带，形容沿江白苹之多。白苹，一种浮萍。

〔2〕　故园：此指成都草堂。

〔3〕　雪山二句：雪山，即成都西山，属岷山山脉。斥候，此指侦察兵的哨所。锦里，地名，处成都西南，杜甫草堂在焉。主人，指草堂之旧邻。《杜诗檠诂》："《草堂》曰：'邻里喜我归，酤酒携葫芦；大官喜我来，遣骑问所需；城郭喜我来，宾客隘村墟。'可作此句注脚。"

〔4〕　休怪二句：延，延请；引入。俗客，此指普通百姓。比邻，近邻。

〔5〕　习池二句：习池，即习家池，在今湖北襄阳。晋代山简镇襄阳时，常来此地饮酒宴客。荆州，指镇荆、湘、交、广四州的山简，以指代镇成都的严武。

【语译】

青江绿水处处萍如带，回到草堂还能见残春。但祈西山息战无兵马，锦里父老相迎更觉亲。莫怪孩儿迎进老百姓，须知鹅呀鸭呀常会扰近邻。敢拟习池风流今未尽，何况两川节度您会再光临！

其　三

竹寒沙碧浣花溪，橘刺藤梢咫尺迷。

过客径须愁出入，居人不自解东西[1]。

书签药裹封蛛网，野店山桥送马蹄[2]。

岂藉荒庭春草色，先判一饮醉如泥[3]。

【章旨】

三章设想草堂荒废现状。

【注释】

〔1〕　过客二句：径须愁出入,会为找不到路的出入口而发愁。下句则谓
　　　　本处居民也会辨不清方向。

〔2〕　书签二句：书签,此处代指书籍。药裹,药囊。下句浦注认为是:
　　　　"自指归途言。"则赴成都心急,野店山桥速过不复停留,如送马蹄
　　　　耳。《杜律启蒙》驳之曰:"店桥过客,知公不在,故不相访,但送马
　　　　蹄之去耳。浦注以此句为公归家之事,有此章法乎?"二说皆通,后
　　　　说似更顺。

〔3〕　岂藉二句：藉,坐卧其上。判,同"拼",不顾惜也。

【语译】

　　竹阴草碧浣花溪,橘刺缠藤咫尺已迷离。过往之人应愁找不到
路,本地居民也难辨东西。惦记书呀药呀冒蛛丝,野店山桥哟我马
不停蹄。到了荒庭一下就坐在春草地,先拼他个一饮醉如泥!

<h1 style="text-align:center">其　四</h1>

常苦沙崩损药栏,也从江槛落风湍[1]。
新松恨不高千尺,恶竹应须斩万竿[2]!
生理只凭黄阁老,衰颜欲付紫金丹[3]。
三年奔走空皮骨,信有人间行路难[4]。

【章旨】

　　四章预拟整理草堂之事,痛定思痛,语极沉着。

【注释】

〔1〕　常苦二句：苦,忧心。槛,轩前栏杆。江槛即水槛,此指建在水面上
　　　　的茅轩。落风湍,掉进急流中。杜甫可谓不幸而言中,回草堂不久
　　　　即修此栏。《水槛》诗曰:"茅轩驾巨浪,焉得不低垂。"

〔２〕　新松二句：预料竹丛会淹没小松树，打算回草堂好好整修一番。以
　　　　上四句都是回草堂预想的工作，而"新松"一联表现了杜甫扶善疾
　　　　恶、爱恨分明的性格，可与鲁迅"横眉冷对千夫指，俯首甘为孺子
　　　　牛"一联互参。

〔３〕　生理二句：生理，犹生计。黄阁老，《唐国史补》："两省（中书省与
　　　　门下省）相呼为阁老。"门下省开元时称黄门省，严武以黄门侍郎为
　　　　成都尹，故称"黄阁老"。下句言唯有仙丹可救我衰老，语带幽默。
　　　　《云笈七签》："合丹法，火至七十日，药成五色飞华，紫雪乱映，名曰
　　　　紫金丹。"

〔４〕　三年二句：三年奔走，指在梓、阆漂泊的日子。空皮骨，皮骨空存，
　　　　言其消瘦。信有，相信有、果然有（这么回事）。古乐府有《行路
　　　　难》，昔闻其语，今历其事，故曰"信有"。

【语译】

　　我常担心沙岸崩塌损药坛，园荒任从茅轩圮败落波澜。新栽小
松恨不长千尺，万竿丑竹就该全砍完！一家生计全仗严侍郎，衰病
之身只好靠仙丹。三年奔波耗干身子骨，果然人间最是行路难！

其　五

锦官城西生事微，乌皮几在还思归[1]。
昔去为忧乱兵入，今来已恐邻人非。
侧身天地更怀古，回首风尘甘息机[2]。
共说总戎云鸟阵，不妨游子芰荷衣[3]。

【章旨】

　　《杜甫评传》："这首收拾前文，约略回顾草堂去来心事，并以称
颂严武结束组诗。"

【注释】

〔1〕 锦官二句：生事，可供谋生之事。乌皮几，蒙上黑色皮革的小桌子，古人设于座旁，倦时可以凭倚。《高士传》：晋宋明不仕，杜门注黄老，孙登惠乌羔皮裹几。杜甫《寄刘峡州》诗："凭几乌皮绽。"或云即今之髹漆器。

〔2〕 侧身二句：侧身，形容空间太小，正面不能过，就侧着身子过。天地之大，却云"侧身"，以见人世间这个"天地"不能容我。息机，不再存有机心，无所图谋。《杜律启蒙》："侧身天地，几无容足之所矣，乃更怀古；回首风尘，盖已艰苦备尝矣，故甘息机。"

〔3〕 共说二句：总戎，总司令。仇注引黄希曰："唐人以节度为总戎。"云鸟阵，相传为古代兵家的一种阵法。据古代兵书《六韬》载，云鸟阵，取其阵法如鸟散而云合，变化无穷。芰荷衣，《离骚》："制芰荷以为衣兮，集芙蓉以为裳。"后人以此象征高士。

【语译】

　　成都城西谋生手段稀而微，只为乌皮几在还思归。当年离去但恐乱兵来，今日回转就怕邻屋犹在邻人非。侧足隘天狭地怀古羡明时，回顾人生道上风尘仆仆甘隐居。都说您亲总三军精韬略，何妨容我游子学那高士穿荷衣。

【研析】

　　五首历练慷慨，老笔纵横。之所以有这种感觉，分而说之，一是由于在濒于绝望之际，忽闻知交严武回来镇蜀，使之喜出望外，希望再度燃烧，诗便在历尽沧桑的沉郁底色上老树着花般绽出生机，遂有老笔高调的情趣；一是运古入律，顺畅中多警句，犹如急流下乱石滩，不住不滑，且战且走。诗中大量使用虚字，如但使、敢论、由来、犹得、况复、先判、常苦、也从、应须、只凭、信有、不妨等等，使得句与句之间一气流转。而一联之中内容与形式水乳交融，世态人情，苦乐爱憎,景物事理,一一相形成趣,颇得二律背反之美:"但使闾阎还揖让,敢论松竹久荒芜";"雪山斥候无兵马,锦里逢迎有主人";"书签药裹封蛛网,野店山桥送马蹄";"岂藉荒庭春草色,先判一饮醉如泥";"新松恨不高千尺,恶竹应须斩万竿";"侧身天地更怀古,回首风尘甘息机";跳跃式的剪接与耐人寻味的意象又使人三读而后得意。合而言之,句与句、联与联、篇与篇之衔接形成节奏与旋律,诚如李因笃所云:"五作处处是'将赴',俱从草堂铺叙,而寄严公意,每用一二语轻带,古道至情,绝无凑泊,极似一笔挥成,却有惨淡经营之致。"

草　堂 （五古）

【题解】

此诗作于广德二年(764)春,自阆州重返成都草堂后。《杜诗镜铨》引蒋弱六曰:"拉杂写来,乱离之戚,故旧之感,依依之情,慰劳之意,一一俱见,自是古乐府神境。"

昔我去草堂,蛮夷[1]塞成都;

今我归草堂,成都适无虞[2]。

请陈初乱时,反覆乃须臾。

大将赴朝廷,群小起异图[3]。

中宵斩白马,盟歃[4]气已粗。

西取邛南兵,北断剑阁隅[5]。

布衣数十人,亦拥专城居[6]。

其势不两大,始闻蕃汉殊[7]。

西卒却倒戈,贼臣互相诛[8]。
焉知肘腋祸,自及枭獍徒[9]?

【章旨】

首段回忆往事,言徐知道倡乱自败。

【注释】

〔1〕蛮夷:指宝应元年(762)叛乱的剑南兵马使徐知道。徐并非蛮夷,但在叛乱时引边地少数民族入侵,故称。

〔2〕适无虞:方才平定。

〔3〕大将二句:大将,指严武。群小,指徐知道及其同党。

〔4〕盟歃:即歃血为盟,以口含血发誓。

〔5〕西取二句:言徐知道造反的军事措施:西连邛南少数民族,以张声势;北断剑阁,以绝朝廷的援军。邛,邛州(今四川邛崃),在成都西,当时为羌、彝少数民族的杂居地。剑阁,在成都北。

〔6〕布衣二句:上句言几十个无官无职的人,忽然被叛军首领封为刺史。专城居,指太守,一城之主。汉乐府《陌上桑》:"四十专城居。"

〔7〕其势二句:谓徐知道统领的汉兵与李忠厚统领的羌兵争长,至是发生内讧。不两大,互不服气。

〔8〕西卒二句:西卒,指蕃兵。贼臣互相诛,谓徐知道为其部下李忠厚所杀。

〔9〕焉知二句:肘腋祸,指祸害来自内部。《晋书·江统传》:"寇发心腹,害起肘腋。"枭獍徒,《汉书·郊祀志》:"枭,鸟名,食母。破镜(通作獍),兽名,食父。"此指徐知道辈。

【语译】

昔我离开草堂日,正是叛军充塞成都时。今我归草堂,成都乱刚止。请容说当初,事变倏然起。大将召赴朝廷去,小人群聚叛乱始。半夜杀白马,歃血为盟气正炽。西边招引邛南兵,北边切断剑阁路。无名鼠辈几十个,竟被叛军封刺史。争权夺利互不服,蕃汉开始斗生死。西来的蕃兵忽倒戈,狗咬狗来相吞噬。怎知祸起近咫尺? 逆贼自食其果人不齿!

> 义士皆痛愤,纪纲乱相逾。
> 一国实三公,万人欲为鱼[1]。
> 唱和作威福,孰肯辨无辜?
> 眼前列杻械[2],背后吹笙竽。
> 谈笑行杀戮,溅血满长衢[3]。
> 到今用钺地[4],风雨闻号呼。
> 鬼妾与鬼马,色悲充尔娱[5]。
> 国家法令在,此又足惊吁[6]!

【章旨】

此段写徐知道死后乱上添乱,残害百姓令人发指。

【注释】

〔1〕 一国二句:上句谓徐知道死后,叛军各立山头各行其是,政令不一,无所适从。《左传·僖公五年》:"一国三公,吾谁适从?"萧先生注:"因借用成语,故著一'实'字,以明其果然如此。《秋兴诗》'听猿实下三声泪',与此同例。"下句谓百姓任从叛军屠杀。《史记·项羽本纪》:"今人方为刀俎,我为鱼肉。"

〔2〕 杻械:刑具,如手铐脚镣之类。

〔3〕 长衢:长街。

〔4〕 用钺地:杀人的刑场。钺,一种如斧状的兵器。

〔5〕 鬼妾二句:鬼妾与鬼马,赵次公注:"已杀其主而夺之,故谓之鬼妾鬼马,如匈奴以亡者之妻为鬼妻也。"下句谓悲伤的人与马成为叛军的玩物。

〔6〕　国家二句：仇注："前乱未宁,后患加甚,故曰又足惊吁。"

【语译】

　　义士痛心疾首皆愤怒,逆贼法纪伦常竞先践踏视如无。各行其是乱添乱,百姓都成鱼肉在刀俎。众贼一唱一和作威福,还有谁敢为民辨无辜？眼前摆刑具,背后列乐队。谈笑之间挥刀斧,血肉横飞长街污。直至如今杀人场,天阴雨下冤魂呼。鬼之妻,鬼之马,悲伤欲绝充玩物。国家法令今安在？如此暴行叫人一迭连声惊怪呼不住！

　　　　　　　　贱子且奔走,三年望东吴〔1〕。
　　　　　　　　弧矢暗江海,难为游五湖〔2〕。
　　　　　　　　不忍竟舍此,复来薙〔3〕榛芜。
　　　　　　　　入门四松在,步屟万竹疏。
　　　　　　　　旧犬喜我归,低徊入衣裾。
　　　　　　　　邻里喜我归,沽酒携胡芦。
　　　　　　　　大官喜我来,遣骑问所须。
　　　　　　　　城郭喜我来,宾客隘村墟〔4〕。

【章旨】

　　此段言流离终于归来的喜悦。

【注释】

〔1〕　贱子二句：贱子,诗人自称。奔走,指流离梓州、阆州。望东吴,指杜甫往来梓阆,欲往吴越而不果事。

〔2〕　弧矢二句：弧矢,弓箭。上句言东吴也一样处处战乱。五湖,指今江苏省的太湖,在东吴。

〔３〕　薙：除草。

〔４〕　旧犬八句：以上八句效法《木兰辞》：“爷娘闻女来，出郭相扶
　　　　将。阿姊闻妹来，当户理红妆。小弟闻姊来，磨刀霍霍向猪
　　　　羊。”其中“大官喜我来，遣骑问所须”一联，成善楷教授有别
　　　　解，详【研析】。

【语译】

　　贫贱游子且逃离，三年只盼赴东吴。遥知刀箭满江海，如何乘
舟到五湖？不忍就此别草堂，且复归来除荒芜。入门四棵小松在，
信步踏看万竹疏。旧时家犬喜我归，摇头摆尾钻长裾。邻居父老喜
我归，且酤村酒提胡芦。大官喜我来，派人快马问须求。城郭故旧
喜我来，满村宾客难容足。

　　　　　　　　　天下尚未宁，健儿胜腐儒。

　　　　　　　　　飘飘风尘际，何地置老夫？

　　　　　　　　　于时见疣赘[1]，骨髓幸未枯。

　　　　　　　　　饮啄愧残生，食薇不敢余[2]。

【章旨】

　　此段将个人感遇提升到对天下事的慨叹，表现了诗人贫贱不能
移的真性情。

【注释】

〔１〕　疣赘：是皮肤上长出的肉瘤，比喻多余之物。《庄子·大宗师》：
　　　　“彼以生为附赘悬疣。”承“天下尚未宁，健儿胜腐儒”而言，故杜甫
　　　　自觉有如疣赘。

〔２〕　饮啄二句：承上“疣赘”而言，谓既无用于世，有口饭吃已觉惭愧，
　　　　岂敢挑食。《庄子·养生主》：“泽雉十步一啄，百步一饮。”诗人自

喻。食薇,吃野菜。薇,草名。高二三尺,嫩时可食。

【语译】

天下未太平,丘八胜书生。飘摇风尘里,老夫人生旅途何处停?如今于世居然成累赘,所幸犹有骨铮铮!残生无用愧求食,虽吃野菜不敢剩。

【研析】

浦起龙《读杜心解》云:"徐知道事,史俱不载,此诗可作史补。"的确,徐知道叛乱首尾,尤其是徐知道为其部下李忠厚所杀后叛军惨绝人寰的大屠杀,史俱不载,是杜甫用血写下这一段痛史!杨伦《杜诗镜铨》乃云:"以草堂去来为主,而叙西川一时寇乱情形,并带入天下,铺陈终始,畅极淋漓,岂非诗史?"点出老杜诗史的特质:是"畅极淋漓"啊!是"带入天下"啊!"眼前列杻械,背后吹笙竽。谈笑行杀戮,溅血满长衢。到今用钺地,风雨闻号呼。鬼妾与鬼马,色悲充尔娱。"这是血淋淋的犯罪现场,杜甫用义愤之钉将叛乱者残杀无辜的反人类罪行钉在历史的耻辱柱上,向世人昭示历史上曾经有过的凶残,也向世人昭示正义在人心,总有人直面凶残,用笔向刀作出抗争!杜诗这是化史迹为情理之证存。浦起龙说得好:"诗之妙,正在史笔不到处。"

至于"大官喜我来,遣骑问所须"一联,成善楷教授有别解云:"《草堂》诗是广德二年(764)三月,杜甫从阆州回到草堂,有感于严武'遣骑问所须'而写给严武的明志诗。'得归茅屋赴成都,直为文翁再剖符。但使闾阎还揖让,敢论松竹久荒芜',这是杜甫回成都途中先寄严武五首之一开头四句。杜甫回成都,是为了严武是济世才,可以把西蜀治成礼义之邦,而不是托严武的庇荫,在成都作寓公,这意思是再明白不过的。可是,回到草堂以后,严武仅仅'遣骑问所须',连枉驾草堂都不肯,这就无怪杜甫要用'大官'这样很见外的字眼来称呼严武了。《草堂》最后一段说:'天下尚未宁……'很显然,杜甫是带着非常失望的感情来抒发其对严武只从生活上、而不从政治上予以关心的不满的……对'三年奔走空皮骨'的杜甫,首先要帮助他解决生活上的困难。这当然也是迫不及待的问题。但对杜甫来说,这种只问米盐,不问苍生的待遇,他是怎么也受不了的,于是他对严武失望了。《草堂》是杜甫有感于严武在他回成都后'遣骑问所须'而写的一篇明志诗,也是研究杜甫和严武关系的重要篇章。"(《杜诗笺记》)成教授所取的角度新,虽属揣测,也自有其道理,读杜甫后来入严武幕有诗云:"束缚酬知己,蹉跎效小忠"(《遣闷奉呈严郑公》),严、杜复杂的情感关系便知一二,因录供参考。

题桃树 (七律)

【题解】

此诗亦作于广德二年(764)春,自阆州重返成都草堂后。题,品题。赵次公云:"题止谓之题桃树,非是专题咏桃,盖因桃树而题其所怀也。此诗含仁民爱物之心,与夫遏乱喜治之意。"

小径升堂旧不斜,五株桃树亦从遮[1]。
高秋总馈贫人食,来岁还舒满眼花[2]。
帘户每宜通乳燕,儿童莫信打慈鸦[3]。
寡妻群盗非今日,天下车书正一家[4]。

【注释】

〔1〕　小径二句:小径升堂,升堂小径之倒文。升,登上。旧不斜,指小径

离开草堂时原不斜。从,任从。下句言这次回来,桃树已遮断了
路,使路只好斜出;但不忍剪伐,故曰"亦从遮"。

〔２〕　高秋二句:馈,是以食物赠人。总馈、来岁,说明是年年如此。

〔３〕　帘户二句:由爱护桃树进一步泛及他物,是诗人"民胞物与"之仁
心的体现。乳燕,雏燕。信,信手;任意。慈鸦,传说乌鸦能反哺其
母,故曰慈鸦。

〔４〕　寡妻二句:意为:如今形势正趋向统一,不再是群盗横行造成许多
孤儿寡妇的年代了! 吴见思云:"因桃树而念及贫人,因贫人而兼
及鸦燕,因鸦燕而遂及寡妻群盗,相连而下。"寡妻,寡妇。车书正
一家,是说国家正走向统一。《礼记·中庸》:"今天下车同轨,书
同文。"

【语译】

　　通向厅堂的小路原不偏,只为五株桃树遮一边。爱它秋实能供
贫人饱,明年依旧花满眼。敞开窗门为能穿雏燕,儿童切莫信手打
鸦玩。如今不再触目孤寡与匪盗,须知天下一家势已然。

【研析】

　　王世贞《艺苑卮言》曾批评道:"《题桃树》等篇,往往不可解。"
此篇的确有些句式表达含混,如"寡妻群盗",意思不明确,应属不成
功的句例。勉强解读,似言群盗造成许多寡妻,或寡妻、群盗皆乱象
也。不过总体上比兴的意味还是很清晰的。顾宸云:"题属桃树,寓
意却甚大。公一生稷契心事,尽于此诗中。以堂中作天下观,以天
下作堂中观。"诗无疑饱含古代的人道主义精神,但这种传统手法能
有新意,还在于如萧先生所指出的:"妙在结合眼前实景和日常生
活,故不流于说教。"

登　楼（七律）

【题解】

　　此为七律名篇,亦作于广德二年(764)春返成都后。《唐诗别裁》称其"气象雄浑,笼盖宇宙,此杜诗之最上者"。可以说,在这首诗中,杜甫已将七律严整的形式美发挥到极致。

　　　　花近高楼伤客心,万方多难此登临^[1]。
　　　　锦江春色来天地,玉垒浮云变古今^[2]。
　　　　北极朝廷终不改,西山寇盗莫相侵^[3]。
　　　　可怜后主还祠庙,日暮聊为《梁甫吟》^[4]。

【注释】

〔1〕　花近二句:首联用倒装句法,花近而伤心,乍看似反常理,错愕间便觉起势突兀,意兴勃发。

〔2〕　锦江二句:玉垒,山名,在灌县(今四川都江堰市)西,为吐蕃往来之冲。诗人从"玉垒浮云"中悟出"古今"之变的常理,引出下联恐朝廷倾覆的心理。《唐诗选脉会通评林》引徐中行曰:"天地、古今,直包括许多景象情事。"所谓"气象雄浑,笼盖宇宙"的印象,主要是由这两句生发开来。不妨说,二句正处于历史与自然的交汇点上。

〔3〕　北极二句:北极,指北极星。《论语·为政》:"为政以德,譬如北辰,居其所而众星拱之。"这里以众星拱卫、亘古不变的北极星喻唐王朝。西山寇盗,指吐蕃。是时,吐蕃入侵是唐王朝最大的危机。

〔4〕　可怜二句:后主,指三国蜀后主刘禅,诸葛亮死后他宠信宦官黄皓,为晋所灭。还祠庙,还有祠庙。后主庙在成都城外先主庙东侧。

此言后主昏庸而能有祠庙(象征犹是一国之君)者,是由于有诸葛亮这样的贤臣的辅助。诗人借刘后主事暗讽代宗任用宦官程元振、鱼朝恩等,致招"蒙尘"之祸,同时又有勉其亡羊补牢,从此用贤的意思,犹《伤春五首》"君臣重修德,犹足见时和"。而其中不无自许为贤臣待用之意。梁甫吟,或作"梁父吟"。乐府楚调曲名,或谓系挽歌,或谓系琴曲。《三国志·诸葛亮传》:"亮躬耕陇亩,好为《梁甫吟》。"《杜诗详注》引朱瀚曰:"俯视江流,仰观山色,矫首而北,矫首而西,切登楼情事。又矫首以望荒祠,因念及卧龙一段忠勤,有功于后主,伤今无是人,以致三朝鼎沸,寇盗频仍,遂彷徨徙倚,至于日暮,犹为《梁父吟》,而不忍下楼,其自负亦可见矣。"

【语译】

花近高楼触目更伤心,怎堪万方多难来此作登临!无边春色汹涌似趁锦江浪,玉垒浮云变幻自古至于今。唯我大唐恒在犹如北极星,西山外的吐蕃休再来入侵。可怜后主赖有孔明存一庙,日暮我思贤徘徊且作《梁甫吟》。

【研析】

《增订唐诗摘钞》称:"全诗以'伤客心'三字作骨。"其实不然,骨在"终不改"三字。纵横千万里,上下千百年,都由这对国家、民族的坚定信念撑起。全诗气势宏阔,却又意象密集:溢出视野的"来天地"之春色,穿透历史的"变古今"之浮云,众星拱卫的北极星辰;与个人的感伤,国事的忧虑,历史的回顾,林林总总交叉共构一意蕴丰富的意象世界。依靠对仗的张力,意象与意象之间,句与句之间,产生了美的磁场。"锦江春色来天地,玉垒浮云变古今。"锦江/春色/天地/玉垒/浮云/古今,两句六个意象,其密集可知。这些从现实的万象中孤立出来的意象,以及历史记忆深处的意象之间的逻辑关系与语法关系很微弱,一句中多个画面的切换,春色既是锦江的春色,也是天地的春色,乃至是玉垒山的春色而无处不在。来天地,自天地间来,又似天地浮江而来。浮云,既是玉垒山上浮云的实相,自古至今不停地变幻;同时又是古今变幻的世事之象征,引出下联"北极朝廷终不改"。其间语言的跳跃性跨度极大,切换突然,由此造成读者瞬息万变的感觉效果。至此,这些意象已经是写现实而超现实的联想意象。

再者,诗人又依靠律诗起承转合的结构,联与联之间,首尾之间,形成对流,回环往复,气象氤氲。《杜臆》于此颇有悟入:"此诗妙在突然而起,情理反常,令人错愕;而伤之故,至末始尽发之,而竟不使人知,此作诗者之苦心也……首联写登临所见,意极愤懑,词犹未露,此亦急来缓受,文法固应如是。言锦江春水与天地俱来,而玉垒云浮与古今俱变,俯视宏阔,气笼宇宙,可称奇杰。而佳不在是,止借作过脉起下。云'北极朝廷'如锦江水源远流长,终不为改;而'西山寇盗'如玉垒浮云,悠起悠灭,莫来相侵。曰'终不改',亦幸而不改也;曰'莫相侵',难保其不侵也。'终'、'莫'二字有微意在。"字字句句环环相扣顺势而下,前六句区区四十二字竟造成如许大的联想空间。末二句更是在不确定的句式中蕴含着多义性。"可怜后主还祠庙,日暮聊为《梁甫吟》。""还",是后主"回到"祠庙,还是后主毕竟"还有"个祠庙?"吟",谁在吟?是后主还是抒情主人公?《梁甫吟》,是指孔明当初吟的那首乐府,还是指代诗人刚写下的这首《登楼》诗?然而整首诗中多向、多义的意象群散而不乱,何哉?高友工《律诗的美学》说得好:"要将关系不明确的片断组织起来,就需要我们把握杜甫对历史力量的阐释:连续与断裂,动力与反动,或者简单地表述为'连'与'断'。"其整体性"是由他的历史感所决定的,而且用作整首诗的基本结构"。这个"历史感"的核心,就是我们前面说的:"骨在'终不改'三字。纵横千万里,上下千百年,都由这对国家、民族的坚定信念撑起。"

最后,我们不能忘了读者诸君:梦幻般的多义性为读者引发了自由联想的乐趣。让读者加盟进来,让思维插上翅膀,这正是诗成功的标志。

归　雁（五绝）

【题解】

广德二年(764)春,返成都后作。小诗写得清婉动人。

东来万里客,乱定几年归[1]?
肠断江城[2]雁,高高正北飞。

【注释】

〔1〕 东来二句:东来,杜甫家在东都洛阳,故云。乱定,指广德元年安史
之乱初定。

〔2〕 江城:指成都,内江、外江绕之,故称。

【语译】

万里东来的游子啊,安史之乱已平定,可家乡哪年才得归? 江城让人望之断肠的雁儿啊,羡慕你哟,能高高向北飞!

【研析】

乡思随雁飞去,留下挥之不去的落寞与惆怅。与当年乱定狂喜之作《闻官军收河南河北》对读,令人吁嘘。

绝句二首 （五绝）

【题解】

广德二年(764)暮春,作于成都草堂。

其　一

迟日^[1]江山丽,春风花草香。

泥融飞燕子^[2],沙暖睡鸳鸯。

【章旨】

诗中一句一景,皆焕发春天勃勃的生机,与杜甫经三年漂泊而后暂安的情怀,可谓内外气象交融。

【注释】

〔1〕　迟日:指春天的太阳,因春天的白天要比冬天长,故云“迟”。《诗·七月》:“春日迟迟。”毛传:“迟迟,舒缓也”。

〔2〕　泥融句:春泥黏湿,故燕子衔泥筑巢频飞。

【语译】

春日迟迟江山丽,春风习习花草香。频飞燕子衔湿泥,沙滩日暖睡鸳鸯。

其　二

江碧鸟逾^[1]白,山青花欲燃。

今春看又过，何日是归年。

【章旨】

《唐诗笺注》引黄叔灿曰："有惜春之意，有感物之情，却含在二十字中，妙甚。"

【注释】

〔1〕 逾：更。

【语译】

春江碧色鸟更白，山花似火远山青。眼看今年春又过，何年归去无日程。

【研析】

罗大经《鹤林玉露》云："杜少陵《绝句》云：'迟日江山丽，春风花鸟香。泥融飞燕子，沙暖睡鸳鸯。'或谓此诗与儿童之属对何异。余曰：不然。上二句见两间莫非生意，下二句见万物莫不适性。于此而涵咏之，体认之，岂不足以感发吾心之真乐乎？大抵古人好诗，在人如何看，在人把做甚么用……只把做景物看亦可，把做道理看，其中亦尽有可玩索处，大抵看诗要胸次玲珑活络。"好诗也要有好读者。四个画面并列，不做任何交代（像第二首将惜春与思乡联系起来之类），的确会让冬烘脑袋的人认作"儿童属对"了。这样的诗"把做甚么用"？不"言志"又写它做甚？古人罗大经"只把做景物看亦可，把做道理看，其中亦尽有可玩索处"的说法，通达矣。意象化的一个重要目的，就是要将物我关系由"实用的"转化为"审美的"。从现实中孤立出来的四个画面已然割断了与实用世界的种种联系，只呈露其春风中共有的和融怡荡的一面，使你沉醉其间，使自己"失落"在物我两忘中，得到一时的解脱。这正是人们恢复元气的最好时机。诗,成了我们栖息的家园。

绝句六首 （五绝,选二）

【题解】

依黄鹤注编在广德二年(764),复归草堂时作。

> 急雨捎溪足[1],斜晖转树腰。
> 隔巢黄鸟并,翻藻白鱼跳[2]。

【注释】

〔1〕 急雨句:捎,掠过。溪足,指浣花溪下游。

〔2〕 隔巢二句:并,同"并"。一句中用两个动词叫"双动法",这一联十个字连用四个动词,画面的快速转接似有"动画"般的效果。

【语译】

骤雨只掠过下游一段溪面,斜阳已转晒到树的半腰。一双黄鹂隔巢对坐,一尾白鱼翻出浮萍泼泼乱跳。

> 江动月移石,溪虚云傍花[1]。
> 鸟栖知故道,帆过宿谁家[2]?

【注释】

〔1〕 江动二句:写月与花的倒影引起人的错觉:江波晃动月光,映在石上,疑是石动;溪水空明,云影逐水,似云已傍近花儿。

〔2〕 鸟栖二句:归鸟与旅人形成对比:鸟至夜而知返,而旅人反不知宿

于何处;以见人之身不由己。

【语译】

江波动而石似移,云落溪水近花嬉。鸟儿尚知返巢路,行舟旅客不知投宿谁。

【研析】

一句一景,易落板实,此二诗则写得灵动。前者用双动法亟写动态,雨掠日转,藻翻鱼跳,是动画不是素描;后者化实为虚,认倒影为实相,形成错觉。难怪仇注赞不绝口:"江动月翻,恍如移石而去,溪虚云度,隐然傍花而迷;写景俱在空际。"的确是别样成功的写法。

绝句四首 (七绝)

【题解】

依前编在广德二年(764),复归草堂时作。《杜诗镜铨》:"此皆就所见掇拾成诗,亦漫兴之类。"

其 一

堂西长笋别[1]开门,堑北行椒[2]却背村。
梅熟许同朱老喫,松高拟对阮生论[3]。

【章旨】

首章写复归草堂后,人与人之间、人与自然之间,一切都那么可亲,是"民胞物与"最直观的体现。

【注释】

〔1〕　别：另。

〔2〕　行椒：成行的辣椒。

〔3〕　梅熟二句：句下原注："朱、阮，剑外相知。"喫，同"吃"。是所谓"俗字"。

【语译】

草堂之西长满笋要另开门，沟渠之北辣椒成行背靠江村。梅子熟了愿同朱老一起吃，松长高了想与阮生树下对坐谈论。

其　二

欲作鱼梁[1]云覆湍，因惊四月雨声寒。
青溪先有蛟龙窟，竹石如山不敢安[2]。

【章旨】

第二首写筑渔梁遇雨而停，流露出对大自然的敬畏之情。

【注释】

〔1〕　鱼梁：一种捕鱼设施，用竹笼装土石筑成堤梁横截水流，留缺口以笱承之，鱼随水流入笱中，不得复出。

〔2〕　青溪二句：青溪，指浣花溪，春水绿，故云。蛟龙窟，因上句有"云覆湍"与"雨声寒"，所以疑水中早先就有蛟龙之洞窟，遂引出下句不敢安放渔笱。

【语译】

我想筑个渔梁却遇到云压水漫漫，四月里竟然雨下个不停声亦寒。青溪深处兴许早有蛟龙窟，不敢筑梁任它竹料石材堆如山。

其　三

两个黄鹂鸣翠柳，一行白鹭上青天。
窗含西岭千秋雪，门泊东吴万里船[1]。

【章旨】

全诗四句皆对，一句一景，似各不相干，却同构一种喜悦的情调。

【注释】

〔1〕　窗含二句：西岭，即雪岭，其雪千年不化，故曰"千秋雪"。下句静中蓄动势，舟虽系而放则万里，隐约勾出一丝去蜀的情思。

【语译】

两只黄鹂在翠柳上啼叫，一行白鹭直上青天。窗口含着西岭上千年不化的白雪，门前泊着东吴可行万里的航船。

其　四

药条药甲[1]润青青，色过棕亭入草亭。
苗满空山惭取誉，根居隙地怯成形[2]。

【章旨】

杜甫多病，随所居种药草，此即吟药圃者。因心情好，便透出一点调侃意味。

【注释】

〔1〕　药条药甲：药条，药草的枝条。药甲，一作"菜甲"。甲，《文选》左思《蜀都赋》李善注引郑玄曰："木实曰果……呼皮曰甲。"此处应指

药草之皮与叶片,故曰"润青青"。至今闽南话称菜的外围较成熟的叶为"菜甲"。

〔2〕　苗满二句:谓所种药苗本是山中名贵药草,乃拟其口吻自谦曰"惭取誉";但因圃用隙地,根难舒张,不易成形,故又曰"怯成形"。惭、怯二字颇具幽默感。隙地,间隙之地,如屋前屋后的杂碎地。杜甫《高楠》:"近根开药圃,接叶制茅亭。"可知草堂药圃乃在楠树根与茅亭之间,这种地往往不是好地,缺少阳光,多瓦砾。成形,药草如茯苓、人参之类,根与块茎可长成动物形与人形,以此为贵。

【语译】

药枝呀,药叶呀,润润又青青,秀色穿过棕亭映茅亭。说来惭愧药苗在山颇名贵,可惜根移隙地局促怕成形。

【研析】

杜诗语言,属于那种"在我们内心引起图像的语言",所以一句一景,一景一事,都能引起我们的审美愉悦:通过画面我们不但感受到美,也感受到诗人和悦的情绪。再者,杜甫也善用俗字,《诗人玉屑》云:"数物以'个',谓食为'吃',甚近鄙俗,独杜子美善用之。云'峡口惊猿闻一个','两个黄鹂鸣翠柳','却遗井桐添个个','临岐意颇切,对酒不能吃','楼头吃酒楼下卧','梅熟许同朱老吃',盖篇中大概奇特,可以映带之也。"其实杜甫用俗语并不只是取其新奇,而是反映了他与野老田父"相狎"而深受其口语之影响的真性情,所以组诗内在地体现其对农村散漫生活的某种眷恋。这也是他下决心辞去幕府的一个不可忽略的原因。

丹青引（七古）

【题解】

丹青,作画用丹砂、花青等为颜料,故称画为丹青。引,一种曲调名,演为诗体,与歌、行近。题下自注:"赠曹将军霸。"《历代名画记》:"曹霸,魏曹髦(曹操曾孙)之后,髦画称于后代,霸在开元中已得名,天宝末每诏写御马及功臣,官至左武卫将军。"此诗约作于广德二年(764)。此诗八句一换韵,平、仄韵互换,换韵兼换意,自成段落,为杜甫七古中之创格。《唐风怀》引南村曰:"叙事历落,如生龙活虎。"

> 将军魏武之子孙,于今为庶为清门[1]。
> 英雄割据虽已矣,文采风流今尚存。
> 学书初学卫夫人,但恨无过王右军[2]。
> 丹青不知老将至,富贵于我如浮云[3]。

【章旨】

第一段叙说曹霸家世及学艺过程。

【注释】

〔1〕 将军二句:魏武,魏武帝曹操。庶,平民。清门,寒门。曹霸于天宝末年得罪,削职为民,故云。

〔2〕 学书二句:卫夫人,晋时人,名铄,字茂猗,李矩之妻,王羲之尝师之。王右军,即王羲之。羲之书为古今之冠,官右军将军。无过,没能超过。

〔3〕　丹青二句：写曹霸凝神于艺事，乐此不疲，是内行话。不知老将至，《论语·述而》："其为人也发愤忘食，乐以忘忧，不知老之将至。"富贵于我如浮云，《论语·述而》："不义而富且贵，于我如浮云"。《吴礼部诗话》称二句化用经典若自己出。

【语译】

　　曹将军呵曹将军，本是魏武皇帝之子孙，如今成了寒门普通人。英雄割据成往事，文采风流在你身上依然存。书法初学卫夫人，只恨尚未超过王右军。耽于画艺不知老将至，富贵对我好比天上之浮云。

> 开元之中常引见，承恩数上南熏殿[1]。
> 凌烟功臣少颜色，将军下笔开生面[2]。
> 良相头上进贤冠，猛将腰间大羽箭[3]。
> 褒公鄂公[4]毛发动，英姿飒爽来酣战。

【章旨】

　　第二段详写曹氏画像栩栩如生的功夫。

【注释】

〔1〕　开元二句：开元，玄宗年号。引见，被召见。南熏殿，在南内兴庆宫中。

〔2〕　凌烟二句：凌烟，凌烟阁，在西内三清殿侧。阁内画功臣像。《玉海》："画像皆北向，阁有隔，隔内北面写功高宰辅，南面写功高诸侯王，隔外次第图画功臣题赞。"唐太宗于贞观十七年（643），命阎立本图画功臣二十四人于凌烟阁，并自作赞文。少颜色，指旧画褪色。开生面，指重画新像，面目如生。

〔3〕　良相二句：进贤冠，《后汉书·舆服志》："进贤冠，古缁布冠也，文

儒者之服也。"大羽箭,一种四羽大干长箭。蔡梦弼云:"太宗尝自制长弓大羽箭,皆倍常制,以旌武功。"

〔4〕　褒公鄂公:褒公,褒国公段志玄。鄂公,鄂国公尉迟敬德。

【语译】

开元年间明皇常召见,几次三番直上南熏殿。凌烟阁里功臣像褪色,将军重画开生面。良相头戴进贤冠,猛将腰悬大羽箭。褒公鄂公须发冉冉动,英姿飒爽起酣战!

先帝御马玉花骢,画工如山貌不同[1]。
是日牵来赤墀下,迥立阊阖生长风[2]。
诏谓将军拂绢素,意匠惨淡经营中[3]。
斯须九重真龙出,一洗万古凡马空[4]!

【章旨】

第三段为曹氏在宫中作画传神写照,极言其画马的神骏。

【注释】

〔1〕　先帝二句:先帝,指玄宗。玉花骢,《明皇杂录》:"上所乘马有玉花骢、照夜白。"如山,形容画工之众。貌不同,画不像。

〔2〕　是日二句:赤墀,也叫"丹墀",殿廷中的台阶涂丹泥,故云。迥立,昂头卓立。阊阖,天子宫门。生长风,写马气势飞动。

〔3〕　诏谓二句:言曹氏作画胸有成竹,快且能严谨。拂绢素,在绢上作画。"拂"字写出曹霸画得轻松迅捷,有把握。意匠,犹构思。

〔4〕　斯须二句:斯须,一会儿。九重,指皇宫,因为天子有九重门。真龙出,画出的马与真龙马一般。《汉书·礼乐志》载《郊祀歌》:"天马来,龙之媒。"一洗,犹一扫。

【语译】

　　再画先帝那匹玉花骢,济济画工画来画去不能工。当天索性牵马来阶下,宫门之前卓立啸长风。将军承诏铺绢一挥就,构思完美乃在惨淡经营中。刹那之间九重宫殿跃龙马,万古凡马一扫空!

　　　　玉花却在御榻上,榻上庭前屹相向[1]。
　　　　至尊含笑催赐金,圉人太仆皆惆怅[2]。
　　　　弟子韩幹早入室,亦能画马穷殊相[3]。
　　　　幹惟画肉不画骨,忍使骅骝气凋丧[4]?

【章旨】

　　第四段用真马、养马人、弟子韩幹衬出曹画之妙。

【注释】

〔1〕 玉花二句:玉花,玉花骢。不说画马的绢素放在御榻之上,偏说玉花骢立在御榻上,与"堂上不合生枫树"同一机杼;下句则进一步说是画马与真马相向屹立,故意把"逼真"认作真,是曲喻的手法。

〔2〕 圉人句:此句言因画马之神骏赛过真马,顿使养马官产生失落感。圉人,养马的人。太仆,掌马的官。

〔3〕 弟子二句:韩幹,《历代名画记》:"韩幹,大梁人,善写貌人物,尤工鞍马。初师曹霸,后自独擅,遂为古今独步。"入室,喻能得师之神髓。《论语》:"由(子路)也升堂矣,未入于室也。"穷殊相,曲尽变态。

〔4〕 幹惟二句:韩幹画马肥大,所以说"画肉"。气凋丧,言韩幹的画马臃肿失去风神。杜甫以此反衬曹霸画马重气骨风神,也反映诗人自己重"瘦硬"的审美观。

【语译】

　　忽怪玉花骢在御榻上,榻上庭前两马立相向。皇帝含笑催赐金,养马人与太仆一时失落色惆怅。有个入室弟子叫韩幹,也能画马尽百相。幹马丰肥欠棱骨,可叹骅骝凛凛生气全凋丧!

> 将军尽善盖有神,必逢佳士亦写真[1]。
> 即今漂泊干戈际,屡貌寻常行路人。
> 穷途反遭俗眼白[2],世上未有如公贫。
> 但看古来盛名下,终日坎壈[3]缠其身。

【章旨】

第五段写曹氏今日之落魄不偶,与开篇"为庶为清门"照应。

【注释】

〔1〕　必逢句:此句言曹霸昔日不轻易为人画像。佳士,出众的人物。写真,即写生,此指为人画像。

〔2〕　俗眼白:被庸俗的人所轻视。眼白,即白眼。《晋书·阮籍传》:"籍又能为青白眼。见礼俗之士,以白眼对之。"

〔3〕　坎壈:困顿貌。

【语译】

将军作画样样皆传神,必遇佳士才肯偶尔为写真。如今刀口之间苦漂泊,街头屡为过客画像求生存。贵人末路反遭俗人侮,世上贫寒有谁能过君?自古盛名之下多困顿,终日穷愁潦倒缠其身!

【研析】

此诗写来波澜叠起,却又一气呵成,首尾振荡奇警,其中又多衬托,如以书法衬画,以真马衬画马,以韩幹衬曹霸等,手法丰富,足资参考,故后人奉为七古范式。南宋名诗人杨万里《诚斋诗话》曰:"雄伟宏放,不可捕捉,学诗者于李杜苏黄诗中,求此等类,诵读沉醣,深得其意味,则落笔自绝矣。"

　　诗中涉及的审美观也值得一议。"弟子韩幹早入室,亦能画马穷殊相。幹惟画肉不画骨,忍使骅骝气凋丧?"这几句诗在唐代就出现反对意见,唐张彦远不客气地直指:"杜甫岂知画者! 徒以韩马肥大,遂有画肉之诮。"(张彦远《历代名画记》卷九)另一个同为唐代著名书画史家的朱景玄则将韩幹列在"神品下",给予极高的评价(朱景玄《唐朝名画录·神品下》)。不过我们要记得,写诗毕竟不是写评论文章,同一个韩幹,可以当赞许的对象来写,也可以是当曹霸的陪衬来写。在《画马赞》中,杜甫就用另一种口吻写韩幹了:"韩幹画马,毫端有神。骅骝老大,骙裹清新。鱼目瘦脑,龙文长身。雪垂白肉,风蹙兰筋。逸态萧疏,高骧纵恣。四蹄雷電,一日天地……良工惆怅,落笔雄才。"韩之画马,在杜甫笔下顾盼神飞,哪有一点半点"画肉不画骨"的丧气? 而诗转以贬韩来衬曹之意明矣。盖诗最重视的是"当下"的感受,《画马赞》或当天宝年间与《天狗赋》《雕赋》为一时之作,不乏"盛唐气象",其中对韩幹是首肯的。至若此诗,老杜已饱历战火困顿,面对"穷途反遭俗眼白,世上未有如公贫"的曹霸,感想自然不同,故不惜以韩幹为衬,一吐胸中垒块。最后一点也是最重要的一点:它表露了杜甫乃至中唐后新审美意识之产生。盛唐人尚丰肥,有出土的女俑、三彩马为证。韩幹的肥马也是写实的,朱景玄《唐朝名画录·神品下》载:"韩幹京兆人也,明皇天宝中召入供奉。上令师陈闳画马,帝怪其不同,因诘之。奏云:'臣自有师。陛下内厩之马,皆臣之师也。'……开元后四海清平,外国名马,重译累至。然而沙碛之遥,蹄甲皆薄;明皇遂择其良者,与中国之骏同颁,尽写之。自后内厩有飞黄、照夜、浮云、五花之乘,奇毛异状,筋骨既圆,蹄甲皆厚。驾驭历险,若舆辇之安也;驰骤旋转;皆应《韶濩》之节。是以陈闳貌之于前,韩幹继之于后,写渥洼之状,若在水中,移骙裹之形,出于图上,故韩幹居神品宜矣。"当时韩幹如实写出皇家马厩中的肥马,也是写出太平时尚。"安史之乱"

后,严峻的现实呼唤一种能振起士气的新审美观,伟大诗人杜甫应运而生。他的骏马、瘦马、病马诗,风骨嶙峋,可谓开辟一方审美的新天地。后来作于夔州的《李潮八分小篆歌》云:"峄山之碑野火焚,枣木传刻肥失真。苦县光和尚骨立,书贵瘦硬方通神……况潮小篆逼秦相,快剑长戟森相向。八分一字直百金,蛟龙盘拿肉屈强。"他明确地倡汉碑,倡"骨立"、"瘦硬"的风骨,倡一种新的审美趣味,以复古图革新,其影响后世无痕有声,可谓"但开风气不为师",在文化史的进程中无疑属先知先觉者,未可厚非。杜甫岂不知画者!

院中晚晴怀西郭茅舍 (七律)

【题解】

广德二年(764)秋,在严武幕府中作。西郭茅舍,即指成都西郊草堂。

幕府[1]秋风日夜清,淡云疏雨过高城。
叶心朱实看时落,阶面青苔先自生[2]。
复有楼台衔暮景,不劳钟鼓报新晴[3]。
浣花溪里花饶笑,肯信吾兼吏隐名[4]?

【注释】

〔1〕　幕府:古代将军府署称"幕府",此指严武的办事与参谋机构所在地。

〔2〕　叶心二句:上句言眼见树叶中间的果实已红透,不时地落下。先自生,一作"老更生"。

〔3〕　复有二句：暮景,落日。钟鼓报新晴,仇注："俗以钟声亮为晴
　　　之占。"
〔4〕　浣花二句：饶笑,多笑。兼吏隐名,仇注引杨德周曰："晋山涛,吏非
　　　吏,隐非隐。公在幕府为吏,归草堂为隐,兼有其名也。"

【语译】

　　清秋官署日夜风,高城时有淡云疏雨通。叶间红果眼前落,阶
上青苔趁雨生绿茸。雨过又见楼台衔落日,何劳卜晴听亮钟？浣花
溪畔花偷笑,谁信我吏隐一身能兼容？

【研析】

　　广德二年六月,严武荐杜甫为节度使署中参谋,检校工部员外
郎;杜甫于是成为严武的幕僚。有人怪严武只关心杜甫的物质生活
而不关心老杜的仕进,有点冤枉了严武。杜的至交无论房琯还是高
适,都不曾像严武这样积极主动地推荐过杜甫：严氏初镇蜀,曾劝
杜曰："莫倚善题《鹦鹉赋》,何须不着鹓鹣冠。"这是动员他出仕;后
来严武到长安,又荐杜为京兆功曹;此次再镇蜀,即荐之为节度使署
中参谋,检校工部员外郎,赐绯鱼袋。恐怕问题还在小看了杜甫,所
荐官太小,难展抱负一济苍生耳。你知道的,小官小吏不是人干的
活,诗人自然更不耐烦。杜勉强接受,除了添一份糊口的薪水外,也
算是故人之情难却。所以接着在《遣闷奉呈严郑公》诗中便说道：
"束缚酬知己,蹉跎效小忠。"此诗表现的正是这种矛盾心态。

　　还可以换个角度看问题。"自嘲"也许是人类情感的高级状
态,因为当一个人能够站在"我"之外看"我",并由此产生出幽默
感,此人理性与感性之健全还用说吗？杜甫就具有这一诗性(胡适
却将这种情感说成"滑稽",实在令人失望)。我们已多次提到杜甫
的"无可奈何",它是理想与现实的落差,是"我"与"相反的自我"之
间的相持不下。卢世㴑曰："此诗举束缚蹉跎,无可奈何意,一痕不

露,只轻轻结语云:'浣花溪里花饶笑,肯信吾兼吏隐名。'"在这一看似轻松的话题里,躲藏着中国文人的一个噩梦。当官,就得扭曲天性,"削足适履",按官场的游戏规则办事做人;不当官,就会被边缘化,一事无成。对生命的价值思考,在哈姆雷特是"活着还是死去";在中国士大夫则是"出"还是"处"?可在杜甫这里,此刻却化为花儿轻轻的窃笑:对大自然来说,朱实该落便落,青苔该生便生;雨霁复晴,何劳相报?一切自自然然,何苦恼之有?反观的结果,杜甫并没有放弃真性情,相反,功利心已得到净化,他只是回到原点。不久,杜甫辞别了幕府。

宿　府（七律）

【题解】

与上一首同为广德二年(764)秋,在严武幕府中作。宿府,宿于幕府。

> 清秋幕府井梧寒,独宿江城蜡炬残[1]。
> 永夜角声悲自语,中天月色好谁看[2]?
> 风尘荏苒[3]音书绝,关塞萧条行路难。
> 已忍伶俜十年事,强移栖息一枝安[4]。

【注释】

〔1〕　清秋二句:井梧,井旁的梧桐。江城,指成都。

〔2〕　永夜二句:永夜,长夜。中天,天的中央,月正当头之意。《唐宋诗举要》引吴曰:"'永夜'二句皆中夜不眠凄恻之景。"角声哀怨似人之自诉衷肠,而月色虽好只是自赏,皆因景生情。此联雄壮工致,

　　且独宿之情宛然。

〔３〕　荏苒：时光流逝。

〔４〕　已忍二句：伶俜，孤单。十年，指"安史之乱"至今凡十年。一枝，
　　　　《庄子·逍遥游》："鹪鹩巢于深林，不过一枝。"此句言勉强入幕。
　　　　此诗八句皆作对仗。

【语译】

　　秋来幕府井梧已着霜，江城独宿看烛短。长夜角声自哀怨，中天月好谁共赏？乱世漫漫音书断，乡关萧索欲回难！孤苦至今十年忍，勉强移来此处暂依傍。

【研析】

　　《瀛奎律髓》："此严武幕府秋夜直宿时也。三、四与'五更鼓角声悲壮，三峡星河影动摇'同一声调，诗之样式极矣。"杜诗中这种典型沉郁顿挫的律句被称作"杜样"，成为后学模仿的范式。这种句式往往法律严密且字字皆响，有很强的形式感。《岘佣说诗》乃云："'永夜角声悲自语，中天月色好谁看？''悲'字、'好'字，作一顿挫，实七律奇调，令人读烂不觉耳。""作一顿挫"不但是音节上的（二字在句腰拉长音调可强化咏叹效果），也是意义转换上的。王嗣奭将自己的阅读经验写了出来："'永夜角声悲'、'中天月色好'为句，而缀以'自语'、'谁看'，此句法之奇者，乃府中不得意之语……余初笺将三、四联'悲'、'好'，连上为句法之奇。今细思之，终不成语。盖'悲'、'好'当作活字看。"（《杜臆》）应当说，"悲"字既写出角声哀怨如自语，也写出自己独自漂泊无依之悲情，是所谓"喻之两柄"。"好"既接上为"月色好"，又连下为"好谁看？"是对当时的情绪下一转语，身兼相反两义。所以说，"当作活字看"。老杜自谓"晚节渐于诗律细"，信然。

严郑公宅同咏竹〔得香字〕（五律）

【题解】

广德二年(764)秋,在严武幕府中作。严郑公,指严武。此诗为严武与属下分韵唱和之作,甫分得"香"字为韵脚。

> 绿竹半含箨[1],新梢才出墙。
> 色侵书帙晚,阴过酒樽凉[2]。
> 雨洗娟娟净,风吹细细香。
> 但令无剪伐,会见拂云长。

【注释】

〔1〕　箨:笋壳。此言新竹初长,尚带笋壳。

〔2〕　色侵二句:写竹影:因是新梢色嫩,碧色能掩映书卷为时尚早,但其阴影过处,酒樽亦凉。

【语译】

这是一株还带着笋壳的绿竹,那新枝梢才刚探出墙外。再晚些时候碧色便能掩映书卷,绿荫过处酒樽已觉凉快。竿竿雨水洗过分外明秀,微微风动似闻细细香来。只要你不去修剪砍伐,就会看到它穿云破雾直上九重!

【研析】

粉节含箨,体物贴切。尤其是劲联,由色生香,应属"通感",使人呼吸园中,享尽雨后竹林清新空气。这就够了。末句寓意,不外是欲摆脱官场束缚耳,这怕难。

除　草 (五古)

【题解】

　　题下旧注:"去薮草也。薮音潜,山韭。"或云当是荨草,即荨麻,毛刺能螫人。代宗永泰元年(765)正月,杜甫辞去节度参谋的职务,回到草堂。这首诗应是回草堂后所作,借除草以喻除奸。

草有害于人,曾何生阻修[1]!
其毒甚蜂虿,其多弥道周[2]。
清晨步前林,江色未散忧。
芒刺在我眼,焉能待高秋[3]!
霜露一沾凝,蕙叶亦难留[4]。
荷锄先童稚,日入仍讨求。
转致水中央,岂无双钓舟?
顽根易滋蔓,敢使依旧丘?
自兹藩篱旷[5],更觉松竹幽。
芟夷[6]不可阙,疾恶信如雠!

【注释】

〔1〕　曾何句:曾,怎也。曾何,叠用诘责语气,言此草何以要生来阻碍道
　　　　路。修,长也。《诗·蒹葭》:"道阻且长。"
〔2〕　其毒二句:甚,起过。虿,蝎类。弥,满也。道周,路边。
〔3〕　芒刺二句:谓疾恶如仇,除恶贵速,不能听其自生自灭。芒刺,小

刺。高秋,指九月。

〔4〕 霜露二句:言至深秋霜下,香草也得死去。承上联说明要先除恶草而后快,免得秋来美丑善恶同尽。蕙叶,指香草。

〔5〕 自兹句:言除恶草弃之水中之后,始觉庭院内开阔清净。自兹,自此。

〔6〕 芟夷:铲除。

【语译】

荨草你真害死人,为何横梗长路到处有! 毛刺螫人更比蜂蝎毒,路旁弥漫何其稠。清晨林前走,江边秀色难消忧。你是芒刺扎我眼,哪能容你滋生到九秋! 霜露一旦普天降,可怜香草虽好也难留。日出急扛锄头走在儿辈前,日落不依不饶还将恶草搜。更把草堆转运弃水中,再穷还有这对钓舟。须知顽根容易死复生,岂能让它残存留土丘? 从此庭院开阔复清净,更觉满园松竹幽。铲除剪伐不松懈,疾恶确如对敌仇!

【研析】

中国人讲仁义、讲厚道,同时也讲爱憎分明、讲疾恶如仇。"新松恨不高千尺,恶竹应须斩万竿。""横眉冷对千夫指,俯首甘为孺子牛。""僧是愚氓犹可训,妖为鬼蜮必成灾。"这些都属"中国话"。历史有太多惨痛的教训,有太多的"中山狼",让人不得不分别对待人群中的各色人等。宽容,须是不至于让恶人继续甚至更多更深地残害善良的人为前提。疾恶,也应提防以此为藉口以暴易暴,恣意施暴。此诗表达的是杜甫爱憎分明的真性情,也是这一历史时期中国人普适的道德观。

春日江村五首 （五律）

【题解】

　　诗作于唐代宗永泰元年（765）春。江村，指浣花溪居所。从五首内容看，应是辞去幕府前夕的言志之作。

其　一

农务村村急，春流岸岸深。
乾坤万里眼，时序百年心[1]。
茅屋还堪赋，桃源自可寻[2]。
艰难贱生理，飘泊到如今[3]。

【章旨】

　　第一首见江村一片务农景象，由此起兴，总结平生之失，决定安下心来务农。

【注释】

〔1〕乾坤二句：万里眼，指万里外的家乡只在望中。百年，指一生。下句谓时序流逝，平生事业无成，总在心中。

〔2〕茅屋二句：赋，赋诗。桃源，陶渊明有《桃花源记》，此借指江村。二句言：江村环境优美，相信务农可以卒岁。

〔3〕艰难二句：贱，一作"昧"。飘泊，同"漂泊"。二句为杜甫自己总结：一辈子用心都不在谋生手段上，不懂营生之道，又逢丧乱，以致漂泊依人直至今日。

【语译】

村村农事催人甚,条条溪流春水深。望穿乡关茫茫万里外,一生事业无成总上心。江村不啻桃源里,茅屋自爱用诗吟。因轻经营常贫困,漂泊依人遂至今。

<h2 style="text-align:center">其　二</h2>

迢递来三蜀,蹉跎有六年[1]。
客身逢故旧,发兴自林泉[2]。
过懒从衣结,频游任履穿[3]。
藩篱无限景,恣意[4]向江天。

【章旨】

第二首写自己在蜀经历及入幕的苦衷,表达志在林泉的意向。

【注释】

〔1〕　迢递二句:迢递,遥远。三蜀,汉初分蜀郡置广汉郡,汉武帝又分置犍为郡。三郡合称三蜀,这里即指蜀地。蹉跎,岁月空度。六年,从乾元二年(759)杜甫入蜀,到永泰元年(765),计已六年。

〔2〕　客身二句:与"肯信吾兼吏隐名"意同,上句言因故旧而入幕,下句言仍志在山林。故旧,指重来镇蜀的严武。

〔3〕　过懒二句:言己安贫任漂泊之意志。过懒,太懒。从衣结,衣服破了就随便打个补丁。履穿,鞋子磨穿。

〔4〕　恣意:任意;纵情。

【语译】

我从远方来到巴蜀,岁月空度已然六年。游子入幕只因逢故友,可兴趣啊还是在林泉。性子太懒任从衣百结,好漫游随它鞋底磨穿。柴扉竹篱自有无限风光,野老纵情拥抱大自然。

其　三

种竹交加翠,栽桃烂熳红。

经心石镜月,到面雪山风[1]。

赤管随王命,银章付老翁[2]。

岂知牙齿落,名玷荐贤中[3]。

【章旨】

第三首写蜀地春色,忆及两次当官,自嗟失意。

【注释】

〔1〕　经心二句:是所谓"眺游",从当下风月联想蜀地他处风光。为倒
　　　装句式。经心,此指印象深刻。石镜,在成都西北角武担山,相传
　　　乃蜀王遣五丁于武都担土葬妃子处。《蜀中名胜记》引《寰宇记》:
　　　"上有一石,厚五寸,径五尺,莹澈,号曰石镜。"杜甫前此有《石镜》
　　　诗云:"独有伤心石,埋轮月宇间",后又有诗忆之云:"石镜通幽魄,
　　　琴台点绛唇";可见对此景点印象之深,故曰"经心"。雪山,岷山支
　　　脉,在成都西。

〔2〕　赤管二句:言及两次当官,早年当过皇帝侍从官,如今老了还当节
　　　度使参谋赐绯鱼袋,颇有每下愈况之叹。赤管,红杆笔。仇注引
　　　《汉官仪》:"尚书令仆丞郎,月给赤管大笔一双,椽题曰:'北宫著
　　　作。'"银章,银印。汉时二千石以上官皆银印青绶,唐代无赐印者,
　　　此借指随身鱼袋。杜甫时为节度使参谋,检校工部员外郎,赐绯鱼
　　　袋。老翁,诗人自指。

〔3〕　岂知二句:岂知,岂料。玷,玷污,谦辞,谓自己"荣登"严武的荐贤
　　　表是不符合条件的。但"牙齿落"才被荐,况且还是小官,其中不无
　　　自嘲自嗟意味。

【语译】

种竹已成碧交错,栽桃花开熳烂红。萦心不去石镜月,拂面阴凉雪山风。曾秉赤管大笔随皇帝,今又绯鱼袋来赐老翁。自讶名辱荐贤表,牙已落矣头正童。

其　四

扶病垂朱绂^[1],归休^[2]步紫苔。

郊扉存晚计,幕府愧群材^[3]。

燕外晴丝卷,鸥边水叶开^[4]。

邻家送鱼鳖,问我数能来^[5]。

【章旨】

第四首写病休在家中,徘徊园林,邻人馈问,终于下定决心辞去幕府归去来。

【注释】

〔1〕　绂:系佩玉或印章的丝带。与上一首"银章付老翁"相应,这里系的不是印章,仍是借指绯鱼袋。

〔2〕　归休:请病假,或休沐(官定节假日)回家。

〔3〕　郊扉二句:郊扉,指成都市郊草堂。存晚计,留作晚年退路。《杜臆》:"已将终老于此。"下句自谦,谓比不上幕府里的众英才,其实是表示要退出幕僚之列。

〔4〕　燕外二句:燕外、鸥边,燕、鸥的周边。杜甫常用"外"、"边"表示事物间并存的关系。晴丝,蛛丝一类的游丝。水叶,此指浮萍。

〔5〕　问我句:问,馈问;造访。数能来,常能来。《杜臆》:"馈问殷勤,又得佳邻,郊扉晚计,诚未为失也。"

【语译】

扶病回家休养,拖着绯鱼袋缓步踏莓苔。郊园是我晚年的退路,幕府诸彦我岂敢并排。燕翔远离蛛网张,鸥飞贴水浮萍开。邻居送咱鱼和鳖,感其馈问勤往来。

<h2 style="text-align:center">其　五</h2>

群盗哀王粲,中年召贾生。
登楼初有作,前席竟为荣[1]。
宅入先贤传,才高处士名[2]。
异时[3]怀二子,春日复含情。

【章旨】

末章以王粲、贾谊自喻作结。

【注释】

〔1〕　群盗四句:王粲,字仲宣,"建安七子"之首。汉末避乱荆州依刘表,曾登当阳城楼,作《登楼赋》,抒发思乡与怀才不遇之情;又有《七哀诗》,首篇云:"西京乱无象,豺虎方遘患。"杜甫一、三两句乃以王粲自喻,写避乱入蜀、报国无门的苦闷。贾生,即汉代的贾谊,年十八,善文,人称贾生。为汉文帝太中大夫,后贬长沙王太傅,多次上疏批评时政,是两汉著名的政论家。前席,移坐而前。汉文帝坐宣室,召贾谊问鬼神事。至夜半,文帝前席。事见《汉书·贾谊传》。二、四两句则以贾谊自喻,叹贾生不幸,但终究有过被文帝召见密谈之殊荣,更叹自己的不幸。中年,《杜臆》曰:"中年非以老少论也,公与贾皆以废弃而收用,故云。"四句皆以古事叙今情,《杜臆》说得好:"公之妙在直将古人融作自己,而借以自发其意。"

〔2〕　宅入二句:宅,指王、贾二人寓所。二人客寓之地被载入典籍(如王粲楼、贾谊井,皆为有记载的著名古迹)。《杜工部诗集辑注》:"公

依严武,似王粲荆州;官幕僚,似贾生王傅。故此诗以二子自况,因以自悲也。宅空载于先贤,名实同于处士,二语正为卜居草堂、吏隐使府发叹,寄感甚深。"

〔3〕　异时:指自己与王、贾不同时代。

【语译】

王粲哀乱象,登楼一赋早成功。贾生召见晚,文帝前席终为荣。厝宅空入先贤传,声名不过处士同。叹子与我不同代,春日有怀草堂中。

【研析】

"宅入先贤传,才高处士名"二句,注家有歧解。《杜臆》云:"盖公在院中失意而归,其欲隐此江村,为农以没世,俾后人知有少陵草堂而匹美前贤也。百世而后,竟符其志。"陈贻焮先生遂发挥道:"老杜卜宅花溪,并不打算在此久住,可是他当初栽幼松时确乎有为千载以后的人留纪念之意:'欲存老盖千年意,为觅霜根数寸栽。'因此,说浣花草堂是老杜筚路蓝缕为后代建的'公园',也未尝不可。今读'宅入先贤传,才高处士名',更证实老杜果真自信名高,能像贾谊、王粲一样留宅后世。"(《杜甫评传》)古人"立德、立功、立言"说到底就是立名,这也是中国人对"永恒生命"的特殊认识,所以老杜立功不成想来个"宅入先贤传"并不奇怪。只是从组诗整体看,从同时期诗中反映的焦虑看,都集中在吏与隐的矛盾上:"浣花溪里花饶笑,肯信吾兼吏隐名""束缚酬知己,蹉跎效小忠"是也。所以我采用了朱鹤龄注:"宅空载于先贤,名实同于处士,二语正为卜居草堂、吏隐使府发叹,寄感甚深。"才高如贾生、王粲尚且不过尔尔,尤其是贾生"前席竟为荣","为荣"的竟然只是李商隐所说的"不问苍生问鬼神",荣又如何?不荣又如何!作了然语正是下定决心辞职归隐之兆。如此,则五首主旨、意脉焕然。是耶?非耶?留与读者诸君评判。

赤霄行 （七古）

【题解】

旧注编在代宗永泰元年（765），辞幕职归草堂后作。诗成后，拈中间"赤霄"为题。

　　孔雀未知牛有角，渴饮寒泉逢觝触。
　　赤霄玄圃须往来，翠尾金花不辞辱[1]。
　　江中淘河吓飞燕，衔泥却落羞华屋[2]。
　　皇孙犹曾莲勺困，卫庄见贬伤其足[3]。
　　老翁慎莫怪少年，葛亮《贵和》书有篇[4]。
　　丈夫垂名动万年，记忆细故[5]非高贤。

【注释】

〔1〕　赤霄二句：此二句谓孔雀高贵，往来于仙境，不与牛计较，甘受其辱。赤霄，有红霞的高天。《楚辞·远游》："譬若王侨之乘云兮，载赤霄而凌太清。"玄圃，即悬圃，传说在昆仑山，为仙人居处。翠尾金花，孔雀尾羽色金翠，带金属光泽，故云。

〔2〕　江中二句：淘河，即"鹈鹕"，亦称"塘鹅"，食鱼。《庄子·秋水》："鸱得腐鼠，鹓鶵过之，仰而视之曰：'吓！'"注："吓，怒而拒物声"。此化用之，借言淘河疑燕来争其鱼而愤然吓之。华屋，华丽的房屋，今所谓之豪宅。

〔3〕　皇孙二句：皇孙，《汉书·宣帝纪》载：帝初为皇孙，尝困于莲勺卤中。如淳曰："为人所困辱。"莲勺县（故城在今陕西渭南东北）有盐池，纵广十余里，乡人名为卤中。卫庄，卫当作鲍，指鲍庄子，齐国

大夫。《左传·成公十七年》载:灵公刖鲍牵(即鲍庄子;刖,斩足的酷刑)。孔子曰:"鲍庄子之智不如葵,葵尤能卫其足。"注:"葵倾叶向日,以蔽其根。"两句以古人也曾受困自解。

〔4〕 葛亮句:葛亮,指诸葛亮。贵和,书篇名。《三国志·诸葛亮传》载:陈寿所上《诸葛亮集》目录,有《贵和》篇。

〔5〕 细故:小事。阮籍《咏怀》:"细故何足虑,高度跨一世。"

【语译】

　　孔雀不知牛长角,泉边喝水遭牛抵。孔雀往来在仙境,翠尾金花忍受欺。君看江中塘鹅守鱼吓飞燕,可怜飞燕羞回华屋只为失落所衔泥。噫!贵如宣帝儿时也曾被人辱,鲍庄刖足只因不识时。老汉我须慎之又慎切莫惹少年,孔明《贵和》篇中有劝规。大丈夫志在千秋业,计较琐屑不是贤者之所为。

【研析】

　　这首自比孔雀的诗为后之大小圣贤所诟病,也是在所难免——诗人毕竟不是道德家。他有七情六欲,有愤怒也有怨气,孔子不有云乎:"诗可以怨。"这首诗写的也是真性情的一个特殊面,即怨愤中的克制。与道德家"责己"的修养不同之处是:他依然高傲而蔑视小人。仇注引申涵光说:"《赤霄行》,胸中有一段说不出之苦,故篇中皆作借形语。"为了表达胸中那段"说不出之苦"的杂糅情感,杜甫创构了这种近乎寓言的形式,选此聊备一格,以见杜甫随物赋形的文心。

去　蜀 (五律)

【题解】

　　唐代宗永泰元年(765)对杜甫来说,真是个黑色的年份:正月,高适病逝;四月,年方四十的严武亦卒。杜在蜀失去最后的依靠,原本就有的出蜀计划马上提上日程,因作是诗,感慨系之。去,离也。

> 五载客蜀郡,一年居梓州[1]。
> 如何关塞阻,转作潇湘游[2]。
> 世事已黄发,残生随白鸥[3]。
> 安危大臣在,不必泪长流[4]。

【注释】

〔1〕 五载二句:五载,指上元元年(760)、上元二年(761)、宝应元年(762)、广德二年(764)、永泰元年(765)。一年,指广德元年(763)。张志烈主编《杜诗全集》指出:杜甫在成都居住的实际时间只有三年零九个月,避徐知道之乱流寓梓、阆的时间则为一年零九个月,这里是指其略数,概而言之。蜀郡,即成都。

〔2〕 如何二句:言北归故里的关塞阻断,只好转由水路东进,作潇湘之游。潇湘,潇水、湘水皆在湖南境内。游,与下联"随白鸥"之"随",同样有"漂泊"的意味。

〔3〕 世事二句:已、随,句中作转语:万事如何? 老大无成,休再提起;残生又如何? 归宿无着,仍似白鸥漂泊。黄发,发白转黄,形容衰老已久。残生,余生。

〔4〕 安危二句:《杜诗镜铨》:"结用反言见意,语似自宽,正隐讽大臣也。"其中隐寓诗人对蜀郡安危的忧患。事实是,严武死后不久,军阀混战,西川节度使成都尹郭英乂被杀,蜀中大乱。

【语译】

　　五年在成都,一年在梓州。奈何北边关塞已断阻,回乡不成转向潇湘游。万事如何休再提,白发转黄已久愁。余生如今欲何之? 江湖漂泊随白鸥! 国家安危自有大臣谋,我辈野老何必泪不收。

【研析】

《杜诗镜铨》评云:"有篇无句,此方是老境。"整个焖,比烧烤更入味。只要看看上文所选种种苦心经营草堂之诗与《春日江村五首》,便知"去蜀"岂容易哉!"去蜀"二字当得"离骚"二字。

卷 六

狂歌行赠四兄 （七古）

【题解】

永泰元年(765)夏,杜甫离开成都开始其新一轮的漂泊,在嘉州作。四兄,指其排行第四的堂兄某。

与兄行年校一岁[1],贤者是兄愚者弟。

兄将富贵等浮云,弟切功名好权势[2]。

长安秋雨十日泥,我曹辔马听晨鸡[3]。

公卿朱门未开锁,我曹已到肩相齐。

吾兄睡稳方舒膝,不袜不巾踏晓日[4]。

男啼女哭莫我知,身上须缯腹中实[5]。

今年思我来嘉州,嘉州酒重花绕楼[6]。

楼头吃酒楼下卧,长歌短咏迭相酬。

四时八节[7]还拘礼,女拜弟妻男拜弟。

幅巾鞶带[8]不挂身,头脂足垢何曾洗。

吾兄吾兄巢许伦[9],一生喜怒长任真。

日斜枕肘寝已熟,啾啾唧唧为何人?

【注释】

〔１〕　与兄句：行年，指年龄。校，相差。

〔２〕　兄将二句：富贵等浮云，《论语・述而》："不义而富且贵，于我如浮云。"弟，诗人自指。切，一作"窃"。

〔３〕　我曹句：我曹，我辈。鞴马，准备坐骑。

〔４〕　踏晓日：晓起而行。

〔５〕　男啼二句：意谓杜四对家事不闻不问，似乎不知道家人要穿暖吃饱。缯，帛之总名，此泛指衣服类。

〔６〕　嘉州句：嘉州，今四川乐山市。重，一作"香"。

〔７〕　四时八节：四时，指春、夏、秋、冬。八节，指立春、春分、立夏、夏至、立秋、秋分、立冬、冬至。这里只是藉杜四要求儿女四时八节都讲究礼数，来反衬杜四自己的不拘礼数，不必坐实。事实上杜甫在嘉州最多只过个端午节而已。

〔８〕　幅巾鞶带：头巾皮带。

〔９〕　巢许伦：巢父、许由之类的人物。巢、许为古代著名的隐士。

【语译】

　　我和老兄相差只一岁，你最贤明我最蠢。兄看富贵如浮云，弟求权势好功名。长安秋雨十日陷泥泞，我辈赶早备马等鸡鸣。公卿朱门尚未启，我辈已到排整齐。吾兄睡个够来方伸腿，散发赤足踏朝晖。儿女啼哭不挂心，只管自己吃穿过得去。今年想念老弟来嘉州，嘉州花开绕酒楼。楼上饮酒楼下醉，长歌短咏再三和。四时八节讲礼数，呼来儿女拜弟与弟妇。兄则不衫亦不履，蓬头垢足不拘束。我兄我兄能配巢与许，一生嬉笑怒骂任真朴。迟日枕肘正熟睡，何人叽叽喳喳烦耳目！

【研析】

　　这是一首漫画式的诗，三笔两笔就勾勒出一个可悲、可笑、可悯的形象："男啼女哭莫我知，身上须缯腹中实"一联，足以透出杜四狂狷背后的悲哀。至如"兄将富贵等浮云,弟切功名好权势。长安秋雨十日泥,我曹鞴马听晨鸡。公卿朱门未开锁,我曹已到肩相齐"一段,《杜诗镜铨》评云:"明宗臣《报刘一丈书》所本。"宗臣写谒见权贵一段云:"日夕策马,候权者之门,门者故不入,则甘言媚词作妇人状,袖金以私之;即门者持刺入,而主者又不即出见,立厩中仆马之间,恶气袭衣袖,即饥寒毒热不可忍,不去也。抵暮,则前所受赠金者出,报客曰:'相公倦,谢客矣,客请明日来。'即明日,又不敢不来。夜披衣坐,闻鸡鸣,即起盥栉,走马抵门。门者怒曰:'为谁?'则曰:'昨日之客来。'则又怒曰:'何客之勤也?岂有相公此时出见客乎?'客心耻之,强忍而言之曰:'亡奈何矣,姑容我入。'门者又得所赠金,则起而入之,又立向所立厩中……"经宗臣的演绎,固然淋漓尽致,却失去一种悲悯之心,是单向对事权贵者无情的鞭策;而杜诗则是双向的自嘲:既写出求仕之可笑,又写出寒士仕途之艰辛与无奈,遂及忏悔,其中不无怀才不遇、报国无门的愤懑。表面上"头脂足垢"的杜四是主角,骨子里真率的杜甫才是主角。陈贻焮先生说得对:"写四兄的疏放自适,非止称赞对方,且用以为对照,增强自嘲以书愤的艺术效果。"(《杜甫评传》)

题忠州龙兴寺所居院壁(五律)

【题解】

忠州,治所在今重庆忠县。此诗作于永泰元年(765)夏秋之交。因有族侄在此为刺史,故作停留。

忠州三峡内,井邑聚云根[1]。
小市常争米,孤城早闭门[2]。

空看过客泪,莫觅主人恩[3]。

淹泊仍愁虎,深居赖独园[4]。

【注释】

〔1〕 忠州二句:《读杜心解》:"赵曰:三峡以明月峡为首,巴、巫峡之类
为中,东突峡为尽。按:明月峡在渝州,巫峡等在夔外,忠州在夔、
渝之间。"故谓"三峡内"。此"三峡"与今称瞿塘峡、巫峡、西陵峡为
三峡者异。云根,赵次公注:"云根言石也。张协诗:'云根临八极,
雨足散四溟。'盖取五岳之云触石而出。则石者,云之根也。唐人
诗多指云根为石用之。"此谓县城在深山中云起处。

〔2〕 小市二句:《杜臆》云:"市争米者,荒也;城早闭者,盗也。此作客
所最苦者。"

〔3〕 空看二句:过客,自指。主人,忠州刺史杜某。杜甫有族侄为忠州
刺史,杜甫有《宴忠州使君侄宅》诗,但后来未见关照,二句则表达
失望之情。

〔4〕 淹泊二句:淹泊,漂泊中的滞留。独园,给孤独园,指佛寺,即龙
兴寺。

【语译】

忠州就在三峡内,市井聚处白云深。圩集米少人争购,孤城防
盗早闭门。过客空流泪,主人吝施恩。漂泊常畏虎,佛寺藏此身。

【研析】

离开嘉州,下戎州、渝州,杜甫随江水一路逶迤到忠州。在这
里,他又听到老友高适过世的噩耗(其实早在永泰元年正月,高已
亡,消息如此不灵,着实奇怪),加上当刺史的族侄某请了一餐之后
便不再理会,生活仍无着落,心情不好可想而知。诗中依次呈现了
冷僻的市井,米少盗多的小县城,寡恩的地方官,老虎出没,寺院深

藏,无处不透出一种莫名的寂寞。用形象说话正是诗的特点。

禹　庙（五律）

【题解】

永泰元年(765)秋,作于忠州。《方舆胜览》载,禹祠在忠州临
江县南,过江二里。此为杜诗五律佳篇,《杜诗详注》云:"四十字中,
风景形胜,庙貌功德,无所不包;局法谨严,气象宏壮,是大手笔。"

禹庙空山里,秋风落日斜。
荒庭垂橘柚,古屋画龙蛇[1]。
云气生虚壁,江声走白沙[2]。
早知乘四载,疏凿控三巴[3]。

【注释】

〔1〕　荒庭二句:橘柚,《尚书·禹贡》:"厥包橘柚,锡贡。"《孟子·滕文
　　　公》:"(禹)驱龙蛇而放之菹。"晁说之《送王性之序》引孙莘老云:
　　　"橘柚锡贡、龙蛇,皆禹之事也。"橘柚与"画龙蛇"皆眼前实景,又与
　　　大禹事迹绾连,是景物与历史的交汇,故前人称之,《诗薮》曰:"'荒
　　　庭垂橘柚,古屋画龙蛇'……杜用事入化处。然不作用事看,则古
　　　庙之荒凉,画壁之飞动,亦更无人可著语。此老杜千古绝技,未易
　　　追也。"

〔2〕　云气二句:生虚壁,一作"嘘青壁"。浦注:"'嘘'之,'走'之,造物
　　　之气势,即神禹之气势也。"《唐诗归》谭元春云:"'声走'妙!"

〔3〕　早知二句:上句言早已熟知大禹治水用各种交通工具,无处不到,
　　　艰难备尝。下句言今日所见,乃大禹疏凿之功。四载,四种交通工

具。《书·益稷》:"禹曰:洪水滔天……予乘四载,随山刊木。"《史记·夏本纪》:"陆行乘车,水行乘舟,泥行乘橇,山行乘樏。"三巴,指巴郡、巴东、巴西。

【语译】

空山存禹庙,落日斜秋风。荒庭橘柚垂硕果,古屋两壁绘蛇龙。云气冉冉青壁出,泥沙俱下江声隆。早闻车船橇樏艰难备,今睹水控三巴疏凿功!

【研析】

此诗处处暗示禹的存在,或者说禹隐形于这一切与之相关的事物中,成为潜在的统一全诗气氛的中心,是高友工《唐诗的魅力》所称"典故的整体性效果"之范例。杜诗后期此类历史意象日渐增多。兹摘高文对该诗分析一则于下,供参考:

> 我们发现这首诗的组织原则是很微妙的。除了表现题材相同之外,前六句由于运用了一系列涵义相近的形容词而得到进一步的统一,像"空"、"落"、"荒"、"虚",由此而表现的肌质构型给全诗赋予了明显的悲凉情调。需要着重指出的是:不仅尾联,其他三联也都暗指了禹王的丰功伟绩。按《尚书》记载,橘柚是外族部落献给大禹的贡品,而《孟子》中曾有禹把龙蛇逐入沼泽的说法。作为禹庙景物的一部分而出现在三、四两句的橘、柚、龙、蛇,也可以看成禹王伟大的实际证明:当年大禹所纳的橘柚,如今已在他的庙院中长成硕果累累的大树;而他所驯服的龙蛇也成为他庙宇的卫士。五、六两句也有同样的效果:"云气虚白壁,江声走白沙"表现的只是耳闻目睹的场景,但作为治水英雄的大禹,通过他的神力,可以出现在一切与水有关的事物中,所以,"云气"和"江声"也都暗示了云涌江流之

中禹王匆匆来去的气势。

　　因此,这首诗蕴含了两层意义:第一层,每句诗都是围绕禹庙或其周围景物的描写,并以这种对具体事物的描写统一全诗;第二层,每句诗都提到了禹王那些流传至今的丰功伟绩,在这些业绩的衬托下,禹王的形象显得格外高大,因而成为统一全诗的另一个中心。

拨　闷（七律）

【题解】

永泰元年(765)秋后,将下云安(今重庆云阳)时作。

闻道云安麹米春[1],才倾一盏即醺人。

乘舟取醉非难事,下峡消愁定几巡。

长年三老遥怜汝,捩柁开头捷有神[2]。

已办青钱防雇直[3],当令美味入吾唇。

【注释】

〔1〕　麹米春:酒名。唐人喜以春字名酒,《仇池笔记》:"退之诗云:'且可勤买抛青春。'《国史补》云:"酒则有……荥阳之土窟春,富平之石冻春,剑南之烧春。杜子美诗云:'闻道云安麹米春。'裴铏《传奇》亦有酒名松醪春,乃知唐人名酒多以春。"

〔2〕　长年二句:长年三老,陆游《入蜀记》卷四:"问何谓长年三老?云'梢公是也'。长读如长幼之长。"捩柁,转舵。开头,一作"鸣铙"。

〔3〕　已办句:青钱,质量好的铜钱。防,抵也。防雇直,备足酬金。

【语译】

听说云安盛产好酒麹米春,才喝一杯就能醉倒人。乘舟前往讨个醉来非难事,咱下峡消愁定要痛快喝几轮! 酒呀酒,船老大远远就看上了你,难怪开船转舵麻利如有神。我呢,也早备好了青钱当酬金,快! 快! 好让美酒进嘴唇。

【研析】

旅途无聊,难免与艄公打趣取乐,一路"谑浪以自宽"(《杜臆》),所以显得兴会飞腾。南朝乐府有《懊侬歌》:"江陵去扬州,三千三百里。已行一千三,所有二千在!"王渔洋《分甘余话》云:"乐府'江陵去扬州'一首,愈俚愈妙,然读之未有不失笑者。余因忆再使西蜀时,北归次新都,夜宿,乃闻诸仆偶语曰:'今日归家,所余道里无几矣,当酌酒相贺也。'一人问所余几何? 答曰:'已行四十里,所余不过五千九百六十里耳。'余不觉失笑,而复怅然有越乡之悲。此语虽谑,乃得乐府之意。"两相对读,则悟老杜得乐府之神,源自生活中,非拟模也。

旅夜书怀 (五律)

【题解】

作于永泰元年(765)秋离忠州赴云安途中。旅夜,旅途之夜。《瀛奎律髓汇评》引纪昀评云:"通首神完气足,气象万千,可当雄浑之品。"

细草微风岸,危樯独夜舟[1]。
星垂平野阔,月涌大江流[2]。

名岂文章著,官应老病休[3]!

飘飘何所似? 天地一沙鸥[4]。

【注释】

〔1〕 细草二句:二句皆省略动词,"细草/微风/岸,危樯/独夜/舟",意象与意象之间的语法关系解除了,凸显了具体形象的直观性,给足读者自由联想的空间。危,高貌。樯,桅杆。

〔2〕 星垂二句:写景阔大雄壮,其中包含着杜甫的感情和性格。"垂"字写出在平野看星星的独特感受:大地在茫茫的夜色中展开,空旷无参照物,似乎星星与你直接相对,就"垂"在你的头顶上。而月影的涌动,正是江的涌动。此联气象与李白"山随平野阔,江入大荒流"语意暗合,而色阶更丰富,如《杜诗说》称:"句法略同,然彼止说得江山,此则野阔、星垂、江流、月涌,自是四事也。"

〔3〕 名岂二句:上句为不服气的话:我岂只是文章好,我更愿"窃比稷与契",在治国方面显露才能。古代文人常有此叹,如陆游诗云:"此身合是诗人未? 细雨骑驴入剑门。"下句为反语,杜甫是因其正直受排斥,并非由于老病。"岂""应"二字是《鹤林玉露》所谓的"活字斡旋"。就好比车轴能使车轮旋转,活字能将诗味托出,且起着改变句义方向的作用。

〔4〕 飘飘二句:沙鸥,这是杜甫常用来自喻的意象。天地之大,沙鸥之渺,对比强烈。有人批评其"大言无实",但正是这种反差表露了诗人全部的情绪感受,如德国莫芝宜佳《〈管锥编〉与杜甫新解》所说:"无助的漂泊、孤寂清冷、美景联想、凄怆绝望和高傲自负。这是一个极富表现力的、深刻的自我注释,不管在中国还是在西方都不难理解。"

【语译】

　　啊江岸! 微风。细草。啊夜泊! 孤舟。桅杆。地阔天低星光烂,明月涌出大江漫。因诗著名非我愿,老病休官不须怨! 平生飘荡何所似哟？茫茫天地一鸥黯然。

【研析】

《诗薮》："'山随平野阔,江入大荒流',太白壮语也;杜'星垂平野阔,月涌大江流',骨力过之。"《缜斋诗谈》："'星垂平野阔,月涌大江流',气象极佳。极失意事,看他气不痿苶:此是骨力定。"二者都提到"骨力"。的确,此诗符合传统文论"风骨"的要求,值得详析。

何谓风骨? 黄侃《文心雕龙札记》说:"风即文意,骨即文辞。"其实古人不像今人将内容与形式这两个概念界定得那么泾渭分明。风骨连用,取其有交叉,都是就内容感人方面而言,互为补充又相对独立。"故练于骨者,析辞必精;深于风者,述情必显。"(《文心雕龙·风骨》)精练有力的语言风格只是"骨"的外部特征,其"端直"有力的效果是由内容释放出来的,所以"沉吟铺辞,莫先乎骨",风骨指的是由里到表的感人力量,既是内容的,也是形式的,而且是由内在到外在(即骨精→情显)的过程本身。殷璠《河岳英灵集》提出"气骨"这一概念,似乎更能动态地表达这一过程。老杜永泰元年的处境,"飘飘何所似? 天地一沙鸥"一联已道尽。然而,就像西方一位诗人所吟唱:"我们都在沟中,可是其中一些人在仰望天上的星空!"是啊,困顿中的老杜眼中看到的是"星垂平野阔,月涌大江流"。星,垂在头顶;月,涌出波浪。"垂"字、"涌"字,有多沉的分量!"名岂文章著,官应老病休!"多少失意事,多少穷途潦倒,又由"岂"、"应"二字担起。二句是何等气势,何等胸怀,何等骨力! 这就是气骨。锤炼的字词,深挚的情感,坚定的意志,阔大的兴象,合成这首诗非凡的表现力。

长江二首 （五律,选一）

【题解】

永泰元年(765)秋,杜甫在云安"卧病一秋强",入冬即带病继续其出峡北归的行程。其时,成都乱,西山都兵马使崔旰杀节度使郭英义。浦注云:"(公)在云安闻蜀乱,思下峡以远之,故借长江写意,非咏江也。"然借江写意岂止是因远乱,杜是藉此写对骄兵悍将恣事的忧心,再次强调尊王。事实上,军阀割据之势已成,杜甫的忧虑最终成了中晚唐的现实。

众水会涪万,瞿塘争一门[1]。
朝宗人共挹,盗贼尔谁尊[2]?
孤石隐如马[3],高萝垂饮猿。
归心异波浪,何事即飞翻?

【注释】

[1] 众水二句:涪,涪州,即今重庆涪陵。万,万州,即今重庆万州。瞿塘,瞿塘峡,又名夔峡,在夔州(今重庆奉节)东,长江三峡之一,长十六里,悬崖壁立,水急山峻,号称天堑。峡口两山对峙,望之如门,称夔门。众水争一门,气势乃出。

[2] 朝宗二句:朝宗,《周礼·大宗伯》:"春见曰朝,夏见曰宗。"藉以指百川入海。《尚书·禹贡》:"江汉朝宗于海。"挹,以器酌水,此指人人都从国家统一中得益。下句责盗贼目无朝廷。

[3] 孤石句:孤石,指滟滪堆,在瞿塘峡。隐,言滟滪石没入水中。歌谣云:"滟滪大如马,瞿塘不可下。"

【语译】

众水奔汇涪州万州东,急流轰浪竞向瞿塘一门通。百川都要入海,百姓都想朝宗;唯尔盗贼,何去何从? 水没滟滪只剩匹马大,高藤挂臂下饮垂猿狨。归乡之心非波浪,为何翻腾却与波浪同?

【研析】

钟嵘《诗品·序》曰:"文已尽而意有余,兴也;因物喻志,比也。"此诗借长江发兴,申朝宗尊王之理,国事旅愁交织,终是以情动人,乃比中有兴也。比兴佳否全在兴象能否感人。将百川归海与万众朝宗联系起来,本不是什么新鲜的比对,但"众水会涪万,瞿塘争一门"一句却传长江出峡之神;"孤石隐如马,高萝垂饮猿"一句又将三峡特有之异景拈出;末句偏以似为不似,又以不似似之:"归心异波浪,何事即飞翻",写出愁思袭来随物宛转不可抑止之情,可谓化腐为新。

怀锦水居止二首 （五律,选一）

【题解】

永泰元年(765)冬,作于云安,忆成都草堂也。诗中锦水、万里桥、百花潭、雪岭、锦城,皆在草堂周边。《读杜心解》:"前去成都,则有《寄题草堂》诗,此去成都,则有《怀锦水居》诗。公生平流寓之迹,惟草堂最费经营,宜其流连不舍欤!"

万里桥[1]南宅,百花潭[2]北庄。
层轩[3]皆面水,老树饱经霜。
雪岭界天白,锦城曛日黄[4]。

惜哉形胜地[5],回首一茫茫。

【注释】

〔1〕　万里桥:《元和郡县图志·成都县》:"万里桥架大江水,在县南八
　　　　里。蜀使费祎聘吴,诸葛亮祖之,祎叹曰:'万里之路,始于此桥。'"
　　　　遂以为名。

〔2〕　百花潭:在今成都青羊宫附近。

〔3〕　层轩:远离水面的轩槛。

〔4〕　雪岭二句:雪岭,岷山主峰,即杜诗"窗含西岭千秋雪"之西山,在
　　　　今四川松潘东。锦城,锦官城,原为主管织锦之官署,筑城守护,故
　　　　址在今成都市百花潭公园一带,后为成都之别称,此当指前者。
　　　　曛,落日之余光。

〔5〕　形胜地:优越的地形地貌,亦指景点。

【语译】

　　万里桥南的厝宅哟,百花潭北的农庄;高高的江槛临溪水哟,葱
葱的老树饱经风霜;天边的雪岭一线白哟,暮光下的锦城镀金黄。
惜哉! 这个令人留恋的好地方,回首但见一片雾茫茫……

【研析】

　　乡愁,是一个沉重的题目,又是中国诗人百写不厌的题目。天
才诗人李白曾写过翻案诗:"但使主人能醉客,不知何处是他乡!"
(《客中作》)不过这只是醉中一时忘却耳,乡愁仍潜伏在客心。晚
唐刘皂(一作贾岛,误)的《旅次朔方》云:"客舍并州已十霜,归心日
夜思咸阳。无端更渡桑干水,却望并州是故乡。"这才是彻底的翻
案——对客居十年之久的并州产生乡愁般的真情,他乡已成故乡。
不过类似刘皂诗写的这一心理现象,杜甫已写过,此诗便是。《杜
臆》评云:"公之精神所钟,故百世之后复为所有。"成都草堂日后成

为"诗圣"的精神故园,良有以也。

三绝句（七绝）

【题解】

萧涤非先生注:"这三首当是永泰元年(765)去蜀之后所作。有高度现实主义精神,可以说是绝句中的'三吏'、'三别'。"诗中所言当为近年蜀地发生过的事实。

其　一

前年渝州杀刺史,今年开州杀刺史[1]。
群盗相随剧虎狼,食人更肯留妻子[2]?

【章旨】

写蜀地乱象,群盗之凶残。

【注释】

〔1〕　前年二句:渝州,即今之重庆。开州,重庆开县。这两次杀刺史,史书没有记载。

〔2〕　群盗二句:相随,一群接一群;不停地。更肯,岂肯。

【语译】

前年渝州刺史才被杀,今年开州刺史又被杀。群盗好比虎狼接踵来,吃人怎肯放过妻和儿!

其 二

二十一家同入蜀,唯残一人出骆谷[1]。
自说二女啮臂时,回头却向秦云哭[2]!

【章旨】

写关中百姓逃难入蜀的悲惨遭遇。

【注释】

〔1〕 骆谷:在陕西周至西南,由秦入蜀的通道之一。

〔2〕 自说二句:以逃难唯一的幸存者口吻诉说当时与二女生离死别的
惨况,是上一首"食人更肯留妻子"的具体化。咬小儿女之臂为记,
犹冀日后相认,痛哉斯言! 或谓二女为兵匪所掳,自啮其臂以示痛
别,如《史记·孙子吴起列传》:"(吴起)东出卫郭门。与其母诀,啮
臂而盟。"参照下一首官军抢掠妇女云云,亦得。啮,咬。秦云,指
迷茫中的长安。

【语译】

当初二十一家避难入蜀,只剩一人侥幸逃出骆谷。自诉咬臂为
记别二女,回首长安呼天哭!

其 三

殿前兵马虽骁雄,纵暴略与羌浑同[1]:
闻道杀人汉水上,妇女多在官军中。

【章旨】

这首直写官军的抢掠纵暴,兵匪一家。

【注释】

〔1〕　殿前二句：殿前兵马，指禁军。羌浑，吐蕃、吐谷浑之属。官军与外寇同掠，虽然不明具体所指，但《资治通鉴》代宗广德元年十月条载：吐蕃帅吐谷浑、党项、氐、羌二十余万众，渡渭，入长安，掠府库市里，焚闾舍，长安中萧然一空。于是六军(唐朝廷之近卫军)散者所在剽掠，士民避乱，皆入山谷。则该诗不啻是此场景之影像版也。

【语译】

天子禁军真骁雄，剽抢纵暴竟与外寇同：听说此辈杀人汉水上，妇女大都被掠在军中！

【研析】

大凡父母与子女为天下之至亲，父母与子女生离死别为天下之至痛。这一题材最易感人，所以成为古诗中的"原型主题"。美学家李泽厚曾举"异常著名"与"异常不著名"的二首同题材诗为例：

西京乱无象，豺虎方遘患……出门无所见，白骨蔽平原。路有饥妇人，抱子弃草间。顾闻号泣声，挥涕独不还。"未知身死处，何能两相完？"驱马弃之去，不忍听此言……(王粲《七哀诗》)

贫家有子贫亦娇，骨肉恩重那能抛？饥寒生死不相保，割肠卖儿为奴曹。此时一别何时见？遍抚儿身舐儿面。"有命丰年来赎儿，无命九泉抱长怨。"嘱儿"切莫忧爷娘，忧思成病谁汝将"？抱头顿足哭声绝，悲风飒飒天茫茫。(马柳泉《卖子叹》)

无论著名与否，二诗都感人至深。"顾闻号泣声，挥涕独不还"，"此时一别何时见？遍抚儿身舐儿面"，读之令人动容，此亦近人性能发人悲悯之心故也。而杜甫第二首亦为此类题材,其特点是有自己的生活经验渗入其中。如"自说二女啮臂时"一句,就是至德元载(756)杜甫携家逃难时生活经验的提炼。《彭衙行》回忆其事有云:"痴女饥咬我,啼畏虎狼闻。怀中掩其口,反侧声愈嗔。""啮臂"的具体情况或有所不同,但切身之痛是相似的。从经验中提炼出审美情感,从"己饥己溺"推向"一国之心","慨世也是慨身",这正是"诗史"不同于"历史"处。至若第三首,面对官军居然堕落到与外寇同暴的程度,杜甫不再为朝廷回护,乃直陈其事,刀刀见血,则是与"三吏"、"三别"不同处。李泽厚下面这段相关的话值得一抄:

> 杜甫是引不胜引的,总是那样的情感深沉,那样的人道诚实。它完全执着于人间,关注于现实,不求个体解脱,不寻来世恩宠,而是把个体的心理、情感沉浸融埋在苦难的人际关怀的情感交流中,沉浸在人对人的同情抚慰中,彼此"以沫相濡",认为这就是至高无上的人生真谛和创作使命。(《华夏美学》第二章)

这三首诗的结构也颇奇特,好比一组"蒙太奇":第一首是全景,第二首是特写,第三首镜头摇开去,直入军营。看似三事而意脉一也,三首不即不离构成一个整体。

遣　愤 （五律）

【题解】

《通鉴》载:永泰元年(765)九月,仆固怀恩引回纥、吐蕃、吐谷

浑、党项、奴剌数十万入寇。中途,仆固怀恩暴疾死。十月,郭子仪
利用回纥与吐蕃之矛盾,与回纥胡禄都督药葛罗盟誓,合力破吐蕃,
杀万计,得所掠士女四千人。回纥胡禄都督等二百余人入见,前后
赠赉缯帛十万匹;府藏空竭,税百官俸以给之。诗当作于是年冬。

闻道花门^[1]将,论功未尽归。
自从收帝里,谁复总戎机^[2]?
蜂虿终怀毒,雷霆可震威^[3]。
莫令鞭血地,再湿汉臣衣^[4]。

【注释】

〔1〕　花门:指回纥。

〔2〕　自从二句:收帝里,收复长安。总戎机,总管部队。

〔3〕　蜂虿二句:蜂虿,蜂与蝎,指回纥。雷霆,指代宗,勉其自强发威,毋
借外力。

〔4〕　莫令二句:此指宝应元年(762)事。代宗长子李适时为天下兵马元
帅,见来援之回纥登里可汗。登里轻视唐朝,强迫李适要行拜舞
礼,随行的唐臣药子昂等反对,回纥将军车鼻遂将唐臣各鞭一百,
魏琚、韦少华当晚死。

【语译】

　　听说回纥兵将,还在京师论功行赏不肯归。自从郭子仪收复长
安被罢免,是哪个顶替他总管兵机?〔如今吐蕃、回纥又闹到不可收
拾,还不是由郭子仪来解决问题!〕抢掠成性的游牧族总是不怀好
意,天子应当自强振起雷霆之威。别让奇耻大辱再度发生:回纥将
军鞭打唐臣血透衣!

【研析】

"蜂虿终怀毒"是愤激的话,难免说绝了。古代游牧民族与从事农业的民族相比较,好抢掠是事实;但历史地看,回纥与唐的关系诚如历史学家范文澜所说:"是一种历史上罕见的和好关系。"(《中国通史简编》第三编第五章)问题主要出在肃宗、代宗这些昏君身上。他们不信任功臣如郭子仪、李光弼等人,过分依赖外兵,尤其是任用宦官监控部队,自取其辱。杜甫将惨痛的历史经验教训化为"莫令鞭血地,再湿汉臣衣"这样刻骨铭心的诗句,至今仍能唤醒民族的集体意识,激起民族自尊心。

十二月一日三首（七律）

【题解】

作于永泰元年(765)十二月一日,时在云安(今四川云阳)。

其 一

今朝腊月春意动^[1],云安县前江可怜。
一声何处送书雁？百丈谁家上濑船^[2]？
未将梅蕊惊愁眼,要取椒花媚远天^[3]。
明光起草人所羡,肺病几时朝日边^[4]。

【章旨】

江边的雁声、舵影、椒花引起思乡之情,并担忧身体条件尚能否为朝廷工作。

【注释】

〔1〕今朝句：言今日为腊月初一立春之日。

〔2〕百丈句：百丈，纤夫拉船用的篾绳。上濑，逆流上急水滩。

〔3〕未将二句：谓梅尚未绽，而椒花已开。崔寔《四民月令》载：正月一日以盘进椒饮酒，号为椒盘。从礼仪想到朝廷（"媚远天"），故有下联。

〔4〕明光二句：明光，汉殿名。汉制，尚书郎内值起草。杜因严武之荐为检校工部员外郎，故想回长安以后当在宫内值班。《客堂》："尚想趋朝廷，毫发裨社稷。"可见杜甫回长安后还想要为朝廷工作。日边，指长安。

【语译】

　　腊月初一春意开，云安江水真可爱。谁家绳牵百丈船逆水，何处雁叫一声信送来？梅蕊尚未惊愁眼，椒花可取进天街。人羡来日起草明光殿，却叹肺病天涯久徘徊。

其　二

　　　　寒轻市上山烟碧，日满堂前江雾黄[1]。
　　　　负盐出井此溪女，打鼓发船何郡郎[2]？
　　　　新亭举目风景切，茂陵著书消渴长[3]。
　　　　春花不愁不烂熳，楚客惟听棹相将[4]。

【章旨】

　　记当地风俗景观，因发新亭报国之思，与相如同病之叹。

【注释】

〔1〕寒轻二句：言云安江深有暖气上升，故日照雾而呈黄色。

〔2〕负盐二句：负盐，峡中食井盐，其俗，峡中女子多贩盐，参看本卷下

选《负薪行》。打鼓发船,《杜诗全集》注:"峡中江弯曲,而石岸陡峭,舟行恐相触,故发船则打鼓,前船鼓声远,后船始发。"

〔3〕 新亭二句:新亭,《世说新语·言语》:"过江诸人,每至美日,辄相邀新亭,藉卉饮宴。周侯中坐而叹曰:'风景不殊,正自有山河之异。'皆相视流泪,惟王丞相(导)愀然变色曰:'当共戮力王室,克复神州,何至作楚囚相对!'"杜甫用此典故表明国难尚未平息。新亭故址在今南京市南。茂陵,汉武帝陵。司马相如有消渴疾(糖尿病)。晚年病免,居茂陵著述;此以自喻。

〔4〕 春花二句:谓时到花开,时光流逝;我因病只能滞留楚地,看他人乘船而去。楚客,云安县属夔州,为楚地,故自称楚客。

【语译】

江深气暖市上漫碧烟,堂前日满映雾黄。溪女背盐才出井,哪郡儿郎打鼓要发船? 举目河山欲作新亭泣,相如著书病中日月长。时到花开不我待,滞楚听棹更自伤。

其 三

即看燕子入山扉,岂有黄鹂历翠微[1]?
短短桃花临水岸,轻轻柳絮点人衣。
春来准拟开怀久,老去亲知见面稀。
他日一杯难强尽,重嗟筋力故山违[2]。

【章旨】

前六句皆想象春来后的美好景象,末句忽然重重一叹,从想象跌落跟前贫病的现实。

【注释】

〔1〕 即看二句:即看、岂有,皆想象之词,言春来当见燕子,而山中有黄

鹂否？翠微,淡青之山色,指代山。

〔2〕　重嗟句:谓衰病故乡欲归不得,故曰"违"。杜甫自本年七月因病
　　　　滞留云安至今,不得归故乡,实属无奈,故有此嗟叹。

【语译】

哦,眼看燕子就要到柴扉,不知黄鹂可曾绕着此山飞? 矮矮的
桃花俯水面,轻轻的柳絮沾人衣。春来真想回乡开怀饮,老去亲友
罕一遇。只怕到时杯酒也难尽,深叹病体不支故乡怎得归!

【研析】

永泰元年下半年,军阀混战,蜀中大乱。七月间,杜甫因肺病与
风痹滞留云安至今,心情可想而知。衰病与回朝效力的矛盾成了在
云安期间诗歌的重要主题之一:"归朝日簪笏,筋力定如何?"(《将
晓》)"愁边有江水,焉得北之朝?"(《又雪》)"尚想趋朝廷,毫发裨
社稷。形骸今若是,进退委行色。"(《客堂》)"合分双赐笔,犹作一
飘蓬。"(《老病》)"我虽消渴甚,敢忘帝力勤?"(《别蔡十四著
作》)本组诗则云:"明光起草人所羡,肺病几时朝日边。""春花不愁
不烂熳,楚客惟听棹相将。""他日一杯难强尽,重嗟筋力故山违。"再
三咏叹,情不自禁。在整体结构上三首诗不是串联,而是采用并联
的形式,即都用由景入情的类似结构,同时从不同视角反复皴染同
一情绪,由此达到重嗟累叹、致意再三的效果。

杜　鹃　(五古)

【题解】

此诗于大历元年(766)暮春作于云安。赵次公注:"此感杜鹃

而论君臣之义矣,其中又用鸿雁、羔羊以重明之。"

> 西川有杜鹃,东川无杜鹃。
>
> 涪万无杜鹃,云安有杜鹃[1]。
>
> 我昔游锦城,结庐锦水边。
>
> 有竹一顷余,乔木上参天。
>
> 杜鹃暮春至,哀哀叫其间。
>
> 我见常再拜,重是古帝魂[2]。
>
> 生子百鸟巢,百鸟不敢嗔。
>
> 仍为喂其子,礼若奉至尊[3]。
>
> 鸿雁及羔羊,有礼太古前。
>
> 行飞与跪乳,识序如知恩。
>
> 圣贤古法则,付与后世传。
>
> 君看禽鸟情,犹解事杜鹃。
>
> 今忽暮春间,值我病经年。
>
> 身病不能拜,泪下如迸泉。

【注释】

〔1〕　西川四句:《苕溪渔隐丛话》:"东坡云:……(王)谊伯谓:'西川有
　　　杜鹃,东川无杜鹃。涪万无杜鹃,云安有杜鹃'盖是题下注……谊
　　　伯误矣。且子美诗备诸家体,非必率合程度侜侜者然也。是篇句
　　　处凡五杜鹃,岂可以文害辞、辞害意邪?原子美之诗,类有所感,托
　　　物以发者也。亦六艺之比兴,《离骚》之法与?"苏东坡说得对,这四
　　　句是歌谣体式,如西汉乐府《江南》:"鱼戏莲叶间。鱼戏莲叶东,鱼
　　　戏莲叶西,鱼戏莲叶南,鱼戏莲叶北。"叠语咏叹,节奏轻快活泼。
　　　杜甫此四句则"有杜鹃""无杜鹃"交替参错,虚实互用,兼有比兴。
　　　涪万,涪州(今重庆涪陵区)与万州(今重庆万州区)。

〔2〕　有竹六句：古帝魂,传古蜀帝杜宇(称望帝),失其国,魂化为杜鹃。

〔3〕　生子四句：将生物界的自然现象附会为君臣关系,下四句亦类此。赵次公注："鲍照《行路难》之七云：'愁思忽而至,跨马出北门。举头四顾望,但见松柏荆棘郁樽樽。中有一鸟名杜鹃,言是古时蜀帝魂。声音哀苦鸣不息,羽毛憔悴似人髡。'今公所谓'乔木上参天',又谓'哀哀叫其间',又云'谓是古帝魂',盖出于此也。"《韵语阳秋》引《博物志》："杜鹃生子,寄之他巢,百鸟为饲之。"至尊,指帝王。

【语译】

杜鹃,杜鹃！西川有杜鹃,东川无杜鹃。杜鹃,杜鹃！涪、万无杜鹃,云安有杜鹃。忆昔我游锦官城,卜居就在锦水边。种竹百余亩,高树上参天,杜鹃暮春来,哀哀啼林间。我每看见就再拜,为其蜀帝之魂敬且怜。杜鹃生蛋百鸟巢,百鸟遵从不敢怪。为它孵卵且哺育,如侍君王任遣差。太古之前礼已存,鸿雁羔羊识天伦。雁飞成行必有序,羊跪吮乳报母恩。古之圣贤为人定法则,传给后世人人遵。你看禽鸟有天性,尚且懂得伏事杜鹃身。如今忽忽已暮春,我病经年骨嶙峋。耳闻杜鹃不能起身拜,泪下两腮如泉奔……

【研析】

杜甫自称是"天地一腐儒",的确有儒者"迂"的一面。孔子将"仁"与"礼"建筑在"孝"的"天性"基础上,在早期文明社会中有一定的合理性；但在礼乐早已崩坏的唐代,这种"合理性"已成为统治者维系其君臣关系的伪善性与欺骗性。诗中将人同禽兽作类比,你说能有多少说服力？尤其是对段子璋、徐知道、崔旰之徒说这些,更显得苍白无力。但就用情而言,这诗的确写得声泪俱下,显其至诚。首四句也属声情并茂,善学乐府者。

船下夔州，郭宿，雨湿不得
上岸别王十二判官 （五律）

【题解】

大历元年（766），杜甫由云安迁到夔州，"且就土微平"。唐代的夔州，春秋时为夔子国，传说因洞庭湖的黄鱼溯游至此产卵后复返，遂名"鱼复"。唐贞观时改名奉节，至今未变。题意为：船欲下夔州，先宿于（云安）郭外，因雨不得上岸与排行十二的王判官作别。判官，唐制，节度、观察、防御、团练等使，皆有判官辅助处理事务，非正官而为僚佐。

> 依沙宿舸船，石濑月娟娟。
> 风起春灯乱，江鸣夜雨悬。
> 晨钟云岸湿，胜地石堂烟[1]。
> 柔橹轻鸥外，含凄觉汝贤[2]。

【注释】

〔1〕 晨钟二句：岸，一作"外"。题有"上岸"，正与"云岸"呼应；下联复有"轻鸥外"，"外"字不当重复；且"云岸"与"石堂"乃成对偶，则本句以"岸"为正。不过"钟声云外湿"别有意味，属于"错得妙"，详见【研析】。石堂，当是云安名胜之地。石堂隐于烟雨之中，正是暗示王十二住处。或云石堂在夔州，与诗意不合。

〔2〕 柔橹二句：柔橹，轻柔的橹声。轻鸥外，指船渐渐远离沙鸥，写船已启动。上句言船慢慢离岸，不言与王十二别，而言轻鸥渐远，诚如《唐风怀》所说："五字摇荡，含情正远。"下句"汝"指王十二判官，

《杜诗镜铨》评曰："写别况只用'觉汝贤'三字,无限含蓄。"

【语译】

夜泊沙滩宿大船,石上湍急月色妍。灯光忽乱春风起,江声一夜雨悬天。晓钟穿云岸犹湿,石堂胜地没岚烟。欸乃橹摇轻鸥远,凄然怀念君真贤。

【研析】

《杜诗镜铨》评云："从薄暮至天晓,从泊舟至开船情景一一写出,而寓意仍复隽永。"化叙事为抒情,是杜诗长处。由泊舟到月照水面,是未雨;继则"风起",紧接才是"夜雨悬";转至晓钟穿云来,云霁而烟犹未散,船则已发矣,不得上岸作别之情遂凄然上心。层次分明如此,却浑沦透脱,不觉其叙事细密,只感其含情摇荡。所以如此,遣词造句之妙是关键。额联"风起春灯乱,江鸣夜雨悬","乱"、"悬"二字极富表现力,如童庆炳《中国古代心理诗学与美学》所称:"乱"不仅形容灯在江风中摇晃,同时透露诗人骚动不安的心情;"悬"字则"把江鸣雨声,无休无止,通宵不绝于耳的那种感觉,鲜明而强烈地表现出来了"。的确,"悬"字表现的不是下雨的实况,而是诗人对雨下不绝似长悬空中的特殊感受。颈联"晨钟云岸湿",一作"晨钟云外湿"。钟声穿雨云而出其外,故"湿"。叶燮《原诗》曾设问云:"声无形,安能湿?钟声入耳有闻,闻在耳,止能辨其声,安能辨其湿?"这里同样是表现诗人独特的感受:钟声穿云雨而来,能不湿乎?是属于"通感"。所以《原诗》又云:"于隔云见钟,声中闻湿,妙语天开,从至理实事中领悟,乃得此境界。"所谓"至理实事",不过是"想当然耳":钟声穿过浓浓的云雾"必然"要打湿,由于听其声如感其湿的"通感"人人有之,所以不难会心一笑。这是心理上的"至理"与"实事",所以只须去"领悟"则可得。严羽《沧浪诗话》谓"盛唐诸人惟在兴趣"。通过语言的陌生化,化叙事为抒情,正是"惟在兴趣"的表现。

漫成一绝 （七绝）

【题解】

大历元年（766），杜甫由云安迁到夔州途中所作。

江月去人只数尺，风灯照夜欲三更。
沙头宿鹭联拳静，船尾跳鱼拨剌鸣[1]。

【注释】

〔1〕 沙头二句：联拳，形容拳缩身子的鹭鸶，一只紧挨着一只不动。拨剌，水声。

【语译】

清江映月咫尺旁人近，风晃夜灯摇摇已三更。沙洲拳缩鹭鸶紧挨团团静，船尾跃水鱼儿时传泼泼声。

【研析】

天不总是那么遥不可及，有时它会忽然降临在你鼻子尖上，让你惊喜不迭。一回，我在银川草原，看完歌舞，乍一走出帐篷，忽然星空压在头顶，繁星如下垂的露珠儿悠悠欲滴。"江月去人只数尺"，你说是水中月影也行，直说是月也行。一派月色，四幅画面皆鲜活，每幅都令人着迷。

示獠奴阿段 （七律）

【题解】

大历元年（766）作于夔州。獠，古代对仡佬族的侮辱性称谓。《杜诗镜铨》引《困学纪闻》云："《北史》：獠者，南蛮别种，无名字，以长幼次第呼之。丈夫称阿謩、阿段，妇人称阿夷、阿等之类，皆语之次第称谓也。"杜甫在夔州得夔州都督、御史中丞柏茂琳帮助，生活安定，有果园、公田及奴仆，阿段即其一。

山木苍苍落日曛，竹竿袅袅细泉分[1]。
郡人入夜争余沥，竖子寻源独不闻[2]。
病渴三更回白首，传声一注湿青云[3]。
曾惊陶侃胡奴异[4]，怪尔常穿虎豹群。

【注释】

〔1〕 山木二句：此联写以竹筒引水。《杜诗镜铨》引鲁訔曰："夔俗无井，皆以竹引山泉而饮，蟠窟山腹间，有至数百丈者。"

〔2〕 郡人二句：写阿段不与人争水，自己悄悄上山寻水源。竖子，年轻的仆人。独不闻，没人知道。

〔3〕 病渴二句：病渴，杜甫在云安时已有消渴之疾，即糖尿病。此病常口渴思饮水，正盼水之时，忽听得水声从天而来，美何如之！湿青云，言水筒之源流高远，且"湿"字亦属通感，与"钟声云岸湿"同工。

〔4〕 曾惊句：胡奴异，传说晋代陶侃有一胡奴，颇怪异，今阿段能冒险寻源，也不平常。《杜诗镜铨》注云："旧注：陶侃家僮千余人，尝得胡奴，不喜言。侃一日出郊，奴执鞭以随。胡僧见而惊，礼曰：此海山

使者也。侃异之,至夜失奴所在。此事见今本刘敬叔《异苑》,或以伪撰疑之,更引陶岘《甘泽谣》事,谓侃字或当作岘,亦恐未合,姑存疑。"

【语译】

暮色山中,林木苍然。顺着连绵不断的竹筒,汩汩流下细细的清泉。水少人多,夔州人到晚还在争抢那最后的余涎。阿段这个小青年,独自一人悄悄上山寻水源。老夫病正渴,半夜三更忽将白首旋:听! 一声清圆,涓涓之水来自青云巅。昔曾惊异陶侃有异奴,今日方怪你呀能穿越虎豹将水牵!

【研析】

以七律为仆人作传,前不见古人。颈联尤富诗情,当与《又呈吴郎》媲美,都是杜甫真善而美的佳作。

上白帝城二首 (五排)

【题解】

作于大历元年(766),杜甫到夔州不久。白帝城,在夔州(今重庆奉节)东白帝山上。西汉末王莽时,公孙述割据巴蜀,自称白帝,所建城取名白帝城。三国时蜀先主刘备举兵讨伐吴国,兵败退守白帝城,临终前在此托孤于诸葛亮。白帝城一面靠山,三面临江,气势雄伟。

其 一

江城含变态,一上一回新[1]。

天欲今朝雨,山归万古春[2]。
英雄余事业,衰迈久风尘[3]。
取醉他乡客,相逢故国人。
兵戈犹拥蜀,赋敛强输秦[4]。
不是烦形胜,深惭畏损神[5]。

【章旨】

由白帝城景色多变发兴,抒发对古今社会人生之变的感慨。

【注释】

〔1〕 江城二句:峡中江城的小气候多变,所以每上一回白帝城,都有一
　　　番新鲜的感觉。

〔2〕 天欲二句:承首句"含变态",写景色之变与不变:天上或晴或雨都
　　　是随机的、多变的,唯山中之春是万古的、恒在的,今年归明年还复
　　　来也。由雨至花落起兴,引出以下对古今之变的感慨。与《登楼》
　　　"锦江春色来天地,玉垒浮云变古今。北极朝廷终不改,西山寇盗
　　　莫相侵"意近。

〔3〕 英雄二句:英雄,既指公孙述,也包括刘备。下句由此勾出自己衰
　　　病穷途一事无成之叹。

〔4〕 兵戈二句:上句谓蜀中尚有拥兵割据的崔旰之流。下句言时国用
　　　急,赋敛加强,蜀地钱物强输往长安。《杜臆》:"蜀拥兵戈而秦须贡
　　　赋,见蜀乱而秦亦未安也。"

〔5〕 不是二句:烦形胜,厌烦登临览胜。畏损神,怕触景伤神,如上联所
　　　谓"赋敛强输秦",当是目见船载之实景。

【语译】

　　峡里江城含变化,一回登临一回新。今朝云来天欲雨,山花开
落终归万古春。英雄此地传事迹,自叹风尘漂泊空留衰迈身。我是

他乡取醉客,相逢幸有故里人。君不见西蜀军阀拥兵犹割据,朝廷强敛财赋送三秦。不是性癖厌览胜,只是深怕触目事事皆伤神!

其　二

白帝空祠庙[1],孤云自往来。

江山城宛转,栋宇客徘徊。

勇略今何在,当年亦壮哉[2]。

后人将[3]酒肉,虚殿日尘埃。

谷鸟鸣还过,林花落又开。

多惭病无力,骑马入青苔[4]。

【章旨】

此首专咏白帝庙,叹其荒废。

【注释】

〔1〕　白帝句:白帝祠,《方舆胜览·夔州府》:"白帝庙,在奉节县东八里旧州城内,有三石笋犹存。公孙述据蜀,自称白帝。"唐代以前,白帝庙中已经增建了先主庙和诸葛祠。

〔2〕　勇略二句:勇略,有勇气、有谋略;当兼指公孙述与刘备、诸葛孔明而言。杜甫一向反对公孙述据险割据,但对刘备则因其为汉之"正统",且向往刘备与孔明君臣之间的鱼水关系,因白帝庙中有刘备祠,故此时此地将公孙述与刘备一概言之,当持正面的意思。

〔3〕　将:拿;携带。

〔4〕　多惭二句:谓因病无力,竟骑马入庙,乃自愧不敬。青苔,以见庙之少人迹。

【语译】

白帝祠已空,孤云出其中。城依山势转,游客流连栋宇崇。公孙刘备当年壮,如今勇略付西风! 后人或来上酒肉,毕竟虚殿渐尘封。时有谷鸟啼还过,林花落红又开罢。惭愧只因病无力,马踏青苔骑入宫。

【研析】

　　"英雄余事业"是诗兴所在,而杜甫心目中的"事业",自有其具体内容:"兵戈犹拥蜀,赋敛强输秦",平乱济民是也。然而时不我与,壮志难酬,只借白帝庙之荒废抒自己空虚无聊之感。历史意象与当下观感结合,创造出一种惆怅的情绪,弥漫开来,颇富感染力。这种手法在此后的夔州诗中,日臻完美。

白帝城最高楼（七律）

【题解】

　　大历元年(766)作于夔州。《杜臆》评曰:"此诗真惊人语,总是以忧世苦心发之,以自消其垒块者。"

城尖径仄旌斾愁,独立缥缈之飞楼[1]。
峡坼云霾龙虎睡,江清日抱鼋鼍游[2]。
扶桑西枝对断石,弱水东影随长流[3]。
杖藜叹世者谁子? 泣血迸空回白头[4]。

【注释】

〔1〕　城尖二句:尖,形容城之突兀,犹"山尖"。旌斾愁,因楼之高危,旌斾在上,使人望而生愁。缥缈,恍惚有无之间。这里是形容高楼凌云欲飞。

〔2〕 峡坼二句：坼，裂开。霾，晦暗。鼍鼍，鼋为大鳖，鼍为鳄鱼。《杜诗镜铨》引蒋云："三四身在云霄，目前一片云气苍茫，平低望去，峡中多少怪怪奇奇之状，隐约其际。惟下视江流，不受云迷，却受日光，遂觉如日抱之，而波光日光两相涌闪，亦怪奇难状。以一语该万态，妙绝千古。"

〔3〕 扶桑二句：此联是虚景。二句极写"最高"之楼，可极目远见扶桑；而山下水流源远，遥接西方弱水。扶桑，神木，传说为日出处。断石，指峡。弱水，《山海经》："昆仑之丘，其下有弱水。"注："其水不胜鸿毛。"长流，指流过白帝城的长江。

〔4〕 杖藜二句：此联为自画像，活画出一腔热血而报国无门的济世者形象。杖藜，拄着藜木杖。句中夹一"者"字，是以散文句法入诗，用拗折之笔，写拗涩之情。

【语译】

城是突兀尖耸，路是险仄难通。楼危旌旗也生愁呵，我却独自站上凌风缥缈欲飞之楼枕。峡谷如大地裂出的一条缝呵，云遮雾盖卧虎又藏龙。清江日射波迷茫呵，鼍影鼋踪光朦胧。断岸正对扶桑西，流水遥接弱水东。拄杖叹世哟是何人？白头回望眼，血泪喷苍穹！

【研析】

前人多称此诗"奇气崒兀"，当与其自创音节的拗体形式更能表达勃郁之气有关。拗律，用古体诗句法与声调，对仗则合于律诗，是所谓"运古入律"。具体说，如首联"旆"字拗，"之飞楼"为三平脚；颔联"鼋鼍游"为三平脚；颈联"枝"字、"长"字拗；尾联"藜"字、"谁"字拗，下句则以正格收。赵执信《声调谱》说得对："凡拗律诗无八句纯拗者，其中必有谐句。"又如金启华《杜甫诗论丛》所云："（杜甫是）在打破规律中又建立自己的规律。"该诗正是典型。杜甫用这种形式表达了自己当时郁结之心情,让奇崛之气憋着劲将胸中垒块格格吐出。通观全诗,"'叹世'二字为一章之纲。'泣血迸空',起于'叹世'"(《杜臆》)。杜甫的拗律,可以说是为后人开了一条避免流于平弱庸俗的七律新路径。

八阵图 (五绝)

【题解】

诗当作于大历初于夔州时。八阵,古代一种战斗队列,含有天、地、风、云、龙、虎、鸟、蛇八种阵势。传三国时诸葛亮所布八阵图遗址多处,陕西沔县(今勉县)、重庆奉节、成都弥牟镇等地均有之,此指在奉节者。《杜诗镜铨》注:"《寰宇记》:八阵图在奉节县西南七里。《荆州图副》云:永安宫南一里渚下平碛上,有孔明八阵图。聚细石为之,各高五尺,广十围,历然棋布,纵横相当,中间相去九尺,正中开南北巷,悉广五尺,凡六十四。或为人散乱,及为夏水所没,冬时水退,复依然如故。"

功盖三分国,名成八阵图。

江流石不转,遗恨失吞吴[1]。

【注释】

〔1〕 江流二句:《刘宾客嘉话录》:"夔州西市,俯临江沙,下有诸葛亮八阵图,聚石分布,宛然犹存,峡水大时,三蜀雪消之际,颒涌澒漾,大木十围,枯槎百丈,随波而下,及乎水落川平,万物皆失故态,诸葛小石之堆,标聚行列依然。如是者近六百年,迄今不动。"此联意为:布为八阵图之石,迄今仍在,时时勾起人们对孔明未能灭吴成

大业之遗憾。或云,"失吞吴"是批评刘备不听孔明劝阻,失计于出兵灭吴,亦通。因为孔明的总体战略是"联吴抗魏",常以不能劝阻刘备攻吴为憾,而所布八阵图也是为了守蜀而不是攻吴。

【语译】

孔明功高盖三国,兵法盛传八阵图。迄今石在冲不散,令人长憾刘备失计欲吞吴。

【研析】

孔明事迹是杜诗后期重要的历史意象。此诗以"遗恨"为焦点,更易勾起失意的共鸣,故《唐诗选脉会通评林》引周埏评曰:"洒英雄之泪,唾壶无不碎者矣!"(东晋时王敦每酒后辄咏"老骥伏枥,志在千里,烈士暮年,壮心不已",以如意打唾壶,壶口尽缺。事见《世说新语·豪爽》。)

古柏行 （七古）

【题解】

此诗作于大历元年(766),杜甫在夔州时。古柏,指夔州武侯庙前的古柏。《杜臆》云:"成都、夔府各有孔明祠,祠前各有古柏……公平生极赞孔明,盖有窃比之思。孔明材大而不尽其用,公尝自比稷、契,材似孔明而人莫用之;故终而结以'材大难为用',此作诗本意,而发兴于柏耳。"诗为古体,却多用律句,故奔放而密丽,《唐诗镜》称其"力大可观"。

孔明庙前有老柏,柯如青铜根如石。

霜皮溜雨四十围,黛色参天二千尺[1]。
君臣已与时际会,树木犹为人爱惜[2]。
云来气接巫峡长,月出寒通雪山白[3]。
忆昨路绕锦亭东,先主武侯同閟宫。
崔嵬枝干郊原古,窈窕丹青户牖空[4]。
落落盘踞虽得地,冥冥孤高多烈风[5]。
扶持自是神明力,正直元因造化功[6]。
大厦如倾要梁栋,万牛回首丘山重[7]。
不露文章世已惊,未辞剪伐谁能送[8]?
苦心岂免容蝼蚁,香叶终经宿鸾凤[9]。
志士幽人莫怨嗟:古来材大难为用[10]。

【注释】

〔1〕　霜皮二句:此联以夸张手法极写古柏之高大。沈括《梦溪笔谈》曾坐实"四十围"与"二千尺"不成比例云:"杜甫武侯庙柏诗云:'霜皮溜雨四十围,黛色参天二千尺。'四十围乃是径七尺,无乃太细长乎?"这就叫"死于句下"。

〔2〕　君臣二句:君臣,指刘备与孔明。际会,犹遇合。

〔3〕　云来二句:赵次公云:"巫峡在夔之下(指下游),巫峡之云来,而柏之气与接……雪山在夔之西,雪山之月出,而柏之寒与通,皆言其高大也。"与前见《白帝城最高楼》"扶桑西枝对断石,弱水东影随长流"同一机杼。

〔4〕　忆昨四句:写成都武侯祠前古柏,为此柏作陪衬。锦亭,即杜甫成都草堂"野亭",严武有《寄题杜二锦江野亭》诗。武侯祠在其东面,故云"锦亭东"。閟宫,指祠庙。窈窕,形容祠庙深邃。丹青,指祠庙中壁画之类。牖,窗户。

〔5〕　落落二句:此二句又转回写夔州古柏。言此柏比平原之柏更得地

利,落落出群,但又因其高,故常抗烈风。冥冥,形容天色高远。

〔6〕　扶持二句:言不为烈风所拔是因神明扶持,而其正直,乃出于自然。

〔7〕　大厦二句:《文中子》:"大厦之倾,非一木所支。"万牛句,形容古柏之重如丘山,万牛拉不动,一时回首表示无奈。黄生云:"大厦一段,口中说物,意中说人。结句人物双关,用笔省便。"杨伦云:"大厦以后,寄托遥深,极沉郁顿挫之致。"

〔8〕　不露二句:写柏,也是自喻。下句,言古柏虽不辞被砍伐剪裁为栋梁,但又有谁能将它送出山去?喻己虽不惜为国为民做出奉献,但又有谁能作推荐?

〔9〕　苦心二句:二句寄托自己身世之感。柏心味苦,也难免为蝼蚁所伤;柏叶气香,终能引鸾栖凤。

〔10〕　志士二句:上句总括无论志士或幽居之贤者,正如上文所涉成都之柏与夔府之柏,据地不同而命运相似。下句将一己的遭遇,提升为历史上带规律性的经验,故《昭昧詹言》云:"推开作收,凄凉沉痛。"

【语译】

　　孔明庙前有棵老柏树,枝如铜铸根亦如磐石。历尽沧桑老干坚滑四十围,墨绿的树冠森森直上云天二千尺。君臣遇合已然成陈迹,见木思人今人犹爱惜。云来柏气遥与巫峡通,月出树色寒映雪山白。忆昔草堂野亭东有路,绕向先主武侯宫。也有古柏突兀据郊野,壁画幽深殿宇肃穆中。夔之老柏独据高地自舒张,只是孤高如盖招烈风。至今居然巍巍屹立必是神扶持,正而且直原是自然功。大厦将倾急需栋梁撑,此材虽好奈何万牛拉不动。材质未露世人已惊叹,即使不辞剪伐又有何人能将巨木送?柏心虽苦难免蝼蚁侵,柏叶自香终能引鸾凤。志士幽人休怨叹,自古大材难为世所用!

【研析】

　　此诗在宋代曾引起过一场小辩论,颇有趣,录如下:

　　《学林新编》云:"《古柏行》曰'霜皮溜雨四十围,黛色参天二千尺。'沈存中《笔谈》云:'无乃太细长。'某按,子美《潼关吏》诗曰:'大城铁不如,小城万丈余。'岂有万丈城耶? 姑言其高。'四十围'、'二千尺'者,亦姑言其高且大也。诗人之言当如此,而存中乃拘以尺寸校之,则过矣。"

　　《诗眼》云:"形似之意,盖出于诗人之赋,'萧萧马鸣,悠悠旆旌'是也。激昂之语,盖出于诗人之兴,'周余黎民,靡有孑遗'是也。古人形似之语,如镜取形、灯取影也,故老杜所题诗,往往亲到其处,益知其工。激昂之言,孟子所谓'不以文害辞,不以辞害志',初不可形迹考,然如此,乃见一时之意。"(胡仔《苕溪渔隐丛话》前集卷八)

读诗要活,要悟,沈括(存中)是当时的数学家,于数字难免死心眼。而所谓"激昂之语",当指修辞上的夸张。"镜取形、灯取影"的比喻好,或写形或写意,读者当分别。

滟 滪 堆

【题解】

　　诗作于大历元年(766),杜甫在夔州。滟滪堆,在奉节县东之瞿塘峡口,为江中突出的巨石,俗称燕窝石。古时为长江行舟最险处,现已炸除。

巨积水中央,江寒出水长[1]。

沉牛答云雨,如马戒舟航[2]。

天意存倾覆,神功接混茫[3]。

干戈连解缆,行止忆垂堂[4]。

【注释】

〔1〕 巨积二句:巨积,指江中巨大的障碍物。积,一作"石"。出水长,《水经·江水注》:"(白帝城西)江中有孤石,为淫预石(即滟滪堆),冬出水二十余丈,夏则没。"

〔2〕 沉牛二句:上句谓将牛沉入水中以祭江神求雨;下句因民谚有云"滟滪如象,瞿塘莫上。滟滪如马,瞿塘莫下",舟航遂以为戒。

〔3〕 天意二句:《杜诗镜铨》:"言天意固特留此巨石以警戒冒险之人,然当波涛汹涌独能屹立中央,益见神功之同于造化也。"

〔4〕 干戈二句:上句谓因战乱,不断改变水上行程;下句谓或行或止都要注意安全。垂堂就是坐在屋檐下。《史记·司马相如列传》:"故鄙谚曰:'家累千金,坐不垂堂。'"坐不垂堂是怕屋瓦会掉下伤人。

【语译】

　　一堆巨石江中央,冬日水落石出长。沉牛入江答谢神施雨,更有"滟滪如马莫下"戒舟航。天意留石警船覆,神功无边涛茫茫。战乱难安连解缆,常记古训坐立不垂堂。

【研析】

　　清代有人责备杜甫云:"凡公之崎岖秦陇,往来梓蜀夔峡之间,险阻饥困,皆为保全妻子计也。其去秦而秦乱,去梓而梓乱,去蜀而蜀乱,公皆挈其家超然远引,不及于狼狈,则谓公之智适足以全躯保妻子,公固无辞也。"(钱澄之《陈二如杜意序》)在一些人眼里,生存智慧与"保妻子"也成了罪过。难道要无权无势无位也无钱的杜甫带一家老少坐而待毙才算忠于朝廷?经验告诉我:话说得刻薄的人未必自家就是个勇士,事实往往相反。"诗圣"这个头衔也的确害死人,引一拨人来鸡蛋里挑骨头。还是同为清代人的浦起龙说得近人情:"慨世还是慨身。"杜甫是有血有肉的凡人,家事国事都关心,好比骨连着筋。正因其如此,以其半条老命不避艰危,拖儿带女,百折不挠,"干戈连解缆",发大愿心:"不死会归秦",最终竟死于一条漂荡无依的小舟之上;这才足以千载而下感动着后人。

回家的路,对我们贫病交加的诗人而言,真是"死亡之旅"啊!在晚期诗中,"滟滪"这个意象已成了旅途艰危的符号,出现不下六、七次。"天意存倾覆,神功接混茫。"将这颗酸涩的橄榄放在口中慢慢咀嚼,就会品出诗人心中的人生百味。

峡中览物 (七律)

【题解】

诗作于大历元年(766)夏,时在夔州。仇注:"此公在峡而思乡也。上四追忆华州,下四峡中有感。向贬司功,而诗兴偏多,以华岳、黄河足引壮思也。今峡江相似,而卧病经春,无复前此兴会矣。盖此间形胜虽佳,风土殊恶,几时得回首北归,仍动长歌之兴乎?"

> 曾为掾吏趋三辅,忆在潼关诗兴多[1]。
> 巫峡忽如瞻华岳,蜀江犹似见黄河。
> 舟中得病移衾枕,洞口经春长薜萝。
> 形胜有余风土恶,几时回首一高歌[2]?

【注释】

〔1〕 曾为二句:掾吏,指杜甫自己曾任华州司功参军。三辅,汉以京兆、

冯翊、扶风为三辅。唐之华州,汉时属京兆,故曰"趋三辅"。

〔2〕 形胜二句:形胜指地貌,风土指气候土宜,因其地湿热,不利病体康
　　　复("触热生病根"、"瘴疠浮三蜀"),北来人尤其不适应,故曰
　　　"恶"。或谓"风土"指风俗,言此地虽山川伟丽,但风土人情却不佳
　　　("异俗吁可怪,斯人难并居"),读下选《雷》、《负薪行》、《最能行》
　　　可知一二。两种解释皆通,此句或两者兼指,即"风土恶"包括湿热
　　　与风俗落后。回首,老杜去蜀后是顺着长江往东南方向走,想回洛
　　　阳、长安就得掉头向北,故曰。

【语译】

　　曾赴京畿当吏曹,唯忆潼关诗兴高。眼前巫峡壁立似华岳,长
江浩浩一如黄河浪滔滔。自从舟中得病移岸卧,经春门洞也已薜萝
绕。此地风景虽胜风俗糟,几时才能掉头北归歌且啸?

【研析】

　　"忆在潼关诗兴多",是杜老对夔州以前诗的自评,值得重视。
"潼关诗"不仅指"三吏"、"三别",还应包括"去年(天宝十五载)潼
关破"长安陷贼至杜甫入陇右(乾元二年秋)以前三年所作诗篇。
潼关,其时成了唐帝国浮沉的标志。此间,他经历了陷贼、窜归凤
翔、疏救房琯、贬华州司功等生命的大风大浪,这也是他生平处于政
治、军事风暴中心唯一的经历。于时,他写下如《悲陈陶》、《哀王
孙》、《羌村三首》、《北征》、《彭衙行》、《洗兵马》及"三吏"、"三别"
等一系列名篇。"忆在潼关诗兴多",表明诗人已自觉到生活与创作
的关系,这在古人中实在是难能可贵。

　　另一个问题是对"形胜有余风土恶"的认识。峡中人氏蒋先伟
君所著《杜甫夔州诗论稿》有详析,足资参考。

忆郑南 （五律）

【题解】

诗作于大历元年（766），时在夔州。郑南，郑县（今陕西华县）之南。郑县为华州治所，杜甫曾贬为华州司功参军。

> 郑南伏毒寺[1]，潇洒到江心。
> 石影衔珠阁，泉声带玉琴。
> 风杉曾曙倚，云峤忆春临[2]。
> 万里苍茫水，龙蛇只自深[3]。

【注释】

〔1〕 伏毒寺：在郑县南江中。

〔2〕 风杉二句：皆倒装，言曾于天亮时倚风中之杉树，且忆及春日登临入云之尖山。峤，山形尖锐而高。

〔3〕 万里二句：苍茫水，一作"沧浪外"。《杜诗镜铨》云："言峡水苍茫，徒为龙蛇窟穴，叹不如郑南江心之潇洒也。"

【语译】

郑县之南伏毒寺，信步便可潇洒到江心。石角奇峰影森森，精美的殿阁镶嵌其间似珠明。泉水潺潺流，便是不断弹奏一玉琴。风摇杉树动，我清晨曾倚身；云缭尖尖峰，我春日常登临。眼前苍茫汹涌的万里长江水哟，你虽近不可亲，空有龙蛇盘踞在幽深。

【研析】

对自然景观的审美,诗人往往带有某种心理定向,并把它投射到对象上。"形胜有余风土恶,几时回首一高歌",我想就是诗人创作此诗时的心理定向。他把怀旧游、思故乡的深情投射到伏毒寺,激活记忆中的美好事物,于是产生美的幻觉,使平凡的景物超越三峡胜景。反之,三峡壮丽的景物则因"龙蛇只自深"的心理隔膜,遂黯然失色。不过,这只是"当下"的感觉,随着对峡中风物日渐深入的相处,老杜的心理也在调整:"农事闻人说,山光见鸟情","远游虽寂寞,难见此山川",还是写下许多赞叹峡中胜迹的佳句,如"高江急峡雷霆斗,古木苍藤日月昏","入天犹石色,穿水忽云根","江虹明远饮,峡雨落余飞","晴浴狎鸥分处处,雨随神女下朝朝","五更鼓角声悲壮,三峡星河影动摇"等等。明了这一层,我们对诗人思乡之情便有更深的领会。

雷（五古）

【题解】

诗作于大历元年(766),时在夔州。诗中记叙当地求雨风俗,指出致灾之根源还在军兴赋重。

大旱山岳焦,密云复无雨。
南方瘴疠地,罹此农事苦[1]。
封内必舞雩,峡中喧击鼓。
真龙竟寂寞,土梗空俯偻[2]。
吁嗟公私病,税敛缺不补[3]。

故老仰面啼,疮痍向谁数?

暴尪或前闻,鞭巫非稽古[4]。

请先偃甲兵,处分听人主[5]。

万邦但各业,一物休尽取。

水旱其数然,尧汤免亲睹[6]?

上天铄金石[7],群盗乱豺虎。

二者存一端,愆阳不犹愈[8]?

昨宵殷其雷,风过齐万弩[9]。

复吹霾翳散,虚觉神灵聚。

气暍[10]肠胃融,汗湿衣裳污。

吾衰尤计拙,失望筑场圃。

【注释】

〔1〕　南方二句:瘴疠,湿热曰瘴,瘟疫曰疠。罹,遭遇。

〔2〕　封内四句:写当地求雨的风俗。封内,指灾区内。舞雩,巫师为求雨而舞。土梗,泥塑的神像。俯偻,鞠躬。《周礼·春官·司巫》:"若国大旱,则帅巫而舞雩。"《疏》:"雩者,吁嗟求雨之祭。"

〔3〕　吁嗟二句:公私病,言无论公还是私都受损。缺不补,税赋缺额无法补上。

〔4〕　暴尪二句:暴尪,暴晒患胸背弯曲病的人。《礼记·檀弓下》:"穆公召县子而问曰:天久不雨,吾欲暴尪而奚若?"注:"尪者面向天,觊天哀而雨之。"鞭巫句,言鞭打巫师求雨是本地风俗,找不出古代依据。

〔5〕　请先二句:偃甲兵,息兵止战。下句言听从朝廷君主的处置,这是针对蜀中军阀混战而言。

〔6〕　水旱二句:数,运命;天意。尧汤,唐尧与商汤,传说中的古代贤君。言虽贤如尧汤,也亲见旱涝。《汉书·鼂错传》:"尧有九年之水,汤

有七年之旱。"

〔7〕　上天句：铄金石，形容极热，连金石也熔化。《楚辞·招魂》："十日代出，流金铄石。"

〔8〕　二者二句：承上句，谓大旱与战乱二者不得已选其一，则大旱不比战乱要好些吗？愆阳，过剩的阳气，指大旱酷热。

〔9〕　昨宵二句：殷其雷，雷声隆隆。下句言风劲如万箭呼啸而过。

〔10〕　暍：热。

【语译】

　　大旱山岳也焦毁，云密聚来不下雨。南方本是瘴疠地，遭此旱情农夫心如沸。灾区祭天巫起舞，峡中喧闹锣鼓急。奈何真龙无声息，空拜土偶累腰脊。可叹公私皆受损，赋税欲补无颗粒！父老仰天哭，满目疮痍向谁泣？暴晒尪者求雨古传闻，鞭打巫师却无稽。〔鼓且停，听我语：〕请先休兵战火熄，是非曲直要听君主来处理。各地各人安其位，莫将百姓一物也尽取。水旱之灾本是古已有，唐尧商汤也亲历。酷热能使金石流，群盗更是猛于虎。权衡二者取一，旱热岂不尚可御？昨晚雷声隆，风来万箭似飞镝。云霏吹又散，教人白白盼来神灵聚。依然暑气能让肠胃融，衣衿汗水全浸渍。我已衰病虑不周，晒谷场筑成空欢喜！

【研析】

　　《杜诗镜铨》引蒋弱六云："军兴赋重，人多愁怨，乃致旱之由，公故慷慨极言，翻进一层，正是探源之论。"这话不错，但诗之为诗，还在于写出"这一个"。夔人信巫，《夔州府志》称："其俗信鬼，刀耕火种，女不蚕织。"《岳阳风土记》亦称："荆湘民俗（荆湘为楚地，夔府古亦属楚），疾病不事医药，惟灼龟打瓦，或以鸡子卜，求祟所在，使俚巫治之。"所以老杜写旱情，是与当地风土结合起来写的。"暴尪或前闻，鞭巫非稽古。"这也是陋俗，属"风土恶"。"真龙竟寂寞，土梗空俯偻。"可见老杜对巫术是否定的。然而,他并不把矛头指向愚昧无知的百姓,而是揭示出朝廷与割据势力才是罪魁祸首:"请先偃甲兵,处分听人主。万邦但各业,一物休尽取。"言外之意便是:朝廷处置不当,地方割据势力为害,抢掠百姓一物不存,这才是祸根。"上天铄金石,群盗乱豺虎。二者存一端,愆阳不犹愈?"人祸亟于天灾!杜甫写风土不为标新立异,只为探骊得珠揭示本质,于斯可见。

火 (五古)

【题解】

诗作于大历元年(766),时在夔州。仇注引诗题原注:"楚俗,大旱则焚山击鼓,有合《神农书》。"所谓"有合《神农书》",是说明此"旧俗"之"旧",此举大有来头;但从诗的内容看,作者是反对这种愚昧的旧俗的;当与上一首《雷》"暴尪或前闻,鞭巫非稽古"意合。

　　楚山经月火,大旱则斯举。
　　旧俗烧蛟龙,惊惶致雷雨。
　　爆嵌魑魅泣,崩冻岚阴旴[1]。
　　罗落沸百泓,根源皆万古。
　　青林一灰烬,云气无处所[2]。
　　入夜殊赫然,新秋照牛女[3]。
　　风吹巨焰作,河棹腾烟柱[4]。
　　势欲焚昆仑,光弥焮[5]洲渚。
　　腥至焦长蛇,声吼缠猛虎。

神物已高飞,不见石与土[6]。

尔宁要谤讟,凭此近荧侮[7]。

薄关长吏忧,甚昧至精主[8]。

远迁谁扑灭,将恐及环堵[9]。

流汗卧江亭,更深气如缕。

【注释】

〔1〕爆嵌二句:爆嵌,《读杜心解》:"'嵌'空之处,'魑魅'所藏。'爆',火炽而裂也。"则句谓大火烧爆洞穴,魑魅无藏身之处,故泣。岚阴,背阴的山气。旴,赤色文彩。朱注:"言积冻之地为火所崩迫,故岚阴皆有赤光。"

〔2〕罗落四句:罗落句,朱注:"言火烬周围陨落,泓水尽为沸腾也。"根源句,言此地山林潭泉本处于原始状态,故下联言其一焚而尽。云气句,赵次公注:"言云气托于林木青葱之内,青林既灰烬矣,云气无所止泊也。"

〔3〕牛女:牵牛、织女星。

〔4〕河棹句:棹,一作"掉",误,当依宋本《杜工部集》作"棹"。此承上句"风吹巨焰",火乘风势腾飞,江河中的船也遭腾焰飞烧而升烟柱。

〔5〕㷀:㷀燎。

〔6〕神物二句:神物,指能降雨的蛟龙。赵次公注:"蛟龙已高飞而去,其飞也不碍石与土。古传'人不见风,牛不见火,龙不见石'故也。"

〔7〕尔宁二句:《杜诗镜铨》引张潜云:"见蛟龙神物,非可力争,故焚山之举,似以谤毁要神,其事近于荧惑狎侮,不足凭信。"

〔8〕薄关二句:上句邓绍基《杜诗别解》认为:"'薄关'两字旧说纷纭,在比较通达的说法中,有释为因火势迫近郊关引起长吏之忧的,也有释为长吏即使关忧也很微薄。这两说似都可通。但'薄关'与'甚昧'相对,这关字似不作名词为是。"也就是赞成火势迫近郊关

引起长吏之忧一说。据此,下句则把责任落在"至精主"上。如果我们细读同时之作《雷》,那么这个"至精主"就是割据者,负有直接责任;但面对《雷》"吁嗟公私病,税敛缺不补。故老仰面啼,疮痍向谁数"的控告,朝廷皇帝这些决策者也难免其咎(详《雷》之【研析】)。

〔9〕远迁二句:邓绍基《杜诗别解》:"仇注说是诗人'自叹旅中畏火',此说很不切诗意。这里诗人是在感叹火场附近的人只知迁避,没有人想到要去扑灭,这样火势可能会更加蔓延开来。"事实上也在责备只会忧心火势迫近城关的长吏:为什么不去组织人扑灭山火?

【语译】

　　夔州山上大火已点燃了一个月,每逢大旱当地人都会这么做。旧俗说是要焚蛟龙,迫它惊悚雷雨便会滂沱。火啊烧爆了洞穴,山精鬼怪哭着无处躲。积冻的山崖被烘崩,山背阴湿处也烙得赤酡。火花四处陨落,潭涧无不沸灼。青林煨成灰烬,云啊蒸腾无处泊。入夜火光更煊赫,直照见织女牵牛新秋相会在天河。风吹烈焰大作,飞烧江船哪腾起烟柱峨峨。火势像要燎向昆仑,火光遍炙洲渚不放过。嗅腥风知是烤长蛇,闻吼声想必虎难脱。须知神龙已高飞,玉石俱焚岂能迫!你们简直是在亵渎神明,近于荒唐荧惑。火已逼近城关,长吏心中也忧愁。愚蠢啊!那些自以为精明的决策者。但见人们各顾各在搬迁,还有谁来组织扑火?这样下去怕要烧到居民房舍。我卧江亭犹汗流浃背,夜深了仍气微息弱。

【研析】

　　《读杜心解》:"韩、孟联句,欧、苏禁体诸诗,皆源于此。"此条笺注引发程千帆、张宏生《火与雪:从体物到禁体物》一文。兹举其大略以飨读者。

所谓禁体,就是禁用传统常用的意象写作。以写雪为例,其特征有四:"一是直接形容客观事物外部特征的词,如写雪而用皓、白、洁、素等;二是比喻客观事物外部特征的词,如写雪而用玉、月、梨、梅、盐、练、素等;三是比喻客观事物的特征及其动作的词,如写雪而用鹤、鹭、蝶、絮等(因为它们不但色白,而且会飞翔和舞动,有如雪花飞舞);四是直陈客观事物动作的词,如写雪而用飞舞等。这些限制,对于崇尚'巧言切状'、'功在密附'的传统体物手段来说,确实是一种新的挑战。"苏轼将此法称为"白战不许持寸铁"。回到对杜甫《火》的赏析,文章认为:"《火》几乎无遗漏地写到了一场山火所具备的特征,如光强,色赤,温高,烟浓等。但这些特征,又完全不是通过对它们个别本体的直接描摹,即运用传统的体物巧似之言表现出来,而全是通过展现一场对大自然施加暴力的愚昧行为的总过程所表现出来的。这样,就如浦起龙所分析的,是'逐层刻露,逐层清晰'。而这样写来,效果却比分别刻划某些个别而彼此不一定有联系的事物的特征要强。"(按:作者"情志"在这里显然起着导演的作用。)

文章最后指出:"禁体物语这种手段,用意在于使咏物诗在表现中遗貌取神,以虚代实;虽多方刻划,而避免涉及物的外形。它只就物体的意态、气象、氛围、环境等方面着意铺叙、烘托,以唤起读者丰富的联想,从而在他们心目中涌现所咏之物多采多姿的形象。这在诗歌史上,是一种新的审美要求。"我很欣赏这样的读杜。西方人从对莎士比亚的研究中产生许多文论,我们也应当从杜甫诗的研究中产生出我国自己的文论,而不应只是借外来理论观照它、解读它。杜诗是中国文化之无尽藏也。

负薪行（七古）

【题解】

诗作于大历元年(766)，时在夔州。

> 夔州处女发半华，四十五十无夫家。
> 更遭丧乱嫁不售，一生抱恨长咨嗟[1]。
> 土风坐男使女立，应当门户女出入[2]：
> 十犹八九负薪归，卖薪得钱应供给。
> 至老双鬟只垂颈，野花山叶银钗并[3]。
> 筋力登危集市门，死生射利兼盐井[4]。
> 面妆首饰杂啼痕，地褊衣寒困石根[5]。
> 若道巫山女粗丑，何得此有昭君村[6]？

【注释】

〔1〕　夔州四句：写当地女子出嫁难。发半华，头发半白。嫁不售，嫁不
　　　　出去。

〔2〕　土风二句：写重男轻女，男子赋闲在家，女子出入操劳。土风，当地
　　　　风俗。应，一作"男"，"应当门户"一作"应门当户"。

〔3〕　至老二句：双鬟，处女的发型。陆游《入蜀记》："峡中负物率着背，
　　　　又多妇人……未嫁者率为同心髻，高二尺，插银钗至六只，后插象
　　　　牙梳，如手大。"

〔4〕　筋力二句：登危，指上山。集市门，入市卖柴。射利，谋利挣钱。因
　　　　贩私盐犯法，故云"死生射利"。

〔5〕 地褊句：此句是说这些女子衣裳单薄，困守在这山坳里。地褊，地面褊狭，路径仄小。石根，犹山根。

〔6〕 若道二句：昭君，历史上的美女，汉元帝宫女，远嫁匈奴。《方舆胜览》："归州东北四十里有昭君村。"此联为夔州女抱不平。

【语译】

夔州处女头花白，四五十岁没夫家。迭遭丧乱难论嫁，一辈子抱恨叹活寡。此地风俗恶：男子无事闲守坐，女子出外奔忙苦劳作。十有八九去背柴，卖柴得钱供开支。到老还是双鬟垂，野花山叶银钗共参差。登高赶集凭苦力，兼贩私盐冒生死。头上首饰脸上妆，无不斑斑杂啼痕：地狭路仄衣单薄，困在山坳寒逼人——如果说是巫山夔女天生丑，为何绝代美人昭君便出此地村？

【研析】

萧涤非先生认为："把贫苦的劳动妇女作为题材并寄以深厚同情，在全部古典诗歌史上都是少见的。诗写土风，故文字也就朴素。"（《杜甫诗选注》）语言虽朴素，却老健深厚。"至老双鬟只垂颈，野花山叶银钗并"一联，可谓如石之蕴玉。《杜臆》评曰："与下《最能行》俱因夔州风俗薄恶而发……又以'射利'忘其'死生'，而兼'盐井'，形容妇人之苦极矣！然以'野花山叶'比于金钗，则当之者以为固然，不知其苦也。尤可悲也！"在"粗丑"的外表下有一颗美丽的心灵。苦中作乐，极苦中作乐，正是生命顽强的火花。"若道巫山女粗丑，何得此有昭君村？"——夔女本是美的，是陋俗与艰苦生活的折磨使之"粗丑"。最后一问，发人深省。

最能行 (七古)

【题解】

此诗乃《负薪行》之姊妹篇,同为大历元年(766)之作。最能,驾船的能手。

峡中丈夫绝轻死:少在公门多在水[1]。
富豪有钱驾大舸,贫穷取给行艓子[2]。
小儿学问止《论语》,大儿结束随商旅[3]。
敧帆侧柁入波涛,撇漩捎濆无险阻[4]。
朝发白帝暮江陵,顷来目击信有征[5]。
瞿塘漫天虎须怒,归州长年行最能[6]。
此乡之人气量窄,误竞南风疏北客[7]。
若道士无英俊才,何得山有屈原宅[8]?

【注释】

〔1〕 峡中二句:谓本地人不重读书,多习驾船,在水面上谋生。绝轻死,最不怕死。公门,官府。

〔2〕 艓子:小船。

〔3〕 小儿二句:《杜臆》:"小儿大儿,不作两人说,言其自幼而长也。"止论语,读至《论语》而止。《论语》,儒家的基本教材。此言本地人不重视读书。结束,备行装。

〔4〕 敧帆二句:敧帆侧柁、撇漩捎濆,皆写驾船能手巧使帆舵避开旋涡、掠过巨浪。敧,斜。柁,同"舵"。濆,涌起的浪。《杜诗镜铨》引左

岘曰:"蜀谚云:溃起如屋,漩下如井。盖溃高涌而中虚,漩急转而深没;溃可避,漩不可避,行舟者遇漩则撇开,遇溃则捎过也。"

〔5〕 朝发二句:《水经注》:"自三峡七百里中,两岸连山,略无缺处。有时朝发白帝(夔州),暮到江陵(宜昌),虽乘奔御风,不以疾也。"又李白诗:"朝辞白帝彩云间,千里江陵一日还。"信有征,的确应验。

〔6〕 瞿塘二句:《大清一统志》:"四川夔州府:《明统志》:瞿塘峡,乃三峡之门,两岸对峙,中贯一江,滟滪堆当其口。"漫,水大貌。瞿塘漫天,形容瞿塘峡之水满,简直是要漫上天。虎须,滩名,在今重庆忠县,有石梁绵亘三十余丈,横截江中。《水经注·江水》:"江水右径虎须滩,滩水广大,夏断行旅。"归州,今湖北秭归。长年,蜀地方言称艄公为长年三老。行最能,在瞿塘峡与虎须滩航行最拿手。

〔7〕 此乡二句:二句言此地人器量小,是因为不想读书受教育,只顾逐利,所以才疏远了我这样的北方人。这是针对袁山松所谓"地险流疾,故其性亦隘"(《水经注·江水》)所提出的不同见解。南风,南方轻生逐利之风气。

〔8〕 屈原宅:在归州秭归县,今属湖北省。

【语译】

峡里男子不怕死,少吃俸禄多行舟。有钱就买大船驶,没钱全靠小船浮。小子读书到《论语》,稍长打叠跟着商旅走。斜帆侧舵履波涛,避漩冲浪真好手! 朝辞白帝暮江陵,近来亲眼所验看。瞿塘水漫欲上天,虎须滩头吼声寒,归州艄公视等闲。惜哉此乡之人器量窄,只顾逐利不理有客北方来。如果说是此地无英俊,何以山中却有大贤屈原宅?

【研析】

对如此偏僻地区何以能产生屈原这样的伟人,刘勰也有一问。《文心雕龙·物色》云:"若乃山林皋壤,实文思之奥府。略语则阙,详说则繁,然屈平所以能洞监风骚之情者,抑亦江山之助乎?"杜甫之问可算作补充:"英俊才"不但要得江山之助,还得加上受教育。屈原出身贵族,故能两兼。平头百姓不是本性不爱"在公门",而是"公门八字开",先要有一口饭吃再说想进来。"靠山吃山,靠水吃水",峡中地薄闭塞,他们只好铤而走险"绝轻死","多在水"。浦起龙将它扯到什么"疏于北方文物冠裳之客",是扯远了。相比之下,上一首《负薪行》要写得更合理入情。

信行远修水筒 (五古)

【题解】

作于大历元年(766)。信行,仆人名。水筒,山中引水的竹筒。

> 汝性不茹荤[1],清静仆夫内。
> 秉心识本源,于事少滞碍。
> 云端水筒坼,林表山石碎[2]。
> 触热藉子修,通流与厨会。
> 往来四十里,荒险崖谷大。
> 日曛惊未餐,貌赤愧相对。
> 浮瓜供老病,裂饼常所爱[3]。
> 于斯答恭谨,足以殊殿最[4]。
> 诋要方士符,何假将军佩[5]!
> 行诸直如笔,用意崎岖外[6]。

【注释】

〔1〕 茹荤:食鱼肉之类。

〔2〕　云端二句：二句谓山林上的石头滚下,砸坏了引水筒。坼,裂开。

〔3〕　浮瓜二句：浮瓜,浸于寒水中的瓜。语出曹丕《又与吴质书》。裂饼,蒸熟后开裂成十字纹的饼。语出《晋书·何曾传》。

〔4〕　于斯二句：于斯,在这件事上(指分瓜、饼与信行一事)。殿最,古时考核功绩,以上等为最,下等为殿。此处意为按功给与特殊的奖赏。《读杜心解》："言'浮瓜'本以自供,'裂饼'亦吾宿爱。今以此'答'其'恭谨',见恩意特殊。"

〔5〕　讵要二句：方士符,《汝南先贤传》云晋葛玄曾"书符著社庙中,须臾大雨淹注,平地水尺余"。将军佩,佩,指佩刀。《东观汉记》云汉时贰师将军李广利拔佩刀刺山而泉涌出;二句言有了信行,就毋需这些了。

〔6〕　行诸二句：二句言信行性直爽,所以派他去远修引水筒。行诸,犹言"信行啊!"

【语译】

　　信行,信行,本性不吃荤腥,仆人当中最清净。能识事物根本,办事利索分明。昨来树林上方石头滚,砸碎云端竹筒水断声。全靠你呀冒着酷热修整,再接流泉旋下厨房如渑。往来四十里地哟,荒崖深谷险难行。到家日斜惊空腹,愧对你呀脸晒赤哟皮剥层。寒水浸的瓜哟本为养我老病,蒸裂的馍哟也是我平常最爱吃的饼。用此瓜饼报答你的忠诚与恭谨,用此殊礼犒劳你的功绩与才能。何必要道士求雨的阴符,何必借将军刺出泉水的佩刀! 信行呵,我就依仗你的正直可靠,让你远修水筒乱山行。

【研析】

　　《杜诗镜铨》引申凫盟评云："'日曛惊未餐,貌赤愧相对',公之体恤下情如是,真仁者之用心。陶公云:'此亦人子也,可善遇之。'两贤一辙。"所谓仁心,其实就是古代的一种人道主义精神。儒学将同情心作为仁学的起点,是具有历史的进步意义的,也是中国文化的精髓。该诗正是这种精神活的体现。尤其值得注意的是杜甫对这位仆人了解之深:外在的不茹荤与内在的清净;因秉性能识事物之本源,所以办事利索;恭谨的习性与直爽的性格,使之在关键时刻可信任与依靠。杜甫用他的诗笔由里到外塑造了一个有血有肉有灵魂的社会最下层人物善美的形象。

宗武生日 (五排)

【题解】

大历元年(766)秋作于夔州。宗武,杜甫次子。

> 小子何时见[1]? 高秋此日生。
> 自从都邑语,已伴老夫名[2]。
> 诗是吾家事,人传世上情[3]。
> 熟精《文选》理,休觅彩衣轻[4]。
> 凋瘵筵初秩,欹斜坐不成[5]。
> 流霞分片片,涓滴就徐倾[6]。

【注释】

〔1〕 小子句:见,"现"的本字。此指宗武生日。

〔2〕 自从二句:此言宗武自从在成都(约十几岁)为人所称许,即已伴随老杜而小有名气。都邑,指成都。

〔3〕 诗是二句:杜甫的祖父杜审言是名诗人,杜甫引为骄傲:"吾祖诗冠古"(《赠蜀僧闾丘师兄》),故云"诗是吾家事"。下句谓远绍吾祖传承诗学,本是人之常情。

〔4〕 熟精二句:对其子耳提面命:学诗当先将昭明太子萧统编选的《文

选》读熟，并理解其中精义。彩衣，《列女传》载老莱子行年七十，犹着五彩衣以娱乐双亲。此谓你只要好好学诗，我就高兴了，不必效老莱子娱亲。赵次公注云："此虽孝子悦亲之事，而亦仅同戏侮。'休觅彩衣轻'，则所望其子者，在学而已。"

〔5〕 凋瘵二句：凋瘵，疾病。筵初秩，《诗·宾之初筵》："宾之初筵，左右秩秩。"周代行射礼前之宴饮谓之初筵，后泛指宴饮。

〔6〕 流霞二句：此诗句则双关、曲喻合用，盖谓"流霞"本一气，饮之亦当一气；今因病不敢畅饮，故将"流霞"（从仙酒名为"流霞"，返回作为云彩的"流霞"）分成"一片片"，以示下句一小口一小口啜饮也。流霞，仙酒，《论衡·道虚》：项曼自言仙人以"流霞"一杯饮之，辄不饥渴。

【语译】

小子！你何时出世？就在秋高气爽之今日。打从在成都为人称许，你就伴随老夫名驰。写诗本是咱家的事，递相传承情所至。先要精通《文选》理，彩衣娱亲属其次。我今衰病为你强设宴，或斜或侧总是没坐姿。且分"流霞"一片片，仙酒只能小口慢慢吃。

【研析】

吴乔《围炉诗话》总结造就杜甫"诗圣"的条件云："须是范希文（范仲淹）专志于诗，又一生困穷乃得！"就是说，必须是像范仲淹那样胸怀大志的政治家，而且将写诗当"专业"，又一辈子穷愁潦倒，"乃得"。后一条老杜自然不乐意，前两条倒是很自觉。他叮嘱他钟爱的二子宗武：一是"应须饱经术"（《又示宗武》）；二是"诗是吾家事"。"饱经术"自然是要活国济民干大事，而把诗当成"吾家事"，不但"专业"，而且成了家族使命了，这在盛唐诗人中怕是不多见的。然而杜甫于学诗并不囿于乃祖，而是强调要"熟精《文选》理"。《贞一斋诗说》云："子美家学相传，自谓'熟精《文选》理'，由唐以诗取士,得力《文选》,便典雅宏丽,犹今之习八股业,先须熟五经耳。昭明虽词章之学,识力不甚高,所选却自一律,无俗文字。子美天才既雄,学力又破万卷,所得岂直《文选》?持以教儿子,自是应举捷径也。"大致没错。"《文选》烂,秀才半。"让儿学《文选》应举,自是杜甫的心事,但通过《文选》向前人学习,更是"诗是吾家事"心迹的表露,是其"不薄今人爱古人,清词丽句必为邻"学习经验的结晶。"文章千古事,得失寸心知。"写诗之于老杜,是生命中的头等大事,此为心声,切不可只视为劝儿应举而轻轻放过!

白 帝 (七律)

【题解】

大历元年(766)秋,作于夔州。是诗为拗格律诗,以歌行入律。

白帝城中云出门,白帝城下雨翻盆[1]。
高江急峡雷霆斗,古木苍藤日月昏[2]。
戎马不如归马逸,千家今有百家存。
哀哀寡妇诛求尽,恸哭秋原何处村[3]?

【注释】

〔1〕 白帝二句:首联以歌行入律。城在高山,故云自城出而雨。《杜诗镜铨》引蒋云:"云在城中出,雨在城下翻,已想见此城风景。"

〔2〕 高江二句:雨骤江涨,故曰"高江";峡束流急,故曰"急峡"。《杜诗镜铨》引邵云:"不曰'急江高峡',而曰'高江急峡',自妙于写此江此峡也。"萧先生说:"在这景物中便含有那个战乱时代的影子,不要单作景语看。"

〔3〕 戎马四句：写战乱中百姓死亡惨重，而苛捐杂税又将寡妇勒索殆
尽，痛哭之声时有，不辨来自何方。戎马，战马。诛求，勒索。

【语译】

白帝城门云滚滚，白帝城下雨倾盆。江涨峡束声如雷霆斗，古
木苍藤掩映日月昏。战马哪有归马闲且逸，动乱苛政致使千家只得
百家剩！连可怜兮兮的寡妇也被勒索尽，痛哭之声不知传自哪
片村？

【研析】

或云"此篇四句截，上下如不相属"，其实上四写险急之雨景，下
四写战时之困境，内外气象交感，造成沉郁却意度盘薄的整体气氛，
并无"不相属"之弊。

同元使君舂陵行并序 （五古）

【题解】

此诗约大历元年（766）至二年（767）之间作于夔州。元使君，
即元结，字次山，号漫叟，时为道州（今湖南道县）刺史，故称使君。
同就是和，是杜甫有感于元结的《舂陵行》而和作。二诗见【附录】。

览道州元使君结《舂陵行》兼《贼退后示官吏作》二
首[1]，志之曰：当天子分忧之地，效汉朝良吏之目[2]。今
盗贼未息，知民疾苦，得结辈十数公，落落然参错天下为邦
伯[3]，万物吐气，天下小安可待矣！不意复见比兴体制，微

婉顿挫之词[4]。感而有诗,增诸卷轴,简知我者,不必寄元[5]。

遭乱发尽白,转衰病相婴。

沉绵盗贼际,狼狈江汉行。

叹时药力薄,为客羸瘵成[6]。

吾人诗家流,博采世上名。

粲粲元道州,前圣畏后生[7]。

观乎《舂陵》作,欻见俊哲情,

复览《贼退》篇,结也实国桢[8]。

贾谊昔流恸,匡衡常引经[9]。

道州忧黎庶,词气浩纵横。

两章对秋月,一字偕华星!

致君唐虞际,纯朴忆大庭[10]。

何时降玺书,用尔为丹青[11]?

狱讼永衰息,岂唯偃甲兵!

凄恻念诛求,薄敛近休明[12]。

乃知正人意,不苟飞长缨[13]!

凉飚振南岳,之子宠若惊[14]。

色沮金印大,兴含沧浪清[15]。

我多长卿病,日夕思朝廷。

肺枯渴太甚,漂泊公孙城[16]。

呼儿具纸笔,隐几临轩楹[17]。

作诗呻吟内,墨淡字欹倾。

感彼危苦词,庶几[18]知者听。

【注释】

〔1〕 览道州句：舂陵城为道州故地，元结于广德元年（763）作《舂陵行》，次年作《贼退后示官吏作》。萧先生按："当时交通不便，又无印刷，元作此诗，亦未必寄杜，故事隔二三年才读到。"

〔2〕 志之三句：志，记。《汉书·循吏传》载汉宣帝曰："庶民所以安其田里，而亡叹息愁恨之心者，政平讼理也。与我共此者，其唯良二千石乎！"二千石指太守，元为道州刺史，故曰"当天子分忧之地"。目，品题。此处意为风范，言元结谨遵汉良吏之风范。

〔3〕 落落句：落落然，不苟合貌。参错，参杂分布。邦伯，这里指刺史。

〔4〕 不意二句：不意，出乎意料。比兴体制，指继承《诗经》传统、反映民间疾苦的诗篇。微婉顿挫，词句深微婉转，音节抑扬动人。

〔5〕 简知二句：简，书信；这里用为动词：（将和诗）寄给了解我的人。元，元结。

〔6〕 遭乱六句：首段六句自叙。婴，缠。沉绵，长病。羸，弱。瘵，肺痨病。黄生云："前后皆自叙，自叙多言病，共筋节在'叹时药力薄'五字，则知此诗全是借酒杯，浇块磊，盖身疾可医，心疾不可医耳。"

〔7〕 粲粲二句：粲粲，光明貌。后生，《论语·子罕》："子曰：后生可畏，焉知来者之不如今也？"指元结超越前人。

〔8〕 国桢：国之栋梁。

〔9〕 贾谊二句：谓元结二诗痛陈国事，与贾、匡同调。流恸，贾谊《陈政事疏》："臣窃惟事势，可为痛哭者一，可为流涕者二，可为长太息者六。"引经，《汉书·匡衡传》："衡上疏陈便宜，及朝廷有政议，傅经以对，言多法义。"

〔10〕 致君二句：唐虞，唐尧与虞舜。大庭，大庭氏。三人皆传说中之贤君王。言元结欲使君王像尧舜一样贤明，让百姓安乐。《庄子·胠箧》："昔者容成氏、大庭氏……当是时也，民结绳而用之，甘其食，美其服，乐其俗，安其居，邻国相望，鸡狗之音相闻，民至老死而不相往来。若此之时，则至治已。"

〔11〕 何时二句：玺书，皇帝的诏书。丹青，本指绘画，此处喻治理国家的

卿相。语出《盐铁论》："公卿者,四海之表仪,神化之丹青也。"

〔12〕 凄恻二句:二句谓元结同情百姓,政治清明。《新唐书·元结传》:
"结以人困甚,请免百姓租税及和市杂物十三万缗,为民营舍给田,
免徭役,流亡归者数万。"诛求,强行征求。薄敛,轻徭薄赋。休明,
政治清明。

〔13〕 乃知二句:缨,系冠的带子,这里用长缨代表高官。《苕溪诗话》:
"漫叟所以能然者,先民后己,轻官爵而重人命故也。观其赋《石
鱼》诗云:'金鱼吾不须(唐时官员佩金鱼袋),轩冕吾不爱。'此所以
能不苟权势而专务爱民也。杜云:'乃知正人意,不苟飞长缨。'可
谓相知深矣!"

〔14〕 凉飔二句:南岳,衡山,在道州邻近。之子,这个人,指元结。谓元
结上任如南岳之来清风,而元结自己却受宠若惊,保持谨慎。

〔15〕 色沮二句:色沮,神色不安。沧浪清,《孟子·离娄上》:"沧浪之水
清兮,可以濯我缨。"后人以"沧浪清"示归隐。因元诗有"将家就鱼
菱,归老江湖边"之句,故云。

〔16〕 我多四句:司马相如字长卿,有消渴病(糖尿病)。肺枯,肺病。公
孙城,即白帝城,为西汉末公孙述所筑。

〔17〕 隐几句:靠着几案,临近窗口。

〔18〕 庶几:希望。

【语译】

　　道州刺史元结作《春陵行》及《贼退后示官吏作》二首,〔我读了
很感动,〕为之赞叹道:身为与皇上分忧的地方官,元结乃能谨遵汉
代良吏的风范。如今叛军作乱尚未平息,他深知民间的疾苦。天下
要是有像元结这样的好官十几位,卓然挺立分布在各州为刺史,调
停万物皆顺畅,则天下稍得安定就可以期待了!元结的诗让我意外
地又看到了比兴风格,词句是那么深微婉转,音节又是那么抑扬动
人。我深受感动,发兴写下和诗,将它添加在原来的卷轴上,寄给了
解我的朋友们,也不一定要寄给元结了。

因遭战乱头白尽，身子转弱病相萦。沉疴缠绵穿寇盗，进退两难江汉行。为伤时事药力减，又兼奔逃积痨成。我辈专志做诗人，广知当今谁是诗成名。道州使君乃是佼佼者，前贤能不畏后生！一见《春陵行》，顿惊明秀具才情。再诵《贼退》篇，乃叹结也真是国之栋梁横！贾谊当年痛流涕，匡衡议政多引经。道州使君忧黎民，诗有正气浩然生。两章争光对秋月，一字垂辉同明星。欲置我皇尧舜间，民风淳朴追大庭。何时才见诏书下，以你表率为公卿？政治清明狱讼少，岂止从此息甲兵！为能恻隐悲苛政，施行轻徭薄赋近太平。乃知正人君子志，不苟权势官爵轻。来如秋风扫南岳，此公却自宠若惊。面对金印心事重，长存归去江湖情。我今病渴如长卿，日夜仍是思朝廷。肺枯病渴日又甚，漂泊且依白帝城。呼儿为我设纸笔，凭案临窗体不胜。墨淡字斜手微战，作诗伴有呻吟声。感君二首危苦动我兴，和之愿付知者听。

【研析】

古人以诗为教自有道理，如元结二首，实在是感人至深！精诚所至，金石为开。真与善结合本身就有美感——哪怕只用拙朴的诗语言来表达。故《岘佣说诗》云："诗忌拙直，然如元次山《春陵行》、《贼退示官吏》诸诗，愈拙直，愈可爱。盖以仁心结为真气，发为愤词，字字悲痛，《小雅》之哀音也。"杜甫与之同气相求，给予极高的评价，对后来白居易新乐府创作的影响是深刻的。

【附录】

春陵行并序　元结

癸卯岁，漫叟授道州刺史。道州旧四万余户，经贼以来，不满四千，大半不胜赋税。到官未五十日，承诸使征求符牒二百余封。皆曰：失其限者，罪至贬削！于戏！若悉应其命，则州县破乱，刺史欲焉逃罪？若不应命，又即获罪戾，必不免也。吾将守官，静以安人，待罪而已。此州是舂陵故地，故作《舂陵行》，以达下情。

军国多所须，切责在有司。有司临郡县，刑法竞欲施。
供给岂不忧？征敛又可悲！州小经乱亡，遗人实困疲。
大乡无十家，大族命单赢。朝餐是草根，暮食仍木皮。
出言气欲绝，意速行步迟。追呼尚不忍，况乃鞭扑之！
邮亭传急符，来往迹相追。更无宽大恩，但有迫促期。
欲令鬻儿女，言发恐乱随。悉使索其家，而又无生资。
听彼道路言，怨伤谁复知？去冬山贼来，杀夺几无遗。
所愿见王官，抚养以惠慈。奈何重驱逐，不使存活为？
安人天子命，符节我所持。州县忽乱亡，得罪复是谁？
逋缓违诏令，蒙责固其宜。前贤重守分，恶以祸福移。
亦云贵守官，不爱能适时。顾惟孱弱者，正直当不亏。
何人采国风？吾欲献此辞。

贼退示官吏并序　元结

癸卯岁，西原贼入道州，焚掠几尽而去。明年，贼又攻永、破邵，不犯此州边鄙而退。岂力能制敌欤？盖蒙其伤怜而已！诸使何为忍苦征敛？故作诗一篇，以示官吏。

昔岁逢太平，山林二十年。泉源在庭户，洞壑当门前。
井税有常期，日晏犹得眠。忽然遭世变，数岁亲戎旃。
今来典斯郡，山夷又纷然。城小贼不屠，人贫伤可怜。
是以陷邻境，此州独见全。使臣将王命，岂不如贼焉！
今彼征敛者，迫之如火煎。谁能绝人命，以作时世贤？
思欲委符节，引竿自刺船。将家就鱼麦，穷老江湖边。

殿中杨监见示张旭草书图（五古）

【题解】

诗作于大历元年（766），杜甫时在夔州。殿中，指殿中监，从三品。杨监，钱谦益疑为后来的宰相杨炎。

斯人已云亡，草圣秘难得。
及兹烦见示，满目一凄恻。
悲风生微绡[1]，万里起古色。
锵锵鸣玉动，落落[2]群松直。
连山蟠其间，溟涨[3]与笔力。
有练实先书，临池真尽墨[4]。
俊拔为之主，暮年思转极。
未知张王后，谁并百代则[5]？
呜呼东吴精，逸气感清识[6]。
杨公拂箧笥，舒卷忘寝食。
念昔挥毫端，不独观酒德[7]。

【注释】

〔1〕 微绡：同生丝织成的薄绢。
〔2〕 落落：不平凡的样子。
〔3〕 溟涨：指潮起潮落的大海，喻张旭之笔力深厚雄阔。
〔4〕 有练二句：煮缣使白曰练，已练之帛也称练。此谓家中之缣先书写而后染练之。临池，临近水池学书法，以便于洗笔砚，后人遂以"临

池”指代学书。《后汉书·张芝传》李贤注引王愔《文志》:"张芝尤好草书,学崔、杜之法。家之衣帛,必书而后练。临池学书,水为之黑。"

〔5〕未知二句:此言张芝与王羲之以后,又有谁能与之并列为百代的典范呢?实谓张旭可为之继。张王,张芝、王羲之。《晋书·王羲之传》:"每自称'我书比钟繇,当抗行;比张芝草,犹当雁行也。'"则,典范。

〔6〕呜呼二句:精,精英。李颀《赠张旭》:"皓首穷草隶,时称太湖精。"张旭为东吴人氏,故又称"东吴精"。清识,有很高鉴赏力的人,此指杨监。

〔7〕不独句:酒德,刘伶《酒德颂》塑造了一位"幕天席地,纵意所如,止则操卮执觚,动则挈榼提壶,唯酒是务"的"大人先生"。张旭也嗜酒浪漫,同备"酒德",杜甫《饮中八仙歌》亦称"张旭三杯草圣传";此则言张旭不独酒中见性情,还有其"有练实先书,临池真尽墨"的真功夫在。今存宋拓张旭《郎官厅壁记》楷书,曾巩称其"精劲严重,出于自然";1992 年出土张旭书《严仁墓志》,亦法度森严,足证少陵所言。

【语译】

此人已伤逝,草圣秘难传。于今烦公还见示,遗情满目一凄然。绢上龙蛇悲风动,古色万里尽苍茫。如闻君子铿锵鸣佩玉,如见群松劲直皆昂藏。势比连冈不断绝,力似大海掀巨浪。家存缣布先书满,洗笔黑透一池塘。其书精劲主俊拔,暮年纵横不可当。不知张芝、羲之后,谁人并肩垂典章?呜呼此老本是太湖精,逸气感动高明赏。杨公时时拂竹箱,一舒卷轴寝食忘。但忆当年观挥毫,草圣岂止酒德高!

【研析】

此诗对草圣张旭的品评,极见少陵审美眼光之独到。旭之狂草世无异议,而其楷书,唐人张彦远《历代名画记》则云:"只如张旭以善草得名,楷隶未必为人所宝。"这大概是由于唐代楷书名家如欧、褚、颜、柳辈林立,所以不显。少陵此诗则提出"念昔挥毫端,不独观酒德",谓其狂草不只是醉后自神,特强调其"有练实先书,临池真尽墨"的基本功,发人之所未发。至宋苏东坡始谓"长史(张旭)草书,颓然天放……今世称善草书者,或不能真行,心大妄也。真生行,行生草;真如立,行如行,草如走,未有未能行立而能走者也。"而曾巩《元丰类稿·金石录跋尾》亦称其楷书:"精劲严重,出于自然,如动容周旋中礼,非强为者。"寓楷之精劲严重于狂草浪漫之中,正是张之特色,少陵已见端倪,可谓慧眼独具。《新唐书·李白传》附张旭事迹有云:"旭自言,始见公主担夫争道,又闻鼓吹,而得笔法意,观倡公孙舞《剑器》,得其神。"所谓"公主担夫争道"的"笔法意",正是曾巩所称"动容周旋中礼",也就是少陵所观察到的狂草中寓精严,则"锵锵鸣玉动,落落群松直"意象之内涵。

"锵锵鸣玉动,落落群松直。连山蟠其间,溟涨与笔力"四句是老杜感受张旭狂草所得的意象。用鸣玉、劲松、连山、海潮四种迥异的意象来形容狂草,的确是匪夷所思。中国人尚玉石,常以之"比德",如"金声玉振"是对孔子的礼赞。"锵锵鸣玉动"在这里不但形容其书有韵律之美,且与"雅"、与"君子"相联系,含有曾巩所称"动容周旋中礼"的意思。其余不言自明。

壮　游 （五古）

【题解】

　　此为大历元年(766)秋,杜甫在夔州所作自传性的回忆诗。从七岁的童年起,一直写到晚年,为研究杜甫生平、思想、性格的最可贵的材料。《后村诗话》:"《壮游》诗押五十六韵,在五言古风中,尤多悲壮语……虽荆卿之歌,雍门之琴,高渐离之筑,音调节奏,不如是之跃宕豪放也。"壮游,自壮平生经历也。

往者十四五,出游翰墨场[1]。

斯文崔魏徒,以我似班扬[2]。

七龄思即壮,开口咏凤凰。

九龄书大字,有作成一囊[3]。

性豪业[4]嗜酒,嫉恶怀刚肠。

脱略小时辈,结交皆老苍[5]。

饮酣视八极,俗物多茫茫[6]。

【章旨】

以上为第一段,叙少年时代的交游,见出自己豪爽好文的为人。

【注释】

〔1〕　往者二句:十四五,杜甫十四、十五岁,正当开元十三、十四年(725—726),正当唐之国力极盛时,对杜甫的性格与思想的定型有深刻的影响。以此开头,本自阮籍《咏怀》:"昔年十四五,志尚好诗书。"翰墨场,文人交往的场所。

〔2〕　斯文二句:斯文,对儒者的称谓。崔魏徒,原注:"崔郑州尚,魏豫州启心。"据《唐科名记》:崔尚为久视二年(701)进士;据《唐会要》:神龙三年(707),魏启心及第才膺管乐科,皆属杜之前辈文人。班扬,班固与扬雄,汉之辞赋家。

〔3〕　囊:古人装书画诗文的袋子。

〔4〕　业:又也。

〔5〕　脱略二句:脱略,超脱不羁。小,用作动词,看不上。时辈,同辈。老苍,年长有成者,如高适、李白都大杜甫十多岁,"求识面"的李邕

和"愿卜邻"的王翰,都大二三十岁。

〔6〕　饮酺二句:二句言少年自负,昂首天外,不把流俗放在眼中。八极,
　　　　八方的尽处。

【语译】

　　往昔年方十四五,已经出入在文场。名儒崔尚魏启心,夸我有才似班扬。七岁诗思壮,开口便是咏凤凰。九岁书大字,满满一袋装。性情豪爽又嗜酒,疾恶如仇怀刚肠。洒脱不羁轻同辈,结交贤俊皆年长。酒酣昂首视天外,俗物不见尽茫茫。

　　　　　　　　东下姑苏台,已具浮海航[1]。
　　　　　　　　到今有遗恨,不得穷扶桑[2]。
　　　　　　　　王谢风流远,阖庐丘墓荒[3]。
　　　　　　　　剑池石壁仄,长洲荷芰香[4]。
　　　　　　　　嵯峨阊门北,清庙映回塘[5]。
　　　　　　　　每趋吴太伯,抚事泪浪浪[6]。
　　　　　　　　蒸鱼闻匕首,除道哂要章[7]。
　　　　　　　　枕戈忆勾践,渡浙想秦皇[8]。
　　　　　　　　越女天下白,鉴湖[9]五月凉。
　　　　　　　　剡溪[10]蕴秀异,欲罢不能忘。

【章旨】

　　以上为第二段,叙吴越之游,约自二十至二十四岁。

【注释】

〔1〕　东下二句:姑苏台,又称胥台,在苏州姑苏山上,传为吴王阖闾所
　　　　建。航,大船。

〔2〕　扶桑：木名，传说日出于扶桑，这里指日本国。

〔3〕　王谢二句：王谢，东晋两大士族，出了不少风流人物，如王导、谢安等。阖庐，即吴王阖闾，其墓在苏州阊门外。《越绝书》称：阖闾葬三日，有白虎踞其冢上，故号曰"虎丘"。

〔4〕　剑池二句：言吴王盛况不再，今所存者惟剑池石壁、长洲荷芰而已。剑池，在苏州市虎丘，相传为吴王阖闾铸剑之处。有石壁高数丈。仄，陡峭。长洲，苑名，为吴王阖闾游猎处，遗址在今苏州西南，太湖之北。芰，菱角。

〔5〕　嵯峨二句：嵯峨，高耸貌。阊门，苏州西门。清庙，即吴太伯庙，在阊门外。回塘，郎洋中塘，离苏州二十六里。

〔6〕　每趋二句：吴太伯，《史记·吴太伯世家》："吴太伯，太伯弟仲雍，皆周太王之子，而王季历之兄也。季历贤而有圣子昌（即周文王），太王欲立季历以及昌。于是太伯、仲雍二人，乃奔荆蛮，以避季历。"《吴郡志》："太伯庙，东汉太守糜豹建于阊门外。"抚事，抚今怀古。浪浪，流泪貌，《楚辞》："沾余襟之浪浪。"杜甫感太伯之能让，故抚事泪流。或事出有因，故《杜诗镜铨》揣测云："暗对玄肃父子之间作慨。"可供参考。

〔7〕　蒸鱼二句：蒸鱼，《史记·刺客列传》："伍子胥知公子光欲杀吴王僚，乃进专诸于公子光。光具酒请王僚……使专诸置匕首鱼炙之腹中而进之。既至王前，专诸擘鱼，因以匕首刺王僚，王僚立死。公子光遂自立为王，是为阖闾。"除道，即修路。要章，腰间的印绶。要，与"腰"通。《汉书·朱买臣传》：朱买臣家贫，好读书，不治产业，常艾薪樵卖以给食。担束薪，行且诵书，妻数止买臣，买臣愈益疾歌，妻羞之，求去，买臣不能留。其后，买臣负薪墓间，故妻与夫家俱上冢，见买臣饥寒，呼饭饮之。后数岁，买臣拜会稽太守。初，买臣尝从会稽守邸者寄居饭食。拜为太守，买臣衣故衣（穿旧衣服），怀其印绶，步归郡邸，守邸与共食。食且饱，少见（读现，故意露出）其绶，守邸前引其绶，视其印，会稽太守章也！守邸惊，出语上计掾吏，陈列中庭拜谒。会稽闻太守且至，发民除道。入吴界，

见其故妻、妻夫治道,买臣驻车,今后车载其夫妻到太守舍,置园中,给食之。居一月,妻自经死。萧先生注:杜甫认为朱买臣这种庸俗、势利、狭隘的行径很可笑,故曰"哂要章"。哂,讥笑。

〔8〕 枕戈二句:枕戈,枕戈待旦。《晋书·刘琨传》:"吾枕戈待旦,志枭逆虏。"以喻越王勾践"卧薪尝胆"报仇灭吴事。渡浙,秦始皇曾游会稽,渡浙江。

〔9〕 鉴湖:传说黄帝曾于此铸镜,故又名镜湖,在浙江绍兴。

〔10〕 剡溪:在浙江嵊县。

【语译】

　　于是东下姑苏台,准备乘船入大海。到今留遗憾:不曾直至日本回。魏晋风流王谢远,吴王荒丘更难猜。剑池尚余石壁陡,长洲苑里唯有荷花相伴菱花开。清庙映回塘,巍峨阊门外。再拜让贤吴太伯,抚今怀古泪如霈。又闻专诸鱼腹藏剑刺王僚,乃笑买臣腰间金印傲裙钗。忆昔勾践枕戈且尝胆,秦皇也曾远渡浙江来。镜湖五月尚清凉,耶溪越女天下白。剡溪清,蕴奇秀,欲去再三难忘怀!

归帆拂天姥,中岁贡旧乡〔1〕。

气劘屈贾垒,目短曹刘墙〔2〕。

忤下考功第,独辞京尹堂〔3〕。

放荡齐赵间,裘马颇清狂〔4〕。

春歌丛台上,冬猎青丘旁〔5〕。

呼鹰皂枥林,逐兽云雪冈〔6〕。

射飞曾纵鞚,引臂落鹙鸧〔7〕。

苏侯据鞍喜,忽如携葛强〔8〕。

快意八九年,西归到咸阳〔9〕。

【章旨】

以上为第三段,叙齐赵之游,约自二十五至三十五岁,是杜甫最快意的时代。

【注释】

〔1〕归帆二句:拂,擦身而过。天姥,山名,在今浙江新昌东五十里。此言回程经过天姥山。中岁,时杜甫二十四岁。贡,贡举,指被州县保送参加科举。贡旧乡,指开元二十三年杜甫被巩县保送参加洛阳进士考试。

〔2〕气劘二句:言少年气盛,敢于挑战前贤,直摩其壁垒。气劘,气势上接近。屈贾,屈原与贾谊。目短,视为不高。曹刘,建安诗人曹植与刘桢。

〔3〕忤下二句:忤,不顺利。考功,开元二十三年(735)以前,进士考试由考功员外郎主持,不及格者为下第。京尹,此指东京洛阳之河南尹。京尹堂,当是考试地点当时设在府内。

〔4〕放荡二句:齐赵间,今山东、河南、河北一带。裘马,衣轻裘,乘车马,言其豪游。《论语·雍也》:"子曰:'赤之适齐也,乘肥马,衣轻裘。'"

〔5〕春歌二句:丛台,战国时赵国所筑,数台连聚,故名。青丘,《太平寰宇记》:"在青州千乘县,齐景公田(打猎)于此。"

〔6〕呼鹰二句:皂栎林、云雪冈,齐地名,不详其确处。当在青州附近。皂,黑色。栎,栎树。

〔7〕射飞二句:射飞,射飞鸟。鞿,马勒。引臂,拉弓射箭。鹙鸧,秃鹙。

〔8〕苏侯二句:苏侯,原注:"监门胄曹苏预。"即苏源明,详《八哀诗》。侯,唐人对男士的尊称。葛强,山简之爱将,常从山简游。此言苏携杜同游。

〔9〕咸阳:汉之京城在咸阳,此借指唐京长安。杜甫于天宝五载(746)始入长安。

【语译】

　　归帆拂过天姥边,中年贡举回故乡。文气逼屈贾,敢越曹刘墙。不料竟下第,只身辞洛阳。放荡不羁游齐赵,轻裘快马颇清狂。春来放歌丛台上,冬日行猎青丘旁:撒鹰黑栎林,逐兽云雪冈。也曾纵马射飞鸟,弯弓一箭落鸳鸧。苏侯稳坐鞍上喜,忽如山简携葛强。快意倏忽八九年,方始西归到咸阳。

　　　　　　许与必词伯,赏游实贤王[1]。
　　　　　　曳裾置醴地,奏赋入明光[2]。
　　　　　　天子废食召,群公会轩裳[3]。
　　　　　　脱身无所爱,痛饮信行藏[4]。
　　　　　　黑貂不免敝,斑鬓兀称觞[5]。
　　　　　　杜曲换耆旧,四郊多白杨[6]。
　　　　　　坐深乡党敬,日觉死生忙[7]。
　　　　　　朱门务倾夺,赤族迭罹殃[8]。
　　　　　　国马竭粟豆,官鸡输稻粱[9]。
　　　　　　举隅见烦费,引古惜兴亡。

【章旨】

　　以上为第四段,叙长安之游,察见危机。时为天宝五载(746)至十四载(755)。

【注释】

〔1〕　许与二句:许与,赞许。词伯,文坛领袖。贤王,如《八仙歌》中之汝阳王李琎等。玄宗朝诸王、公主往往喜欢与文艺界人士交往。

〔2〕　曳裾二句:裾,衣服的大襟。古代文士长裾拖地。醴即甜酒。《汉书·楚元王传》:“穆生不嗜酒,元王每置酒,常为穆生设醴。”上句

自言为贤王所尊礼。下句即献《三大礼赋》事。明光,汉宫名,此借喻唐大明宫(后改蓬莱宫)。

〔3〕 天子二句:废食召,不等吃完饭就紧急召见,以见重视。暗用周公"一饭三吐哺,起以待士"的典故。轩裳,乘高车,着丽服。下句言达官贵人争来见识,即《莫相疑行》所称:"忆献三赋蓬莱宫,自怪一日声辉赫。集贤学士如堵墙,观我落笔中书堂。"

〔4〕 脱身二句:脱身,天宝十四载(755)被任命为河西尉,不就。信,随意。行藏,行指出仕,藏指退隐。《论语》:"用之则行,舍之则藏。"

〔5〕 黑貂二句:《战国策·秦策》:"(苏秦)说秦王,书十上而说不行,黑貂之裘敝,黄金百斤尽,资用乏绝,去秦而归。"以此典自喻久居长安生活穷困。兀称觥,仍举杯痛饮。

〔6〕 杜曲二句:言连老人也日见替换,坟墓日多。古人坟旁多栽白杨。杜曲,即杜陵,杜甫有家在此。耆旧,老人。

〔7〕 坐深二句:坐深,犹今所谓"资深"。乡党,乡里亲旧。言自觉因年岁日长,而为亲旧所尊敬,乃感叹人生匆促。

〔8〕 朱门二句:朱门,权势豪门,如李林甫、杨国忠辈。务倾夺,专门从事倾轧争权。赤族,灭族。迭,更迭。罹,遭受。

〔9〕 国马二句:国马,指所养"舞马"和"立仗马"等。《新唐书·李林甫传》:"君等独不见立仗马乎?终日无声,而饫三品刍豆。"官鸡,皇帝及贵族所养斗鸡。《斗鸡》诗:"斗鸡初赐锦,舞马既登床。"言皇室及贵族之奢靡无度,吃尽百姓所纳粮食。

【语译】

　　文豪皆见赏,王府游从容。出入受尊礼,献赋召入宫。天子吐哺急召见,高车丽服来群公。弃之无所爱,痛饮任穷通。却如苏秦貂裘敝,鬓发斑白犹在举杯中!杜曲已换新长老,四郊坟场又把白杨种。因添岁寿受人敬,便觉死生日匆匆。权势豪门专门事倾轧,迭见满门抄斩祸相从。国马已经吃尽百姓粮,官鸡稻粱还得再补充!仅此一例便知奢靡甚,以古证今叹惜前路凶。

河朔风尘起,岷山行幸长^[1]。

两宫各警跸^[2],万里遥相望。

崆峒杀气黑,少海旌旗黄^[3]。

禹功亦命子,涿鹿亲戎行^[4]。

翠华拥吴岳,螭虎啖豺狼^[5]。

爪牙一不中,胡兵更陆梁^[6]。

大军载草草,凋瘵满膏肓^[7]。

备员窃补衮,忧愤心飞扬^[8]。

上感九庙焚,下悯万民疮^[9]。

斯时伏青蒲,廷诤守御床^[10]。

君辱敢爱死? 赫怒幸无伤^[11]。

圣哲体仁恕,宇县复小康^[12]。

哭庙灰烬中,鼻酸朝未央^[13]。

【章旨】

以上为第五段,叙"安史之乱",及任左拾遗事。时在至德元载(756)至乾元元年(758)。萧先生注:"因题目是《壮游》,故将陷乱军一段悲惨经历略过不提。"

【注释】

〔1〕 河朔二句:河朔,指河北,安禄山天宝十四载(755)反于河北之范阳。岷山,在蜀地,借代蜀。行幸,皇帝出游,实指玄宗逃亡蜀郡事。

〔2〕 两宫句:两宫,指玄宗和肃宗。警跸,天子出入时的警戒。

〔3〕 崆峒二句:崆峒,此指甘肃平凉之崆峒山,肃宗于平凉收兵伐叛。少海,天子如大海,太子如少海。《东宫故事》:"太子比少海。"旌旗黄,皇帝才用黄旗,此言太子李亨即位灵武,旌旗换用黄色,是为肃宗皇帝。

〔4〕　禹功二句：禹功，禹因治水有功，受舜禅，复传子，故以比肃宗命子（广平王俶）亲征。涿鹿，山名，在今河北涿鹿东南。黄帝与蚩尤战于涿鹿，这里以蚩尤比禄山。亲戎行，亲自指挥部队。

〔5〕　翠华二句：翠华，指皇帝仪仗。吴岳，即吴山，至德二载改汧阳郡吴山为西岳（今陕西陇县西南），故吴山称"岳"。因吴山在凤翔附近，则言肃宗到达凤翔。螭，传说中蛟龙类动物；螭虎喻唐军将士。噉，吃。豺狼，喻安禄山军。《通鉴》卷二一九："至德二载（757）二月，上至凤翔旬日，陇右、河西、安西、西域之兵皆会。"则上句言肃宗由灵武镇凤翔，下句言国内外兵力悉集，气吞安史叛军。

〔6〕　爪牙二句：爪牙，指军队。《诗经·祈父》："祈父，予王之爪牙。"一不中，一击未中。此指至德元载十月房琯陈涛斜之败。陆梁，猖獗。参考本书卷二所选《悲陈陶》《悲青坂》注解。

〔7〕　大军二句：大军，官军。至德二载五月，郭子仪败于清渠，无充分准备，故曰"载草草"。载，助词，乃。凋瘵，衰病。膏肓，不治之疾。言百姓痛苦不堪。

〔8〕　备员二句：备员，犹充数，是谦辞。衮，帝王衣服，指代皇帝。窃，非分而得，谦辞。补衮，喻补救帝王阙失，借指谏官。时杜为左拾遗。

〔9〕　上感二句：九庙，皇帝宗庙。疮，疮痍，喻民病，百姓之痛苦。

〔10〕　斯时二句：言谏房琯罢相事。伏青蒲，《汉书·史丹传》："丹直入卧内，伏青蒲上泣谏。"孟康曰："以蒲青为席，用蔽地也。"廷诤，公开谏诤，即所谓"面折廷诤"。御床，皇帝宝座。

〔11〕　君辱二句：君辱，《史记·越世家》："主忧臣劳，主辱臣死。"房琯罢相，杜甫上疏争论，肃宗怒，诏三司推问，因张镐救护得免；此暗指其事。

〔12〕　圣哲二句：圣哲，此指代皇帝。宇县，犹宇内、天下。小康，稍安定。时两京恢复，故曰小康。

〔13〕　哭庙二句：哭庙，哭拜宗庙。两京为叛军所陷时，宗庙被焚毁，"胡来满彤宫，中宵焚九庙"（《往在》）。九庙已焚，哭拜于废墟，故曰"灰烬中"。朝，向。未央，汉有未央宫，此借指唐宫，亦当年贬华州

辞京阙时"驻马望千门"之意。

【语译】

自从河北起风尘,明皇西奔蜀道长。玄宗、肃宗分两地,遥遥万里一相望。崆峒之山杀气黑,太子旌旗色换黄。大禹得位也传子,肃宗平叛亲自上战场。天子仪仗满吴岳,螭虎誓欲吃豺狼!可惜出手一不中,胡兵反而更张狂。官军何草率,百姓大受伤!我任拾遗须尽职,忧愤使我激情扬。上感国家宗庙焚,下悯万民如病疮。此时上疏伏蒲席,面折廷诤死守宝座旁。君王受辱臣死节,皇威震怒差点把命丧。只要圣皇讲仁又宽恕,天下自然稍安得小康。欲哭宗庙余灰烬,鼻酸辞行向宫殿。

> 小臣议论绝,老病客殊方[1]。
> 郁郁苦不展,羽翮困低昂[2]。
> 秋风动哀壑,碧蕙捐微芳[3]。
> 之推避赏从,渔父濯沧浪[4]。
> 荣华敌勋业,岁暮有严霜[5]。
> 吾观鸱夷子,才格出寻常[6]。
> 群凶逆未定,侧伫英俊翔[7]。

【章旨】

最后一段,叙入蜀后至近时。自甘退隐,期盼后贤。

【注释】

〔1〕 小臣二句:上句,乾元元年六月杜甫由左拾遗贬官华州司功参军,拾遗是个"从八品上"的小官,但因是谏官,能发议论,今罢斥,故曰"小臣议论绝"。殊方,异地他乡。乾元二年七月弃官经秦州入蜀,

883

故云"客殊方"。

〔2〕羽翮句：羽翮，羽茎，指代鸟类。此句以鸟自比。困低昂，不能
　　奋飞。

〔3〕秋风二句：蕙，兰属香草。捐，丧失。《杜诗镜铨》注："公以被谗潜
　　而出，二句即景寓意。"

〔4〕之推二句：之推，介之推，春秋时人。曾随晋文公在外流亡十九年，
　　晋文公回国即位，他避不受赏，隐于绵山。渔父，《楚辞·渔父》中
　　所写渔人。篇末有渔父之歌："沧浪之水清兮，可以濯吾缨；沧浪之
　　水浊兮，可以濯吾足。"此用古隐者自喻。

〔5〕荣华二句：言即使荣华富贵与事业一样成功，也难免如岁有迟暮，
　　终遇严霜而衰败。敌，等对。

〔6〕吾观二句：鸱夷子，春秋时越大夫范蠡，佐越王勾践灭吴后，知勾践
　　可与共患难，不可与共安乐，乃弃官泛游五湖，自号"鸱夷子皮"。
　　或云暗指李泌，泌佐肃宗破贼，后乃归隐衡山。才格，才智人格。

〔7〕群凶二句：群凶，指割据诸军阀。侧伫，侧身伫盼。或盼李泌一类
　　的贤能复出，盖李泌与范蠡相似，智能避祸，才可济世。

【语译】

　　微臣言路从此断，老病他乡客无依。心情郁郁苦不展，铩羽徘
徊难奋飞。秋风哀号动群壑，兰蕙微香怎禁吹。曾闻渔父濯沧浪，
且随避赏介之推。莫喜荣华匹勋业，岁暮恐有严霜摧。我看唯有越
范蠡，才智格调举世稀。群凶犹斗尚未宁，侧足伫盼英俊起！

【研析】

　　中国传统叙事诗的一个基本特征是：兼具叙事性与抒情性。
这一特征在本诗中得到典型的体现。关键是，二者的结合是以杜诗
"慨世还是慨身"的特有形式实现的。如第二、三段，既是杜甫当年
经历之实录，又是盛唐漫游之风的写照；第五段则将自己的经历及
深广的忧愤，与朝廷的进退混成一气来写，"一人心，乃一国之心"是

也。它不但是杜甫一生思想、情感、经历最可信的原始资料,也是唐帝国救亡图存关键时刻最可信的原始"气象"资料。这不是西式的荷马"史诗",是中式的杜甫"诗史"。

顺便说一下:第二段用大量的人文景观、地名与典故的铺陈代替场景的具体描绘,是赋常见的手法,也是中国诗中叙事常用的手法。它虽然减弱了陇右纪行诗那样的生动性,但强化了作者因历史事件所激起的豪情壮志,与题目是相称的。此诗为古体诗,却多对偶句,后人称为"唐古"。

昔　游（五古）

【题解】

大历元年(766)秋,杜甫在夔州所作。详写宋、齐之游,可视为《壮游》的补充。仇注:"公夔州后诗,间有伤于繁絮者,此则长短适中,浓淡合节,整散兼行,而摹情写景,已觉兴会淋漓,此五古之最可法者。"

昔者与高李,晚登单父台[1]。
寒芜际碣石[2],万里风云来。
桑柘叶如雨,飞藿共徘徊。
清霜大泽[3]冻,禽兽有余哀。
是时仓廪实,洞达寰区开[4]。
猛士思灭胡,将帅望三台[5]。
君王无所惜[6],驾驭英雄材。
幽燕盛用武[7],供给亦劳哉!

吴门转粟帛,泛海陵蓬莱[8]。

肉食三十万,猎射起黄埃[9]。

隔河忆长眺,青岁已摧颓。

不及少年日,无复故人杯[10]。

赋诗独流涕,乱世想贤才。

有能市骏骨,莫恨少龙媒[11]:

商山议得失,蜀主脱嫌猜[12]。

吕尚封国邑,傅说已盐梅[13]。

景晏楚山深,水鹤去低回[14]。

庞公任本性,携子卧苍苔[15]。

【注释】

〔1〕 昔者二句:高李,高适、李白。晚,岁晚;深秋。单父台,即宓子贱琴台。子贱,孔丘的学生,曾作单父宰,鸣琴而治,后人思之,因名其台曰琴台,在今山东单县。登台时间据高适《宓公琴台诗序》云:"甲申岁,适登子贱琴台,赋诗三首。"甲申是天宝三载(744),知三人登台在是年。

〔2〕 寒芜句:际,至也。碣石,山名,在幽燕境内,今河北昌黎北。

〔3〕 大泽:即孟诸泽,在今河南商丘东北至山东单父之间,为古时游猎之地。

〔4〕 洞达句:洞达,畅通无阻。寰区,全国。

〔5〕 三台:唐时中书省称西台,门下省称东台,合尚书省为三台。三省长官实即宰辅之职。

〔6〕 君王句:承上联,玄宗宠幸边军,滥赏诸将,如赐安禄山铁券,封东平郡王。

〔7〕 幽燕句:指范阳节度使安禄山,常在边境衅事用武。

〔8〕 吴门二句:吴门,苏州。陵,越过。蓬莱,今山东蓬莱。二句承上"供给亦劳哉"。

〔9〕　肉食二句：肉食，指供养之厚，此指安禄山部队。二句承上"幽燕盛用武"。以上六句即《后出塞》所云："渔阳豪侠地，击鼓吹笙竽。云帆转辽海，粳稻来东吴。"

〔10〕　隔河四句：河，黄河，唐时流经宋州、单父之间。青岁，青春岁月。故人，指当时同游的高适、李白，二人已逝世，故云。

〔11〕　有能二句：两句谓只要人主肯求贤才，不必愁没有贤才。市骏骨，用燕昭王购骏马骨事。《战国策·燕策》："燕昭王收破燕后即位，卑身厚币以招贤者，欲将以报仇，故往见郭隗……郭隗先生曰：'臣闻古之君人，有以千金求千里马者，三年不能得。涓人言于君曰：请求之。君遣之。三月，得千里马。马已死，买其骨五百金。反以报君。君大怒曰：所求者生马，安事死马而捐五百金？涓人对曰：死马且买之五百金，况生马乎？天下必以王为能市马，马今至矣。于是不能期年，千里之马至者三。今王诚欲致士，先从隗始，隗且见事，况贤于隗者乎？岂远千里哉！于是昭王为隗筑宫而师之。'"龙媒，良马，喻贤才。

〔12〕　商山二句：商山，商山四皓。汉高祖欲废太子，四人调护之。蜀主，刘备。脱嫌猜，《三国志·诸葛亮传》："先主与亮情好日密，关羽、张飞等不悦，先主解之曰：孤之有孔明，犹鱼之有水也！愿诸君勿复言！羽、飞乃止。"

〔13〕　吕尚二句：吕尚，即姜尚，姜太公。后辅佐周武王灭殷，被封于齐。傅说，殷高宗贤相。盐梅，调味之料，为调羹所需，喻贤才为国所急。《尚书》："若作和羹，尔为盐梅！"

〔14〕　景晏二句：景晏，岁暮。楚山，指夔州。水鹤，杜甫自喻。低回，徘徊留恋。

〔15〕　庞公二句：庞公，即庞德公，东汉人，躬耕岘山，晚年携妻子隐居于鹿门山。末句自叹怀才不遇，只能如庞德公携妻子隐鹿门山而已。

【语译】

当年携手高适与李白，深秋来登单父台。寒荒平远到碣石，万

里风云入我怀。桑柘叶落如飘雨,豆叶飞舞共徘徊。霜天大泽冻,
禽兽号哀哀。那时粮仓俱丰实,普天道路畅无碍。边庭猛士奋身思
灭胡,将帅一心想要升三台。君王爵赏全不惜,以此笼络英雄材。
幽燕一带尽尚武,供给边军劳民又伤财! 江淮稻米与布匹,苏州转
运蓬莱又过海。狼虎之师三十万,围猎练兵蔽黄埃。忆昔隔着黄河
远眺望,青春岁月已摧败! 如今不及少年时,故人共饮已不再。
独自赋诗泪长流,乱世更思贤俊才。只要君王肯买千里马之骨,
何愁世上龙马不会来! 君不见商山四皓护太子,刘备孔明无嫌
猜。辅佐武王姜尚封齐地,调和天下傅说如盐梅。楚山暮色已沉
沉,孤鹤水面犹徘徊。且学庞公任本性,携妻将子鹿门山中闭门
卧苍苔。

【研析】

　　回想起与李白、高适梁宋之游,寄病夔府的老杜豪情依旧,写起
诗来不觉兴会淋漓! 孤寂的晚年,盛世回忆成了杜甫酝酿历史意象
的原料。诗中那骏骨龙媒的意象,既是历史的,也是个人情感的,所
以已具有一定的符号性。不过在这首叙事诗中,历史意象大多尚处
于叙事的媒介地位,并没有太多自身独立的意味;只有在《咏怀古迹
五首》《秋兴八首》这一类抒情当家的诗中,它才独立出来,成为语
言的丰碑,情感类型的符号。夔府的回忆与反思是杜诗再上一重天
的起飞跑道,不容忽视。

遣　怀 (五古)

【题解】

　　大历元年(766)秋,杜甫在夔州所作。《读杜心解》注:"末段,

遣怀本旨。客怀交谊,一往情深,此老生平肝膈,于斯见焉。"

　　　　　昔我游宋中,惟梁孝王都[1]。
　　　　　名今陈留亚,剧则贝魏俱[2]。
　　　　　邑中九万家,高栋照通衢。
　　　　　舟车半天下,主客多欢娱。
　　　　　白刃雠不义,黄金倾有无[3]。
　　　　　杀人红尘里,报答在斯须[4]。
　　　　　忆与高李辈,论交入酒垆。
　　　　　两公壮藻思,得我色敷腴[5]。
　　　　　气酣登吹台[6],怀古视平芜。
　　　　　芒砀云一去,雁鹜空相呼[7]。
　　　　　先帝[8]正好武,寰海未凋枯。
　　　　　猛将收西域,长戟破林胡[9]。
　　　　　百万攻一城,献捷不云输[10]。
　　　　　组练弃如泥,尺土负百夫[11]。
　　　　　拓境功未已,元和辞大垆[12]。
　　　　　乱离朋友尽,合沓岁月徂[13]。
　　　　　吾衰将焉托? 存殁再呜呼[14]!
　　　　　萧条病益甚,独在天一隅。
　　　　　乘黄已去矣,凡马徒区区[15]。
　　　　　不复见颜鲍,系舟卧荆巫[16]。
　　　　　临餐吐更食,常恐违抚孤[17]。

【注释】

〔1〕　昔我二句:宋中,今河南商丘。梁孝王都,汉梁孝王自大梁(今河南

开封)迁都睢阳(今河南商丘)。《汉书·梁孝王传》:"孝王筑东苑,方三百余里,广睢阳城七十里。"睢阳,春秋时宋地。

〔2〕　名今二句:名,犹名邦、名郡。陈留亚,仅次于陈留。陈留(唐之汴州,今河南开封)为汉唐以来商业都市。剧,繁忙之地。贝魏俱,与贝州(今河北清河县)、魏州(今河北大名)相同。

〔3〕　白刃二句:雠不义,杀死不义之人。倾有无,尽其所有,倾囊相助。有无是偏义复词,即有。

〔4〕　斯须:片刻。

〔5〕　敷腴:欢悦貌。汉乐府《陇西行》:"颜色正敷腴。"

〔6〕　吹台:即繁台,在今开封东南禹王台公园内。相传为春秋时师旷吹乐之台,梁孝王亦常歌吹于此,故称吹台。

〔7〕　芒砀二句:两句谓高祖已死,此地空有雁鹜相呼而已。芒砀,即芒山与砀山,在今安徽砀山县东南,二山相去八里。《汉书·高帝纪》:"高祖隐于芒砀山泽间,所居上常有云气。"

〔8〕　先帝:指唐玄宗。

〔9〕　猛将二句:收西域,如王忠嗣、哥舒翰等之攻吐蕃。破林胡,如安禄山、张守珪等之攻契丹。契丹,即战国林胡地。

〔10〕　百万二句:玄宗晚年黩武,往往不惜大量牺牲。如哥舒翰攻石堡之役,《资治通鉴》玄宗天宝八载:"上(指唐玄宗)命陇右节度使哥舒翰帅陇右、河西及突厥阿布思兵,益以朔方、河东兵,凡六万三千,攻吐蕃石堡城。其城三面险绝,惟一径可上……如期拔之,获吐蕃铁刃悉诺罗等四百人,唐士卒死者数万。"

〔11〕　组练二句:组练,组甲、练袍,即军装。上句言不惜物力,下句言不惜民命。

〔12〕　元和句:句意谓天下从此不太平。元和,太平气象。大铲,《庄子》:"以天地为大炉。"

〔13〕　合沓句:合沓,相继貌。徂,逝也。

〔14〕　吾衰二句:存殁,或存(活着)或殁(已死)。这里"存"是自指,"殁"指李白、高适。李白于宝应元年(762)十一月卒,高适于永泰元年

（765）卒，故云"再呜呼"。

〔15〕 乘黄二句：乘黄，骏马，喻高李。凡马，杜甫自谓。徒区区，徒劳不
顶事。

〔16〕 不复二句：颜鲍，颜延之和鲍照，以比高李。荆巫，泛指三峡地区。

〔17〕 临餐二句：吐更食，言悲悒不能下咽，勉强吞咽。违抚孤，有违抚
高、李遗孤的意愿。吐而复食正为恐客死他乡不能了此心愿耳。

【语译】

　　昔日我来宋中游，地本梁孝王之都。盛名仅在陈留次，繁忙不
减贝州与魏州。城里九万家，高楼荫大路。车船通达半天下，主客
相会多欢娱。白刃如霜杀不义，黄金不吝倾囊助。杀人闹市中，报
答知遇在一呼。忆与高适和李白，结交进酒铺。两公诗思壮，得我
情更舒。气势酣畅登吹台，平芜旷远自怀古。芒山砀山云气尽，此
地空鸣雁和鹜。玄宗皇帝正好武，四海供给未耗枯。猛将尚能收西
域，长戟一挥破林胡。百万之师攻一城，还好意思献捷掩败称没输！
组甲练袍贱之弃如泥，为争尺土不惜死百夫。君主拓边犹未已，太
平离去不复初。乱离之际朋友尽，光阴逝矣不可驻。吾已衰病将何
依，哪堪两伤亡友再呜呼？凄凉病更甚，独在异乡处。千里之骏已
去矣，区区凡马徒自苦。颜鲍之才不复见，系舟卧病在荆巫。情恶
欲吐强加餐，常恐客死怎能照看高李之遗孤！

【研析】

　　此诗又可视为《昔游》的补充，挑明了玄宗的黩武是祸乱之源，
罩思更进一层；又将对亡友高适、李白的思念转化为对二人遗孤的
关心，情感上之挚厚也更进一层。诗中情绪变化风起云涌，成为该
诗驱动叙事的内力。《壮游》《昔游》《遗怀》题材交叉，写法各异，
效果不同，可谓极尽文章之能事。至于此期老杜多长篇回忆，其原
因或谓："杜甫在夔州山峡里，与外间广大世界隔绝，朋友稀少，生活

平静;同时,身体衰病相因,时好时坏,疟疾、肺病、风痹、消渴(即糖尿病),俱时相侵扰,所以有时卧病在床;在闲静与卧病两种生活状况中,过去一切经历俱不禁在脑海中活跃起来。"(四川省文史研究馆编写《杜甫年谱》)所言近是。

八哀诗并序 （五古）

　　伤时盗贼未息,兴起王公李公,叹旧怀贤,终于张相国。八公前后存殁,遂不诠次焉。

【题解】

　　大历元年(766)秋,杜甫在夔州所作。此组诗八首,一首伤悼一位先贤,不按卒年先后排次序。赵次公认为《八哀诗》是依傍《文选》中《七哀诗》的题目,而与颜延年《五君咏》相近,每篇记一人事迹。仇注引郝敬曰:"《八哀诗》雄富,是传记文字之用韵者。文史为诗,自子美始。"说此组诗是"传记文字之用韵者"并不准确。请注意: 杜甫以文史为诗,却保持了诗心、诗味,保留了诗之为诗的特质,不为"传记体"所泯没,这是一条宝贵的经验,也是读者读此诗不应偏离的路径。

赠司空王公思礼

司空出东夷,童稚刷劲翮[1]。
追随燕蓟儿,颖锐物不隔[2]。
服事哥舒翰,意无流沙碛[3]。
未甚拔行间,犬戎大充斥[4]。

短小精悍姿,屹然强寇敌。

贯穿百万众,出入由咫尺。

马鞍悬将首,甲外[5]控鸣镝。

洗剑青海水,刻铭天山石[6]。

九曲非外蕃,其王转深壁[7]。

飞兔不近驾,鸷鸟资远击[8]。

晓达兵家流,饱闻《春秋》癖[9]。

胸襟日沉静,肃肃自有适[10]。

潼关初溃散,万乘犹辟易[11]。

偏裨无所施,元帅见手格[12]。

太子入朔方,至尊狩梁益[13]。

胡马缠伊洛,中原气甚逆[14]。

肃宗登宝位,塞望势敦迫[15]。

公时徒步至,请罪将厚责[16]。

际会清河公,间道传玉册。

天王拜跪毕,谠议果冰释[17]。

翠华卷飞雪,熊虎亘阡陌[18]。

屯兵凤凰山,帐殿泾渭辟[19]。

金城贼咽喉,诏镇雄所搤[20]。

禁暴清无双,爽气春淅沥[21]。

巷有从公歌,野多青青麦[22]。

及夫哭庙后,复领太原役[23]。

恐惧禄位高,怅望王土窄。

不得见清时,呜呼就窀穸[24]!

永系五湖舟,悲甚田横客[25]。

千秋汾晋间,事与云水白[26]。

昔观《文苑传》,岂述廉蔺绩。

嗟嗟邓大夫,士卒终倒戟[27]。

【章旨】

　　诗从王思礼的祖籍、童年一直写到死,平生事迹颇为完整,是史传的写法。尤需注意的是,杜甫采用类似徒手格斗的所谓"白战"的方法正面直写,以"短小精悍姿"、"马鞍悬将首"的白描与"意无流沙碛"、"胸襟日沉静"的渲染传神,更见厚实而空灵。至若详写失守后种种情节,对叙述王思礼而言,自然是"非叙功之正文",但他藉写王思礼生死交关时与房琯的际遇,写出了他心目中的贤相房琯,在唐王朝存亡未卜、玄肃父子皇权非正常传授的关键时期所起的作用,及其保护将才的说论卓识,扣紧了组诗"叹旧怀贤"之主旨,同时王思礼的形象也更丰满了。

【注释】

〔1〕　司空二句:司空,三公之一。王思礼于上元元年(760)加司空。王思礼两《唐书》有传。东夷,指高丽。《旧唐书·王思礼传》:"王思礼,营州城傍高丽人也。"刷劲翮,洗刷有力的双翼,沈约《酬谢宣城朓诗》:"将随渤澥去,刷羽泛清源。"此喻王公少年时就很强健勇武。

〔2〕　追随二句:燕蓟儿,燕蓟故地在今北京市西南,当时因受游牧民族很深的影响,所以民风强悍。王思礼之父王虔威为朔方军将,思礼少习军旅,故称。颖,锥芒。下句谓因尖锐,易穿透,故物不能隔。

〔3〕　服事二句:《旧唐书·王思礼传》:"思礼少习戎旅,随节度使王忠嗣至河西,与哥舒翰对为押衙。及翰为陇右节度使,思礼与中郎周泌为翰押衙。"下句谓不将沙漠戈壁放在眼里。

〔4〕　未甚二句:行间,行伍间。犬戎,指吐蕃。自此下十二句,写王思礼

在与吐蕃之战中的表现,当在天宝六至十三载间(747—754)。

〔5〕 甲外:钱注引鲜于注:"甲外,军阵之外也,有游骑掠军离什伍者。"
即"游击队"之类。

〔6〕 洗剑二句:青海,即今青海省青海湖,时为唐与吐蕃经常征战之地。
刻铭,后汉窦宪大破北单于,登燕然山,班固撰《封燕然山铭》。

〔7〕 九曲二句:九曲,地名,在今青海化隆。唐景云元年(710),吐蕃贿
赂鄯州都督杨矩,要求九曲作为金城公主的汤沐之邑。吐蕃得九
曲之后,复叛。天宝十二载,哥舒翰收复九曲等地。其王,指吐蕃
王。深壁,退而固守。《旧唐书·哥舒翰传》:"天宝六载,擢授右武
卫员外将军,充陇右节度副使……先是,吐蕃每至麦熟时,即率部
众至积石军获取之,共呼为'吐蕃麦庄',前后无敢拒之者。至是,
翰使王难得、杨景晖等潜引兵至积石军,设伏以待之。吐蕃以五千
骑至,翰于城中率骁勇驰击,杀之略尽,余或挺走,伏兵邀击,匹马
不还……明年,筑神威军于青海上,吐蕃至,攻破之;又筑城于青海
中龙驹岛……吐蕃屏迹不敢近青海。"王思礼参与这些战事。

〔8〕 飞兔二句:谓王思礼大才当大任。飞兔,神马。鸷鸟,猛禽。

〔9〕 晓达二句:谓王思礼精通兵书与《春秋左氏传》。兵家流,指兵家
各种著作。《汉书·艺文志》录有汉以前兵家著作。春秋癖,《晋
书·杜预传》载杜预自称:"臣有《左传》癖。"

〔10〕 胸襟二句:谓王思礼稳重自持。

〔11〕 潼关二句:此言天宝十五载五月潼关失守,玄宗走西蜀事。万乘,
指皇帝。辟易,惊退。

〔12〕 偏裨二句:偏裨,《唐书·哥舒翰传》载,哥舒翰以王思礼等为裨
将。无所施,谓哥舒翰不采纳王思礼的意见,王无可奈何。《旧唐
书·王思礼传》:"十五载二月,思礼于纸隔上密语翰,请抗表诛杨
国忠,翰不应。复请以三十骑劫之,横驮来潼关杀之,翰曰:'此乃
翰反,何预禄山事。'六月,潼关失守。"手格,被缚。《资治通鉴》天
宝十五载六月四日,潼关唐军既败,哥舒翰"至关西驿,揭榜收散
卒,欲复守潼关。蕃将火拔归仁等以百余骑围驿,入谓翰曰:'贼至

矣,请公上马.'翰上马出驿……归仁以毛絷其足于马腹,及诸将不从者,皆执之以东。会贼将田干真已至,遂降之,俱送洛阳。"

〔13〕　太子二句:太子,指后来的肃宗皇帝李亨。至尊,指唐玄宗。狩梁益,指逃往蜀地。狩,出猎,此为皇帝奔逃的讳称。

〔14〕　胡马二句:伊洛,伊水、洛水,此指洛阳。气甚逆,叛逆的气焰甚嚣张。

〔15〕　肃宗二句:太子李亨于天宝十五载七月即位于灵武。因受裴冕等劝进,故曰"塞望",以塞众望也。敦迫,催促逼迫。

〔16〕　公时二句:公,指王思礼。《旧唐书》本传:"六月,潼关失守,思礼西赴行在,至安化郡。思礼与吕崇贲、李承光并引于纛下,责以不能坚守,并从军令。或救之可收后效,遂斩承光而释思礼、崇贲,与房琯为副使。"

〔17〕　际会四句:际会,相遇。清河公,即房琯,封清河郡公。间道,小路。玉册,指诏书。天王,指肃宗。谠议,公正的议论。冰释,化解成见。《旧唐书·房琯传》:天宝十五载八月,"与左相韦见素、门下侍郎崔涣等奉使灵武,册立肃宗。至顺化郡谒见,陈上皇传付之旨,因言时事,词情慷慨,肃宗为之改容。时潼关败将王思礼、吕崇贲、李承光等引于纛下,将斩之,琯从容救谏,独斩承老而已"。

〔18〕　翠华二句:翠华,天子之旗。熊虎,将士之旗。亘,横遍。阡陌,田间之道路。史载,至德二载(757)二月,肃宗至凤翔,旬日间,陇右、河西、安西、西域之兵皆会,故军旗遍野。

〔19〕　屯兵二句:凤凰山,即岐山,在凤翔府,此谓肃宗至凤翔。帐殿,用帷帐搭成的行宫。泾渭辟,开辟在泾水与渭水之间。

〔20〕　金城二句:金城,即今西安市西之兴平县,与武功接壤。诏镇,奉诏镇守。《旧唐书·王思礼传》:"除为关内节度使,寻遣守武功。"搤,扼守。金城好比是贼咽喉,与之相邻的武功可扼其要冲,故以王公之英雄而镇此。

〔21〕　爽气句:言王思礼能寓威于恩,如春时而有秋气。

〔22〕　巷有二句:谓王思礼颇得民心,百姓歌颂他,愿意跟从他,而庄稼得

到保护长势也很好。巷,里巷,指百姓。从公,赵次公注引《诗·泮水》:"无小无大,从公于迈。"意思是无论尊卑,大家都跟着鲁公向前走。

〔23〕 及夫二句:哭庙,肃宗收受长安后,至太庙祭告祖先。下句谓乾元二年制以王思礼为太原尹、北京留守、河东节度使。

〔24〕 不得二句:《旧唐书》本传载:"上元二年四月,以疾薨,辍朝一日,赠太尉,谥曰武烈。"窀穸,墓穴。

〔25〕 永系二句:上句言不能如范蠡功成退隐江湖矣;下句谓其旧部悲歌为悼王公。田横客,晋崔豹《古今注·音乐》:"《薤露》《蒿里》,丧歌也。出田横门人。横自杀,门人伤之,为之悲歌。"

〔26〕 千秋二句:汾晋,指太原。下句谓其事迹当与云水长在。《旧唐书·王思礼传》载其守太原时"贮军粮百万,器械精锐"。

〔27〕 昔观四句:廉蔺,廉颇与蔺相如,赵国之将相。一作"廉颇"。前二句谓史书之《文苑传》未见记载廉、蔺事迹,意为文人不可能有廉颇、蔺相如的业绩。后二句承上,引出继任王思礼为太原尹而以文吏见长的邓景山,不知通变,终至士卒叛乱而身死,是以文吏不能驭军的教训,反衬王思礼确实是系一方安危的将才。

【语译】

(此诗之作,)原为感伤盗贼至今未能平息,遂从王公思礼、李公光弼起兴,其中叹悼旧臣,怀念贤人,收于张相国九龄。此八人先后辞世,也就不必按顺序写了。

王司空,高丽种,少时如鹰羽翼丰。追随幽燕游侠儿,脱颖而出习军戎。出征曾从哥舒翰,意气目无戈壁滩! 行伍多年难提拔,适逢吐蕃大发难。身材短小显精悍,强寇对峙挺屹然。能穿敌阵百万军,随脚出入只等闲。斩将马鞍悬其头,弯弓鸣镝匹马收。青海之水洗剑过,天山之石勒铭留。九曲再归大唐有,藩王壁垒转深守。神马长驱不驾车,猛禽远击志方酬。王公精通兵家诸典籍,饱读《春秋左传》已成癖。胸襟开阔更持重,肃然严正有定力。潼关溃败初,皇帝尚逃避。偏裨将佐无奈何，眼见元帅被掳去。太子北上到灵武，明皇西走奔蜀地。胡马盘踞在洛阳，中原嚣张多叛逆。肃宗皇帝仓促登大位，为塞众望势所逼。其时王公徒步归，潼关失守问罪将严责。正逢房琯小路辗转来，为传圣旨言册立。肃宗拜跪大礼毕，从善如流王公罪获释。天子之旗卷飞雪，熊虎军旗各路齐集结。屯兵就在凤翔府，帐殿面对泾渭列。金城好比贼咽喉，有诏王公镇守武功扼之钳似铁。治军严明清无比，寓威于恩恰似秋气带春雨。百姓愿意跟着走，四野青青多麦黍。哭庙收两京，又拜太原尹。惆怅国土日又蹙，官高任重恐惧增。鸣呼一命休，不得见太平！功成泛舟梦已破，但见门客悲田横。晋阳汾水千秋在，公之事迹长与云水生。往昔曾观《文苑传》，岂比廉蔺天地惊？可叹文吏见长邓景山，不知通变死乱兵！

故司徒李公光弼

司徒天宝末，北收晋阳甲[1]。

胡骑攻吾城，愁寂意不惬。

人安若泰山，蓟北断右胁[2]。

朔方气乃苏，黎首见帝业[3]。

二宫泣西郊，九庙起颓压[4]。

未散河阳卒，思明伪臣妾[5]。

复自碣石来，火焚乾坤猎[6]。

高视笑禄山，公又大献捷。

异王册崇勋，小敌信所怯[7]。

拥兵镇河汴，千里初妥帖[8]。

青蝇纷营营，风雨秋一叶。

内省未入朝，死泪终映睫[9]。

大屋去高栋,长城扫遗堞[10]。

平生白羽扇,零落蛟龙匣[11]。

雅望与英姿,恻怆槐里接[12]。

三军晦光彩,烈士痛稠叠[13]。

直笔在史臣,将来洗筐箧[14]。

吾思哭孤冢,南纪[15]阻归楫。

扶颠永萧条,未济失利涉[16]。

疲苶[17]竟何人,洒涕巴东峡。

【章旨】

　　李光弼,平叛名将,与郭子仪齐名。本篇通过名将李光弼的遭遇,颂其功业,哀以谗死,写出用人之道关系国家的安危。贤才要尽其用,正是《八哀诗》的主脑。

【注释】

〔1〕　司徒二句:司徒,官名,三公之一,李曾为检校司徒。晋阳,即山西太原。史载:天宝十五载,安史乱起,肃宗即位灵武,改元至德。八月授李光弼太原尹,以卒五千赴太原,故曰"北收晋阳甲"。

〔2〕　胡骑四句:史载,史思明至德二载率众十余万攻太原,光弼大破之,斩首七万余级,加检校司徒,四句记其事。意不惬,指敌不能如意。蓟北,安史叛军老巢河北。因光弼守太原,在其西,无异断其右胁。

〔3〕　朔方二句:谓光弼重挫安史叛军,使老百姓看到帝业中兴的希望。朔方,指肃宗驻地灵武。黎首,犹黎民。

〔4〕　二宫二句:二宫,指玄宗、肃宗。泣西郊,《资治通鉴》:上皇至咸阳,上(指肃宗)备法驾迎于望贤宫。上捧上皇足,呜咽不自胜。九庙,宗庙,代表帝业。

〔5〕　未散二句:乾元元年(758)九节度使兵溃邺城下,光弼守河阳,故曰"未散河阳卒"。史思明至德二载(757)十二月降,次年四月复反

叛,故曰"伪臣妾"。

〔6〕 复自二句:碣石,山名,在今河北昌黎附近,借指燕地。乾坤猎,把天下当成大猎场、屠宰场。

〔7〕 异王二句:史载,乾元二年(759)史思明攻河阳,光弼大破之,斩首万余级,生擒八千,乘胜收怀州,以功进临淮郡王。非李唐帝室而异姓封王,故曰"异王"。小敌句,《后汉书·光武帝纪》:刘秀于昆阳之战,表现英勇,诸将曰:"刘将军生平见小敌怯,今见大敌勇。"以刘秀比光弼,计其大节。

〔8〕 拥兵二句:镇河汴,指李光弼以河南副元帅,都统河南、淮南东西等八道行营节度使,出镇临淮。妥帖,安宁。

〔9〕 青蝇四句:记其事,也写出李光弼复杂的内心,既是痛惜良将,也是对宦官乱政的忧虑与愤慨。青蝇,喻进谗的小人,《诗·青蝇》:"营营青蝇,止于樊。岂弟君子,无信谗言。"史载,宦官鱼朝恩、程元振与光弼不协,常进谗言。广德初,吐蕃入侵,光弼因惧宦官迫害,迁延不敢至,后愧耻成疾,卒于徐州,年五十七。

〔10〕 大屋二句:言朝廷失光弼,如大屋去栋梁、长城毁遗堞。遗堞,城上矮墙。《南史·檀道济传》:"道济见收……乃脱帻投地曰:'乃坏汝万里长城!'"

〔11〕 平生二句:白羽扇,儒将常用白羽扇指挥军事。光弼史称能读班氏《汉书》,非一介武夫。蛟龙匣,指灵柩。

〔12〕 雅望二句:槐里,汉武帝茂陵所在地,卫青、霍去病墓亦在附近。今光弼葬三原,近高祖献陵,中宗定陵,故以槐里为比。

〔13〕 三军二句:晦光彩,《国史补》称李光弼代领郭子仪军,营垒旗帜,精彩一变。今光弼已殁,故曰"晦"。稠叠,稠密而重叠,此言英烈之士为之痛惜不止。

〔14〕 直笔二句:言将来必有直笔而书的史臣,会为李光弼洗去种种毁谤。筐箧,《史记·樗里子甘茂列传》:"魏文侯令乐羊将而攻中山,乐羊返而论功,文侯示之谤书一箧。"

〔15〕 南纪:指江汉。《诗·四月》:"滔滔江汉,南国之纪。"

〔16〕　扶颠二句：此言想渡河却失去舟船，以喻平叛未取得完胜就失去得
　　　　力大将。扶颠，《论语·季氏》："危而不持，颠而不扶，则将焉用彼
　　　　相矣！"此言匡复之志无实现之日。《易》："利涉大川"。

〔17〕　疲苶：疲惫貌。

【语译】

　　天宝末年大乱起，奉命太原收兵李光弼。何惧胡骑攻我城，叛
军大来必失意。民众安之若泰山，叛匪无异断右臂。朝廷灵武初复
苏，百姓盼望中兴帝。玄宗肃宗咸阳西郊相见哭，宗庙圮颓又复起。
河阳幸有军未散，思明诈降今又叛。死火复燃来碣石，天地焚烧似
猎场。思明自视甚高嘲禄山，我公因此又打大胜仗！异姓封王大功
勋，大智大勇真大将。出镇淮安且持重，千里安宁无波浪。可恨谗
言好比苍蝇常嗡嗡，功高命似秋叶悬在风雨中。未敢勤王成内疚，
至死睫下泪犹浓。大屋从此抽栋梁，长城砖碟一扫空！平生惯挥白
羽扇，如今一棺锁蛟龙。痛哉名望英姿追古人，哀哀依傍槐里帝陵
崇。三军旗帜没光彩，将士悲声连日中。自有史臣直笔在，将来谤
书一洗空！我也有意哭孤坟，奈何南方辽远舟难通。持危扶颠志不
酬，时不我与梦无踪。身心俱疲者何人？泪洒三峡一老翁！

赠左仆射郑国公严公武

郑公瑚琏器，华岳金天晶[1]。
昔在童子日，已闻老成名。
嶷然大贤后，复见秀骨清[2]。
开口取将相，小心事友生。
阅书百纸尽，落笔四座惊。
历职匪父任[3]，嫉邪常力争。
汉仪尚整肃，胡骑忽纵横[4]。

飞传自河陇,逢人问公卿[5]。

不知万乘[6]出,雪涕风悲鸣。

受词剑阁道,谒帝萧关城[7]。

寂寞云台仗,飘飖沙塞旌。

江山少使者,笳鼓凝皇情[8]。

壮士血相视,忠臣气不平。

密论贞观体,挥发岐阳征[9]。

感激动四极,联翩收二京。

西郊牛酒再,原庙丹青明[10]。

匡汲俄宠辱,卫霍竟哀荣[11]。

四登会府地,三掌华阳兵[12]。

京兆空柳色,尚书无履声[13]。

群乌自朝夕,白马休横行[14]。

诸葛蜀人爱,文翁儒化成[15]。

公来雪山重,公去雪山轻[16]。

记室得何逊,韬钤延子荆[17]。

四郊失壁垒,虚馆开逢迎。

堂上指图画,军中吹玉笙[18]。

岂无成都酒,忧国只细倾。

时观锦水钓,问俗终相并[19]。

意待犬戎灭,人藏红粟盈[20]。

以兹报主愿,庶或裨世程[21]。

炯炯一心在,沉沉二竖婴[22]。

颜回竟短折,贾谊徒忠贞[23]。

飞旐出江汉,孤舟转荆衡[24]。

虚无马融笛,怅望龙骧茔[25]。

空余老宾客,身上愧簪缨[26]。

【章旨】

　　严武永泰元年(765)卒,时年四十,赠尚书左仆射。武乃杜甫交谊最深的故人子,集中相关之诗达三十余首。武累年镇蜀,杜甫称"公来雪山重,公去雪山轻",颇颂其功而痛其未尽才。《旧唐书》本传于细节颇多指摘,评价不高,杜甫大处着眼,可纠史书之偏。

【注释】

〔1〕 郑公二句:郑公,广德二年严武因破吐蕃,拔当狗城,取盐川城,因功封郑国公。瑚琏,古代祭祀用的贵重器皿,比喻堪当大任的人才。华岳,西岳华山。金天晶,玄宗先天二年封华岳神为金天王,严武为华阴人,故称其为"金天晶"。

〔2〕 嶷然二句:嶷然,早熟貌。嶷,《说文》:"小儿有知也。"大贤后,严武父挺之,官中书侍郎。武本传称:"宰相房琯以武名臣之子,素重之。"秀骨,姿质清秀隽爽。

〔3〕 历职句:匪父任,非靠门荫也。

〔4〕 汉仪二句:汉仪,即《汉官仪》,记汉宫朝仪之书,此借言唐室朝仪。胡骑,此指安史叛军。

〔5〕 飞传二句:言闻乱严武则快马自陇右一路问讯赴皇帝行营,即本传所谓"武仗节赴行在"。飞传,乘驿站快马。河陇,河西陇右地区。

〔6〕 万乘:指玄宗,时已奔蜀。

〔7〕 受词二句:谓严武追玄宗至剑阁,受命至肃宗萧关行营效力。受词,受命。剑阁,关中入蜀关隘。萧关,在今甘肃固原东南。

〔8〕 寂寞四句:云台,天子所居,此指玄宗在蜀。沙塞旌,此指肃宗在灵武的部队。"江山"二句言玄宗僻在蜀地,信息不灵,但仍系心中原战事。

〔9〕 密论二句:言严武常以贞观之治激励肃宗,并鼓动他至凤翔亲征。

此节未见于史载,是杜甫对严武事迹的重要补充。密论,经常议论。贞观体,贞观为唐太宗年号,此指贞观之治成功的体制。挥发,这里有鼓动的意思。岐阳,即凤翔,时为肃宗驻所。凤翔在岐山之南,故称。

〔10〕西郊二句:牛酒再,指收长安后,百姓先后在西郊设牛肉酒食迎肃宗与玄宗二帝大驾。原庙句,言复原宗庙,重绘彩图。

〔11〕匡汲二句:匡汲,指汉代名臣匡衡与汲黯。二人以谏诤著名,都受过重用,也受过贬谪,以此喻严武生前仕途的不平坦。卫霍,指汉代名将卫青、霍去病。竟哀荣,死后备极哀荣,以喻严武死后赠尚书左仆射。

〔12〕四登二句:会府地,指大都会。严武初为京兆少尹,再为京兆尹,两为成都尹,故云"四登"。华阳,古国名,后以为蜀之代称。下句,严武初为东川节度使,后两任剑南节度使。节度使掌兵权,故称"三掌华阳兵"。

〔13〕京兆二句:言严武已去,空留行踪。《汉书·郑崇传》:"擢为尚书仆射,数求见谏诤,上初纳用之。每见曳革履,上笑:'我识郑尚书履声。'"此言严武曾在朝廷任职,为朝廷所赏识。

〔14〕群乌二句:群乌,《汉书·朱博传》:"(御史)府中列柏树,常有野乌数千,栖宿其上,晨去暮来,号曰'朝夕乌'。"严武曾为御史中丞、御史大夫,故云。白马,《汉书》载,后汉张湛为光禄大夫,常乘白马。光武每有异政,辄曰:"白马生且复谏矣。"严武曾任谏议大夫,故以张湛作比。

〔15〕文翁句:文翁,《汉书》载:景帝时,文翁为蜀郡太守,倡导儒学,注重教化,此借比严武在蜀的文治之功。

〔16〕公来二句:形容严武身系蜀地之安危。雪山,即西山,岷山主峰,为御吐蕃之要隘。

〔17〕记室二句:称赞严武幕府得人。何逊,南朝梁文学家,《梁书·何逊传》:"天监中,起家奉朝请,迁中卫建安王水曹行参军,兼记室。"韬钤,指参佐军事。子荆,晋人孙楚,字子荆。《晋书·孙楚传》:"迁

佐著作郎,复参石苞骠骑军事。"

〔18〕 四郊四句:言严武镇蜀指挥从容,一派和平气象。失壁垒,不再需
要防御工事。《礼记·曲礼》:"四郊多垒,此卿大夫之辱也。"虚馆,
言严武之节度府虚席以待人才。

〔19〕 时观二句:言严武闲游必兼采民风。杜甫《奉酬严公寄题野亭之
作》:"幽栖真钓锦江鱼。"

〔20〕 意待二句:言严武所为都是为了将来消灭来侵外寇,百姓丰衣
足食。

〔21〕 世程:世人之范式。

〔22〕 二竖婴:二竖,指病魔。《左传》载:晋景公病,求医于秦,秦伯使医
缓为之。未至,景公梦疾竖子,其一曰:"居肓之上,膏之下,若我
何?"婴,缠也。

〔23〕 颜回二句:颜回,孔子得意弟子,三十二岁早逝。贾谊,汉名臣,三
十三岁早逝。严武四十岁早逝,故以颜、贾为比。

〔24〕 飞旐二句:飞旐,丧车上飘动的招魂幡。江汉、荆衡,皆灵柩所经
之地。

〔25〕 虚无二句:言人琴俱亡,自己只能在夔府遥望华阴大墓而已。虚
无,一作"虚横"。马融笛,后汉马融善吹笛,有《长笛赋》。龙骧茔,
《晋书·王濬传》:武帝因童谣,拜濬为龙骧将军,伐吴。太康六年
卒,葬柏谷山,葬垣周四十五里。

〔26〕 空余二句:老宾客,因曾为严武节度参谋,故自称"老宾客"。簪缨,
古代官吏的冠饰,指代官职。严氏荐杜为工部员外郎。

【语译】

郑公材质像瑚琏,本是华岳之精英。还在童子时,少年老成早
闻名。大贤之子自早慧,乃见隽爽神骨清。开口便要取将相,待友
却有谦恭情。读书百纸顷刻尽,落笔文彩四座惊。升迁不靠父之
力,疾恶辟邪常力争。大唐朝纲待整顿,叛军胡骑破空忽纵横。公
自河陇兼程至,一路逢人问朝廷。不知天子走何方,拭泪但闻风悲

鸣。终于剑阁道上亲受上皇命,拜谒肃宗萧关城。可怜玄宗仪仗冷,肃宗旌旗朔方远飘零。江山两地少使者,箫鼓声声凝注上皇情。壮士一去沙场血相见,忠臣抱愤气不平。常论贞观之治用激励,鼓动朝廷凤翔事亲征。君臣正气感四方,一鼓作气收二京。父老西郊先后设宴迎二帝,复原宗庙彩绘明。身如匡衡汲黯翻宠辱,卒成卫青去病备哀荣。四登高官镇都会,三任节度使掌兵。京兆如今空柳色,尚书履声无从听。御史府啼朝夕乌,不见勇谏白马生。公如诸葛蜀人爱,又如文翁以儒教化事有成。身系安危如山重,去后蜀乱山也轻。幕府得贤如何逊,参佐军事有子荆。四郊从此无壁垒,府馆虚席延群英。政清无事赏图画,军中时闻吹玉笙。成都岂无佳酿酒? 总为忧国且细倾。有时还观锦水钓,不忘问俗知民情。深衷只为灭犬戎,来日但愿家家谷仓盈。以此报答天子心头愿,兴许有益世道人心成范型。其心炯炯明,奈何沉沉病。颜回德高竟夭折,贾谊忠贞惜薄命。招魂之旗飘飘出江汉,孤舟辗转过荆衡。俱亡马融笛,怅望将军茔。空余当年幕府老宾客,甫也愧对身上着簪缨。

赠太子太师汝阳郡王琎

汝阳让帝子,眉宇真天人[1]。

虬须[2]似太宗,色映塞外春。

往者开元中,主恩视遇频。

出入独非时,礼异见群臣。

爱其谨洁极,倍此骨肉亲。

从容听朝后,或在风雪晨。

忽思格猛兽,苑囿腾清尘。

羽旗劲若一,万马肃驋驋[3]。

诏王来射雁,拜命已挺身。

箭出飞鞚内,上又回翠麟[4]。

翻然紫塞翮，下拂明月轮[5]。

胡人虽获多，天笑[6]不为新。

王每中一物，手自与金银。

袖中谏猎书，扣马久上陈。

竟无衔橛虞，圣聪矧多仁[7]。

官免供给费，水有在藻鳞。

匪唯帝老大[8]，皆是王忠勤。

晚年务置醴，门引申白宾[9]。

道大容无能，永怀侍芳茵[10]。

好学尚贞烈，义形必沾巾。

挥翰绮绣扬，篇什若有神。

川广不可泝，墓久狐兔邻。

宛彼汉中郡，文雅见天伦[11]。

何以开我悲，泛舟俱远津[12]。

温温昔风味，少壮已书绅[13]。

旧游易磨灭，衰谢增酸辛。

【章旨】

在《饮中八仙歌》里的汝阳王是个"道逢麹车口流涎，恨不移封向酒泉"的浪漫形象，而在这首诗里则展示其谨慎、谦退、礼贤的另一面。合二为一，无非避嫌，"让帝子"这个角色也不好当。知琎者，甫也。

【注释】

〔1〕 汝阳二句：汝阳，汝阳王李琎，天宝九载（750）卒，赠太子太师。让帝，玄宗之兄李成器，立为太子。以玄宗有讨平韦氏功，让储位，封

宁王,薨谥让皇帝,是为李琎之父。天人,非凡人也,此指其为帝王之苗裔。

〔2〕　虬须:拳曲的连鬓胡须。《酉阳杂俎》:唐太宗虬髯。

〔3〕　骁骁:众多疾行貌。

〔4〕　箭出二句:鞯,马勒。飞鞯,指快跑的马。上,皇上,指玄宗。翠麟,良马名。

〔5〕　翻然二句:紫塞,北方边塞。晋崔豹《古今注》:"秦筑长城,土色皆紫,汉塞亦然,故称紫塞焉。"紫塞翻,北方边塞飞来的鸟,指大雁。明月轮,指拉开的弓。

〔6〕　天笑:指皇上之笑。

〔7〕　竟无二句:言李琎谏猎未受责难,是因为玄宗纳谏多仁心。衔橛虞,指车马倾覆的危险。衔,马嚼子。橛,车的钩心。司马相如《谏猎书》:"且夫清道而后行,中路而后驰,犹时有衔橛之变。"矧,况且。

〔8〕　匪唯句:不只因为皇帝已老。

〔9〕　晚年二句:谓汝阳王能尊贤者。置醴,设甜酒。申白宾,《汉书·楚元王传》:"少时尝与鲁穆生、白生、申公俱受诗于浮邱伯。"又:"初元王敬礼申公等,穆生不嗜酒,元王每置酒,常为穆生设醴。"

〔10〕　道大二句:无能,杜甫自谦语。侍芳茵,茵席陪坐,言自己曾游汝阳王门。

〔11〕　宛彼二句:宛彼,宛然相似的他,指李琎之弟李瑀。天宝十五载(756)瑀随玄宗入蜀,至汉中,封汉中王。见天伦,看得出是亲兄弟。

〔12〕　俱远津:言杜甫与李瑀都在边远的江滨。时杜甫在夔州,汉中王在归州。

〔13〕　书绅:记写在衣带上。《论语·卫灵公》:"子张书诸绅。"言子张把孔子的话记在绅带上。

【语译】

让皇帝子汝阳王,眉宇之间透不凡。一似太宗有虬髯,气色能

映塞外春。往昔在开元，皇上频来看视多恩典。出入宫室得随便，
会见群臣另眼看。谨身洁己招人爱，骨肉之亲加倍怜。朝班之后有
空闲，或在清晨风雪天，皇上忽思斗猛兽，皇家园林起尘烟。羽旗一
展刷刷齐，万马同步马蹄疾。有诏我王来射雁，拜命旋即挺身驰。
飞马弯弓射，天子回骑窥。翩翩塞外禽，一时弓前坠。胡人虽然所
获多，天子含笑不稀奇。王每猎一物，皇帝金银亲手贻。我王袖出
谏猎书，扣马久陈词。竟未遭贬斥，圣明多仁慈。官家从此免供给，
水存萍藻自在鱼。不为皇上日已老，皆因感动王忠勤。晚年倾心尊
贤士，王府门迎俊彦臣。有道胸怀容我辈，永铭曾侍我王成嘉宾。
好学乃能崇贞烈，义形于色涕泪必沾巾。挥笔成锦绣，篇章助有神。
于今往事已辽远，陵墓唯与狐兔邻。宛然相似汉中王，文雅风神知
弟兄。何以解我忧？令弟同处江滨相过从。温情昔曾领风味，少壮
已是记忆浓。旧游往事易磨灭，酸辛增我老龙钟！

赠秘书监江夏李公邕

长啸宇宙间，高才日陵替[1]。

古人不可见，前辈复谁继。

忆昔李公存，词林有根柢。

声华当健笔，洒落富清制。

风流散金石，追琢山岳锐[2]。

情穷造化理，学贯天人际[3]。

干谒走其门，碑版照四裔[4]。

各满深望还，森然起凡例[5]。

萧萧白杨路，洞彻宝珠惠[6]。

龙宫塔庙涌，浩劫浮云卫[7]。

宗儒俎豆事，故吏去思计[8]。

眄睐已皆虚,跋涉曾不泥[9]。

向来映当时,岂独劝后世。

丰屋珊瑚钩,骐驎织成罽。

紫骝随剑几,义取无虚岁[10]。

分宅脱骖间,感激怀未济[11]。

众归赒给美,摆落多藏秽[12]。

独步四十年,风听九皋唳[13]。

呜呼江夏姿,竟掩宣尼袂[14]。

往者武后朝,引用多宠嬖。

否臧太常议,面折二张势[15]。

衰俗凛生风,排荡秋旻霁。

忠贞负冤恨,宫阙深旒缀[16]。

放逐早联翩,低垂困炎厉[17]。

日斜鹏鸟入,魂断苍梧帝[18]。

荣枯走不暇,星驾无安税[19]。

几分汉廷竹,夙拥文侯彗[20]。

终悲洛阳狱,事近小臣敝[21]。

祸阶初负谤,易力何深哜[22]。

伊昔临淄亭,酒酣托末契[23]。

重叙东都别,朝阴改轩砌。

论文到崔苏,指尽流水逝[24]。

近伏盈川雄,未甘特进丽[25]。

是非张相国,相拘一危脆[26]。

争名古岂然,键捷欻不闭[27]。

例及吾家诗,旷怀扫氛翳。

慷慨嗣真作，咨嗟玉山桂[28]。

钟律俨高悬，鲲鲸喷迢递[29]。

坡陀青州血，芜没汶阳瘗[30]。

哀赠竟萧条，恩波延揭厉[31]。

子孙存如线，旧客舟凝滞。

君臣尚论兵，将帅接燕蓟。

朗咏《六公篇》，忧来豁蒙蔽[32]。

【章旨】

　　李邕，扬州江都人，祖籍江夏，早擅才名，尤长碑颂，负气直言，不拘细节。天宝六载下狱，为酷吏吉温、罗希奭等罗织致死，卒赠秘书监。本篇盛赞其气节文才，哀愤深婉，自见性情。

【注释】

〔１〕长啸二句：长啸，类似口哨，声清越而长，以示胸中情志。陵替，日渐衰颓。起句突兀，极见李邕之非凡。

〔２〕风流二句：言其碑颂文字到处被镌刻。追琢，犹镌刻。山岳锐，其碑如山岳之峻峭矗立。

〔３〕情穷二句：言李公文尽造化之理，学贯天道与人事。司马迁《报任安书》："亦欲以究天人之际，通古今之变，成一家之言。"天人，从天道到人事。

〔４〕干谒二句：干谒，为请托而求见。四裔，四方至边远处。《旧唐书》本传："邕早擅才名，尤长碑颂。虽贬职在外，中朝衣冠及天下寺观，多斋持金帛，往求其文。前后所制，凡数百首。"

〔５〕森然句：言其丰盛的碑颂创作成为典范。森然，盛貌。凡例，典则。

〔６〕萧萧二句：白杨路，指通往墓地之路，犹"黄泉路"。下句言得李邕碑文就好像是给了夜明珠，洞照冥界。

〔７〕龙宫二句：言塔庙如龙宫一般涌现，得其碑文如得浮云护持，历浩

911

劫而长存。龙宫,此指壮丽的寺观。浩劫,佛家语,谓极长的时间。或云浩劫即指塔,杜诗:"浩劫因王造,平台访古游。"

〔8〕 宗儒二句:上句言其为学宫作碑,下句言或有官是调离,受其下属之托作遗爱碑。以上六句写李邕擅长写各种碑颂。俎豆,祭器。

〔9〕 眄睐二句:言看碑者络绎不绝。不泥,不滞。

〔10〕 丰屋四句:谓长年收纳丰盛的馈赠,但都是润笔费,合乎道义。《旧唐书》本传:"邕受纳馈遗,亦至钜万。时议以为自古鬻文获财,未有如邕者。"丰屋,大厦。珊瑚钩,珊瑚做的帘钩。騏驎织成罽,有麒麟花纹的毛织品。紫骝,指骏马。剑几,宝剑与几案。

〔11〕 分宅二句:写李邕慷慨急人难,犹感未足。分宅,春秋郈成子与毂臣友善,曾分割家宅安置毂臣的遗属。又,周瑜与孙策交厚,曾分厝宅供孙策居住。脱骖,春秋时,晏婴相齐,曾解左骖赎越石父,延为上客。怀未济,感念未受其帮助者。

〔12〕 众归二句:上句言众人都把赈济的美誉归之李邕,下句言他自己只是想摆脱多藏的秽名。《旧唐书》本传:或告邕贪赃枉法,孔璋上书云:"且斯人所能,拯孤恤穷,救乏赈惠,积而便散,家无私聚。"

〔13〕 九皋唳:此言其文名为皇帝所闻知。《诗·鹤鸣》:"鹤鸣于九皋,声闻于天。"

〔14〕 呜呼二句:江夏姿,李邕之先人后汉会稽太守高阳侯徙居江夏,遂为江夏李氏。《后汉书·黄香传》:"京师号曰:'天下无双,江夏黄香。'"李邕父李善是著名的《文选》注家。此句谓李邕有高贵的血统。宣尼袂,《公羊传·哀公十四年》载:"西狩获麟……孔子曰:'孰为来哉?孰为来哉?'反袂拭面,涕沾袍。"又载:"西狩获麟,孔子曰:吾道穷矣!"邕死于冤狱,英雄末路,遭遇悲惨。

〔15〕 否臧二句:否臧,褒贬。太常议,《旧唐书·韦巨源传》:太常博士李处直,议巨源谥曰"昭",户部员外郎李邕驳之。时虽不从邕议,而论者是之。面折,当面驳议。二张,指张昌宗兄弟,二人为武则天之宠嬖。《旧唐书》本传:御史中丞宋璟奏侍臣张昌宗兄弟有不顺之言,请付法推断。则天初不应,邕在阶下进曰:"臣观宋璟之

言,事关社稷,望陛下可其奏。"则天色稍解,始允宋璟所请。

〔16〕旒缀:皇帝冠冕上所垂之珠玉串。

〔17〕放逐二句:史载,中宗时李邕曾以与张柬之善,出为南和令,又贬富
　　　州司户。玄宗时贬崖州舍城丞,又曾贬钦州遵化尉,因频被贬斥故
　　　曰"联翩";因崖州舍城在炎热的海南岛,故曰"困炎厉"。

〔18〕日斜二句:鵩鸟入,贾谊自太中大夫贬为长沙王太傅,有鵩鸟入宅,
　　　乃不祥之鸟,遂作《鵩鸟赋》以自伤。苍梧帝,指舜。舜南巡,死于
　　　苍梧之野。邕曾贬富州,近苍梧,故伤之。

〔19〕星驾句:星驾,星夜驾车以行。《后汉书·袁绍传》:"臣即星驾席
　　　卷。"税,放置。税驾,犹解驾,停车休息。

〔20〕几分二句:汉廷竹,汉郡守出任,剖竹符为信物,此指邕多次任刺
　　　史,前后曾任陈州刺史、括州刺史、淄滑二州刺史及汲郡、北海太
　　　守。凤,旧时;过去。文侯彗,文侯,指魏文侯。彗,扫帚。阮籍《诣
　　　蒋公奏记辞辟命》:"昔子夏处西河之上,而文侯拥彗。"拥彗却行,
　　　表示扫地迎接以示敬,借言李邕礼贤下士。

〔21〕终悲二句:洛阳狱,《后汉书·蔡邕传》:"下邕于洛阳狱。"此借指
　　　李邕被诬之罪。《旧唐书》本传:天宝五载"奸赃事发。又尝与左
　　　骁卫兵曹柳勣马一匹,及勣下狱,吉温令勣引邕议及休咎,厚相赂
　　　遗,词状连引,敕刑部员外郎祁顺之、监察御史罗希奭驰往就郡决
　　　杀之,时年七十余"。敕,一作"毙"。《左传·僖公四年》载:骊姬
　　　陷害太子申生,把申生送来的酒肉加毒送与晋献公,"公祭之地,地
　　　坟。与犬,犬毙。与小臣,小臣亦毙"。言邕之冤狱,犹申生之被
　　　谗,故曰"事近";同时还含有邕以名士文豪而死得如同无名小臣,
　　　亦"杀人如草不闻声"之意。

〔22〕祸阶二句:言诬陷李公是很容易的事,但何必咬得这么深呢? 祸
　　　阶,惹祸之因。哜,尝也。

〔23〕伊昔二句:临淄亭,即济南历下亭;杜甫年轻时曾与李邕于济南历
　　　下亭饮酒论交,有《陪李北海宴历下亭》之作。末契,长者下交
　　　晚辈。

〔24〕 论文二句：崔苏，指崔融、苏味道。指尽，指，一作"推"。时间就在论文中悄然逝去。或谓屈指数尽逝去的人物，亦通。

〔25〕 近伏二句：盈川，指杨炯。他卒在盈川令任上。特进，指李峤。他于神龙三年加特进同中书门下三品。

〔26〕 是非二句：张相国，指开元宰相张说。扼，捔也。脆，易断。言李邕对张说文章有非议，但相恶会引来危险。《旧唐书》本传："（开元）十三年，玄宗车驾东封回，邕于汴州谒见，累献词赋，甚称上旨。由是颇自矜衒，自云当居相位。张说为中书令，甚恶之。俄而陈州赃污事发，下狱鞫讯，罪当死。"后减死，贬遵化尉。

〔27〕 争名二句：键捷，一作"关键"。《老子》二十七章："善闭，无关键不可开。"欻，忽也。《杜诗镜铨》云："言邕论文极公，独于张相国不无是非之隙，遂至相扼而几危。说虽忌刻，亦邕之露才扬己有以取之耳。"

〔28〕 例及四句：吾家诗，指杜甫祖父杜审言之诗。嗣真作，即杜审言之《和李大夫嗣真奉使存抚河东》四十韵五言排律。玉山桂，《晋书·郤诜传》：郤诜对晋武帝问曰："臣举贤良对策，为天下第一，犹桂林之一枝，昆山之片玉。"

〔29〕 钟律二句：谓杜审言诗中律如编钟，壮阔如鲸吞。钟律，编钟十二律，此言音律。迢递，远貌。

〔30〕 坡陀二句：言邕惨死于北海郡，草葬于汶阳。即本传所载："敕刑部员外郎祁顺之、监察御史罗希奭驰往就郡决杀之。"坡陀，不平坦。青州，北海郡。汶阳，县名，属北海郡。瘗，埋也，此指坟墓。

〔31〕 哀赠二句：哀赠，唐代宗赠邕官秘书监。揭厉，高扬与表彰。

〔32〕 朗咏二句：《六公篇》，李邕作，今佚。句下原注："张、桓等五王，洎狄相六公。"五王为张柬之、桓彦范、敬晖、崔玄暐、袁恕己。狄相指狄仁杰。六人皆恢复李唐王朝的名臣。《杜诗镜铨》引张潓云："时朝廷蒙蔽，贤奸混淆，李所咏六公，皆正人也，故曰豁蒙蔽。"

【语译】

李公长啸宇宙间，高才如今日衰靡！古人已是不可见，前辈文

豪谁能继？忆昔李公在，词林厚实有根柢。文名健笔两相副，制作
洒脱多清丽。文采流布勒金石，石碑琢成峻峭如山立。声情能尽造
化理，学问贯通天人际。请托拜求登其门，碑版辉光照四极。各各
如愿满意归，创作丰盛成范例。白杨萧萧黄泉路，得此明珠洞照走
也易。塔庙好比涌龙宫，得此似得云护持。或为儒宫要礼祭，或为
故吏要树遗爱碑，看看来者已尽去，哪知后续正络绎。当时便擅名，
岂待后世影响力。或赠华屋珊瑚钩，或遗麒麟花纹毛线织。还有宝
马搭配剑和几，长年收纳合道义。慷慨疏财急人难，唯恐所施未遍
及。众人归之以美誉，私意却为脱财迷。文坛独步四十年，文名哫
天闻于帝。呜呼谁料江夏无双子，竟比获麟孔子泣！武则天朝忆往
昔，引用朝臣多宠嬖。李公立朝多正气，官小敢驳太常议。二张恃
宠气焰高，当廷斥之声色厉。振起衰俗凛凛风，排荡污浊秋空霁。
不意忠贞反而得冤恨，深宫皇帝耳目闭。早经贬逐再而三，炎方瘴
疠垂双翼。日已西斜鵩鸟来，苍梧之野悲舜帝。或枯或荣如轮转，
星夜驾车停何易！多次任刺史，礼贤下士急。最终居然下冤狱，一
似申生被诬小臣毙！祸起当初受诽谤，易排之人何必置死地？哦，
昔在历下亭，酒酣谬承忘年谊。再提往昔东都别，叙旧不觉影移壁。
评文说到崔融苏味道，历数名家如逝水。近代佩服杨盈川，不让李
峤诗文丽。独于张说丞相有是非，文人相轻伏危机。古人岂肯事争
名？祸从口出一时未能闭。说到吾祖诗，称其旷怀清无比。慷慨和
嗣真，堪称玉山一枝桂。中律似编钟，又似鲸喷大海波万里。哀哉
今成青州荒坡一洼血，汶阳草缠忠骨葬萋萋。身后凄凉只赠秘书
监，皇恩彰扬何时及？可怜子孙衰微存如线，我是漂泊一舟滞不归。
眼下君臣还在忙战事，将帅割据河北乱仍续。唯有朗声高咏《六公
篇》，一扫阴霾豁胸臆！

故秘书少监武功苏公源明

武功少也孤，徒步客徐兖[1]。

读书东岳中,十载考《坟》《典》[2]。

时下莱芜郭,忍饥浮云巘[3]。

负米晚为身,每食脸必泫[4]。

夜字照爇薪,垢衣生碧藓。

庶以勤苦志,报兹劬劳愿[5]。

学蔚醇儒姿,文包旧史善[6]。

洒落辞幽人,归来潜京辇[7]。

射君东堂策,宗匠集精选[8]。

制可题未干,乙科已大阐[9]。

文章日自负,吏禄亦累践。

晨趋阊阖内,足踏凤墀践[10]。

一麾出守还,黄屋朔风卷[11]。

不暇陪八骏,虏庭悲所遣[12]。

平生满樽酒,断此朋知展[13]。

忧愤病二秋,有恨石可转[14]。

肃宗复社稷,得无逆顺辨。

范晔顾其儿,李斯忆黄犬[15]。

秘书茂松色,再岜祠坛埴[16]。

前后百卷文,枕藉皆禁脔[17]。

篆刻扬雄流,溟涨本末浅[18]。

青荧芙蓉剑,犀兕岂独剸[19]。

反为后辈褒,予实苦怀缅。

煌煌斋房芝,事绝万手搴[20]。

垂之俟来者,正始征劝勉[21]。

不要悬黄金,胡为投乳赞[22]?

结交三十载,吾与谁游衍[23]?

荥阳复冥寞,罪罟已横胃[24]。

呜呼子逝日,始泰则终蹇[25]。

长安米万钱,凋丧尽余喘[26]。

战伐何当解? 归帆阻清沔[27]。

尚缠漳水疾,永负《蒿里》饯[28]。

【章旨】

苏源明是天宝年间著名文人,诗叙其苦读成名,颂其能持大节,哀其途穷不得大用,痛其饥疫而终。

【注释】

〔1〕 武功二句:武功,京兆武功,即今陕西武功。这里以籍贯指称苏源明。《新唐书》本传:"苏源明,京兆武功人,初名预,字弱夫。少孤,寓居徐、兖。"徐兖,徐州与兖州,皆在今之山东省境内。

〔2〕 读书二句:东岳,泰山。坟典,即《三坟》《五典》,相传为上古经典著作。此泛指古代经典。

〔3〕 时下二句:莱芜,莱芜县,属兖州,在泰山东。浮,形容因忍饥而脚步不稳。浮云嶙,越过云山叠嶂。嶙,大山上叠加的小山。

〔4〕 负米二句:负米,《孔子家语·观思》:"子路见于孔子曰:'……由也事二亲之时,常食藜藿之食,为亲负米百里之外。'"苏源明因少孤,负米不及养亲,故曰"晚";因而每食思之,则泫然泪下。

〔5〕 报兹句:言但愿能以此报答父母辛苦生育之恩。劬劳,辛劳。《诗·蓼莪》:"哀哀父母,生我劬劳。"

〔6〕 学蔚二句:此言其饱学有醇儒之风姿。下句言其文能综赅旧史的优点。蔚,盛也。

〔7〕　京辇：辇本指皇帝专车,京辇犹"天子脚下"。

〔8〕　射君二句：射策,汉代的一种考试方法,即抽题应答;此泛指参加科举考试。东堂,晋武帝曾于东堂试举,后人遂以之为试院代称。宗匠,指阅卷官。

〔9〕　制可二句：制可,经皇帝同意。乙科,考试得二等。旧注："经策全得为甲科,策得四帖以上为乙科。"阐,开也。此言刚放榜得乙科,苏源明名声即大噪。

〔10〕　晨趋二句：闾阖,宫门。凤昔趼,往日结下的足茧。二句与"徒步客徐兖"、"忍饥浮云巘"相呼应,言往日艰苦,翻山越岭,足下茧厚;而今则出入宫门,与"朝为田舍郎,暮登天子堂"意近。

〔11〕　一麾二句：一麾,指出任地方长官。颜延之《五君咏·阮始平》："屡荐不入官,一麾乃出守。"黄屋,帝车。帝王以黄缯为车盖,故云。朔风,北风,象征起于河北的"安史之乱"。

〔12〕　不暇二句：婉言苏氏未及追随玄宗逃难,被安史叛军所俘,对逼其任伪职尤为悲愤。《新唐书》本传："安禄山陷京师,源明以病不受伪署。"八骏,周穆王驾八匹骏马西游,以此指玄宗逃往西蜀。虏庭,指胡人安禄山的伪政权。

〔13〕　平生二句：言平生最爱的酒,至此时也断绝了,不再有朋友相聚畅怀之欢。

〔14〕　有恨句：石可转,《诗·柏舟》："我心匪石,不可转也。"心不可转,故恨石之可转。

〔15〕　范晔二句：范晔,《宋书·范晔传》载：范晔临刑,"转醉,子蔼亦醉,取地土及果皮以掷晔,呼晔为别驾数十声。晔问曰：'汝恚我耶?'蔼曰：'今日何缘复恚,但父子同死,不能不悲耳。'"李斯,《史记·李斯列传》载：李斯被斩时,"顾谓其中子曰：'吾欲与若复牵黄犬俱出上蔡东门逐狡兔,岂可得乎?'"借言降臣被斩者,悔之莫及。《资治通鉴》至德二载："斩达奚殉等十八人于城西南独柳树下,陈希烈等七人赐自尽于大理寺。"

〔16〕　秘书二句：谓苏源明因不降受褒奖,加官并参与郊祀盛典。《新唐

书》本传:"肃宗复两京,擢考功郎中知制诰……后以秘书少监卒。"扈,随驾扈从。墠,祭祀之场所。

〔17〕枕藉句:枕藉,指所著书可叠成堆。禁脔,《晋书·谢混传》载:晋元帝在建业,公私窘困,每得一豚,群下不敢食,辄以进帝,项上一脔尤美,人呼为禁脔。以此喻苏著之美。

〔18〕篆刻二句:谓苏源明真本领还不在写扬雄式的辞赋,而在乎"醇儒",深明儒学,故有下联"青荧"云云。篆刻,指辞赋之文。扬雄《法言》:"或问:'吾子少而好赋?'曰:'然,童子雕虫篆刻。'俄而曰:'壮夫不为也。'"溟涨,大海涨潮。因潮水只是大海的"末",故曰"浅"。

〔19〕青荧二句:芙蓉剑,《越绝书·宝剑》篇:"扬其华如芙蓉始出。"犀兕,大型动物,皮极坚厚,雄曰犀,雌曰兕。刬,截割。言苏氏之文非雕虫小技,是治国济世的利器;这是为突出苏氏是"醇儒"而言的。

〔20〕煌煌二句:谓肃宗搞迷信,众人风从,只有苏源明等力排众议,制止其事。斋房芝,汉武帝大兴祠祭,斋房生芝而作《芝房歌》。万手搴,众人都想摘取此芝,喻风从也。本传载:"宰相王玙以祈禬进,禁中祷祀穷日夜,中官用事,给养繁靡,群臣莫敢切谏,昭应令梁镇上书劝帝罢淫祀,其它不暇也。源明数陈政治得失。"

〔21〕垂之二句:言苏源明持正之论可以垂训将来,起着正其始而征劝勉的作用。俟,等待。正始,正其始。《诗·大序》:《周南》、《召南》,正始之道,王化之基。"

〔22〕不要二句:悬黄金,腰悬金印,当大官。乳赞,正在哺育幼兽的母赞。赞,传说出自西海的一种类犬的猛兽。

〔23〕游衍:纵意游乐。

〔24〕荥阳二句:荥阳,指郑虔。冥寞,指已死去。罪罟,法网。谓郑虔因罪亡故。郑虔与苏源明同卒于广德二年,故曰"复"。

〔25〕始泰句:言苏源明遇肃宗中兴,却因饥疫而死。泰、蹇,皆《周易》卦名。前者亨通,后者艰困。

〔26〕　凋丧句：凋丧,丧亡。此句言那些苟延残喘者,如今也都死去。

〔27〕　沔：汉水上游。

〔28〕　尚缠二句：漳水疾,刘桢诗："余婴沉痼疾,窜身清漳滨。"此自喻病滞峡中。《蒿里》,古挽歌名。

【语译】

苏公家武功,少小孤儿穷。徒步来徐兖,客居无定踪。十年攻读《三坟》与《五典》,读书就在泰山中。有时要下莱芜县,肚饥脚浮越云峰。未及养亲愧负米,每餐想到泪如洗。夜烧柴火照读书,衣垢如生苔藓碧。愿此勤勉志,多少能报父母辛苦之生育。饱学自有醇儒风,旧史之善其文能包举。悄然回长安,洒脱辞隐居。登君东堂射君策,阅卷试官精英集。皇帝点头初发榜,高中乙科名声已鹊起。文章渐自信,官阶屡升级。清晨入宫趋,昔日足茧依旧在脚底。出任东平太守回,不料乱起北方皇上奔蜀急。不及跟着跑,被俘逼任伪职尤可悲。平生爱美酒,如今酒绝无朋友。我心不可转,忧愤发病经两秋。肃宗中兴存社稷,逆顺岂不分美丑？伪官临刑或如范晔父子痛,或如李斯喟然忆黄狗。唯我苏秘书,色茂苍松久。加官侍皇帝,从祭祠坛首。前后著作有百卷,杂陈便胜宴禁脔。扬雄辞赋只雕虫,潮汐无非海沫溅。苏公文章本是青光芙蓉剑,岂止能将犀兕断。不意反为后辈嗤,我独赏之苦怀缅。堂皇谁作《芝房歌》？众人风从公苦谏。持正之论可垂训,正其始也行劝勉。既是不求金印悬腰间,何以直谏无异自投哺幼之母赞？结交三十年,同游与我谁最善？荥阳郑虔又已同公逝,被罪长寂寂。呜呼公没日,始见太平终饥疫：长安斛米值万钱,苟延残喘今尽去。何日才能停战斗？我阻沔水难北归。事同刘桢漳滨沉痼疾,永愧未能亲奠唱《蒿里》!

故著作郎贬台州司户荥阳郑公虔

鹓鸀至鲁门,不识钟鼓飨[1]。

孔翠望赤霄,愁入雕笼养[2]。

荥阳冠众儒,早闻名公赏[3]。

地崇士大夫[4],况乃气精爽。

天然生知姿,学立游夏上[5]。

神农极阙漏,黄石愧师长。

药纂西极名,兵流指诸掌[6]。

贯穿无遗恨,《荟蕞》[7]何技痒。

圭臬星经奥,虫篆丹青广[8]。

子云窥未遍,方朔谐太枉[9]。

神翰顾不一,体变钟兼两[10]。

文传天下口,大字犹在榜。

昔献书画图,新诗亦俱往。

沧洲动玉陛,寡鹤误一响。

三绝自御题,四方尤所仰[11]。

嗜酒益疏放,弹琴视天壤。

形骸实土木,亲近唯几杖[12]。

未曾寄官曹,突兀倚书幌[13]。

晚就芸香阁,胡尘昏坱莽[14]。

反覆归圣朝,点染无涤荡[15]。

老蒙台州掾,泛泛浙江桨[16]。

履穿四明雪,饥拾楢溪橡[17]。

空闻《紫芝歌》,不见杏坛丈[18]。

天长眺东南,秋色余魍魉[19]。

别离惨至今,斑白徒怀曩[20]。

春深秦山秀,叶坠清渭朗。

剧谈王侯门,野税林下鞅[21]。

操纸终夕酣,时物集遐想。

词场竟疏阔,平昔滥吹奖。

百年见存殁,牢落吾安放[22]。

萧条阮咸在,出处同世网[23]。

他日访江楼,含凄述飘荡。

【章旨】

郑虔为荥阳人氏,与杜甫深交,学问渊博,多才艺,玄宗亲题其诗书画曰:"郑虔三绝。"一生落拓不偶,为广文馆博士,迁著作郎。"安史之乱"陷叛军中,授伪职,肃宗时贬死台州。诗中极写其高才,天真疏放,不为世俗所容,为之痛惜,深挚感人。

【注释】

〔1〕　鶂鶋二句:鶂鶋,海鸟名,即秃鹙。《庄子·至乐》:"昔者海鸟止于鲁郊,鲁侯御而觞之于庙,奏《九韶》以为乐,具太牢以为膳。鸟乃眩视悲忧,不敢食一脔,不敢饮一杯,三日而死。"据《国语·鲁语》,此鸟名即鶂鶋。

〔2〕　孔翠二句:孔翠,孔雀与翡翠鸟。张华《鹪鹩赋序》:"孔雀翡翠,或凌赤霄之际,然皆负缯婴缴,羽毛入贡。"二句用其意。

〔3〕　荥阳二句:谓荥阳郑虔在众儒中最杰出,早为名公所赏。句下原注:"往者公在疾,苏许公颋,位尊望重,素未相识,早爱才名,躬自抚问,临以忘年之契,远迩嘉之。"

〔4〕　地崇句:言荥阳郑氏为望族。

〔5〕　天然二句:生知,《论语·季氏》:"生而知之者,上也。"游夏上,学识当在孔子的学生子游与子夏之上。《论语·先进》:"文学子游、子夏。"

〔6〕　神农四句：言郑氏于医药与兵家皆精通。本传载："虔学长于地理，山川险易，方隅物产，兵戍众寡，无不详。尝为《开宝军防录》，言典事赅。诸儒服其善著书。"神农，古帝名。《本草》一书，相传为神农所著。黄石，即黄石公，曾授汉代名臣张良以兵书。"药纂"二句承上两句作补充说明。句下原注："公著《荟蕞》等诸书之外，又撰《胡本草》七卷。"

〔7〕　荟蕞：书名，《封氏闻见记》："天宝，协律郎郑虔采集异闻，著书八十余卷。人有窃窥其草稿，告虔私修国史。虔闻而遽焚之。由是贬谪十余年，方从调选授广文博士。虔所焚书，既无别本，后更纂录，率多遗忘，犹存四十余卷。书未有名，及为广文博士，询于国子监司业苏源明，源明谓名'荟蕞'，取《尔雅序》'荟蕞旧说'也。"

〔8〕　圭臬二句：言其善书法绘画。以上八句数言其多才艺。圭臬，土硅与水臬，古代测日影、正四时和测量土地的仪器，言其懂地理。星经，记星之经，言其识天文。虫篆，虫书篆字。丹青，指绘画。

〔9〕　子云二句：子云，扬雄字子云，此言扬雄之博，不及郑虔之全。方朔，东方朔，善恢谐。枉，徒劳无益。言东方朔之恢谐与郑虔应用之论相比则徒劳，于世无益。

〔10〕　神翰二句：言郑虔类同顾、钟，兼善多种书体。神翰，神笔。顾，顾野王。《陈书·顾野王传》："虫篆奇字，无所不通……又好丹青，善图画。"钟，指钟繇。《金壶记》载："钟繇工三色书，草、隶、八分最优。"

〔11〕　昔献六句：昔献，《新唐书·郑虔传》："尝自写其诗并画，以献，帝大署其尾曰：'郑虔三绝。'迁著作郎。"沧洲，水滨之地，借指隐者。玉陛，宫殿之阶，指皇帝。误一响，不小心叫了一声。谓郑虔献诗书画，一鸣惊人，为玄宗皇帝所欣赏，四方景仰。杜甫《莫相疑行》："忆献三赋蓬莱宫，自怪一日声辉赫。集贤学士如堵墙，观我落笔中书堂。往时文采动人主，此日饥寒趋路旁。"亦同一经验之写照。

〔12〕　形骸二句：形骸，犹形体。《世说新语》刘孝标注引《嵇康别传》："康长七尺八寸，伟容色。土木形骸，不加饰厉，而龙章凤姿，天质

自然。"几杖,坐几与手杖。言郑虔不事修饰,任情自然而喜独处。

〔13〕未曾二句:官曹,职官治事之所,如官府。《新唐书·郑虔传》:"以虔为博士。虔闻名,不知广文曹司何在,诉宰相,宰相曰:'上增国学,置广文馆,以居贤者,令后世言广文博士自君始,不亦美乎?'虔乃就职。久之,雨坏庑舍,有司不复修完,寓治国子馆,自是遂废。"书幌,指书库。言郑虔没在广文馆坐班,而是整天独自兀然在书库看书。

〔14〕晚就二句:芸香阁,芸香避蠹虫,藏书用之,故以称掌管图书的秘书省。此指郑虔迁著作郎,属秘书省。坱莽,空旷貌。

〔15〕反覆二句:言郑虔从叛军手中回到朝廷,受到玷污却无人为他洗白。本传载:"安禄山反,遣张通儒劫百官置东都,伪授虔水部郎中。因称风缓,求摄市令,潜以密章达灵武。"反覆,指郑虔陷贼后归朝。点染,受到玷污。

〔16〕老蒙二句:台州掾,指郑虔被贬为台州司户参军。台州今属浙江临海,故下句言其泛舟浙江。

〔17〕履穿二句:四明,山名,在台州北。楢溪,在台州东。

〔18〕空闻二句:《紫芝歌》,传为商山四皓所作,此指隐居。杏坛,孔子讲学处,借指郑虔原来的讲学之所。丈,函丈,犹讲席。

〔19〕魑魅:山精,言郑虔居处之幽僻荒凉。

〔20〕怀曩:怀念往昔。

〔21〕野税句:税,停车。鞅,套在马脖子上的皮带,驾车之具,此指代马车。以下八句承上,为"怀曩"的具体内容。

〔22〕牢落句:牢落,孤寂貌。放,效也。《礼记·檀弓》:"则我将安放?"言郑之亡,使我失去榜样。

〔23〕萧条二句:阮咸,阮籍的侄子,此借指郑虔侄子郑审。句下原注:"著作与今秘书监郑君审,篇翰齐价,谪江陵,故有阮咸江楼之句。"时郑审出为江陵少尹,杜甫有《秋日寄题郑监湖上亭三首》。

【语译】

　　海鸟栖鲁郊,哪敢吃这钟鼓之大餐?孔雀翡翠望云霄,就怕锁

进雕笼养。郑公才华冠众儒,早就听说名公最欣赏。本是荥阳望族
士大夫,况且一表人才气俊爽。生而知之最聪慧,文学更在子游子
夏上。神农百草未尝遍,西域药名补最详。兵书熟读了指掌,黄石
公也应有愧称师长。学能贯通无遗憾,《荟蕞》偶一露锋芒。天文地
理无不晓,虫书篆字画艺路更广。敢笑扬雄只管窥,东方朔的恢谐
徒嘴强。神笔多体能追顾野王,更似钟繇真隶亦兼长。文章已传天
下口,大字淋漓书在榜。昔日曾献书法与图画,新写诗歌一并将。
不想沧洲野夫惊天子,孤鹤偶鸣彻天响。皇帝御题称"三绝",四方
无不怀景仰。情真嗜酒益疏放,弹琴两眼朝天壤。不修边幅同土
木,亲近只有几案与手杖。未曾广文馆里去坐班,兀然独倚书堆旁。
晚些时候迁为著作郎,叛军忽来四海尘飞扬!待到平叛回大唐,被
俘污点谁涤荡?身老被贬台州吏,寂寞浙江聊泛桨。四明踏雪鞋已
穿,楢溪橡子充饥肠。空闻隐士唱《紫芝》,不见当年旧讲堂。天各
一方眺东南,秋色之下但见山精狂。凄凄一别至今惨,头白只会忆
昔往:春深共赏秦山秀,秋风渭水落叶黄。高谈阔论王侯门,停车
林野任徜徉。操笔弄纸终日醉,四时景物驰遐想。我在词场滥充
数,平昔却承谬推奖。人生百年见生死,君今去矣孤寂我谁仿?君
有侄儿亦萧条,处境同样不顺畅。他日江陵酒楼当相访,含情凄然
诉我多年苦飘荡!

故右仆射相国张公九龄

相国生南纪,金璞无留矿[1]。

仙鹤下人间[2],独立霜毛整。

矫然江海思,复与云路永。

寂寞想土阶,未遑等箕颍[3]。

上君白玉堂,倚君金华省[4]。

碣石岁峥嵘,天地日蛙黾[5]。

退食吟大庭,何心记榛梗[6]。
骨惊畏曩哲,鬓变负人境[7]。
虽蒙换蝉冠,右地恧多幸[8]。
敢忘二疏归,痛迫苏耽井[9]。
紫绶映暮年,荆州谢所领[10]。
庾公兴不浅,黄霸镇每静。
宾客引调同,讽咏在务屏[11]。
诗罢地有余,篇终语清省。
一阳发阴管,淑气含公鼎[12]。
乃知君子心,用才文章境。
散帙起翠螭,倚薄巫庐并[13]。
绮丽玄晖拥,笺诔任昉骋[14]。
自我一家则,未缺只字警。
千秋沧海南,名系朱鸟影[15]。
归老守故林,恋阙悄延颈。
波涛良史笔,芜绝大庾岭[16]。
向时礼数隔,制作难上请。
再读徐孺碑,犹思理烟艇[17]。

【章旨】

　　如序所云:"叹旧怀贤,终于张相国。"此章借张九龄写出唐由盛转衰之关键,而诗中突出张九龄的文才,推重张九龄的人格、风度与学术,在武人当国的时候这样写,有深意焉。杜甫正是藉此写出心目中理想之大臣,以警醒当世。

【注释】

〔1〕 相国二句：相国，指张九龄，开元二十一年十二月拜中书侍郎、同中书门下平章事，二十四年迁尚书右丞相，故称。南纪，《诗·四月》："滔滔江汉，南国之纪。"谓长江和汉水为南方水系奔赴之主流，江汉以南遂统称南纪。下句言张九龄似从矿中提取出的黄金璞玉，为世所用。

〔2〕 仙鹤句：《杜诗镜铨》引《九龄家传》："九龄母梦九鹤自天而下，飞集于庭，遂生九龄。"

〔3〕 寂寞二句：谓九龄有济世志，无暇顾及隐居。想土阶，《史记·太史公自序》："墨者亦尚尧舜道，言其德行曰：'堂高三尺，土阶三等。'"想土阶，即"致君尧舜"之意。遑，遐也。箕颍，箕山与颍水。皇甫谧《高士传·许由》："由于是遁而耕于中岳，颍水之阳，箕山之下。"

〔4〕 上君二句：言张九龄进士及第，终为中书侍郎，迁中书令。白玉堂，汉代未央宫有玉堂殿，阶、陛皆玉为之。金华省，汉代未央宫有金华殿。

〔5〕 碣石二句：暗指李林甫用事，结党营私，排斥异己，朝廷与社会日渐不宁。碣石，山名，在今河北昌黎境，曹操《步出夏门行》："东临碣石，以观沧海。水何淡淡，山岛竦峙。"此以碣石比九龄之孤高。岁峥嵘，赵次公注以为："岁之将尽，犹物之高。今云'碣石岁峥嵘'，言碣石之岁岁孤高也。"鼋，蛙的一种，蛙鼋善噪。

〔6〕 退食二句：退食，下班。大庭，古有大庭氏，为至治之世，此言九龄无时不在想国家大事。榛梗，硬枝木刺之类，言九龄不在意个人的嫌隙。据《本事诗》载，李林甫嫉恨张九龄，九龄作《海燕》诗云："无心与物竞，鹰隼莫相猜。"

〔7〕 骨惊二句：骨惊，形容极度惊恐。江淹《别赋》："心折骨惊。"曩哲，前贤。鬓变，黑发变白。负人境，有负用世之心。言畏不及前贤而老之将至，有负世望。

〔8〕 虽蒙二句：蝉冠，唐代侍中、中书令加貂蝉冠饰。换蝉冠，开元二十四年，张九龄由中书令迁尚书右丞相，罢政事，此言其事。右地，好

位置。恧,惭愧。下句言罢政事后还得好职位,很感幸运与惭愧。

〔9〕　敢忘二句:言张九龄思归隐侍母而不得。《新唐书·张九龄传》:
"迁工部侍郎,以母丧解职,毁不胜哀……是岁,夺哀拜中书侍郎、
同中书门下平章事。固辞,不许。"二疏,《汉书·疏广传》载:疏广
为太子太傅,兄子受为少傅,俱上疏乞骸骨。宣帝以其年笃老,皆
许之。苏耽,晋葛洪《神仙传》载:苏耽少孤,养母至孝,后成仙,临
去,谓母曰:"明年天下疫疾,庭中井水、檐边橘树,可以代养。"至
时,病者食橘叶、饮井水而愈。

〔10〕　紫绶二句:紫绶,紫色丝带,唐三品以上服紫绶。荆州,言张九龄坐
举荐失人,贬荆州大都督府长史,从三品,故紫绶。

〔11〕　庾公四句:写张九龄在荆州的治绩与心态,《新唐书·张九龄传》:
"虽以直道黜,不戚戚婴望,惟文史自娱,朝廷许其胜流。"庾公,《晋
书·庾亮传》载:庾亮镇武昌,诸佐吏乘月共登武昌南楼吟咏。俄
而亮至,诸人起而避之,亮徐曰:"诸君且住,老子于此兴复不浅。"
黄霸,《汉书·黄霸传》:黄霸为颍川太守,"得吏民心,户口岁增,
治为天下第一"。黄霸以宽和称,后为丞相。引调同,引同调之人
为宾客,如名诗人孟浩然被署为从事,与之唱和。务屏,公务之余。

〔12〕　一阳二句:赵次公注:"一阳发阴管,则黄钟之律也;言其诗之和而
可听于耳。淑气含公鼎,则太羹之和也;言其诗之美而可味于口。"

〔13〕　散帙二句:形容张九龄诗文之雄奇。散帙,打开书卷。螭,无角之
龙。倚薄,逼近。巫庐,巫山与庐山。

〔14〕　绮丽二句:玄晖,即南朝名诗人谢朓,字玄晖。任昉,南朝作家,以
擅长表、奏、书、启著称。

〔15〕　名系句:言张九龄千秋以后乃似朱雀星座永垂南方。朱鸟,即朱
雀,星宿名,指代南方。

〔16〕　波涛二句:良史笔,张九龄监修国史,故称。大庾岭,在今江西与广
东的交界处。

〔17〕　再读二句:徐孺碑,张九龄为洪州都督时,曾撰《后汉征君徐君碣铭
并序》。徐君即东汉高士徐稚,字孺子。《后汉书》本传载:南昌太

守陈蕃"在郡不接宾客,唯稺来特设一榻,去则县(悬)之"。此则言读徐孺碑而勾起对张九龄礼贤下士之怀想,故下句言至今犹思乘舟相访。

【语译】

张相国,出南方,真金璞玉离矿藏。梦里仙鹤下人间,霜毛铄铄独轩昂。矫首向天思江海,欲返云路永翱翔。只是一心致君尧舜上,无暇徘徊箕山颍水旁。白玉堂,金华省,步步升迁近君王。德如碣石晚更高,无奈天地日渐蛙噪狂。得闲犹思大庭氏,哪将嫌隙费考量?不及前贤心骨惊,黑发变白但愁负人望。虽摘貂蝉冠,愧置佳位算有幸。学习二疏告老还乡岂敢忘,怎及苏耽养母痛断肠!暮年犹是紫绶悬,拜领荆州长史谢君王。旷如庾公深有兴,治似黄霸静宽养。宾客相引皆同调,屏去杂务且吟唱。诗尽兴有余,通篇语省意清爽。音和黄钟律,味与太羹长。乃知张公君子心,骋才本在著文章。打开书帙腾蛟龙,巫山庐山相倚壮。绮丽包谢朓,笺诔追任昉。自成一家法,字字皆警响。沧海之南文长在,名系朱雀垂星光。但愿归老守旧林,为恋朝廷无言翘首望。良史之笔胜波涛,可惜只如大庾之岭任其荒。当初只为身分别,拙著上请自觉不妥当。如今再读徐孺碑,知公礼贤下士还想乘舟一相访。

【研析】

杜甫晚年勇于独创,在记人方面则不满足于《饮中八仙歌》写意的形式,乃创此组诗,追求史传的效果。关键是杜甫虽追求史传效果,但仍以诗为诗,记叙还是为了抒发己情,并非当真把诗当传记。不幸的是杜甫《八哀诗》向来被认作诗的传记,如《杜诗详注》引郝敬曰:"《八哀诗》雄富,是传纪文字之用韵者。文史为诗,自子美始。"既然认定《八哀》是传纪文字之用韵者,便难怪论者要以史笔求之,乃至放笔改写之(仇注则引杨升庵补张九龄之作一篇)。

　　这里涉及对"诗史"的总体认识。自孟启《本事诗》"杜逢禄山之难,流离陇蜀,毕陈于诗,推见至隐,殆无遗事,故当时号为'诗史'"之论出,"诗史"不但成为人们对杜诗认识的一种思维定势,且成为人们对诗歌叙事性的一种规范。如果说,"史诗"是将史"诗化",那么,这里所谓的"诗史"则似乎是要求将诗"史化"。这是否合乎杜甫的初衷? 其中得失,很值得讨论。

　　杜甫早期同类题材的创作《饮中八仙歌》与《八哀诗》作意相似,都是写对八位逝去的人物的追怀。但二诗写法颇异。《饮中八仙歌》那种写意的笔调杜甫是很擅长的,而《八哀诗》却摒去此法不用,采用不厌其繁的叙述笔调写人,可见是有意创格。这就涉及"累句"的一桩公案。宋人叶梦得《石林诗话》曾批评《八哀》多累句,颇得后人响应,如刘克庄、王士禛等。然而,"累句"问题不应只视为对杜诗的具体批评。《八哀诗》的遭遇只是个特例。盖杜甫被拥上几乎是"议论不敢到"的"诗圣"地位后,王士禛等竟如此放肆,似乎颇有点"造反精神"。其实不然,只是因为杜甫《八哀》有"反传统"倾向。谁反对传统,谁就受谴责,"诗圣"亦不得免焉。盖中国文学向来特重简奥,达意辄止,简奥乃成为衡文的重要标准。当然,也有例外。乐府民歌由于始自口语,毋需灾梨祸枣,故叙事往往详尽不怕繁复,如《陌上桑》、《木兰诗》,还有虽或出文人之手而显然有民歌风的《孔雀东南飞》。杜甫正是摄取了民歌这种叙事不怕繁复的精神,大胆改造叙事诗,写下不朽篇章"三吏"、"三别"。关于这一方面,前贤所论甚笃,此不赘。笔者只是想提请注意:杜甫晚年并不满足于"三吏"、"三别"的乐府写法,倾力于诗歌表现形式的探索,颇注重古体与律体的互相渗透。《八哀诗》正是杜甫晚年另辟人物诗新路子,摄取民歌叙事精神,以史传笔法,参用古、律体的一次大胆尝试。

　　《八哀诗》迥异于"三吏"、"三别"之处,首先在于它是更纯粹的人物诗,是以组诗的形式来表现一代英灵,取得史的反思致用的效果。史的本质就是反思致用。《八哀诗》序云："伤时盗贼未息,兴起王公、李公,叹旧怀贤,终于张相国。八公前后存殁,遂不铨次焉。""叹旧怀贤"不是目的,目的在"伤时盗贼未息"的背面——"终于张相国"有深意焉。王嗣奭《杜臆》称王、李名将,因盗贼未息,故兴起二公,此为国家哀之者。继以严武、汝阳、李、苏、郑,皆素交,则"叹旧"。九龄名相,则"怀贤"。王氏所见大略不错,但太泥于"叹旧怀贤",而忽略了"伤时"二字的重要性。王、李名将,自然是伤时无良将的意思。如果进一步细读王思礼篇,便会发现其详略轻重颇费心思。"潼关初溃散"至"谠议果冰释"一段十六句,被认为"累句",浦起龙《读杜心解》说是详于失守、走谒、赦免事,非叙功正文。事实上杜甫是写王思礼一生生死交关的际遇,同时描述贤相房琯在唐王朝存亡未卜、玄肃父子皇权交接的关键时期的威望和风采,及其保护将才的谠论和卓识,写出用人之道关系国家的安危。贤才尽其用,才是《八哀》的主脑,"伤时"的焦点所在。后人所批评的"累句"看来恰是诗人用心之所在,成功与否尚可别论。诚如涤非师所指出,杜甫用心处不在事迹之记实,而在诗人之寄思,即"希望大臣们都能像张九龄、王思礼、李光弼等,所以写了《八哀诗》"。是的,杜甫之用心处不在时事之记实,亦步亦趋,而在写出心目中理想之大臣,警醒当世。诗中推重的是张九龄的人格、风度与学术:"乃知君子心,用才文章境(境一作炳)。"之所以如此,恐怕是有感于玄宗重用张说与张九龄,以"文治"致盛世,后来却转用素无学术、仅能秉笔的李林甫之流,由盛入衰。在此武人跋扈的年代里,"详记文翰"是有深意的。仇氏以为"颇失轻重"处,正是杜甫用心处,这就是对人的反思。《读杜心解·读杜提纲》称"史家只载得一时事迹,诗家直显出一时气运。诗之妙,正在史笔不到处。"真是金针度人。的确,如严武篇的"公来雪山重,公去雪山轻",李光弼篇的"死泪终映睫",李邕篇的"易力何深唶",张九龄篇的"乃知君子心,用才文章境"云云,都是诗心所自出,是"史笔不到处"。为此,将《八哀》视作

"传纪文字之用韵者",显然不确切。杜甫即使是以史的题材入诗如《八哀》,也仍然要将它诗化,是以诗心驱史笔。保持诗心,不使诗歌自身的特点泯灭在新形式之中,这是《八哀诗》留给诗歌形式革新者的一条宝贵经验。

偶　题 (五排)

【题解】

诗约作于大历元年(766),杜甫时在夔州。《杜臆》评曰:"少陵一生精力,用之文章,始成一部《杜诗》,而此篇乃其自序也。"其中"缘情慰漂荡"一语,涉及诗与生活之关系,尤其值得玩味。

文章千古事,得失寸心知。
作者皆殊列[1],名声岂浪垂。
骚人嗟不见,汉道盛于斯[2]。
前辈飞腾入,余波绮丽为[3]。
后贤兼旧制,历代各清规[4]。
法自儒家有,心从弱岁疲[5]。
永怀江左逸,多病邺中奇[6]。
骚骥皆良马,骐骥带好儿[7]。
车轮徒已斫,堂构惜仍亏[8]。
漫作《潜夫论》,虚传幼妇碑[9]。
缘情慰漂荡[10],抱疾屡迁移。
经济惭长策,飞栖假一枝[11]。

尘沙傍蜂虿,江峡绕蛟螭[12]。

萧瑟唐虞远,联翩楚汉危[13]。

圣朝兼盗贼,异俗更喧卑[14]。

郁郁星辰剑,苍苍云雨池[15]。

两都开幕府,万宇插军麾[16]。

南海残铜柱,东风避月支[17]。

音书恨乌鹊,号怒怪熊罴[18]。

稼穑分诗兴,柴荆学土宜。

故山迷白阁,秋水隐皇陂[19]。

不敢要[20]佳句,愁来赋别离。

【注释】

〔1〕　殊列:特殊的地位。

〔2〕　骚人二句:二句概括《诗经》以后诗坛情况:屈原创造的骚体诗已
　　　　成为过去,汉诗(五言诗)又兴起。骚人指屈原、宋玉等楚辞作者。
　　　　斯,指上文的"文章",主要是诗歌创作。

〔3〕　前辈二句:前辈,当指建安时期的优秀诗人。余波,或指六朝诗人
　　　　流于文辞的绮丽。为,语末助词,表感叹。

〔4〕　后贤二句:谓以后的作者吸取前人的体制而有所创新,历代诗歌都
　　　　形成自己的独特风貌。后贤,泛指以后的诗人。

〔5〕　法自二句:法,作诗的规则法度。自儒家有,是从儒家诗教出发,如
　　　　《风》、《雅》、《颂》、赋、比、兴与诗言志等。下句言从小就专志于此,
　　　　颇费心力。

〔6〕　永怀二句:江左逸,指偏安于江东的东晋及宋、齐、梁、陈,其诗人所
　　　　呈现的飘逸的风格。病,"病未能"之"病",忧也,患也。此谓学曹
　　　　氏父子等而怕不能至。邺中奇,邺,在今河北临漳西,曹魏初封于
　　　　此,用指三曹及建安七子,其诗歌风格瑰奇。

〔7〕　骐骥二句：骐骥，千里马。曹丕《典论·论文》称王粲等人："咸以自骋骐骥于千里，仰齐足而并驰。"骐骥，亦千里马，喻曹操及其子曹丕、曹植。

〔8〕　车轮二句：喻自己的儿子尚不能承父业作好诗。斫，斫削。《庄子》：轮扁对齐桓公说，他砍削车轮得心应手，可是却无法把自己的技艺传授给儿子。堂构，《尚书·大诰》里曾以父子相继建造房屋比喻治国也要子承父业。后来遂以"堂构"二字指代父业。

〔9〕　漫作二句：《潜夫论》为东汉王符所著论文集，集中多讥时弊。幼妇碑，《三国志》注引《魏略》：蔡邕见到邯郸淳写的曹娥碑，便在碑后题了"黄绢幼妇，外孙齑臼"八个字的隐语，意为"绝妙好辞"。

〔10〕　缘情句：陆机《文赋》："诗缘情而绮靡，赋体物而浏亮。"用"缘情"概括诗体风貌、特点，用"浏亮"概括赋的风貌、特点。这里则以"缘情"指代诗歌创作，言杜甫以诗歌创作陶冶性情，排遣苦闷，支撑自己度过四处飘荡的艰难岁月。

〔11〕　经济二句：经济，经世济民。假一枝，《庄子·逍遥游》："鹪鹩巢于深林，不过一枝。"在夔州因是寄寓，故曰"假"。假，假借也。

〔12〕　尘沙二句：言环境之险恶。虿，蝎子一类毒虫。蛟螭，传说中的龙一类动物。

〔13〕　楚汉危：言社会犹如项羽与刘邦争天下时那样动乱。

〔14〕　圣朝二句：兼，非止一端。兼盗贼，言盗贼非止一股。下句言夔地还加上落后的风俗，更觉嚣杂低下。

〔15〕　郁郁二句：星辰剑，《晋书·张华传》载，雷焕望见天上星斗间有一股异气，断定下有埋藏的宝剑，以喻怀志不遇。云雨池，《三国志·周瑜传》载，周瑜谓蛟龙"终非池中物也"。

〔16〕　两都二句：言全国处于战争状态。两都，长安与洛阳。开幕府，幕府为将军府，言两都尚多战事。万寓，即万宇，犹万国、万方。军麾，军旗。

〔17〕　南海二句：残铜柱，《后汉书·马援传》载：援征交趾，立铜柱纪功。《杜诗镜铨》："谓粤寇初平。"因局势仍不稳定，非马援征交趾之比，

故曰"残"。东风,借指处于东方的唐朝廷。月支,古代西部地区
一少数民族,此指吐蕃,当时是唐朝的最大外患,代宗曾为之出走,故
曰"避"。

〔18〕　音书二句:乌鹊,即喜鹊。恨乌鹊,传说鹊叫有喜,今无家乡音信,
　　　　故转恨之。熊罴,此泛指野兽。下句言所处之地荒僻。

〔19〕　故山二句:白阁,终南山有白阁峰,在杜甫老家杜陵南面,故曰"故
　　　　山"。皇陂,即皇子陂,在长安南。

〔20〕　要:希望;企求。

【语译】

　　文学本是不朽之盛事,得失甘苦心自知。每个优秀作家都是独
特的存在,他们垂名后世岂随便得来? 屈宋可叹已长逝,汉代诗赋
又崛起。汉魏前辈莫不振翼腾飞,只是六朝相继流为绮丽。后之贤
者都能参古定法,各代都有各代的体制清规。诗教原从儒家出,我
小时便专注于此费心力。恨不能学建安诗人多瑰奇,老是追羡江左
诗风能飘逸。前辈诗人都是千里马,父业辉煌儿能继。我是空有斫
轮手,奈何大屋未成难传技。聊学王符著书斥时弊,绝妙好辞传名
虚。陶冶性情诗伴我,度过多病岁月漂泊里。经世济民愧无策,遑
遑栖鸟借一枝。蜂蝎遍沙砾,蛟螭绕峡谷。尧舜萧条成远古,眼前
相争不断似汉楚。圣朝却见盗成群,此地风俗落后更嚣杂。龙泉宝
剑埋尘沙,蛟龙屈曲池塘下! 两京新开将军府,四面八方战旗竖。
南粤寇初平,又惊吐蕃入。但恨乌鹊不传书,又怪熊罴日号怒。耕
余方写诗,柴门随风俗。故山白阁峰,路遥多迷雾。长安城南皇子
陂,秋水泛舟忆当初。不敢奢望成佳句,只为愁来一抒离别苦。

【研析】

　　《读杜心解》笺曰:"如此钜篇,中间只用'缘情慰漂荡'一语,为
全幅缩结。前二十句,极论诗学。虽或继体失传,而毅然必以自任。

所谓'缘情'之具也。后二十言寓夑厌乱。靖寇难期,还乡无日,所谓'漂荡'之迹也。仍以'佳句''赋别'作结。则诗篇陶冶,正所用以自慰也。"分见合观皆有深识。"后贤兼旧制,历代各清规"一联是前半的核心,也是杜甫对文学传统带纲领性的看法,与《戏为六绝句》中所说的"不薄今人爱古人"、"转益多师是汝师",意思贯通。由于认定"历代各清规",所以对六朝"余波绮丽为"有贬抑,但并非全盘否定,"永怀江左逸"一句是重要补充。

　　"缘情慰漂荡"如浦注所说,更是"全幅绾结"。还可以进深一层。如果说陆机《文赋》"诗缘情而绮靡"(绮靡只是言其细好,非浮艳也),是外在地说明诗的体貌、特点;那么"缘情慰漂荡"则是内在地点明诗歌艺术与生活之关系,即陶冶性情的特殊功能。事实上陶冶性情就是培育人的主体性与健全的人性。以同样处于在野地位、同样以诗陶冶性情的陶潜与杜甫略作对比,可以发现:陶与杜都有接近社会底层的机会,但陶在玄学氛围中更多地思考了诗性哲学的问题,纵浪大化,完善自我人格;老杜则在流离颠沛中更多地体验社会底层百姓的生活与情感,完善其"法自儒家有"的"情志",所以他以撰写《潜夫论》指斥现状、多讥时弊的王符自许,且以诗排遣苦闷,在逆境中立定脚跟。这就是老杜的主体性,是杜甫诗论中有待拓展的宝贵思路。兹引与陶冶性情相关之杜诗数语于下,谨供参考:

　　　　陶冶性灵存底物,新诗改罢自长吟。(《解闷十二首》)

　　　　愁极本凭诗遣兴,诗成吟咏转凄凉。(《至后》)

　　　　故林归不得,排闷强裁诗。(《江亭》)

　　　　登临多物色,陶冶赖诗篇。(《秋日夔府咏怀奉寄郑监李宾客一百韵》)

宿江边阁 （五律）

【题解】

　　这是大历元年(766)秋寓居夔州西阁时所作。江边阁即西阁，在白帝山腰，面对瞿塘峡口。

　　　　暝色延山径，高斋次水门[1]。
　　　　薄云岩际宿，孤月浪中翻。
　　　　鹳鹤追飞静，豺狼得食喧。
　　　　不眠忧战伐，无力正乾坤[2]！

【注释】

〔1〕　暝色二句：暝色，暮色。暮色由远而近，好像由山径接引而来。高
　　　　斋，指西阁，因在白帝山半腰上，故云。次水门，犹临水门。
〔2〕　正乾坤：整顿当时的社会，拨乱反正。

【语译】

　　苍茫的暮色缘着山路漫流，高高的西阁正对瞿塘峡口。薄云依偎在岩间留宿，孤月的光影在浪中荡悠。静夜鹳鹤追飞，豺狼争食喧斗。心忧战乱不能睡呵，只恨扭转乾坤志难酬！

【研析】

　　这首诗的好处就在于情景氤氲交融，再现与表现一体。前四句由黄昏入秋夜，心亦相应地由静趋动，不着痕迹。至"鹳鹤追飞静，豺狼得食喧"，既是耳目闻见，又是时事的联想，转入不眠之思极其自然。

月 （五律）

【题解】

　　赵注、仇注咸系此诗于大历元年（766）夔州西阁作。杜甫在夔期间写了许多以月为专题或与之相关的诗，其中此首被苏东坡推许为"绝唱"、"才力富健"，并取下句"残夜水明楼"为五韵，以赋五诗，可谓推崇备至。

> 四更山吐月，残夜水明楼[1]。
> 尘匣元开镜，风帘自上钩[2]。
> 兔应疑鹤发，蟾亦恋貂裘[3]。
> 斟酌姮娥寡，天寒耐九秋[4]。

【注释】

〔1〕 四更二句：残夜，因月四更方上，故"山吐月"已是残夜时分。水明楼，仇注："月照水而光映于楼，故曰'水明楼'。""吐"、"明"二字颇能传递自然的律动。浦注称此联"心境双莹"，诚然，但同时清莹中已伏下清冷的感觉，逐渐散发开来，至诗的结尾将凝为孤单的情结。

〔2〕 尘匣二句：上句承"山吐月"，《杜诗镜铨》云："尘匣喻暗山。"尘封的镜匣一旦打开，镜面不为尘染，仍如此明亮，故曰"元"（原），写月出入神。下句写月如钩，风动帘而月依檐下，如自动为窗帘上钩。沈云卿诗："台前疑挂镜，帘外自悬钩。""自悬钩"是写实，"自上钩"是想像。

〔3〕 兔应二句：疑，疑似。传说月中有玉兔、蟾蜍，因月光如霜而料兔白

应似己之鹤发;因月之高寒而料蟾亦似己之恋裘。

〔4〕 斟酌二句:斟酌,料想。姮娥,即嫦娥,月中女神。九秋,因秋季九
十天,所以称为"九秋"。仇注引黄生注:"对镜则见发,临风则增
寒,五、六句亦用分承。寡妇孤臣,情况如一,故借以自比。"

【语译】

　　四更天,苍山才慢慢吐出明月,好比那尘封的镜匣初开,镜面还
是那么清澈。波光,将残夜中的楼阁映亮。风吹帘动,月牙挂起窗
帘。月色呵与我的头发共白;月中蟾呵想必也与我同寒。思量那孤
身一人的嫦娥哟,该如何熬过这寒冷而漫长的秋天?

【研析】

　　诗歌语言固有的多义性是人尽皆知的,但在读诗时却往往被忽
略了,一味想追求某种确定性。文本照弗雷格的说法,应区分为"含
义"与"意义"。含义相对稳定,具有作者"情志"的给定性;意义是
变动不居的,具有通过读者的联想表现出来的文化给定性;而诗歌
语言的多义性则造成诠释者与读者的许多疑惑。诠释者追求含义
的"界定",读者追求"再创造"的美感。对于后者,叶维廉《中国诗
学》从其积极方面指出:"中国古典诗里,利用未定位、未定关系,或
关系模棱的词法语法,使读者获致一种自由观、感、解读的空间,在
物象与物象之间若即若离的指义活动。"这正是诗语言的魅力所在,
读者围绕"含义"进行联想,给出"意义"的解读是合理的。所以我
们的诠释并不是要规定读者"只能"如此这般去解读文本,而是提供
了一个由理解到联想式的"再创造"的"基础",以免胡思乱想。在
这首杜诗中,语言的不确定性与多义性已造成一些注家的歧见,不
妨拿来讨论讨论。

　　中间二联分歧最大。宋人赵次公《先后解》认为:"四更所见之
月,而有'开镜'之句,则乃月满之状,必十五夜也。岂九月之望夜

乎？于一更、二更、三更为云遮，如尘匣之镜。至四更在楼上忽见之，所以有作。"既为满月，"自上钩"的"钩"也就不是月牙。他释"自"为"已"："言楼上之帘已自挂起，则可以分明看月也。"颈联赵注认为："通末句为一段，上句则公又自言其老，下句则公又自言其贫。"明末王嗣奭《杜臆》认为："余谓此诗之比也，月与嫦娥以比人主，蟾、兔以比君侧小人。四更之月残月也……而帘钩亦残月之象也。兔已隐矣，似疑我之鹤发；蟾亦不见，如我之畏寒而亦恋貂裘。蟾知畏寒，独不为嫦娥一斟酌乎？寡居月宫，而天寒如此，其奈九秋何！盖比人主资本明睿，其行事有暗合于道者；乃君侧小人，或忌老成，或保身家，无能将顺其美，此爱君者所深忧也。"这是最传统的比兴说了。清人黄生《杜诗说》则云："三、四比而兼赋。此下弦之月，如匣镜半开，故曰'元开镜'，言非人开之也。庾信《灯赋》：'琼钩半上'。月既悬钩，风又动帘，如自欲上钩者，而人之卷帘看月在言外矣。蟾、兔皆姮娥之别称。'疑'，似也。非'猜疑'之疑。'寡'字对鹤发而言，'寒'字承貂裘而言，曰'应'，曰'亦'，正斟酌之意。寡妇孤臣，情况如一，故转为姮娥斟酌之。后半又赋而兼比也。"仇注取黄生说。

月是满月还是残月、下弦之月？钩是帘钩还是指月如钩？"应疑"是谁疑谁？疑什么？这些都是诗中语言之不确定性引起的疑惑，由此形成不同的解读。即以颈联言之，按现代语法分析，玉兔是主语，宾语是"鹤发"。所以有的说意思就是怀疑诗人满头白发；有的说意为月照头发，玉兔便怀疑为白发（疑似白发），形容月光皎洁；还有人说白兔指月，月似镜，对镜见自己的白发云云，不一而足。然而古诗人未必按今人制定的语法写作，诚如叶维廉所说：在中国文言的古典诗里，诗人利用特有的灵活语法——若即若离，若定向、定时、定义而犹未定向、定时、定义的高度的灵活语法，词之间往往"自由换位"，及词性复用及模棱所保留语字与语字之间的多重暗示性，使得读者与文字之间，保持着一种灵活自由的关系。所以他认为：

"我们的解读活动,应该避免'以思代感'来简化、单一化读者应有的感印权利,而设法重建作者由印认到传意的策略,好让读者得以作较全面的意绪的感印。"(《中国诗学》)如果我们捉住诗中意象去感觉("感印")诗意,而不是斤斤于今人之语法,分歧反而会少一些。不是吗? 无论如何解读,"残夜水明楼"、"风帘自上钩"与月中玉兔、蟾蜍的意象群引人遐思,给人美感,是毋庸置疑的;而"兔应疑鹤发,蟾亦恋貂裘",其中"寡妇孤臣,情况如一,故借以自比"的比兴意味也是颇为明确、给定的。诚如赵次公所言:颈联"通末句为一段"。"兔应疑鹤发,蟾亦恋貂裘"一旦与"斟酌姮娥寡,天寒耐九秋"合读,其含义指向就相当明确,它是我们解读及联想的基础。以此衡之,王嗣奭之解未免牵强离谱,而黄生之解则可谓"不即不离",并没有堵死文本的原有的多向暗示。文本中意象的清澈、玲珑,是活力之所在,故黄生曰:"作月诗,尽情将镜、钩、蟾、兔、姮娥字搬出,在他人且入目生厌矣。一出公笔,顾反耐看耐思,由其命意深而出语秀故也。"此由整体感印得来,重在诗意的获取。余于斯三致意焉。

夜 (七律)

【题解】

作于大历元年(766)秋,杜甫时在夔州。

露下天高秋水清,空山独夜旅魂惊。
疏灯自照孤帆宿,新月犹悬双杵鸣[1]。
南菊再逢人卧病[2],北书不至雁无情。

步檐倚杖看牛斗,银汉遥应接凤城[3]。

【注释】

〔1〕　疏灯二句:自照,灯倒映水面,故曰"自照"。孤帆,《杜律启蒙》:
"三四以见闻对举,孤帆乃客舟之泊江边者,若泥'宿'字,谓公之孤
帆,则在夔时未尝舟居,且与下'步檐'不合。"双杵,《丹铅录》谓古
人捣衣,两女子对立执杵,如舂米然。

〔2〕　南菊句:言去秋云安见菊,今秋夔州见菊,都在卧病中。

〔3〕　步檐二句:步檐,《楚辞·大招》:"曲屋步櫩。"櫩同"檐"。古时六
尺为步。即传统房屋之阶沿。牛斗,牛指牛宿,二十八宿之一。
斗,这里指北斗。银汉,天河。凤城,秦穆公之女吹箫,凤降其城,
因号丹凤城。其后,即称京城为凤城。此指长安。

【语译】

天高露凝,秋水盈盈。独处空山,羁旅幽夜魂亦惊。看那江面
疏疏几盏水映灯,船儿落下孤帆宿寒汀。初月还悬挂在夜空,村子
里传来捣衣声声。我已两度见到南国的菊花,只是都在病中强撑。
雁儿呵真无情,怎不带来北方的书信! 倚着手杖在阶沿望星星,银
河呵该遥遥连接长安城。

【研析】

《杜诗详注》:"此与云安夔州诸诗相合。'露下天高',即'玉露
凋伤枫树林'也。'独夜魂惊',即'听猿实下三声泪'也。'孤帆
宿',即'孤舟一系故园心'也。'双杵鸣',即'白帝城高急暮砧'也。
'菊再逢',即'丛菊两开他日泪'也。'雁无情',即'一声何处送书
雁'也。'看牛斗',即'每依北斗望京华'。诗中词意,大概相同。
窃意此诗在先,故秋兴得以详叙耳。"所言极是,可见"能事不受相促
迫",《秋兴八首》之意象酝酿已久,日趋完善。此诗可视为拟稿。

中 宵 （五律）

【题解】

作于大历元年（766），在夔州。

> 西阁百寻余，中宵步绮疏[1]。
> 飞星过水白，落月动沙虚[2]。
> 择木知幽鸟，潜波想巨鱼[3]。
> 亲朋满天地，兵甲少来书。

【注释】

[1] 西阁二句：寻，八尺为寻。绮疏，雕窗，此指画廊。

[2] 飞星二句：《杜诗镜铨》："偶然景，拈出便成警句。"动沙虚，沙滩在月色中显得迷离恍惚。

[3] 择木二句：《杜诗说》："此系夜景，故以'知'字、'想'字勾画之，言外则以物之得所反形人之不得所，而人之不得所者，由亲朋不相存济也，故接七八云云。"

【语译】

西阁巍巍百尺危，夜半漫步画廊时。飞星一道光划水，沙洲落月动迷离。归宿幽鸟知择木，巨鱼也欲沉渊底。徒有亲朋满天地，只为战乱信难抵。

【研析】

"飞星过水白，落月动沙虚"一联，可谓妙手偶得。敏感的诗人捉住这电光石火的一瞬,将它捺入诗中,好比松胶滴入蜜蜂成琥珀,瞬间便化为永恒。

江 月 （五律）

【题解】

作于大历元年(766)秋,时在夔州。

江月光于水,高楼思杀人。

天边长作客,老去一沾巾。

玉露团清影,银河没半轮[1]。

谁家挑锦字？烛灭翠眉颦[2]。

【注释】

〔1〕 玉露二句:团,一作"汋"。露多貌。言秋月为雾气所笼罩。下句言银河明亮,半轮月似沉于银河中。

〔2〕 谁家二句:此谓诗人看月而想像月下有思妇在思念远人。月色与思绪两凄清。挑锦字,晋《列女传》故事:窦滔妻苏蕙,字若兰,织锦为《回文璇玑图诗》赠滔。婉转循环读之,词甚凄婉,凡三百四十字。颦,通"矉"。蹙眉状。

【语译】

江月的光辉在水中摇曳,思乡的人在高楼愁思欲绝。长在远方流浪呵,老去更感悲切。月呀月,清影仿佛沾满露水,沉入银河半边儿缺。谁家思妇织锦字,风来烛忽灭。翠眉矉,望明月。

【研析】

《杜诗镜铨》谓此诗寓意云："曹植诗:'明月照高楼,流光正徘徊,上有愁思妇,悲叹有余哀。'所以寓思君之意也。"古人往往对皇帝自比为妻妾,这叫"比兴"。杜甫兴许也有这个意思,但我觉得陈贻焮先生的串讲更通达有味,是文本自足的意义:"江月的光辉在水波上荡漾,高楼一望,顿觉身寂影孤,真是愁杀人。天边久客,至老不还,只怕老死他乡。因想清影之下,玉露浓团,半轮之旁,天河掩没,月色皎洁如此。这时空闺挑织锦字的思妇,大概也在停机灭烛,对月颦眉,同楼头思乡下泪的我一样伤怀吧?"(《杜甫评传》)

"烛灭翠眉颦"一句是传神之笔。织回文诗寄情已是柔肠欲断,锦字未成而烛灭机停,此时才见月色如水,颦眉独坐,情何以堪!剪影倍觉凄美。

江　上 （五律）

【题解】

作于大历元年(766)秋,时在夔州。因地处三峡,故称江上。

江上日多雨,萧萧荆楚秋。
高风下木叶,永夜揽貂裘[1]。
勋业频看镜,行藏[2]独倚楼。
时危思报主,衰谢不能休[3]。

【注释】

〔1〕　永夜句:永夜,长夜。揽貂裘,此句用苏秦游说秦王,书十上而不

成,裘衣为敝的故事,自叹事业无成。当时穷困潦倒的杜甫未必有貂裘可揽。

〔2〕　行藏:指出仕与归隐。《论语·述而》:"用之则行,舍之则藏。"

〔3〕　时危二句:衰谢,指身体衰老。《后山诗话》:"裕陵(宋真宗)常谓杜子美诗云'勋业频看镜,行藏独倚楼',谓甫之诗皆不逮此。"是联固然"怨而不怒"合乎温柔敦厚之诗教,但皇帝看中的恐怕还是结句"报主"的忠心。其实杜甫的忠君是与爱民相联系的,是《壮游》所谓:"上感九庙焚,下悯万民疮。"

【语译】

江峡日渐多雨水,萧萧已是荆楚秋。高天风急树叶落,长夜苏秦揽敝裘。频看镜中人已老,勋业如今又何有?用之则行知无望,寒村高阁自倚楼。时危一心想报主,衰老多病不肯休!

【研析】

"勋业频看镜,行藏独倚楼"二句颇含蓄,不正面说破"勋业如何"、"行藏如何",而是用行动作答:频看镜,日见衰颓,则勋业无成可知;独倚楼,孤寂抑郁,则进退失据可知。正是这种直观性,使复杂的情绪内容变得易于掌握,故《读杜心解》评云:"高爽悲凉。于老杜难得此朗朗之语不须注脚也。"的确,含蓄不等于晦涩。

中　夜 (五律)

【题解】

作于大历元年(766)秋,时在夔州。中夜,半夜。

中夜江山静,危楼望北辰[1]。
长为万里客,有愧百年身。
故国风云气,高堂战伐尘[2]。
胡雏负恩泽,嗟尔太平人[3]。

【注释】

〔1〕 危楼句:危楼,高楼。望北辰,遥望北极星,即《秋兴八首》"每依北
斗望京华"之意。

〔2〕 故国二句:言"安史之乱"使京城亦蒙上战尘,虽富贵人家不能免。
故国,此指长安,言其形势多变。高堂,犹大屋。《哀王孙》:"长安
城头头白乌,夜飞延秋门上呼。又向人家啄大屋,屋底达官走
避胡。"

〔3〕 胡雏二句:胡雏,指安禄山。末句感叹以"太平天子"唐玄宗为首
的官僚集团,没有危机意识,骄奢淫逸,至罹大难。

【语译】

　　江山深夜寂无声,高楼遥看北极星。漂泊万里常为客,人生百
年愧无成。长安形势多变幻,高堂大屋战尘生。禄山小儿固是背恩
义,更叹奢逸君臣耽太平!

【研析】

　　《杜诗镜铨》引李子德评云:"极悲壮语,而以朴淡写之,则悲壮
在情,不在字面。"评得好!

返　照（七律）

【题解】

作于大历元年（766）秋，时在夔州。返照，夕阳的回光。

> 楚王宫[1]北正黄昏，白帝城西过雨痕。
> 返照入江翻石壁，归云拥树失山村[2]。
> 衰年肺病唯高枕，绝塞愁时早闭门。
> 不可久留豺虎乱，南方实有未招魂[3]。

【注释】

〔1〕　楚王宫：古楚国王宫。故址在今重庆巫山县西高都山上。

〔2〕　返照二句：翻石壁，言夕阳斜照由水面反射到石壁上。失山村，言
云雾遮盖了村子。

〔3〕　不可二句：豺虎乱，仇注引黄鹤注："公屡以强镇比豺
虎。是时杨子
琳攻崔旴未已，公知子琳将变，故曰不可以久留。（大历）三年，子
琳果杀夔州别驾张忠，据其城。"未招魂，形容自己在他乡漂泊，生
死难卜。赵次公曰："公自言也。客于南楚，魂魄飞越，实为未
招也。"

【语译】

楚王宫的北面哟，夔府正值黄昏。城西刚刚放晴哟，还留有雨
痕。斜阳照在江面哟，光影反射上崖壁闪晃。云雾弥漫哟，遮蔽了
山村。衰老加上多病只好卧床，边地愁闷时早关柴门。此地不可久
留哟，如狼似虎的军阀们终究要作乱。南方哟边远的南方，我像孤

魂一样落拓游荡。

【研析】

　　《杜诗镜铨》引黄白山云："年老多病,感时思归,集中不出此四意,而横说竖说,反说正说,无不曲尽其情。此诗四项俱见,至结语云云,尤足凄神戛魄!"这里涉及文学语言的特性。"年老多病,感时思归",是概念性的语言,只取共性,好比"维生素C",代表所有具体食物中包含的某种维生素,而抽空菠菜、苹果、木瓜之间在滋味上的区别。对医生与病人,颇便利相互间的沟通,对"食客"却没多大意义。而诗中"横说竖说,反说正说,无不曲尽其情",则是当代所谓的"话语"或"言语",尽力体现个性,细加品味,审美效果并不一样——尽管它们同处某一概念。所以《宿江边阁》中的"薄云岩际宿,孤月浪中翻。鹳鹤追飞静,豺狼得食喧",与《江上》中的"高风下木叶,永夜揽貂裘。勋业频看镜,行藏独倚楼",《返照》中的"返照入江翻石壁,归云拥树失山村。衰年肺病唯高枕,绝塞愁时早闭门",同是"感时思归",那味儿岂能相互取代? 有心的读者试将《宿江边阁》以下七首细细咀嚼品味一番,自能了悟。对文学来说,重要的是"这一个",对诗更要关注到每一个字的用法。

吹　笛（五律）

【题解】

　　依旧编在大历元年(766)秋,夔州作。

　　吹笛秋山风月清,谁家巧作断肠声?
　　风飘律吕相和切,月傍关山几处明[1]?

胡骑中宵堪北走,《武陵》一曲想南征[2]。

故园杨柳[3]今摇落,何得愁中却尽生。

【注释】

〔1〕 风飘二句:律吕,古代校音器,以竹筒为之,分别声音之清浊高下,乐器依以为准。分阴阳各六,阳者为律,阴者为吕。下句仇注引颜延榘曰:"律吕之调,于风前闻之,觉相和之切。《关山》之曲,于月下奏之,似几处皆明。此声之巧而感之深也。"古代中国军中喜用笛,故闻之而联想边塞之事,如"上将拥旄西出征,平明吹留大军行"、"更吹羌笛《关山月》,无那金闺万里愁"、"羌笛何须怨《杨柳》,春风不度玉门关"之类比比皆是。

〔2〕 胡骑二句:胡骑句,《晋书·刘琨传》:"在晋阳,尝为胡骑所围数重,城中窘迫无计,琨乃乘月登楼清啸,贼闻之,皆凄然长叹。中夜奏胡笳,贼又流涕嘘欷,有怀土之切。向晓复吹之,贼并弃围而走。"仇注:"按诗云'胡骑中宵堪北走',当指吐蕃而言。《通鉴》:永泰元年,吐蕃与回纥入寇,子仪免胄释甲,投枪而进,回纥酋长皆下马罗拜,再成和约。吐蕃闻之,夜引兵遁去。即此事也。"可参考,但诗主吹笛而联想当今之乱世,不必实写其事。武陵句,《古今注》载:《武溪深》乃马援南征之所作也。援门生爰寄生善吹笛,援作歌以和之,名《武溪深》。

〔3〕 杨柳:双关,既指故园之杨柳,也指笛曲《折杨柳》。

【语译】

　　秋山风月正凄清,是谁吹笛妙作断肠声?那和谐的旋律随风飘,不知今夜几处边关月儿明?笛声笛声,曾使胡儿思乡中宵向北遁;笛声笛声,也曾使汉将高歌往南征。而今寒秋一曲《折杨柳》哟,让我愁中疑是故园杨柳生。

【研析】

　　荣格《论分析心理学与诗歌的关系》一文中说："每一种原始意象都是关于人类精神和人类命运的一块碎片，都包含着我们祖先的历史中重复了无数次的欢乐和悲哀的残余。"杨柳作为一种意象，富含着我民族文化意蕴。《三辅黄图》说："灞桥在长安东，跨水作桥，汉人送客至此桥，折柳赠别。"折柳赠别是中国人"历史中重复了无数次的欢乐和悲哀"，千百年来的相关诗文不断地强化着杨柳与游子离情的关系，使它成为一种"现成思路"，即一看到杨柳就想起游子，想起故乡亲人。折杨柳一旦成了北朝《折杨柳歌辞》，成了笛曲，杨柳与笛声意象的叠加，更是有声有色地演绎着千种风情、万般别意。我们不由地记起天才诗人李白的《春夜洛城闻笛》："谁家玉笛暗飞声，散入春风满洛城。此夜曲中闻折柳，何人不起故园情？"随着笛声，乡愁一时散满了洛城，个性成了共性。李白还有一首《与史郎中饮听黄鹤楼上吹笛》："一为迁客去长沙，西望长安不见家。黄鹤楼上吹玉笛，江城五月落梅花。"前一首笛子吹的是《折杨柳》曲，后一首吹的是《梅花引》，这次撒下的是"梅花"。聪明的读者可能已猜到我要说的是什么——杜甫合双美为一联："故园杨柳今摇落，何得愁中却尽生。"与李白用的是一样"曲喻"的手法：故意认虚为实，奇思妙想，坐实了笛曲中的"梅花"与"杨柳"，让她们落满江城、在秋风中重生！当然，杜句取代不了李诗，但让我们看到杜少陵不凡的身手：一举翻出如来佛的手心！

卷 七

诸将五首（七律）

【题解】

    组诗作于夔州，时大历元年（766）秋。诗通过回顾近年来发生的重大事件，对朝廷的将领进行批评，目的还在于激发其良知与责任感，以报效国家。晚年的杜甫，已远离政治中心，不可能再以亲历亲见来写"三吏"、"三别"一类作品，直接干预现实；他更多地以历史事件为反省对象，以深刻的议论警示世人，同时抒发自己的思想感情，《诸将五首》与《有感五首》是其代表作。

其 一

汉朝陵墓对南山，胡虏千秋尚入关[1]。

昨日玉鱼蒙葬地，早时金碗出人间[2]。

见愁汗马西戎逼，曾闪朱旗北斗殷[3]。

多少材官守泾渭，将军且莫破愁颜[4]。

【章旨】

    痛近年来吐蕃反覆入侵，诗斥诸将之无能、君臣离心。史载，广德元年（763）七月吐蕃入寇，取河陇；十月吐蕃入长安，焚掠京师。

广德二年(764)十月,仆固怀恩引吐蕃、突厥入寇,进逼奉天,长安戒严。永泰元年(765)九月,仆固怀恩又诱回纥、吐蕃、吐谷浑、党项、奴剌数十万众入寇。

【注释】

〔1〕 汉朝二句:汉朝,这里指唐朝。南山,即终南山。胡虏,指吐蕃。千秋,千年,言其久远。入关,泛指进入关中地区,不必坐实为萧关。《后汉书·刘盆子传》载:赤眉入长安,发诸帝陵,取宝货。此言不料千年之后,今复如此。朱瀚《杜诗详意》云:"'汉'字作'唐'字看,'千秋'作'当时'看,便自了然。"也就是说,杜诗实指当时事。《资治通鉴》广德元年(763)载,柳伉上疏,言及吐蕃兵不血刃而入京师,劫宫闱,焚陵寝,而"武士无一人力战者","召诸道兵,尽四十日无只轮入关"。当时昏君与诸将上下离心如此,社稷危矣!这正是杜甫所要抨击的要害。

〔2〕 昨日二句:此联是萧先生所说的"用丽词写丑事,用典故代时事",是后期杜诗常见的手法。昨日句,《九家注》引《西京杂记》云:汉楚王戊太子葬时,以玉鱼一双为殓。金碗,《太平御览》引《汉武故事》,称汉武帝茂陵有玉碗,曾被人盗卖。《南史·沈炯传》称炯经汉武帝通天台,作表文称:"茂陵玉碗,遂出人间。"因"玉鱼"已用"玉"字,故改称"金碗"。早时,犹早先。二句为互文,意为原先殉葬之玉鱼、金碗,如今皆被发掘而见于人间。浦注:"既曰'千秋',又曰'昨日'、'早时',以'千秋'字避指斥之嫌,以'昨日'、'早时'(按:有"不久前"之意),显惨祸之速,既隐之,复惕之也。"汉陵被掘在西汉亡后,赤眉起义之际;唐陵被掘,却在唐军平"安史之乱"后,奇耻大辱尽现当朝帝王与诸将的无能。

〔3〕 见愁二句:见,同"现"。汗马,即"汗马功劳"的汗马,言其不惜马力兼程而进。或谓"汗马"即"汗血马",借指回纥,非,下首自有"回纥马"。西戎,指吐蕃。因吐蕃屡次入侵都是眼前事,故曰"见愁"。闪,暗示吐蕃入侵属袭击,不得久据中土。朱旗,红旗,泛指战旗。

殷,暗红色。此句言吐蕃势盛,其朱旗翻动,北斗也被映红。程千帆《古诗考索》认为:朱旗,用《封燕然山铭》"朱旗降天"意。诗人面对今日的衰微,愁敌进逼,遥想先朝的强盛,克敌扬威,对比强烈。故"朱旗"是以汉喻唐,当指强盛期的唐军。后义似较胜,录供参考。

〔4〕多少二句:材官,勇武之臣,此指诸将。《资治通鉴》:代宗元年九月吐蕃十万众至奉天(今陕西乾县,在泾渭二水之间),即"召郭子仪于河中,使屯泾阳。己酉,命李忠臣屯东渭桥,李光进屯云阳,马璘、郝庭玉屯便桥,李抱玉屯凤翔,内侍骆奉仙、将军李日越屯盩厔,同华节度使周智光屯同州,鄜坊节度使杜冕屯坊州"。此二句言有多少勇武之士守住泾、渭。泾水、渭水,在长安之北。末句戒诸将莫放松警惕。

【语译】

　　皇家陵寝对着终南山,汉亡陵寝遭开棺。不料千年之后吐蕃来,唐陵竟也被烧残!不久前殉葬的玉鱼被发掘,早些时深埋的金碗也重现人间。眼见吐蕃长驱直入,战旗曾映红北斗的唐军岂在焉?这回又有多少勇武之臣布守泾渭呵,各位将官可别因此把心过早放宽!

其　二

　　韩公本意筑三城,拟绝天骄拔汉旌[1]。
　　岂谓尽烦回纥马,翻然远救朔方兵[2]。
　　胡来不觉潼关隘,龙起犹闻晋水清[3]。
　　独使至尊忧社稷,诸君何以答升平[4]。

【章旨】

　　叹国势不张,诸将不能恪尽其职,乃至借兵回纥,留下遗患。

【注释】

〔1〕　韩公二句：此言张仁愿筑三城本意在制止外族的入侵。韩公，张仁愿，封韩国公，唐中宗神龙三年（707）于河北筑三受降城以拒突厥。天骄，匈奴自称是"天之骄子"。

〔2〕　岂谓二句：强调意想不到，不该发生的事却发生了：防边的朔方军却要外族回纥来援救。与上联形成强烈的对比。岂谓，岂料。翻然，犹反而。

〔3〕　胡来二句：潼关隘，潼关在今陕西东部，是著名的关隘，地势险要。但险不足恃，"不觉"二字表明潼关之险要对敌人已不构成障碍。晋水清，晋水出自晋阳，唐高祖李渊起兵之地。钱笺引《册府元龟》："高祖师次龙门县，代水清。"此句强调地利不如人和，以高祖龙兴事激励诸将奋起抗敌。

〔4〕　独使二句：至尊，指当今皇帝代宗。史载，代宗为广平王时，曾亲拜于回纥马前，祈求回纥军收京免剽掠，有忧社稷之心。"独"字暗示君臣离心，含有柳忱疏中所言"武士无一人力战者，此将帅叛陛下也"、"召诸道兵，尽四十日无只轮入关，此四方叛陛下也"的意思，是对诸将的谴责，以设问出之，婉转而严厉。《载酒园诗话》称："读至此，真令顽者泚颜，懦者奋勇，可谓深得讽喻之道。"

【语译】

　　韩公当年筑下三座受降城，本想用它阻绝外族相侵凌。不料形势苍黄事颠倒，反请回纥入塞救我朔方兵！无德地险关隘不足恃，叛军涌至潼关平。有德高祖义师起，龙门代水为之清。而今皇帝独自忧社稷，诸将呵诸将，该怎样报答平日对尔等的恩情！

<h2 style="text-align:center">其　三</h2>

洛阳宫殿化为烽，休道秦关百二重[1]。
沧海未全归禹贡，蓟门何处尽尧封[2]。

朝廷衮职虽多预，天下军储不自供[3]。

稍喜临边王相国，肯销金甲事春农[4]。

【章旨】

此章黄生云："后半盖痛府兵之制之坏。天下之兵，坐而待食，上下交敝，元气日削，而欲四肢之强振，何由可得？是以息兵务农之计，于王公乎有取。"言乱世贡赋匮乏，诸将虽兼三公而军储不能自供，表扬王缙能屯田重农事。

【注释】

〔1〕 洛阳二句：化为烽，化为兵火，指洛阳宫殿焚于"安史之乱"。秦关百二，《史记·高祖本纪》："秦得百二焉。"注：得百中之二焉，秦地险固，二万人足以当诸侯百万人也。百二重，赵次公注："今云百二重，则既百二，而又得百二也。"极言其险隘。

〔2〕 沧海二句：此联言淄青、卢龙等地尚在军阀割据中。沧海，指山东淄青等地。禹贡，《尚书》有《禹贡》篇，详述九州版图贡赋，与"尧封"同样是指统一。蓟门，指卢龙等处。

〔3〕 朝廷二句：此联言诸将高官厚禄，却不为朝廷分忧，军需供给皆仰朝廷。《杜诗说》："'衮职'句乃一诗之纲纽，意谓盈庭济济，曾有一人以根本之论上闻者乎？"衮职，指三公。预，参与也。当时武将、诸镇节度使多兼中书令、平章事，故曰"多预"。军储，指军需供给。

〔4〕 稍喜二句：王相国，王缙。广德二年(764)拜同平章事(相国)，后迁河南副元帅。下句言王缙能休养士卒，使之屯田自给。萧先生说："表扬王缙，所以深愧诸将。"史载王缙平庸，故用"稍喜"，有分寸。

【语译】

洛阳宫殿火中埋，别提什么秦地险要一当百。东海数州未光复,蓟门还在版图外! 朝廷诸将多三公,只是军粮至今不自供。还好亲临前线王相国,屯田能使军务农。

其 四

回首扶桑铜柱标,冥冥氛祲未全销[1]。
越裳翡翠无消息,南海明珠久寂寥[2]。
殊锡曾为大司马,总戎皆插侍中貂[3]。
炎风朔雪天王地,只在忠臣翊圣朝[4]。

【章旨】

第四章言南方作乱,责诸将徒有高官厚禄却不能守疆土。

【注释】

〔1〕 回首二句:回首,前三首皆写两京事,此首写南方事,故曰"回首"。扶桑,唐岭南道有扶桑县,此泛指南海一带。铜柱,东汉马援征交趾,立铜柱为汉界。唐玄宗时以兵定南诏,复立马援铜柱(《新唐书·南蛮传》)。氛祲,妖氛,指南疆战乱之气。《唐书·代宗本纪》载,广德元年十二月,市舶使吕太一逐广南节度使,纵兵大掠。

〔2〕 越裳二句:越裳,南方古国名,唐时安南都护府有越裳县。翡翠,珍禽,与南海明珠皆泛指四方贡品,因唐帝国衰败,不再朝贡,故曰"无消息"、"久寂寥"。

〔3〕 殊锡二句:言诸将都受到恩宠。殊锡,特别的尊宠。大司马,即太尉,属"三公"之一,正一品。侍中貂,唐饰。

〔4〕 炎风二句:翊,辅佐。尾联言无论炎热的南方,还是飞雪的北国,都是王土,要靠忠臣辅助才能恢复旧疆。此句从正面诱导诸将。

【语译】

回过头看看南方,扶桑县矗立着汉界铜柱标。可如今是妖气昏昏，叛乱之声依旧嚣嚣。越裳古国的翡翠鸟哟南海的明珠，进贡已成往事路遥遥。身受殊恩位三公，大将冠加侍中貂。炎州北国莫非王土，就靠忠臣辅助守业牢。

其　五

锦江春色逐人来，巫峡清秋万壑哀[1]。
正忆往时严仆射，共迎中使望乡台[2]。
主恩前后三持节，军令分明数举杯[3]。
西蜀地形天下险，安危须仗出群材[4]。

【章旨】

末章从正面为诸将树榜，赞扬严武服从中央，有名将度。仇注引陈廷敬曰：“一、二章言吐蕃、回纥，其事对，其诗章、句法亦相似；三、四章言河北、广南，其事对，其诗章、句法又相似；末则收到蜀中，另为一体。”

【注释】

〔1〕　锦江二句：上句言在成都与严武共事的美好回忆如锦江之春色，随身到夔州。下句暗示严武逝去。《杜诗说》：“首二句盖因思严公而追叙之。公卒，已无所依，故决计下峡。然其思公也，非己一人之私，以公实系全蜀安危：其在，则蜀中欣遂如春；其殁，则蜀中憔悴如秋。此写景中又寓有比兴也。”

〔2〕　正忆二句：严仆射，指严武。《旧唐书·严武传》：“永泰初卒，赠尚书左仆射。”共迎中使，忆与严武一起迎接朝廷派来的使者，显示严武对朝廷的忠心。望乡台，《太平寰宇记》引《益州记》：“升仙亭夹路有二台，一名望乡台，在县北九里。”

〔3〕　主恩二句：节，符节，古代出使，持节为信。此指严武一镇东川，再为成都尹，三为剑南节度使。下句言严武治军有方，故能好整以

暇,雅宴常开。写严武有名将风度。

〔4〕　西蜀二句:安危,赵次公注:"安危,安其危也。"此联言西蜀地险,容
　　　易割据,更须超群之人才来镇守。《读杜心解》:"此为镇西川者告
　　　也。严武初镇而罢,高适代之,则有徐知道之反,及松、维等州之
　　　陷。再镇而卒,郭英乂代之,则有崔旰等相攻杀之扰。迨杜鸿渐镇
　　　蜀,卒不能制。此武所以出他人之上也。借严绩以明蜀险,以贴身
　　　事为五首殿焉。"

【语译】

　　在成都的日子,春色逐人笑颜开;在巫峡的日子,只听那万壑秋
声哀。我也曾随严仆射到望乡台,共迎朝廷使者来。圣主的恩宠让
你三次镇蜀,不负使命军令分明从容常举杯。西蜀地形险要易割
据,化危转安更要依仗超凡材!

【研析】

　　"以议论为诗"好不好? 那得看其议论是否能深刻警醒,且带
情以行。这组诗洞鉴时弊,谋虑深远,感慨深沉,且以比兴唱叹出
之,音节响亮,称得上是一流的"以议论为诗"。以其五"军令分明
数举杯"一句为例,黄生分析得明透:"军令分明,言信赏必罚,令出
惟行也。如此,则军中整暇,虽宴游而不废事,故曰'数举杯'。按:
严曾破吐蕃七万众,拔当狗城,又收盐川城,在蜀立此大功,而诗不
之叙,盖所重者,严之威望足以镇定人心,潜销反侧耳,邀功边外,不
足诩也。此'军令分明数举杯'之句所以深得美严之意,而公之壮猷
远略,亦见一班矣。"一句意义如此丰富不露,传严氏之神气,黄生亦
善读杜诗者。有人将它与《秋兴》对比,认为《秋兴》沉实高华,《诸
将五首》深浑苍郁,各自代表杜诗某类形式的高峰,很对。

秋兴八首（七律）

【题解】

　　此组诗作于大历元年(766)，杜甫在夔州。秋兴，因秋发兴，重点在兴，"兴"读去声。《杜诗偶评》："言因秋而感兴，重在兴不在秋也。每章中时见秋意。"此为杜甫惨淡经营之作，首尾相衔，以故国之思为核心，八首只如一首，是所谓"连章体"。而八首之中或即景合情，或借古为喻，或直斥无隐，或欲说还休，又各具面目，一本万殊，色彩斑斓，和而不同。《唐诗成法》曰："此诗诸家称说，大相悬绝。有谓妙绝古今者，有谓全无好处者。愚谓若首首分论，不惟唐一代不为绝传，即在本集亦非至极；若八首作一首读，其变幻纵横，沉郁顿挫，一气贯注，章法、句法，妙不可言。"这种完整性体现于艺术上，便是"一片境"，即以现实与想像、时间与空间交错之意象群，共构一怀乡恋阙慨往伤今的艺术幻境，美轮美奂。从这一点上说，此组诗之创构可谓诗史上一大突破。

其　一

　　玉露凋伤枫树林，巫山巫峡气萧森[1]。

　　江间波浪兼天涌，塞上风云接地阴[2]。

　　丛菊两开他日泪，孤舟一系故园心[3]。

　　寒衣处处催刀尺，白帝城高急暮砧[4]。

【章旨】

　　首章感枫树而发兴，虽自夔府之秋景触起，却隐隐逗出怀乡恋阙之思,直指长安,以下诸首虽不复明写秋景,仍是秋兴,"故园心"为八首之纲。

【注释】

〔1〕 玉露二句:玉露,即白露。《吕氏春秋》:"宰揭之露,其色如玉。"《楚辞》:"湛湛江水兮上有枫。"玉露枫林,自是秋气满纸,凋伤中仍有富丽之致。萧森,萧飒貌。

〔2〕 江间二句:江间,即巫峡。塞上,仇注引陈廷敬曰:"塞上,即指夔州,《夔府书怀》诗'绝塞乌蛮北',《白帝城楼》诗'城高绝塞楼',可证。"《唱经堂杜诗解》:"'波浪兼天涌'者,自下而上一片秋也;'风云接地阴'者,自上而下一片秋也。"

〔3〕 丛菊二句:两开,萧先生注:"杜甫去年秋在云安,今年秋又在夔州,从离成都以后算起,所以说'两开'。"他日泪,犹前日泪。一系,一心唯系于此,句言系孤舟欲北上返乡,一心唯系于此舟也,"系"字双关。二句《杜臆》笺曰:"乃山上则丛菊两开,而他日之泪,至今不干也;江中则孤舟一系,而故园之心,结而不解也。前联言景,后联言情;而情不可极,后七首皆胞孕于两言中也。又约言之,则'故园心'三字尽之矣。"

〔4〕 寒衣二句:白帝城,在夔府之东,相去不远。砧,捣衣石。萧先生注:"催刀尺,为裁新衣;急暮砧,为捣旧衣。处处催,见得家家如此,言外便有客子无衣之感。"《杜诗镜铨》:"末二句结上生下,故以夔府孤城次之。"

【语译】

白露为霜丹枫敝,巫山巫峡一片萧飒气。峡束大江浪滔天,塞上阴云垂接地。去蜀两见菊花开,向来至今泪犹滴!一心只想回故园,奈何病滞孤舟系。寒催家家裁新衣,日暮传来白帝高城捣衣声声急。

其　二

夔府孤城落日斜,每依北斗望京华[1]。
听猿实下三声泪,奉使虚随八月槎[2]。
画省香炉违伏枕,山楼粉堞隐悲笳[3]。
请看石上藤萝月,已映洲前芦荻花[4]。

【章旨】

因见夔府晚景而望长安,极言其思归之切。点出"望京华",是八首主旨。

【注释】

〔1〕 夔府二句:上句《而庵说唐诗》笺云:"前以'暮'字结,此以'落日'起。落日斜,装在'孤城'二字下,惨淡之极;又如亲见子美一身立于斜阳中也。"每,每每;经常。京华,即长安。长安城上直北斗,号北斗城。

〔2〕 听猿二句:听猿,《水经注》:"每至晴初霜旦,林寒涧肃,常有高猿长啸,属引凄异,空谷传响,哀转久绝,故渔者歌曰:巴东三峡巫峡长,猿鸣三声泪沾裳。"昔闻其语,今身历其境,故下一"实"字。按句法理顺应为"听猿三声实下泪",然而也就失去了"三声泪"那声色并作的诗味。下句萧先生注:"槎,木筏。《博物志》:旧说云天河与海通,近世有人居海渚者,年年八月有浮槎去来不失期,人赍粮乘槎而去,十余日,至天河。又《荆楚岁时记》:汉武帝令张骞穷河源,乘槎经月,至天河。这句诗便是化用这两个故事的,而主意则在以张骞比严武,以至天河比还朝廷。杜甫以检校尚书工部员外郎的朝官身份作严武的参谋,故得云'奉使'……但第二年四月,严武死在成都,还朝的打算落了空,所以说'虚随'。"

〔3〕 画省二句:画省,即尚书省。因汉代省中画古贤烈女,故曰"画省"。

杜曾任检校工部员外郎,属尚书省。违伏枕,言因病不得还朝任
职。山楼,指白帝城楼。粉堞,城上白色女墙。隐,隐没也。笳,胡
乐,军中多用之。言山楼粉堞隐于夜色与悲笳声中。

〔4〕　请看二句:此联为流水对,言月影由石上移至洲前,写出时空的转
移。《杜工部诗通》:"结联'请看'、'已映',四字极有味。盖以月
应落日而言,谓方日落而遽月出,才临石上而已映洲前,光阴迅速
如此,人生几何,岂堪久客羁旅邪? 其感深矣。"

【语译】

　　夔府孤城残照收,欲望长安寻北斗。亲闻巫峡悲猿啼,使我泪
下三声后。徒有朝官名,回朝志难酬。多病已失画省职,悲笳夜色
没城楼。君看无声月轮动,刚在石上忽在洲!

其　三

　　　　千家山郭静朝晖,日日江楼坐翠微[1]。
　　　　信宿渔人还泛泛,清秋燕子故飞飞[2]。
　　　　匡衡抗疏功名薄,刘向传经心事违[3]。
　　　　同学少年多不贱,五陵衣马自轻肥[4]。

【章旨】

　　第一首写暮,第二首写夜,此首写朝。天天坐于山色之中,极写
无聊之状,从眼前景转入心中事。自首章之"故园心"至此章之"心
事违",情意愈转愈深,承上启下。

【注释】

〔1〕　千家二句:千家山郭,只有千家的小山城。翠微,山中青缥色的雾
气,用指山色。《杜诗阐》:"望京华,则每依北斗;坐翠微,则日坐江
楼。岂非舍北斗则此心无依,离江楼即此身亦谁寄哉。"

〔2〕　信宿二句：信宿，一宿曰宿，再宿曰信。言其多日也。泛泛，无所得也。故，仍旧。此联写眼前景，但与首联无聊心绪贯通：渔舟越宿无所得，犹泛泛江中；燕子秋来当去，尚飞飞于山前；则羁旅久滞无聊之意在景中。

〔3〕　匡衡二句：萧先生注："《汉书·匡衡传》：元帝初，衡数上疏陈便宜，迁光禄大夫、太子少傅。又《刘向传》：宣帝令向讲论五经于石渠，成帝即位，诏向领校中五经秘书。杜甫为左拾遗，曾上疏救房琯，故以抗疏之匡衡自比；但结果反遭贬斥，所以说'功名薄'。杜甫家素业儒，故又以传经之刘向自比；但即欲如刘向之典校五经亦不可得，而是'白头趋幕府'，'垂老见飘零'，所以说'心事违'。二句上四字一读，下三字则是杜甫的自慨。"

〔4〕　同学二句：五陵，汉时长安有五陵：长陵、安陵、阳陵、茂陵、平陵，时徙豪杰名家于其间。此言同辈不事儒业却富贵煊赫，意极不平，语却含蓄。《辟疆园杜诗注解》引李梦沙云："四句合看，总见公一肚皮不合时宜处。言同学少年既非抗疏之匡衡，又非传经之刘向，志趣寄托，与公绝不相同，彼所谓富贵赫奕，自鸣其不贱者，不过五陵衣马自轻肥而已。极意奚落语，却只如叹羡：乃见少陵立言蕴藉之妙。"

【语译】

　　千家的小山城静沐着朝晖，天天坐在江楼上看山色青翠。接连几天无所获的渔舟还在游荡，清秋该南归的燕子却仍在盘飞。学匡衡抗疏直谏反遭贬斥，只求刘向一样典校五经竟也告吹。看年轻时的伙伴们多取富贵，居长安洋洋自得裘轻马肥！

其　四

闻道长安似弈棋，百年世事不胜悲[1]；
王侯第宅皆新主，文武衣冠异昔时[2]。

直北关山金鼓振,征西车马羽书迟[3]。
鱼龙寂寞秋江冷,故国平居有所思[4]。

【章旨】

此首为八首之枢纽,由夔州转向长安,慨叹时局不定,逗出以下诸首对太平盛世的回忆。

【注释】

〔1〕 闻道二句:闻道,萧先生注:"杜甫往往把千真万确的事,故意托之耳闻,语便摇曳多姿。如《即事》:'闻道花门破,和亲事却非。'又如《遣愤》:'闻道花门将,论功未尽归。'与此同一手法。"弈棋,下棋,言其局势多变不可测。百年,《读杜心解》:"统举开国以来,今昔风尚之感也。"

〔2〕 王侯二句:承首联今昔之感,言人政俱非。《杜律意笺》:"王侯第宅,频易新主,文武衣冠,非复旧制(按:如节度使制度,集军政大权于一身,即非旧制),正见世事如弈棋所以为可悲也。"安史乱后,王侯第宅有很大的变动,《唐书·马璘传》:"天宝中,贵戚勋家,已务奢靡,而垣屋犹存制度。然卫公李靖家庙,已为嬖臣杨氏马厩矣。及安史大乱之后,法度隳弛,内臣戎帅,竞务奢豪,亭馆第舍,力穷乃上,时谓木妖。"

〔3〕 直北二句:直北,正北。指长安北面的陇右、关辅地区。直北句,指回纥。征西句,指吐蕃。羽书,是插羽于书,取其迅速,用于紧急征兵之檄书。《汉书·高帝纪》云:"吾以羽檄征天下兵",注曰:"檄者,以木简为书,长尺二寸,用征召也。"金鼓、羽书,边情紧急可见。迟,言征兵莫至。《九家注》引王洙曰:"是时诏征天下兵,程元振用事,无一人应者,故章末感激言之。"

〔4〕 鱼龙二句:《水经注》:"鱼龙以秋日为夜,秋分而降,蛰寝于渊也。"鱼龙寂寞,写秋江兼自喻。故国,指长安。平居,平日所居。杜甫在长安先后居住过十多年。《辟疆园杜诗注解》:"言吾之飘泊秋

江,正犹鱼龙值秋而潜蛰。以鱼龙喻己寂寞,甚奇。故国平居,是言长安太平无事之时,回首追思,益重其悲。"《杜诗解》则云:"正志士枕戈泣血,灭此朝食之时,而乃去故国,窜他乡,对此秋江,曷胜寂寞,曷胜怅恨,此所以寄兴鱼龙,而曰'有所思'者,正思此身为朝廷用也。"结句是本组诗的灵魂。

【语译】

常听说长安时局像下棋,世事百年多变令人悲! 王侯府第频易主,文武体制非旧时。正北关山战鼓急,征召援兵西来迟。我犹鱼龙潜蛰秋江长寂寞,惆怅长安忆平居。

其　五

蓬莱宫阙对南山,承露金茎霄汉间[1]。
西望瑶池降王母,东来紫气满函关[2]。
云移雉尾开宫扇,日绕龙鳞识圣颜[3]。
一卧沧江惊岁晚,几回青琐点朝班[4]。

【章旨】

这首写宫阙朝仪之盛及自己立朝经过,是为所思之始。

【注释】

〔1〕　蓬莱二句:蓬莱宫,唐大明宫。《唐会要》:"龙朔二年,修旧大明宫,改名蓬莱宫,北据高原,南望终南山如指掌。"此宫为当年杜甫献《三大礼赋》之地。《莫相疑行》:"忆献三赋蓬莱宫,自怪一日声辉赫。"承露金茎,汉武帝在建章宫西建仙人承露盘,金茎指承露盘下的铜柱,此借汉事以为形容,写当年长安宫阙之崇丽。

〔2〕　西望二句:借神话传说为长安宫阙生色,极写帝都之宏丽气象,无讥讽意。瑶池,传说西王母所居之处。《汉武内传》有记西王母入

汉宫见武帝事。东来紫气,《关尹内传》:"关令尹喜常登楼,望见东
极有紫气西迈,曰:应有圣人经过。果见老君乘青牛车来。"老子自
洛阳入函关,故曰东来。

〔3〕　云移二句:云移雉尾,雉尾扇移动如云。皇帝御朝先以此扇为障,
坐定开扇。龙鳞,皇帝衣上所绣龙纹。圣颜,指皇帝容貌。然而,
"日绕龙鳞"虽是描绘日照衣纹,但"龙"字在中华文化中成为天子
图腾的特殊意义却为云日缭绕中的皇帝增添了神圣的光圈,形成
所谓的帝王气象。识圣颜,萧先生说:"大概杜甫因献赋,曾一度入
朝,这里'云移'二句,也正是回忆此事。"

〔4〕　一卧二句:尾联从回忆中回到现实。一卧,有一蹶不复振之慨。岁
晚,指秋季。青琐,汉建章宫中宫门,门上花纹以青色涂之,故称青
琐门。这里泛指宫门。点朝班,指百官朝见,依班次受传点入朝。
此句忆及肃宗时曾任左拾遗上朝事。叶嘉莹《杜甫〈秋兴八首〉集
说》按语:"则今日之一卧沧江,与昔时之几回青琐,遥遥相对,一气
承转,劲健有力,固真有不胜今昔之慨者矣。"

【语译】

大明宫面对终南山,承露铜柱直上云汉间。西望瑶池呵,王母
冉冉降;老君东来呵,紫气霭霭满函关。雉尾扇开如云动,日射龙袍
现圣颜。病卧江城惊秋到,几回回忆来几回回梦,青琐门前传呼上
朝班。

其　六

瞿塘峡口曲江头,万里风烟接素秋[1]。
花萼夹城通御气,芙蓉小苑入边愁[2]。
珠帘绣柱围黄鹄,锦缆牙樯起白鸥[3]。
回首可怜歌舞地,秦中自古帝王州[4]。

【章旨】

此首感怀长安曩昔之盛,兼伤乱之所由生,慨叹明皇之安于升平,是为所思之二。

【注释】

〔1〕　瞿塘二句:此联言夔府与长安万里隔断,而秋色无边,遥连两地。黄生云:"一二,分明言在此地思彼地耳,却只写景。杜诗至化处,景即是情也。"瞿塘峡,长江三峡之一,在夔州东。曲江,长安胜境。素秋,秋属金,尚白,故称。

〔2〕　花萼二句:花萼,楼名,在兴庆宫西南隅,全称"花萼相辉之楼"。夹城,在修德坊。玄宗筑夹城复道,从大明宫通往曲江芙蓉园,为皇帝游曲江之通道,故曰"通御气"。入边愁,钱注:"禄山反报至,上(玄宗)欲迁幸,登兴庆宫花萼楼,置酒,四顾凄怆。此所谓'入边愁'也。"《杜诗解》:"御气用一'通'字,何等融和;边愁用一'入'字,出人意外。先生字法不尚纤巧,而耀人心目如此。"

〔3〕　珠帘二句:承上句"入边愁"而来,则二句不应纯写盛况,有言外之意:一举万里之黄鹄,被围在锦绣堆中、温柔乡里,于氛围中透出情绪,盖叹唐玄宗后期之安于享乐;曲江游船如织,而白鸥惊起,与尾句"秦中自古帝王州"合看,亦透出大难将至消息,若隐若现,至结句始明。珠帘绣柱,指曲江行宫别院之楼亭建筑。黄鹄,传说中仙人所乘大鸟。《汉书·昭帝纪》:"始元元年春二月,黄鹄下建章宫太液池中。"围黄鹄,《杜诗会粹》:"言黄鹄在于池中,而池傍宫殿若围。"缆,船索。樯,船桅。以锦为船索,以象牙为船桅,极言其奢华。

〔4〕　回首二句:回首,有风光不再之意。可怜,与下句合读,则不仅言其可爱,且有怜悯之、悲之意。歌舞地,指曲江,即杜甫《乐游园歌》所云"曲江翠幕排银榜,拂水低回舞袖翻,缘云清切歌声上"的情景。《杜诗集说》引查慎行曰:"此言朝廷颇多声色之娱。前首由昔感今;此首由今诉昔。秦中歌舞,自昔为然。物盛而衰,不无有感

于晏安之毒也。"下句复振起,由曲江一地说到整个秦中,由当代说到"自古",谓长安岂止是歌舞之区,且"自古"为建都之地,犹《北征》"皇纲未宜绝"之慨。

【语译】

瞿塘峡,曲江水,金风遥接千万里。花萼楼下夹城道,御驾行宫来往无时已。边报忽入芙蓉苑,谁知有人楼上愁欲毁!岸上楼殿仍林立,苑中黄鹄在围里;曲江游船穿梭织,水上白鸥欻惊起。不堪回首当年莺歌燕舞曲江园,须知秦中自古便有帝王气!

其 七

昆明池水汉时功,武帝旌旗在眼中[1]。
织女机丝虚夜月,石鲸鳞甲动秋风[2]。
波漂菇米沉云黑,露冷莲房坠粉红[3]。
关塞极天惟鸟道,江湖满地一渔翁[4]。

【章旨】

这首借汉武起兴,写昆明池景物之盛而伤其荒废,言及武事则昔盛今衰,感慨系之。是为所思之三。

【注释】

〔1〕 昆明二句:昆明池在长安县西南二十里,周回四十里,汉武帝元狩三年所穿,故曰"汉时功"。凿池本以习水战,故用"旌旗"二字。杜甫《寄贾严两阁老五十韵》:"无复云台仗,虚修水战船",可知玄宗曾置战船于昆明池,练兵攻南诏。在眼中,言印象之深,栩栩然犹在眼前。

〔2〕 织女二句:织女,指昆明池织女石像。《三辅黄图》引关辅古语曰"昆明池中有二石人,立牵牛、织女于池之东西,以象天河"。石鲸,

《西京杂记》:"昆明池刻玉石为鱼,每至雷雨,鱼常鸣吼,鳍尾皆动。"石鲸造型生动,鳞甲逼真,故云"动秋风"。然而秋夜月明,石像如生,与下句植被秋来之衰败,适造成一片凄凉的感觉。二句极富想象力,是叶嘉莹所谓"写实而超乎现实之外者"。上句言织女机上之丝,于月下虚无恍惚;下句言石鲸秋风里,鳞甲皆张。是《杜律启蒙》所云:"织女之机丝,当月夜而虚,石鲸之鳞甲,遇秋风而动,是以动静作对。"二句承上联,都是对昔日昆明池盛况的回忆,但因为意象中已潜入诗人的种种感慨,故铺叙中仍透出荒凉之感。《读书堂杜工部诗集注解》评云:"妙在说荒凉处反壮丽。"应倒过来说:妙在说壮丽处透出荒凉,是以丽句写感伤之典型。叶嘉莹《杜甫〈秋兴八首〉集说·代序》称此联创造出"空幻苍茫飘摇动荡的意象",极是。

〔3〕波漂二句:菇米,即茭白,生浅水中,叶似蒲苇,秋结实,状如米,一称雕胡米。杜诗《行官张望补稻畦水归》:"秋菇成黑米。"沉云黑,形容菇米之繁盛。昆明池多菇米、莲花,二句以菇米、莲子熟透未收言其盛。应注意的是:此联中"沉云黑"与"坠粉红"是字面上对仗而意义上并不对应。上句"沉云黑"是形容菇米之黑,而下句"坠粉红"却实写坠下的花粉是红色的,上虚下实,由此形成不确定性,所以注解纷纭。然而细味上下文,作者要引起注意的,其实焦点在乎"红"与"黑"色彩的强烈对比:黑是冷色调之极致,红是热烈色调之极致,对比之惨烈十分抢眼,与组诗开篇"玉露凋伤枫树林"的气氛是一致的。

〔4〕关塞二句:鸟道,只有飞鸟方可飞渡的路,极言通往长安道路之险峻。渔翁,杜甫自谓。沈德潜云:"身阻鸟道,迹比渔翁,见还京无期也。"前六句极言昔日之盛,尾联一落千丈地回到当前孤寂无依的现实。

【语译】

　　汉武帝凿出了昆明湖,他练兵习战的旌旆就像在眼前猎猎地飘。湖畔,石雕一对:月色下织女机上的丝缕是如此空明,那玉石巨鲸鳞甲开张鳍尾皆动。哦,在湖波中漂晃的菇米乌云般沉沉的黑;哦,莲房凝着霜露坠下花粉是那样殷殷的红。回乡路上的关山只有鸟儿才能飞越,你看那盘旋而上的小道直抵云端。四周,四周是一片茫茫的江湖;就只剩下我——一个孤零零的渔翁老汉!

其　八

昆吾御宿自逶迤,紫阁峰阴入渼陂[1]。

香稻啄余鹦鹉粒,碧梧栖老凤凰枝[2]。

佳人拾翠春相问,仙侣同舟晚更移[3]。

彩笔昔曾干气象,白头吟望苦低垂[4]。

【章旨】

末章咏叹渼陂物产之丰,并忆旧游,尾联今昔对比强烈,不堪回首,为八首之总结。

【注释】

〔1〕昆吾二句:昆吾、御宿,地名,皆汉武帝上林苑旧地,为长安至渼陂途经处,其间田畴膏腴。紫阁峰,终南山之峰名。《通志》:"紫阁峰在圭峰东,旭日射之,烂然而紫,其形上耸,若楼阁然。"渼陂,水名,源自终南山。《十道志》:"陂鱼甚美,因名之。"渼陂之南是紫阁峰,峰下陂水是一片辽阔的水面,陂中可见紫阁峰倒影。《渼陂行》:"半陂以南纯浸山。"或曰:渼陂在紫阁峰阴(北面),此言由紫阁峰阴进入渼陂;亦通。此联密集地连用四地名,都是长安附近的著名景观,强化怀旧之情。

〔2〕香稻二句:此二句颇多讥评,原因就在它颠倒与破坏了常规的语法。叶嘉莹《杜甫〈秋兴八首〉集说·代序》认为,诗的主旨在写回忆中渼陂风物之美,故以"啄余鹦鹉粒"、"栖老凤凰枝"为形容短

语,以状香稻之丰,碧梧之美。萧先生认为,二句不是什么倒装句,而是以名词作形容词用,同类句有:"篱边老却陶潜菊,江上徒逢袁绍杯。"浦注:"鹦鹉粒,即是红豆(香稻,一作'红豆');凤凰枝,即是碧梧。犹饲鹤则云'鹤料',巢燕则云'燕泥'耳。"此句体现了杜甫以感受为主体,追求诗歌语言的感觉化与对个别事物的具体表达。《而庵诗话》对此已有所悟入:"论诗者以为杜诗不成句者多,乃知子美之法失久矣……其不成句处,正是其极得意处也。"

〔3〕佳人二句:写春游。拾翠,捡到翠鸟的羽毛。相问,彼此互相问遗,即互赠礼物。曹植《洛神赋》:"或采明珠,或拾翠羽。"仙侣,《后汉书·郭太(泰)传》:"太与李膺同舟而济,众宾望之,以为神仙焉。"此处指同游的伙伴,杜甫曾与岑参兄弟同游渼陂。晚更移,天晚了还移舟他处,写游兴未尽。

〔4〕彩笔二句:彩笔,即五色笔。《南史·江淹传》:"又尝宿于冶亭,梦一丈夫自称郭璞,谓淹曰:'吾有笔在卿处多年,可以见还。'淹乃探怀中得五色笔,以授之。尔后为诗绝无美句,时人谓之才尽。"此写当年曾以诗文惊动皇帝。干,凌风上征之意。"气象"当指帝王之气象。钱笺:"公诗云:'气冲星象表,词感帝王尊。'所谓'彩笔昔游(当作"曾")干气象'也。"杜诗《莫相疑行》亦云:"往时文彩动人主,今日饥寒趋路旁。"吟望,长吟远望。《杜诗阐》:"吟望,即前望京华之'望',望蓬莱、望曲江,望昆明、望渼陂,望之不见而思,思之不见而仍望。屈子被放,行吟泽畔,眷顾不忘,正'吟望'二字意。"昔曾,一作"昔游"。吟望,一作"今望",非。盖老杜一生念念在辅君济世,至今秋仍曰:"时危思报主,衰谢不能休!"老而弥笃,故曰"白头吟望苦低垂";若以"昔游"而"今望",只是"干"山水之"气象",即泛言之矣,如何拢得住八首浩茫心事以作结?

【语译】

昆吾哟,御宿哟,一路走来到渼陂。紫阁峰将她朝北的半边脸儿探向湖里。稻,是饲养过鹦鹉的香稻粒;梧,是长栖着凤凰的碧梧枝。美人游春结伴拾翠羽,友朋暮色同舟凌波胜仙侣。彩笔,我的彩笔!它曾让盛唐气象出笔底,如今我却苦苦行吟,抬头远望,终于无奈将白头低垂……

【研析】

　　"八首是一首"的组诗《秋兴八首》,其气势、规模、变化、境界之大,在七律中罕有其匹。它是杜甫晚年创新之作,以时间与空间、现实与联想交错的秋声月影写尽怀乡恋阙之情,慨往伤今之意。诚如明人唐元竑《杜诗捃》所云:其"抽绪似《骚》",是"空中彩绘,水面云霞";有神光离合之妙。事实上这正是杜甫经长期酝酿,至晚年而臻其美的独创手法。之所以有神光离合之妙,我看首先是其意象的丰富化与多向性,而且意象群之间互相映照,在七律联章体的《秋兴八首》中,表现得淋漓尽致。

　　杜甫是如何使其意象丰富化且具多向性的呢?作为起点,杜诗意象有一个比较容易取得共识的特点是:来自现实本有之物。叶嘉莹举例说:"如渼陂附近之香稻、碧梧,昆明池畔之织女、石鲸,皆为实有之景物。"然而在香稻加上"形容短语"成为"鹦鹉粒"之后,碧梧加上"形容短语"成为"凤凰枝"之后,便化为超现实的意象。凤凰本是高贵、吉祥的象征,是中华历史文化之产物,对杜甫而言,更是其理想的象征(《凤凰台》诗可谓典型),所以历史文化的意涵一旦与实物形象如魂附体般地结合,平凡的梧桐枝也就带上神秘华贵的色彩,使"写现实而超现实"成为可能。至如"织女机丝虚夜月",将织女石像直认作天上的织女,进而让她织出月色中空灵的"机丝"来,化为"空幻苍茫飘摇动荡的意象"(叶嘉莹语)。李泽厚《美学四讲》论"社会美"时,有段话颇能发人深思:"青铜器为什么不要擦光,它本是金光闪闪的,但它身上的斑斑绿苔记录了历史的沉埋,使它的社会美增添了更深沉的力量。"杜甫也正是妙用了历史文化所拥有的深沉的社会美,有意让"实有之景物""长出""斑斑绿苔"，让历史文化意象成了描绘对象的"附加值"。这大概就是高友工教授《律诗的美学》所说的"'印象'与'表现'的整合"吧？"印象"二字很准确。作为这组诗描写的"现实"，其实是经过"回忆"过滤后的"印象"，绝非当时的全部原貌(须知杜甫在长安的"太平日子"其实大多数并不得意)。以第八首为例，诗中用六句写渼陂，这是杜甫十年困守长安时少有的美好印象，有《渼陂行》为证(请参看卷一原文及【研析】)。诗中以水中倒影的描写表现了盛唐时代特有的浪漫情调，反映的正是盛唐气象。从这点上说，它是现实的。诗人用四分之三的篇幅将太平景象推到最高点，为的却是让它重重地跌落到眼下可悲的现实——"彩笔昔曾干气象，白头吟望苦低垂。"这个气象，就是"蓬莱宫阙对南山，承露金茎霄汉间。西望瑶池降王母，东来紫气满函关。云移雉尾开宫扇，日绕龙鳞识圣颜"的气象；就是"花萼夹城"、"珠帘绣柱"、"锦缆牙樯"的气象；就是"武帝旌旗在眼中"、"秦中自古帝王州"的气象。当年彩笔描绘的这种盛唐气象，如今已烟消云散，只剩下白头行吟远望的诗人自己。《杜诗阐》说得对："吟望，即前望京华之'望'，望蓬莱、望曲江、望昆明、望渼陂，望之不见而思，思之不见而仍望。屈子被放，行吟泽畔，眷顾不忘，正'吟望'二字意。"让现实意象化为超现实，再落回当前的现实，这才是杜诗的特质，当然，煎蛋是不能再回到生蛋的，杜诗中意象化了的"现实"是更高层级的心理化的现实；这就是浦起龙所说的"慨世还是慨身"，也就是高友工《律诗的美学》所指出的"将他与唐王朝命运千丝万缕联结在一起的个人悲剧"的现实。

　　如果说李白创构的意象如水晶，纯净而透明；那么杜甫创构的意象则好比多面彼此对照的镜子，镜镜相摄，变幻无穷。所谓"彼此对照的镜子"，主要是指律诗中严密的对仗形式。对仗使二句之间构成对应、类比而非因果逻辑的关系，譬如"听猿实下三声泪，奉使虚随八月槎"一联，上句按句法理顺应为"听猿三声实下泪"，然而也就失去了"三声泪"那声色并作的诗味。更要紧的是：让"三声泪”独立成为一个词组与“八月槎”形成对仗，是所谓“假平行”，即字面意义相对称而内在意涵并不对称。这就产生奇特的效果；“奉使虚随八月槎”染上了“听猿实下三声泪”的悲情。如果我们再顾及八首中“丛菊两开他日泪，孤舟一系故园心”、“匡衡抗疏功名薄，刘向传经心事违”、“一卧沧江惊岁晚，几回青琐点朝班”、“关塞极天惟鸟道，江湖满地一渔翁”等等的意象群，则有空谷回声、八面来风的感觉。正是八首诗中的意象群镜镜相摄般的相辉相映，这才造成空中彩绘，水面云霞，神光离合的妙境。

　　我很欣赏德国学者莫芝宜佳（Monika Motsch）在《管锥编》启示下的杜甫新解。她认为：“‘西方之镜’有时比儒家、道家或佛教的解释更适合于杜甫的诗。”（《〈管锥编〉与杜甫新解》）东海西海，文心往往有相通之处。诚如叶嘉莹教授所说：“杜甫在晚年的七律之作品中，所表现的写现实而超越现实的作品，才是更可注意的成就……而杜甫《秋兴八章》，所表现的一些意境，既非平叙之写实，又非拘牵之托喻，而乃是以一些事物的意象表现一种感情的境界，完全不可拘执字面为落实的解说。这在中国诗的意境中，尤其在七言律诗的意境中，是一种极为可贵的开创……如果中国的旧诗，能从杜甫与义山的七律所开拓出的途径，就此发展下去的话，那么中国的诗歌，必当早已有了另一种近于现代意象化的成就。”同理，从杜甫类似的一些创作实践中，我们还可以开发出传统文论所未曾覆盖的另一种更接近于现代的中国文论。

咏怀古迹五首（七律）

【题解】

　　诗作于夔州，时为大历元年（766）秋。咏怀古迹，借古迹以咏己怀也。此组律诗与《秋兴八首》、《诸将五首》并称杜甫晚年律体组诗之杰作。

其　一

支离东北风尘际,漂泊西南天地间^[1]。

三峡楼台淹日月,五溪衣服共云山^[2]。

羯胡事主终无赖,词客哀时且未还^[3]。

庾信平生最萧瑟,暮年诗赋动江关^[4]。

【章旨】

庾信在战乱中漂泊,暮年诗赋益精,与杜甫有很大的相似性,故借为发兴之端,非咏古迹。仇注云:"首章前六句,先发己怀,亦五章之总冒。"

【注释】

〔1〕　支离二句:首两句是杜甫自"安史之乱"以来全部生活的概括。支离,犹流离。东北,指叛军老巢河北道,在长安东北方向。天宝十四载(755)十一月,范阳节度使安禄山由此地起兵叛唐,"东北风尘"即指此。或云:蜀地之东北,指长安;亦通。风尘际,两京一带战事频发,故云。漂泊西南,杜甫入蜀后,先后居留成都、梓州、阆州、云安,今又由云安来夔州,故曰"漂泊西南天地间"。

〔2〕　三峡二句:楼台,指当地民居,依山筑屋,重叠如楼台。《夔州歌》:"闾阎缭绕接山巅,复道重楼锦绣悬。"淹日月,长期淹留。五溪衣服,《后汉书·南蛮传》:"武陵五溪蛮,好五彩衣服。"共云山,共居处。此句泛言夔州一带的少数民族同居山区。

〔3〕　羯胡二句:羯胡,指安禄山。因其忘恩负义,故曰"无赖"。词客,指庾信,兼自喻。庾信初仕梁,侯景作乱,奔江陵。后出使西魏,滞留北朝二十七年,与杜甫长期漂泊未归境遇颇相似。

〔4〕 庾信二句:庾信,字子山,南朝梁代诗人,后入北周,官至骠骑大将
军、开府仪同三司。诗文与徐陵齐名,"文并绮艳,世号徐庾体"。
及入北朝,风格大变,常有乡关之思,乃作《哀江南赋》以致其意。
动江关,犹"惊海内"。杜诗:"岂有文章惊海内,漫劳车马驻江干。"
全诗或咏庾或自咏,暗相叠合。

【语译】

　　当初长安东北战尘起,我四处逃窜苦流离。如今在西南避地,
仍旧漂泊天涯无依。年复一年病滞三峡高阁上,且与蛮夷杂处五溪
云山里。羯胡侯景背恩真是个无赖,词客庾信呀困在北方有乡难回
更可哀。他是遭丧乱身世凄清难耐,晚年诗赋呵那样沉郁苍凉倾动
四海!

其　二

　　摇落深知宋玉悲,风流儒雅亦吾师[1]。
　　怅望千秋一洒泪,萧条异代不同时[2]。
　　江山故宅空文藻,云雨荒台岂梦思?
　　最是楚宫俱泯灭,舟人指点到今疑[3]。

【章旨】

　　此首因宋玉故宅而怀宋玉,想念其文采风流。

【注释】

〔1〕 摇落二句:摇落,宋玉《九辩》:"悲哉,秋之为气也,萧瑟兮草木摇
落而变衰。"风流,言其标格。儒雅,言其文学。亦,也算得上;杜甫
主要是学习《风》《雅》与汉乐府,但他又兼收并蓄,故此"亦"字下
得极有分寸。
〔2〕 怅望二句:流水对,写二人虽生不同时,却遭际相似,承上联"深

知"。萧条,寂寞冷落。

〔3〕 江山四句:故宅,归州、荆州都有宋玉宅,此指归州宅。归州在三峡内。空文藻,言人已殁而文藻空在。或谓宅废人亡("空"),惟有文采留传;则似于"江山故宅空"读断,然而"文藻"或"空文藻"岂有解读为"惟有文采留传"之理? 故不取。"空文藻"当与下三句合看,有宋玉之《高唐赋》不为后人所理解而空有其文采之意。云雨荒台,宋玉《高唐赋序》称巫山神女入楚怀王梦,自称:"旦为朝云,暮为行雨,朝朝暮暮,阳台之下。"这本是宋玉寓言以讽楚王,却不为后人所理解而疑心实有其事。更可悲的是,楚宫早已泯灭,而船夫犹向过客指指点点:某处便是云雨高台。《唐宋诗醇》引顾宸曰:"李义山诗云:'襄王枕上元无梦,莫枉阳台一段云。'得此诗之旨。"此诗慨宋玉文章无知己,的确是"深知"。岂梦思,是说难道真是说梦吗? 顾宸云:"岂字妙,何曾实有是梦,文人之寓言耳。"沈德潜云:"谓高唐之赋,乃假托之词,以讽淫惑,非真有梦也。"

【语译】

　　秋风叶落我深深感知宋玉的悲凄,风流倜傥也是我师事的先辈。怅恨哪怅恨! 远隔千年怎能在一起,只为身世相近我是如此理解你。江山空留下故居,却不能留下你美文的真谛:高唐云雨哪有荒唐梦中的欢男爱女! 最可叹楚宫早已泯灭无痕迹,可船夫至今还指指点点惹人狐疑。

其 三

群山万壑赴荆门,生长明妃尚有村[1]。

一去紫台连朔漠,独留青冢向黄昏[2]。

画图省识春风面? 环佩空归月夜魂[3]。

千载琵琶作胡语,分明怨恨曲中论[4]。

【章旨】

这首写昭君之怨恨,亦即自写其怨恨,寄身世之慨耳。

【注释】

〔1〕 群山二句:明妃,指汉元帝宫女王昭君(晋时避司马昭讳,称明君),以和亲远嫁匈奴呼韩邪单于。《汉书·元帝纪》文颖注,称其"本蜀郡秭归人也"。《汉书·匈奴传》:"竟宁(元帝年号)元年,单于来朝,自言愿婿汉。元帝以后宫良家子王嫱,字昭君,赐单于。单于欢喜,上书,愿保塞,请罢边备,以休天子之民。昭君号宁胡阏氏,生一男伊屠智牙师,为右日逐王。呼韩邪立二十八年,建始(成帝年号)二年死。子雕陶莫皋立,为复株累若鞮单于,复妻王昭君(按《后汉书》云昭君上书求归,成帝令从胡俗),生二女,长女云为须卜居次(居次犹公主),小女为当于居次。"明妃村,即今湖北兴山县南之昭君村。《太平寰宇记》:"山南东道归州兴山县:王昭君宅,汉王嫱即此邑之人……村连巫峡。"《诗境浅说》:"首句咏荆门之地势,用一'赴'字,沉着有力。"的确,著一"卧"字,群山万壑便充满动感。

〔2〕 一去二句:紫台,即紫宫,天子居所。朔漠,北方的沙漠。江淹《恨赋》:"若夫明妃去时,仰天太息。紫台稍远,关山无极。"青冢,指昭君墓,在今内蒙古自治区呼和浩特市城南二十里。《归州图经》:"胡中多白草,王昭君冢独青,号'青冢'。"

〔3〕 画图二句:画图,《西京杂记》:"元帝后宫既多,不得常见,乃使画工图形,按图召幸。宫人皆赂画工,昭君自恃容貌,独不肯与,工人乃丑图之,遂不得见。后匈奴入朝,求美人,上案图以昭君行。及去,召见,貌为后宫第一,帝悔之,而重信于外国,故不复更人。乃穷案其事,画工毛延寿弃市。"仇注引陶曰:"此诗风流摇曳,杜诗之极有韵致者。"

〔4〕 千载二句:尾联谓千载而下,其怨恨之情仍从琵琶曲中传出。传说昭君出塞时抱琵琶奏思乡之曲,留下乐曲《昭君怨》。《琴操》载:

"昭君恨帝始不见遇,心思不乐,心念乡土,乃作怨旷思维歌。"琵琶为西域乐器,故云"作胡语"。《杜诗镜铨》引李因笃云:"只叙明妃,始终无一语涉议论,而意无不包。"

【语译】

群山万壑奔赴荆门,那儿还有明妃生长的山村。远离深宫一去啊沙丘连着戈壁,只留得孤冢碧草对黄昏。愚蠢呵愚蠢!画图中就能识别春风般的美人?如今乘着月色归来只是孤魂——听,那是玉佩在响,如怨如呻。千载后曾伴她远行的琵琶还带着胡音;曲中分明有多少哀怨黯然吞!

其 四

蜀主窥吴幸三峡,崩年亦在永安宫[1]。
翠华想像空山里,玉殿虚无野寺中[2]。
古庙杉松巢水鹤,岁时伏腊走村翁[3]。
武侯祠屋常邻近,一体君臣祭祀同[4]。

【章旨】

《杜臆》:"其四咏先主祠。而所以怀之,重其君臣之相契也。"

【注释】

〔1〕 蜀主二句:蜀主,指刘备。窥吴,《三国志·先主传》载:章武元年,刘备忿孙权之袭关羽,将伐吴。章武二年二月,先主自秭归率诸将进军,缘山截岭,于夷道猇亭驻营。陆逊大破先主军于猇亭,先主遂弃船舫,由步道还鱼腹,改鱼腹县曰永安县。三年夏四月,先主殂于永安宫。永安宫,在夔州。

〔2〕 翠华二句:谓先主翠旗惟想象可得。《杜诗集评》乃曰:"抑扬反复,其于虚实之间,可谓踌躇满志。"翠华,帝王翠羽为饰的旗帜。

玉殿,原注:"殿今为寺庙,在宫东。"寺即卧龙寺。

〔3〕 古庙二句:俗云鹤栖于湿地,千岁之鹤乃栖于木;以兹见庙之古老。
　　　　伏腊,古代祭祀之日。伏在夏六月,腊在冬十二月。

〔4〕 武侯二句:武侯,指孔明,在先主庙西。一体,王褒《四子讲德论》:
　　　　"君为元首,臣为股肱,明其一体,相待而成。"

【语译】

　　刘备伐吴来到三峡,兵败也死在峡里永安宫。对着空山想象当
年先主的仪仗,野寺还存有玉殿的模样朦胧。清冷的古庙前杉松居
水鹤,过年过节还有村翁来走动走动。武侯祠就在邻近,至今人们
祭拜还是君臣一体相同。

其　五

诸葛大名垂宇宙,宗臣遗像肃清高[1]。
三分割据纡筹策,万古云霄一羽毛[2]。
伯仲之间见伊吕,指挥若定失萧曹[3]。
福移汉祚难恢复,志决身歼军务劳[4]。

【章旨】

　　末章称颂孔明,惜其不逢时,亦有自叹壮志未酬之意。

【注释】

〔1〕 宗臣句:宗臣,社稷之重臣。《三国志·诸葛亮传》注引张俨《默
　　　　记》:"亦一国之宗臣,霸王之贤佐也。"肃,肃穆。

〔2〕 三分二句:纡筹策,曲为规划策略。诸葛亮《隆中对》已为刘备定
　　　　计,后果实现三分局面。一羽毛,喻珍禽。《唐诗别裁》:"'云霄'、
　　　　'羽毛',犹鸾凤高翔,状其才品不可及也。"

〔3〕 伯仲二句:谓孔明比肩伊吕,而指挥若定的才能为萧曹所不及。这

是表达诗人对孔明的推崇,不应当客观的历史评价看。伯仲,兄与弟。伊吕,辅佐成汤的伊尹与辅佐周文王、武王的吕尚。失,犹无。萧曹,刘邦的谋臣萧何与曹参。

〔4〕　福移二句:福移汉祚,言汉之国运已移易,帝位难保。祚,帝位。志决身歼,即"鞠躬尽瘁,死而后已"之意。

【语译】

孔明大名长存宇宙,社稷之臣的遗像是那么肃穆清高。天下三分已为刘备定计,他是万古永生的天上凤凰! 齐肩的只有伊尹吕尚,萧何曹参指挥若定还差一招。明知汉运已移帝位不保,鞠躬尽瘁军务仍操劳。

【研析】

第一首是否咏古迹,历来论者所见不同。《杜臆》云:"五首各一古迹。第一首古迹不曾说明,盖庾信宅也。借古以咏怀,非咏古迹也。"《唐诗评选》则云:"本以咏庾信,只似带出,妙于取象。"《义门读书记》:"《哀江南赋》云:'诛茅宋玉之宅,开径临江之府。'公误以为子山亦尝居此,故咏古迹及之。恐漂泊羁旅同子山之身世也。'宅'字于次篇总见,与后二首相对为章法。"《唐音审体》:"以庾信自比,非咏信也。下皆咏蜀事。信非蜀人。"或云咏古迹,或云非咏古迹;或云咏庾信,或云非咏庾信。诗到底是要咏什么? 美国学者宇文所安认为:"杜甫晚年的诗篇经常采用模糊多义句法,创造出一个各种联系仅是可能性的世界:诗句中的各种意象确实相互配合,但却没有排除其他可能性,从而使得诗旨的阐述难于实现。这是一种余味无穷的语言,在这种语言中,世界成为一种持续的预兆,可以用众多的、经常是矛盾的方式来解释。"(《盛唐诗》)宇文所安指出杜诗语义的多向性是对的,它为后人的诠释留下很大的空间。然而,只从词义上去把握杜诗的"诗旨"是不够的。细味上引各家云云,却有一个总的指向是比较一致的,那就是——诗的重点不在古迹与庾信,而在指向诗人自己的身世之感;所以五首之古迹、古人、古事虽各异,而都各以其与诗人身世相类的一面引起共振。这就是陈寅恪准确把握的:"用古典以述今事。古事今情,虽不同物,若于异中求同,同中见异,融会异同,混合古今,别造一同异俱冥,今古合流之幻觉,斯文章之绝诣,而作者之能事也。"(《读哀江南赋》)在这一组诗中,诗人正是通过古迹再现古人,让古人徘徊于现实情景中,如"三峡楼台淹日月,五溪衣服共云山"、"最是楚宫俱泯灭,舟人指点到今疑"、"古庙杉松巢水鹤,岁时伏腊走村翁"云云,所写之古迹皆今景今情是也。而古人寄我一腔血悃,同为千载负才不偶人,古今同契,在情感上与古人合一,这就是"混合古今,别造一同异俱冥,今古合流之幻觉"。这也是杜甫历史文化意象又一特征。

解闷十二首（七绝,选七）

【题解】

从仇注编在大历元年(766)秋,于夔州作。题曰"解闷",因杜甫认为诗可排解愁闷,故曰:"排闷强裁诗"、"遣兴莫过诗"、"缘情慰漂荡"、"愁极本凭诗遣兴"云云。虽为组诗,各章独立,王嗣奭乃云:"非诗能解闷,谓当闷时,随意所至,吟为短章,以自消遣耳。"

其 一

草阁柴扉星散居,浪翻江黑雨飞初[1]。

山禽引子哺红果,溪女得钱留白鱼[2]。

【章旨】

此章写夔州地理、风俗,末联山禽哺子、溪女卖鱼,颇得生活情趣。

【注释】

〔1〕 草阁二句:即江边阁、西阁。杜甫大历元年秋移居此阁。萧先生注:"四句全对。'草阁柴扉'和下句的'浪翻江黑'都是当句对。星字对下句雨字,则是借对。"

〔2〕 山禽二句:溪女,一作"溪友"。仇注:"山禽引子,山间之景;溪友留鱼,江边之事。"《读杜心解》:"'留'字逸甚。"

【语译】

草阁茅屋四散居,苍江翻浪雨初飞。山鸟哺雏衔红果,溪女卖鱼得钱归。

其 五

李陵苏武是吾师,孟子论文更不疑^{〔1〕}。
一饭未曾留俗客,数篇今见古人诗^{〔2〕}。

【章旨】

此篇借孟云卿之口,道出学习古诗的主张。

【注释】

〔1〕 李陵二句:上句引述孟云卿论诗语。李陵苏武,《文选》五言杂诗题李陵《与苏武》三首,苏武诗四首。古人认为二人为五言诗之祖,今人多驳其非。下句自述服其所论。孟子,此指孟云卿,杜甫之友人,曾为校书郎。论文,当指上句所云以李、苏为师之论。

〔2〕 一饭二句:上句言孟云卿之清高,下句言其诗有古调,力追李、苏。

984

【语译】

李陵苏武师承之,孟公论文信不移。德高不曾留俗客,留诗胜似古人诗。

其　六

复忆襄阳孟浩然[1],清诗句句尽堪传。
即今耆旧无新语,漫钓槎头缩颈鳊[2]。

【章旨】

下所选三首为有怀文友之作,此赞许孟浩然诗清新可传世。

【注释】

[1]　孟浩然:盛唐名诗人,襄阳人,李白用"吾爱孟夫子,风流天下闻"的诗句来表示对他的敬仰。其人风神散朗,闻一多称其为"诗的孟浩然"。

[2]　即今二句:耆旧,年高而素有德望者,此指诗坛老手。仇注:"上二忆其诗句,下二叹其人亡。新句无闻,而徒然把钓,则耆旧为之一空矣!"颈,一作"项"。槎头缩颈鳊,《襄阳耆旧传》载:"汉水中,鳊鱼甚美,常禁人捕,以槎断水,因谓之'槎头鳊'。"即"槎"乃是用来阻绝打鱼的树权。孟浩然《岘山作》诗:"试垂竹竿钓,果得查头鳊。"《冬至后过吴张二子檀溪别业》诗:"鸟泊随阳雁,鱼藏缩项鳊。"

【语译】

再忆襄阳孟浩然,清诗句句都可传。至今文坛老手无新意,难及"果得查头鳊"。

其　七

陶冶性灵存底物? 新诗改罢自长吟[1]。

孰知二谢将能事,颇学阴何苦用心[2]。

【章旨】

此篇借二谢、阴、何而自道创作经验,是"转益多师"与"晚节渐于诗律细"的补充、发明。

【注释】

〔1〕　陶冶二句:谓要凭诗歌来调节自己的性情,犹"陶冶赖诗篇"。陶冶性灵,调节性情。存底物,凭什么东西呢?

〔2〕　孰知二句:孰知,犹熟知,即明知意。二谢,指南朝天才诗人谢灵运和谢朓。将能事,用其能事,犹天才、高手。阴何,指南朝诗人阴铿与何逊。《采菽堂古诗选》称阴铿诗:"琢句抽思,务极新隽;寻常景物,亦必摇曳出之,务使穷态极妍。"罗宗强指出:何逊也有"细微写实的倾向"(《魏晋南北朝文学思想史》)。二人对杜甫的诗风有颇深的影响。则二句谓明知二谢天才善诗,我还是同时努力向较为不著名的何逊、阴铿学习,学习他们"苦用心"的写诗态度。与上选四首合看,体现了杜甫"转益多师是汝师"的主张。《浪迹丛谈》引苏斋曰:"此二句必一气读乃明白也。所赖乎陶冶性灵者,夫岂谓仅恃我之能事以为陶冶乎! 仅恃在我之能事以为陶冶性灵,其必至于专骋才力,而不衷诸节制之方,虽杜之精诣,亦不敢也。所以新诗必自改定之,改定之后,而后拍节以长吟之,苟一隙之未中窍,一音之未中节者,仍与未改者等也。"

【语译】

陶冶性情凭哪样? 新诗改完还再吟。明知二谢天才手,仍效阴何用尽心。

其　八

不见高人王右丞,蓝田丘壑漫寒藤[1]。

最传秀句寰区满，未绝风流相国能^{〔2〕}。

【章旨】

写怀念王维，称其逝世以后秀句仍流传不绝。

【注释】

〔1〕　不见二句：王右丞，王维，曾任尚书省右丞。蓝田，指蓝田山，在陕西蓝田县东，王维于此得宋之问蓝田别墅，称辋川庄。

〔2〕　最传二句：谓王维的佳句传遍天下，其弟王缙亦文采风流继之。寰区，犹天下。相国，原注："右丞弟，今相国缙。"王缙曾任代宗朝宰相，文名与乃兄齐冠当时。张志烈主编《杜诗全集》注称："据游国恩等人主编的《中国文学史》'王维的诗，保留下来的有四百多首'的说法，与《旧唐书·王维传》所记王缙奉帝命收集王维诗作之数相同，则可知杜甫这句诗是称赞王缙收集其兄诗作以广流传的作法。"亦言之成理，可资参考。

【语译】

高人王维已永诀，辋川庄园如今也荒灭。秀句集成传天下，王缙能使风流不断绝。

其　九

先帝贵妃今寂寞，荔枝还复入长安^{〔1〕}。
炎方每续朱樱献，玉座应悲白露团^{〔2〕}。

【章旨】

以下二首都是写杨贵妃与荔枝的故事。此诗则对唐明皇与杨贵妃有悲悯之情。

【注释】

〔1〕　先帝二句：先帝，指唐明皇。贵妃，指杨玉环。今寂寞，言二人已过世。杨贵妃喜食荔枝，明皇敕令地方飞骑进贡。如今二人已逝去而进贡依然，在国步维艰之时尤显得刺眼。

〔2〕　炎方二句：炎方，南方。组诗其十有云："忆过泸戎摘荔枝"，泸州、戎州，即今四川泸州与宜宾，可见此炎方指蜀地。续朱樱献，按时序荐庙先贡樱桃，再贡荔枝。玉座，帝座，借指明皇。白露团，指荔枝雪白多汁的果肉。此句"应悲"二字是推想明皇应从中吸取了教训，见荔枝而悲往事；同时也从中透出诗人对明皇的思念与悲悯之情。《钱注杜诗》："此诗为蜀贡荔枝而作。谓仙游久阋，时荐未改，自伤流落，不获与炎方花果共荐寝园，不胜园陵白露、清秋草木之悲也。"近是。

【语译】

明皇贵妃双寂寞，荔枝依旧贡长安。蜀地每继樱桃作庙荐，先帝见此佳果能不悲难咽！

其十二

侧生野岸及江浦，不熟丹宫满玉壶[1]。
云壑布衣鲐背死，劳人重马翠眉须[2]。

【章旨】

此首从另一角度批评明皇一心只讨好杨贵妃，劳民伤财；而山中才士却无人问津。

【注释】

〔1〕　不熟句：言荔枝并不生长在宫苑中，却装满了宫中瓶瓶罐罐，由此可知是外地所敛贡。

〔2〕　云壑二句:云壑布衣,指山中士民。鲐,即河豚,背有黑文。《诗经》:"黄发鲐背。"注:"老人背有鲐文。"是说背皮粗黑如鲐鱼。鲐背死,即老死。劳人,辛劳的人。重马,一人两马,可连续奔走。劳人重马,一作"劳人害马",言又劳民又伤马。翠眉,指杨贵妃。此谓荔枝在僻地且劳人重马递送,而布衣之士老死无人赏识也。

【语译】

此物斜倚野岸临江渚,熟时宫中不种却满壶。山中才士老死无人识,快马加鞭只为美人送荔枝!

【研析】

组诗十二首中四首写荔枝,情感复杂:诗人既批判明皇不顾民生,不管用贤,只一心想博妃子一笑;也对代宗以祭祖之名续献提出批评;同时还流露出对明皇与杨贵妃一段情事的悲悯之情。后来白居易《长恨歌》也有类似情况,前批后怜。唐人对人性的理解更深刻丰富,为后人所难及。

存殁口号二首 (七绝,选一)

【题解】

大历初(766—767)作。口号,信口吟唱。诗中人物,一死一活,故曰"存殁口号"。

郑公粉绘随长夜,曹霸丹青已白头[1]。
天下何曾有山水?人间不解重骅骝[2]!

【注释】

〔1〕 郑公二句：郑公，郑虔，善画山水。广德二年(764)死于台州。长夜，暗示死。曹霸，曹操的后代，善画，开元年间得名，每诏画功臣及御马，时已老。

〔2〕 天下二句：句下原注："高士荣阳郑虔善画山水，曹霸善画马也。"上句言郑公死后山水画后继无人，下句言世人都不识曹公画马的价值。

【语译】

随着郑虔公的长逝，世上后继者无人矣！曹霸虽然白头尚存，世上又有谁能真赏其所画的神骏？

【研析】

此诗感慨艺术家郑、曹二公创作的价值，在其死后或生前都不曾为世人所认识，其中不无同慨，因为他自己的伟大诗作，也是不为时人所重，像殷璠的《河岳英灵集》、高仲武的《中兴间气集》，都没有选杜甫的诗。

李潮八分小篆歌 (七古)

【题解】

大历初(766—767)作于夔州。李潮系杜甫外甥。周越《书苑》："李潮善小篆，师李斯《峄山碑》。"赵明诚《金石录》卷八："唐《惠义寺弥勒像碑》，韩偓撰，李潮八分书。"此时李潮亦在夔州。诗中借评书简要叙述了书学源流，评书兼评人，并提出自己"书贵瘦硬方通神"的美学主张。

苍颉鸟迹既茫昧,字体变化如浮云[1]。

陈仓石鼓又已讹,大小二篆生八分[2]。

秦有李斯汉蔡邕,中间作者寂不闻[3]。

峄山之碑野火焚,枣木传刻肥失真[4]。

苦县光和尚骨立,书贵瘦硬方通神[5]。

惜哉李蔡不复得,吾甥李潮下笔亲[6]。

尚书韩择木,骑曹蔡有邻[7]。

开元已来数八分,潮也奄有二子成三人[8]。

况潮小篆逼秦相,快剑长戟森相向[9]。

八分一字直百金,蛟龙盘拏肉屈强[10]。

吴郡张颠夸草书,草书非古空雄壮[11]。

岂如吾甥不流宕,丞相中郎丈人行[12]。

巴东逢李潮,逾月求我歌[13]。

我今衰老才力薄,潮乎潮乎奈汝何[14]。

【注释】

〔1〕 苍颉二句:苍颉,黄帝史臣,传说他受鸟兽之迹的启发创造了文字。茫昧,幽远不可知。如浮云,形容书法字体之善变化。《晋书·王羲之传》:尤善隶书,论者称其笔势,以为飘若浮云、矫若惊鸿。

〔2〕 陈仓二句:陈仓,旧址在今陕西宝鸡。石鼓,指刻在十块石鼓上的文字。其刊制年代众说纷纭,今人或断为秦代之物。讹,变化。卫恒《四体书势》载:宣王太史籀著大篆十五篇,与古文或异,时人即谓之籀书。李斯作《苍颉篇》,赵高作《爰历篇》,胡毋敬作《博学篇》,皆取史籀式(即大篆)。或颇省改,所谓小篆者也。周越《书苑》云:八分者,秦羽人上谷王次仲饰隶书为之,钟繇谓之章程书。又引《蔡文姬别传》云:"臣父邕言:割程邈隶字,八分取二;割李斯小篆,二分取八,故名八分。"又云:皆似八字,势有偃波。

〔3〕　秦有二句：李斯，秦丞相，曾改籀文为小篆以统一全国文字。蔡邕，东汉人，擅长八分书法，曾为汉石经书丹。

〔4〕　峄山二句：峄山，即邹峄山，又名邾峄山，在今山东枣庄。据《史记·秦始皇本纪》载：始皇二十八年，东行郡国，上邹峄山，刻石以颂秦德，其碑为野火所焚，后人惜其文，以枣木传刻之。其碑后人传为李斯所书者。

〔5〕　苦县二句：苦县光和，苦县，古县名，故城在今河南鹿邑东。光和，东汉灵帝年号(178—184)。此指《老子碑》与《西岳碑》。樊毅《西岳碑》，后汉光和二年立。苦县《老子碑》，亦汉碑。

〔6〕　惜哉二句：李蔡，指李斯与蔡邕。下笔亲，言李潮字与李、蔡相近。

〔7〕　尚书二句：韩择木，昌黎人，工八分书。《肃宗本纪》载其上元元年为礼部尚书。蔡有邻，蔡邕十八代孙，官至右卫率府兵曹参军，亦以八分书见称。

〔8〕　潮也句：奄有，俱备。言李潮兼有韩、蔡的优点而与之鼎立为三。

〔9〕　况潮二句：逼，逼近。下句言李潮与李斯之小篆森然如剑戟，正是"书贵瘦硬方通神"的形象化。相向，指与李斯瘦硬之风骨相近，如剑之对戟。

〔10〕　蛟龙句：此句形容李潮笔力遒劲。盘拏，盘踞屈伸。肉屈强，肌肉强健状。

〔11〕　吴郡二句：吴郡，今江苏苏州。张颠，即张旭，以草书著名，世称"草圣"。空雄壮，草书相对于篆隶不合古法，故云。

〔12〕　岂如二句：流宕，形容草书的流走跌宕多变化，以此言其非古。丞相中郎，指李斯与蔡邕。丈人，对年辈较长者的尊称。丈人行，皆属老前辈，以此言李潮字之老到苍劲，可与李蔡等前辈齐肩。

〔13〕　巴东二句：巴东，指夔州，古属巴东郡。逾月，过了一个月。

〔14〕　我今二句：奈汝何，对你我该怎么办？此谓自己才力薄，无法表达你的书法之妙，以自谦语反衬之。《杜诗镜铨》："尾声如歌之有乱，极尽赏叹。"韩愈《石鼓歌》："少陵无人谪仙死，才薄将奈石鼓何！"即仿此诗末二句。

【语译】

苍颉鸟迹造字事难求,字体多变却似浮云长悠悠。陈仓石鼓文已异,大篆小篆衍生出八分。秦李斯,汉蔡邕,其间多少作者湮灭人不闻。峄山碑刻火焚崩,枣木仿刻肥大便失真。苦县《老子碑》,光和《西岳版》,汉之二碑尚骨力,书贵瘦硬才通神!惜哉李斯蔡邕不再有,唯有我甥李潮风格最靠近。尚书韩择木,骑曹蔡有邻,细数开元以来写八分,潮啊兼备韩蔡之长鼎足成三人。况且我甥小篆直逼秦丞相,好比快剑长戟森然持相向。善写八分一字值百金,字字龙盘虎踞筋强肌肉健。吴郡张旭称草圣,草书不合古法空雄壮。岂如我甥点划庄严不流荡,正与李斯蔡邕同属老成行。巴东逢李潮,隔月求我作歌谣。我呀如今老病才力薄,潮啊潮,你的鬼斧神工叫我如何表!

【研析】

《苕溪渔隐丛话》:"东坡《墨妙亭》诗云:'杜陵评书贵瘦硬,此论未公吾不凭。'盖东坡学徐浩书,浩书多肉,用笔圆熟,故不取此语。殊不知唐初欧、虞、褚、薛,字皆瘦劲,故子美有'书贵瘦硬'之语,此非独言篆字,盖真字亦皆然也。"胡仔的话未尝不对,不过诗与论文有别:论文要缜密,立论忌偏颇;诗言情志,重在发抒情绪淋漓尽致,忌平庸,总是强调事物某一方面而已。所以同一事物在不同语境下有不同表述,各持一端,乃致互相矛盾。如对韩幹,杜甫在《画马赞》中备加赞美:"韩幹画马,毫端有神。骅骝老大,騕褭清新。鱼目瘦脑,龙文长身。雪垂白肉,风蹙兰筋。逸态萧疏,高骧纵恣。四蹄雷电,一日天地……良工惆怅,落笔雄才。"但在《丹青引》中却云:"幹惟画肉不画骨,忍使骅骝气凋丧!"意在以韩幹衬曹霸,是所谓"借宾定主"(参看卷五《丹青引》【研析】)。对张旭之字的评价也同样,在《殿中杨监见示张旭草书图》诗中他赞之曰:"锵锵鸣玉动,落落群松直。连山蟠其间,溟涨与笔力。"那是赞其草书狂真之中寓精严。这回则是就书法史言之,强调的只是草不如篆隶之合古法。事实上他是借此倡汉碑,倡"骨立"、"瘦硬"的风骨,以振起当时的士气,未可厚非(参看卷五《殿中杨监见示张旭草书图》【研析】)。然而就书法美而言,无论颜真卿、苏东坡之"肥",还是欧阳询、宋徽宗之"瘦",都是美的。多元万岁!

瞿唐两崖 (五律)

【题解】

此诗作于大历元年(766)冬。瞿唐两崖,指江南之白盐山与江北之赤甲山,两山对峙称夔门。瞿唐,指瞿塘峡。

> 三峡传何处,双崖壮此门[1]。
> 入天犹石色,穿水忽云根[2]。
> 猱玃须髯古,蛟龙窟宅尊[3]。
> 羲和冬驭近,愁畏日车翻[4]。

【注释】

〔1〕双崖句:此门,即夔门。在瞿塘峡西入口处,白盐山、赤甲山对峙,天开一线,峡张一门。

〔2〕入天二句:上句谓崖石壁立,在上云天;下句言山石穿水而出。云根,古人认为云从山石生出,所以称山石为云根。"犹"、"忽"二字化险为奇。

〔3〕猱玃二句:写两崖生态原始。猱,古书上说的一种猴。《述异记》:猿五百岁化为玃。《尔雅》:猱善援,玃善顾。

〔4〕羲和二句:羲和,神话中太阳车的御者。日车翻,形容崖高连日车

也愁颠覆。

【语译】

三峡始自何处？双崖壮开此入门。入天崖壁仍石色，穿水山石忽嶙峋。老猿藏久须发古，蛟龙潜窟自称尊。冬来羲和离崖近，只恐撞崖日车翻。

【研析】

《杜诗镜铨》引李子德说："诗莫难于用奇，舍此亦何由？见杜之大奇而不失为朴，不可能也；且愈奇而愈见其清，何可能也？"奇、清、朴并存，唯少陵能之。

阁　夜 （七律）

【题解】

大历元年（766）冬，夔州西阁所作，八句全对。

岁暮阴阳催短景，天涯霜雪霁寒宵[1]。
五更鼓角声悲壮，三峡星河影动摇[2]。
野哭千家闻战伐，夷歌几处起渔樵[3]。
卧龙跃马终黄土，人事音书漫寂寥[4]。

【注释】

〔1〕 岁暮二句：阴阳，犹日月。冬天日短，故曰短景。霁，雨雪后天放晴。《读杜心解》："'天涯'、'短景'，直呼动结联。而流对作起，则以阴晴不定，托出'寒宵'忽'霁'。"意思是开头用这样的流水对，造

成一种不稳定感,直贯全诗。

〔2〕 五更二句:鼓角,古代行军在外,以挝鼓吹角报时。星河,银河,此言江中星空倒映如银河。《杜诗论文》云:"三四顶寒宵句。天霁则鼓角益响;而又在五更之时,故声悲壮。天霁则星辰益朗,而又映三峡之水,故影动摇也。"此联是被称为"杜样"的典型律句,壮采豪宕,最具杜律的风格特征。《十八家诗钞》引张云卿云:"勿学其壮阔,须玩其沉至。"提醒人要注重其内在的沉至。

〔3〕 野哭二句:野哭,原野之哭,是杜甫体验过的战伐丧乱惨况,故以"千家"泛言其众。夷歌,当地少数民族的民歌。起渔樵,起于渔父樵夫之间,渔歌悠然的情调与上句"野哭千家"激越的情调正相反,造成反差。或谓此句暗示自己的漂泊异乡,亦通。

〔4〕 卧龙二句:卧龙,指诸葛亮。跃马,指公孙述。《蜀都赋》:"公孙跃马而称帝。"二人是所谓"一贤一愚,一忠一奸"。仇注:"思及千古贤愚,同归于尽,则目前人事远地音书,亦漫付之寂寥而已。"漫,是随它去。语似颓唐,其实异常愤激。

【语译】

年底催逼时光易过,边地寒宵霜雪初霁。五更人静鼓角悲壮,三峡倒影星河闪烁。千家野哭只因战乱,几处渔樵已唱夷歌。贤愚善恶同归于尽,人事音书任它寂寞!

【研析】

西方人对汉语言跳跃式的表达颇感兴趣,或称之为电影"蒙太奇"画面式的表达。德国学者莫芝宜佳说:"杜甫以一种特别的方式使用对仗,在唐代,大多数诗人都用较长的画面来掩盖对仗,而杜甫却喜欢把画面切碎,甚至在只有七个字的范围内三易画面,三变情绪。杜甫绝不回避甚至喜欢那种有助于分解剖析的四组对仗。汉语中也把作诗叫做'裁诗',杜甫是'裁诗'能手。"(《〈管锥编〉与杜甫新解》)用这一视角看《阁夜》,如合符契。全诗八句皆对,造成许多独立的画面：日月霜雪，星汉鼓角，声光歌哭，贤愚善恶，人事音书，让人目不暇给。就好比破裂的镜子中的世界，真实而奇幻，支离而统一。有些句子不顾通常的语法，造成多义性的想像空间："三峡星河影动摇"，是三峡之江水如银河之闪烁动荡呢，还是星空倒映在江面上为湍急之波涛所动摇？"野哭千家闻战伐"，是"闻""战伐"呢，还是"闻""野哭"？是"千家"闻战伐中之"野哭"呢，还是"闻"千家于战伐中之"野哭"？它与对句"夷歌几处起渔樵"之间又有什么联系？老杜将现实存在的画面"切碎"重组，用对仗的方式使之碰撞乃至对立，为的是表达其复杂、矛盾、动荡的情绪。上三联的画面充满急促、动荡、矛盾。"野哭千家闻战伐，夷歌几处起渔樵"，更具有"亲戚或余悲，他人亦已歌"、"几家欢乐几家愁"的情绪反差，至尾联"卧龙跃马终黄土，人事音书漫寂寥"，那种千古贤愚同归于尽的不平，终于达到愤激的程度，"漫"字不应平看。是的，"五更鼓角声悲壮，三峡星河影动摇"一联固然"气象雄盖宇宙，法律细入毫芒"，但它是造成整体效果的一个细节，是《瀛奎律髓》所指出："'悲壮'、'动摇'一联，诗势如之。"《唐宋诗醇》也说："音节雄浑，波澜壮阔，不独'五更鼓角''三峡星河'脍炙人口为足赏也。"宋人叶梦得曾举韩愈句"将军旧压三司贵，相国新兼五等崇"与杜甫"五更鼓角声悲壮"、"锦江春色来天地"二联对比，曰："非不壮也，然意亦尽于此矣！"（《石林诗话》）韩联少的正是杜联那种来自整首诗的深沉意蕴。"倾国宜通体，谁来独赏眉？"

荆南兵马使太常卿赵公大食刀歌 （七古）

【题解】

仇注定此诗作于大历元年（766）冬。赵公，名无考，永泰元年

(765)以荆南兵马使兼太常卿入蜀平崔旰之乱,大历元年至夔州与杜相识。兵马使,唐天下兵马元帅下有前军、中军、后军兵马使之职。太常卿,官名,为朝廷九卿之一,掌礼乐郊庙社稷事宜,此为赵公之兼职。大食,原为波斯一部族名。《旧唐书·西戎传》称其本在波斯之西,兵刀劲利,其俗勇于战斗,唐以后遂以之称阿拉伯帝国。

> 太常楼船声嗷嘈,问兵刮寇趋下牢[1]。
> 牧出令奔飞百艘,猛蛟突兽纷腾逃[2]。

【章旨】

首四句叙赵公至蜀之故。

【注释】

〔1〕 太常二句:太常,指太常卿赵公。嗷嘈,喧闹声。刮寇,追讨叛军。下牢,《新唐书·地理志》载夷陵县(今湖北宜昌)西北二十八里有下牢镇。

〔2〕 牧出二句:谓州县官急急来迎,盗寇则纷纷逃避。牧,州牧;刺史。令,县令。猛蛟突兽,指盗寇。

【语译】

百艘楼船何嗷嗷? 赵公剿匪向下牢。县令州牧急相迎,悍匪强寇纷窜逃。

> 白帝寒城驻锦袍,玄冬示我胡国刀。
> 壮士短衣头虎毛,凭轩拔鞘天为高[1]。
> 翻风转日木怒号,冰翼云淡伤哀猱[2]。
> 镌错碧罂鸊鹈膏,铓锷已莹虚秋涛[3]。

鬼物撇捺辞坑壕,苍水使者扪赤绦,
龙伯国人罢钓鳌[4]。

【章旨】

第二段做惊人语,《杜诗镜铨》引邵云:"怪怪节奇非意所至。此极状胡刀之莹利。"

【注释】

〔1〕 壮士二句:头虎毛,头蒙虎皮。天为高,极言刀之杀气连天也为之升高,以避其锋芒。

〔2〕 翻风二句:形容舞刀之声色气势。木,一作"水"。冰翼,形容刀刃之明利晶莹。猱,猿猴。

〔3〕 镌错二句:镌错,镌刻磨错。罍,长颈瓶。鹏鹕膏,《尔雅》注:鹏鹕似凫而小,膏中莹刀剑。铓锷,刀锋。虚秋涛,犹莹如秋水。

〔4〕 鬼物三句:极言刀方出鞘而鬼神皆避易之。撇捺,逃遁。苍水使者,《搜神记》载:秦时有人夜渡河见一人丈余,手横刀而立,叱之,乃曰:"吾苍水使者也。"赤绦,红丝绳,刀饰。龙伯国人,巨人。《列子·汤问》:"龙伯之国有大人,举足不盈数步,而及于五山之所,一钓而连六鳌。"

【语译】

赵公锦袍驻白帝,深冬为我展示大食刀。短衣虎帽壮士舞,倚轩拔刀光芒逼,天亦畏避为之高!翻风转日万木吼,出鞘冰寒剑气薄,猿猱跳踉带伤号。镶金错玉罍罐装,宝刀且傅鹏鹕膏。莹莹刀锋如秋水,离窟犇逃鬼哭嚎。苍水使者亦呆愕,龙伯巨人停钓鳌。

芮公回首颜色劳,分阃救世用贤豪[1]。
赵公玉立高歌起,揽环结佩相终始。

万岁持之护天子，得君乱丝与君理[2]。

蜀江如线如针水，荆岑弹丸心未已[3]。

贼臣恶子休干纪[4]，魑魅魍魉徒为耳！

妖腰乱领敢欣喜，用之不高亦不庳，

不似长剑须天倚[5]。

【章旨】

言芮公能用贤豪平乱，乃当下实务也。

【注释】

〔1〕 芮公二句：言芮公善用赵公。芮公，指荆南节度使卫伯玉，荆南兵马使贾其节制。分阃，即阃(门限)外。意谓任将帅在外统兵。《史记·冯唐列传》：“臣闻上古王者之遣将也，跪而推毂(车轮轴)，曰：‘阃以内者，寡人制之；阃以外者，将军制之。’”

〔2〕 赵公四句：言赵公佩此刀以安王室。揽环结佩，揽刀环而佩带之。《后汉书》：“方储为郎中，章帝以繁乱丝付储使理，储拔佩刀三断之，对曰：‘反经任势，临事宜然。’”又，《北齐书·文宣纪》载：“高祖尝试观诸子意识，使各使乱丝，帝独抽刀斩之，曰：‘乱者须斩’。高祖是之。”

〔3〕 蜀江二句：言荆蜀在赵公眼中渺小不足平也。

〔4〕 干纪：违法乱纪。

〔5〕 妖腰三句：领，脖子。妖腰乱领，指叛乱者。言此刀将斩敌人的腰与颈，盖古人有腰斩之刑。庳，短。须天倚，宋玉《大言赋》：“长剑耿耿倚天外。”此言大食刀不长不短正合用，非倚天剑之虚夸也。

【语译】

回首蜀乱芮公心忧劳，分兵遣将用英豪。飒爽赵公高歌起，佩此宝刀跟到底，千秋万岁奉天子，乱丝为君刀断之！蜀江我看细如线,荆山也作弹丸㘈。乱臣贼子莫犯法,妖魔鬼怪徒逆施,腰斩杀头悔时迟。宝刀宝刀长短正合手,长剑倚天太难持。

　　　　吁嗟光禄英雄弭[1],大食宝刀聊可比。
　　　　丹青宛转麒麟里,光芒六合无泥滓[2]。

【章旨】

　　末尾四句以宝刀喻赵公,期许其立功。

【注释】

〔1〕　吁嗟句:光禄,官名,赵公或先曾为此官。弭,停止。英雄弭,言雄略足以平乱。

〔2〕　丹青二句:麒麟,指麒麟阁,汉帝图画功臣于此。六合,犹天下。

【语译】

　　啊哈!赵公英略足平乱,只有大食宝刀配相比。麒麟阁上增光辉,澄清天下会有时!

【研析】

　　宋人王禹偁曾称“子美集开诗世界”,为后人开启作诗之千门万户,此诗造句布局皆出奇制胜,被视为开启韩、孟险怪一路的风格。《杜诗镜铨》引蒋弱六云:“如百宝装成,满纸光怪,造字造句,在昌黎(韩愈)长吉(李贺)之间。公特偶有意出奇,骨力气象,非他人所能及。”是。

王兵马使二角鹰（七古）

【题解】

　　诗约作于大历元年(766)。王兵马使,名字及事迹未详。角鹰,头上长着角毛的猎鹰。《杜臆》云:"此诗突然从空而下,如轰雷闪电,风雨骤至,令人骇愕……盖通篇将王兵马配角鹰发挥,而穿插巧妙,忽出忽入,莫知端倪,而各极形容,充之直欲为朝廷讨叛逆、诛谗贼而后已。他人起语雄伟,后多不称;而此诗到底无一字懒散,如何不雄视千古!"

　　悲台萧飒石巃嵸,哀壑权丫浩呼汹。

　　中有万里之长江,回风滔日孤光动[1]。

　　角鹰翻倒壮士臂,将军玉帐轩翠气[2]。

　　二鹰猛脑绦徐坠,目如愁胡视天地[3]。

　　杉鸡竹兔不自惜,孩虎野羊俱辟易[4]。

　　韝上锋棱十二翮[5],将军勇锐与之敌。

　　将军树勋起安西,昆仑虞泉入马蹄[6]。

　　白羽曾肉三狻猊[7],敢决岂不与之齐?

　　荆南芮公[8]得将军,亦如角鹰下翔云。

　　恶鸟飞飞啄金屋,安得尔辈开其群?

　　驱出六合枭鸾分[9]!

【注释】

〔1〕　悲台四句:悲台,曹植《杂诗》:"高台多悲风,朝日照北林。"巃嵸,

山高貌。杈丫,树枝歧出。滔日,犹滔天,言长江风浪之高。《杜诗说》称首四句曰:"如此起兴,是何等笔仗!言外见飞走之类,皆匿影无踪。日色惨凄,江山黯淡,皆助其肃杀之气。"

〔2〕　角鹰二句:翻倒,言鹰之倒挂,更见其奇险之势。轩,轩举,昂然之状。翠,作形容词,鲜明。轩翠气,则言将军于军帐之中意气昂然,正与角鹰相称。浦注谓此篇宾主镕化,此二句是"一篇筋节处"。

〔3〕　二鹰二句:猛脑,赵次公注:"言鹰之脑猛厉。"绦徐坠,系鹰之索已解,则言其将飞举也。愁胡,王延寿《鲁灵光殿赋》:"胡人遥集于上楹,状若悲愁于危处。"胡人深目高鼻与鹰相似,故往往以愁胡形容鹰的眼神。

〔4〕　孩虎句:孩虎,乳虎。辟易,畏而退避。

〔5〕　鞲上句:鞲,皮革制的臂衣,用来停立猎鹰。翮,羽茎,一羽之柱也。傅玄《鹰赋》:"劲翮二六,机连体轻。"

〔6〕　将军二句:安西,指安西都护府,乃唐代西域重镇。虞泉,即虞渊。唐避高祖讳,改渊为泉。昆仑、虞泉,言西极之地。

〔7〕　白羽句:肉,当动词用,言射杀也。狻猊,传说中似狮子的一种猛兽。

〔8〕　荆南芮公:即荆南节度使卫伯玉。

〔9〕　恶鸟三句:啄金屋,《哀王孙》:"长安城头头白乌,夜飞延秋门上呼。又向人家啄大屋,屋底达官走避胡。"朱注引杨慎曰:"《三国典略》:侯景篡位,令饰朱雀门,其日有白头乌万计,集于门楼。童谣曰:'白头乌,拂朱雀,还与吴。'杜盖用其事,以侯景比禄山也。"此句类似,以恶鸟啄屋喻叛乱割据者,如当时崔旰之徒。开,驱散。六合,宇内。枭鸾,恶鸟与祥鸟,借喻坏人与好人。

【语译】

　　高台起悲风,萧飒乱石耸,呼啸穿疏林,哀鸣深谷势汹汹。白浪滔天日明暗,长江万里一贯通。角鹰翻转挂在壮士臂,将军气宇轩举玉帐中。猛厉鹰之脑,索链已解向高空。侧目似愁胡,天地入双瞳。杉鸡竹兔岂自保,乳虎野羊避无踪。仡立韝上何凌厉,翼上十二羽茎棱有锋。将军与之正相匹,勇锐无敌俱英雄!马蹄曾践昆仑与虞渊,初在安西树大功。白羽射杀三狻猊,勇决当与此鹰同。荆南节度芮公得大将,犹如角鹰云中降。恶鸟竟敢啄金屋,安得诸将如鹰逐雀尽散伏,一净乾坤恶枭祥鸾有分属!

【研析】

少陵喜写鹰,早年往往自喻励志,晚来则以之劝勉他人,虽然倔强犹昔,其晚景之无奈已可想而知。《岘佣说诗》评云:"写鹰即写人。以'将军勇锐与之敌'及'荆南芮公得将军,亦如角鹰下朔(翔一作"朔")云'为点题眼,乃不是寻常咏物;且移不去别处。咏鹰起笔收笔,皆出题外用力;起四语空作写景,而角鹰已呼之欲出,尤宜效法。"

醉为马坠诸公携酒相看 （七古）

【题解】

此诗作于夔州。唐时府治在白帝城下,与白帝城相连,从诗中"白帝城门水云外,低身直下八千尺。粉堞电转紫游缰,东得平冈出天壁"的描写看来,似在西阁时所作。又,"甫也诸侯老宾客",则当在柏茂琳大历元年(766)十月来夔任都督后。

　　甫也诸侯老宾客,罢酒酣歌拓金戟[1]。
　　骑马忽忆少年时,散蹄迸落瞿唐石。
　　白帝城门水云外,低身直下八千尺[2]。

粉堞电转紫游缰,东得平冈出天壁。

江村野堂争入眼,垂鞭䩛鞚凌紫陌[3]。

向来皓首惊万人,自倚红颜能骑射[4]。

安知决臆追风足,朱汗骖驔犹喷玉。

不虞一蹶终损伤,人生快意多所辱[5]。

职当[6]忧戚伏衾枕,况乃迟暮加烦促。

朋知来问腆我颜,杖藜强起依僮仆。

语尽还成开口笑,提携别扫清溪曲。

酒肉如山又一时,初筵哀丝动豪竹[7]。

共指西日不相贷,喧呼且覆杯中渌[8]。

何必走马来为问,君不见嵇康养生遭杀戮[9]。

【注释】

〔1〕 甫也二句:诸侯,此指都督柏茂琳。老宾客,杜与柏都督私交颇深,
其初来夔府即为之代拟《为夔府柏都督谢上表》,时年已五十有五,
故自嘲为"老宾客"。

〔2〕 白帝二句:此言从白帝城门跑马直下瞿唐关八千尺。八千尺形容
其长。陆游《入蜀记》:"瞿唐关,唐故夔州也,与白帝相连。"

〔3〕 垂鞭句:䩛鞚,放松马勒。紫陌,东西向的路曰"陌","紫"言其地
为黑土。

〔4〕 自倚句:红颜,指身强力壮时。此当忆及少年时代的裘马生活,所
谓"呼鹰皂枥林,逐兽云雪冈"(《壮游》)之类。

〔5〕 安知四句:决臆,决之胸臆,自料也。追风足,泛指良马。朱汗,指
汗血马。骖,一车驾三马曰骖。驔,马黑色而黄脊。喷玉,《穆天子
传》云周穆王出游,人赞其马践地喷沙,践水喷玉。二句意难解读,
赵次公注:"汗血其骖驔,犹有喷玉之伎,而不料出于决度之外,故
有下句也。"则谓杜甫自度乘千里马虽以汗血马为骖,犹能有穆王

御之践地喷沙、践水喷玉之伎。后两句则言不料马失蹄而身坠受伤,可见人生快意过了头就会自取其辱。

〔6〕　职当:理应。

〔7〕　豪竹:大管,指长笛之类的吹奏乐器。

〔8〕　共指二句:贷,宽免。上句言大家都说流光就好比西下的太阳,不肯相待。渌,通"醁",一种酒。

〔9〕　何必二句:言群公不必相慰,祸从天来,嵇康讲究养生不也遭祸害吗?末句似通达而实愤激。嵇康养生,晋嵇康著《养生论》,后仍遭司马氏杀害。

【语译】

　　我呀乃是柏都督的老宾客,酒后高歌挥金戟。骑马忽忆少年时,兴起散开马蹄进落瞿唐道上石。白帝城门高入云,俯身策马直下长坡八千尺。紫丝缰,纵马逸。城堞闪后如电急,东经平冈过峭壁。江村乡居争入眼,垂鞭信马越野地。一路白发奔骑惊万人,自恃当年少壮善骑射。追风捷足料能御,汗血骏马并驾敢齐驱——践地能喷沙,践水能喷玉!哪知人生快意多败辱,不防一跌伤在即。活该闷头伏枕愁,何况老来性情更燥癖。亲朋故友探问使我更腼腆,拄杖强起扶僮立。相慰过后开口笑,你提我拿一起再到溪边野餐去。一时酒肉一大堆,有拉有吹开宴席。都说时光不我待,大呼小叫且尽这一杯!噫!诸位何必走马相慰问,君不见嵇康会著《养生论》,祸从天降还是遭杀戮!

【研析】

　　虽然是写个人一点小挫折,但从中仍看到老杜晚年虽然穷愁却不颓废,遭挫折而旗鼓不倒,豪情不减。《杜诗镜铨》引郝评曰:"题有景致,诗写得沾足,词藻风流,情兴感慨,无不佳。"

缚鸡行 （七古）

【题解】

约于大历元年（766）冬，夔州西阁所作。

> 小奴缚鸡向市卖，鸡被缚急相喧争。
> 家中厌鸡食虫蚁，不知鸡卖还遭烹。
> 虫鸡于人何厚薄[1]？吾叱奴人解其缚。
> 鸡虫得失无了时，注目寒江倚山阁[2]。

【注释】

〔1〕 虫鸡句：何厚薄，是说何必厚于虫而薄于鸡。

〔2〕 鸡虫二句：山阁，指当日杜甫所居之西阁。《杜臆》："鸡得则虫失，虫得则鸡失，世间类此者甚多，故云无了时。计无所出，只得注目寒江倚山阁而已，写出一时情景如画。"

【语译】

小僮缚鸡要上市场卖，鸡被绑急扑腾又叫啼。家里人是讨厌鸡会啄虫蚁，殊不知鸡被卖了也要煮锅里。虫呀鸡呀与人无恩怨，我叱小僮放开鸡。鸡虫得失是非缠不清，转头依阁看流水。

【研析】

杜甫家里也许有信佛的，"厌鸡食虫蚁"是因其"杀生"。然而卖鸡鸡遭烹，同样是"杀生"——大足石窟就有戒卖鸡的著名雕刻"养鸡人"。人于虫、鸡又何必厚此薄彼？面对这一两难问题，引出尾联以不了了之的态度。赵次公说:"一篇之妙,在乎落句。"此诗末句的"理趣",就寓于活生生的描写过程中。以今之观点看,人与鸡及虫之间的生态关系本来就是一种环环相扣的互生关系,如何厚薄? 杜甫一时的了悟,应与"当下"他面对的种种矛盾现象与心绪有关。这种以不了了之的神态要比白居易"外容闲暇中心苦,似是而非谁得知"的议论来得含蓄而有味。宋代黄庭坚写水仙花的名句"坐对真成被花恼,出门一笑大江横",用的就是这种忽然宕开去的写法。对此莫砺锋教授有妙解云:"此诗前面七句都是写'鸡虫得失',琐琐屑屑,使人心烦意乱,尾句突然转入一个寥阔开朗的境界,暗示着只要在精神上处于超脱的境地,患得患失的世俗思虑都可消除。这种洗净了绮丽色泽,只剩下筋骨思理的诗,体现着平淡、老健的美,实已逗露出宋诗的风貌。无怪黄庭坚要对之大为赞赏,并一再仿效了。"(《杜甫评传》第三章)

立　春 (七律)

【题解】

约于大历二年(767)作于夔州。立春,二十四节气之一,在阳历二月四日或五日。

春日春盘细生菜[1],忽忆两京梅发时。

盘出高门行白玉,菜传纤手送青丝[2]。

巫峡寒江那对眼,杜陵远客不胜悲[3]。

此身未知归定处,呼儿觅纸一题诗。

【注释】

〔1〕 春日句:春盘,《四时宝镜》:唐立春日食春饼、生菜,号"春盘"。生菜,即韭菜。朱翰批评说:"'细生菜',不成语。"但揣诗意在乎强调"春盘"中韭菜之"细",故下联曰"纤手送青丝"。

〔2〕 盘出二句:初出的春菜在古代北方是稀罕物,所以两京豪门以此盛以珍贵的器皿(白玉盘或细白瓷盘)相赠送,故曰"行白玉"。

〔3〕 巫峡二句:谓自己在荒僻的巫峡山村,哪堪面对春盘,因为它让人想起在两京的日子便不胜悲伤。《杜臆》:"盖谓开元、天宝间,两京全盛,俗尚华侈,于立春日,其大家将青丝细菜,出自纤手,盛以玉盘,互相馈送,此眼中所亲见者。至今日而巫峡寒江,何故对眼?盖巫峡所以入眼,正因安、史陷两京,避乱奔走,以至巫峡。忽逢立春,独与寒江相对,则两京失其盛而身亦失其居……此杜陵远客所以不胜悲也。"那对眼,哪堪面对。

【语译】

立春之日尝新韭菜细,忽忆两京梅花初绽时。玉盘端出朱门行相赠,美人纤手送青丝。不堪相对巫峡寒江畔,杜陵游子不胜悲。此身不知终归在何处?呼儿觅纸题首诗。

【研析】

陈贻焮《杜甫评传》:"邵子湘以'老境'二字评之。王嗣奭说:'评诗者只赏"高门"一联,而前后顾盼,神情流动处,谁能赏之?'却能得其精神。在我看来,这诗之所以能于笨拙处见精神,主要在于一往情深,在于有强烈的季节感。"是。补充几句:这种季节感是王维"每逢佳节倍思亲"的"季节感",而"佳节"不但是自然的季节标示,而且是长期历史文化所形成的风俗,带有强烈的人文内涵。于是通过春日春盘引出对家国的一往情深,便显得自自然然,"神情流动","能于笨拙处见精神"。

愁 （七律）

【题解】

大历二年(767)春作于夔州。题下自注:"强戏为吴体。"吴体,吴地(今苏浙地区)的民谣,声律不严,是最早出现的一种拗体诗,而这首的平仄几乎全是拗的,最为典型。杜甫有意用这种不尽合律的句子打破平仄的和谐,造成拗峭激讦的风格。杜甫开创的此种风格,对后人(特别是以黄庭坚为首的江西诗派)有重大的影响。

江草日日唤愁生,巫峡泠泠非世情[1]。

盘涡鹭浴底心性? 独树花发自分明[2]!

十年戎马暗万国,异域宾客老孤城[3]。

渭水秦山得见否? 人今罢病虎纵横[4]!

【注释】

〔1〕 江草二句:春草日生,引起愁绪,故曰"唤"。泠泠,清越的水声,写巫峡萧森之气。非世情,杜甫对夔州风俗世情不习惯,常感到孤单寂寞,缺少社里间的人情味。《最能行》乃云:"此乡之人气量窄,误竞南风疏北客。"

〔2〕 盘涡二句:盘涡,旋涡。底心性,犹"啥意思"。旋涡之险,而鹭偏浴于此,故责其可怪。自分明,言花开自好,不解人愁。

〔3〕 十年二句:十年,自禄山造反至此凡十年。异域,犹异乡。

〔4〕 渭水二句:渭水秦山,指长安。罢,同"疲"。人罢病,言民力已竭。虎纵横,比军阀、苛吏横行。

【语译】

　　江边春草天天生,唤起我愁思日日增。巫峡水声泠泠不忍听,此地寂寂萧疏少人情。鹭鸶偏在旋涡沐浴真怪异,有树自顾自开花惹愁甚。十年战乱给各地都投入阴影,他乡为客我病老在孤城。渭水秦山还能否再见? 愁看今日民力衰竭官匪纵横!

【研析】

　　仇注引《杜臆》:"愁人心事,触目可憎,如江草新生,却谓唤起愁思;巫峡中流,却谓不近人情;盘涡鹭浴,本自得也,疑共有何心性;独树花发,此春意也,谓其只自分明。愁出非常,故情亦反常耳。"激讦的情调以拗体出之,其内容与拗体形式是相契合的。

昼　梦 (七律)

【题解】

　　大历二年(767)春作于夔州。此诗也是拗律。

　　　　二月饶睡昏昏然,不独夜短昼分眠[1]。
　　　　桃花气暖眼自醉,春渚[2]日落梦相牵。
　　　　故乡门巷荆棘底,中原君臣豺虎边[3]。
　　　　安得务农息战斗,普天无吏横索钱[4]!

【注释】

〔1〕　二月二句:言二月贪眠不仅是夜短睡不足,还因为下联所说春来暖气倦神,及思念中原而梦相牵也。饶睡,沉睡。不独,不仅是。昼分,犹正午。

1011

〔2〕 春渚：春天的江滨。

〔3〕 故乡二句：似写梦里的景象，却是现实。荆棘底，被荆棘所堙没，写出战乱以来故乡荒凉景象。豺虎边，处于叛军与吐蕃的威胁之中。边，极言危险近在咫尺。

〔4〕 安得二句：安得，如何才能。务农，从事农业生产。索钱，即要钱。写自己的祈盼，同时也表达当时人们的普遍愿望，是所谓"一人心，乃一国之心"者。

【语译】

二月天，贪睡昏昏然。不仅因为春宵短，正午补睡眠——桃花薰人人自醉，日落春渚梦联翩：故里埋在荆棘底，中原君臣危在虎口边。怎得息战事农业，普天之下百姓不再遭受恶吏横索钱！

【研析】

这两年老杜不断地写愁思的诗，但注重从不同的角度变换手法来表现同一的情绪。而这首诗独特之处在极力营造半睡半醒的昏昏然气氛，结尾一声呼号，顿时打破整首诗的沉闷，大处落笔，令人倍觉警醒。金圣叹《杜诗解》指出诗题"特特犯《论语》'昼寝'字"。《论语·公冶长》："宰予昼寝。子曰：'朽木不可雕也，粪土之墙不可杇也，于予与何诛（责备）？'"孔子厌恶的是宰予的懒惰，杜甫有意用宰予昼寝的典故，表达一种愤懑之情：眼见到处是"豺虎"纵横、官吏索钱，我却无名无位，有力使不上，改变不了现实，只能在边远地昏睡，憾莫大焉，愤懑也莫大焉！

遣闷戏呈路十九曹长（七律）

【题解】

大历二年（767）春作于夔州。路十九曹长，名不详。曹长为尚书丞郎、郎中之别称。

江浦^[1]雷声喧昨夜，春城雨色动微寒。
黄鹂并坐交愁湿，白鹭群飞太剧干^[2]。
晚节渐于诗律细，谁家数去酒杯宽^[3]？
惟君最爱清狂客，百遍相看意未阑^[4]。

【注释】

〔1〕 浦：水滨曰浦。

〔2〕 黄鹂二句：交愁，一起发愁。剧，疾也。太剧干，惊怪口吻，谓雨中飞鹭的羽毛何以那么快就干了。或谓"太剧干"就是"太难干"，未知何所据而云然？须知湿翼是飞不起来的，所以诗人才惊讶雨中白鹭群飞，莫非其羽毛太易干了？

〔3〕 晚节二句：晚节，晚年。细，仇注："言用心精密。"数去，多次前去。酒杯宽，待客之酒充裕。

〔4〕 惟君二句：清狂客，诗人自称。意未阑，兴未尽，言主人之不厌烦也。

【语译】

江滨昨夜雷声闹，春城风雨起微寒。黄鹂并立同愁湿，白鹭群飞其翼何易干？晚年渐求诗律细，谁家常去酒不悭？只有路君爱我清狂客,百遍相看不相厌!

【研析】

　　葛兆光曾分别拈出"快"、"细"二字区分李白与杜甫的诗思(《中国古典诗歌基础文库·唐诗卷》),应当说有一定的道理。杜之细,不但指其诗思细密,讲究音律(拗体诗也是对音律的另类讲究);还包括对事物之深度认识与精准的描写。同时还要看到他追求"做"到"自然",是《诗式》所谓"至丽而自然,至苦而无迹","取境之时,须至难、至险,始见奇句;成篇之后,观其气貌,有似等闲,不思而得"。仇注于此有觉解:"公尝言'老去诗篇浑漫与',此言'晚节渐于诗律细',何也? 律细,言用心精密。漫与,言出手纯熟。熟从精处得来,两意未尝不合。"不过,还是老杜自己说得圆满:"思飘云物外,律中鬼神惊。毫发无遗憾,波澜独老成。"(《赠郑谏议十韵》)细密与壮阔是杜诗同时具备的特征。

晨　雨 (五律)

【题解】

　　此诗约作于大历二年(767),时在夔州。杜甫以"雨"为题的诗有十二首之多,而写雨的诗就更多了。有人统计过,说占杜诗三十分之一,可见少陵于雨情有独钟。

小雨晨光内,初来叶上闻。

雾交才洒地,风逆旋随云。

暂起柴荆色,轻沾鸟兽群。

麝香山一半,亭午未全分[1]。

【注释】

〔1〕 麝香二句:麝香山,《夔州图经》:麝香山,在夔州东南一百二十里,山出麝香,故名。亭午,当午;中午。

【语译】

在凌晨晓色中,小雨初下,只听得落到叶上的沙沙声。雨雾交凝,雨珠增大,这才落到地面上来。然而这雨毕竟轻细,所以逆风则被横卷回云天。细细的水珠儿只能轻沾在鸟兽的绒毛上,像洒满珍珠,却不能将其打湿;可在它的滋润下,灌木丛已开始焕发出生机。麝香山就裹在雨雾中,只露出半脸,一直到中午还未全现呢。

【研析】

这是一首咏物诗,没有什么寓意,纯写感觉,是"赋",却有情致,有意味。功夫就在体物细妙而表达空灵,就像李因笃所说:"看去只在眼前,然非公却拈不出。"(《杜诗镜铨》引)

暮春题瀼西新赁草屋五首 (五律)

【题解】

大历二年(767)暮春作于夔州。瀼,水名,即今重庆奉节城东门外之梅溪河。陆游《入蜀记》云,古代夔州人"谓山间之流通江者曰'瀼'"。是年暮春杜甫由赤甲迁来此地,租用漕廨所属茅屋居住。赁,租用。

其　一

久嗟三峡客,再与暮春期^[1]。
百舌欲无语^[2],繁花能几时。
谷虚云气薄,波乱日华迟^[3]。
战伐何由定,哀伤不在兹^[4]。

【章旨】

以暮春起兴,写屋前春景,定居伊始已有身世之悲,引领全篇。

【注释】

〔1〕　久嗟二句:三峡客,诗人自指。再与句,言来夔府已两次逢暮春。

〔2〕　百舌句:百舌,鸟名,一名反舌,能随百鸟之音。《格物总论》:"百舌春二三月鸣,至五月无声。"此时为暮春,近夏,故曰"欲无语"。

〔3〕　日华迟:《诗·豳风·七月》:"春日迟迟。"春天夜短昼长,故曰"迟"。

〔4〕　战伐二句:兹,这里。《杜诗镜铨》:"言春光易逝,诚可哀矣,然世乱方殷,则所伤尚不在此也。"进一层看,所伤不但在战伐未定,还在于自己未能为国尽力。参看第五首"时危人事急"注。

【语译】

可叹我这久滞三峡的游子,再次与暮春相遇。暮春了,百舌鸟就要停止鸣唱;繁花哟,你还能再开几时?空谷中薄薄的云气升起,瀼溪的波光乱晃春日迟迟。战乱哟哪一天才会停止?我的悲哀不在春将去。

其　二

此邦千树橘,不见比封君^[1]。

养拙干戈际,全生麋鹿群。

畏人江北草,旅食瀼西云^[2]。

万里巴渝曲^[3],三年实饱闻。

【章旨】

写来此只是养拙全生,仍存北归之意。

【注释】

〔1〕 此邦二句:千树橘,《史记·货殖列传》说:"蜀汉江陵千树橘,其人皆与千户侯等。""封君"即指此"千户侯"。《旧唐书》谓"夔州岁贡柑橘",则此地盛产优质柑橘可知。杜甫自称"柴门拥树向千株,丹橘黄柑此地无",则柏中丞所赠四十亩柑园所产柑橘尤佳可知。下句"不见比封君",谓自己现在虽然有千树橘,却不见得富可敌千户侯。时过境迁,战乱中此地柑橘价格可能大跌,显然已难与"千户侯等",但对生计无疑还是十分有帮助的。这正是杜甫迁此的重要原因。

〔2〕 畏人二句:《杜诗镜铨》引蒋弱六云:"江北草微而背阴,瀼西云往来无定,故以托兴。"

〔3〕 巴渝曲:此指夔州、渝州一带的民歌,如《竹枝词》。杜甫大概因心情不好,所以说过"竹枝歌未好"(《奉寄李十五秘书文嶷二首》);但因"饱闻",所以他的绝句颇得其清新活泼,乃开刘禹锡之先河。

【语译】

这里盛产柑橘,却不见得富裕。我只是在刀光剑影的空当中养拙,混在麋鹿群里只求全生而已。就像是江北的弱草怕人残踏,又好比瀼西无根的浮云飘来飘去。三峡哟,千里万里。我三年老呆在峡谷里,算是听够了巴渝的山歌乡曲。

其　三

彩云阴复白,锦树晓来青[1]。
身世双蓬鬓,乾坤一草亭[2]。
哀歌时自短,醉舞为谁醒[3]?
细雨荷锄立,江猿吟翠屏[4]。

【章旨】

写屋前景,画面清新而寓意隽永,黄生称其"景中全是情"。

【注释】

〔1〕　彩云二句:阴复白,乌云转白云,言春天乍阴乍晴。锦树,花叶多彩
　　　　如锦绣的春树。下句谓夜雨花尽落地,故晓看唯青青之叶耳。

〔2〕　身世二句:句中无动词,名词之间的联系由读者依据上下文联想补
　　　　出。仇注引赵汸曰:"双蓬鬓,老无所成;一草堂,穷无所归。"细小
　　　　的"双蓬鬓"、"一草亭",而冠以深巨的"身世"、"乾坤",形成强烈
　　　　的时空对比,造成一种无言的威压。《杜诗镜铨》:"意甚悲而语
　　　　自壮。"

〔3〕　哀歌二句:上句言深哀,故歌不能长。下句言醒不如醉。

〔4〕　细雨二句:荷锄,扛锄。"细雨荷锄立"和陶渊明"带月荷锄归"的
　　　　形象,同其美妙。翠屏,言山色青翠如画屏。《四溟诗话》:"此语宛
　　　　然入画,情景适会,与造物同其妙;非沉思苦索而得之也。"

【语译】

　　白云乌云乍晴阴,晓看锦树花尽叶青青。身世悠悠唯蓬鬓,乾
坤落落剩草亭。哀歌悲咽自然短,醉舞忘忧不必醒!何事蒙蒙细雨
荷锄立?翠崖如屏猿吟清。

其 四

壮年学书剑,他日委泥沙[1]。

事主非无禄,浮生即有涯[2]。

高斋依药饵,绝域改春华[3]。

丧乱丹心破,王臣未一家[4]。

【章旨】

哀叹平生学非所用,而老病已至;国家动乱尚未统一,壮志难酬。

【注释】

〔1〕 他日句:他日,指学书剑以后的日子。委,弃也。委泥沙,言学书剑无用,如弃泥沙中。

〔2〕 事主二句:事主,诗人自指。此句言并非没有机会当官。有涯,有个界限,犹"人生不过百年"。

〔3〕 高斋二句:高斋,高处的房子,此指新赁茅屋。依药饵,谓自己是靠吃药维系生命。下句言边远地区春天的节气即将改变。

〔4〕 丧乱二句:丹心破,极言伤心。王臣,《诗·北山》:"率土之滨,莫非王臣。"此反言地方割据,不服从中央。

【语译】

少壮时学文习武,不想后来派不上如弃泥沙。我也并非没当官的机会,只是时不我待生命已到边涯。山中茅屋里靠药支撑,眼看边地春又去也。时局丧乱我伤心欲绝,可恨王国分裂未能成一家!

其 五

欲陈济世策,已老尚书郎[1]。

未息豺虎斗，空惭鸳鹭行^[2]。
时危人事急，风逆羽毛伤^[3]。
落日悲江汉，中宵泪满床^[4]。

【章旨】

最后一首道出心事：时危亟须济世之人，自己却老病赁屋而居，伤心之至。

【注释】

〔1〕　欲陈二句：陈，称说，此指进献计谋。济世策，救时之方法。尚书郎，自指曾被严武荐为检校尚书工部员外郎。
〔2〕　未息二句：豺虎，称兵作乱者。鸳鹭行，鸳同"鹓"。鹓鹭飞行有序，以喻百官入朝排班。《隋书·音乐志》："怀黄绾白，鹓鹭成行。"
〔3〕　时危二句：谓用人之际，自己却老病江滨，赁屋闲居，遂有中宵之泪。此联是其不可解之心结，万万不可放过。人事急，急于人事。上句言时势危殆，乃急于用人之际。下句喻自己处逆境未能复振。
〔4〕　落日二句：江汉，夔州处长江与西汉水(嘉陵江)之间，故云。中宵，半夜。《杜臆》："正欲陈济世之策，已老却尚书郎矣。然不能息豺虎之斗，则虽列行鸳鹭，犹不免尸素之惭也。今时危而人事急，死期将至；风急而羽毛伤，不能奋飞。落日兴悲，中宵流泪，岂谓赁此草屋，遂可安身而自适哉？"

【语译】

有心上呈救世策，无奈已老尚书郎。豺虎作乱今未息，惭愧我也曾当官。时势危急急用人，我却好比逆风飞鸟鸟翼伤！身在江汉悲落日，半夜坐起泪满床！

【研析】

自去年大历元年十月柏茂琳为夔州都督，待老杜颇厚，《峡口诗二首》自注有云:"柏中丞频分月俸。"并许以瀼西四十亩柑林见赠。今年暮春,遂从山腰上的西阁先迁居平地赤甲,再迁瀼西,赁得漕廨所属之草屋居住,因作是诗。老杜的生活一时又有了依托,照说心情会好些,但从诗中看来,杜甫的情绪并不高,因为他仍系心"未息豺虎斗",仍悲叹"欲陈济世策,已老尚书郎"。可见杜甫并不为一己生活之改善而乐,乃以一国之忧而忧。从"身世双蓬鬓,乾坤一草亭"到"时危人事急,风逆羽毛伤",老杜心事尽于此矣!时不我与,老病逼人,杜甫晚年最大的危机感乃在生怕不能济世而客死他乡。明了这一点,才能明了他后来何以弃柑园四十亩及代管东屯稻田百顷于不顾,一无依傍,决然乘舟东去。我曾在一篇论文中指出:"李白的痛苦更多的来自'自我超越'。他要超越这压抑他个性的现世间,却又不能忘怀他强烈的济世欲求;他要摆脱那屈己干人的痛苦,却又跌入'苟无济世心,独善亦何益'(《赠韦秘书子春》)的痛苦之中。"(《李白歌诗的悲剧精神》,收入本《文集》第六册)李白这是在"自己与自己过不去"。译注至此,我又记起这些话来,不意中国古代最伟大的两位诗人,悲剧命运竟如此相似。《杜诗镜铨》评"身世双蓬鬓,乾坤一草亭"二句云:"意甚悲而语自壮。"其根本原因大概就在于此。

行官张望补稻畦水归 (五古)

【题解】

大历二年(767)六月作于夔州瀼西。行官,官府中的属官、小吏。张望是主管督察东屯稻田的小吏。稻畦,即指东屯百顷稻田。杜甫在瀼西时,柏都督就托杜甫代管这片公田。

东屯大江北,百顷平若案[1]。

六月青稻多,千畦碧泉乱。

插秧适云已,引溜加溉灌[2]。

更仆往[3]方塘,决渠当断岸。

公私各地著[4],浸润无天旱。

主守问家臣,分朋见蹊畔[5]。

芊芊炯翠羽,剡剡生银汉[6]。

鸥鸟镜里来,关山云边看。

秋菰成黑米,精凿传白粲[7]。

玉粒足晨炊,红鲜任霞散[8]。

终然添旅食,作苦期壮观[9]。

遗穗及众多,我仓戒滋漫[10]。

【注释】

〔1〕 东屯二句:东屯,在白帝城东北约十里,即现在奉节县草堂区白帝
乡的浣花村。明人王应麟《困学纪闻》称此地"稻米为全蜀第一"。
案,"举案齐眉"的案,是一种有短足的木盘,此形容田畴之平。

〔2〕 插秧二句:适云已,刚完成。溜,急流。

〔3〕 更仆往:仆人轮番前去。

〔4〕 公私句:地著,安土。《汉书·食货志》:"理民之道,地著为本。"
注:"谓安土也。"此言(开渠灌溉)公、私得到妥善的安排。杜甫
受托的田是公田,但他还是交代张望灌水要顾及当地人的私田。
自此开始四句是张望归瀼西后给杜甫的回话。

〔5〕 主守二句:主守,指张望。《秋行官张望督促东渚耗稻向毕清晨遣
女奴阿稽竖子阿段往问》:"尚恐主守疏,用心未甚臧。"家臣,指张
望属下奴仆。下句各本文字不一,"朋"一作"明","蹊"一作"溪",
"畔"一作"伴"。赵次公注:"旧本'分明见溪伴'。师明瞻作'分

朋'，是。盖如此方成字对也。此一篇皆对矣。"黄生《杜诗说》：
"'溪'当作'蹊'，田上小径也。'畦'，田界也。"今合二说，当为"主
守问家臣，分朋见蹊畦"，则两句谓主守张望问其属下，皆言已分头
到田界察看。盖承上句"公私各地著"，证明已落实矣，这正是杜甫
所问的重点。

〔６〕　芊芊二句：言稻秧绿油油的就像翠鸟的羽毛，闪闪发亮，好像是长
　　　　在银河上。芊芊，茂盛貌。剡剡，光貌。

〔７〕　秋菰二句：菰，水生植物，果实叫菰米，又称雕胡米，可食。凿，舂米
　　　　使之精白。

〔８〕　玉粒二句：上句形容白米，下句形容红米。任霞散，仇注："玉粒自
　　　　食，而红稻霞散，此即遗穗也。"谓红米任其散落地面，成为"遗穗"，
　　　　见末句注。

〔９〕　作苦句：作苦，劳作之苦，指农事。壮观，形容收获可观。赵次公则
　　　　认为："遗秉至于及众多之人，其可谓壮观乎？"意为此壮观上承"红
　　　　鲜任霞散"，下启"遗穗及众多"，都是讲遗穗。详下注。

〔１０〕　遗穗二句：仇注："及众多，将分惠于人。戒滋漫，不专利于己。"杜
　　　　甫有意多留一些稻穗让孤寡之人拾去救贫，惠及众人，是古代人道
　　　　主义的继承。《诗》云："彼有遗秉，此有滞穗，伊寡妇之利。"

【语译】

东屯就在大江北，百顷田畴一平盘。六月青青禾苗盛，千畦碧
泉溢凌乱。插秧初了用水急，引水导流勤溉灌。仆人轮番去东屯，
开渠决开方塘岸。公地私地都要照顾到，各有水浸不用怕天旱。主
守张望问下属，答道我辈分头田界看。稻苗得水芊芊如翠羽，绿光
闪闪仿佛生银汉。鸥鸟飞入千面镜，关山直向云里望。来日秋菰结
黑米，稻谷细舂白粲粲。软玉般的白米够早炊，且任红米随地流露
散。客居总要增储粮，一年辛苦劳作收获盼可观。多留点稻穗任人
捡，我的粮仓切莫装太满。

【研析】

　　《杜诗镜铨》:"此少陵田家诗也,亦自整秀,但不及王、储之高妙耳。"杜甫有杜甫的田园诗,显然与王、储辈不是一个路数,甚至与陶潜也同调异趣。王维田园之作可谓是传统田园诗的醇化,是比兴说向情景说转移的体现。他从寓目即书走向精选景物与内心世界的契合点(王维选取心与物的契合点是充满生机的宁静),注重心境与物境的叠合,在景物"独立"的表象下氤氲情感与理趣(澄怀观道),王国维拈出的"观"字准确地表白了这种创作取向。一切由画面演绎。少陵则否。叶燮所谓"理、事、情"诗歌三要素,"事"在杜甫的田园诗中有着突出的地位,可以说诗中的景物是从属于"事"的,浦起龙称此诗"密致"、"整秀",很大成分是因为有叙事线索的贯穿性在。只要一读陶渊明《归园田居五首》其一,与本诗相比较,就不难领会陶、杜之间的继承关系:

　　　　少无适俗韵,性本爱丘山。误落尘网中,一去三十年。羁鸟恋旧林,池鱼思故渊。开荒南亩际,守拙归园田。方宅十余亩,草屋八九间。榆柳荫后檐,桃李罗堂前。暧暧远人村,依依墟里烟。狗吠深巷中,鸡鸣桑树巅。户庭无尘杂,虚室有余闲。久在樊笼里,复得返自然。

陶、杜二诗皆叙农事如数家常,事中有景,景中含情,情外有理。二人皆生乱世而能乱中寻静。然而陶诗是返乡的喜悦与自足,落脚在陶冶性情;杜诗却是欲归不得,虽然透出暂时安居之乐,而心仍在天下,指向济世,并未将自然当作"精神复归之所",达成"外在世界同自我世界互相交替,几无区别"(德国 W. 顾彬《中国文人的自然观》),而是和谐中隐藏着矛盾,由此形成张力。杜甫于传统"高妙"的田园诗之外又开辟出一种不同口味情趣的新境界,这种境界突显的是自然的人化:"六月青稻多,千畦碧泉乱……遗穗及众多,我仓戒滋漫。"田园生活中依然流动着悲天悯人之情志。

暇日小园散病,将种秋菜督勤耕牛,兼书触目 (五古)

【题解】

大历二年(767)秋夔州所作。诗中写三事:小园散病,督勤耕牛,飞来白鹤。拉杂写来,但以真性情贯之,则浑然一体,故《杜诗说》称:"数题一诗,贵在联络无痕。"

不爱入州府,畏人嫌我真:
及乎归茅宇,旁舍未曾嗔[1]。
老病忌拘束,应接丧精神。
江村意自放,林木心所欣。
秋耕属地湿,山雨近甚匀。
冬菁饭之半,牛力晚来新[2]。
深耕种数亩,未甚后四邻。
嘉蔬既不一,名数颇具陈。
荆巫非苦寒,采撷接青春[3]。
飞来两白鹤[4],暮啄泥中芹。
雄者左翮垂,损伤已露筋。
一步再流血,尚惊矰缴[5]勤。
三步六号叫,志屈悲哀频。
鸾皇不相待,侧颈诉高旻[6]。

杖藜俯沙渚,为汝鼻酸辛!

【注释】

〔1〕 不爱四句:此言自己率真的性情只适合住在乡下。未曾嗔,从未讨厌我。

〔2〕 冬菁二句:冬菁,即芜菁、蔓菁。赵注:"饭之半,则以冬菁饭牛,是其刍之半也。"也就是说,蔓菁叶是喂牛的重要草料。下句言牛得食后体力得以恢复。

〔3〕 荆巫二句:是说夔州地暖,四时菜蔬相接,可采撷到明春。荆巫,指夔州。

〔4〕 飞来句:以下十二句即"兼书触目",是写偶然所见,但也取古乐府之意。《古乐府·飞鹄行》:"飞来双白鹄,乃从西北来。十十五五,罗列成行。妻卒被病,行不能相随。五里一反顾,六里一徘徊。我欲衔汝去,口噤不能开。我欲负汝去,毛羽何摧颓!乐哉新相知,忧来生别离。踟蹰顾群侣,泪下不自知。"杜甫触目,不无自伤孤穷之意。

〔5〕 矰缴:古代射鸟的箭,系有丝绳。

〔6〕 鸾皇二句:皇,即凰,凤凰。高旻,高天。

【语译】

我不爱到那喧闹的城市,怕的是人家嫌我太率真。返身回茅屋,四邻知我不怪嗔。老病更是忌拘束,无端应酬实在费精神。江村多快意,山林心自欣。秋来地湿好耕耘,况且山雨最近下得很均匀。喂牛一半用冬菁,牛得恢复力更新。深耕细作种几亩,不会落后众乡亲。好菜花色不一样,各种名目俱杂陈。夔州气候不太冷,今秋种来吃到春。偶然飞来双白鹤,傍晚在我菜地啄芹根。雄鹤左翅垂,伤口已露筋。一步血滴沥,犹惊罗网布纷纷。三步号六声,悲哀委顿频啼呻。鸾凤鸾凤弃我去,侧颈向天呼怜悯。我拄藜杖瞰沙洲,为你久伫鼻酸辛!

【研析】

　　此诗结构引人注目。前八句藉村居写真性情,下接十句以牛为中心写农耕生活,承接较易。"飞来"以下十二句是"兼书触目",忽写他事,且变调为乐府口吻,前后如何承接?《杜臆》以为:"'兼书触目',此公创格,然亦藉以自写苦衷,非与上文全不相蒙也。此东坡《后赤壁赋》之祖。"《读杜心解》则以为:"此段之情,不知飘向何处,其实只是经乱挈家颠沛不能为生影子,正以收缴种菜济饥之故。妙绝,妙绝!"苏轼之赋虽未必学杜,但该赋结构的确与此有相似的地方:前面实写赤壁之游,后面忽写鹤化道士入梦,虚实相间分外生色。浦起龙也说得对,前后虽然断开为二事,但情理却相感应,后面一段是前面一段的"影子"。这一写法好比乐曲之有"音乐间歇",书法之有"飞白",文字断开处有神气连贯也。与上一首诗一样,老杜安居却未安心,他心仍在济世,所以一面"不爱入州府",一面又巴望着回朝廷"欲陈济世策"(《暮春题瀼西新赁草屋五首》)。事实上儒家主张士的独立人格与人道主义(民胞物与)已内化为他的真性情,所以"忌拘束"是"真",想济世也是"真",由此形成杜诗特有的张力。至于将古诗与乐府合调,则是老杜长期"集大成"的成熟体现。

见萤火 （七律）

【题解】

　　大历二年(767)秋夔州所作。"见"是重点:因见萤火,知节候起兴,旨在思归。

　　巫山秋夜萤火飞,帘疏巧入坐人衣[1]。

忽惊屋里琴书冷,复乱檐边星宿稀。

却绕井阑添个个,偶经花蕊弄辉辉[2]。

沧江白发愁看汝,来岁如今归未归。

【注释】

〔1〕　坐人衣:坐着的人的衣服。一曰萤火虫坐于人之衣上,语奇,详【研析】。

〔2〕　却绕二句:添个个,萤火倒映井中成双。弄辉辉,萤火乍明乍灭,"弄"字传神。

【语译】

　　巫山秋夜哟萤火轻飞,穿过稀疏的竹帘落在坐者衣。你那冷冷的萤光照在琴书上,使我忽然感到屋里一阵寒意。飞到屋檐哟,又混淆了星星和你。影儿倒映井水,萤光加倍。穿梭在花间小径乍明乍灭,播弄着你那丁点儿光辉。沧江畔的白发老人哟,看着你益发愁悲——明年此时哟,故乡我还能不能回?

【研析】

　　此诗咏物,驱词逐貌,形神兼备。《文心雕龙》:"吟咏所发,志惟深邃,体物为妙,功在密附。"此诗得之。老杜学六朝巧构形似的功夫,又能跳出"文贵形似"的圈缋,得其画面化且兼比兴,自是隽永可爱。陈贻焮先生《杜甫评传》有妙解,删减不得,全录如下:

　　　　仇注引田艺说:"北齐刘逖诗:'无由似玄豹,纵意坐山中。'张说诗:'树坐猿猴笑。'杜诗:'枫树坐猿深。'又:'黄莺并坐交愁湿。'又:'巫山秋夜萤火飞,帘疏巧入坐人衣。'豹坐、猿坐,犹人所能言;若黄莺并坐,语便新奇;而萤火坐衣,则更新更奇。"拟人手法在文学创作中极常见,此解引证亦详,本毋庸置疑,而浦起龙却以为"'坐人'二字连读,盖自谓也。旧俱误看,萤火无坐理也",真是迂阔得很。巫山秋夜,四周静悄悄的。一个萤火居然巧妙地钻过疏帘,旁若无人地坐在我的衣上,绿光一闪,把屋里的琴书都照得冷森森的,这给了我一个小小的惊喜。往外一瞧,嘿! 檐前还有好多萤火虫在飞,把天上稀稀落落的星星也给搅乱了。绕井栏影映水仿佛平添了无数个,偶然经过花丛跟花蕊相映交辉。我这个沧江边的白发老人在忧愁地看着你们,来年的今天不知道已回去了还是没回? 就是这样,诗人便藉咏秋夜萤火抒发了羁旅之情了。

第五弟丰独在江左,近三四载寂无消息, 觅使寄此二首 (五律,选一)

【题解】

诗作于大历二年(767),时在夔州。江左,指长江下游,江苏一带。仇注谓此章"念弟远寓,而致欲访之意"。

> 闻汝依山寺,杭州定越州[1]。
> 风尘淹别日,江汉失清秋[2]。
> 影著啼猿树,魂飘结蜃楼[3]。
> 明年下春水,东尽白云求[4]。

【注释】

〔1〕 闻汝二句:此联因弟杜丰无消息而设想其所在。杭州定越州,言不在杭州,便是在越州,推测口吻。

〔2〕 风尘二句:上句言因战乱而久别。下句写自己在夔州无所作为,蹉

跎又过了一个秋天。风尘,指战乱。失,一去不回。

〔3〕 影著二句:上句写自己在夔州,下句言弟在海角。影著句,卢照邻《巫山高》:"莫辨啼猿树。"杜甫则进一步,将自己的影子印在栖有啼猿的树上,以强化身羁峡内愁肠欲断的感受。结蜃楼,旧说蜃能吐气成楼台。《史记·天官书》:"海旁蜃气象楼台,广野气成宫阙然。"事实上这是海上或沙漠上气体流动,而使光折射所引起的错觉。江左傍海,故藉以况杜丰踪迹之渺茫。

〔4〕 明年二句:上句,仇注引顾曰:"古人望白云而思亲,公于手足之谊亦然。"下句言明春将出峡至吴越。大历三年春,果然放船出峡。

【语译】

听说你漂泊依山寺为家,想来不是在杭州便是在越州吧?当初乱起兄弟久失散,如今我滞留江汉又挨过了一秋。我是身在三峡影儿贴在栖居啼猿的树上,魂儿却已飘向那江左海市蜃楼。待到明年春水发,我定乘舟东下直到天涯海角将你寻求!

【研析】

少陵深于兄弟友于之情,写了不少怀念诸弟的诗。此首情从景出,不言思念而思念之情愈出;口吻亲切而意象沉着。

送李八秘书赴杜相公幕 (七律)

【题解】

诗作于大历二年(767),李八秘书,八,指李秘书的排行,名未详。至德元载(756),曾扈从肃宗,授右补阙。时杜甫为左拾遗,并为谏官,有交游。杜又有《赠李八秘书别三十韵》,"幕府筹频问"句下自注:"山剑元帅杜相公,初屈幕府参筹画,相公朝谒,会赴后期也。"则其时剑南节度使杜鸿渐入朝,辟李秘书入幕。杜鸿渐先行,李追赴经夔州而少陵送别之。杜鸿渐以平章事领山剑副元帅,故称"杜相公幕"。

青帝白舫益州来^{〔1〕},巫峡秋涛天地回。
石出倒听枫叶下,橹摇背指菊花开^{〔2〕}。
贪趋相府今晨发,恐失佳期后命催。
南极一星朝北斗,五云多处是三台^{〔3〕}。

【注释】

〔1〕 青帝句:《倦游录》:刘濬白舫百棹,皆绣帆青帝。此处指官舟。益州,即成都。

〔2〕 石出二句:写峡中崖下舟行之景。仇注引毛奇龄云:"石崖横出,则落叶之声在上,故曰倒听;飞橹迅行,则菊岸之移忽后,故曰背指。"

〔3〕 南极二句:露出诗人向往朝廷之情。南极,南极星近益州的分野。北斗指朝廷所在的长安。五云,仇注引董仲舒曰:"太平之时,云则五色而为庆。"此五云指京城瑞气。三台,星名,计上台、中台、下台为三星。古人认为它是象征入世的三公。此喻杜相公。

【语译】

　　一艘华丽的船呵从益州来,正值巫峡秋涛激荡排山又倒海。悬崖横出只听落叶声在上,摇橹疾行岸菊倏忽已在背后开。耽误佳期只恐相公再催促,今晨发船赶往相府不敢怠。恰似南极一星奔北斗,祥云涌处朝廷在!

【研析】

　　写三峡舟行气势夺人,心急舟疾,涛怒崖倾,一时情到意到,与李白名篇《早发白帝城》相比较,自有异趣。"石出倒听枫叶下,橹摇背指菊花开"一联,写出三峡特有的束而险的景色,工整中见飞动,极具功力,是典型的杜句。

别李秘书始兴寺所居

【题解】

诗作于大历二年(767),于夔州。此李秘书为李十五,名文嶷,累迁秘书省秘书郎,与杜有较疏远的亲戚关系。

> 不见秘书心若失,及见秘书失心疾。
> 安为动主理固然,我独觉子神充实。
> 重闻西方《止观经》[1],老身古寺风泠泠。
> 妻儿待米且归去,他日杖藜来细听。

【注释】

〔1〕 止观经:即《摩诃止观》,陈、隋间国师天台智者所说,凡十卷。仇注引杨慎曰:佛经云:止能舍乐,观能离苦。应上"安为动主"。

【语译】

没见到您时我心若有所失,见到您啊心病顿时无。以静制动是真理,我感到您的精神特充实。再次聆听西方《止观经》,老夫身在古寺空寂之境身心舒。哎,妻儿等米下锅我得回家去,来日一定挂杖再来细听说经书。

【研析】

　　老杜在穷愁潦倒时对佛教是感兴趣的,也想借此自我解脱,但他骨子里毕竟是儒家,亲情与济世是第一义,家与国是血肉相连的,所以在《谒真谛寺禅师》中说得明白:"未能割妻子,卜宅近前峰。"他怎会割舍天下与妻儿出家呢? 但佛教之慈悲普渡,却也与"仁"并行不悖,故末句杜式幽默可谓两全其美。

君不见简苏徯 （七古）

【题解】

　　约作于大历初(766—767)居夔州时。简,书简,此为寄赠之意。苏徯,杜甫故人子,时欲往湖南为幕府。

　　　君不见道边废弃池? 君不见前者摧折桐?
　　　百年死树中琴瑟,一斛旧水藏蛟龙[1]。
　　　丈夫盖棺事始定,君今幸未成老翁,
　　　何恨憔悴在山中?
　　　深山穷谷不可处,霹雳魍魉兼狂风[2]。

【注释】

〔1〕 君不见四句:为钱锺书所谓的"丫叉句法",即第三句近承第二句,言摧折之桐犹可百年后做琴瑟;第四句远应第一句,言废池也能藏蛟龙。四句是比兴,勉励久处逆境的苏徯要有自信。前者,指废池水。摧折桐,枚乘《七发》:"龙门之桐,高百尺而无枝,其树半死半生。于是使琴挚斩以为琴,野茧之丝以为弦。"中琴瑟,适合制作琴瑟。

〔2〕　深山二句:《楚辞·招魂》:"魂兮归来! 南方不可以止些! 雕题黑
　　　　齿,得人肉以祀。"《读杜心解》:"此是劝年少人语,结暗用《招
　　　　魂》意。"

【语译】

君不见路旁死池水? 死池之中犹能藏蛟龙! 君不见池旁那段
折梧桐? 百年枯树尚可制琴造瑟声琮琮。大丈夫有志至死才散手,
何况你如今还未成老翁,又何苦要憔悴呆山中? 深山穷谷凶险不可
留,小心魑魅魍魉霹雳兼狂风!

【研析】

此诗结构奇特,"何恨憔悴在山中"一句成单,打破均衡对称,奇
崛生新。末句忽转入招魂之意便戛然而止,夭矫横绝,更见情感力
度。诗再次表明老杜"不死会归秦"的倔强,不但是乡土之情,更是
济世之志。

寄韩谏议注 (七古)

【题解】

约作于大历初(766—767)居夔州时。谏议,官名,掌侍从规谏
之职。韩注,生平不可考。

今我不乐思岳阳[1],身欲奋飞病在床。
美人娟娟隔秋水,濯足洞庭望八荒[2]。
鸿飞冥冥[3]日月白,青枫叶赤天雨霜。
玉京群帝集北斗,或骑骐骥翳凤凰。

芙蓉旌旗烟雾乐，影动倒景摇潇湘。

星宫之君醉琼浆，羽人稀少不在旁[4]。

似闻昨者赤松子，恐是汉代韩张良[5]。

昔随刘氏定长安，帷幄未改神惨伤[6]。

国家成败吾岂敢，色难腥腐餐风香[7]。

周南留滞古所惜，南极老人应寿昌[8]。

美人胡为隔秋水，焉得置之贡玉堂[9]。

【注释】

〔1〕　岳阳：今湖南岳阳。

〔2〕　美人二句：隔秋水，化用"秋水伊人"诗意。《诗·蒹葭》："蒹葭苍苍，白露为霜。所谓伊人，在水一方。"美人借喻韩注。濯足，洗脚。《沧浪歌》："沧浪之水浊兮，可以濯我足。"后人以此喻远离浊世。洞庭，洞庭湖，在今湖南北部。

〔3〕　鸿飞冥冥：《法言》："鸿飞冥冥，弋人何篡焉。"以此比韩之遁世。

〔4〕　玉京以下六句：写天上神仙宴集，写来仙气拂拂，当与韩谏议信道教且隐居有关。玉京，传说天上有白玉京，五城十二楼，为众仙人居所。群帝，道书称三十三天各有帝。北斗，北斗七星，为天上枢机。此句言众神集于北辰。倒景，倒影，言天上宫阙之倒影在潇湘（指湖南）。羽人，即飞仙。赵次公题下注云："韩公无传记可考，其人今应在岳州，应是好道者。不然，人物清爽有仙风道骨如李白之为人，故公诗用神仙言之。而所言神仙之事，则以玉京言帝，以宴集言君臣际会，以张良比韩谏议而叹其滞留不在朝廷也。"大体如是，但要注意，杜诗此六句是整体性隐喻，若即若离，不必一一"对号入座"。

〔5〕　似闻二句：《汉书·张良传》：愿去人间事，从赤松子游耳。《列仙传》：赤松子，神农时雨师，能入火自烧。韩张良，即张良，汉高祖之谋臣，弃官随赤松子远游。他本是战国时韩国的公子，故称韩张

良。这正好切韩注的姓。

〔6〕　昔随二句：帷幄，军帐。《汉书·张良传》载：汉高祖称张良"运筹
　　　　策帷幄中，决胜千里外，子房功也"。韩注大概曾随肃宗收复两京，
　　　　故以张良作比。帷幄未改，言如今犹用军帐，战事未了，故曰"神
　　　　惨伤"。

〔7〕　国家二句：拟韩口吻，言我岂敢自负才堪救国，但不耐官场腐败而
　　　　欲隐居学道耳。色难腥腐，《神仙传》：壶公数试费长房，继令啖溷，
　　　　臭恶非常，房色难之。餐风香，一作"尝枫香"。《尔雅》注："枫仙白
　　　　杨，叶圆而岐，有脂而香，今之枫香是也。"总是道教避腥荤之谓。

〔8〕　周南二句：言太平有望而韩注不出是憾事。周南留滞，《史记·太
　　　　史公自序》称，汉武帝封泰山，太史公司马谈滞留周南(洛阳)，引以
　　　　为憾。南极句，传说南极老人星出现则天下太平。

〔9〕　焉得句：焉得，怎样才能够。玉堂，喻朝廷。

【语译】

　　我现在真不愿想起岳阳呵，因为我一心要飞去与你相见却病在
床上！婀娜的美人隔秋水呵秋水迢迢，她脚弄洞庭清波怅望八荒。
鸿雁自由地在青天高飞，秋霜又降呵青青的枫叶变红变黄。诸天神
帝都聚于北斗，群仙来仪骑麟乘凤。芙蓉之旗如烟似雾轻轻飘落，
天宫倒影映在潇湘水面不住地晃呀晃。星宫主人醉倒在琼浆玉液
里，飞仙没几个留在他的身旁。哦，我听说过有人弃官从赤松子远
游，那恐怕就是你呀汉代的韩张良。当年曾跟随刘邦平定天下，如
今战事未了犹用军帐令人感伤！你却道是"岂敢身负国家兴亡，我
只想远离腐臭的官场安于菜根香"。古来以滞留周南为遗憾，要坚
信南极老人星现世运当再昌！美人哪为何远避在他方，谁能荐之到
朝堂？

【研析】

　　大概是由于寄赠的对象韩注身在湖湘，所以不禁用屈子《九

歌》般的浪漫情调。诗固然用了比兴，但用的是楚辞式的环譬托讽，意象自有其相对的独立性，美丽瑰奇，不必与现实事物一一对应，钱注将内容与李泌作比附，是所谓"以史证诗"，极力寻找二者的相似点，加以演绎，将文学视为史学的附庸或变形，从而忽视了文学据实构虚的特质。此诗的价值还在于丰富了政治诗的艺术表现手法。

秋日夔府咏怀奉寄郑监李宾客一百韵（五排）

【题解】

作于大历二年（767）秋，于夔州。郑监下原注"审"，李宾客下原注"之芳"。郑审为杜甫好友郑虔之侄，亦善诗画。天宝中，郑审为谏议大夫，杜曾有《敬赠郑谏议十韵》云："谏议非不达，诗义早知名。"李之芳，宗室，广德元年（763）使于吐蕃，被扣留二年乃得归，后拜礼部尚书，改太子宾客。诗原注："郑在江陵，李在夷陵。"二人是杜晚年难得的诗友、故交。《杜诗镜铨》引卢德水云："此集中第一首长诗，亦为古今百韵诗之祖，其中起伏转折，顿挫承递，若断若续，乍离乍合，波澜层叠，无丝毫痕迹，真绝作也。元白集中，往往叠见，不免夸多斗靡，气缓而脉弛矣。"

绝塞乌蛮北，孤城白帝边[1]。
飘零仍百里，消渴已三年[2]。
雄剑鸣开匣，群书满系船[3]。
乱离心不展，衰谢日萧然。
筋力妻孥问，菁华岁月迁。

登临多物色,陶冶赖诗篇[4]。

【章旨】

首段写咏怀之原因,则久欲东行而不得,特以诗遣怀耳。起势雄峻,概括性强,故能笼罩全诗。

【注释】

〔1〕 绝塞二句:绝塞、孤城,咸指夔州。乌蛮,古族名。唐时主要分布在今云南、四川南部和贵州西部。

〔2〕 飘零二句:百里,约指一县之地,此指夔府界内。《后汉书·仇览传》:"涣曰:'枳棘非燕凤所栖,百里岂大贤之路。'"此句言自家在夔州内居所不定,自西阁迁赤甲,再迁瀼西,又迁东屯,故曰"飘零",亦《偶题》"抱疾屡迁移"之意。仍百里,隐含"百里岂大贤之路"的意思。消渴,糖尿病。杜甫自永泰元年"伏枕云安县",至今大历二年已历三年。

〔3〕 雄剑二句:雄剑,《拾遗记》卷一载:帝颛顼有曳影之剑,"若四方有兵,此剑则飞起,指其方则克伐。未用之时,常于匣里如龙虎之吟"。此喻己之壮心犹在也。下句言己随时准备放舟回乡,故书皆置于停船之中。

〔4〕 登临二句:登临,登山临水,泛指四时之游。物色,犹景色,包括月露风云花鸟之类。《文心雕龙·物色》:"物色之动,心亦摇焉。"登临二句与《偶题》"缘情慰漂荡"同一意思。可见杜甫早已自觉到诗歌"陶冶性情"的功能,是《诗品·序》所谓:"使穷贱易安,幽居靡闷,莫善于诗。"对杜甫而言,写诗已成为一种存在方式,故一再曰:"排闷强裁诗","遣兴莫过诗","缘情慰漂荡","愁极本凭诗遣兴"。

【语译】

偏远哟边州地处乌蛮北面,夔府孤城哟依偎在白帝山旁边。多次搬迁仍在山城内,三年来消渴病不断纠缠。感壮志雄剑在匣中长啸,日思归群书早就装满泊船。乱离让人心烦,一天天衰老晚景萧然! 老婆孩子都担心我的身体状况,年轻的日子哟一去不再复返。登山临水哟这里风景好,陶冶性情全仗写诗篇。

> 峡束沧江起,岩排石树圆[1]。
> 拂云霾楚气,朝海蹴吴天[2]。
> 煮井为盐速,烧畲度地偏[3]。
> 有时惊叠嶂,何处觅平川。
> 鸂鶒双双舞,猕猴垒垒悬。
> 碧萝长似带,锦石小如钱。
> 春草何曾歇,寒花亦可怜。
> 猎人吹戍火,野店引山泉。

【章旨】

第二段咏夔州风物,情景双写。峡束浪蹴,雄胜入画,时或闲处着笔,颇具情趣。

【注释】

〔1〕 峡束二句:谓峡中岸窄江流涨高,岩壁开阔处石楠树冠舒展。石树指当地之石楠。

〔2〕 拂云二句:《杜诗镜铨》谓上句承"岩树","即所谓'古木苍藤日月昏'也",是为夔州之景。下句写江水滔滔直至吴地。朝海,《书·禹贡》:"江汉朝宗于海。"

〔3〕 煮井二句:煮井,夔州一带可煮盐井水为盐。畲,烧榛种田曰"畲"。当时此地农业生产落后,山地多用刀耕火种。

【语译】

　　两岸峭壁夹得江水涨,巉岩开处石楠树冠圆。苍藤古木使楚地昏暗,奔向大海哟江水一泻触吴天。这里煮井水便成盐,这里刀耕火种只为地太偏。有时叠嶂看得心慌,哪里能找到一片平川? 鸂鶒舞来一双双,猕猴连臂累累树上悬。林间碧萝长如带,滩边锦石小如钱。地暖春草无时歇,寒天花开可爱怜。猎人借火到屯戍,野店用水引山泉。

唤起搔头急,扶行几屐穿[1]?
两京犹薄产,四海绝随肩[2]。
幕府初交辟,郎官幸备员[3]。
瓜时犹旅寓,萍泛苦夤缘[4]。
药饵虚狼藉,秋风洒静便[5]。
开襟驱瘴疠,明目扫云烟。
高宴诸侯礼,佳人上客前。
哀筝伤老大,华屋艳神仙。
南内开元曲,常时弟子传。
法歌声变转,满座涕潺湲[6]。

【章旨】

　　第三段写在夔日子,人情世故,苦中有乐,乐中有哀。

【注释】

〔1〕　唤起二句:上句暗用嵇康《与山巨源绝交书》"性复疏懒,筋驽肉缓,头面常一月十五日不洗,不大闷痒,不能沐也"之典故,以示懒散的幽居生活。几屐穿,原注:"诸阮曰:一生能着几屐。"《晋书·阮孚传》载孚云:"未知一生能着几两屐(几双木鞋)。"意谓病体不

知还能坚持多久。

〔2〕 两京二句：赵次公注：“上句则公于洛阳、长安，皆有物业也。下句则叹无交游相随也。”随肩，《礼记正义》：“五年以长则肩随之。”注：“肩随者，与之并行，差退。”言年纪相差五岁以下者，待之如朋友而谦让之，后人用指朋友故交。

〔3〕 幕府二句：言严武镇蜀，辟节度参谋、检校工部员外郎。备员，充数。谦辞。

〔4〕 瓜时二句：瓜时，《左传·庄公八年》：“齐侯使连称、管至父戍葵丘，瓜时而往，曰：‘及瓜而代。’”此谓该归而未归。夤缘，连续不断。

〔5〕 药饵二句：言秋高气爽，肺疾与消渴病转安，用药减少。静便，清静而安适。

〔6〕 开襟十句：写柏中丞筵。南内，指兴庆宫，唐明皇常居处。常时，一作“当时”，平常时。弟子，指梨园弟子。《雍录》：“开元二年，置教坊于蓬莱宫侧，上自教法曲，谓之梨园弟子。”法歌，即法曲，此指玄宗时的梨园歌曲。白居易《法曲歌》：“法曲法曲舞霓裳，政和世理音洋洋，开元之人乐且康。”原注：“都督柏中丞筵，梨园弟子李山奴歌。”因梨园弟子流落，遂伤太平已逝，故闻之涕零。

【语译】

鸟声唤起搔头觉懒散，扶杖漫行谁知剩几双鞋子可磨穿？两京尚存几亩地，四海已无故交仍往还。当年幕府争征聘，有幸充数当个工部郎。该归未归仍羁旅，萍踪浪迹苦留连。药物满地无多效，秋高气爽体始安。驱走瘴疠胸襟阔，一扫云霾眼界宽。大官高宴礼相待，佳人列在贵宾前。听哀筝自伤老大无成，看豪华艳羡一屋神仙。耳听开元南内旧时曲，原是当年明皇手教传梨园。法曲法曲声忽变，满座兴感泪涟涟。

吊影夔州僻，回肠杜曲煎〔1〕。

即今龙厩水,莫带犬戎膻[2]。

耿贾扶王室,萧曹拱御筵[3]。

乘威灭蜂虿,戮力效鹰鹯[4]。

旧物森犹在,凶徒恶未悛。

国须行战伐,人忆止戈铤[5]。

奴仆何知礼,恩荣错与权。

胡星一彗孛,黔首遂拘挛[6]。

哀痛丝纶切,烦苛法令蠲[7]。

业成陈始王,兆喜出于畋[8]。

宫禁经纶密,台阶翊戴全[9]。

熊罴载吕望,《鸿雁》美周宣[10]。

【章旨】

第四段指陈形势,追究祸根,劝勉今王用贤,议论踔厉。

【注释】

〔1〕　吊影二句:吊影,即"形影相吊"的省文,形容孤单寂寞。杜曲,地名,在今陕西西安长安区东南。唐代大姓杜氏世代居住于此,故称杜曲。《曲江三章章五句》云"杜曲幸有桑麻田",则杜甫于此有产业。

〔2〕　即今二句:龙厩水,原注:"西京龙厩门,苑马门也。渭水流苑门内。"

〔3〕　耿贾二句:耿贾,后汉光武帝之大将耿弇、贾复,借指唐诸将。萧曹,汉刘邦的大臣萧何、曹参,借指唐诸文臣。

〔4〕　乘威二句:蜂虿,毒虫,此指叛臣。鹰鹯,喻帝王爪牙之臣。《左传·文公十八年》:"见无礼于其君者,诛之,如鹰鹯之逐鸟雀也。"

〔5〕　旧物四句:言形势:人思息战恢复旧制,但凶徒犹在不得姑息,不

能不战。旧物,指原有的礼乐制度。愗,改也。

〔6〕　奴仆四句:追究"安史之乱"以来祸根。奴仆,指宦官李辅国、程元振之流。二人分别在肃宗、代宗时得宠专权乱政,使将士离心,生民困苦。胡星,指安史叛臣,因其为胡人。彗孛,彗星与孛星,旧谓彗、孛出现是战乱的预兆。黔首,百姓。拘挛,窘困。

〔7〕　哀痛二句:丝纶,诏书,此指哀痛诏,又称罪己诏。永泰元年(765)正月,代宗下罪己诏;二年十一月,诏停什亩税一法。蠲,免除。

〔8〕　业成二句:陈始王,《诗序》:"《七月》,陈王业也。"谓诉说致王业之艰难。兆喜,大喜。畋,打猎。此用周文王出猎遇吕望事,谓能用贤也。

〔9〕　宫禁二句:经纶,筹划国策,此指皇帝。翊戴,辅佐拥戴,此指群臣。

〔10〕　熊黑二句:熊黑,指姜太公吕望。传说周文王出猎,卜之,曰:所获非虎非黑,所获为霸王之辅。周文王遂载吕望同归,立为师。此言用贤,未必实指某人。鸿雁,《诗·鸿雁》,美周宣王也。此藉以歌颂唐代宗能靖乱安民,古人常用颂来劝勉其君。

【语译】

　　在偏僻的夔府哟形影相吊,想起故里杜曲哟回肠似火煎。愿流过龙厩的渭水哟,不再带着犬戎的腥膻。武将像耿贾扶佐王室,文臣如萧曹护卫御筵。诸臣啊要乘天威殄灭叛逆,同心戮力学那追狐逐兔的鹰鹯。大唐文物旧制森然在,岂容凶徒依然凶残。人们虽然盼着息战,但国家恢复仍需再战。宫里那些奴才岂知礼义,怎能凭恩宠错授大权!安史好比是扫帚星,一出现便生灵涂炭。代宗皇帝痛下罪己诏,苛捐杂税全蠲免。开创王业真艰难,文王出猎最喜得大贤。朝廷得贤筹划密,诸臣得贤拥戴全。同车俱载有吕望,诗颂宣王自有《鸿雁》篇。

　　　　　　侧听中兴主,长吟不世贤[1]。

音徽一柱数,道里下牢千^[2]。

郑李光时论,文章并我先。

阴何尚清省,沈宋欻联翩^[3]。

律比昆仑竹,音知燥湿弦^[4]。

风流俱善价,恓当久忘筌^[5]。

置驿常如此,登龙盖有焉^[6]。

虽云隔礼数,不敢坠周旋。

高视收人表,虚心味道玄。

马来皆汗血,鹤唳必青田^[7]。

羽翼商山起,蓬莱汉阁连^[8]。

管宁纱帽净,江令锦袍鲜^[9]。

东郡时题壁,南湖日扣舷^[10]。

远游凌绝境,佳句染华笺^[11]。

【章旨】

第五段转入赞美郑、李的诗才、意气,并述及其宦迹,娓娓道来。

【注释】

〔1〕 侧听二句:中兴主,指唐代宗。不世贤,指郑审、李之芳。此句承上段用贤之意,举郑、李为不世出之贤人,转入朋友之谊。

〔2〕 音徽二句:谓郑、李多次寄来音信,我们相去有千里之遥。一柱,一柱观,在江陵(今湖北江陵)。下牢,下牢观,在夷陵(今湖北宜昌),两地相邻。原注:"郑在江陵,李在夷陵。"

〔3〕 阴何二句:阴何,指六朝诗人阴铿、何逊。沈宋,指初唐诗人沈佺期、宋之问。欻,忽然。此言见郑李如忽见沈宋之并肩齐名。

〔4〕 律比二句:言郑、李诗律之细。昆仑竹,《汉书·律历志》:黄帝使伶伦去大夏之西,昆仑之阴,取竹嶰谷,断两节而吹之,以为黄钟之

宫。燥湿弦，《韩诗外传》：夫天时有燥湿，弦有缓急，徽指推移，不
　　可记也。

〔５〕风流二句：善价，好价钱。《论语·子罕》："有美玉于斯，韫椟而藏
　　诸？善价而沽诸？"此言郑、李名高。惬当，陆机《文赋》："惬心者贵
　　当。"筌，捕鱼的竹器。《庄子》："筌者所以在鱼，得鱼而忘筌。"此言
　　郑、李诗稳妥而不落言筌。

〔６〕置驿二句：置驿，汉人郑当时置驿马遍迎宾客，借言郑监好客。登
　　龙，《后汉书·李膺传》："膺独持风裁，以声名自高，士被其容接者，
　　名为登龙门。"借喻受过李宾客之接待。

〔７〕高视四句：谓郑、李能好贤，所结纳者皆当时如汗血马、青田鹤一般
　　杰出的人才。收人表，结交贤人。味道玄，能深刻领会道之玄妙。

〔８〕羽翼二句：商山，指汉之"商山四皓"，曾辅佐太子，因李之芳为太
　　子宾客，故用此典。蓬莱阁，指汉代皇家藏书处东观，因传说神仙
　　的图书都藏在蓬莱山。郑审为秘书少监，故用此典。

〔９〕管宁二句：管宁，三国魏人。文帝拜为大中大夫，明帝拜为光禄勋，
　　皆辞不就，皂帽家居。这里以管宁比退居的郑审。江令，指南朝江
　　总，官至尚书令，世称江令。这里以曾任太子官员的江总比太子宾
　　客李之芳。

〔１０〕东郡二句：东郡，夷陵郡在夔州之东，故曰东郡。南湖，即郑监湖
　　亭。后来杜甫过峡州有《暮春陪李尚书李中丞过郑监湖亭泛舟》之
　　作，云："海内文章伯，湖边意绪多。"日扣舷，即指其泛舟作歌。

〔１１〕远游二句：言二公游赏山水并有佳作。绝境，与世隔绝之地。或谓
　　指山巅绝顶。

【语译】

　　我关注那中兴的君主，我讴歌那难得的大贤。一柱观音书多次
来款款，下牢观千里路漫漫。郑李时论常褒美，文章品位在我先。
清省阴何可媲美，敏捷沈宋堪比肩。律细每合昆仑竹，音精常辨湿
燥弦。风流自是高身价，意惬不曾落言筌。常蒙郑公迎为客，时登

龙门李侯前。虽说懒散缺礼数，不敢疏忽失往还。二公高瞻识人杰，虚心能会道之玄。所收尽是汗血马，鹤唳便知是青田。李侯起如商山四皓辅太子，郑监学富五车合与蓬莱书阁连。退学管宁戴皂帽，进同江总锦袍鲜。东郡题诗时在壁，南湖放歌常扣舷。远游登绝顶，佳句书华笺。

每欲孤飞去，徒为百虑牵。
生涯已寥落，国步尚迍邅[1]。
衾枕成芜没，池塘作弃捐[2]。
别离忧怛怛，伏腊涕涟涟[3]。
露菊班丰镐，秋蔬影涧瀍[4]。
共谁论昔事，几处有新阡[5]。
富贵空回首，喧争懒着鞭。
兵戈尘漠漠，江汉月娟娟。
局促看秋燕，萧疏听晚蝉。
雕虫蒙记忆，烹鲤问沉绵[6]。

【章旨】

第六段伤故里难归，兵戈月色，感知交相慰，承前启后，是通篇过渡段。

【注释】

〔1〕　迍邅：难行貌。
〔2〕　衾枕二句：原注："平生多病，卜筑遣怀。"言在两京本已卜筑可居，今因乱而荒芜弃捐矣。
〔3〕　别离二句：谓因与弟妹离别而忧心，伏腊思祭祖而滴泪。伏腊，夏伏冬腊，一岁两次重大的祭祀日。

〔4〕　露菊二句：丰镐，周的旧都，此借指长安。涧瀍，二水名，流经洛阳
　　　注入洛水。此指代洛阳。

〔5〕　新阡：指新坟场。

〔6〕　雕虫二句：雕虫，扬雄《法言·吾子》："童子雕虫篆刻，壮夫不为。"
　　　后指文学创作者，此杜甫自谓。烹鲤，《饮马长城窟行》："客从远方
　　　来，遗我双鲤鱼。呼儿烹鲤鱼，中有尺素书。"后以烹鲤为收到亲友
　　　来信。沉绵，久病。

【语译】

　　每欲孤飞从公去，奈何空被百忧牵！生涯至此施无计，何况国
步举维艰。故园旧宅已荒芜，昔日池塘也弃捐。弟妹四散心戚戚，
父祖遥祭泪涟涟。秋菜洛水影青翠，露菊长安色斑斓。与谁共忆当
年事？可怜几处坟未干！回头富贵已成梦，懒向官场着先鞭。尘埃
滚滚兵戈急，江汉娟娟孤月悬。仰望匆促去秋燕，坐听断续吟晚蝉。
雕虫小技蒙记忆，尺书承问病沉绵。

卜羡君平杖，偷存子敬毡〔1〕。

囊虚把钗钏，米尽拆花钿。

甘子阴凉叶，茅斋八九椽。

阵图沙北岸，市暨瀼西巅〔2〕。

羁绊心常折，栖迟病即痊。

紫收岷岭芋，白种陆池莲〔3〕。

色好梨胜颊，穰〔4〕多栗过拳。

敕厨唯一味，求饱或三鳣〔5〕。

儿去看鱼筍，朋来坐马鞯〔6〕。

缚柴门窄窄，通竹溜涓涓。

堑抵公畦棱，村依野庙壖〔7〕。

缺篱将棘拒,倒石赖藤缠。

【章旨】

第七段是对上章"问沉绵"的回答,故详于居处饮食,颇见生计之艰难。笔调如诉家常。

【注释】

〔1〕 卜羡二句:谓家贫无长物,而羡杖头百钱自足。卜羡,仇注引王洙曰:"君平卜筮于成都,得百钱足自养,则闭肆下帘而授《老子》。阮宣子常步,以百钱挂杖头,至酒店,使得酺畅。"偷存,晋人王献之,字子敬,夜卧斋中,有偷入室,盗物都尽。子敬徐曰:"青毡我家旧物,可特置之。"

〔2〕 阵图二句:阵图,指孔明的八阵图,在鱼复浦。市暨,《杜诗镜铨》引原注:"市暨,峡人目市井泊船处曰'市暨'。江水横通山谷处,方人谓之'瀼'。"

〔3〕 紫收二句:岷岭芋,《汉书·货殖传》:"岷山之下,沃野千里,下有蹲鸱,至死不饥。"蹲鸱指芋。此言种岷山之紫芋。池,一作"家"。仇注引任昉《述异记》:"吴中有陆家白莲种。"

〔4〕 穰:果肉,犹瓜之有瓤。

〔5〕 敕厨二句:敕厨,告诫做饭的家人。鳝,即鳝鱼,水田中常有之,又称黄鱼。杜诗:"顿顿食黄鱼。"

〔6〕 儿去二句:上句一作"异俗邻鲛室"。筍,捕鱼之竹器。坐马鞯,浦注引《海录碎事》:"苏秦既贵。张仪来谒。坐于马鞯而食之。"鞯,马鞍。此借言贫无坐席。

〔7〕 堑抵二句:句下旧注:"京师农人指田远近,多云几棱棱,音去声。"墒,通"堨"。隙地;空地。

【语译】

只羡君平卖卜钱挂杖,我是子敬家贫余一毡。囊空当首饰,无米卖花钿。柑橘叶阴凉,茅屋八九间。八阵图在沙北岸,瀼西崖下泊舟船。久滞异乡心惆怅,但愿稽留病能痊。紫是新收岷山芋,白乃池中陆家莲。梨嫩色胜颊,栗肥大过拳。叮嘱厨房只煮一道菜,想要吃饱再加三尾鳣。备料遣儿快去查鱼笱,无席委屈来客坐马鞍。柴枝粗绑门窄窄,竹管打通水涓涓。壕沟直达公田界,村子靠近野庙边。篱笆缺处荆棘补,山石倾斜幸有藤来缠。

借问频朝谒,何如稳昼眠?
谁云行不逮,自觉坐能坚。
雾雨银章涩,馨香粉署妍[1]。
紫鸾无近远,黄雀任翩翾[2]。
困学违从众,明公各勉旃[3]。
声华夹宸极,早晚到星躔[4]。
恳谏留匡鼎,诸儒引服虔[5]。
不过输鲠直,会是正陶甄[6]。
宵旰忧虞轸,黎元疾苦骈[7]。
云台终日画,青简为谁编[8]?

【章旨】

　　第八段明志,一支笔写三家话,慰己且安心,勉友以尽责,冀其青史留名,诚挚感人。

【注释】

〔1〕　雾雨二句:银章,《汉书·百官公卿表上》:"凡吏秩比二千石以上,皆银印青绶。"粉署,即尚书省。《汉官仪》:"尚书省中,皆以胡粉涂壁,青紫界之,画古贤人烈女。"故又称"粉署"、"画省"。

〔2〕　紫鸾二句:上句况郑李之高飞,下句喻己之徘徊局促。翩翾,小

飞貌。

〔3〕　困学二句：困学，《论语》："困而学之。"上句言己之不合时宜。旃，
　　　助词。

〔4〕　声华二句：言郑、李声名将上达天子，早晚会重用。宸极，北极星，
　　　借指帝王、帝位。星躔，此指星座位置。

〔5〕　恳谏二句：匡鼎，即汉人匡衡，元帝时数上谏疏。服虔，东汉儒者，
　　　善经学。

〔6〕　不过二句：输，犹献。鲠直，刚直。陶甄，以制作陶器比喻教化、治
　　　理。《法言·先知》："甄陶天下，其在和乎？"

〔7〕　宵旰二句：宵旰，宵衣旰食，言帝王之勤政。轸，多也；聚也。
　　　骈，连。

〔8〕　云台二句：言郑、李应载入史册。云台，汉明帝图画邓禹等二十八
　　　将于南宫云台。青简，古人杀竹青为简，后指史册，又称"青史"。

【语译】

　　请问天天赴朝班，可比高卧白日眠？谁说我已走不动？自觉尚
能坐如磐。南方潮湿银印已锈涩，遥知尚书省里绕香烟。公为青天
翔紫凤，我是黄雀丛棘亦飞蹿。自知学非所用不赶趟，明公二位须
自勉。你们声名上扬达圣听，早晚位列公卿成大员。朝廷还须匡衡
能直谏，诸儒总会荐服虔。只要秉鲠直，便可教化传。皇上正勤政，
黎民疾苦连。云台终日画功臣，青史当为尔等编！

行路难何有，招寻兴已专。
由来具飞楫，暂拟控鸣弦[1]。
身许双峰寺，门求七祖禅[2]。
落帆追宿昔，衣褐向真诠[3]。
安石名高晋，昭王客赴燕[4]。
途中非阮籍，查上似张骞[5]。

披拂云宁在,淹留景不延^[6]。

风期^[7]终破浪,水怪莫飞涎。

他日辞神女,伤春怯杜鹃。

淡交随聚散,泽国绕回旋。

【章旨】

第九段用典密集,言欲出峡访郑、李,并求禅法,为下段作引。

【注释】

〔1〕 由来二句:飞楫,快船。控鸣弦,箭上弦,喻"飞楫"之待发。

〔2〕 身许二句:有寻佛法以终老之意。双峰寺,佛教胜地,一指蕲州双峰山东山寺,为禅宗五祖弘忍所居;一指韶州曹溪宝林寺,为禅宗六祖慧能所居。杜甫拟向湖湘,则此当指后者。门求,所求法门。七祖禅,指佛教禅宗的七代祖师。禅宗五祖弘忍后,南宗慧能、北宗神秀,俱称六祖。南宗荷泽、北宗普宗,俱称七祖,此或指南宗慧能晚年弟子荷泽神会。

〔3〕 落帆二句:言于彼佛寺前帆落,乃是宿昔之愿。乃以布衣之身,专为依向真诠也。诠,诠解事理。真诠,真解;真理。

〔4〕 安石二句:安石,晋人谢安,字安石。昭王,燕昭王,有求贤若渴的美名。旧注:"郑高简,得谢太傅之风。李宗亲有燕昭之美,燕周之裔。"

〔5〕 途中二句:上句言因乘舟直下无阻,故不必如阮籍车驾所穷,辄作穷途之哭。下句言舟中如汉人张骞之乘楂探河源。

〔6〕 披拂二句:宁,何也。景,日光,此指时光。

〔7〕 风期:犹风信,风应期而至者。

【语译】

何惧行路难,兴起相访心已专。早备轻舟去,待发箭上弦。我已身许双峰寺,登门法求七祖禅。泊舟了宿愿,布衣参真诠。素仰郑公高简似谢安,欲访李公燕昭风度翩。舟行途中无歧路,却似张骞探河源。天开荡荡无云翳,时不我待莫迁延。风信至时须破浪,水怪休得喷沫又飞涎!来日巫山辞神女,伤暮春时最怕听杜鹃。君子淡交随聚散,夷陵江陵且回旋。

　　　　　　本自依迦叶,何曾借偓佺[1]。
　　　　　　铲峰生转眄,橘井尚高褰[2]。
　　　　　　东走穷归鹤,南征尽跕鸢[3]。
　　　　　　晚闻多妙教,卒践塞前愆[4]。
　　　　　　顾凯丹青列,头陀琬琰镌[5]。
　　　　　　众香深黯黯,几地肃芊芊[6]。
　　　　　　勇猛为心极,清羸任体孱[7]。
　　　　　　金篦空刮眼,镜象未离铨[8]。

【章旨】

　　第十段夹叙夹议,涩笔生新,表白自家早年访道之失,如今发大愿心要践履禅宗佛法。

【注释】

〔1〕　本自二句:迦叶,大迦叶比丘,是释迦牟尼大弟子,因后人奉为佛教禅宗三十五祖之首,故借指佛教禅宗。偓佺,传说中的仙人名,《列仙传》称其食松子,体长毛数寸,能飞行。此自谓不曾信神仙服食之术。

〔2〕　铲峰二句:铲峰,庐山香炉峰。晋代高僧惠远曾居此山东林寺。橘井,在湖南郴州马岭山上,故曰"高褰"。褰,开也。传说仙人苏耽所留,可疗疫疾。

〔3〕 东走二句：归鹤，《续搜神记》：辽东城门华表柱，忽有白鹤来集。歌曰："有鸟有鸟丁令威，去家千年今来归。"喻己东归，却非成仙，故曰"穷"。跕鸢，《后汉书·马援传》：援击交趾，谓官属曰："我在浪泊西里间，下潦上雾，毒气薰蒸，仰视飞鸢跕跕堕水中。"跕跕，坠落貌。此预想旅途之艰辛。以上四句写学道飞升无望，至今仍在现世艰难中。

〔4〕 晚闻二句：妙教，释氏有妙觉之说，故曰妙教。愆，过失。杜甫年轻时曾追随李白访道求仙，现在觉得一种失误，故曰"前愆"。

〔5〕 顾凯二句：顾凯，顾恺之，东晋大画家，曾于瓦棺寺壁画维摩诘像。头陀，指头陀寺碑。南朝齐王简栖为文，文辞巧丽，为世所重。碑在鄂州。琬琰，美玉。镌，指碑刻。

〔6〕 众香二句：写佛寺庄严。众香，即众香国。《维摩诘经》："有国名众香，佛号香积。"芊芊，碧貌。潘岳《籍田赋》："碧色肃其芊芊。"

〔7〕 勇猛二句：勇猛，《楞严经》："发大勇猛，行诸一切难行法事。"赵次公注："言心极于闻道，而不管病体之羸弱也。"

〔8〕 金篦二句：金篦，印度古代一种眼科手术刀。镜象，镜中像，以喻非实有。铨，即秤也，用以权衡轻重之具。赵次公注："诗句盖求听佛法之论，若金篦虽可以刮眼中之膜。而执镜中之像以为实有，则未离铨量之间。公于此又高一着，而遣行役之累也。"盖言佛法不可执空无为实有，要彻悟就应当由外求转入内省，扫除心中一切烦恼。晚年几于走投无路的杜甫，的确想从佛教玄理中寻求些许温暖，但面对惨酷沉重的现实，也只能是用来"遣行役之累"的自我解脱。笔者曾以此联向陈允吉教授请益，陈先生认为："赵次公注应得其正解。此谓虽有'金篦刮眼'之说，然其未离形求计著，殆不如直指心性而能悟入理谛。联系前文考察上述两句，乃诗人置身佛事焕俨环境中所作之调侃也。"

【语译】

　　我自皈依佛，何曾学神仙！登彼匡庐四处看，仙人橘井离我远。

东归不是仙化鹤，南征瘴气坠飞鸢。晚来释家妙理多领教，终下决心践履赎前愆。顾恺之画庙壁古，头陀寺碑珠玉妍。众香国里烟熏黯，佛地庄严碧芊芊。发大勇猛行法事，那怕衰久身体孱。虽有金篦刮眼障，执空为有未是圆。

【研析】

　　元稹在《唐检校工部员外郎杜君墓系铭并序》中认为：诗至子美"盖所谓上薄风骚，下该沈宋，古傍苏李，气夺曹刘，掩颜谢之孤高，杂徐庾之流丽，尽得古今之体势，而兼人人之所独专矣"。他特别指出："至若铺陈终始，排比声韵，大或千言，次犹数百，辞气豪迈而风调清深，属对律切而脱弃凡近，则李(白)尚不能历其藩翰，况堂奥乎！"(《元氏长庆集》卷五十六)所论杜之"集大成"，已为后人广泛认同，而其"铺陈终始，排比声韵"之誉，却招来非议。如元好问《论诗》绝句云："排比铺张特一途，藩篱如此亦区区。少陵自有连城璧，争奈微之识珷玞！"(《杜诗详注·附编》)此论一出，"铺陈排比"几成贬语。但细揣元稹意思，只是要在"兼人人之所独专"的基础上突出杜甫独得之处。如果我们兼顾元稹《乐府古题序》所论，便知元稹对杜甫"即事名篇，无复倚傍"的创作方法有发明之功，并非对少陵的"连城璧"茫然无知。再如元稹《叙诗寄乐天书》云："得杜甫诗数百首，爱其浩荡津涯，处处臻到，始病沈宋之不存寄兴，而讶子昂之未暇旁备矣！"(《元氏长庆集》卷三十)元稹不但要求诗要有"寄兴"，还要重视诗的"浩荡津涯，处处臻到"，即形式的多样、臻美所造成的整体气势。所以"铺陈终始，排比声韵"是与下文"辞气豪迈而风调清深，属对律切而脱弃凡近"紧密联系的，正是突出杜甫诗"浩荡津涯"的艺术特征，铺陈排比虽然只是"集大成"中的"一途"，却是颇能显示其叙述艺术特征的"一途"。

　　叙述方式是作者理解、把握、表现客观世界的方式。如以秦州诗为分水岭，则前期杜甫叙事多用"缘事而发"的方式，而形式自由的古体诗为其首选。这一选择是由于杜甫其时处于政治中心地带的京、洛间,目睹身受许多重大的历史事件,有丰富的直接经验在内心涌动,需要一种直捷的表现形式,乐府传统"缘事而发"的叙述方式遂适其用。然而各种文体自有其局限。如"三吏"、"三别"一类叙事,要求事件本身有一定长度与完整性,题材不易得;再者,诗歌本不是构建"纯客观"叙事幻觉的最佳文体,既不如史,又不如小说。尤其是中国诗以抒情见长,有其独特的叙述方式与语体。诗歌特有的语体,即讲究韵律、节奏的抒情语体。对此,杜甫是自觉的。他在《戏为六绝句》中说:"不薄今人爱古人,清词丽句必为邻。"清丽,也还是杜诗的语体追求。故杜诗一曰:"为人性僻耽佳句,语不惊人死不休"(《江上值水如海势聊短述》);再曰:"晚节渐于诗律细"(《遣闷戏呈路十九曹长》),"熟知二谢将能事,颇学阴何苦用心"(《解闷十二首》)。与直陈其事的叙事方式相比较,律诗更重视"即语绘状",结构上的切割画面与语势上杂用对偶句铺陈的赋法。这一特征在杜甫前期尚不足为主流,而至后期远离政治中心,较少接触军国大事的情境下,则日渐成为各体诗主要的叙事方式。杜甫后期排律日见增多,应是其探索新叙述方式的一个重要方面,同样体现了注重文体互渗而不失本调的"集大成"精神。故仇注引张潜评云:"此诗才大而学足以副之,故能随意转合,曲折自如。其忽自叙,忽叙人,忽言景,忽言情,忽纪事,忽立论,忽述见在,忽及己前,皆过接无痕,而照应有法。"这就是创造。

这种创造,首先体现在对排律功能的改造上。高棅《唐诗品汇·五言排律叙目》云:"排律之作,其源自颜、谢诸人古诗之变,首尾排句,联对精密。梁陈以还,俪句尤切。唐兴,始专此体,与古诗差别……其文辞之美,篇什之盛,盖由四海晏安,万机多暇,君臣游豫赓歌而得之者。故其文体精丽,风容色泽,以词气相高而止矣。"杜甫以其"摩天巨刃"大力改造此本用于应酬的形式,让它适应其"情志"的内容。诚如许总教授所指出:"排律一体,自始至终都存在着题材狭窄、体势芜碎的缺点，只有在杜甫的排律中，题材才得到极大的开拓，无论写景抒情、吊古哀今、讥时评政等内容，都在其中有所表现，而'运古于律，所以开阖变化，施无不宜'（刘熙载《艺概·诗概》）。其于体势、风格方面的改造，又表现了诗人深厚的艺术功力和极大的创新精神。""《秋日夔府咏怀奉寄郑监审李宾客之芳一百韵》长律，则可视为这种创造性的最高体现。"（《杜诗学发微》）浦起龙已注意到原有排律形式于叙事上首尾排句、联对精密易形成板滞的局限，老杜因而注重在结构上的开阖变化。《读杜心解》评云："是诗制局运机之妙，在于独往独来，乍离乍合，使人不可端倪"，而白居易《代书》诗虽流美，但少变化，"不免直头布袋"。（他对结构做了精细的分析，文长不引，敬请有兴趣的读者自行检视。）杜甫排律的确注重结构上的多变，从上文十段章旨的概括中，可观其大略。然而其深刻处还在乎"内结构"与叙述方式之间形成的隐显开阖之关系，我称之为"双声道"的和声：从外部结构看，诗人所在的夔州与郑、李所在之江陵、夷陵，形成空间与事件上的交错、飞跃、回旋，变幻无端；从内部结构看，则一隐一仕、一处于无望之绝境与一处于可预见的顺境之对比。大量内外结构的交错、对比便形成一种情感形式的振荡与"浩荡津涯"的气势，将诗人不可言说之痛传递给我们，使我们更易理解：结尾部分诗人虽然流露出对佛教禅宗的某种向往，但面对惨酷之现实，心系家国的老杜也只能是作为自我调侃而"遣行役之累"耳。错综复杂思绪的表达，正是后来模仿者不可及之处。顺便说一句：难懂的好诗只是少了读者，并未少了它的美。何况水涨船高，读者的欣赏水平也是不断在提高。

秋野五首（五律,选三）

【题解】

大历二年(767)秋,作于夔州瀼西。

其　一

秋野日疏芜,寒江动碧虚[1]。
系舟蛮井络,卜宅楚村墟[2]。
枣熟从人打,葵荒欲自锄。
盘飧[3]老夫食,分减及溪鱼。

【章旨】

写滞留夔州所见秋野景色,后两句体现其民胞物与的古代人道
主义。

【注释】

〔1〕　碧虚:指江水碧绿清空。
〔2〕　系舟二句:蛮井络,蛮,此指蜀。井,星座名,二十八宿之一,古人谓
　　　　与岷山对应。络,天维地络,张衡《西京赋》:"振天维,衍地络。"则
　　　　"蛮井络"指称与天上井宿对应的这片蜀地。楚村墟,夔州古属楚
　　　　地,则"楚村墟"指杜甫当时所居之瀼西村落。
〔3〕　飧:熟食,譬如隔餐的饭。

【语译】

秋原渐萧索,寒江天光晃。泊舟井星下,卜居楚村庄。枣熟任

凭穷人打,葵苗荷锄自锄荒。老夫盘中有剩饭,分给溪鱼共来尝。

其　二

易识浮生理,难教一物违^[1]。

水深鱼极乐,林茂鸟知归^[2]。

衰老甘贫病,荣华有是非。

秋风吹几杖,不厌北山薇^[3]。

【章旨】

此首具理趣,以鱼鸟喻己之悟浮生之理,守贫深藏以免官场是非。

【注释】

〔1〕　易识二句:浮生,变幻不定的生命过程。下句意为万物都要遵从这一规律。

〔2〕　水深二句:借物喻理,从鱼潜于深渊,鸟藏于密林的现象中可悟避世全身的道理。

〔3〕　不厌句:薇,野菜。《史记》载伯夷、叔齐隐于首阳山,采薇而食。此言托迹山林,固守其贫。

【语译】

生命之理容易懂,万物循之谁敢抗!鱼潜渊底真快乐,鸟归密林把身藏。吾已衰老甘贫病,莫近荣华是非场。坐立任凭秋风吹,不厌采薇北山上。

其　五

身许麒麟画,年衰鸳鹭群^[1]。

大江秋易盛,空峡夜多闻。

径隐千重石,帆留一片云。

儿童解蛮语,不必作参军[2]。

【章旨】

以闲淡之笔言说久滞、贫病、志不得伸之苦衷,语带反讽,是杜诗的特色。

【注释】

〔1〕 身许二句:麒麟画,即画麒麟。汉宣帝于麒麟阁画霍光等十一功臣肖像,以示表彰。鸳鹭,喻朝官班次,言己虽志在立功,却年衰不得再预朝班,与诸人同事。可见直至晚年他还是很在意为京官以便济世的。

〔2〕 儿童二句:《世说新语》载,郝隆为蛮府参军,三月三日宴会作诗云:"娵隅跃清池。"桓温问:"娵隅是何物?"郝隆答云:"蛮名鱼娵隅。"桓温云:"作诗何以作蛮语?"郝隆答:"千里投公,始得蛮府参军,那得不作蛮语也?"杜甫化用此典,自伤客夔日久,语带自嘲。

【语译】

自许立功会上麒麟阁,不料衰老无缘做朝臣。大江秋雨容易涨,空峡常闻夜涛奔。径曲隐入千重石,帆迟恰似一片云。久客儿童会蛮语,不必蛮府当参军。

【研析】

《杜臆》:"'系舟蛮井'、'卜宅楚村',则去住尚未能自决也。'枣从人打',则人己一视;'葵欲自锄',则贵贱一视;'盘飧及溪鱼',则物我一视:非见道何以有此。""枣熟从人打"与《题桃树》"高秋总馈贫人食"、《又呈吴郎》"堂前扑枣任西邻,无食无儿一妇人"同一意思,总是对贫苦人的同情。其中是否有佛教普渡的意识?
从"盘飧老夫食,分减及溪鱼"一语看,有也不奇怪。事实上佛家
"普渡众生"的精神与儒家"民胞物与"的思想是可以沟通的,何况
从上选《秋日夔府咏怀奉寄郑监李宾客一百韵》一首中,我们已觉察
到老杜晚年对禅宗的倾心,只不过他并未真正皈依佛家,从本组诗
的末首就可以领会他骨子里并未"彻悟"。

洞　房 (五律)

【题解】

洞房,内室,此指后宫。这是一首回忆诗,约作于大历初(766—
767)。其时,杜甫在夔州作了一组以首二字名篇的诗,大都是追忆
故国往事的五律。

> 洞房环佩冷,玉殿起秋风。
> 秦地应新月,龙池[1]满旧宫。
> 系舟今夜远,清漏[2]往时同。
> 万里黄山北[3],园陵白露中。

【注释】

〔1〕　龙池:《唐会要》载,唐玄宗为皇储时,居兴庆里,有龙池涌出,日以
　　　浸广;至开元中,为兴庆宫。唐玄宗自蜀返京,初居此,后为李辅国
　　　逼迁西宫。

〔2〕　清漏:古代计时仪器,相传为黄帝创制,以漏壶定量滴水计时,故亦
　　　称漏刻。

〔3〕　黄山北:黄山,即黄山宫。黄山北,汉武帝茂陵(在今陕西兴平)正

在黄山宫之北,此借茂陵喻唐玄宗泰陵(在今陕西蒲城)。

【语译】

深宫环佩冷流纨,玉殿秋风起夜寒。长安新月应初上,龙池波光不忍看。如今系舟滞偏远,只有清漏同夜残。皇陵万里黄山北,园寝朦胧白露团。

【研析】

我们在《解闷十二首》其九"玉座应悲白露团"【注释】中有云:"此句'应悲'二字是推想明皇应从中吸取了教训,见荔枝而悲往事;同时也从中透出诗人对明皇的思念与悲悯之情。"在此诗中得到了印证。"园陵白露中"一句尤其"词微而婉",情景相生,摇曳不尽。事实上"五十年太平天子"的唐玄宗造就"开元盛世",在唐文人中是颇得好感的,他已成为盛唐的符号,杜甫对他的怀念在很大程度上也就是对太平盛世之忆念。

历 历 (五律)

【题解】

与上一首相同,此诗也取头两个字为题。

历历[1]开元事,分明在眼前。
无端盗贼起[2],忽已岁时迁。
巫峡西江外,秦城北斗边[3]。
为郎从白首,卧病数秋天[4]。

【注释】

〔1〕 历历:众多而分明的样子。

〔2〕 无端句:无端,无由来,此指事起虽有因,来时却突然。盗贼,指"安史之乱"。

〔3〕 巫峡二句:西江,当指长江上游之岷江,在巫峡之西,故称西江。秦城,指长安。此句与"每依北斗望京华"同意。事实上这种恋阙之情在晚期杜诗中经常出现。

〔4〕 为郎二句:为郎,指晚年才为工部员外郎一事。从,听任之意,表示不甘心。数秋天,经过几个秋天。谓算计又白过了几个秋天,有来日无多的危迫感。

【语译】

开元往事纷纷见,分明经过在眼前。叛军突起平地雷,忽尔时过景又迁。厕身巫峡成都外,遥望长安更在北斗边。白首为郎任它去,卧病屈指还能几秋天?

【研析】

往事历历在目,不堪回首;将来茫茫渺渺,瞻望前程,不寒而栗。但从"秦城北斗边"、"为郎从白首"二句中,仍可感受"不死会归秦"的顽强!

孤　雁 (五律)

【题解】

约作于大历初(766—767)。吟孤雁是老题材,但少陵仍能寓大于小,极情尽态,故为此题材之绝唱。

孤雁不饮啄，飞鸣声念群。

谁怜一片影，相失万重云^[1]。

望尽似犹见，哀多如更闻。

野鸦无意绪，鸣噪自纷纷^[2]。

【注释】

〔1〕 谁怜二句：为流水对，言孤雁与雁阵相去已很遥远。一片影，指孤雁。一片，以见其孤零单薄。

〔2〕 野鸦二句：以无思无想只会聒噪的野鸦反衬孤雁之"孤"——不为凡众所理解。

【语译】

　　孤雁哟不吃也不饮，思念雁阵哟声声哀鸣。有谁可怜这单影孤零，群飞远去已是相隔万重云。极目天边依稀见，心有戚戚仿佛听。喧闹野鸦无思虑，只知聒噪乱纷争。

【研析】

　　此诗极善于以虚写实。"念群"是诗之骨，于雁阵去后写雁，中四句听声觅影，"似犹见"、"如更闻"写心理幻象，犹"瓢弃樽无绿，炉存火似红"（《对雪》）。《瀛奎律髓汇评》引李天生云："着意写'孤'字，直探其微，而无一笔落呆。"又引何义门云："五、六遥遥一雁在前，又隐隐一群在后，虚摹'孤'字入神。"真所谓"空处传神"。最后又以"噪鸦"反衬一笔，寄托遥深。可以想见，老杜所谓"念群"，也就是他常提起的"鸳鹭行"，即曾共事过的房琯、郑虔、严武、岑参、高适、贾至，乃至如今仍有交往的郑审、李之芳等"不世贤"。旧注或以为思念弟妹，则"野鸦"无着落矣。

麂（五律）

【题解】

约大历初(766—767)作于夔州。麂,鹿类,无角。萧先生注云:"此诗全篇代麂说话,其实是借麂以骂世。"

永与清溪别,蒙将玉馔俱[1]。
无才逐仙隐,不敢恨庖厨[2]。
乱世轻全物,微声及祸枢[3]。
衣冠兼盗贼,饕餮用斯须[4]!

【注释】

〔1〕 永与二句:清溪,泛言麂所游息之幽僻处,或云指今四川汉南县南之清溪关。蒙,承蒙抬举。此句既是反讽,同时也写出弱小者的无助,愈婉愈悲。

〔2〕 无才二句:传说仙人驾鹿车或骑鹿,麂自叹才不及鹿,故不能载仙人隐去,致为人所食。

〔3〕 乱世二句:全物,全活生命。微声,小声名,谓因美味得名。及,遭也。祸枢,犹祸机。

〔4〕 衣冠二句:衣冠,指达官贵人,即享玉馔的人。衣冠其表,盗贼其中,所以说兼盗贼。饕餮,《左传·文公十八年》注:"贪财为饕,贪食为餮。"此谓狼吞虎咽。用斯须,只消片刻工夫就吃完了。

【语译】

再也见不到平时游息的清溪,听磨刀霍霍有幸将上宴席。麂非鹿也无才驾仙车,又怎敢因此恨厨师? 乱世生命不被当回事,得名反而得祸机。有头有脸的人居然像土匪,虎咽狼吞片刻便无余。

【研析】

此首比兴之义甚明。关键是那反讽的口吻,更贴切"麂"这弱小动物,与尾联对掌权者"衣冠兼盗贼"的愤怒斥责,形成情感上黑白分明的对比。而"乱世轻全物"的感叹,更体现了中国文化中可贵的"好生之德"。

白 小 （五律）

【题解】

这是另一组八首咏物诗的最后一首,约大历初（766—767）作于夔州。白小,俗称小白条,一称"面条鱼",是一种很小的鱼。

白小群分命,天然二寸鱼[1]。
细微沾水族,风俗当园蔬[2]。
入肆银花乱,倾箱雪片虚[3]。
生成犹拾卵,尽取义何如[4]。

【注释】

〔1〕 白小二句:群分命,《易·系辞》:"方以类聚,物以群分。"言白小同类相聚,有相濡以沫的意味。钱锺书《宋诗选注·徐玑》:"杜甫有首《白小》诗,说:'白小群分命,天然二寸鱼',意思是这种细小微末的东西要大伙儿合起来才凑得成一条性命。"天然,言此鱼天生就是小,长不大。

〔2〕　细微二句：沾水族,言其微小,毕竟也还是水族,是生命。当园蔬,
　　　　把白小当菜吃。

〔3〕　入肆二句：入肆,摆到市摊上。肆,市集。下句"倾箱"言其小,"雪
　　　　片"言其白,"虚"言其轻也。

〔4〕　生成二句：拾卵,张衡《西京赋》："上无逸飞,下无遗走,攫胎拾卵,
　　　　抵蟆尽取;取乐今日,遑恤我后。"意犹"可怜大地鱼虾尽",言无节
　　　　制地尽取天下物以供一时之乐,是为不义。仇注引卢注云："黄鱼
　　　　以长大不容,白小以细微尽取。不幸生爨,大小俱尽,以叹民俗之
　　　　不仁也。"

【语译】

　　一群小白条才凑得一条命,可怜天生只能长二寸的鱼。不管如
何细微也算是水族呵,可当地风俗总把它当菜吃! 摆在市场摊上银
光闪闪,整箱整箱倾倒雪霏霏。天下一物必尽取,如此行为太不义!

【研析】

　　这一首颇具象征意义。百姓就是这些无助的"白小",在乱世
中勉强濡沫求生,却遇到官匪任意诛求,"生成犹拾卵,尽取义何
如",真是要赶尽杀绝。黄生乃曰："'分命'字可怜!"一首小诗映出
一个悲惨世界。

八月十五夜月二首 (五律,选一)

【题解】

　　约大历初(766—767)作于夔州。是年中秋,老杜一连三夜赏
月,写下《八月十五夜月》、《十六夜玩月》、《十七夜对月》诸诗,后者

有"茅斋依橘柚"之句,杜在瀼西有柑园四十亩,《杜臆》认为当在瀼西一时之作。三夜之月一样空明,却各有差别,细读之可见杜甫体物功夫。

> 满目飞明镜,归心折大刀[1]。
> 转蓬行地远,攀桂仰天高[2]。
> 水路疑霜雪,林栖见羽毛。
> 此时瞻白兔,直欲数秋毫[3]。

【注释】

〔1〕 满目二句:飞明镜,喻月上天圆满。下句,《古乐府》:"何当大刀头,破镜飞上天。"吴兢《解题》云:大刀头,刀头有环,问何时当还也。折,归心摧折。

〔2〕 转蓬二句:转蓬,言己如蓬草无根飘转。攀桂,月中传说有桂花树,古人以折桂喻科举及第,此指入朝当官。

〔3〕 此时二句:白兔,传说月中有玉兔。秋毫,秋天初生的兽毛。数秋毫,极言玉兔纤毫毕现,写出满月之澄明通透。

【语译】

　　天上明月满双眼,我一心只想回乡团圆。好比那飘转的蓬草呵愈走愈远,入朝的机会呵难于上天。月儿光光,水面路面疑是铺上霜雪,林栖鸟儿羽毛分明可见。这时凝视月中玉兔,几乎可以细数新毛毵毵。

【研析】

　　俗称"十五月亮十六圆",第一首捉住月初圆之"明亮皎洁"写,从"圆"引出归乡团圆之思;第二首则捉住"清空"来写,以人的感觉效果来体现十六之月的圆满,看个真切;而第三首既喜月之仍圆,又隐伏月将不圆之忧,人月依依,透出一层惆怅;各有侧重。三篇连读,使人如浸月色里,了无尘气。

十六夜玩月 （五律）

【题解】

与上一首先后之作。玩,细品,玩味,故重在写月给人的感觉效果。

> 旧挹金波爽,皆传玉露秋[1]。
> 关山随地阔,河汉近人流[2]。
> 谷口樵归唱,孤城笛起愁。
> 巴童浑不寐,半夜有行舟[3]。

【注释】

〔1〕 旧挹二句:旧挹,从来就欣赏、推重。金波,指月光。玉露秋,《杜臆》:"中秋前白露,后寒露,故有是(玉露)名。"

〔2〕 关山二句:极写月色当空一片明净,无所不见,故地觉其阔而天河横斜觉其近。《杜臆》:"此时两间游气俱敛,故关山随地而阔,河汉近人而流,金波之爽,无如此时。后四句一时闻见,亦月故。"

〔3〕 巴童二句:《初白庵诗评》:"结语似闲,细味殊觉其妙。"盖此联之"行舟"与上一首之"归心"暗相呼应,此时期"系舟"是关键词,是诗人思归之符号,故见行舟而起归乡之思。又,《瀛奎律髓汇评》引纪昀云:"不言己不寐,而言'巴童'不寐,用笔曲折。张继'夜半钟声到客船',同此机轴。"

【语译】

　　月色从来令人爽,都说秋是玉露凉。关山明迥势觉宽,河汉潺潺流近旁。孤城飞笛散愁绪,谷口晚归樵夫唱。巴童月好不肯睡哟,半夜行舟引愁长。

【研析】

　　《诗薮》:"咏物起自六朝,唐初沿袭,虽风华竞爽,而独造未闻。唯杜公诸作,自开堂奥,尽削前规,如题咏月,则'关山随地阔,河汉近人流';咏雨则'野径云俱黑,江船火独明';咏云则'暗度南楼月,塞深北渚云';咏夜则'重露成涓滴,稀星乍有无';皆精深奇邃,前无古人,后无来者。"意象不可移易的个别性的确是成功的关键,此诗抟虚成实,只从感觉效果上来渲染月色的"清空":由于"游气俱敛",图像清晰,所以关山在月色中不觉其蒙蒙渺渺,反更觉其随地而阔,天河也因夔州地势之高,仿佛近人而流,星月清辉交映,十分亲切。

十七夜对月 （五律）

【题解】

　　此首从"十七夜"落想,随着月色稍减,人月依依,而愁思渐浓。

　　　　秋月仍圆夜[1],江村独老身。
　　　　卷帘还照客,倚杖更随人。
　　　　光射潜虬[2]动,明翻宿鸟频。
　　　　茅斋依橘柚,清切露华新。

【注释】

〔1〕　秋月句：《读杜心解》："'仍圆'，已不圆也。"

〔2〕　虬：无角的龙。

【语译】

　　今夜可喜月仍圆，江村独叹己老身。卷帘月入还相照，倚杖行走月随人。光射深渊潜龙动，明映宿鸟惊飞频。橘柚依依傍茅屋，清光莹莹凝露新。

【研析】

　　中国古代诗人对月是情有独钟，留下许多佳句妙语，唐诗中更是俯拾皆是。古诗中要是去掉月的描写，就好比美人剜掉一只眼睛。你能想像不写月的王昌龄、李白吗？他们的那股英雄气、赤子心，那份"玉壶冰心"，不都寄在月的清辉之中吗？杜甫亦如斯。但诚如日人松浦友久《李白诗歌及其内在心象》所指出："从严格的意义上讲，完全可以绝对肯定，李白的诗中是没有以月亮本身为主题的作品的。"而杜甫呢，却有不止一首的以月为主题的咏物诗，此三首便是。这就要求诗人正面写月，"白战不许持寸铁"，却又不落六朝人"巧构形似之言"的套路，融入诗人主体性，且摄出月魄来。这三首便是典范。"此时瞻白兔，直欲数秋毫"，诗人白描出月的明净无瑕；"关山随地阔，河汉近人流"，又烘云托月式渲染出月光的苍茫空阔，映照澄彻；"卷帘还照客，倚杖更随人"，"茅斋依橘柚，清切露华新"，人月依依，可谓天人合一，入无我之境。掩卷而思，情在其中矣！

秋　清 （五律）

【题解】

　　大历二年（767）秋作于夔州东屯。仇注：“秋清，与清秋不同。清秋者，秋气肃清也。秋清者，谓身逢秋候，得以清爽也。”

　　　　　　高秋疏肺气[1]，白发自能梳。
　　　　　　药饵憎加减，门庭闷扫除[2]。
　　　　　　杖藜还客拜，爱竹遣儿书。
　　　　　　十月江平稳，轻舟进所如[3]。

【注释】

〔1〕　高秋句：言高秋气清，肺病得以舒缓。疏，疏通。

〔2〕　药饵二句：加减，指中医根据用药效果，或增或减若干味药材，调节其医疗方案。憎加减，即言己厌恶久病的状态。下句则言因病而不乐打扫庭院，有不乐见客之意。《客至》：“花径不曾缘客扫。”

〔3〕　十月二句：言计划十月间放舟去夔东下。如，往也。

【语译】

　　秋高气爽，我的肺病得以舒缓，白发也能自洗自梳。不断调节汤药真叫人心烦，庭院也懒得打扫只为迎来送往。病体稍康勉强起身与客揖让，唯有竹是我之所爱便让儿辈替我题诗在上。哦，十月江水该是平稳流畅，我将放舟直下去我想去的地方！

【研析】

老杜善于表达各种情绪,此诗写病后心情与境况,不是霍然而愈的轻松,只是缓解,所以还客之拜还要拄杖,题竹之诗还得遣儿代书。然而心情好多了,马上跃跃欲试,想趁秋收后有些收入,赶在严冬前的十月就东行。

秋 峡 （五律）

【题解】

这首与上一首是姊妹篇。想走又没走成,心里不免郁闷,写的是别样心情。

> 江涛万古峡,肺气久衰翁。
> 不寐防巴虎,全生狎楚童[1]。
> 衣裳垂素发,门巷落丹枫。
> 常怪商山老,兼存翊赞功[2]。

【注释】

〔1〕 不寐二句:不寐,睡不着。《诗·柏舟》:"耿耿不寐,如有隐忧。"狎,亲近。

〔2〕 常怪二句:出与处一直以来是士大夫的心病,很难调和;而四皓能处理得很得体,故"常怪"其实是仰慕,正反映了当时杜甫进退维谷的心情。商山老,扶助汉太子的商山四皓。翊赞,拥戴。

【语译】

峡谷江涛汹涌万古流淌中,江畔立一个风雨飘摇的久病老翁。

不寐为防巴山老虎,幸存才得亲近楚地儿童。白发苍苍垂过衣裳,门巷飒飒落满了丹枫。真搞不懂商山四老如何做到——隐士居然可以拥戴太子立下大功!

【研析】

除了末句是流水对外,通篇用反对。《文心雕龙·丽辞》:"反对者,理殊趣合者也。"反对好比括号,让对立矛盾的内容与情绪挤在同一体中,形成巨大的张力,一旦点燃,就有爆竹般的效果。首联将汹涌澎湃亘古不变的三峡与一个久病的老人相对,后者的脆弱便不忍一睹。颔联提防当地老虎志忐的心情与亲近当地儿童的亲和态度,也在极不调和中映射出诗人如履薄冰的生存状况。而颈联白发与丹枫的对照,则带着某种悲壮。尾联还是一对内在的矛盾:出仕与隐退相兼如何可能?然而正是这一股巨大的心理压力促成诗人要奋力摆脱这一切——毅然出峡,离它远去。这是弓与箭的矛盾。这首诗并没有否定上一首诗下的决心,二诗也是"理殊趣合"。

九日五首 （七律,选一）

【题解】

大历二年(767)秋作于夔州。吴若本题下注云:"缺一首。"赵次公认为所阙者则《登高》(见本册所选下一首)。《瀛奎律髓汇评》引无名氏曰:"八句对,清空一气如话。"

　　　　重阳独酌杯中酒,抱病起登江上台[1]。
　　　　竹叶于人既无分,菊花从此不须开[2]!
　　　　殊方日落玄猿哭,旧国霜前白雁来[3]。

弟妹萧条各何在？干戈衰谢两相催[4]。

【注释】

〔1〕　重阳二句：古人以九为阳数,九月九日是两个阳数相重,故称重阳。《荆楚岁时记》："九月九日,士人并藉野饮宴。"《西京杂记》："汉武帝宫人贾佩兰,九月九日佩茱萸,食饵,饮菊花酒,云令人长寿。"独酌,从下联"抱病"看来,此"独酌"只是独对杯中酒耳,并不曾饮,故对句云：索性抱病起而登山。

〔2〕　竹叶二句：竹叶,酒名。"竹叶"对"菊花",是用"竹叶"的原义而不是当作酒名来作对子,称"借对"。无分,无缘。

〔3〕　殊方二句：殊方,犹异乡。玄,指黑色。《闻鹤轩初盛唐近体读本》："第五'玄猿'着一'哭'字,已属奇险,其佳处尤在着'日落'二字于中,倍觉凄楚。"白雁,《梦溪笔谈》载："北方有白雁,似雁而小,色白,深秋则来。白雁至则霜降。河北人谓之'霜信'。"《杜臆》："'雁来'恒事,加一'旧国'便异,以起下句,雁来而旧国之弟妹不来也。"

〔4〕　弟妹二句：萧条,此指无音信。衰谢,衰老。谢,指毛发脱落。两相催,指战乱与衰病二者相逼,恐难与弟妹再相见了。《唐宋诗醇》："悲塞矣,而声情高亮。"

【语译】

重阳对酒不能饮,独自抱病登高台。菊花原为饮酒栽,我既与酒无缘分,尔等从此不必开！异乡日落听猿哭,故国白雁带霜来。弟妹离散今何在？战乱衰病催命难相待！

【研析】

此诗可谓透过自我看世界,是王夫之所谓"情中景",王国维所谓"有我之境"、"意余于境"者。重阳佳节本是亲友相聚的好时光,老杜却因弟妹离散无着,独自一人对着杯中酒,索性抱病自个儿登山去。又因病不能饮（"潦倒新停浊酒杯"），便使性子说：饮酒对菊，既不能饮酒，你菊花从今以后就不必再开了！仿佛这菊就只许为他一人而开。这种使性把话说死的手段，最能体现作者懊恼的心绪，如闻其声，如见其人。再者，如注〔3〕所引："'玄猿'着一'哭'字，已属奇险，其佳处尤在着'日落'二字于中，倍觉凄楚。""'雁来'恒事，加一'旧国'便异，以起下句，雁来而旧国之弟妹不来也。"读者从中可悟七言长句与五言句之差别。七言长句虽然只比五言多出两个字，但就律诗而言，却好比万花筒中添上两粒小玻璃珠，要多出许多变幻的花样来。《诚斋诗话》说："渊明、子美、无己三人作《九日》诗，大概相似。子美'竹叶于人既无分，菊花从此不须开'，渊明所谓'尘爵耻虚罍，寒花徒自容'也。"意思诚然"大概相似"，然而且不论高下，子美句要比渊明句更活泼，更接近生活口语，情绪跃动更丰富，却是一目了然的。这与七言形式比五言更有腾挪地步不能说没有关系。当然，前提是用此形式者须是高手。

顺便介绍一下林庚先生把握律诗结构的一种方法。林先生在《唐诗综论》中说："我们如果把首尾四句连起来念……往往就正是这首诗鲜明的主题，而中间四句偶句则是丰富这个主题的；前者仿佛是骨干，后者仿佛是肌肉或枝叶。"本诗的首联与尾联连起来是："重阳独酌杯中酒，抱病起登江上台。弟妹萧条各何在？干戈衰谢两相催。"果然，此诗主题就在其中，而中间四句无论如何折腾，正说倒说横说竖说，万变不离其宗，意思也就豁然了。

登　高（七律）

【题解】

大历二年（767）秋作于夔州。这是杜甫最有名的一首七律，笔力扛鼎。《诗薮》:"杜'风急天高'一章五十六字,如海底珊瑚,瘦劲难名,沉深莫测,而精光万丈,力量万钧,通章章法、句法、字法,前无昔人,后无来学。微有说者,是杜诗,非唐诗耳。然此诗自当为古今七言律第一,不必为唐人七言律第一也。"

风急天高猿啸哀,渚清沙白鸟飞回。
无边落木萧萧下,不尽长江滚滚来[1]。
万里悲秋常作客,百年多病独登台[2]。
艰难苦恨繁霜鬓,潦倒新停浊酒杯[3]。

【注释】

〔1〕 无边二句:落木,屈原《九歌》:"嫋嫋兮秋风,洞庭波兮木叶下。"为什么用"落木"而不用"落叶"或"树叶"呢? 林庚《唐诗综论》认为:"木"比"树"更单纯,不必带上"叶","是属于风的而不是属于雨的,属于爽朗的晴空而不属于沉沉的阴天;一个典型的清秋的性格。至于'落木'呢? 则比'木叶'还更要显得空阔,它连'叶'这一字所保留下的一点绵密之意也洗净了。"黄庭坚《登快阁》"落木千山天远大,澄江一道月分明"可为注脚。萧萧,风吹树叶声。《唐诗广选》引杨诚斋曰:"全以'萧萧''滚滚'唤起精神,见得连绵,不是装凑赘语。"萧先生说:"二句从大处写秋景。因风急,故叶落萧萧,江流滚滚。以上四句写景,是下文悲秋的张本。"

〔2〕 万里二句:百年,犹一生。此联含八九层意,或云:他乡作客一可悲,经常作客二可悲,万里作客三可悲,况当秋风萧瑟四可悲,登台易生悲愁五可悲,亲朋凋零独去登台六可悲,扶病而登七可悲,此病常来八可悲,人生不过百年,在病愁中过却,九可悲。而这八九层意思是来自万里、悲秋、作客、多病等诸多意象的交错组合,如此并不觉堆垛,历来为论者所推评。

〔3〕 艰难二句:末二句用当句对,"艰难"对"苦恨","潦倒"对"新停"。

潦倒,犹衰颓。时杜甫因肺病戒酒,故曰"新停"。乱世衰年,令人
不忍卒读。此诗八句皆对仗,首尾两联兼当句对,却一气喷薄而
出,不觉为对句,是七律中罕见者。

【语译】

　　天高远,秋风烈,时闻峡猿啼声咽。洲沙白,水清冽,鸟儿徘徊
翼相接。木叶萧萧无边下,流不尽呵大江浪千叠!离乡万里秋独
悲,人生百年半为客,抱病登台重阳节。艰难事多恨成结,两鬓苍苍
染霜雪,更怎堪新来病肺酒也绝。

【研析】

　　王夫之《薑斋诗话》有云:"意犹帅也,无帅之兵谓之乌合。李、
杜所以称大家者,无意之诗,十不得一二也。烟云泉石,花鸟苔林,
金铺锦帐,寓意则灵。"王氏又云:"情景名为二,而实不可离。神于
诗者妙合无垠,巧者则有情中景,景中情。"所谓"情中景",已接触到
艺术幻象的产生,是所谓"含情而能达,会景而生心,体物而得神,则
自有灵通之句,参化工之妙"。王氏已意识到作为诗人主观倾向性
的"意",能使物"灵",也就是能创造出一个属于诗人独有之意象
世界。

　　我们说"艺术幻象",并不仅仅是杜牧曾阐发过的李贺那种荒
国陊殿牛鬼蛇神式的幻觉世界。作为一代诗史的杜甫,更多地以心
理的方式重新编织从个人生活经验中蒸馏出的细节,据实构虚,经
诗人主观感情的点化,以自己独特的用词、语句、意象、结构,再造一
个全新的感觉世界。杜甫名篇《登高》便是范例。该诗中的意象并
非仅仅处于被动的被编织的地位,它们之间会在诗人强烈的主观情
感的点化下相互作用,幻化出无穷的意味。如"万里"一联含八九层
意(参看注〔2〕),且不觉堆垛,历来为论者所推许。但尤需发明的
是,这八九层意思是来自万里、悲秋、作客、百年、多病、独、登台诸多

意象的交错组合,示意图如下:

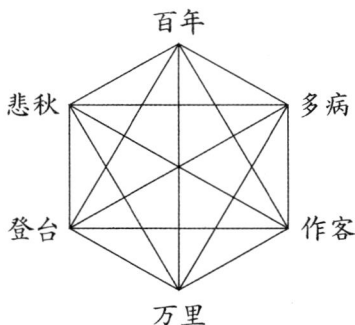

百年

悲秋　　　　　多病

登台　　　　　作客

万里

如图所示,各种意象互相组合,你中有我,我中有你,如镜镜相摄的"华严境界",意味迭出。甚至整首诗中风急、天高、渚清、沙白、猿啸、鸟飞、萧萧落木、滚滚长江……互为斗拱,有序而无序;交织共时,一目而尽收眼底,是秋的和弦,是秋的场景,是秋的气息。诸相如演员各各俱有个性,又都染上诗人的情绪,合力演活一出"群英会"。至此,诗中秋景已非夔州实景,而是"离形得似"的艺术幻境,是读者毋需亲临夔州即可感受到的一个秋景;诗中的悲秋之情也不仅仅是杜甫个人独有的情绪,而是从个人生活经验中提取的具有普遍性的审美经验,也就是经特定方式组合而成的一种感人形式,即克莱夫·贝尔所谓的"有意味的形式"。叶嘉莹称杜甫这种点化功夫为"写现实而超越现实"(《杜甫〈秋兴八首〉集说·代序》)。而这正是杜甫使七律形式趋于成熟、臻于完美的特殊贡献。

又呈吴郎 (七律)

【题解】

大历二年(767)秋,杜甫自瀼西草堂搬到东屯,并将草堂让给姓吴的亲戚。此诗便是一封给吴郎的特殊"书札"。又呈,因为前不久杜甫写了《简吴郎司法》,所以说"又";为了让对方更易接受自己的劝告,所以对后辈用了表示尊敬的"呈"。《书巢杜律注》引许合伯说:"诗家有题目看似没要紧,而发词却极关系、极正大者,须就此诗细参。"

> 堂前扑枣任西邻[1],无食无儿一妇人。
> 不为困穷宁有此?只缘恐惧转须亲[2]。
> 即防远客虽多事,便插疏篱却甚真[3]。
> 已诉征求贫到骨,正思戎马泪盈巾[4]。

【注释】

[1] 堂前句:杜甫常让邻家寡妇来堂前任意打枣。堂,即瀼西草堂。

[2] 只缘句:谓只因为担心寡妇会害怕,不敢来打枣,所以就更应当表示亲切。"恐惧"二字体贴深至。萧先生评:"他(指杜)好像是自己在打别人的枣子,希望主人家不要使自己难堪似的。我们只要一读到'不为困穷宁有此?只缘恐惧转须亲'这样的两句诗,至今仿佛还能听见诗人杜甫当时心怦怦然的跳动。"

[3] 即防二句:远客,指吴郎。前此杜甫有《简吴郎司法》诗云:"有客乘舸自忠州。"此联上句说寡妇提防你这位远客未免多心了,下句接着说你在堂前插上篱笆却也像是真的在拒绝她呢。上句是为顾全吴郎的面子,给台阶下,话说得很委婉。

[4] 已诉二句:征求,即诛求、剥削。进一步强调贫妇人"不为困穷宁有此"的无奈,激发吴郎的同情心。下句由近及远,指出战乱尚未有穷期,以共患难之情动人。

【语译】

瀼西草堂前的那棵枣,我一直任从西边邻居扑拾。哎!那是一个三餐无着没有儿女的穷寡妇。要不是穷得慌,她哪会去打别人家的枣子? 正因为她害怕,就更要慈眉善目。她提防你这远来客是有些多心了,可你一来就插上篱笆倒也是事实。黎民被剥削得一穷至骨,每想到天下战乱还无休无止,我便泪下簌簌。

【研析】

此诗写来明白如话,不露律对痕迹,真诗家斫轮手! 萧涤非先生《杜甫研究》指出:诗中用散文中常用的虚字如不为、只缘、已诉、正思、即、便、虽、却等作转接,化呆板为活泼。此外,措辞的委婉,避免以主人自居,使诗更能感化人,很值得我们注意。萧先生的串讲很贴切精彩,录供参考:

> 诗的第一句"堂前扑枣任西邻",开门见山,从自己过去怎样对待邻妇扑枣说起。"扑枣"就是打枣。杜甫另有一句诗"枣熟从人打",可见扑和打是一个意思。这里为什么不用"打"而用"扑"呢? 这是为了取得声调和情调的一致。杜甫写这首诗时的心情是沉重的,所以不用那个猛烈的上声字"打",而用这个短促的、沉着的入声字"扑"。"任"就是放任,一点不加干涉,爱打多少就打多少。这个"任"字很重要……诗的第三、四句:"不为困穷宁有此? 只缘恐惧转须亲!""困穷",紧接上第二句来;"此",指扑枣这件事。这两句的意思是:如果不是因为穷得万般无奈,她又哪里会去打别人家的枣子呢? 正由于她总是怀着一种恐惧的心情,怕物主辱骂,甚至把她当做盗窃犯,所以我们不但不应该干涉,恰恰相反,而是要表示亲善,表示欢迎,使她安心扑枣……诗的第五、第六两句才落到本题上,落到吴郎身上。"即防远客虽多事,便插疏篱却甚真",这两句要联系起来看,它们并不是彼此孤立,而是上下一气、相互关联、相互依赖、相互补充的。上句的"即"字,当"就"字讲。

"防"是提防，心存戒备，所以说防。"防"字的主语是寡妇。"远客"，指吴郎。"多事"，就是多心，或者说过虑。下句"插"字的主语是吴郎。这两句诗串起来讲就是说：那寡妇一见你插篱笆就防着你禁止她打枣，虽未免多心，未免神经过敏，未免"以小人之心，度君子之腹"；但是，你一搬进草堂就忙着插篱笆，却也很像真的要禁止她打枣呢！言外之意是，这不能怪她多心，倒是你自己有点太不体贴人。她本来就是提心吊胆的，你不特别表示亲善，也就够了，为啥还要忙着插上篱笆呢！这两句诗，措词十分委婉含蓄。这是因为怕话说得太直、太生硬，教训意味太重，伤害了吴郎的自尊心，会引起他的反感，反而不容易接受劝告……我们接着讲这首诗的最后两句："已诉征求贫到骨，正思戎马泪盈巾。"这两句是全诗的结穴，也是全诗的顶点。表面上是个对偶句，但不要看作平列的句子，因为上下句之间是一个发展的过程，由小到大，由近及远……由一个穷苦的寡妇，由一件扑枣的小事，杜甫竟联想到整个国家大局，以至于流泪。

寄柏学士林居（七古）

【题解】

柏学士，名未详，天宝年间为集贤院学士，安史乱后，来夔州投靠其侄柏大与柏二。杜甫有《题柏大兄弟山居屋壁二首》，云："叔父朱门贵，郎君玉树高。山居精典籍，文雅涉风骚。"看来，这是个书香门第，颇得老杜好感。

自胡之反持干戈，天下学士亦奔波。

叹彼幽栖载典籍,萧然暴露依山阿!

青山万重静散地,白雨一洗空垂萝。

乱代飘零余到此,古今成败子如何[1]?

荆扬春冬异风土[2],巫峡日夜多云雨。

赤叶枫林百舌鸣,黄泥野岸天鸡舞[3]。

盗贼纵横甚密迩,形神寂寞甘辛苦。

几时高议排金门,各使苍生有环堵[4]。

【注释】

〔1〕　古今句:言柏学士饱读群书能观古察今,你又有什么好办法(解决当前问题)?杜甫又有《柏学士茅屋》云:"古人已用三冬足,年少今开万卷书。"可见柏某是个博古通今的人,故有此问。

〔2〕　荆扬句:此谓夔州属南方,气候有异于北方之风土,下面三句则具体言其异。荆扬,泛指南方。

〔3〕　赤叶二句:百舌,鸟名,鸣声多变,故称百舌。此鸟北方多于春时鸣叫,此时值秋冬之际鸣叫,正见风土之异。天鸡,水禽名,与上"多云雨"相应。

〔4〕　几时二句:排,推开。金门,即金马门,汉代未央宫有金马门,后用指皇宫。环堵,四面墙,指简陋的房屋。

【语译】

　　自从"安史之乱"烽火起,天下学士纷纷忙躲避。柏学士你居然带书籍,来此山旮旯兀然隐居无遮蔽。山万重,少人迹;雨茫茫,藤萝垂。逢乱飘零无可奈何我到此,观古察今学士有何好主意?南国春冬气候风土自与北方异:巫峡清秋尚多雨,枫林叶赤犹有百舌鸣,野岸黄泥仍见舞天鸡。身心俱寂甘辛苦,盗贼纵横近而密。几时君能推开宫门献良策,各使苍生百姓安居有四壁!

【研析】

杜甫一直以来主张文治,对尚甲兵弃文用武颇为不满,此诗则对饱学的柏学士充满同情与期盼,指归还在天下百姓能安居,与传统的"招隐士"大异其趣。

耳　聋 （五律）

【题解】

大历二年(767)秋,杜甫耳聋,因作此诗。

> 生年鹖冠子,叹世鹿皮翁[1]。
> 眼复几时暗,耳从前月聋。
> 猿鸣秋泪缺,雀噪晚愁空[2]。
> 黄落惊山树,呼儿问朔风[3]。

【注释】

〔1〕　生年二句:生年,在生之年。鹖冠子,《山海经》云:"辉诸之山,其鸟多鹖。"郭注云:"似雉而大,青色,有毛角,勇健,斗死乃止。"汉代武臣遂以鹖尾为冠;又,楚人有避世隐居者,以鹖羽为冠,因以为号,著书亦名《鹖冠子》。此当合用二者,指生逢尚武之乱世,只好避世。鹿皮翁,《列仙传》称其少为府小吏,工巧,举手能成器械;岑山有仙泉,人不能到,遂作梯至其颠,留止其旁,食芝饮泉,着鹿皮衣。此则《杜臆》所谓"多机而驾空隐迹"(参看【研析】)。

〔2〕　猿鸣二句:描摹耳聋之状。晚愁空,赵次公曰:"(猿鸣雀噪)以耳聋之故,幸其不闻也。"不闻秋声,故自嘲曰无愁,是苦笑也。

〔3〕　黄落二句:黄落,指叶落。《礼记·月令》:"(季秋之月)草木黄落,

乃伐薪为炭。"朔风,北风,多用指冬天的寒风,少陵因见叶落之甚,疑是北风起,故用"惊"字。赵次公注:"今也见山树而惊其摇落,故呼儿问之:无乃朔风乎?"

【语译】

生当尚武乱世中,且做叹世远害鹿皮翁。眼已昏来不知几时瞆,耳朵倒是前月聋。哀猿不闻无秋泪,傍晚愁听雀噪今亦空。忽惊眼见山村黄叶落,呼儿问道可是起北风?

【研析】

《杜臆》一段评很有意思:"首二句,一慨生逢兵乱而斗死不休,一叹世人多机而驾空隐迹。所见所闻,俱堪蹙额,因云吾眼不知复以几时暗,若耳则幸从前月聋矣。故猿啼、雀噪,愁泪斯忘,聋之效也。但眼犹未暗,见山木之黄落而惊心,致问朔风,悲同宋玉,剩此通愁之窦,尚觉多事耳!当此世界,何如既聋且盲,不闻不见之愈乎?写愁至此,入非非想。"耳聋了,听不见这世界的噪杂,索性连眼睛也瞎了吧!不闻不见这个可悲的世界就更清净了。这是老杜特有的反讽精神。然而耳聋对我们的诗人打击是沉重的,他真怕连眼也瞎了。陈贻焮先生说得好:"其实苦笑比诉苦更能显示内心的悲痛。《独坐二首》其二说:'亦知行不逮,苦恨耳多聋。'脚走不动了,耳朵聋了,人眼看就完了,他哪能真不在乎呢?"(《杜甫评传》)

戏作俳谐体遣闷二首 (五律)

【题解】

大历二年(767)作于夔州。俳谐,恢谐也。俳谐体,是就其内容

1084

而言。《文体明辨》："《诗·卫风·淇奥》篇云'善戏谑兮,不为谑兮',此谓言语之间耳。后人因此演而为诗,故有俳谐体。"俳谐体颇似现代所谓的"打油诗",杜甫以此排遣厌居该地的情绪,故极言其陋俗,事实上诗人也有许多诗写此地的好风光,读者于本册自见之。

其　一

异俗吁[1]可怪,斯人难并居。
家家养乌鬼,顿顿食黄鱼[2]。
旧识能为态[3],新知已暗疏。
治生且耕凿,只有不关渠[4]。

【注释】

〔1〕　吁:叹怪之词。

〔2〕　家家二句:乌鬼,注家或以为巴楚间所赛之神,或以为鸬鹚、乌鸦、乌龟、猪,可谓众说纷纭。《仇注》引《蔡宽夫诗话》:"元微之《江陵》诗:'病赛乌称鬼,巫卜瓦代龟。'自注云:'南人染病,竞赛乌鬼;巫卜列肆,悉卖龟甲',乌鬼之名见于此。巴楚间,常有杀人祭鬼者,曰'乌野七神头',则乌鬼乃所事神名尔。或云'养'字,'赛'字之误,理或然也。"兹用其说。

〔3〕　为态:作态。浦注:"不以情实相与也。"

〔4〕　不关渠:言不去搭理这些人与事。渠,彼也。

【语译】

　　此地异俗太可怪,这里人情难共居。家家信巫奉乌鬼,餐餐老是吃黄鱼。熟人仍假意,新交难亲密。只管耕作过日子,这些事呵莫搭理。

其　二

西历青羌坂[1],南留白帝城。
於菟侵客恨,粔籹作人情[2]。
瓦卜传神语,畲田费火耕[3]。
是非何处定,高枕笑浮生[4]。

【注释】

〔1〕西历句:仇注引"原注":"顷岁自秦涉陇,从同谷县去游蜀,留滞于巫山。"青羌坂,指嘉州,唐代的嘉州,本古青衣羌坂。杜甫去蜀后,经嘉州沿江东下至夔,故曰"西历"。

〔2〕於菟二句:於菟,楚方言谓老虎。粔籹,一种用发酵后的米粉拌蜜糖煎炸的食品。

〔3〕瓦卜二句:瓦卜,一种占卜方式,击瓦观其文理以定吉凶。《岳阳风土记》载:"荆湖民俗,疾病不事医药,唯灼龟打瓦,或以鸡子卜,求祟所在,使俚巫治之。"下句言当地刀耕火种,尚处落后的农耕状态。《自瀼西荆扉且移居东屯茅屋四首》:"斫畲应费日。"

〔4〕是非二句:言明此诗只是对异俗的调侃,并非正面批判。《读杜心解》:"是非何定,谁与正之? 此缴合'吁怪'意。'笑浮生'者,不解此生何至混迹于此。着一'笑'字,亦'遣闷'意。"

【语译】

西经嘉州到蜀地,南来滞留白帝城。老虎出没增客恨,粉饼也可送人情。灼龟打瓦用巫术,刀耕火种少收成。是也非也谁能定? 一笑高卧看人生。

【研析】

说到"打油诗",就想到一件公案。胡适《白话文学史》论杜甫有云:"杜甫很像是遗传得他祖父的滑稽风趣,故终身在穷困之中而意兴不衰颓,风味不干瘪。他的诗往往有'打油诗'的趣味:这句话不是诽谤他,正是指出他的特别风格。"尽管他作了申明,"打油诗"之说还是饱受非议。用"滑稽"、"打油"来概括严正的杜诗的特色,的确难于接受(譬如他举《茅屋为秋风所破歌》为例,说明其"滑稽风趣",实在有点不伦不类)。如果用"俳谐"呢? 肯定要好得多,因为它更接近于幽默,而幽默是"含泪的笑",是另一种深刻。杜甫大半辈子处在进退维谷、无可奈何的境地,高入云天的理想抱负与寄人篱下的可悲现实是如此令人尴尬,老杜以俳谐、风趣、幽默直面之,"缘情慰漂荡",的确是其晚年诗一大特色。以此观点观此诗,那么老杜此时的孤寂、困顿、无助,对处僻地不能为国效力施展自己济世的抱负,对陋俗、落后的农业状况无话语权——"是非何处定",等等等等,可谓五味杂陈,只好付之"只有不关渠"、"高枕笑浮生",也就可以理解了。至于从诗中我们了解到当时当地的风土人情,倒在其次。再回头看胡适"故终身在穷困之中而意兴不衰颓,风味不干瘪"一语,也可以说是"文中知己"的话了。

虎牙行 (七古)

【题解】

大历二年(767)作于夔州。虎牙,山名,在今湖北宜昌东南三十里长江北岸,与南岸荆门山相对。《水经注》:"荆门在南,上合,下开,暗彻山南。有门像虎牙,在北。石壁色红,间有白文,类牙形,并以物像受名。"此地常为屯兵之所,诗人因"虎牙"之形象,遂联及战争之为害。

秋风欻吸[1]吹南国,天地惨惨无颜色。

洞庭扬波江汉回,虎牙铜柱[2]皆倾侧。

巫峡阴岑朔漠气,峰峦窈窕溪谷黑[3]。

杜鹃不来猿狖寒,山鬼幽忧雪霜逼。

楚老长嗟忆炎瘴,三尺角弓两斛力[4]。

壁立石城横塞起,金错旌竿满云直[5]。

渔阳突骑猎青丘,犬戎锁甲围丹极[6]。

八荒十年防盗贼,征戌诛求寡妻哭,

远客中宵泪沾臆[7]。

【注释】

〔1〕　欻吸:呼吸之间,言秋风之迅疾。

〔2〕　铜柱:滩名,在今重庆涪陵江口。据《太平寰宇记》载:昔人于此维舟,见水底有铜柱,故名;滩最峻急。

〔3〕　巫峡二句:阴岑,背阳的山。朔漠气,北方沙漠的寒风。窈窕,深远貌。

〔4〕　楚老二句:楚老,楚地之老者。上句言天寒使经不起严寒的本土老人乃至忆念那瘴气炎热的夏天。角弓,以角为饰的弓。六尺为长弓,三尺则短弓。斛,即石,约一百二十斤。下句言冷天角弓紧绷,拉开三尺短弓也要费二石的大力气。

〔5〕　壁立二句:石城,指白帝城。城横梗山上,故曰"横塞起"。金错,古代器物的一种装饰技法,将金属错杂进器物,形成花纹。

〔6〕　渔阳二句:渔阳,唐人以渔阳为幽州之代称,是安史叛军的策源地。青丘,在今山东高青一带,传为齐景公狩猎处,借指安禄山起事叛唐。锁甲,即锁子甲。丹极,皇宫。此言吐蕃围长安。

〔7〕　八荒三句:八荒,犹普天下。诛求,言严责之,必欲副其所求。臆,犹胸。

【语译】

秋风呼吸之间扫南国,天地惨淡灰朦胧。虎牙山倾铜柱斜,洞庭森森波涛涌。群峰幽远万壑黑,巫峡阴冷穿北风。杜鹃藏来猿猴缩,雪逼山鬼忧忡忡。老人畏寒思炎热,壮士冻僵难拉弓。白帝壁立石城横,千杆军旗竖寒空。自从渔阳叛军驱铁骑,吐蕃也来围皇宫!四海十年防盗寇,穷征暴敛寡妇哭,我为远客夜半闻之泪沾胸!

【研析】

晚年的杜甫往往将景物与对事件的感触对照着写,相互映衬,情景浑然一体。此诗中的寒秋凄情引出乱世惨况,由物及人及己,沁人心脾矣! 在句法结构上也有特色。萧涤非先生说:"按末三句,每句押韵,贼字臆字在职韵,哭字在屋韵,但屋韵与职韵,唐人古诗通押。所以末三句形成三个独立的单行的句子,显得很奇特,也很有力。"

自　平（七古）

【题解】

大历二年(767)冬,作于夔州,取首句二字为题。

> 自平中官吕太一,收珠南海千余日[1]。
> 近供生犀翡翠稀[2],复恐征戍干戈密。
> 蛮溪豪族小动摇,世封刺史非时朝[3]。
> 蓬莱殿前诸主将,才如伏波不得骄[4]。

【注释】

〔１〕　自平二句：中官，即宦官。"中官"一作"宫中"。收珠南海，指征收南海市舶税。《旧唐书·郑畋传》载："右仆射于琮曰：南海有市舶之利，岁贡珠玑。"千余日，指平吕太一至己已三年，约千余日。《杜臆》："收珠南海止千余日，所得几何？乃近来贡物既稀，干戈骚动，得不偿失矣！"

〔２〕　近供句：供，进贡。生犀翡翠，犀牛与翡翠玉石，此泛指南海所贡珍品。《文献通考》卷二十载宋仁宗时"海舶岁入象、犀、珠、玉、香药之类"。唐时亦应如此。

〔３〕　蛮溪二句：蛮溪，指分布于今湘、黔、渝、鄂交界地区的少数民族，或称之为"五溪蛮"。小动摇，《旧唐书》载，大历二年(767)，桂州山獠陷州城。此类事时有发生，因非大举入侵，故曰"小动摇"。世封刺史，史载唐太宗时溪蛮酋长归顺大唐，皆世授刺史。非时朝，非以时入朝，言溪蛮或不严守规矩，但仍有来朝，应宽待之耳。此联主张怀柔，保持岭南的安定，不应动辄大动干戈进行镇压。

〔４〕　蓬莱二句：蓬莱殿，即大明宫，指朝廷。伏波，指汉代名将伏波将军马援。《杜诗镜铨》："马援拜伏波将军，曾平交趾。然援后征五溪蛮，尚有壶头之困；其可易觑乎？倘不以太一为鉴，正恐慑服难期，徒滋扰害耳。"

【语译】

自从平定宦官吕太一之乱，至今恢复征收南海市舶税有千余日，但近来进贡犀牛翡翠之类珍物却越来越少了，只怕朝廷又要大动干戈问罪。其实五溪蛮只是小作乱，只要援例太宗，对他们世授刺史，他们还是可能归顺的。劝一句立朝的主将们：你即使才如伏波将军也大意不得啊！

【研析】

《资治通鉴》载，广德元年(763)十一月，"宦官广州市舶使吕太一发兵作乱,节度使张休弃城奔端州。太一纵兵焚掠,官军讨平之"。市舶使,或称押蕃舶使,是朝廷任命的对外征税使,宋人罗浚《宝庆四明志》"市舶"条:"东南际海,海外杂国时候风潮,贾舶交至,唐有市舶使总其征。"市舶在唐玄宗时就引起朝廷的重视,开元四年,张九龄《开大庾岭路记》云:"海外诸国,日以通商……上足以备府库之用,下足以赡江淮之求。"在安史乱后,朝廷财政尤其困难,市舶税就更显得重要,所以远处僻地的杜甫关注着广州发生的事件,提出中肯的意见。而由此诗也可见少陵心胸眼界。关于市舶,可参考张泽咸《唐代工商业》下篇第三章。

写怀二首（五古,选一）

【题解】

大历二年(767)冬,作于夔州。

劳生共乾坤,何处异风俗[1]?
冉冉自趋竞[2],行行见羁束。
无贵贱不悲,无富贫亦足[3]。
万古一骸骨,邻家递歌哭[4]。
鄙夫到巫峡,三岁如转烛[5]。
全命甘留滞,忘情任荣辱。
朝班及暮齿,日给还脱粟[6]。
编蓬石城东[7],采药山北谷。
用心霜雪间,不必条蔓绿[8]。
非关故安排,曾是顺幽独[9]。

达士如弦直，小人似钩曲[10]。

曲直吾不知，负暄候樵牧[11]。

【注释】

〔1〕　劳生二句：劳生，劳苦之人生，《庄子》："大块载我以形，劳我以
　　　　生。"这里指人群。下句用反问句谓普天下人情相似。

〔2〕　冉冉句：冉冉，行貌。自趋竞，即古谚所谓："天下攘攘，皆为利往；
　　　　天下熙熙，皆为利来。"

〔3〕　无贵二句：本自阮籍《大人先生传》："无贵则贱者不怨，无富则贫
　　　　者不争。"

〔4〕　万古二句：激愤语，言唯有死对所有人是公平的。递，是更递，言各
　　　　家轮转有哀死亡者。歌哭，唱丧歌。

〔5〕　鄙夫二句：鄙夫，杜甫自称。转烛，风吹烛摇。形容三年来生活动
　　　　荡不安。

〔6〕　朝班二句：朝班，在朝站班。脱粟，仅脱去秄壳的粗米。言自己毕
　　　　竟到老还挂个"工部员外郎"，每天还能勉强吃到些粗粮。自嘲语。

〔7〕　编蓬句：编蓬，即结茅屋。杜甫在夔州的瀼西、东屯皆有草屋。石
　　　　城，即夔州城。

〔8〕　用心二句：写采药。条蔓，指药草。言只要用心在雪地寻找，仍可
　　　　找到药草，不必等春回草绿。

〔9〕　非关二句：言自己幽居属天性自然。

〔10〕　达士二句：《后汉书》载顺帝时童谣："直如弦，死道边；曲如钩，反
　　　　封侯。"

〔11〕　曲直二句：负暄，晒太阳取暖。言曲直我都不去管他了，我只是晒
　　　　着太阳，等那从事劳作的家人回来。这是故作达观语，实为愤懑
　　　　之至。

【语译】

　　同一片青天在头顶，芸芸众生共世情：匆匆各奔竞呵，名缰利

绳牵其行。如无贵来谁悲贱？如无富来贫不争。万古唯有死神最公正，君听邻里轮番有哭声！敝人到巫峡，三年飘摇如残灯。荣辱任它去，久留僻壤为全生。天天吃糙米，到老才在朝廷挂个名！茅屋结在夔州东，采药要去北谷中。霜雪茫茫用心找，药草不必等过冬。不是刻意做安排，幽独与我性本通。通达之士如弦直，只有小人才与曲钩同。曲呀直呀不管它，曝背只等劳作家人下田垅。

【研析】

杜甫晚年常将悲愤转为郁闷，甚至以达观语出之。其中"无贵贱不悲，无富贫亦足"二句，虽然是《老子》"不贵难得之货"、"绝巧弃利"等取消对立面思想的发挥，但"悲"、"足"二字已表明诗人的倾向在贫贱者一边，其内涵便是《有感五首》所云："不过行俭德，盗贼本王臣"，以及《送陵州路使君赴任》所云："战伐乾坤破，疮痍府库贫。众僚宜洁白，万役但平均。"

夔州歌十绝句 （七绝，选六）

【题解】

本组诗作于夔州，写白帝城、赤甲、瀼西、东屯等景色，似当在大历二年（767）秋迁东屯以后所作。《杜诗镜铨》评云："十首亦竹枝词体，自是老境。"竹枝，乐府名，亦名"巴渝词"。《乐府诗集》云："竹枝本出巴渝。"杜甫当时正在巴渝一带，早于刘禹锡向民间竹枝词学习，故《石洲诗话》云："杜公虽无竹枝，而《夔州歌》之类，即开其端。"

其 一

中巴之东巴东山[1]，江水开辟流其间。

白帝高为三峡镇,夔州险过百牢关[2]。

【章旨】

写三峡形胜与白帝城险要的地理位置。《杜臆》:"第一首写其形势,便堪为夔吐气。"

【注释】

〔1〕 中巴句:东汉兴平二年(195)益州牧刘璋分巴:以垫江以上为巴郡,江州至临江为永宁郡,朐忍至鱼复为固陵郡。建安六年(201),改永宁为巴郡,固陵为巴东郡,巴郡为巴西郡,是为三巴。中巴即巴郡,今重庆一带。巴东山,即夔州一带群山。首句七字皆平,属拗句。

〔2〕 白帝二句:白帝,即白帝城,旧址现在今奉节县城以东十里瞿塘峡口的白帝山山腰上,故曰"高为三峡镇"。百牢关,入蜀道,在今陕西勉县西南,两壁山相对,六十里不断,汉水流其间,因与夔州的瞿塘相似,故以为比。

【语译】

中巴之东是呀巴东山,开天辟地以来江水流其间。白帝城高镇三峡口,夔州地势呀险过百牢关。

其 四

赤甲白盐俱刺天,阎阎缭绕接山巅[1]。
枫林橘树丹青合,复道重楼锦绣悬[2]。

【章旨】

写夔州一带树木掩映,山川市井如绣。

【注释】

〔1〕　赤甲二句：赤甲白盐，二山名，在重庆奉节东瞿塘峡，两山夹江对峙如门。陆游《入蜀记》："山不生树木，土石红紫，如人袒背，故曰赤甲。"白盐山在夔州城东十七里，《水经注·江水》："北岸山上有神渊，渊北有白盐崖，高可千余丈，俯临裨渊，土人见其高白，故因名之。"北宋编《太平寰宇记》前，一直称长江夔门北岸今称赤甲山者为白盐山，而称今在白帝山北与白帝山和马岭相通的子阳山为赤甲山。详考见简锦松《杜甫夔州诗现地研究》。闾阎，民居。大历二年(767)春，杜甫由白帝城西阁迁入赤甲。

〔2〕　枫林二句：丹青合，枫叶丹，橘叶青，两色相杂，故云。复道，楼阁间通行之道；因上下皆有道，故称。当地居民因山筑屋，大概如山区高脚楼之类，山下看去如悬在空中一幅锦绣。仇注引卢云："诗可作画。青红层叠，楼榭参差，不嫌山体之孤峻矣。"

【语译】

　　赤甲山，白盐山，山高刺破天。居民巢屋依山绕，相接到山巅。枫叶红，橘叶青，两色相错明。楼阁道，一重重，锦绣悬半空。

其　五

　　瀼[1]东瀼西一万家，江北江南春冬花。
　　背飞鹤子遗琼蕊，相趁凫雏入蒋牙[2]。

【章旨】

　　此章写瀼溪两岸人烟景色。

【注释】

〔1〕　瀼：指瀼溪，今名梅溪河。陆游《入蜀记》："夔人谓山涧之流通江者曰瀼，居人分其左右，谓之瀼东瀼西。"大历二年(767)暮春杜甫

由赤甲迁入瀼西。

〔2〕 背飞二句：背飞,分飞。蒋牙,菇芽。菇是一种水草。

【语译】

瀼溪东,瀼溪西,两岸居民上万家。江之北,江之南,春夏秋冬都有花。分飞小鹤掉了琼花蕊,相逐的野鸭儿哟乱菇芽。

其　六

东屯[1]稻畦一百顷,北有涧水通青苗。
晴浴狎鸥分处处,雨随神女下朝朝[2]。

【章旨】

此章记东屯田园之美,稻米之丰。

【注释】

〔1〕 东屯：《困学纪闻》："东屯乃公孙述留屯之所,距白帝城五里,田可百顷,稻米为蜀第一。"大历二年(767)秋,杜甫由瀼西迁至东屯。

〔2〕 晴浴二句：狎,亲昵。狎鸥,可亲近的鸥鸟。神女,即宋玉《高唐赋》中"旦为朝云,暮为行雨,朝朝暮暮,阳台之下"的神女。朝朝雨,乃见此地雨水丰沛。

【语译】

东屯的稻田一百顷,北来的涧水灌青苗。浴鸥晴日到处戏耍,雨随神女哟天天下。

其　七

蜀麻吴盐自古通,万斛之舟行若风[1]。
长年三老长歌里,白昼摊钱高浪中[2]。

【章旨】

此章写当地商旅之盛,并记船民生活情趣。

【注释】

〔1〕蜀麻二句:蜀麻吴盐,举蜀地所产之苎麻与吴地所产之海盐概见商旅之盛,为蜀地与外地交通之孔道。万斛之舟,指载重量巨大的船。斛,十斗为一斛。

〔2〕长年二句:长年三老,蜀人称把篙看水道的为长年,掌舵的为三老。长歌,或谓这里指劳动时的"喊号子"。摊钱,赌钱。

【语译】

蜀麻吴盐自古贸易通,万斛大船行走胜似风。长年三老喊号子,白天无事赌钱高浪中。

其　八

忆昔咸阳都市合,山水之图张卖时[1]。

巫峡曾经宝屏见,楚宫犹对碧峰疑[2]。

【章旨】

由眼前景联想昔日事,画意与真景相照,意趣飞动。

【注释】

〔1〕忆昔二句:乃知唐时在长安可买到三峡山水图,犹今之年画。咸阳,汉之京城,借指唐之长安。

〔2〕巫峡二句:巫峡楚宫,皆在市面所买之画上见过,如今面对实景,乃生恍惚。《杜诗镜铨》:"言楚宫恍惚难寻,疑其仍是画中所见也。"《咏怀古迹五首》其二有云:"江山故宅空文藻,云雨荒台岂梦思?最是楚宫俱泯灭,舟人指点到今疑。"谓楚宫神女之属,乃宋玉创构

的文学意象,今人却坐实,岂不荒唐? 此首则由画图起兴,与《咏怀古迹五首》其二意趣相近。

【语译】

忆昔长安繁华市,市人挂卖三峡山水图。巫山楚宫当时画屏见,坐对碧峰而今疑有无。

【研析】

或以为此组诗与在成都草堂所作《绝句漫兴九首》、《江畔独步寻花七绝句》相比较,意趣稍逊。非也,意趣相异耳。《石洲诗话》云:"竹枝泛吟风土。"又,《唐人绝句精华》云:"'中巴'一首,记夔州形势也。'赤甲'写夔州之富庶,'东屯'述农田稻米之丰,'蜀麻'说蜀中商业之盛,皆有关国计民生之事,又与但写地方风俗之琐细者不同。"杜继承了竹枝词"泛吟风土"的传统,却又凸显自己关心国事民病的情志;在语言上,则别具风趣与地方色彩,此善通变者也。从创格的意义上讲,比草堂那两组绝句更重要。

观公孙大娘弟子舞剑器行并序 （七古）

【题解】

诗作于大历二年(767)十月。这是一首七言古诗。七古少约束、富容量、声长字纵,是唐诗人放笔骋气的沙场。杜甫于此体更是"浏漓顿挫"、"豪荡感激",臻于妙境。剑器,唐代健舞之一。桂馥《札朴》称,此舞以彩帛结两头、双手持之而舞。或云舞双剑。杜甫所见,当是舞剑者。《杜臆》:"此诗见《剑器》而伤往事,所谓'抚事慷慨'也。故咏李氏,却思公孙;咏公孙,却思先帝。全是为开元天宝五十年治乱兴衰而发。"这篇诗序,也富有诗意。李因笃曰:"绝妙好词!序以错落妙,诗以整妙。错落中有悠扬之致,整中有跌宕之风。"

　　大历二年十月十九日[1],夔州别驾元持宅,见临颍李十二娘舞《剑器》,壮其蔚跂[2]。问其所师?曰:"余,公孙大娘弟子也。"开元五载,余尚童稚,记于郾城观公孙氏舞《剑器浑脱》[3],浏漓顿挫[4],独出冠时。自高头宜春梨园二伎坊内人,泊外供奉舞女,晓是舞者,圣文神武皇帝初,公孙一人而已[5]!玉貌锦衣,况余白首[6]!今兹弟子,亦匪盛颜。既辨其由来,知波澜莫二[7]。抚事慷慨,聊为《剑器行》。往者吴人张旭善草书、书帖,数尝于邺县见公孙大娘舞《西河剑器》,自此草书长进,豪荡感激,即公孙可知矣[8]!

　　　　昔有佳人公孙氏,一舞《剑器》动四方。
　　　　观者如山色沮丧[9],天地为之久低昂。
　　　　㸌如羿射九日落,矫如群帝骖龙翔。
　　　　来如雷霆收震怒,罢如江海凝清光[10]。
　　　　绛唇珠袖两寂寞[11],晚有弟子传芬芳。
　　　　临颍美人[12]在白帝,妙舞此曲神扬扬。
　　　　与余问答既有以[13],感时抚事增惋伤。
　　　　先帝侍女八千人,公孙《剑器》初[14]第一。
　　　　五十年间似反掌,风尘澒洞昏王室[15]。
　　　　梨园弟子散如烟,女乐余姿映寒日。
　　　　金粟堆南木已拱,瞿唐石城草萧瑟[16]。

玳筵急管[17]曲复终，乐极哀来月东出。
老夫不知其所往，足茧荒山转愁疾[18]！

【注释】

〔1〕　大历句：纪年有深意。黄生云："观舞细事尔，序首特纪岁月，盖与
　　　　开元三年句打照；并与诗中五十年间句针线。无数今昔之悲，盛衰
　　　　之感，俱于纪年见之。"

〔2〕　夔州三句：别驾，职官名，此指夔州都督府的别驾，从四品下。元
　　　　持，据陈冠明等《杜甫亲眷交游行年考》，元持为河南洛阳人，历司
　　　　封员外郎、吏部员外郎。迁都官郎中。宝应元年（762）六月，贬为
　　　　夔州别驾。大历二年（767）在任。后迁岳州刺史。卒。临颍，县
　　　　名，故城在今河南临颍西北，唐代属许州。李十二娘，《秋日夔府咏
　　　　怀奉寄郑监李宾客一百韵》原注："都督柏中丞筵，梨园弟子李山
　　　　（一作仙）奴歌。"十二娘或即李山（仙）奴，待考。壮，赏其壮观。蔚
　　　　跂，光采蔚然，举步凌厉。

〔3〕　剑器浑脱：浑脱也是一种舞名。剑器浑脱，将剑器与浑脱两种舞综
　　　　合起来的一种新型舞蹈。

〔4〕　浏漓顿挫：疾捷酣畅而又节奏有力。

〔5〕　自高五句：指供奉宫廷的歌舞艺人。伎坊，即教坊。《教坊记》：
　　　　"右教坊在光宅坊，左教坊在延政坊，右多善歌，左多工舞。妓女入
　　　　宜春院，谓之内人，亦曰前头人，常在上（皇帝）前头也。"浦注："按
　　　　高头，疑即前头之谓。"《雍录》："开元二年，置教坊于蓬莱宫侧，上
　　　　自教法曲，谓之梨园弟子。"洎，及。宜春、梨园设在宫禁内，是内供
　　　　奉；设在宫禁外的教坊及杂应官妓为外供奉。圣文神武皇帝，指唐
　　　　玄宗。《杜诗说》："特书尊号于声色之事，非微文刺讥，盖欲与上文
　　　　文势相配耳。"

〔6〕　玉貌二句：玉貌锦衣，指公孙大娘年轻美貌。况余白首，现在我都
　　　　白了头，公孙氏就更不用提了，甚而连其徒弟也不怎么年轻了。这
　　　　是对岁月流逝的沉重感喟。

〔7〕 既辨二句：是说既弄清了她的师授渊源，因而也就知道她的舞法和
公孙大娘没有什么两样。

〔8〕 昔者五句：言张旭技艺受启发如此，则公孙氏之舞可推知其妙。张
旭，唐代大书法家，善草书，后世尊为"草圣"。

〔9〕 观者句：如山，言观众之多且注神不动。色沮丧，形容观众为之色
变，犹目瞪口呆。

〔10〕 㸌如四句：写公孙大娘之舞。㸌，光芒闪灼貌。羿，古善射者。《淮
南子》："尧之时，十日并出，焦禾稼，杀草木，尧乃使羿射十日。"群
帝，诸神。收震怒，《杜臆》："'来如雷霆收震怒'，凡雷霆震怒，轰然
之后，累累远驰，赫有余怒，故'收'字之妙，若轰然一声，阒然而止，
虽震怒不为奇也。"《唐诗选脉会通评林》引刘辰翁曰："'收'字谓
其犹隐隐有声也。"舞罢，收剑，肃然而立，故曰"凝清光"。清光，以
水色喻剑光。二句正写出"浏漓顿挫"，忽然而来，忽然而罢，变化
莫测的舞姿。

〔11〕 绛唇句：绛唇，指美貌。珠袖，指舞蹈。两寂寞，人舞俱亡。

〔12〕 临颍美人：即序中的李十二娘。

〔13〕 与余句：既有以，即序所说的"既辨其由来"。以，因由。

〔14〕 初：本来。

〔15〕 五十二句：五十年，自开元五年(717)观公孙氏之舞至作诗时的大
历二年(767)，为五十年。颒洞，阔大貌。言"安史之乱"使唐王朝
破落。

〔16〕 金粟二句：金粟堆，即玄宗泰陵。木已拱，墓前树木已有两手合抱
之粗，言下葬已多年。瞿唐石城，指夔州白帝城。上句伤玄宗，下
句自伤。《岘佣说诗》："叙天宝事只数语而无限凄凉。"

〔17〕 玳筵急管：玳瑁为饰的华宴。急管，箫笛等乐器急促的节奏。

〔18〕 老夫二句：仇注："足茧行迟，反愁太疾，临去而不忍其去也。"此句
言惜别。在夔州难得一见如此妙舞，且勾起对开元盛世的回忆，故
"临去而不忍其去也"。去的是李十二娘诸人，因是流浪艺人，所以
"不知其所往"，且"足茧荒山"，浪迹天涯。二句诗意可与白居易

《琵琶行》"同是天涯沦落人"同参。或以"其"为语气词，言老杜离元持宅后百感交集，心绪迷茫不知何往，犹"欲往城南望城北"，踌躇于荒山，临去而不欲去。亦佳。

【语译】

大历二年十月十九日，我在夔州别驾元持府中，看到临颍人李十二娘作剑器舞，颇赏其光彩蔚然，凌厉壮观。问她师从何人？回答说："我是公孙大娘的弟子啊！"开元五年，我还是个小孩子，记得在郾城看过公孙大娘跳剑器与浑脱舞，那真叫淋漓尽致，有板有眼，独步当时。从皇上面前献技的宜春、梨园二教坊的舞女，数到宫外教坊里的官妓，能通晓这支舞的，在唐明皇初年，也就只有公孙氏一人而已！〔时光荏苒，那时我只是个孩子，〕公孙氏已是盛装的妙龄女子，何况如今连我也白发苍苍。时至今日，即使她的弟子也不再年轻。既说清李十二娘的师承关系，也就知道她的舞法和公孙大娘没有什么两样。此事令人感慨不已，因此写下这首歌行。当年东吴人张旭擅长写草书与字帖，曾多次在邺县观看公孙大娘跳西域传来的剑器舞，〔深受启发，〕从此草书有了长足的进步，豪放跌宕有激情，公孙氏剑器舞之妙，由此可知矣！

当年有个美人公孙氏，一舞剑器震全国。围观如山又如堵，剑光嗖嗖见者皆变色，天旋地转久倚侧。光芒闪灼一似羿射九日落，矫捷腾挪宛如群仙驾龙过。来如疾雷破山去隆隆，剑止碧海凝清波。佳人妙舞两寂寞，幸有晚年弟子传绝活。李十二娘来白帝，意气扬扬舞此曲。问答之后知缘由，追思往事增悲戚。玄宗侍女八千人，公孙大娘剑器排第一。倏忽已过五十年，五十年来王室风尘蔽。梨园弟子早就散如烟，可怜徐娘半老映寒日。先帝泰陵想必古木成合抱，我在瞿塘僻壤草萧瑟。华筵歌舞已休歇，乐极生悲寒月出。我悲舞者沦落天涯将何往，荒山足茧行路难，不忍其去愁其疾！

【研析】

闻一多《杜甫》是这样开头的:"当中一个雄壮的女子跳舞,四面围满了人山人海的看客。内中有一个四龄童子,许是骑在爸爸肩上,歪着小脖子,看那舞女的手脚和丈长的彩帛渐渐摇起花来了,看着,看着,他也不觉眉飞目舞仿佛很能领略其间的妙绪。他是从巩县特地赶到郾城来看跳舞的。这一回经验定给了他很深的印象。"闻一多以其学者、艺术家、诗人兼有的气质,一眼觑定《观公孙大娘弟子舞剑器行》这首诗,作为杜甫传记之开头,实在是用心良苦且目光如炬。要知道,盛唐不但是诗的高潮,同时也是音乐舞蹈的高潮,书法艺术的高潮。李杜诗、梨园歌舞、张旭书法、裴将军剑……千百个浪峰的碰撞激起壮阔磅礴的盛唐气象。以少陵之诗笔写公孙大娘之舞剑器,自然是臻善臻美了! 再者从时间跨度上看,从诗人"童稚"写到"况余白首"(此时距诗人之死仅三年),掐头去尾便是诗人一生,也是大唐由盛转衰最关键的半个世纪。这个节点不但是大唐盛衰的分界,也是中国古代社会前后期的分界。在"开元天宝五十年治乱"这一节点上看这首诗,能不"浏漓顿挫","豪荡感激"! 而诗以排山倒海之势起,中以急管繁弦叙"五十年间似反掌",终以身世之戚、兴亡之叹收,尽七言古诗形式之所长。梁启超《情圣杜甫》称有些诗"能像电气一般一振一荡的打到别人的心弦上",此诗足以当之。

冬 至 (七律)

【题解】

此诗作于大历二年(767)冬至日,时在夔州。冬至,节气名,阳历十二月二十二或二十三日为冬至。我国当天夜最长日最短。

> 年年至日长为客,忽忽穷愁泥杀人[1]!
> 江上形容吾独老,天边风俗自相亲[2]。
> 杖藜雪后临丹壑,鸣玉朝来散紫宸[3]。
> 心折此时无一寸,路迷何处望三秦[4]?

【注释】

〔1〕 年年二句:至日,即冬至日。这一天依例要朝参,杜甫贬华州司功时,有《至日遣兴奉寄北省旧阁老两院故二首》诗云:"去年今日侍龙颜。"而自弃官客秦州以来,杜甫已作了八九年的客了,每至冬至则思朝廷,故有下句。忽忽,失意貌,犹郁郁。泥杀人,死缠不放。

〔2〕 自相亲:《杜律启蒙》曰:"自相亲,彼自相亲,于我无与也。古诗云:'入门各自媚,谁肯相为言!'即'自相亲'意。"

〔3〕 杖藜二句:丹壑,枫叶如丹之山谷。鸣玉,是"乘马鸣玉珂"的省文,指百官。散紫宸,指散朝,唐大明宫有紫宸殿。临丹壑而想紫宸,言身在夔州而心怀朝廷,故有下句"心折"云云。

〔4〕 心折二句:心折,犹心碎。一寸,犹"寸心",因心折故曰"无一寸"。路迷,萧先生注:"望乡尚不辨何处望,还乡就更不用说了,此正心折之由。"三秦,指关中地区。项羽分秦地为三,故曰"三秦"。

【语译】

　　年年冬至都在客中过,可恨穷愁郁郁死缠人!江上老态映我影,僻乡风俗只顾自家亲。雪后拄杖谷口对丹枫,遥知百官散朝下紫宸。此时心碎思已乱,不辨方向长安何处寻?

【研析】

　　此诗八句皆对,一气流转,不觉割裂。关键在句与句、联与联之间有内在的逻辑关系:因冬至日例有朝会,所以引起"年年至日长为客"的感伤,遂有颔联描写的孤单情绪,纪昀称其"老健";颈联工对,对比强烈,却匀称自然,情景双生;终以"心折"、"路迷"作结,蚌病珠圆。在老杜七律中,此诗虽称不上上乘,却也典型老到。

舍弟观自蓝田迎妻子到
江陵喜寄三首 （七律,选一）

【题解】

　　大历二年(767)冬,作于夔州。此诗写欢忻的心情,在晚年尤其难得一见。

　　　　马度秦山雪正深,北来肌骨苦寒侵[1]。
　　　　他乡就我生春色,故国移居见客心[2]。
　　　　欢剧提携如意舞,喜多行坐白头吟[3]。
　　　　巡檐索共梅花笑,冷蕊疏枝半不禁[4]。

【注释】

〔1〕　马度二句：写其弟杜观从北方冒寒而来,一路辛苦。

〔2〕　他乡二句：上句三换主语：我在他乡不能归;弟从蓝田移来相就于
　　　　我;我于寒冬欢忻而如生春色矣。故国,蓝田属京兆府,乃杜甫的
　　　　祖籍所在,故称。见客心,弟远来故称"客",言见老弟之亲情也。

〔3〕　欢剧二句：如意,器物名,搔背痒之具,可如人意,故名。旧注谓王
　　　　戎好为如意舞。白头吟,乐府有《白头吟》,此但言老而吟咏而已。

〔4〕　巡檐二句：巡檐,绕屋而行,写因喜而坐立不安。索,"须得"的合
　　　　音。半不禁,犹"忍俊不禁"。梅花含苞半放,借言梅花有知,亦将
　　　　共我而笑乐也。

【语译】

马越秦山雪深埋,吾弟忍饥冲寒自北来。来到异乡为近我,如降春色心花开。背井离乡岂容易,老弟迁徙见心意! 喜极更持如意舞,白头行吟坐不住。绕屋须寻梅花共我笑,忍俊不禁梅亦绽苞俏。

【研析】

《杜诗说》评下半首云:"此时起舞行吟,忻喜之至,无可告语,只索对花而笑,觉冷蕊疏枝,亦解人意,不禁唇绽而颊动矣……'浣花溪里花饶笑,肯信吾兼吏隐名',言其不信己衷。'巡檐索共梅花笑,冷蕊疏枝半不禁',言其善会人意。知其说者,其惟严沧浪乎? 曰:'诗有别趣,非关理也。'"此解甚好。诗写主体"当下"之情感,不求"放之四海而皆准"之恒理,所以景色也随步移影,不妨皆着我之颜色,但求"别趣",而"非关理也"。

夜 归 (七古)

【题解】

大历二年(767)作于夔州。《杜臆》评曰:"黑夜归山,有何奇特? 而身之所经,心之所想,耳目所见,皆人所不屑写;而一一写之于诗,字字灵活,语语清亮,觉夜色凄然,夜景寂然,又人所不能写。"

> 夜半归来冲虎过,山黑家中已眠卧。
> 傍见北斗向江低,仰看明星当空大[1]。
> 庭前把烛嗔两炬[2],峡口惊猿闻一个。
> 白头老罢舞复歌,杖藜不睡谁能那[3]。

【注释】

〔１〕　傍见二句：北斗低、明星大，直写深夜特有的感觉，"大"字逼真富
　　　　有感性。

〔２〕　庭前句：《杜臆》："一炬足矣，两则多费，故嗔之，旅居贫态也。"

〔３〕　白头二句：黄生注：老罢，犹老去。那，去声，开口呼，即"奈"字。

【语译】

　　半夜回家与虎擦肩过，山中漆黑家人已睡卧。仰看当头明星
大，北斗斜向江面落。嗔怪庭前竟点两烛火，峡口一个惊猿啼夜破。
头白老去舞且歌，拄杖不睡谁奈何！

【研析】

　　此诗全用口语直陈感受，可谓"无两字有来处"。《岁寒堂诗
话》认为："王介甫（安石）只知巧语之为诗，而不知拙语亦诗也；山
谷（黄庭坚）只知奇语之为诗，而不知常语亦诗也。"只有杜甫"遇巧
则巧，遇拙则拙，遇奇则奇，遇俗则俗，或放或收，或新或旧，一切物，
一切事，一切意，无非诗者。"这首诗便是以直觉把握事物，以常语写
奇趣，是《杜臆》所称："字字灵活，语语清亮。"当然，这不仅是个语
言问题，还在诗人有赤子之心至老不减。

卷　八

元日示宗武 （五排）

【题解】

　　诗作于大历三年（768）正月初一。宗武，杜甫的次子。首言父子，末及兄弟，充满亲情，是杜甫人性一面的体现。

　　　　　汝啼吾手战，吾笑汝身长[1]。
　　　　　处处逢正月，迢迢滞远方。
　　　　　飘零还柏酒，衰病只藜床[2]。
　　　　　训喻青衿子，名惭白首郎[3]。
　　　　　赋诗犹落笔，献寿更称觞[4]。
　　　　　不见江东弟[5]，高歌泪数行。

【注释】

〔1〕　汝啼二句：手战，双手因衰病而颤抖。《杜臆》："啼手战，见子孝；笑身长，见父慈。"事实上这是发自人性深处的亲情，此乃儒学建构其人伦体系的基础。

〔2〕　飘零二句：柏酒，即椒柏酒，《岁时记》："正月一日，进椒柏酒。"藜，一种草本植物。藜床，指简陋的床铺。

〔3〕 训喻二句：青衿，读书人穿的衣服，此指宗武。白首郎，白首为郎，指杜甫为工部员外郎。

〔4〕 赋诗二句：犹落笔，言虽手战，还是下笔写诗。称觞，古时节日的习俗，向老人举杯祝寿。

〔5〕 不见句：原注："第五弟丰漂泊江左，近无消息。"杜甫与杜丰避乱分手已十多年未相见。

【语译】

儿啊，你为我手战而啼，我却为你长高而喜。到处都在欢庆元旦，我们却仍迢迢的异乡羁旅。飘泊中还靠酒来消遣，衰病只有藜床可倚。告诫你这读书郎哟，惭愧爹的功名到老仍卑微。为赋诗我手战犹下笔，来祝寿你更把酒杯高举。遗憾至今未能与江东第五弟相聚，一曲高歌几行泪珠儿滴！

【研析】

仇注："此诗皆悲喜并言。啼手战，是悲；笑身长，是喜。逢正月，是喜；滞远方，是悲。对柏酒，是喜，坐藜床，是悲。"悲喜交集，想己之衰老，喜儿之长成，是人类生生不息、生命转承之大爱。杜诗的"集体主义"并没有泯灭个体，此所以感人。

喜闻盗贼蕃寇总退口号五首（七绝）

【题解】

大历三年(768)春，作于夔州。史载，大历二年(767)九月，吐蕃寇邠、灵州。十月，朔方节度使路嗣恭破吐蕃于灵州城下，吐蕃引去。十一月，和蕃使检校户部尚书薛景先自吐蕃还，首领论泣陵随景仙入朝。次年春,杜甫闻而喜,作此五首论其因果。

其　一

萧关陇水[1]入官军,青海黄河卷塞云。
北极转愁龙虎气,西戎休纵犬羊群[2]。

【注释】

〔1〕 萧关陇水:萧关,在灵州(即灵武郡,今陕西灵武境)。陇水,泛指陇
　　州境内之河流。此谓朔方节度使路嗣恭破吐蕃之战线。

〔2〕 北极二句:谓此战使唐军气盛而冀盼吐蕃有所收敛。北极,指朝廷
　　所在的长安。龙虎气,《史记·项羽本纪》:范增说项王曰:"吾令
　　人望其(指刘邦)气,皆为龙虎,成五采,此天子气也。"赵次公注:
　　"转愁龙虎气,则吐蕃望之转加忧愁矣。"《读杜心解》:"张远以'转
　　愁龙虎'为鱼朝恩掌禁兵、中外受制而发。愚谓:诗正以歼贼而喜。
　　鲠入此意,则文气不属。盖愁乃愁惨之义,见我军杀气方盛,贼不
　　得犯也。"犬羊群,对吐蕃军的蔑称。

【语译】

　　官军长驱直入萧关陇水,一扫青海黄河烽火烟尘。吐蕃! 这回
该你为大唐正气发愁,休再放纵那群犬羊般的匪军。

其　二

赞普多教使入秦,数通和好止烟尘[1]。
朝廷忽用哥舒将,杀伐虚悲公主亲[2]。

【注释】

〔1〕 赞普二句:赞普,吐蕃的君主。数通和好,史载,唐太宗时文成公主
　　出嫁吐蕃松赞干布赞普,唐中宗时金城公主出嫁弃隶缩赞赞普,二

国和亲通好,总体上说,是取得了较长时期的和平共处。

〔２〕　朝廷二句:追究边衅起因。哥舒将,指哥舒翰。仇注:"《唐书》:开元末,金城公主薨。吐蕃遣使告哀,因请和,明皇不许。天宝七载,以哥舒翰节度陇右,攻拔石堡城,收九曲故地。"

【语译】

当初赞普多次遣使东入朝,化干戈为玉帛通和好。朝廷略地忽用哥舒翰,公主薨时杀声高,和亲原是真情少。

其　三

峣峒西极过昆仑,驼马由来拥国门[1]。

逆气数年吹路断,蕃人闻道渐星奔[2]。

【注释】

〔１〕　峣峒二句:谓昔日商队远从峣峒极西乃至超越昆仑处来,络绎拥挤于边关。峣峒,唐时有三峣峒山,此当指平凉附近之峣峒山,在萧关之东南面。

〔２〕　逆气二句:谓几年来吐蕃对西部地区的侵吞使商路道断,异邦商人星散,不敢再来中土。逆气,指"安史之乱"后西北边疆被改写了的大形势,即吐蕃与唐军争夺河陇及西域地区,并占优势,丝绸之路受到极大干扰。蕃人,异族人皆可称"蕃人",并不等同于"吐蕃",此当指那些"峣峒西极过昆仑"来的外商。

【语译】

远从峣峒一直往西过了昆仑山,驼队马队涌向大唐进边关。自从近年安史乱,吐蕃频扰丝路断。异邦闻之不敢来,商队渐渐也星散!

其 四

勃律天西采玉河,坚昆碧碗最来多^[1]。

旧随汉使千堆宝,少答胡王万匹罗^[2]。

【注释】

〔1〕 勃律二句:勃律,西域古国名,分大小勃律。大勃律在今克什米尔巴尔提斯坦;小勃律在今克什米尔吉尔吉特。唐王朝认为"勃律,唐西门。失之,则西方诸国皆堕吐蕃"(《新唐书·吐蕃传上》)。玉河,在于阗(今新疆维吾尔自治区于阗)城外,源出昆仑山,盛产美玉。坚昆,中国古族名,在西伯利亚的叶尼塞河上游一带活动;其族人善制琉璃碗。

〔2〕 旧随二句:言往昔与西域诸国礼尚往来。少,至少。千、万,皆言其多,非实数。或谓来多答少,误。

【语译】

天之西涯勃律国,那儿采玉有玉河。坚昆更有琉璃器,贡品碧碗最为多。旧时千堆珍宝随使进,朝廷少说也会报之万匹罗。

其 五

今春喜气满乾坤,南北东西拱至尊^[1]。

大历二年调玉烛,玄元皇帝圣云孙^[2]。

【注释】

〔1〕 拱至尊:言周边各国臣服唐王朝,如众星之拱月。

〔2〕 大历二句:玉烛,《尔雅·释天》:"四气和谓之玉烛。"上句言大历二年击退吐蕃,从此恢复旧制。(这只是老杜美好的愿望,事实是大历三年八月,吐蕃即卷土重来,吐蕃仍是唐之忧患所在。)玄元皇

帝,唐封老子(李耳)为玄元皇帝。云孙,远孙。下句颂言当今皇帝不愧是玄元皇帝的圣子贤孙。

【语译】

今春今春,喜气洋洋满乾坤。四周各国将来贡,大唐仍是天下尊! 大历二年转平顺,天子不愧玄元皇帝好子孙。

【研析】

这五首绝句是唐诗中少见的评论唐对外政策的组诗。好比山中长途夜行之人忽见灯光,其惊喜被放大了许多。大历二年冬击退吐蕃的小胜,竟使老杜手舞足蹈。然而对大唐往昔对吐蕃政策的反思却是客观冷静的:正是玄宗当年的黩武为后来种下祸根。杜甫多么希望皇帝能秉承张说、张九龄抑制边功,实行文治的政策啊! 这是老杜一生心事。"朝廷忽用哥舒将,杀伐虚悲公主亲"是带着血丝的记忆。当年玄宗贬斥王忠嗣起用哥舒翰,血攻石堡,挑起边衅,贻患无穷。老杜一直以来是主张重用郭子仪一类的老成将帅,这里是否也蕴含这样的规劝? 当然,诗就是诗,重要的是老杜"当下"的喜情感染了我们。作为后人,我们知道吐蕃马上便会卷土重来,而"玄元皇帝圣云孙"也仍然是扶不起来的阿斗! 反过头来,我们更同情老杜不断的失望,而更钦敬他的屡蹶屡起,永不被击倒的顽强。

春夜峡州田侍御长史津亭
留宴得筵字　(五律)

【题解】

大历三年(768)正月,老杜自夔州放舟至峡州(今湖北宜昌)

作。长史,辅佐刺史的州郡属官。津亭,水驿宾馆。得"筵"字,大家分韵赋诗,杜甫当时分到"筵"字为韵。

> 北斗三更席,西江万里船[1]。
> 杖藜登水榭,挥翰宿春天[2]。
> 白发烦多酒,明星惜此筵[3]。
> 始知云雨峡,忽尽下牢边[4]。

【注释】

〔1〕 北斗二句:写深夜泊舟留宴。三更席,深夜摆宴席,见主人之殷勤。西江,指长江。万里船,长江上的船可行万里,故称。

〔2〕 杖藜二句:杖藜,拄着拐杖。挥翰,此指挥毫作诗。下句言在春天夜里作诗。

〔3〕 白发二句:烦多酒,谓有劳频频劝酒。明星,当指启明星。下句谓启明星现天将晓,仍流连忘返。

〔4〕 始知二句:写下峡舟行之速,亦"朝发白帝,暮宿江陵"之意。诗人多年出峡之愿望忽然实现,《杜诗镜铨》乃评曰:"惊喜如出意外。"云雨峡,长江三峡为瞿塘峡、巫峡、西陵峡,其中巫山有宋玉《高唐赋》所谓的"旦为朝云,暮为行雨"的神女,故称。下牢,关名,在峡州,《十道志》:上牢、下牢,楚蜀分畛。

【语译】

北斗星高三更宴,感君迎我西来万里船。挂杖缓步登水榭,挥毫赋诗春夜欢。白发人劳多劝酒,启明星现尚流连。回首始知巫山过,三峡忽尽下牢边。

【研析】

君不见石拱桥,不用一匙灰土,却依凭石块之间的拱力,紧贴坚牢,百年不圮。此诗也典型地体现了杜甫五律密集意象所特有的拱力结构。"北斗/三更/席,西江/万里/船",词与词之间并无语法关联,只有意象与意象之间的张力,空白处为读者留下遐想余地;"挥翰宿春天","宿春天"也绝非动宾结构,"春天"显然不是"宿"的对象;"白发烦多酒,明星惜此筵","烦"谁? 谁"惜"? 这只能是诗中独特的"语法"。意象与意象靠磁力联系起来,读者依上下文可以补足完整的意义。这样写有什么好处呢? 那就是通过迫使读者积极参与,将平时熟视无睹的意象中的诗意寻找出来,激发出新鲜感来。"三更席"不是要比"半夜三更摆宴席"雅了许多?"宿春天"不是要比"在春天里(挥笔写诗)"更有诗味与得意?"明星惜此筵"不是要比"天将晓我仍在宴会上流连"更深情、更画面化一些?

大历三年春,白帝城放船出瞿塘峡,久居夔府,将适江陵,漂泊有诗凡四十韵(五排)

【题解】

大历三年(768)正月,杜甫终于下定决心,将四十亩柑园赠人,解缆放舟,离开夔州,开始其前程未卜的归乡长征。老杜这时的心情十分复杂,诗,正是通过大段写景,杂以议论,写出这种复杂的心情。仇注引黄鹤注云:"诗言舟行所经之地,至宜都而止,则此诗作于宜都(今属湖北宜昌)也。"全诗四十二韵,题言其整数。

老向巴人里,今辞楚塞隅[1]。
入舟翻不乐,解缆独长吁。

【章旨】

从放船离开夔州叙起。久欲离夔,登船反而不乐,伏下感怀身世之笔,是全篇的基调。

【注释】

〔1〕 老向二句:巴人里,夔州属中巴,故称。楚塞,指白帝城。

【语译】

老来才到中巴居,如今终于辞白帝。登船反觉不愉快,放舟独自长叹息。

> 窄转深啼狖,虚随乱浴凫[1]。
> 石苔凌几杖,空翠扑肌肤[2]。
> 叠壁排霜剑,奔泉溅水珠。
> 杳冥藤上下,浓淡树荣枯。
> 神女峰娟妙,昭君宅有无。
> 曲留明怨惜,梦尽失欢娱[3]。

【章旨】

此段写峡中所见佳景,令人惆怅。

【注释】

〔1〕 窄转二句:狖,长尾猿。上句言舟转入峡之窄处,猿猴啼声也转入峡之深处。虚随,无意随之。下句言舟无意间闯入浴凫队中,打乱其队列。

〔2〕 石苔二句:言舟傍岸则石苔似欲染上几杖,而山中湿寒之气则扑人而来。空翠,山中寒湿之气。

〔3〕 神女四句:谓近处的神女峰使人想到楚王梦尽则神女幻灭,远处的

昭君宅使人感叹远嫁塞外的昭君只留下《昭君怨》,二者皆令人惆怅。神女,指宋玉《神女赋》楚王梦中的巫山神女。曲,古乐府有《昭君怨》。四句为"丫叉句法",即:"神女"句与"梦尽"句联系,"昭君"句与"曲留"句联系。

【语译】

峡转窄,啼猿深,舟随急流冲散野鸭群。傍岸石苔映几杖,山岚空翠寒扑人。重崖叠嶂列霜剑,奔泉跳珠溅纷纷。树有荣枯示浓淡,藤缠上下昼亦昏。神女峰秀婷婷立,楚王梦觉欢成尘。昭君之宅本缥缈,只留怨曲断人魂。

> 摆阖盘涡沸,欹斜激浪输[1]。
> 风雷缠地脉,冰雪耀天衢[2]。
> 鹿角真走险,狼头如跋胡。
> 恶滩宁变色,高卧负微躯[3]。
> 书史全倾挠,装囊半压濡[4]。
> 生涯临臬兀,死地脱斯须[5]。

【章旨】

此段写经历险滩,死里逃生。

【注释】

〔1〕　摆阖二句:写船在浪与旋涡中簸荡前进。摆阖,摇晃。输,送。

〔2〕　风雷二句:地脉,大地之脉络,指河流。冰雪,指滔天的雪浪。天衢,指代天空。

〔3〕　鹿角四句:谓过险滩并不变色,只是高卧舟中,任凭船儿载着我这微贱的躯体前行。鹿角、狼头,"恶滩"下原注:"向者二滩名。"《一统志》:"鹿角、狼尾、虎头三滩,在夷陵州,最险。"跋胡,《诗·狼

跋》:"狼跋其胡,载疐其尾。"意为狼进则踏其胡(颌下垂肉),退则踩其尾,比喻进退两难。宁,岂。负,负载。又,《杜诗镜铨》:"'负'字当作自负解,即'忠信涉波涛'意。"亦通。

〔4〕　濡:沾湿。

〔5〕　生涯二句:臲卼,不安也。斯须,一瞬间。

【语译】

旋涡鼎沸船乱晃,歪歪斜斜随激浪。涛声如雷缠江流,浪花似雪照天帐。鹿角滩,直险象;狼头滩,进退惶。我临恶滩岂变色,任凭船儿载栖遑。经书史册全倾覆,飞沫入舱湿行囊。人生至此临动荡,一瞬之间脱死场。

不有平川决,焉知众壑趋?

乾坤霾涨海,雨露洗春芜[1]。

鸥鸟牵丝扬,骊龙濯锦纡[2]。

落霞沉绿绮,残月坏金枢[3]。

泥笋苞初荻,沙茸出小蒲[4]。

雁儿争水马,燕子逐樯乌[5]。

绝岛容烟雾,环洲纳晓晡[6]。

前闻辨陶牧,转眄拂宜都[7]。

县郭南畿好,津亭北望孤[8]。

【章旨】

此写出峡所见,春江一片开阔,目的地已在望中。

【注释】

〔1〕　乾坤二句:霾,阴晦,此言江面之苍茫。上句写阴雨中的大江,乾坤

似在茫茫涨落着的海面沉浮;下句写雨露洗涤了春天的原野。

〔2〕　鸥鸟二句:鸥鸟句,言鸥鸟羽毛如丝,其飞翔则如牵丝而扬。下句谓蛇行的黑龙在水中洗濯其锦鳞。纡,弯曲。

〔3〕　残月句:枢,门臼,或担心其不坚,则用铁枢,环形。此处以月是残月,缺其圆,故曰"坏"。

〔4〕　泥笋二句:苞,当动词用,言笋状的泥中藏着芦荻的芽。荻,一种植物,像芦苇。下句谓沙中茸状物乃出土的蒲草。

〔5〕　樯乌:船桅上测风向的器物,或刻为乌鹊状。

〔6〕　晓晡:朝夕。晡,申时,下午三至五时。

〔7〕　前闻二句:谓前方可望见江陵郊野。陶,陶朱公(范蠡)。据《荆州记》载,江陵县西有陶朱公冢。牧,近郭的郊外。拂,形容快速经过。宜都,即夷陵(今属湖北宜昌)。

〔8〕　县郭二句:南畿,句下原注:"路入松滋县。"肃宗以江陵府为南都,京都之附县称"畿",松滋县在其南,故曰"南畿"。津,渡口。亭,《风俗通》:"亭,留也,行旅宿会之馆也。"津亭当指江边候船处,可能是驿馆。

【语译】

　　要不是豁然平川阔,怎能感受万壑奔流历时多? 乾坤似在苍海起复落,春雨洗涤田野草木活。白鸥氄氄牵丝舞,黑龙逶迤锦濯波。落霞一似沉绿绮,残月只如金枢破。隆起的泥里孕荻芦,茸茸沙壤吐菇蒲。雁儿泼泼争水马,燕子飞飞逐樯乌。孤岛积烟雾,水面沙洲变昏曙。且据传闻认陶冢,转眼船已拂宜都。南都畿县江陵好,北岸可望驿亭孤。

　　　　劳心依憩息,朗咏划昭苏[1]。
　　　　意遣乐还笑,衰迷贤与愚。
　　　　飘萧将素发,泪没听洪钲[2]。

丘壑曾忘返,文章敢自诬[3]?
此生遭圣代,谁分哭穷途[4]。
卧疾淹为客,蒙恩早厕儒[5]。
廷争酬造化,朴直乞江湖[6]。
滟滪险相迫,沧浪深可逾。
浮名寻已已,懒计却区区[7]。

【章旨】

自叙飘泊苦情,而不悔其朴直。

【注释】

〔1〕　劳心二句:谓忧心暂得休息,而朗声咏诵又使自己元气得以恢复。
　　　　此写目的地在望时愉快的心情。劳心,忧心。划,划然;忽然。昭
　　　　苏,《礼记·乐记》:"蛰虫昭苏。"疏:"言蛰伏之虫,皆得昭晓苏
　　　　息也。"

〔2〕　飘萧二句:谓如今吾已衰谢,只好随波逐流,听任命运的安排。飘
　　　　萧,稀疏貌。将,带。汩没,淹没。听,听任。洪铲,大炉,喻天地为
　　　　洪铲,有治化之功。

〔3〕　丘壑二句:反问,言我何曾隐居而忘返,又岂敢轻薄自己的文
　　　　章?是对以上"迷贤愚"、"听洪铲"表象的否定。曾,何曾。
　　　　敢,岂敢。

〔4〕　此生二句:言"圣代"而穷蹙,说得沉痛。遭,迎面而遇。《奉赠鲜
　　　　于京兆二十韵》:"破胆遭前政,阴谋独秉钧。""圣代"而用"遭"字,
　　　　具有讽刺意味。谁分,谁料到。

〔5〕　厕儒:置身儒士之列。

〔6〕　廷争二句:此指当年为拾遗疏救房琯被斥事,自觉无愧于天地。乞
　　　　江湖,求退隐。

〔7〕　浮名二句:言浮名固然已成往事,而适江陵也只是不足道的姑且

之举。

【语译】

朗咏精力一时又恢复,忧心于是得休息。排遣意绪开心笑,衰病令人难分贤与愚。白发飘飘已萧疏,听它命运沉与浮。何曾留连丘壑往不返,文章千古岂敢自诋诬? 此生以为逢圣代,谁料竟是哭穷途! 卧病久滞他乡客,蒙恩久为孔圣徒。廷争无愧于天地,朴直但求泛江湖。滟滪天险相逼迫,清波虽深可超渡。浮名早已矣,懒计于今却小补。

> 喜近天皇寺,先披古画图[1]。
> 应经帝子渚,同泣舜苍梧[2]。
> 朝士兼戎服,君王按湛卢[3]。
> 旄头初俶扰,鹑首丽泥涂[4]。
> 甲卒身虽贵,书生道固殊。
> 出尘皆野鹤,历块匪辕驹。
> 伊吕终难降,韩彭不易呼[5]。
> 五云高太甲,六月旷抟扶[6]。
> 回首黎元病,争权将帅诛。
> 山林托疲苶[7],未必免崎岖。

【章旨】

因披览圣贤画像及经舜帝葬所而引发议论,希望唐君主能用文治,但瞻望前途,仍觉寒心。

【注释】

〔1〕 喜近二句:题下原注:"此寺有晋右军书,张僧繇画孔子泊颜子十哲

形像。"天皇寺,在江陵。披,披览。

〔2〕　应经二句:帝子渚,地名,在江陵之南。帝子,当指上古尧帝的两个女儿娥皇、女英。屈原《九歌》:"帝子降兮北渚。"注云:"尧二女随舜不及,没于湘水之渚,因为湘夫人。"苍梧,舜的葬所。

〔3〕　朝士二句:谓乱世君臣尚武。湛卢,宝剑名,传为春秋时欧冶子所铸。

〔4〕　旄头二句:指吐蕃入侵长安。旄头,即昴星,其分野为胡地;此喻指吐蕃。俶扰,本意为开始扰乱,后泛指动乱。鹑首,星次名,指朱鸟七宿中的井、鬼二宿,其分野为秦地;此喻指长安。丽,附着;落入。

〔5〕　出尘四句:野鹤,指隐士。历块,形容良马过都越国之轻易,如历块土然。辕驹,拉车的小马。二句承上"书生道固殊",谓儒生耻与甲士同列,故如野鹤远去,他们是千里马而不事驾车。伊吕,伊尹、吕尚,皆历史上有名的辅弼之能臣。此句再强调文臣要以礼相待,如商、周帝王之待伊尹、吕尚也。韩彭,韩信、彭越,汉高祖时拥兵自重之大将。此句则言承"甲卒身虽贵",须防悍将不易驾驭。

〔6〕　五云二句:五云,五色瑞云。太甲,星名。《诗杜心解》:"回首帝廷,如'五云太甲',渺然天际。惟效鹏抟南徙,为长往之计而已。此为决就江陵之词。"又,张志烈主编《杜诗全集》注云:"旧注考证纷繁,似皆不得要领。细揣诗意,五云当指天子气;浦起龙引《隋书》云:'天子气,或如华盖在雾中,或有五色。'(《读杜心解》卷五之四)太甲当指殷商立国之君成汤的嫡长孙。《史记·殷本纪》:'帝太甲既立三年,不明,暴虐,不遵汤法,乱德;于是伊尹放之于桐宫……帝太甲居桐宫三年,悔过自责,反善,于是伊尹乃迎帝太甲而授之政。帝太甲修德,诸侯咸归殷,百姓以宁。'引文的'桐宫',是成汤的葬地,在洛州偃师县西南五里的尸乡。杜甫由伊尹而想到太甲曾被伊尹流放到家乡附近的尸乡,联想到太甲能悔过自责,修德使诸侯咸归而百姓以宁,因用以喻当今皇帝;可见杜甫内心始终寄希望于皇帝。"另辟蹊径,亦通,录供参考。

〔7〕　疲苶:疲惫。

【语译】

　　且喜已近天皇寺,先欲披览寺中所藏圣贤图。此去应经帝子渚,当同尧之二女哭苍梧。所愤如今廷臣也带甲,君王坐殿按湛卢。昴星见时吐蕃扰,秦地百姓陷泥污。武夫于是当朝贵,唯与书生道本殊! 清高之士皆如野鹤卓不群,过都越国之良驹岂肯来驾车? 辅弼之臣招不至,彪悍将帅却又难驱使。哦,五彩瑞云乃是天子气,大鹏时来运转会南图! 回首百姓正呻吟,争权将帅理当诛。我已疲惫且容山林住,前路崎岖看来难免除。

【研析】

　　此诗极具现场感,使人如随舟逐浪同行,画面一一闪过。老杜排律之所以不板滞,原因就在其"铺陈排比"的意象化,且画面作了"蒙太奇"式的处理。就这一首而言,舟随波动,情随景移,峡或窄或宽,浪或险或舒,情绪也随之或忧或喜,或悲或愤,转接飘曳,情与景两条起伏的曲线相叠合,天衣无缝,切合漂泊感,充分表达了其杂糅的情绪变化。

　　最后一段由经苍梧而哭舜帝引出的议论值得注意,盖"甲卒身虽贵,书生道固殊"一联,道出后半生心事:要文治,即使战乱时也不能弃文。"五云高太甲,六月旷抟扶"一联虽难判其确解,但观上下文,寄望于当今帝王之觉悟,鹏举可期,却也是杜甫执着处,也是其悲剧性之所在。

泊松滋江亭　(五律)

【题解】

　　大历三年(768)春月,舟至松滋县(近江陵,今属湖北松滋),作此诗。松滋江亭,故址在松滋东长江边,因杜甫此诗有"今宵南极外,甘作老人星"之语,后人遂改此亭为南极亭。

纱帽随鸥鸟,扁舟系此亭。
江湖深更白^[1],松竹远还青。
一柱全应近,高唐莫再经^[2]。
今宵南极外,甘作老人星^[3]。

【注释】

〔1〕　江湖句:大凡池潭愈深,水色愈黑绿。至若湖水,则愈广阔,因湖光激滟,色更白。此见杜甫体物之深细,同时表露少陵离开窄隘的三峡到开阔地之喜。

〔2〕　一柱二句:一柱,观名,在松滋东丘家湖中。南朝宋临川王刘义庆所建,因该台观只用一根立柱而得名。全,甚也。全应近,一作"应全近",犹言"应甚近"。高唐,楚国台馆名,宋玉《高唐赋》谓楚王于高唐梦见巫山神女;此处以之指代三峡。

〔3〕　今宵二句:南极,指南方极远之地。或以南极指夔府,误。赵次公云:"公将尽楚而往,故云'南极外'也。"以"南极"指湖南,是。湖南学人袁慧光《杜甫湘中诗集注》于《南极》、《北风》诗下有详辨,可参考。老人星,则寿星。《史记·天官书》载:"狼比地有大星,曰南极老人。"

【语译】

纱帽随鸥嗟空戴,扁舟且系此亭台。松竹远看青青色,湖光激滟深更白。一柱名观喜应近,三峡已过莫再来! 今宵已在南极外,甘尽南楚作老迈。

【研析】

此诗只写得一个"喜"字,却全从写景中透出,不着一字,尽得风流。"纱帽随鸥鸟",空有官衔而随波逐流,幽默中又透出苦涩,是其本色语。

书堂饮既,夜复邀李尚书下马,月下赋绝句 （七绝）

【题解】

大历三年(768)春作于江陵。李尚书,则李之芳。见卷七《秋日夔府咏怀奉寄郑监李宾客一百韵》。杜在江陵与李及郑审同集,宴会后余兴未尽,复邀李下马赏月再饮,有是作。

> 湖水林风相与清,残樽下马复同倾。
> 久拼野鹤如霜鬓,遮莫邻鸡下五更[1]。

【注释】

[1] 久拼二句：拼,豁出去。野鹤如霜鬓,倒语,言双鬓如野鹤之白。遮莫,唐时方言,尽教;此处有"莫管他"的意思。下,至也。仇注引周珽云："风月既清,酒兴未阑,饮当垂白,达旦何妨。"

【语译】

林风湖水相伴清,残留尊酒下马再同饮。拼他残年发如鹤,管他邻鸡叫五更!

【研析】

《杜诗镜铨》引李子德评云："逸气迢迢。"尾联口语生动,忘形尔汝,豪情似旧。

暮春江陵送马大卿公恩命追赴阙下 （五排）

【题解】

大历三年(768)暮春作于江陵。马大,姓马而排行老大,名无考。既称"卿",又称"公"者,尊敬之至。恩命,皇帝的诏命。

> 自古求忠孝,名家信有之[1]。
> 吾贤富才术,此道未磷缁[2]。
> 玉府摽孤映,霜蹄去不疑[3]。
> 激扬音韵彻,籍甚[4]众多推。
> 潘陆应同调,孙吴亦异时[5]。
> 北辰征事业,南纪赴恩私[6]。
> 卿月升金掌,王春度玉墀[7]。
> 薰风行应律,《湛露》即歌诗[8]。
> 天意高难问,人情老易悲。
> 樽前江汉阔,后会且深期[9]。

【注释】

〔1〕 自古二句:首联化用《后汉书》韦彪所议"求忠臣必于孝子之门"意,马大出自忠孝名门可知。

〔2〕 磷缁:《论语》:"磨而不磷,涅而不缁。"谓马氏于忠孝之道无亏。

〔3〕 玉府二句:《穆天子传》:"天子至于群玉之山,四彻中绳,先王之所谓策府。"喻马氏胸襟高洁。言清高也。摽孤映,以清高著称。《北山移文》:"离霞孤映,明月独举。"霜蹄,《庄子·马蹄》:"马蹄可以

践霜雪。"用指马氏捷才。

〔4〕　籍甚：极盛。

〔5〕　潘陆二句：潘陆，西晋文学家潘岳、陆机。孙吴，春秋战国时军事家
　　　　孙武、吴起。

〔6〕　北辰二句：北辰，指朝廷。事业，指经国之人才。南纪，南方，此指
　　　　马氏所在的江陵。恩私，恩宠。

〔7〕　卿月二句：谓马氏春月即应召。卿月，《尚书·洪范》："王省唯岁，
　　　　卿士唯月。"上句谓君王察看征兆要顾及全年；下句"唯"前略去
　　　　"省"字，谓卿士察看征兆要顾及全月。此处只借用字面义，言马大
　　　　此行当为卿士而司其职，用对"王春"。《春秋》正文之首句："春王
　　　　正月。"此指阴历新春。金掌，汉宫中有金铜仙人捧承露之盘，此借
　　　　指宫廷。玉墀，指宫殿之台阶。

〔8〕　薰风二句：预想马氏入朝事。薰风，南方吹来的和风。应律，此指
　　　　合乎天时。湛露，语出《诗·湛露》，乃天子宴诸侯所唱之诗。

〔9〕　天意四句：深期，深为期盼。《读杜心解》："末四句，自伤而曲致其
　　　　情。以多年去国之人，送新命趋朝之客；猛然感触，真不能不问天
　　　　而悲老。江汉迢迢，深期后会。非望马卿复来，正冀此生复返。其
　　　　情为己切矣。"颇发诗心。

【语译】

　　自古孝子之家求忠臣，君出名门必有之。我公大贤有才术，忠
孝之道无瑕疵。胸如玉府示高洁，此行捷足莫延迟。音韵激扬彻天
响，诗名盛矣众推识。应与潘陆同雅调，武略异代孙吴似。朝廷如
今召济世，荆楚追赴恩宠施。即为卿士大夫登金殿，大地春来上丹
墀。且歌《湛露》饮群臣，南来和风应天时。命运安排无从问，人情
到老易伤悲！樽前森森水空阔，深盼长安后会尚有期。

【研析】

　　始读此诗，总觉得将马大说得"潘陆应同调，孙吴亦异时"，如此

了得,却不见事迹,颇怪老杜轻于许与;至读"天意高难问,人情老易悲"二句,忽转入自叹时运不济,表出向阙之思,实在是阅尽沧桑人语,则以上颂美马卿之词正是要衬出命运的水火两重天,非谀词矣!

短歌行赠王郎司直 (七古)

【题解】

大历三年(768)暮春作于江陵。短歌行,乐府旧题。郎,对少年的美称。司直,司法官,从六品上。宝应元年(762)杜甫《戏赠友二首》有云:"元年建巳月,官有王司直。马惊折左臂,骨折面如墨。"当即此人。六年后还当司直,其不得志可知。

> 王郎酒酣拔剑斫地歌莫哀,
> 我能拔尔抑塞磊落之奇才[1]。
> 豫章翻风白日动,鲸鱼跋浪沧溟开[2]。
> 且脱佩剑休徘徊,西得诸侯棹锦水[3],
> 欲向何门趿珠履? 仲宣楼头春色深[4]。
> 青眼高歌望吾子,眼中之人吾老矣[5]!

【注释】

〔1〕　王郎二句:拔剑斫地,鲍照《行路难》"拔剑击柱长叹息",拔剑斫地也是一种愤慨的表现。歌莫哀,浦注:"首句'莫哀'二字,另读。斫剑而歌,哀情发矣,故劝之莫哀也。"拔,排解。抑塞,抑郁。磊落,形容抑郁多而杂。《文选》潘岳《闲居赋》:"石榴蒲陶之珍,磊落蔓

衍乎其侧。"注:"磊落,实貌。"此言我能以歌行为你这奇才排解多
而杂的郁闷。

〔2〕　豫章二句:豫章,两种大木。豫亦名枕木,章亦名樟木。翻风白日
　　　　动,言豫章大木之叶于风中翻飞,给人日动之错觉。跋浪,犹乘浪。
　　　　沧溟,即碧海。

〔3〕　且脱二句:劝勉王郎莫再激愤,乘舟西入成都,取得诸侯之重视。
　　　　诸侯,指蜀中节镇。棹,作动词用,犹言泛舟。

〔4〕　欲向二句:句中有提醒王郎慎选投靠对象之意。跋珠履,《史记·
　　　　春申君列传》:"春申君客三千余人,其上客皆蹑珠履。"此谓作诸侯
　　　　之幕府贵宾。仲宣楼,王粲字仲宣,"建安七子"之一,曾避乱依荆
　　　　州刘表,作《登楼赋》,后人因称所登楼为"仲宣楼"。此借指江陵别
　　　　宴之楼。

〔5〕　青眼二句:青眼,《晋书·阮籍传》:"籍又能为青白眼。"青眼表示
　　　　好感,白眼表示蔑视。吾老矣,是说自己已不中用了,要求王郎及
　　　　时努力。

【语译】

王郎王郎,莫要酒酣拔剑击地歌声哀,我歌能为你这奇才排解
累累之郁塞。风翻巨木之叶日影动,鲸鱼乘浪破沧海。大志之人要
想开,且脱佩剑息怒停徘徊。棹舟西入成都谒诸侯,不知想进哪家
侯府受青睐? 仲宣楼上送才子,春色正浓花正开。高歌青眼看王
郎,可你眼前之人已老迈!

【研析】

将抑塞化为慷慨,故能"突兀横绝,跌宕悲凉"(卢世㴶语)。乃
知杜诗之沉郁,绝非沉闷抑郁,乃沉雄郁勃耳!

秋日荆南述怀三十韵（五排）

【题解】

大历三年（768）秋作于江陵。

> 昔承推奖分，愧匪挺生材[1]。
> 迟暮宫臣忝，艰危衮职陪[2]。
> 扬镳随日驭，折槛出云台[3]。
> 罪戾宽犹活，干戈塞未开[4]。

【章旨】

第一段追述作者之所以至今漂泊的起因，是在朝廷直谏疏救房琯。

【注释】

〔1〕 昔承二句：推奖分，得到被推荐的机会。匪，非。挺生材，杰出的人才。

〔2〕 迟暮二句：宫臣，指任左拾遗事。忝，谦辞，充数。衮职，古代帝王衣卷龙衣，即衮衣，用指帝王；衮职即王职，帝王之职事。

〔3〕 扬镳二句：扬镳，镳乃马衔；扬镳即驱马。日驭，指帝车。折槛，用朱云苦谏的典故，用指诗人曾为救房琯苦谏事。云台，汉武帝在云台召群臣议事，此指代唐朝廷。

〔4〕 罪戾二句：罪戾，罪过。宽犹活，指作者救房琯获罪，得张镐等人营救，幸得免死。塞未开，指当时"安史之乱"尚未平定。

【语译】

　　往昔也曾蒙错爱,自愧不是脱颖材。侧身朝班随晨暮,危难之际受命来。驱马随御驾,苦谏被摈排。获罪幸免死,战事犹阴霾。

星霜玄鸟变,身世白驹催[1]。

伏枕因超忽[2],扁舟任往来。

九钻巴噀火,三蛰楚祠雷[3]。

望帝传应实,昭王问不回[4]。

蛟螭深作横,豺虎乱雄猜[5]。

素业[6]行已矣,浮名安在哉!

琴乌曲怨愤,庭鹤舞摧颓[7]。

秋水漫湘竹,阴风过岭梅[8]。

苦摇求食尾,常曝报恩鳃[9]。

结舌防谗柄,探肠有祸胎[10]。

苍茫步兵哭,展转仲宣哀[11]。

饥藉家家米,愁征处处杯。

休为贫士叹,任受众人哈[12]。

【章旨】

　　回顾在巴蜀与荆南间的艰辛坎坷,自警要结舌防祸端。

【注释】

〔1〕　星霜二句:星霜,犹岁月。玄鸟,指候鸟燕子,春来秋去;《礼记·月令》:二月玄鸟至,八月玄鸟归。玄鸟变,即季节变。白驹,喻时光。《庄子·知北游》:"人生天地之间,若白驹之过隙,忽然而已。"

〔2〕　伏枕句:谓卧病随凭漂泊旷远。伏枕:卧病。因,因依;随凭。超忽,旷远貌。

〔3〕 九钻二句：九钻，指九年。古人钻木取火，四季所钻之木不同，春取榆柳，夏取枣杏，秋取柞楢，冬取槐檀，一年一轮回，称"改火"。巴噀，《神仙传·栾巴》载，仙人栾巴噀酒灭成都大火。这里只是借指杜甫九年在巴蜀，与仙人灭火无关。下句则谓三年在楚。

〔4〕 望帝二句：望帝，传古蜀帝杜宇(称望帝)，失其国，魂化为杜鹃。因唐玄宗逃难至蜀，故以此指代玄宗去世。昭王，指周昭王。《左传·僖公四年》载，周昭王南巡死于汉水，春秋时齐桓公伐楚，以此事为由向楚问罪，楚使对曰："昭王之不复，君其问诸水滨。"此指肃宗之死。问，问罪。盖二帝死于同年，宦官李辅国乃祸首，后来虽被代宗罢免，为盗所杀，而二帝已经不得起死回生了。

〔5〕 蛟螭二句：蛟螭、豺虎，喻悍将群盗。深，言其盘踞一方，不易根除。猜，此言其不可靠，盖悍将多叛臣。

〔6〕 素业：世传之业，此指儒业。

〔7〕 琴乌二句：以典故为下文诉苦情起兴造气氛。琴乌，琴曲有《乌夜啼》，传宋临川王刘义庆被征，家人夜闻乌啼，忧思而成曲，见吴兢《乐府古题要解》。鹤舞，《韩非子·十过》载：春秋时，师旷鼓琴，有玄鹤飞来，列队而舞。

〔8〕 秋水二句：湘竹，《博物志》："尧之二女，舜之二妃，曰湘夫人。舜崩，二妃啼，以涕挥竹，竹尽斑。"岭梅，在今江西省，这里应指大庾岭，盖大庾岭上多梅，又号"梅岭"。同作于江陵之《哭李常侍峄》有句云："短日行梅岭，寒山落桂林"，仇注谓李死于广南，归葬长安，公逢于江汉而哭之；故此引起联想而有"阴风"云云。湘江与梅岭皆在南方，是杜甫要去的地方，此预想其行程之艰辛。

〔9〕 苦摇二句：言仕途不利，报恩无门。司马迁《报任安书》："猛虎在深山，百兽震恐；及在槛阱，摇尾而求食。"曝鳃，据《三秦记》载，鱼集龙门之下，登者化为龙，不登者点额曝腮而退。这里还兼用"报恩鳃"的典故。《三秦记》："昆明池人钓鱼，纶绝而去。梦于汉武帝，求去其钩。明日，帝游于池，见大鱼衔索。帝曰：'昨所梦也。'取而去之。帝后得明珠。"

1132

〔10〕　结舌二句：言世事险恶，要少说话，特别是真心话，以免种下祸根。晚年杜甫常有此忧虑，应是在蜀、夔幕府时的实际经验之总结。结舌，噤声；少说话。探肠，犹"掏心掏肺"，说真心话。

〔11〕　苍茫二句：借古事抒今情。苍茫，渺茫，此处有渺茫不知所往意。步兵哭，用阮籍哭途穷事。仲宣哀，东汉末王粲有《七哀诗》。

〔12〕　哈：讥笑。

【语译】

　　燕子来去岁月移，时光荏苒老相催。卧病异乡任漂泊，来去扁舟一叶随。九载巴蜀钻新火，三年荆楚停冬雷。失国玄宗伤望帝，问水肃宗逝不回！盗如蛟螭犹深踞，将似豺虎乱难猜。世传儒业行不通，浮名空在有何用？琴操乌栖多怨愤，鹤舞庭前已衰颓。秋水漫漫已浸湘妃竹，阴风吹落大庾岭头梅。虎锁槛阱苦摇尾，鱼跃龙门常曝鳃。沉默为防多谗毁，真话便是召祸胎。不知所往阮籍哭，展转流离王粲哀。充饥求助家家米，销愁酒斟处处杯。傲骨不作贫士叹，任人讥笑不挂怀。

得丧初难识，荣枯划易该[1]。

差池分组冕，合沓起蒿莱[2]。

不必伊周地，皆登屈宋才[3]。

汉庭和异域，晋史坼中台[4]。

霸业寻常体，宗臣忌讳灾[5]。

群公纷戮力，圣虑窅徘徊[6]。

数见铭钟鼎，真宜法斗魁[7]。

愿闻锋镝铸，莫使栋梁摧[8]。

磐石圭多翦，凶门毂少推[9]。

垂旒资穆穆，祝网但恢恢[10]。

赤雀翻然至，黄龙讵假媒^[11]。

【章旨】

　　这一段集中批评朝廷的用人政策，联系房琯被斥往事，希望朝廷尚贤任能抑武，早致太平。

【注释】

〔１〕　得丧二句：得丧，得失。初，本来。该，俗作"赅"，兼备也。下句言孰荣孰枯容易分清楚。

〔２〕　差池二句：差池，参差不齐貌。组冕，组绶与官帽，指官职。合沓，纷至沓来。蒿莱，杂草，此指草野出身者。

〔３〕　不必二句：伊周，古圣贤伊尹与周公旦，二人咸曾摄政。二句谓像伊尹、周公旦那般重要的位置，现在不必有屈原、宋玉一般的文才也能登上。这是抨击朝廷用人重武不重文。以上六句，仇注引《杜臆》曰："划易该，言划然之间，荣枯易见。如组冕起自蒿莱，崛起者得官矣。伊周不皆屈宋，枢要皆武夫矣。"

〔４〕　汉庭二句：上句影射代宗与回纥和亲；下句指房琯之死。《晋书·张华传》载，司空张华被杀前中台星裂；后因用指宰相凶讯。和，和亲。

〔５〕　霸业二句：霸业，与王道相比，不属正体。《杜诗说》云："'汉庭和异域，晋史坼中台。霸业寻常体，宗臣忌讳灾。'此以下联分应上联。汉治杂霸，故以和亲为寻常，其实失帝王临御之体也。"宗臣，为后世所敬仰之臣，此指房琯。仇注引胡震亨曰："霸业句，言和亲乃汉道雄霸，非国体之正。宗臣句，言房琯建诸王分镇之议，触肃宗忌讳而得祸。"事实上房琯的倡议未必切合实际，但的确犯了肃宗之大忌。

〔６〕　群公二句：这是门面上的话，称当今群臣或许都在尽力，但皇帝圣虑深远，仍独自徘徊。言外是没人能分忧，盖能担当国体的大臣欠缺也。戮力，勉力。宦，深远。

1134

〔7〕 数见二句：铭钟鼎，在钟鼎器物上铭文纪功。法斗魁，《晋书·天文志》："杓南三星及魁第一星、西三星，皆曰三公，主宣德化、调七政、和阴阳之官也。"上句承"群公"句，谓虽有将领多次立功，但大局仍未改变；下句承"圣虑"句，言关键还是要任用贤相以调和朝廷政事。

〔8〕 愿闻二句：锋镝铸，即销兵器。下句意谓要保护贤相重臣，不要再出现类似房琯被摧残之事。

〔9〕 磐石二句：谓皇室要磐石般稳固，必须多分封宗室；而兵者为凶器，要少任用强藩悍将。圭多翦，圭，玉制的礼器，古代贵族朝聘、祭祀时所执。《史记·晋世家》："成王与叔虞戏，削桐叶为圭以与叔虞，曰：'以此封若。'"后用作分封宗室的典故。凶门，古代将军出征时，凿一扇向北之门，由此出发，以示必死之决心，称凶门。推毂，《史记·冯唐列传》："臣闻上古王者之遣将也，跪而推毂，曰：'阃以内者，寡人制之；阃以外者，将军制之。'"毂，车轮轴。

〔10〕 垂旒二句：垂旒，皇冠上垂下的玉串，用指皇帝。穆穆，端庄肃穆状。祝网，喻仁政。《史记·殷本纪》载，商汤见野张网四面，乃令去其三面，祝曰："欲左，左。欲右，右。不用命，乃入吾网。"诸侯闻之，曰："汤德至矣，及禽兽。"

〔11〕 赤雀二句：赤雀，传说中祥瑞之鸟，周文王为西伯，赤雀衔丹书止其户，其子后为武王云。事见《太平御览》所引《尚书中候》。黄龙，传说王者有德则黄龙现身。假，假借。媒，龙媒，指良马。汉《郊祀歌》："天马徕，龙之媒。"

【语译】

　　孰得孰失本难辨，是荣是枯却易分。良莠贤愚皆得官，野夫俗子来纷纷。不必屈原宋玉文才富，也能伊尹周公一样据要津。中台星裂房琯死，朝廷拒敌靠和亲！霸业本非国体正，宗臣建议分封酿成灾。纷纷朝廷群公多勉力，终是难免圣虑幽深独徘徊。虽然屡见诸将功铭鼎，仍宜任用宰相魁斗才。愿闻天下销甲兵，莫使国之栋梁摧!分封宗室国本固,强藩悍将少登拜。皇上垂拱增肃穆,施仁法网自恢恢。赤雀衔书翻然至,黄龙现身何止天马来!

　　　　贤非梦傅野,隐类凿颜坏[1]。
　　　　自古江湖客,冥心若死灰。

【章旨】

　　浦注云:"随手撇开作结。"以隐遁与"结舌防谗柄"相呼应,表达一种无可奈何之情。

【注释】

〔1〕　贤非二句:梦傅野,《史记·殷本纪》:殷高宗梦见圣人,使百工营求之,得之于傅岩,时傅说操筑于野。高宗举以为相。坏,墙也。凿颜坏,《淮南子·齐俗》:鲁国高士颜阖,闻鲁君遣使来聘,凿后墙远遁。

【语译】

　　野人何知非傅说,我是逃禄类颜阖。自古江湖隐遁客,心如死灰不复作。

【研析】

　　明代胡震亨曾以此诗通首主言房琯,后人颇不以为然,房琯只是杜少陵发兴的支点,藉以述己之怀耳。不过应当说,疏救房琯的确是杜少陵后期坎坷流落的节点,是老杜述怀中的心结,不可不知。曹慕樊教授《杜诗杂说》总结前人意见,指出肃宗朝臣有两派:"一边是扈从功臣,又可叫成都集团;一边是拥立功臣,又可叫灵武集团。灵武集团有李亨庇护,亦是当时人民早已不满于玄宗的穷兵奢靡,但同时又恐惧安禄山的残暴掠夺因而想望新政的希望所寄,所以显得颇有力量。兼之李光弼、郭子仪是拥护新君的,李泌又是出色的谋臣,所以灵武确实形成了一个中心。但肃宗庸暗,听不进李泌的好些建议。知道李、郭的才略,又怕他们功高难制,不能专任。他的左右有树党营私的宠妾张良娣和以拥戴元勋自命的太监李辅国,这就是灵武的中心人物。大臣则有裴冕、崔圆、杜鸿渐等,都是庸人。后来李辅国废张后立代宗,开唐代中后期宦官直接废置皇帝的恶例。成都集团主要是些士族人物,思想保守,缺乏斡回全局的材能,他们本想奉玄宗收复两京,克定祸乱。后来知道肃宗自立,他们虽然不以为然,但亦知道团结统一是平定叛乱的前提,立即靠拢了新的中央。这些人有房琯、张镐、严武、陈玄礼、高力士。杜甫也是属于这一派的。"这一分析是较为中肯的。问题是杜甫之所以倾心房琯,不因私交,而在乎房琯切合其文治的理想,在其心目中是张九龄一流人物。且不论房琯的是是非非,杜甫借房琯表达理想、抨击现实以述己怀,这才是我们读此诗时应留心的。

暮 归 （七律）

【题解】

大历三年(768)暮秋杜甫寓居江陵时作。

> 霜黄碧梧白鹤栖,城上击柝复乌啼[1]。
> 客子入门月皎皎,谁家捣练风凄凄[2]。
> 南渡桂水阙舟楫,北归秦川多鼓鼙[3]。
> 年过半百不称意,明日看云还杖藜[4]。

【注释】

〔1〕 霜黄二句：黄，凋黄，"黄"字用作动词。上句黄、碧、白三色并列，二虚一实(黄是凋零意，碧是言梧本碧绿，今则黄落矣，故曰虚，白则是鹤之实在本色)，别有趣味。击柝，即打更。下句写暮色降临。

〔2〕 客子二句：客子，杜甫自谓。捣练，洗白绢。此暗示冬将至而捣练准备为游子做寒衣，起下思归意。

〔3〕 南渡二句：桂水在湖南郴州西。阙，同"缺"。张衡《四愁诗》："我所思兮在桂林，欲往从之湘水深。"此句化用其意。秦川，指关中。鼓鼙，指战争。史载，大历三年(768)八月，吐蕃入寇，京师戒严，故曰"多鼓鼙"。

〔4〕 年过二句：《杜诗直解》："瞻云望故乡，人情最属无聊；公因暮，想到明日，又就明日想其景况，还是杖藜，还是看云，到底无称意事，无北归时。一'还'字有无限惆怅，无限曲折。"

【语译】

　　霜凋碧梧白鹤栖，城上打更又鸦啼。月色皎皎回寓居，谁家还在捣练风凄凄。想要南渡桂水没舟楫，北归更遇故乡战鼓擂！年过半百万事不称意，明日依旧无聊看云还杖藜。

【研析】

　　萧涤非先生说："这是一首拗体七律。乍读似聱牙诘屈，其实仍声调和谐。所以卢世㴶说'读去如《竹枝》、《乐府》'。"《读杜札记》引申凫盟曰："作拗体诗，须有疏斜之致，不衫不履。如'客子入门月皎皎'，及'落日更见渔樵人'，语出天然，欲不拗不可得。而此一首律中带古，尤为入化。"又云："'霜黄碧梧白鹤栖'，一句中三用颜色字，见安插顿放之妙。"

江 汉 （五律）

【题解】

当是杜甫大历三年（768）秋漂泊湖北时所作。江汉，长江、汉水，此指湖北。诗取首句二字为题。

> 江汉思归客，乾坤一腐儒^{〔1〕}。
> 片云天共远，永夜月同孤^{〔2〕}。
> 落日心犹壮，秋风病欲苏^{〔3〕}。
> 古来存老马，不必取长途^{〔4〕}。

【注释】

〔1〕 江汉二句：《杜诗说》："'一腐儒'上着'乾坤'字，自鄙而兼自负之辞。人见其与时龃龉，未免腐儒目之，然身在草野，心忧社稷，乾坤之内，此腐儒能有几人！"

〔2〕 片云二句：萧先生说："这两句正写思归之情。如果顺说，便是'片云在远天，与孤月同长夜'。但说'共远'、'同孤'，便将情感和景物密切结合，融成一片。"这种融合，是人与自然的沟通，孤月片云，兼有自况意。

〔3〕 落日二句：落日，喻垂暮之年。《瀛奎律髓汇评》引纪昀曰："'落日'二字，乃景迫桑榆之意，借对'秋风'，非实事也。"病欲苏，病快好了。仇注引赵汸曰："中四句，情景混合入化……他诗多以景对景，情对情；其以情对景者已鲜，若此之虚实一贯不可分别，效之者尤鲜。"

〔4〕 古来二句：存，留着。老马，杜甫自比。《韩非子》："桓公伐孤竹，

返,迷惑失道,管仲曰:'老马之智可用也。'乃放老马而随之,遂得道焉。"此句与"心犹壮"相应,是自信语。

【语译】

我是荆楚思归客,儒生一介兀立天地间。长夜相伴孤轮月,片云共我在远天。衰如落日心犹壮,秋风萧瑟病欲痊。自古识途留老马,不为着先鞭!

【研析】

杜甫暮年,可谓每下愈况,但他仍顽强如初,且借助五律形式,将语言锤炼得十分坚实干净,意象与意象间不容发,如"乾坤一腐儒"区区五字,在"人与天地参"的意涵中,囊括了身世之感、社稷之忧、儒学之价值观,可谓纳须弥于芥子。且全诗多"反对",如"乾坤"之大与"腐儒"之小且弱,"落日"之衰飒与"心犹壮"之力不从心,"老马"与"不必取长途"隐喻中的"老马之智可用也"所形成的不服老情绪等,都使全诗透出一股抗争的强力精神。有此两端,故诗能含阔大于深沉,得沉郁顿挫之美。

哭李尚书之芳 (五排)

【题解】

大历三年(768)秋于公安作。李之芳,唐太宗子蒋王李恽之孙,曾奉使吐蕃被扣留,后任礼部尚书,卒于太子宾客。与杜甫交情颇笃,详参本书卷七所选《秋日夔府咏怀奉寄郑监李宾客一百韵》【题解】。

漳滨与蒿里,逝水竟同年[1]。

欲挂留徐剑,犹回忆戴船[2]。

相知成白首,此别间黄泉。

风雨嗟何及[3],江湖涕泫然!

修文将管辂,奉使失张骞[4]。

史阁行人在[5],诗家秀句传。

客亭鞍马绝,旅梽网虫悬[6]。

复魄昭丘远,归魂素浐偏[7]。

樵苏封葬地,喉舌罢朝天[8]。

秋色凋春草,王孙若个边[9]。

【注释】

〔1〕　漳滨二句:漳滨,建安七子之刘桢有《赠王官中郎将》诗云:"余婴沉痼疾,窜身清漳滨。"刘为太子曹丕之幕客,用喻太子宾客李之芳卧病他乡。蒿里,又名"薧里"。"蒿"、"薧"都同于"槁",人死则枯槁,所以死人的居处名蒿里。乐府挽歌有《蒿里行》。逝水,喻李之芳之死。同年,谓李卧病与病亡在同一年。

〔2〕　欲挂二句:留徐剑,《史记·吴太伯世家》:季札出使,北遇徐君。徐君好其剑,口弗敢言。季札心知之,为使上国,未献。还至徐,徐君已死,乃解其宝剑,系之徐君冢树而去。忆戴船,《世说新语·任诞》载,王子猷雪夜忽忆戴安道,即便乘舟访之,造门不入,兴尽而返。此谓舟行离江陵后,未能再见李之芳。

〔3〕　风雨句:风雨,《诗·风雨》序云:"思君子也。"此言虽思之而叹不能再见之。

〔4〕　修文二句:修文,指修文郎。晋王隐《晋书》载,苏韶卒,其亲属梦见韶言:"颜回、卜商,今见在,为修文郎。"后以称有文才而早逝者。管辂,三国时人,有文才,英年早逝。此句兼用两事,叹李之芳有文才而英年早逝,但慰以即使在地下也能为修文郎。张骞,汉臣张骞

奉使通西域,李之芳也曾出使吐蕃,故比之张骞。

〔5〕 史阁句:此句言李之芳遗事当书之于史册。史阁,国史馆。行人,
　　　职官名。《周礼·秋官》载大行人掌大宾礼及大客仪以亲诸侯,小
　　　行人掌邦国宾客礼,藉以待四方使者。

〔6〕 客亭二句:言李之芳身后萧条。客亭,客寓之所。旅榇,权厝他乡
　　　的棺木。

〔7〕 复魄二句:复魄,还魂复苏,即招魂。昭丘,楚昭王之墓,在当阳,属
　　　江陵府,用指李之芳死所。素浐,浐水之别名,经长安东,李为长安
　　　人,故云。

〔8〕 樵苏二句:樵苏,指"樵苏之刑",即禁止在墓地打柴割草的刑律。
　　　上句谓李回乡当以重臣厚葬。喉舌,语本《后汉书·李固传》:"北
　　　斗为天之喉舌,尚书亦为陛下喉舌。"因李之芳曾为尚书,故称之。

〔9〕 王孙句:王孙,李之芳为宗室,故称。若个,唐方言,犹"何处"。

【语译】

　　李公卧病在他乡,不意剧逝竟同年! 欲学季札坟前挂宝剑,无
奈舟行难回见。与公相知到白首,谁知此别隔黄泉。风雨凄凄可奈
何? 身在江湖唯有涕泪潸。命如管辂叹早逝,地下应为修文官。曾
通西蕃国危难,朝廷如今失张骞。事迹应付史馆载史册,更有诗家
秀句万口传。客寓门前车马绝,旅厝棺木蛛丝悬。招魂昭丘离家
远,归魂遥归长安边。他日封葬禁樵采,自此朝廷喉舌瘖。秋色萧
然春草调,王孙王孙去不还……

【研析】

　　友情是古人情感生活中一个不可或缺的重要内容,是打破血
统、地位、年龄之间隔阂的利器,是个体在固化社会中少有的自由选
项。因此它成了文学创作灵感的重要资源,许多名篇都从中提炼而
成。这一篇也许不是杜诗写友情最好的篇章,但它是发生在老杜晚
年孤独感最强烈之时,理想的破灭、同道的相继去世,病老生死途

穷,一时齐上心头,哭李也是哭自己,自然是一种异样的悲痛,别有一番滋味。当与下一篇合读。

重 题 (五律)

【题解】

《哭李尚书》意犹未尽,当即又作此诗,故曰"重题"。

> 涕泗不能收,哭君余白头。
> 儿童相顾尽,宇宙此生浮。
> 江雨铭旌湿,湖风井径秋[1]。
> 还瞻魏太子,宾客减应刘[2]。

【注释】

〔1〕 江雨二句:铭旌,竖在灵柩前标明死者官职和姓名的旗幡。下句谓己在公安,因近岳阳湖,故其风曰"湖风"。井径,古有井田制,此指田野;井径则田间小路。

〔2〕 还瞻二句:原注:"公历礼部尚书,薨于太子宾客。"魏太子,指曹丕。应刘,指建安七子中的应玚与刘桢,皆为魏太子曹丕幕僚,故以喻太子宾客李之芳。

【语译】

泪呵扑簌簌地流,你怎忍心遗下我这白发老头! 儿童旧识看已尽,天宽地大残生任漂浮。江雨沥沥旌幡湿,湖风飒飒田野秋。回望文坛人才减,恰似曹丕太子少应刘。

【研析】

读二诗如见老杜哭了想,想了又哭,情之缠绵可感。

舟中出江陵南浦奉寄郑少尹审 （五排）

【题解】

杜甫大历三年(768)暮秋,作于初离江陵南浦之舟中。郑审当时在江陵为少尹。

> 更欲投何处,飘然去此都[1]。
> 形骸元土木[2],舟楫复江湖。
> 社稷缠妖气,干戈送老儒。
> 百年同弃物,万国尽穷途[3]。
> 雨洗平沙净,天衔阔岸纤[4]。
> 鸣螫随泛梗[5],别燕起秋菰。
> 栖托难安卧,饥寒迫向隅[6]。
> 寂寥相煦沫,浩荡报恩珠[7]。
> 溟涨鲸波动,衡阳雁影徂[8]。
> 南征问悬榻,东逝想乘桴[9]。
> 滥窃商歌听,时忧卜泣诛[10]。
> 经过忆郑驿,斟酌旅情孤[11]。

【注释】

〔1〕　更欲二句:去此都,离开江陵。唐上元元年(760)升荆州为江陵府,建号南都,故称"此都"。谓江陵已不得不去,但前往何处则茫茫

然。《杜臆》云："此诗无一字不悲,而起语突然,更不堪读。"

〔2〕　形骸句:此谓其为人重本色,不加修饰。《晋书·嵇康传》:"美词气,有风仪,而土木形骸,不自藻饰。"形骸,人之形体。

〔3〕　百年二句:百年,一生。万国,犹各地。

〔4〕　天衔句:纡,回曲。此言江岸宽阔曲折,而与天相衔接。

〔5〕　鸣蜇句:蜇,似蝉而小,色青赤。泛梗,漂流的木头。《战国策·齐策三》:"有土偶人与桃梗相与语……土偶曰:'今子,东国之桃梗也,刻削子以为人,降雨下,淄水至,流子而去,则子漂漂者将何如耳?'"梗,桃木偶。杜甫此时漂泊无依,用以自喻,且与"形骸元土木"相映成趣。

〔6〕　向隅:向隅而泣。

〔7〕　寂寥二句:相煦沫,相煦以沫。煦,吹也。《庄子·大宗师》:"泉涸,鱼相与处于陆,相煦以湿,相濡以沫。"以喻困境中相互帮助。报恩珠,《三秦记》载:昆明池人钓鱼,纶绝而去。鱼托梦于汉武帝求去其钩。明日帝游于池,见大鱼衔索,取而放之。三日后,帝于池边得明珠一双,曰:"岂非鱼之报耶?"寂寥、浩荡,都表明相煦乏人,报恩无所。

〔8〕　溟涨二句:溟涨,大海。衡阳,在今湖南省南部,有回雁峰。据说大雁至此而止,遇春而回。徂,往也。此言或往东海方向(吴越),或往湖南,尚拿不定主意。

〔9〕　南征二句:悬榻,用后汉陈蕃悬座榻以待徐穉(孺子)故事,言南往投靠好文士之贵人。乘桴,乘槎。《论语·公冶长》:孔子曰:"道不行,乘槎浮于海。"言不得志而另寻出路。

〔10〕　滥窃二句:喻己之怀才不遇。商歌,《史记·鲁仲连邹阳列传》载,甯戚喂牛,扣牛角商歌。齐桓公夜出,闻而知其贤,举为客卿。卞泣诛,卞和之泣。《韩非子》载,楚人和氏得玉璞楚山中,献之厉王,王以为石,刖其左足;武王即位,又献之,王又刖其右足;文王即位,和氏抱璞哭于楚山之下,王使玉人理其璞得宝玉,名曰"和氏之璧"。

〔11〕　经过二句：以郑当时喻郑审，为其能酌酒相慰旅情也。郑驿，《汉书·郑当时传》：汉景帝时，郑当时为太子舍人，任侠好客，"常置驿马长安诸郊，请谢宾客，夜以继日，至明旦，常恐不遍"。

【语译】

飘然离开了江陵，该投何方我忧心忡忡。形同土木不事藻饰，潦倒又回到江湖中。祖国呵仍被妖气死缠，遍地烽火将我这老儒送。平生被视为无用的弃物，各地都艰难哪，末路途穷！雨后沙平水净，两岸开阔接天穹。寒蝉声声随着我这漂流的断梗，菰蒲飞起的燕子掠过秋风。寄人篱下难安居哟，独自饮泣四壁空。有谁在寂寞中共我相濡以沫？又有谁须我明珠报恩如山重？看哪，巨鲸乘潮头排浪赴海；看哪，大雁拍双翅飞向回雁峰。道不行乘槎浮于海，我想向东！我又想向南，那儿可有优待文人的主人翁？空盼着甯戚忽然被起用，怕只是以卞和泣玉告终！每到一地我都怀念你啊，只有你才会用酒来劝慰我旅途的孤穷。

【研析】

陈贻焮先生说杜甫到江陵是乘兴而来，失望而去，一点不错。你想，老友尚书李之芳、少尹郑审，弟杜观，堂弟行军司马杜位，还有一班有些瓜葛的新知旧识，都在江陵；何况江陵是所谓"南都"，算是个大埠头，而节度使阳城郡王卫伯玉，老杜早就歌颂备至，寄大希望焉，因此有在此地"山林托疲苶"的打算。但卫伯玉不是柏茂琳，愿举柑林四十亩赠之，安排他吃的住的（其实这对卫大王也只是举手之劳耳），而只是时有宴请而已，他人也都"爱莫能助"。滞留江陵约半年多的时间，杜甫跌入深深的失望之渊，写下许多不到潦倒至极是道不出的、直率到令人读之怅愕的诉穷之诗。当时老杜在江陵陪人作诗应酬，就住在船上；妻小则住当阳杜观处，常因困乏告急。《水宿遣兴奉呈群公》云："童稚频书札，盘飧诇糁藜。我行何到此？

物理直难齐……余波期救溷,费日苦轻赍。杜策门阑邃,肩舆羽翮低。自伤甘贱役,谁悯强幽栖?"没轿子,徒步干谒达官,连门都进不去! 心高气傲的大诗人竟"自伤甘贱役",千载之下能不浩叹!《秋日荆南述怀三十韵》说得更惨:"苦摇求食尾,常曝报恩腮。结舌防谗柄,探肠有祸胎。苍茫步兵哭,展转仲宣哀。饥藉家家米,愁征处处杯。休为贫士叹,任受众人咍。""苦摇求食尾,常曝报恩腮"要比"寂寥相煦沫,浩荡报恩珠"更直白! 知道这一层,才知道本诗到底有多沉重。大概是由于诗人被戴上"诗圣"的桂冠,便惹一些人来挑剔:或怪他不以君国为重,而"为保全妻子计";或笑他"游乞之求未厌",不能像古人那样宁死也不食"嗟来之食",云云。我常诧异人类中怎么有这么多站在"道德高峰"上冷看别人死活的人,好为高论实是一点也不近人情。不过回头再看杜诗,便觉得老杜确有真性情,不做作,"形骸元土木"是真话,"畏人嫌我真"也不是空言:苦了就呻吟,受伤了就呼唤,愤怒了就呐喊! 老杜是个有血有肉的现实中人——我们的诗人。

公安送韦二少府匡赞 （七律）

【题解】

杜甫大历三年（768）秋移居至公安（在江陵城南九十里）后所作。韦二,韦匡赞排行第二。少府,唐人称县尉曰"少府"。

逍遥公后世多贤,送尔维舟惜此筵[1]。

念我能书数字至,将诗不必万人传[2]!

时危兵甲黄尘里,日短江湖白发前[3]。

古往今来皆涕泪,断肠分手各风烟^[4]。

【注释】

〔1〕　逍遥二句:逍遥公,韦匡赞的祖先韦夐,北周明帝时号为逍遥公;又韦嗣立,唐中宗时亦封为逍遥公。维舟,系舟。下句言杜甫为惜别而系船不发。惜此筵,以见与韦二之送别不是一般的送别。

〔2〕　念我二句:言思我就请常惠数行书,抄去的诗就不要到处传播了。下句固然有己诗多涉讽刺怕会招祸之忌(《秋日荆南述怀三十韵》"结舌防谗柄,探肠有祸胎"可证),但也不无自信其诗万人争传之意(同代人郭受《杜员外兄垂示诗因作此寄上》称杜甫"新诗海内流传遍"可证)。能书,一作"常书"。将诗,犹携诗。

〔3〕　时危二句:时危,指是年八月吐蕃兵十万压境事。日短,《杜诗说》:"来日苦短也。"江湖,犹所选上一首诗"舟楫复江湖"之"江湖";双关语,既是眼前实景,又有流落民间之意。句谓来日苦短,犹眼前日暮发白也。

〔4〕　古往二句:古往今来、断肠分手,是当句对。《瀛奎律髓汇评》引许印芳云:"按律诗对起犹易,对结最难,七律对结尤难。盖为对偶所拘,每苦兜收不住。此诗以当句对作结,有神无迹,足见本领之大。"

【语译】

　　逍遥公后世代多贤,泊舟特来送汝惜此筵。汝如思我常来信,我诗不必到处传。时局危哉兵马乱,白发面对江湖夕阳残。离别古来多下泪,如今断肠分手前程各漫漫。

【研析】

　　方回《瀛奎律髓》曰:"老杜七言律诗一百五十余首,唐人粗能及之者仅数公,而皆欠悲壮。晚唐人工于五言律,于七言律甚弱。"信然。观此诗,除首句有应酬意味外,整体格调是悲壮的。全诗由首联之"惜"字展开:颔联既写出诗人在公安备受冷落后,对来辞行的韦二惜别情深;同时也写出对己诗的担忧与自信。颈联诚如萧先生所说:"上句说兵荒马乱,是时代环境;下句说漂泊江湖,是个人环境。黄尘扰攘,本由兵甲而生,今兵甲不休,所以说'兵甲黄尘里'。酒摆在船上,所以说'江湖白发前'。时局已危,而兵甲不休,是危而又危也;来日已短,而江湖漂泊,是短而又短也。二句含无限悲痛。"这种悲痛以对举的形式将个体与群体联系起来了。尾联进而从"古往今来"的历史永恒与"断肠分手"的当下瞬间的对举,使个人的情感上升为世人共同的情感。充分利用长句对偶形式,使情感内容最大化;杜诗七律不易及,或当于此求之。

官亭夕坐戏简颜十少府 (五律)

【题解】

大历三年(768)秋后作。官亭,官府所设接待站。颜十,排行第十而名未详。杜甫曾作《醉歌行赠公安颜十少府请顾八题壁》云:"神仙中人不易得,颜氏之子才孤标。天马长鸣待驾驭,秋鹰整翮当云霄。"大概是位有才华而豪放的年轻人,与老杜颇融洽,所以老杜才会向他讨酒喝。少府,县尉。

南国调寒杵,西江浸日车。
客愁连蟋蟀,亭古带《蒹葭》[1]。
不返青丝鞚,虚烧夜烛花[2]。
老翁须地主,细细酌流霞[3]。

【注释】

〔1〕 客愁二句：蟋蟀，《诗·七月》："七月在野，八月在宇，九月在户，十月蟋蟀入我床下。"时令渐寒逼使蟋蟀依人，与老杜此时境况相似，故曰"连"。带蒹葭，想到《诗·蒹葭》。该诗有云："蒹葭苍苍，白露为霜。所谓伊人，在水一方。"这是思慕某个人的诗，也是老杜此时实况，故曰"带"。

〔2〕 不返二句：青丝鞁，黑丝织的马笼头，指代马，谓颜十骑马出去未回。虚烧句，《古诗十九首·生年不满百》："生年不满百，常怀千岁忧；昼短苦夜长，何不秉烛游？"因颜十不归则游乐不成，岂不白白秉烛？烛花，烛火迸出的火花。

〔3〕 老翁二句：老翁，诗人自指。地主，指颜十。流霞，《抱朴子》载项曼都到天上，仙人以流霞一杯饮之。此借指美酒。

【语译】

南国寒来捣衣声转促，西江浸日日已斜。有客愁吟同蟋蟀，古亭秋水忆《蒹葭》。车骑不来空怅望，此夜徒烧灯烛花。老翁何为坐待主？欲品佳酿兴颇佳。

【研析】

虽是小诗戏简，写来情趣横生。"客愁"一联雅致凄切，提升了诗的品位。

呀鹘行 (七古)

【题解】

旧编在大历三年(768)秋冬，时在公安。呀鹘，张着嘴的病鹘。《读杜心解》曰："此借呀鹘以自况也，与《瘦马行》相类。"

病鹘孤飞俗眼丑[1],每见江边宿衰柳。

清秋落日已侧身,过雁归鸦错回首[2]。

紧脑[3]雄姿迷所向,疏翮稀毛不可状。

强神非复皂雕前,俊才早在苍鹰上。

风涛飒飒寒山阴,熊罴欲蛰龙蛇深。

念尔此时有一掷,失声溅血非其心[4]。

【注释】

〔1〕 俗眼丑:俗人视为丑陋。

〔2〕 错回首:余威尚在,故鸦雁辈飞过仍要恐惧地回头看,而不知其为
病鹘。

〔3〕 紧脑:形容猛禽的五官集中,凹凸分明,显得精神矍铄。如其《雕
赋》云:"立骨如铁,目通于脑。"《魏将军歌》云:"魏侯骨耸精爽紧,
华岳峰尖见秋隼。"

〔4〕 念尔二句:谓因病废不得遂愿一搏,悲愤欲啼而口溅血矣!一掷,
相当于一击,早年所作《画鹰》云:"何当击凡鸟。"然而"掷"比"击"
更能表现出猛禽从高空收翅如坠石般直扑向猎物的神态。失声,
因病暗哑。失声溅血,与"其声哀痛口流血"、"此老无声泪垂血"
意同。

【语译】

俗眼看病鹘,孤飞太丑陋。每在江边见,耸立栖衰柳。侧身清
秋落日中,过雁归鸦怯然仍回首。深目棱骨剩余威,羽疏尾秃非昔
有。早先俊才胜苍鹰,于今强打精神仍落皂雕后。风涛肃杀山阴
寒,熊欲眠来龙潜湫。知尔此时愿一搏,奈何一啼失声口血流!

【研析】

杜少陵喜欢写马、鹰一类气质雄健的东西,往往藉以自喻。然

而随着岁月境况的迁移,其格调由激昂转向悲怆。只要将这一首与早期所写的《画鹰》、《雕赋》、《义鹘行》对读,便有"英雄末路"的沧桑之感。

晓发公安 (七律)

【题解】

题下原注:"数月憩息此县。"这是一首七律拗体诗,当于大历三年(768)冬由公安往岳阳时作。此诗一气盘旋,信手所得,故《杜臆》云:"七言律之变至此而极妙,亦至此而神。此老夔州以后诗,七言律无一篇不妙,真山谷所云'不烦绳削而自合'者。"

北城击柝复欲罢,东方明星亦不迟[1]。
邻鸡野哭如昨日,物色生态能几时[2]?
舟楫眇然自此去,江湖远适无前期。
出门转眄已陈迹,药饵扶吾随所之[3]。

【注释】

〔1〕 北城二句:写"晓",更尽而启明星出。击柝,打更。复,见得前此已饱闻。明星,金星;启明星。

〔2〕 邻鸡二句:写由于江陵、公安连属的挫折所引起的幻灭感。邻鸡野哭,邻家的鸡叫晓,与野地传来人的哭声混杂。"野哭"通常与战事相联系,如"野哭千家闻战伐"、"野哭初闻战",皆言战争带来的悲哀。物色,指物。生态,犹生气,指人。

〔3〕 出门二句:转眄,犹转眼。上句谓才出门,转眼之间一切已成为过去。王羲之《兰亭叙》:"俯仰之间,以为陈迹。"之,往。随所之,走

到哪儿算哪儿。下句写虽扶病仍不得不随处漂泊。

【语译】

北城报更声欲停,东方启明之星已在斯。鸡声祭哭恍如昨,万物生机能几时? 船儿森森从此去,远走江湖欲何依? 万事转眼为陈迹,漂荡唯靠药相扶。

【研析】

《杜诗镜铨》引蒋云:"乱离漂泊之余,若感若悟,真堪泣下。""若感若悟"四字下得好! 杜甫拖儿带女在战乱中走过来,路是越走越窄,前途茫茫渺渺,"理想"更是蒸汽也似地升腾而去,幻灭感(悟?)开始缠上他。"如昨日"、"能几时"、"眇然"、"无前期"、"转眄已陈迹"、"随所之",一连串惘然若失的词句表达了这种情感,在诗中也是少有的,真不是个好兆头。

岁晏行 (七古)

【题解】

诗作于湖南,《补注杜诗》黄鹤曰:"诗云'去年米贵阙军食,今年米贱太伤农',当是大历三年次岳州作。按《旧史》大历二年七月甲申,减京官职田三分之一充军粮,又十一月乙丑率百官京城士庶出钱以助军。"萧涤非先生认为:"但此诗作于湖南,大历二年湖南是否米贵,还难确断。"乃定此诗作于大历三年(768)或四年(769)冬,距杜甫之死一年或二年。岁晏,岁暮。

岁云[1]暮矣多北风,潇湘洞庭白雪中。

渔父天寒网罟冻,莫徭射雁鸣桑弓[2]。
去年米贵阙军食[3],今年米贱大伤农。
高马达官厌酒肉,此辈杼柚茅茨空[4]。
楚人重鱼不重鸟,汝休枉杀南飞鸿[5]。
况闻处处鬻男女,割慈忍爱还租庸[6]。
往日用钱捉私铸,今许铅锡和青铜。
刻泥为之最易得,好恶不合长相蒙[7]!
万国城头吹画角,此曲哀怨何时终[8]?

【注释】

〔1〕 云：语助词,无义。

〔2〕 渔父二句：网罟,捕鱼鸟的罗网。莫徭,杂居长沙一带的少数民族。
《隋书·地理志》:"长沙郡又杂有夷蜑(音但),名曰莫徭。自云其
先祖有功,常免徭役,故以为名。"桑弓,桑木作的弓。弓发有声,故
曰"鸣"。

〔3〕 去年句：《唐书·代宗本纪》:"大历二年十月,减京官职田三分之
一给军粮。十一月,率百官、京城士庶,出钱以助军。"

〔4〕 高马二句：厌,同"餍"。此辈,即渔父、莫徭、农民等。杼柚,梭子和
机轴,指织布机。《诗·大东》:"小东大东,杼柚其空。"茅茨,即
茅屋。

〔5〕 楚人二句：《风俗通》:"吴楚之人嗜鱼盐,不重禽兽之肉。"汝,指莫
徭猎手。

〔6〕 况闻二句：鬻,卖。租庸,唐代赋税制度,纳粮为"租",服劳役或缴
绫绢代役为"庸"。《旧唐书·杨炎传》:至德后"科敛之名凡数百,
废者不削,重者不去,新旧仍积,不知其涯。百姓受命而供之,沥膏
血,鬻亲爱,旬输月送无休息"。

〔7〕 往日四句：私铸,即盗铸。刻泥句,萧先生注:"这是痛恨透顶的话。
意思是说你们何不干脆用泥巴作钱、来骗取人民的物资呢,这样岂

不是更容易得到,更不费成本吗!"《旧唐书·食货志》:"(天宝)数载之后……富商奸人渐收好钱,潜将往江淮之南,每钱货得私铸恶者五文,假托官钱,将入京私用。"四句抨击当时的货币制大坏,给百姓造成痛苦。详见【研析】。

〔8〕 万国二句: 万国吹角,是说各地都在用兵。此曲,指象征战事的号角,也兼指他自己所作的这首《岁晏行》。

【语译】

岁将尽来多北风,潇湘洞庭茫茫白雪中。天寒渔夫网被冻,莫徭射雁拉响桑木弓。去年米贵军粮缺,今年米贱伤小农。朱门高官餍酒肉,耕织之民茅屋空! 楚人吃鱼少吃鸟,射手休要枉杀南飞鸿。更闻到处卖儿女,割恩舍爱苛税比虎凶! 往日严捉私铸钱,如今却许铅铁铜。刻泥为钱不更快? 好坏不该长相蒙。到处都在吹号角,如此悲声何时终?

【研析】

在上一首选诗中我们说到杜甫的"幻灭感",但那只是海面上的波浪,大海深处是不变的"穷年忧黎元"。萧先生注: 此诗"不是大历三年冬,便是大历四年冬,亦即杜甫死的前一年或二年作的。可以看出杜甫关心人民。他不只是'穷年忧黎元',简直是'到死忧黎元'"。

关于唐朝该时期的货币制,情况较复杂,兹据范文澜《中国通史简编》第三编第一册第二章略作说明,以供参考。唐制: 天下出铜铁州府,听人私采,官收矿税。唐时采矿业规模不大,因为缺铜,豪富人家销毁开元通宝钱,或铸恶钱,或制铜器(包括铸造佛像)获利。唐德宗时市价,销钱一缗,得铜六斤,每斤值钱六百文。厚利所在,重刑不能禁,流通的钱愈益稀少,农民很难得到现钱。尤其是赋税由以实物纳税逐渐变为换钱缴税(写此诗后不久,唐德宗便施行两税法,以钱定税额),于是"钱重物轻",更加重了农民负担。市面钱少对剥削者自然有利,有钱有势人家趁机积钱操纵,更使百姓遭殃。杜甫抨击的正是这一现象,不愧为"诗史"。虽然说货币经济发达是历史的进步,但以百姓(农民是主体)"沥膏血,鬻亲爱"为代价,也太残酷了,背后官府、朝廷的纵容、欺骗,无可逃其罪!

登岳阳楼 （五律）

【题解】

大历三年(768)冬,杜甫独自登上海内名胜岳阳楼,作此五律名篇。岳阳楼,《太平寰宇记》:"江南西道岳州巴陵县:岳阳楼……城西门楼也。唐开元四年中书令张说除守此州,每与才士登楼赋诗,自尔名著。"岳阳楼与黄鹤楼、滕王阁并称江南三大楼阁。人称:"洞庭天下水,岳阳天下楼"。《唐子西文录》云:"过岳阳楼,观杜子美诗,不过四十字,气象宏放,涵畜深远,殆与洞庭争雄,所谓富哉言乎者。"

昔闻洞庭水,今上岳阳楼[1]。
吴楚东南坼,乾坤日夜浮[2]。
亲朋无一字,老病有孤舟[3]。
戎马关山北,凭轩涕泗流[4]!

【注释】

〔1〕　昔闻二句:《而庵说唐诗》:"昔闻洞庭之水,今上岳阳楼。而今乃得见此洞庭水矣,果属巨观。"由耳闻到亲眼所见,感慨特深。

〔2〕　吴楚二句:吴楚,古代吴国、楚国,即今江苏、浙江、安徽、江西、湖

北、湖南等地。坼,分裂。极言洞庭湖之壮阔,吴楚之地好像被分裂为二。《诗数》云:"'气蒸云梦泽,波撼岳阳城',(孟)浩然壮语也;杜(甫)'吴楚东南坼,乾坤日夜浮',气象过之。"

〔3〕 亲朋二句:写登楼所引起的个人身世之感。《杜诗说》:"前半写景,如此阔大,转落五六,身世如此落寞,诗境阔狭顿异,结语凑泊极难。不图转出'戎马关山北'五字,胸襟气象,一等相称!"登高易愁,是士大夫忧患意识在心理上的一种体现。萧先生说:"境界的空阔,在一定情况下,往往能逗引或加强人们的飘零孤独之感。"当时杜甫患肺病、风痹、耳聋,出蜀后全家又一直住在船上漂泊不定,所以这二句是写实。有,犹"在"。

〔4〕 戎马二句:上句言京城边防紧急。《通鉴》:"大历三年八月,壬戌,吐蕃十万众寇灵武。丁卯,吐蕃尚赞摩二万众寇邠州,京师戒严,邠宁节度使马璘击破之。九月,命郭子仪将兵五万屯奉天以备吐蕃。朔方骑将白元光破吐蕃二万众于灵武。吐蕃释灵州之围而去,京师解严。十一月,郭子仪还河中,元载(当时宰相)以吐蕃连岁入寇,马璘以四镇兵屯邠宁,力不能拒,乃使子仪以朔方兵镇邠州。"凭轩,依栏。涕泗流,面对如此河山,却国危民病己穷,能不发一大恸!

【语译】

久闻浩浩洞庭水,今得亲上岳阳楼!力排吴楚分两侧,天地日夜水面浮。亲朋路断无消息,老病于今寄孤舟。北望关山战火阻,倚栏满脸涕泪流。

【研析】

《唐宋诗醇》评曰:"元气浑沦,不可凑泊,千古绝唱!"这是从整体气势上讲的。梁启超则从文字表达技能上讲:"工部(指杜甫)还有一种特别技能,几乎可以说别人学不到:他最能用极简的语句,包括无限情绪,写得极深刻。"(《情圣杜甫》)"吴楚东南坼,乾坤日夜浮",十个字是何等力气、何等气象,直是尺幅万里,难怪"后人不敢复题"(《瀛奎律髓》)。至于"亲朋无一字,老病有孤舟",《缦斋诗谈》称:"'吴楚东南坼,乾坤日夜浮。'十字写尽湖势,气象甚大,一转入自己心事,力与之敌。"如何"敌"? 一种是斤两相称,属"正对";一种是对比悬殊,属"反对"(如"乾坤一草亭",巨大的空间落差造成崇高感);此属后者。单一个"病"字,在老杜就有千般痛苦:先后患有肺病、糖尿病、恶性疟疾、风痹、右臂偏枯等。一已不堪,况如是之多乎! 此诗语言可谓浓缩到不能浓缩,吐弃到不能吐弃,"万取一收"是也。尤其可贵的是梁启超所指出的其中的深刻性。对祖国河山的爱,发为对时局的忧,与对自己老病不得报国之痛,打成一片,的确是"元气浑沦"。

南　征（五律）

【题解】

大历四年(769)春,老杜大概是因为"戎马关山北",北归不得,乃由岳阳南下往长沙寻避地,故曰"南征"。

> 春岸桃花水,云帆枫树林[1]。
> 偷生长避地,适远更沾襟[2]。
> 老病南征日,君恩北望心[3]。
> 百年歌自苦,未见有知音[4]。

【注释】

〔1〕 春岸二句:桃花水,即春汛,因水涨于桃花开放时,故谓之桃花水。

以对"枫树林",为借对。

〔2〕　偷生二句:长避地,长期避乱他方。适远,到远方去。

〔3〕　老病二句:"南征"、"北望"对举,乃知南征是不得已,北归之心不死。君恩,当指杜甫在成都时代宗授其检校工部员外郎赐绯鱼袋事。

〔4〕　百年二句:化用《古诗十九首》:"不惜歌者苦,但伤知音稀。"杜甫在当时尚未广为人知,诚如同代人樊晃《杜工部小集序》所说:"属时方用武,斯文将坠,故不为东人之所知。江左词人所传诵者,皆君之戏题剧论耳,曾不知君有大雅之作,当今一人而已!"

【语译】

桃花开时江水涨,风帆如云飘过枫树林。偷生避乱滞异地,愈走愈远泪沾襟。老病掉头南征日,北回君恩报国不死心!平生呕沥作诗苦,但伤于今无知音!

【研析】

我们的诗人此时已身心交瘁,南征只是无可选择的选择。伟大诗人一辈子都在掏空自己,从躯体生命到精神财富,把它们转移到他的作品当中。诗,成了他不安的灵魂最后的栖息地。然而,"百年歌自苦,未见有知音"!这无异是在他心上划了一刀。然而巨响有时要隔很久才能传到远处人们的耳朵。千百年后,四海终于都听到了这滚滚闷雷也似的声音。

宿白沙驿 （五律）

【题解】

当作于大历四年(769)春。题下原注:"初过湖南五里。"《一统志》载:"白沙戍,在湘阴县北五十里湘江上,唐有驿,久废。"当在今湖南湘阴营田镇附近,临青草湖。赵注:"既离湖,则自此上湘水矣。"

水宿仍余照,人烟复此亭[1]。

驿边沙旧白,湖外草新青[2]。

万象皆春气,孤槎自客星[3]。

随波无限月,的的近南溟[4]。

【注释】

〔1〕　水宿二句:余照,落日余晖,点明泊舟时间。下句言至此驿亭才又看到人烟,则一日行程中不见人烟,湖之空旷浩渺可知。

〔2〕　驿边二句:妙在拆用地名"白沙驿"与"青草湖",借写眼前景。青草湖,北连洞庭,南接湘水;水涨则与洞庭合,水涸乃生青草,故名。

〔3〕　孤槎句:张华《博物志》称有人乘槎上天,见一人牵牛饮水。归,问严君平。答曰:"某年月日,有客星犯牵牛宿。"乃知至天河云。此喻旅途遥远。

〔4〕　的的句:的的,明亮状。南溟,南海。谓唯有明月送我,渐近南海。李白"我寄愁心与明月,随风直到夜郎西",同一机杼。

【语译】

落照余晖中船儿慢慢靠岸,在驿亭又见人烟兴。白沙驿的沙依旧雪白,青草湖重新长出草青青。此地万象更新都萌动着春气,唯有我这远方来客哟孤舟独伶俜。水波渺渺月色无边,哦,只剩她的清辉伴我走近南溟。

【研析】

诗从一日旅程的终结写起,人烟夕照,一片暖色调。颔联春景沙白草青,本是老调子;但巧用地名,虚而实,好比旧家具重新上色,遂焕然一新。万象春气萌动,一转至孤槎漂流,寂寞感油然上升,暖色调转为冷色调。尾联孤舟剪影在空江月色的银雾中随波而漾,寂寞感遂化为忧郁莫名的美,渐渐隐没在前往森森南溟的途中,留下的是一片惆怅。这是一种慢慢渗透的美。

祠南夕望 （五律）

【题解】

大历四年(769)春,船继续南行,入湘阴县,过黄陵庙,作《湘夫人祠》。兴犹未尽,暮色苍茫中回望,又作此诗。

百丈牵江色[1],孤舟泛日斜。
兴来犹杖屦,目断更云沙[2]。
山鬼迷春竹,湘娥倚暮花[3]。
湖南清绝地,万古一长嗟[4]。

【注释】

〔1〕　百丈句:百丈,用竹篾编成的纤缆。江水湍急,纤夫用来牵引上水船。不说牵船,却说是"牵江色",是诗家化实为虚逗引读者想象的手段。

〔2〕　兴来二句:杖屦,扶杖曳屦。目断,目力尽处。

〔3〕　山鬼二句:山鬼,屈原《九歌》中的山中女神。迷春竹,《九歌·山鬼》:"余处幽篁兮终不见天,路险难兮独后来。"湘娥,亦《九歌》中的湘江女神。倚暮花,《九歌·湘君》:"采薜荔兮水中,搴芙蓉兮木末。"

〔4〕 湖南二句：谓如此清幽的好去处，却成为屈原流放地，令人千秋之
　　　后犹扼腕兴叹！《杜诗镜铨》引张綖曰："如此清绝之地，徒为迁客
　　　羁人之所历，此万古所以长嗟也。结极有含蓄。"湖南，此指洞庭湖
　　　之南。清绝地，清幽绝尘的地方。

【语译】

　　纤夫牵着沧江走，孤舟悠悠日已斜。兴来扶杖曳屦出舱望，极
目沙汀接云霞。山鬼迷离幽篁里，湘娥暮色倚丛花。洞庭之南清如
此，却成流放之地万古嗟！

【研析】

　　诗中虽未提及屈原，但情感步步逼近屈原。《杜诗说》："此近
体中之《吊屈原赋》也。结亦自寓。"是。然而尤难能可贵的是：诗
以五律严谨的形式表现骚体的浪漫情调，自见特色。王夫之《唐诗
评选》曰："此等诗自贤于夔府作远甚，诵之自知。'牵江色'一'色'
字幻妙，然于理则幻，寓目则诚，苟无其诚，然幻不足立也。""于理则
幻，寓目则诚"，的是诗家情理离合之妙用，王夫之评得很到位！据
实构虚、点化无痕可说是老杜的"独门功夫"。

遣　遇　（五古）

【题解】

　　大历四年（769）杜甫在由岳阳往长沙的途中所作。遣遇，《杜
诗镜铨》云："谓因所遇以自遣也。"所遇者，即诗中描述的迫于征
役事。

磐折^[1]辞主人，开帆驾洪涛。

春水满南国，朱崖云日高。

舟子废寝食，飘风争所操。

我行匪利涉^[2]，谢尔从者劳。

石间采蕨女，鬻市输官曹。

丈夫死百役，暮返空村号。

闻见事略同，刻剥及锥刀^[3]。

贵人岂不仁？视汝如莸蒿^[4]！

索钱多门户^[5]，丧乱纷嗷嗷。

奈何黠吏徒，渔夺成逋逃^[6]。

自喜遂生理，花时甘缊袍^[7]。

【注释】

〔1〕　磐折：弯腰的样子，这里有恭敬意。

〔2〕　我行句：谓这次舟行很不顺利。匪，通"非"。利涉，《易经·需卦》："利涉大川。"

〔3〕　锥刀：喻细微的物资。是说官吏剥削，无孔不入。

〔4〕　莸蒿：两种杂草，犹言草芥。

〔5〕　多门户：名目繁多，五花八门。

〔6〕　奈何二句：黠吏徒，奸猾的小吏们。渔夺，是说侵夺百姓的财物如渔人取鱼一般。成逋逃，造成百姓逃亡。

〔7〕　自喜二句：自喜，犹自幸。遂生理，还有生存之道，犹还能活下来。花时句，谓春天还穿着破棉袄，无衣可换也。甘，与死百役、逋逃者相比，已很满足了。缊袍，以麻絮填充的袍子。《论语·子罕》："衣敝缊袍，与狐貉者立，而不耻者。"

【语译】

鞠躬辞别东道主，放舟逆水驾洪涛。南国处处春水满，丹崖蒸云日正高。船夫废寝忘食各就位,齐心协力斗狂飙。这趟航行不顺利,多谢诸位多辛劳!君不见乱石丛中采蕨女,采蕨卖钱把税缴。夫因种种差役折磨死,日暮荒村闻号嗂!所到之处闻见多此类,官家刻剥尽丝毫。岂是贵人不仁慈?只是将尔百姓当蒿草!勒索钱财多名目,遭此丧乱啼饥号寒哭嗷嗷。更有那伙狡诈吏,鱼肉百姓逼人四散逃。自幸还能活下来,虽是春来犹着破棉袄。

【研析】

此时距诗人之死还不到二年,自己处境可谓穷途末路,一颗心却仍在国危民病,这样的诗人能有几个?"丈夫"以下十句刻画入骨,诚如《杜诗镜铨》引张悌庵所评:"贼盗皆从聚敛起,而下之贪纵,又从上好货来。古今积弊,数语道尽。"

酬郭十五受判官 (七律)

【题解】

大历四年(769)春,舟过乔口近潭州(今湖南长沙)时作。郭受,排行第十五,里贯未详。据《唐诗纪事》载,大历间任衡阳判官。先是杜有诗寄郭,郭答诗表示欢迎杜到来(见【附录】),杜再以此诗酬之。

才微岁老尚虚名,卧病江湖春复生。
药裹关心诗总废,花枝照眼句还成。
只同燕石能星陨,自得隋珠觉夜明[1]。

乔口橘洲风浪促,系帆何惜片时程^[2]。

【注释】

〔1〕 只同二句:燕石,《太平御览》引《阙子》:"宋之愚人,得燕石于梧台之东,归而藏之,以为大宝……客见之,卢胡而笑曰:'此燕石也,与瓦甓不异。'主人大怒,藏之愈固。"隋珠,《搜神记》载,隋侯见一大蛇受伤,命人以药裹之;一年后,蛇衔珠相报,径逾寸,夜有光明,照一室。此珠即称为"隋珠"。作者谦称己诗如燕石,无价值可言,且如陨星瞬间则逝;又誉郭受诗如隋珠,其光照夜。

〔2〕 乔口二句:乔口,乔口镇在长沙西北九十里,为乔口水流入湘江处。橘洲,即橘子洲,在湘江经潭州西南处。

【语译】

　　虽有些许才能,无奈到老只剩虚名。卧病孤舟漂在江湖上,又逢春色生。总把心用在药物,诗思早就枯如废井。今日喜见花枝耀眼,灵感忽来佳句还成。我诗好比燕石随手弃,君诗却似隋珠夜还明。乔口到橘洲虽然风浪激,一路赶去不差那片时程。

【研析】

　　袁慧光《杜甫湘中诗集注》认为:"考唐制:州郡设置太守,刺史,本无判官一职。然韦之晋系湖南都团练观察使兼任本州刺史,故郭受应在观察使幕下。杜甫有《奉送韦中丞之晋赴湖南》与《哭韦大夫之晋》诗为证。时韦之晋已徙潭州,《酬郭十五判官》系杜甫离潭往衡时作,故郭诗有'衡阳纸价'之说。"此说近情理,但从潭州至衡州有相当程,不应言"片时";且不应从乔口说起。

　　再者,如其时韦之晋已至潭州,杜本为投靠韦而来,何以未见老杜投赠只字而继续往衡州?此中情事则不甚了了,仍有待补证。然自乔口至潭州不足百里,夸言"片时程"可也;且郭受其时在潭州亦不足奇,盖韦之晋二月已受诏,或因种种原因短期内尚未至任,遣郭先行打个前站什么的,也不是不可能,只是未能证实,姑编于此,以俟高明。重要的还在于:诗虽属应酬,却是真性情。"药裹"一联写出诗思由"废"至"成"的"兴",也写出诗之于杜,的确是"慰漂荡"的最后依靠。

至于郭受"新诗海内流传遍"云云,则可见老杜当时诗已流传颇广,并非寂然无人知晓,这也是接受史上值得一提的事实。

【附录】

杜员外垂示诗因作此寄上　　郭受

新诗海内流传遍,旧德朝中属望劳。
郡邑地卑饶雾雨,江湖天阔足风涛。
松醪酒熟旁看醉,莲叶舟轻自学操。
春兴不知凡几首,衡阳纸价顿能高。

清明二首 （七排,选一）

【题解】

大历四年(769)春,在湖南所作。

此身飘泊苦西东,右臂偏枯[1]半耳聋。
寂寂系舟双下泪,悠悠伏枕左书空[2]。
十年蹴鞠将雏远,万里秋千习俗同[3]。
旅雁上云归紫塞,家人钻火用青枫[4]。

秦城楼阁烟花里,汉主山河锦绣中[5]。

春去春来洞庭阔,白苹愁杀白头翁[6]。

【注释】

〔1〕 偏枯:因"风疾"(风湿病)引起的手足残废。

〔2〕 左书空:书空,《晋书·殷浩传》载,东晋殷浩为中军将军,北伐失
利被黜,口无怨言,谈咏不绝,但整天向空书写"咄咄怪事"四字。
杜甫因"右臂偏枯",只能用左手书写,故曰"左书空"。

〔3〕 十年二句:十年,杜甫759年十二月入蜀,至是凡十年有余。蹴鞠,
即打球。将雏,谓携子女。古时清明有打球、秋千、施钩等游戏。
同,同于故乡。

〔4〕 旅雁二句:相传秦筑长城,土色紫,故曰紫塞;这里泛指北方。钻
火,燧人氏教民钻木以取火。楚地多枫,故钻火用青枫,与北方用
榆柳不同。《杜诗镜铨》:"春取榆柳之火,'用青枫',亦见异俗。"
以上四句就清明这一节候上写飘泊之久和远。

〔5〕 秦城二句:秦城,指长安。汉主,指唐皇帝。此联于壮丽中寄悲慨。

〔6〕 春去二句:白苹,水草名,俗称田字草。萧先生注:"末二句又回到
现实,点出所在地点。是说风景自好,徒增漂泊之感,末二句是所
谓'蹉对',也叫'交股对'。因上句用二'春'字,下句用二'白'字,
而位置并不相当。"

【语译】

飘泊,飘泊,一日西来一日东。风疾使我右臂废,如今加上耳半
聋。流浪,流浪,荒寂处泊舟泪双涌;长病伏枕哟左手动,"咄咄怪
事"书悬空。十年了,每逢清明节我都带着孩儿们打球荡秋千,千里
万里哟习俗都相同!一行雁儿拍打着蓝天,天上的流浪者哟也要回
归到北方的天穹。可我一家人只能在楚地,在楚地钻火用青枫。长
安楼阁哟掩映烟花里,大唐的山河尽在锦绣中!一年年春去又春

来,洞庭湖仍然是那么宽阔迷蒙。看着那水面上新长出的田字草哟,愁杀我这孤苦的白头翁!

【研析】

七排也是杜甫创新实验的一种诗体。朱瀚说是"食肉不食马肝,未为不知味",意思是不必强为此体。然而,不探索又怎能创新?由此更见得杜甫之超越凡辈。

岳麓山道林二寺行 （七排）

【题解】

大历四年(769)暮春于潭州(今湖南长沙)作。岳麓山,在长沙湘江西岸。岳,指南岳衡山;麓,山脚。南朝《南岳记》载:"南岳周围八百里,回雁为首,岳麓为足。"山上有麓山寺、道林寺。

> 玉泉之南麓山殊,道林林壑争盘纡[1]。
> 寺门高开洞庭野,殿脚插入赤沙湖[2]。
> 五月寒风冷佛骨,六时天乐朝香炉[3]。
> 地灵步步雪山草,僧宝人人沧海珠[4]。
> 塔劫宫墙壮丽敌,香厨松道清凉俱[5]。
> 莲池交响共命鸟,金榜双回三足乌[6]。

【章旨】

详写二寺之胜景,多用佛典渲染神秘气氛。

【注释】

〔1〕　玉泉二句：玉泉，指玉泉寺，在湖北当阳城西的玉泉山东麓，与栖霞、灵岩、天台等并称天下丛林"四绝"。句谓玉泉寺以南就数这麓山寺最出众了。盘纡，纡回曲折。

〔2〕　寺门二句：上句言麓山寺门朝北开，面对洞庭之野，地势高而视野开阔。赤沙湖，《岳阳风土记》：赤沙湖在华容县南，夏秋水涨，与洞庭湖通。

〔3〕　五月二句：冷佛骨，寒透佛骨，极言此地幽冷，虽五月天气犹寒风如此。六时，佛家分一昼夜为六时，晨朝，日中，日没，初夜，中夜，后夜。天乐，佛教言极乐国有天乐，即梵音。《阿弥陀经》：极乐国土，常作天乐，昼夜六时，天雨曼陀罗华。

〔4〕　地灵二句：地灵，山川之灵气。雪山，释迦牟尼修菩提道时，于雪山苦行，谓雪山大士，或曰雪山童子。《楞严经》：雪山大力白牛食其山中肥腻香草。僧宝，佛家语，一切之佛陀，佛宝也；佛陀所说之教法，法宝也；随其教法而修业者，僧宝也。上句以雪山拟岳麓山之幽境，下句以珍珠形容心性之圆明。

〔5〕　塔劫二句：塔劫，"劫"通"级"，指层塔。香厨，僧家之厨房。《维摩诘经》：上方有国，佛号香如来，以一钵盛香饭，恒饱众生。

〔6〕　莲池二句：莲池，即荷花池，佛寺多有之。莲花是佛教洁净的象征，《诸经要集》载："故十方诸佛，同出于污泥之浊，三身正觉，俱坐于莲台之上。"共命鸟，《宝藏经》：雪山有鸟，名为共命，一身二头，识神各异，同共报命，曰"共命"。金榜，指寺门之牌匾。三足乌，即太阳之别称，见《淮南子·精神》："日中有踆乌。"注云：踆乌，三足乌也。日照两寺之牌匾，金光反射，故曰"双回"。

【语译】

　　玉山寺以南就数麓山寺最出众，道林寺也以林壑幽曲来争雄。高处寺门开向洞庭之原野，佛殿下山脚插入赤沙湖水中。五月了寒风还吹得佛骨冷，日夜梵音不断香炉也常供。地多灵气步步踏着雪山香草,僧似海珠个个都能正觉圆通。层塔壮丽堪与宫墙匹敌,香积厨与松荫小道一样清凉四面来风。莲池畔共命鸟在唱和,双寺匾反射着日光瞳瞳。

<blockquote>
方丈涉海费时节,玄圃寻河知有无[1]?
暮年且喜经行近,春日兼蒙暄暖扶。
飘然斑白身奚适? 傍此烟霞茅可诛[2]。
桃源人家易制度[3],橘洲田土仍膏腴。
潭府邑中甚淳古,太守庭内不喧呼。
昔遭衰世皆晦迹,今幸乐国养微躯。
依止老宿[4]亦未晚,富贵功名焉足图。
久为谢客寻幽惯,细学周颙免兴孤[5]。
一重一掩吾肺腑,山鸟山花吾友于。
宋公放逐曾题壁,物色分留与老夫[6]。
</blockquote>

【章旨】

此段记风土之美,因作诛茅卜居之想。其实也只是困极自解之意,未必真作如此想也。

【注释】

〔1〕 方丈二句:方丈,仙山名。《史记·秦始皇本纪》:"齐人徐市等人上书,言海中有三神山,名曰:蓬莱、方丈、瀛州,仙人居之。"玄圃,亦作"悬圃",传说中昆仑山巅名。《汉书·张骞传赞》:"《禹本纪》言河出昆仑……自张骞使大夏之后,穷河原〔源〕,恶睹所谓昆仑者乎?"

〔2〕 茅可诛:言此处环境好,可除草卜居而耕。

〔3〕 易制度:赵次公注:"易制度,言其宫室朴略,所以制度易为也。"

〔4〕 老宿:年老而有学问者,此指寺僧。

〔5〕　久为二句：谢客，东晋诗人谢灵运，小名客儿，好游山水。周颙，一
　　　作"何颙"。《南史·周颙传》载："（周颙）清贫寡欲，终日长蔬，虽
　　　有妻子，独处山舍。"此言当细学周颙之清贫寡欲，庶几可免孤寂之
　　　感。如是，则当以周颙为正。或谓何指何胤，颙则周颙。私意以为
　　　一用姓氏一用名来指称二人，向无此例，不当；且上句"谢客"一人，
　　　亦不应以何、周二人作对，故不取。

〔6〕　一重四句：一重一掩，形容山势稠叠曲折，与我此时胸中众虑杂陈
　　　相似。宋之问《高山引》："水一曲兮肠一曲，山一重兮悲一重。松
　　　槚邈已远，友于何日逢？况满室兮童稚，攒众虑于心胸。"或谓此则
　　　宋之问贬岭南过长沙时题寺壁诗，此用其意。友于，谓兄弟友爱。
　　　《书·君陈》："惟孝友于兄弟。"下句针对宋之问"友于何日逢"，言
　　　山花山鸟亦如我同胞，此乃杜甫"民胞物与"仁学思想的表露。宋
　　　公，即宋之问。物色，景色。与，一作"待"。杜甫虽然用宋之问诗
　　　意，却以放达自解其悲。

【语译】

　　想寻海上仙山哟嫌它费时日，想循河源觅玄圃哟谁知有也无？
且喜暮年偶经此地城市近，春日兼蒙和暖之气来相扶。白发飘飘我
身将向何处？傍霞锄草这里倒可筑室住。桃源人家简朴建房也容
易，何况橘子洲的田土仍膏腴。潭州风土很淳古，太守衙内也清静
无为不喧呼。昔人乱世皆韬晦，于今有幸来此乐国调息养病躯。欲
投禅师未为晚，富贵功名不足图！早似谢客惯于寻幽胜，还应细学
周颙以免太孤寂。山重水复是我胸中之丘壑，山花山鸟不啻兄弟有
情谊。此寺宋公放逐之日曾题壁，留得美景分赠与老夫。

【研析】

　　此诗非律非古、亦律亦古，《杜臆》乃曰："此七言排律，一气抒
写，如珠走盘，阅者不知，而类编者不入排律何耶？"《读杜心解》则
曰："《杜臆》云：此排律化境。愚按：诗题曰'行'，本属歌体。然亦

可作拗体长排也。"事实上运古入律是老杜常用手法,尤其是七言排律,长句加长篇,容易拖沓无生气,妙用运古入律更是挽救的好办法。《杜诗镜铨》评此诗曰:"前半述二寺之胜,后半思欲结庐终老。一气抒写,如珠走盘,所谓'文如翻水成',初不用意为者,足以见公诗境之愈老而愈熟。"其中不无运古入律之功。《诗薮》称:"杜诗正而能变,变而能化,化而不失本调,不失本调而兼得众调,故绝不可及。""变而能化,化而不失本调"的确是老杜追求不懈的目标。

发潭州 (五律)

【题解】

大历四年(769)暮春,由潭州往衡州时作。

> 夜醉长沙酒,晓行湘水春。
> 岸花飞送客,樯燕语留人。
> 贾傅才未有,褚公书绝伦[1]。
> 高名前后事,回首一伤神。

【注释】

〔1〕 贾傅二句:贾傅,指西汉贾谊,曾为长沙王傅。褚公,指褚遂良,曾受太宗遗诏辅政。高宗即位,封河南郡公,任尚书右仆射,世称"褚河南"。后因反对高宗立武则天为后,被贬潭州都督等职而死。其书法继王羲之、王献之、欧阳询、虞世南之后为书法大家。绝伦,无与伦比。贾、褚二人立朝有气节,故极言称之。

【语译】

　　昨夜饮酒长沙醉，今晓行舟湘江春。岸上飞花独送客，危樯燕语似留人。贾谊奇才未曾有，褚公书法已绝伦。高名沦落先后事，回首往事一伤神！

【研析】

　　《杜诗镜铨》引洪仲曰："此诗三、四托物见人，五、六借人形己。此皆言外寓意，实说便少含蓄矣。"借眼前景言心中事，是"现量"，是"兴"，故《鹤林玉露》乃曰："《发潭州》云：'岸花飞送客，樯燕语留人。'盖因飞花、语燕伤人情之薄。言送客、留人，止有燕与花耳。此赋也，亦兴也。"

过津口 （五古）

【题解】

　　津口，渡口。《补注杜诗》曰："诗云：'南岳自兹近，湘流东逝深'，当同是大历四年春作。"

　　　南岳[1]自兹近，湘流东逝深。
　　　和风引桂楫，春日涨云岑[2]。
　　　回首过津口，而多枫树林。
　　　白鱼困密网，黄鸟喧嘉音[3]。
　　　物微限通塞，恻隐仁者心[4]。
　　　甕余不尽酒，膝有无声琴[5]。
　　　圣贤两寂寞，眇眇独开襟[6]。

【注释】

〔１〕　南岳：衡山。

〔２〕　和风二句：桂楫，《九歌·湘君》："桂棹兮兰枻。"后来用为船桨的美称。云岑，犹"云峰"。下句言春日下水蒸汽不断增加，春云翻滚，云峰叠起。

〔３〕　白鱼二句：此联喻万物苦乐不均。

〔４〕　物微二句：谓微不足道的生物虽苦乐不均，但善良的人要富同情心，应一视同仁。物微，指鱼鸟为物，微不足道。通塞，或畅通顺利，或塞阻途穷。恻隐，同情心。

〔５〕　甕余二句：写自得之乐。无声琴，当指无弦琴。《晋书》载，陶潜蓄无弦琴一张。

〔６〕　圣贤二句：言圣与贤古来两者皆寂寞，且仍能目光高远，心胸开阔。此联是"仁者心"的深化。眇眇，眼界高远貌。

【语译】

此去南岳近，湘水东流深。桨儿划来和风引，春日水汽腾如岑。回头渡口过，岸多枫树林。白鱼这边缠密网，黄鸟那里喧好音。细小之物苦乐不足道，仁者亦动同情心。眼下尚有甕中残留酒，膝上悠然自得无弦琴。古来圣人贤者皆寂寞，独能远瞻高视开胸襟。

【研析】

《读杜心解》评此诗曰："喜遇风水平和，而为怡神之语，居然靖节（指陶潜）风味，忘乎其为穷途矣。"观感大体不错，但细加品味，陶、杜毕竟不同。陶是看透，杜是通透。这种通透是对社会更深的参与而不是超脱，所以少陵此诗尾联与太白"古来圣贤皆寂寞，惟有饮者留其名"又相类而不相同。我喜欢胡晓明君如是说：

　　我们仔细读这首诗,会发觉"津口"这个地点特有的风景与当时的天气,鱼与鸟,诗人与圣贤,种种之间都有某一点联系,诗人在这里想得很深。物有通有塞,但却不能如人那样常存通而不滞、扩充而无止域的恻隐之心——即"仁者心"。这或许是老杜的一念明觉的感悟。而诗句中写出来的只有十之二三,余下的那一部分,需要我们去反覆体味。(《诗与文化心灵》)

的确,老杜诗往往是"写出来的只有十之二三,余下的那一部分,需要我们去反覆体味"。我的体会是:杜甫固然深明儒学大义,但他的"通透",与其说是"直契孟子心源",不如说是在社会中践履亲证、丰富仁学道理,在己饥己溺中去近人情,去沟通"一国之心",培养天人境界,社会与老杜诗已成双向建构的关系。这种感悟不在一念之间,而在长期体验,而且从来没有脱离过感性。所以此时虽然"喜遇风水平和,而为怡神之语",但仍关心鱼鸟的通塞,存仁者恻隐之心,其开襟者,天地境界也。

望　岳 (五古)

【题解】

　　大历四年(769)暮春,船入衡山县境,此时老杜多病体弱,未必上得了南岳,故望南岳衡山作此诗。

南岳配朱鸟,秩礼自百王[1]。
欻吸领地灵,鸿洞半炎方[2]。
邦家用祀典,在德惟馨香[3]。

巡狩何寂寥,有虞今则亡[4]。

泪吾隘世网,行迈越潇湘[5]。

渴日[6]绝壁出,漾舟清光旁。

祝融五峰尊[7],峰峰次低昂。

紫盖独不朝,争长嶪相望[8]。

恭闻魏夫人[9],群仙夹翱翔。

有时五峰气,散风如飞霜。

牵迫限修途,未暇杖崇冈。

归来觊命驾,沐浴休玉堂[10]。

三叹问府主[11],曷以赞我皇?

牲璧忽衰俗,神其思降祥[12]?

【注释】

〔1〕 南岳二句:朱鸟,一称"朱雀",南方七宿(井、鬼、柳、星、张、翼、轸)的总称。秩礼,此指对南岳祭祀之典礼。百王,历代帝王。

〔2〕 欻吸二句:欻吸,呼吸之间,言其短暂。鸿洞,鸿蒙溷洞,广大貌。《水经·湘水注》:衡山东南二面,临映湘川,自长沙至此,江湘七百里中,有九向九背,故渔歌曰:"帆随湘转,望衡九面。"

〔3〕 邦家二句:邦家,犹国家。惟馨香,多家旧本作"非馨香"。《尚书·君陈》:"至治馨香,感于神明,黍稷非馨,明德惟馨。"杜用此典,则当以"惟馨香"为正,意谓国家重典,要在至诚,只有明德才能香传久远。

〔4〕 巡狩二句:巡狩,指当年舜帝曾南巡至此,帝亡,于今早已空寂不再。有虞,指舜帝。

〔5〕 泪吾二句:泪,及;到了。隘世网,为世俗之网所困。潇湘,湘江别称。

〔6〕 渴日:《杜诗镜铨》引蒋弱六云:"日影倒映水中,如饮水然,故曰渴。"

〔7〕 祝融句:祝融,火神,此指南岳最高峰——祝融峰。衡山七十二峰以

1176

芙蓉、紫盖、石廪、天柱、祝融五峰为最,而祝融又是其中最高者(海拔 1 290 公尺)。

〔8〕 紫盖二句:即紫盖峰。据《树萱录》记载,衡山诸峰皆朝向祝融峰,独有紫盖峰势转向东,所以作者有"独不朝"之说。嶪,形容山势高峻。

〔9〕 魏夫人:传说中的女仙人。《南岳魏夫人传》载,魏夫人为晋司徒魏舒之女,曾得太极诸真人授《黄庭内景经》,后乃托剑化形而去,封南岳夫人。

〔10〕 归来二句:觊,希望。休,美好。玉堂,或指南岳神庙,亦可指刺史政事堂。

〔11〕 府主:神仙洞府之主;此指南岳山神。或曰指衡州刺史,亦通。

〔12〕 牲璧二句:牲璧,供祭祀的牺畜。忽衰俗,言只重视给神献上牺牲、玉璧,却疏忽教化。这样,神如何会考虑降祥呢? 忽,一作"忍";如是,则府主当指刺史。其。祈求的语气。以上四句,从上下文看,联系杜甫一贯的神人观,"邦家用祀典,在德惟馨香"是主旨,借典祀劝喻地方官重德治,较为顺理成章;且"府主"虽明指刺史,却暗讽执国政辅佐君王者。

【语译】

　　南岳分野朱雀下,崇祀至今历百王。山岳灵气呼吸里,地阔鸿蒙半南方。国家事祭典,重在有德播馨香。虞舜南巡已辽远,盛事后王难再现! 于今我来困俗网,行迈迟迟过潇湘。炎炎之日出绝壁,孤舟荡漾映清光。南岳五峰祝融尊,诸峰起伏拜其旁。独有紫盖峰势转,不肯来朝欲争长。恭闻南岳魏夫人,群仙拥簇共翱翔。有时五峰爽气来,散入风中如飞霜。只为行色匆匆征途迫,无暇拄杖上高冈。归来我欲驱车去,沐浴拜谒上明堂。三叹问主政,如何辅我皇? 只重牲璧之祭轻教化,怎能祈使神祇来降祥?

【研析】

　　因读者期待视野各各不同,所以诗佳否之标准不应划一。对一些读者群而言,典重端庄且有些难度的诗,是好诗。譬如这一首,细加咀嚼,便觉笔力遒劲,气体端凝,别有风味。仇注乃引钟惺曰:"岱宗乔岳,若著山水清妙语及景状奇壮语,便是一丘一壑、文人登临眼孔。须胸中典故、笔下雍容,有郊坛登歌气象,始为相称。"此评不为无见。杜甫于五岳中泰山、华山、衡山咸有诗,黄生《杜诗说》评云:"衡、华、岱皆有《望岳》作。岱以小天下立意,华以问真源立意,衡以修祀典立意,旨趣各别,而此作尤见本领。"三首《望岳》诗本册皆选入,读者不妨自行对比看看,得出自己的结论。

朱凤行 (七古)

【题解】

朱凤,红色的凤凰。诗中提到衡山,当作于大历四年(769)。

君不见潇湘之山衡山高,山巅朱凤声嗷嗷[1]。

侧身长顾求其群,翅垂口噤心甚劳。

下愍[2]百鸟在罗网,黄雀最小犹难逃。

愿分竹实及蝼蚁,尽使鸱枭相怒号[3]。

【注释】

〔1〕　嗷嗷:嘈杂的哀号声。

〔2〕　愍:怜恤。

〔3〕　愿分二句:竹实,传说凤凰非竹实不食。蝼蚁,蝼蛄和蚂蚁,与上句的鸟雀同样,喻小民。鸱枭,猫头鹰一类猛禽,喻盘剥百姓的凶人。

【语译】

　　看哪,潇湘迢迢,衡山最高峭。山之巅,朱凤哀叫啁啁。它侧身寻觅同类,垂着翅膀,欲哭无泪,同类不见徒心焦! 它怜悯下界罗网困百鸟,连最小的黄雀也难逃。凤兮,凤兮! 愿把口中竹实分食与虫蚁,激起那群鸱枭竖毛向它怒号!

【研析】

　　或因"南岳配朱鸟",那炎方的祝融峰让诗人联想到火凤凰。《壮游》云:"七龄思即壮,开口咏凤凰。"凤凰一直是杜甫钟爱的意象,是仁者的象征。不过这时的凤凰,已不是《凤凰台》上的"无母雏"了,它已是一只失群孤栖的身心交瘁的凤凰。它不再有"自天衔瑞图,飞下十二楼。图以奉至尊,凤以垂鸿猷"的奢望,但"心以当竹实"、"血以当醴泉"的仁心依旧。这是杜甫最后一次以凤凰自喻了。

白凫行 （七古）

【题解】

　　这是一首寓言诗,自伤迟暮,有家难回。与上一首同样,当作于大历初(766—769)。

　　君不见黄鹄高于五尺童,化为白凫似老翁[1]。
　　故畦遗穗已荡尽[2],天寒岁暮波涛中。
　　鳞介腥膻素不食[3],终日忍饥西复东。
　　鲁门鹖鹍亦蹭蹬,闻道如今犹避风[4]。

【注释】

〔1〕 君不见二句:黄鹄,传说中仙人乘坐的大鸟,一举千里。屈原《卜居》:"将泛泛若水中之凫,与波上下,偷以全吾躯乎?……宁与黄鹄比翼乎?"凫,一种水鸟,俗称野鸭子。邓绍基《杜诗别解》认为《急就篇》有"春草鸡翘凫濯",凫翁即凫,犹如"白头翁"为鸟名一样,都是以形象特点得名。所以杜甫写白凫似老翁,也是切合凫的形象特点的。

〔2〕 故畦句:旧注以故畦喻故乡,《杜诗别解》引《列子》卷一记百岁老人林类"拾遗穗于故畦",认为"故畦"同"遗穗"相连,是指已经收割过的田畦,并非指故乡。是。

〔3〕 鳞介句:鳞介,鱼虾之类的水族。素,从来。

〔4〕 鲁门二句:鲁门鹓鶋,据《国语·鲁语》载,海鸟曰爰居(即鹓鶋),止于鲁东门之外三日,展禽(即春秋时期鲁国大夫柳下惠)曰:"今兹海其灾乎?夫广川之鸟兽,常知而避其灾也。"是岁,海多大风。蹭蹬,失势貌。末句推开作结,诗人既以此自喻避难至今,更推及多少贤士皆避地不得用于世,感慨遥深。

【语译】

君不见那只黄鹄高于五尺童,而今变成白凫像是老衰翁!眼看田野稻麦收割尽,岁末天寒地冻只好泛游波涛中。此鸟从不吃那些鱼虾畏腥膻,宁可终日忍饥挨饿从西漂到东。海上鹓鶋也曾失势止于鲁东门,听说至今未回仍在山里避大风!

【研析】

郭曾炘《读杜札记》:"蒋弱六云:白凫言其节操之苦,朱凤言其胸襟之阔。此老岂徒为大言而已?此中实有学问,有性情,不如是,不足为千古第一诗人也。董斯张云:屈原《卜居》:'将泛泛若水中之凫乎?将与黄鹄比翼乎?'公借以自况,言作赋摩空,犹昔之黄鹤也;令且行踪飘荡,泛泛若凫,而素心了不为变,任其波涛岁暮,腥膻者终不可以食我也。落句鲁门爱居,隐然有不飨太牢、不贪钟鼓之态。此老倔强,百折不回矣。"合《白凫行》与《朱凤行》而笺释之,见诗人于己、于人之苦心,两相映衬,意便豁然。由此悟读杜之方法。

客 从 (五古)

【题解】

约作于大历四年(769)。这首五古是寓言式的讽刺诗。《杜臆》称:"此为急于征敛而发。上之所敛,皆小民之血,今并血而无之矣。"

客从南溟来,遗我泉客珠[1]。
珠中有隐字[2],欲辨不成书。
缄之箧笥久,以俟公家须[3]。
开视化为血,哀今征敛无[4]!

【注释】

〔1〕 客从二句:南溟,南海。遗,送。泉客,即鲛人。《述异记》称:"南海中有鲛人室,水居如鱼,不废机织,其眼能泣则出珠。"赵次公云:"必用'泉客珠',言其珠从眼泣所出也。"以此形容被剥削的财物皆含着百姓的血泪。萧先生注:"这两句仿汉乐府民歌'客从远方来,遗我双鲤鱼'的格式,但别生新意。'客'和'我'都是虚构的。"

〔2〕 隐字:隐约有文字。佛教故事说摩尼珠中有金字偈语,借喻珠中有百姓难言之隐。

〔3〕 缄之二句:缄,封藏。箧笥,贮物之竹箱。俟,等待。公家须,指官方征敛。

〔4〕 开视二句：化为血，与鲛人泣血成珠相应，言珠已化为乌有，再也无物供搜刮了。痛哉斯言，即"已诉征求贫到骨"之意；但这回是将悲剧性的伦理情感借想象之力迸喷而出！

【语译】

有客远从南海来，送我鲛人所泣珠。珠中隐约有文字，细看难分字模糊。封藏箱底已多日，且备官方赋税时。而今打开箱子看，明珠却化一血污！百姓早已穷到骨，官家征敛不肯无。

【研析】

葛晓音《论杜甫的新题乐府》称此诗"以奇幻的想像活用了某些汉古诗（如《董娇娆》）化片断情节为完整比兴的特点"，得之。

蚕谷行（七古）

【题解】

诗确实年代难定，约作于大历元年至大历四年之间（766—769）。

天下郡国向万城，无有一城无甲兵[1]！
焉得铸甲作农器，一寸荒田牛得耕？
牛尽耕，蚕亦成。不劳烈士泪滂沱[2]，
男谷女丝行复歌[3]。

【注释】

〔1〕 天下二句：向，将近。下句，《读杜诗说》按："诗上云：'天下郡国向

万城', 是言时皆尚武, 郡国多修武备, 非言反也, 故下云: ‘焉得铸甲作农器’, 只是偃武务农之意。"

〔2〕　不劳句: 烈士, 此指战士。仇注: "当时赋役繁而农桑废, 此《蚕谷行》所为作也。然必销兵之后, 民始复业, 末云烈士, 见当时征戍之士即农民耳。"滂沱, 雨大貌, 这里形容落泪。

〔3〕　男谷句: 谓男耕女织且走且歌, 形容百姓安居乐业。谷、丝, 名词作动词。

【语译】

天下的城邦近万城, 万城无不波及陷战争! 呵, 何日才能铸剑为犁使天下荒田得耕耘? 牛尽耕田蚕养成, 战士不再苦战泪雨淋, 男耕女织乐太平!

【研析】

十多年的战乱使百姓心中最迫切的要求是铸剑为犁, 过上正常的生活。此诗以明快的节奏唱出, 这也是杜诗后期歌唱的一个最重要内容, 诚如《唐诗归》云: "一双眼只望天下太平。"是之谓: "一人心, 乃一国之心"。

暮秋枉裴道州手札, 率尔遣兴, 寄近呈苏涣侍御（七古）

【题解】

大历四年(769)秋在长沙所作。枉, 犹"辱荷", 对来信的客套语。裴道州, 指裴虬, 字深源, 排行第二。河东闻喜(今属山西)人。天宝十三载(754)为温州永嘉县尉, 杜甫有《送裴二虬作尉永嘉》

诗。大历四年夏,任道州刺史、兼侍御史。杜甫有《湘江宴饯裴二端公赴道州》诗。是年秋,裴到官后来信,杜遂作此诗。苏涣,蜀人,少年时剽盗,后自知非,折节从学。大历四年,湖南都团练观察使崔瑾辟为从事。时杜甫在潭州,苏肩舆访杜。杜请其诵近诗,吟数首,才力素壮,辞句动人,杜甫颇为倾倒;今遂连及之,另寄。因苏亦在潭州,故曰"近呈"。诗对裴、苏寄厚望,总以"致君尧舜"为怀,《杜诗镜铨》乃称其"一片热血飞洒纸上"。

久客多枉友朋书,素书[1]一月凡一束。
虚名但蒙寒温问,泛爱[2]不救沟壑辱。
齿落未是无心人,舌存耻作穷途哭[3]!
道州手札适复至,纸长要自三过读。
盈把那须沧海珠? 入怀本倚昆山玉[4]。
拨弃潭州百斛酒,芜没潇岸千株菊[5]。
使我昼立烦儿孙,令我夜坐费灯烛[6]。

【章旨】

第一段以应酬书信反衬裴道州手札之真诚,极写得书之喜。

【注释】

〔1〕 素书:古人常以一尺见方之素帛作书信,故又称"尺素书"。

〔2〕 泛爱:此言泛泛的关心,不解决问题。

〔3〕 齿落二句:谓人穷志在。齿落,实写自己的身体状况。《复阴》:"牙齿半落左耳聋。"无心人,表明此来无所求。此句看似闲笔,其实十分重要,表明对裴、苏之厚望并非出于一己私情。舌存,《史记·张仪列传》:仪游说诸侯,尝从楚相饮,楚相亡璧,门下意张仪,共执仪掠笞数百。其妻曰:"嘻! 子毋读书游说;安得此辱乎!"仪

谓其妻曰："视吾舌,尚在不?"其妻笑曰："舌在也。"仪曰："足矣!"
穷途哭,用晋阮籍故事。《晋书》本传:"时率意独驾,不由径路,车
迹所穷,辄恸哭而反。"

〔4〕 盈把二句:以珠玉喻裴书,谓得其书,字字珠玑,不必再求沧海之
　　 玉,置诸怀则如倚昆山之玉。

〔5〕 拨弃二句:言得裴书,酒也无心饮,菊也无心看。

〔6〕 使我二句:状读裴书后的兴奋。烦儿孙,复词偏义,因为杜甫这时
　　 并没有孙子。言烦儿子扶持。

【语译】

　　久在逆旅辱荷友朋常惠书,尺书有时一月合一束。为有虚名承
蒙问冷暖,只是空言怎救饥寒辗转死沟渎!我虽齿落志在并无求,
舌存犹耻逢人哭穷途。裴公手札恰又到,信长仍要三遍读。信中自
有珠玑何必沧海寻? 置我怀里好比倚靠昆山玉。管它潭州宴会百
斛酒,任从荒却湘江岸上千株菊。君书使我白天站立儿孙扶,君书
让我长夜坐吟费灯烛。

　　　　　忆子初尉永嘉去,红颜白面花映肉[1]。
　　　　　军符侯印取岂迟? 紫燕骝耳[2]行甚速。
　　　　　圣朝尚飞战斗尘,济世宜引英俊人。
　　　　　黎元愁痛会苏息,戎狄跋扈徒逡巡[3]。
　　　　　授钺筑坛闻意旨,颓纲漏网期弥纶[4]。
　　　　　郭钦上书见大计,刘毅答诏惊群臣[5]。

【章旨】

　　第二段以昔年送尉作波澜,以起期望之殷。

【注释】

〔1〕 忆子二句：尉永嘉，为永嘉县尉。尉，用作动词。天宝十三载
　　　(754)杜甫有《送裴二虬尉永嘉》诗。当时杜四十三岁，裴尚年轻，
　　　故有下句。

〔2〕 紫燕骍耳：紫燕，汉文帝良马名。骍耳，周穆王八骏之一。皆喻裴
　　　虬之俊才。

〔3〕 逡巡：畏缩不前。

〔4〕 授钺二句：古时拜将，多筑坛，并授以节钺。纲、网，喻国家法制。
　　　弥纶，弥缝。

〔5〕 郭钦二句：郭钦，晋武帝之侍御使。《资治通鉴》：太康元年，"侍御
　　　史西河郭钦上疏曰：'戎狄彊犷，历古为患……宜及平吴之威，谋臣
　　　猛将之略，渐徙内郡杂胡于边地，峻四夷出入之防，明先王荒服之
　　　制，此万世之长策也'"。刘毅，晋武帝之司隶校尉、尚书左仆射。
　　　《晋书·刘毅传》："帝(武帝)尝喟然问毅曰：'卿以朕方汉何帝
　　　也？'对曰：'可方桓、灵。'帝：'吾虽德不及古人，犹克己为政；又
　　　平吴会，混一天下，方之桓、灵，其已甚乎！'对曰：'桓、灵卖官，钱入
　　　官库，陛下卖官，钱入私门，以此言之，殆不如也！'帝大笑曰：'桓、
　　　灵之世，不闻此言，今有直臣，故不同也。'"按韩愈《裴复墓志》云：
　　　"父虬，有气略，敢谏诤，官谏议大夫。"可见裴虬确是直鲠的人，故
　　　以郭钦、刘毅来要求他。

【语译】

　　当初君尚年少初赴永嘉尉，红颜白面花相拂。虎符金印取何
难？骏程千里行自速。圣朝至今犹战乱，济世还应用贤人。百姓痛
苦终当止，戎狄铁骑窥边不敢询。登坛拜将亲奉旨，颓坏纲纪期重
振。要像郭钦献长策，刘毅直谏惊群臣。

　　　　　　他日更仆语不浅[1]，明公论兵气益振。
　　　　　　倾壶箫管动白发，舞剑霜雪吹青春[2]。

宴筵曾语苏季子，后来杰出云孙比[3]。

茅斋定王城郭门，药物楚老渔商市[4]。

市北肩舆每联袂，郭南抱瓮亦隐几[5]。

【章旨】

第三段由裴虬说到苏涣，二人大概是老杜此间之精神寄托。

【注释】

〔1〕　他日句：他日，前日。更仆，因为谈话久了，要更换侍仆（见《礼记·儒行》）。

〔2〕　倾壶二句：倾壶，斟酒。霜雪吹青春，形容剑舞之妙，春天里犹觉寒光逼人。

〔3〕　宴筵二句：苏季子，苏秦，春秋战国时代的纵横家。云孙，第七世孙，这里指"远孙"。

〔4〕　茅斋二句：此联句法较特殊，纯由六个名词连缀而成，但意思仍明豁：苏涣结茅长沙郭门，定王城，即长沙城，长沙有定王庙。药物，杜常"卖药都市"，故仇注云："公卖药鱼商市上。"因客楚地，故又自称"楚老"。

〔5〕　市北二句：写与苏涣过从甚密。肩舆，轿。联袂，携手。抱瓮，抱瓮灌园，借指自己的隐居生活。见《庄子·天地》，汉阴丈人"抱瓮而出灌"。隐几，凭几。《庄子·齐物论》："南郭子綦隐几而坐。"

【语译】

前日长谈语深切，明公论兵气更雄。老夫痛饮听歌白发动，筵间剑舞霜雪飞春风。兴到席上说苏涣，苏秦远孙真好种！苏君结茅长沙隐南郭，我也卖药混迹渔商北市中。市南市北常来往，灌园长谈相过从。

无数将军西第成,早作丞相东山起[1]。
鸟雀苦肥秋粟菽,蛟龙欲蛰寒沙水[2]。
天下鼓角何时休? 阵前部曲[3]终日死。
附书与裴因示苏,此生已愧须人扶。
致君尧舜付公等,早据要路思捐躯[4]!

【章旨】

末段抨击朝士之庸碌,寄望于裴、苏尽心为国。一片血诚。

【注释】

〔1〕无数二句:西第,《后汉书·梁冀传》载东汉外戚大将军梁冀于城
西大起第舍。此喻当时武将贪享福。东山起,《晋书·谢安传》称
谢安(字安石)累违征召,高卧东山不起,或曰:"安石不肯出,将如
苍生何!"此时文臣隐士却相反,都争早做大官。

〔2〕鸟雀二句:鸟雀,喻庸人,它们只知争食秋熟的庄稼。菽,豆的总
称。蛟龙,喻贤士,他们则蛰居于穷困之所。

〔3〕部曲:此泛指下级将士。《后汉书·百官志》:"大将军营五部,部
校尉一人……部下有曲,曲有军侯一人。"

〔4〕致君二句:致君尧舜,这本是杜甫早年的理想:"致君尧舜上",要
辅佐皇帝达到尧舜式的至治。因今老病故寄望于裴、苏诸公。要
路,要津,指重要职务。《古诗十九首》:"何不策高足,先据要路
津。"下句不但望其快上高位,且嘱其在高位要思为国捐躯。一片
热血飞洒,语重心长。

【语译】

可叹朝中众将求田问舍无作为,士人但求早成丞相厚脸皮。庸
官趁机收刮求肥己,贤俊无不避之甘寒饥。如此下去太平何时至?
阵前徒见将士日日死! 诗成寄裴且示苏,我已老矣残生愧人扶,致

君尧舜只能盼你们,早据要职为国思捐躯!

【研析】

　　诵读该诗,我们可以看到"情志"是如何通过独特的叙事形式逐步敞开的。首段通过虚情与实意的对比,透出一个"诚"字,是伏笔;第二段则表明对裴有长期深切的了解,突出裴的正直人格与不凡的才能,故寄予厚望,铺垫坚实;第三段连类而及,写与新知苏涣的同气相求,与题目呼应;蓄势已成,末段遂放笔直下,表达对时势的忧心,和盘托出对裴、苏的厚望,于国于民于己于人,一片赤诚,是谓真性情。

追酬故高蜀州人日见寄并序 （七古）

【题解】

　　大历五年(770)正月二十一日作于潭州(即今长沙市)。杜甫写此诗时,高适已死,故曰"追酬"。高蜀州,即名诗人高适。《新唐书·高适传》:"高适,字达夫,沧州勃海人……未几蜀乱,出为蜀、彭二州刺史……召还,为刑部侍郎,左散骑常侍。"高适死于永泰元年(765)正月。人日,即正月初七。《岁时广记》载:"正月一日为鸡,二日为狗,三日为猪,四日为羊,五日为牛,六日为马,七日为人。"见寄,指上元二年(761)人日高适所寄《人日寄杜二拾遗》诗,原诗见【附录】。

　　开文书帙[1]中,检所遗忘,因得故高常侍适——往居在成都时,高任蜀州刺史——《人日相忆》见寄诗,泪洒行间,读终篇末。自枉诗,已十余年;莫记存殁,又六七年矣[2]！老病怀旧，生意[3]可知。今海内忘形故人[4]，独汉中王瑀与昭州敬使君超先在[5]。爱而不见，情见乎辞。大历五年正月二十一日，却追酬高公此作，因寄王及敬弟。

自蒙蜀州《人日》作，不意清诗久零落。

今晨散帙眼忽开，迸泪幽吟事如昨。

呜呼壮士多慷慨，合沓高名动寥廓[6]。

叹我凄凄求友篇，感君郁郁匡时略[7]。

锦里春光空烂熳，瑶墀侍臣已冥寞[8]。

潇湘水国傍鼋鼍，鄠杜秋天失雕鹗[9]。

东西南北[10]更堪论？白首扁舟病独存。

遥拱北辰缠寇盗，欲倾东海洗乾坤[11]。

边塞西蕃最充斥，衣冠南渡多崩奔[12]。

鼓瑟至今悲帝子，曳裾何处觅王门[13]？

文章曹植波澜阔，服食刘安德业尊[14]。

长笛邻家乱愁思，昭州词翰与《招魂》[15]！

【注释】

〔1〕 帙：书套。

〔2〕 自枉诗四句：枉，屈就，谦辞。此诗作于大历五年（770），上距高适赠《人日寄杜二拾遗》诗（761）实不满十年，距高适之死（765年正月）亦不满六年。所云"十余年""六七年"，盖约略言之。

〔3〕 生意：犹生机、活力。

〔4〕 忘形故人：不拘形迹的挚友。《醉时歌》所谓"忘形到尔汝"。

〔5〕 独汉句：汉中王瑀，即李瑀，玄宗兄李宪第六子。《新唐书》本传称其"早有才望，伟仪观"。杜集有《玩月戏呈汉中王》等诗多首。敬使君超先，使君，古时称刺史为使君，敬超先乃昭州（今广西壮族自治区平乐县）人。杜甫于大历四年秋在长沙有《湖南送敬十使君适

广陵》诗,当即此人。在,在世。

〔6〕呜呼二句:壮士,指高适,所谓"高生跨鞍马,有似幽并儿"(《送高三十五书记》)。多慷慨,有壮志豪情。《旧唐书》本傅:"适喜言王霸大略,务功名;尚节义,时逢多难,以安危为己任。"合沓,重沓。高适能诗,也能用兵,故云。动寥廓,犹"惊天下"。

〔7〕叹我二句:叹我凄凄,高适赠诗有云:"心怀百忧复千虑"、"岂知书剑老风尘",对杜的遭遇深表同情。求友篇,《诗·鹿鸣》:"相彼鸟兮,犹求友声。"《诗·伐木》:"嘤其鸣矣,求其友声。"此指高适赠诗。郁郁,心思深沉。匡时略,济时的策略。

〔8〕锦里二句:谓高已逝去,空留记忆。锦里,指成都草堂,当时二人唱和所在。瑶墀,指宫殿前。高适为左散骑常侍,是皇帝侍臣,故称"瑶墀侍臣"。

〔9〕潇湘二句:上句自伤漂泊湖南,但与鼋鼍为伍。鼋鼍,此鱼鳖之类水族。鄠杜,长安鄠县与杜陵。雕鹗,二种猛禽,杜常用以喻直臣。下句痛高适之亡,朝廷失一直臣。

〔10〕东西南北:用高适《人日寄杜二拾遗》句:"愧尔东西南北人!"《礼记·檀弓》:"今丘也,东西南北之人也。"杜亦自谓"甫也南北人"(《谒文公上方》)。

〔11〕遥拱二句:古人谓北极星居其所,而众星拱卫之,以喻朝廷所在地长安。上句谓遥望长安常为盗寇所侵扰,故下句言欲重整江山归于清平。

〔12〕边塞二句:西蕃,吐蕃。衣冠南渡,西晋末,北方少数民族侵入,晋元帝渡江,士族也随之南迁。此借指吐蕃入寇,中原士庶纷纷南奔。崩奔,四散逃窜。

〔13〕鼓瑟二句:鼓瑟,奏瑟。《楚辞·远游》:"使湘灵鼓瑟兮。"帝子,《九歌·湘夫人》:"帝子降兮北渚。"传说帝舜南游,死于苍梧之野,舜之二妃娥皇、女英悲泣,投湘水而死,为湘水女神,常出水面,鼓瑟悲歌。

〔14〕文章二句:曹植是魏宗室,善属文,封陈王;刘安是汉宗室,好神仙之术,封淮南王。二句寄汉中王,故以二人为比。

〔15〕　长笛二句：寄敬超先，故希望敬超先能像宋玉之于屈原一样，替自己作篇《招魂》，以招高适之魂。长笛，《晋书·向秀传》载，向秀与嵇康为友，康既被杀，秀经其旧宅，邻人有吹笛者，发声嘹亮，追想昔日游宴之好，乃作《思旧赋》。昭州，即序中所称"昭州敬使君超先"。

【语译】

　　为了检索遗忘的文字，我打开书套，偶尔看到往日我居住成都时，亡友高适常侍寄赠的《人日相忆》诗——当年他任蜀州刺史。我是边吟边流泪，直到读完全篇。承蒙故友赠诗，至今已十来年；距高公去世，也六七年了！老病之人每多怀念旧事，我生命力的衰竭也就可想而知了。如今世上不拘形迹的知心朋友，只有汉中王李瑀与昭州刺史敬超先还在。所爱之人已不可见，思悼之情只能在诗中体现。大历五年正月二十一日，追和高公赠诗，并寄上汉中王与超先老弟。

　　自从当年承赠清诗《人日》作，不觉时光茌苒箧中被冷落。今晨检书眼一亮，洒泪吟诵历历往事方如昨。唉唉，君为豪杰之士多慷慨，高名纷至沓来惊宇宙。为我悲歌求友篇，感君济世之策思深厚。我别锦城草堂空自春，君逝朝廷侍臣久寂寞！来在炎方水国伴鱼鳖，长安秋高从此失雕鹗。东西南北漂泊更遑论，老病无依只在孤舟过。京城频遭寇盗侵，恨不倒提东海洗山河！边关吐蕃猖狂甚，官绅南逃四散奔。湘娥鼓瑟至今悲，欲投贤王寻谁门？陈王曹植文章波澜阔，淮南刘安求仙德亦尊。邻家吹笛兴起《思旧赋》，昭州使君兮为我赋《招魂》！

【研析】

　　刘开扬《高适诗集编年笺注》笺释《人日寄杜二拾遗》曰："人日寄诗，盖遥怜故人之流落蜀中而思故乡也，柳色梅花，令人见之断肠耳。身在蜀地，不能参预朝政，百忧千虑，集于一身，今年人日不得相见,明年人日又在何处耶? 君如谢安东山一卧三十年矣,谁料将老于风尘中也。我以龙钟之人尚忝居刺史之职,有愧于尔之栖栖遑遑志在君国也。"由此看来,高适不愧是杜甫的同道知己! 明了这一层,才会理解老杜何以检得高诗而"泪洒行间,读终篇末"。人琴俱亡,而今"海内忘形故人"又有几人在? 令人悲从中来矣!

【附录】

人日寄杜二拾遗　高适

人日题诗寄草堂,遥怜故人思故乡。
柳条弄色不忍见,梅花满枝堪断肠。
身在南蕃无所预,心怀百忧复千虑。
今年人日空相忆,明年此日知何处?
一卧东山三十春,岂知书剑老风尘!
龙钟还忝二千石,愧尔东西南北人!

风雨看舟前落花戏为新句 (七古)

【题解】

大历五年(770)清明前后作。

江上人家桃树枝,春寒细雨出疏篱。
影遭碧水潜勾引,风妒红花却倒吹[1]。
吹花困癫傍舟楫,水光风力俱相怯[2]。
赤憎轻薄遮入怀,珍重分明不来接[3]。

湿久飞迟半欲高,萦沙惹草细于毛[4]。

蜜蜂蝴蝶生情住,偷眼蜻蜓避伯劳[5]。

【注释】

〔1〕　影遭二句:上句言落花坠水,如被勾引;下句风逆吹落花倒起,却道是风妒碧水。风与水暗示社会上某些有权势者。落花当喻落拓之士。事实上,"士"总是要依附某些势力求生存。

〔2〕　吹花二句:吹花,被吹落的花儿。困癫,一作"困懒"。因身不由己,故曰"困癫"。怯,指对落花不敢相助。

〔3〕　赤憎二句:谓那些讨嫌、轻薄者,都被水与风开怀接纳;而对那些值得珍重、清白者,却被水与风排拒,不肯一伸援手。赤憎,即生憎,方言可憎、讨嫌的意思。

〔4〕　细于毛:形容落花愈飘愈远,看去比毫毛还小。

〔5〕　蜜蜂二句:生情住,指往日之情意忽然消失。伯劳,鸟名,食昆虫。

【语译】

江边三家两家,院子里盛开桃花。春风春雨吹寒,落红片片飞过篱笆。影儿映照碧水,碧水暗地里想勾引她。妒忌的春风忙把花儿倒吹起,花儿旋转着身不由己贴向舟楫。水光风力哟相看吁嘘,可憎你们都太势利:见那些轻薄者就争着揽入怀中,而那些自珍重者则任其零落不肯相济。可怜久在雨里花早湿透,挣扎着想飞高却又低迷。连翻带滚曳过沙滩草地,愈吹愈远哟渐如毛发般细……哦,常来常往的蜜蜂蝴蝶,此刻也识时务地情意忽绝。有心援手的蜻蜓哟,偷眼瞥见伯劳又避易不迭!

【研析】

诗写舟中春雨看落花。《杜臆》曰:"此皆从静中看出,都是虚景,都是游戏,都是弄巧,本大家所不屑,而偶一为之,故自谓'新句',而纤巧浓艳,遂为后来词曲之祖。"所谓"遂为后来词曲之祖",强调的是其中意象细密,轻灵变化,要眇言长。你看,桃花于春寒细雨中飘出篱笆,受"碧水勾引"而影贴水面,却又因"风妒"而倒吹,且又湿重难起而身不由己地"困癫"傍船侧飞,水与风都得不到落花。水勾引不去,风倒吹不起,其中有深意焉。王夫之《唐诗评选》乃云:"轻俊中自有风力,唯此可云起《玉台》宫体之衰,擢筋折骨人讵敢云尔?"因为有了这内在的"风力",故其感官彩绘的笔触超越了宫体之细腻。"赤憎轻薄遮入怀,珍重分明不来接"一联,是对"水光风力"之"怯"的斥责。诚如《杜臆》所言:"有一等飞扬飘荡,轻薄可恨,偏遮之入怀;有一等自在庄重,分明可爱,偏不来接,任其堕落。遮者风也,何以曰'遮'?谓其有意也;'不来接'亦谓风也,谓其不肯用情也。"我倒认为"不来接"者为水,一句言此,一句言彼,是老杜常用句法。至于尾联"蜜蜂蝴蝶生情住,偷眼蜻蜓避百劳",写出三种情况:一是平常采花蜜为生的蜜蜂与蝴蝶,此时也见难而退("生情住"一作"生情性",《杜臆》解为:"蜜蜂蝴蝶,欲采之而不得,欲弃之而不忍,低徊顾惜,别生情性。"义亦近);一是同情落花的蜻蜓,也因偷眼见伯劳而思避之;一是背后可怕的威胁者,食昆虫的伯劳。成善楷《杜诗笺记》的解读足资参考:"尤为重要的是'蜻蜓'的形象。这个形象对于深化这一首诗的主题思想具有相当重要的意义和作用。蜻蜓对落花是怜惜的,也很想同它共命运,相终始,无奈,'伯劳'在旁,只能委而去之,落花最后一个可以依赖的力量也从此消失,它的结局的惨凄就不忍再说了。"可怜无助的落花! 这正是诗人当下告助无人、依舟而居的困境。

江南逢李龟年 (七绝)

【题解】

这是大历五年(770)也就是杜甫死的这一年在长沙所作。江南,钱注:"《项羽纪》:徙义帝于江南;《楚辞章句》:襄王迁屈原于江南。是江南在江湘之间,龟年方流落江潭,故曰'江南'。"李龟年,《明皇杂录》:"开元中,乐工李龟年善歌,特承顾遇,于东都(洛阳)大起第宅。其后流落江南,每遇良辰胜景,为人歌数阕,座中闻之,莫不掩泣罢酒。杜甫尝赠诗(即此首)。"蘅塘退士(孙洙)云:"世运之治乱,年华之盛衰,彼此之凄凉流落,俱在其中。少陵七绝,此为压卷。"

岐王宅里寻常见,崔九堂前几度闻[1]。
正是江南好风景,落花时节又逢君。

【注释】

〔1〕 岐王二句:岐王,玄宗之弟李范,死于开元十四年(726),正是杜甫"往昔十四五,出游翰墨场"之时。崔九,原注:"崔九,即殿中监涤也,中书令湜之弟也。"

【语译】

当年不难在岐王府里见,崔九堂前也曾几回听过你歌唱。如今天涯再逢春光好,欲语无言落花旁。

【研析】

达·芬奇名画《蒙娜丽莎》之所以能饮誉世界,就在于他善于捕捉住稍纵即逝的细节,将丰富而含蓄的表情,嘴角若有若无的微笑,用画笔化瞬间为永恒,以有意味的形式将复杂而单纯的美留在人间。杜少陵此诗也是复杂而单纯的美之成功表现。他以明快的笔触,将沧桑巨变的沉痛,化为一种"不可承受之轻",一种痛定思痛的怅触,寓诸歌罢花落之间。看似淡然的"正是江南好风景,落花时节又逢君"一联,沈祖棻《唐人七绝诗浅释》说:"江南,指明并非东都;落花,象征人的漂泊。出一'又'字,便将今昔对比、感昔伤今之情,完全烘托了出来。"萧先生说:"'落花时节'四字,弹性极大,彼此的衰老飘零,社会的凋敝丧乱,都在其中。"七绝中,能负载如此九鼎之重的情感而不费力者,无几。

小寒食舟中作 （七律）

【题解】

大历五年(770)在长沙时作。杜甫自到长沙后,总住在船上。小寒食,寒食的次日。因禁火,故冷食。

佳辰强饮食犹寒,隐几萧条带鹖冠[1]。
春水船如天上坐,老年花似雾中看[2]。
娟娟戏蝶过闲幔,片片轻鸥下急湍[3]。
云白山青万余里,愁看直北是长安[4]。

【注释】

〔1〕 佳辰二句:强饮,勉强地喝点酒。食犹寒,寒食前后三日禁火,至清

明方举火。小寒食为寒食之次日,故仍禁火冷食。隐几,凭着几桌。鹖冠,隐士常戴的冠。

〔2〕 春水二句:是上三下四句法,即:春水船/如天上坐,老年花/似雾中看。上句写春水湍急起伏,使人乘船漂荡有浮空之感;下句写人老视物模糊,看花似在雾中。

〔3〕 娟娟二句:娟娟,轻盈之状。《唐诗归》钟惺云:"非二字说不出戏蝶之情。"其实"片片"二字也写出鸥鸟之轻盈,且是群飞。二句为尾联情绪的急转弯蓄势。闲,一作"开"。

〔4〕 云白二句:云白山青,写望中往长安的路途,犹言山遮云蔽。万余里,极言此地距长安遥远。《唐书·地理志》:"潭州长沙郡在京师南二千四百四十五里。"直北,正北。

【语译】

时逢良辰勉力喝点酒,禁火期间食物寒。凭几凄然来独坐,也学隐士戴鹖冠。老眼看花花似雾,春波荡漾如坐天上船。戏蝶翩翩纱窗过,群鸥轻盈下急湍。愁看长安在正北,万里白云遮青山!

【研析】

《苕溪渔隐丛话》:"山谷(黄庭坚)云:'船如天上坐,人似镜中行','舡如天上坐,鱼似镜中悬',沈云卿(佺期)诗也。云卿得意于此,故屡用之。老杜'春水船如天上坐',祖述佺期之语也;断之以'老年花似雾中看',盖触类而长之。"其实这不仅仅是用前人句而变化之,即宋人所谓的"夺胎换骨",而是有自家对生活的深切感受,与首句"强饮"相关联,是年老衰病目力减退的写照,有了下句,则上句"春水船如天上坐"也就带上"漂浮不定"的情感色彩,而区别于沈诗。事实上从结构上看,整首诗都在为最后一句的"蓦然生愁"造气氛,故《西河诗话》云:"船如天上,花似雾中,娟娟戏蝶,片片轻鸥,极其闲适。忽望及长安,蓦然生愁,故结云'愁看直北是长安',此即事生感也。"此联是全篇有机的组成部分,并非简单的裁改拆补。再从意象的传承上看,成功的意象往往是经多人之手千锤百炼而来,"船如天上坐"加上"春水"两字,更具美感与动感,与其说是袭用,不如说是完善。诸君以为然否?

白　马（五古）

【题解】

　　大历五年(770)四月八日,湖南兵马使臧玠杀潭州刺史兼湖南都团练观察使崔瓘,据潭州为乱。杜甫于是"中夜混黎氓,脱身亦奔窜"(《入衡州》),从城里逃回船上后,便南往衡州,诗记所见,以首二字为题。

　　　　白马东北来,空鞍贯双箭。
　　　　可怜马上郎,意气今谁见[1]?
　　　　近时主将戮,中夜伤于战[2]。
　　　　丧乱死多门,呜呼泪如霰[3]!

【注释】

〔1〕　白马四句:记所见实事,仇注:"此为潭州之乱死于战斗者,记其事以哀之。马带箭而来,则马上者见害矣。"

〔2〕　近时二句:主将,指崔瓘。伤于战,指马上郎。《旧唐书·崔瓘传》载:大历五年四月,会月给粮储;兵马使臧玠与判官达奚觏发生争执。达判官曰:"今幸无事。"玠曰:"有事何逃?"厉色而去。是夜,玠遂叛乱,犯州城,以杀达判官为名。崔瓘仓皇离城,逢玠兵骤至,遂遇害。以上二句即记上述史实。

〔3〕　丧乱二句：死多门,死于多种途径。仇注："语极惨,或死于寇贼,或死于官兵,或死于赋役,或死于饥馁,或死于奔窜流离,或死于寒暑暴露;惟亲身患难,始知其情状。"

【语译】

白马忽从东北来,二支利箭贯空鞍。马上主人今不见,往者意气散如烟。主将新遭戮,半夜死敌前。丧乱随时死不测,呜呼泪下如走丸!

【研析】

前四句突兀,似某些电影的开头：一匹白马冲破黎明,从风烟中奔来。直立起,嘶鸣。空鞍。上贯二支箭,血。后二句倒叙发生的事件,末尾两句对长期以来乱象的抨击,慨叹良深。整首小诗似切片式的微型小说。杜诗叙事的多样性可见一斑。

逃　难（五古）

【题解】

萧涤非先生认为："这诗有人疑为伪作,我看是没有根据的。这是杜甫替他自己一生的逃难作了一个总结。根据末句,大概作于大历五年(770),也就是他死的这一年避臧玠之乱的时候。"

五十白头翁,南北逃世难[1]。
疏布缠枯骨,奔走苦不暖[2]。
已衰病方入,四海一涂炭[3]。
乾坤万里内,莫见容身畔。

妻孥复随我，回首共悲叹。

故国莽丘墟，邻里各分散。

归路从此迷，涕尽湘江岸。

【注释】

〔1〕　五十二句：五十，《读杜心解》注："肃宗上元二年,公年五十,时周
流蜀中,注家释世难者,以是年段子璋反东川当之。公值难其多,
何独举此耶？ 盖公自乾元二年客秦入蜀,时年四十八,是为逃难之
始耳,言五十,举成数也。"或谓逃难当从至德元载算起,当时四十
五岁,不妥。在客秦州、入蜀之前,杜甫一直是在风暴中心（包括陷
贼、逃出长安奔行在）与叛军抗争,不得称"逃难"。南北,"东西南
北"之简称,是总结十多年来四处避难的实况,与"东西南北更谁
论？ 白首扁舟病独存"（《追酬故高蜀州人日见寄》）意近。

〔2〕　疏布二句：疏布,粗布。不暖,指坐不暖席。

〔3〕　一涂炭：一,都一样,没有例外。涂炭,烂泥和炭火,犹"水深
火热"。

【语译】

五十便成白头翁,东西南北逃难中。粗布衣裹一瘦骨,奔走
更无暖席功。衰年病魔趁机入,水深火热无处无。莫道天下宽万
里,何处能容一腐儒？ 妻儿随我受尽苦,回首共叹悲何如。故乡
废圩草荒乱,邻里早已各分散。回乡之路在何方？ 湘水岸边泪
如霰！

【研析】

国家是"天地日流血",自己呢,是"漂泊西南天地间"。"逃难"
的确是老杜生命最后十几年的关键词。然而正是这些没完没了的
逃难日子,迫使杜甫接近下层社会,也从世态炎凉中看清各色人等

的真面目,使杜诗达到前人难以达到的深刻性。苦难摧残了诗人,苦难也玉成了诗人。诚如《瀛奎律髓》卷二十九方回评《岁暮》诗所说:"自天宝十四年乙未(755)始乱,流离凡十六年。唐中叶衰矣,却只成就得老杜一部诗也。不知终始不乱,老杜得时行道如姚、宋,此一部杜诗不过如其祖审言,能雅歌咏治象耳,不过皆《何将军山林》、《李监宅》等诗耳,宁有如今一部诗乎?"

聂耒阳以仆阻水,书致酒肉,疗饥荒江,诗得代怀,兴尽本韵,至县呈聂令,陆路去方田驿四十里,舟行一日,时属江涨,泊于方田 （五古）

【题解】

作于大历五年(770)夏。耒阳,今湖南耒阳,《元和郡县志》称其在衡阳南一百六十八里。聂耒阳,耒阳县令聂某(其名不详)。阻水云云,言于方田驿遇江涨不得上行,停泊半旬(五日),幸得聂县令遣人致书相问并送来酒肉,解决了饥饿问题,遂写下该诗纪事,并拟送至县城呈聂令。以诗代怀,作诗表达感谢之情。兴尽本韵,限用本韵部,一韵到底。兴,去声,指诗的意兴。"兴尽本韵"下《读杜心解》注云:"题当止此,下疑小注原文,盖以注明阻水之处耳。"陆路,指自耒阳至方田驿的陆程。舟行一日,因溯流而上,故需一日。中国国家图书馆藏明钞本赵次公《新定杜工部古诗近体诗先后并解》"呈聂令"下皆作小字,正与浦起龙所断合。此诗排列顺序各版本颇不同,兹用仇注本。

1202

耒阳驰尺素，见访荒江渺^[1]。

义士烈女家，风流吾贤绍^[2]。

昨见狄相孙，许公人伦表^[3]。

前朝翰林后，屈迹县邑小。

知我碍湍涛，半旬获浩溔^[4]。

孤舟增郁郁，僻路殊悄悄。

侧惊猿猱捷，仰羡鹳鹤矫。

礼过宰肥羊，愁当置清醥^[5]。

麾下杀元戎，湖边有飞旐^[6]。

方行郴岸静，未话长沙扰^[7]。

人非西谕蜀，兴在北坑赵^[8]。

崔师乞已至，澧卒用矜少^[9]。

问罪消息真，开颜憩亭沼^[10]。

【注释】

〔1〕耒阳二句：尺素，指书信。渺，形容水势之阔大。

〔2〕义士二句：赞美聂令的家风。义士，指侠客聂政。烈女，指聂政姊聂嫈（或作荣）。聂政为严仲子报仇，杀死韩相侠累，毁容自杀，以求不连累亲属。尸暴于市，其姊伏尸痛哭，死于聂政尸旁以扬其弟义侠之名。事见《史记·刺客列传》。

〔3〕昨见二句：昨，往时。狄相孙，唐武则天时贤相狄仁杰之孙，当即狄博济。杜甫在夔州时有《寄狄明府博济》诗云："梁公曾孙我姨弟"，当指此人。许，推许；赞扬。公，指聂县令。人伦表，人伦之表率。

〔4〕半旬句：浩溔，水无际貌。张潜云："获，言所得者，止大水耳，别无所有。"按此句是说挨了五天饿。

〔5〕礼过二句：古人以牛羊豕三者具备为太牢，无牛只有羊豕则为少牢，聂令送的大概是牛肉，所以说"礼过宰肥羊"。清醥，清酒。

〔6〕　麾下二句：指大历五年(770)四月八日,湖南兵马使臧玠杀潭州刺史兼湖南都团练观察使崔瓘,据潭州为乱事。飞旐,指崔瓘灵柩前引道的招魂幡。

〔7〕　方行二句：谓因阻水未能至县与聂令说自己亲历的长沙之乱。仇注引黄鹤曰:"郴州与耒阳皆在衡州东南,衡至郴四百余里,郴水入衡,公初欲往郴依舅氏,卒不遂。其至方田也,盖溯郴水而上。故诗云'方行郴岸静'。"

〔8〕　人非二句：谓人心安定当前不在下文劝喻,而是要严厉镇压决不姑息,这才会大快人心。西谕蜀,用司马相如出使西蜀作《喻巴蜀檄》事。《汉书》本传:"相如为郎数岁,会唐蒙使略通夜郎、峡中,发巴蜀吏卒千人,郡又多为发转漕万余人,用军兴法诛其渠率。巴蜀民大惊恐。上闻之,乃遣相如责唐蒙等,因谕告巴蜀民以非上意。"兴,快意。北坑赵,用秦将白起破赵后坑杀降卒四十万事,见《史记·白起王翦列传》。"坑赵"只是用典,表明坚决的态度,不是对该事件的肯定、主张滥杀,这点是应着重说明的。

〔9〕　崔师二句：仇注引原注:"闻崔侍御溪乞师于洪府,师已至袁州北,杨中丞琳(应作子琳,时任澧州刺史)问罪将士,自澧上达长沙。"用矜少,自恃其兵在精不在多。

〔10〕　憩亭沼：在驿亭水边泊舟休息。

【语译】

　　耒阳快马递书信,县令慰我洪水荒荒郴江滨。聂令远祖聂荣与聂政,义士烈女家风传至君。昔日闻之狄相孙,称公表率冠士伦。堂堂前朝翰林之后代,小小县衙未免太屈尊。知我受阻浪滔滔,五天空腹茫茫对波涛。身处孤舟增郁闷,荒野幽僻太寂寥。侧身惊看猿猴身手捷,仰羡鹳鹤青天羽翼矫。幸获大礼馈牛肉,销愁又为备醇醪。自从叛将杀元帅,可怜湖边魂幡飘!郴水之岸唯静候,未能趋前为话长沙贼人闹。此际人心期盼非安抚,所快还在灭群盗。近知崔溪侍御所乞援军今已到,自恃其兵精锐不怕少。兴师问罪消息真,泊舟驿亭乐等捷书到!

【研析】

萧涤非先生说:"自来就有不少人相信杜甫死于'牛肉白酒',而其根据也正是这首诗。"据此诗以炮制"饫死说"的,是中唐人郑处晦的《明皇杂录》:

> 杜甫客耒阳,游岳祠,大水遽至,涉旬不得食,县令具舟迎之,令尝馈牛炙白酒。后漂寓湘潭间,羁旅憔悴于衡州耒阳县,颇为令长所厌。甫投诗于宰,宰遂致牛炙白酒以遗甫。甫饮过多,一夕而卒。集中犹有赠聂耒阳诗也。

此说影响甚巨,两《唐书》咸用之,大谬。黄生《杜诗说》驳之曰:"详史所书牛酒饫死之说,实采之《杂录》。《录》叙此事,而终之云:'今集中犹有赠耒阳诗。'即此勘破,作者正因此诗,饰成其事,小说家伎俩毕露。"萧先生遂指出《明皇杂录》与本诗有九不合,铁证如山。读者可参看萧涤非《杜甫研究·论杜甫不饫死于耒阳》一文自明。

【附录】

杜甫研究·论杜甫不饫死于耒阳(摘录)　　萧涤非

据我们的分析,《杂录》和诗矛盾至少有以下九点:

按杜甫在大历五年以前,没有到过耒阳县,更没有在耒阳客居,所以赠聂令诗的诗题有"至县呈聂令"的话,诗中也有"孤舟增郁郁"、"方行郴岸静"等语。而《杂录》却说"杜甫客耒阳""羁旅憔悴于耒阳",显系无中生有,此与诗不合者一。

诗题明言:"时属江涨,泊于方田。"是阻水乃在方田驿,不在岳祠,而《杂录》乃云:"游岳祠,大水遽至。"此与诗不合者二。

诗题明言"聂耒阳书致酒肉",诗亦言"耒阳驰尺素,见访荒江渺",是聂令乃派人前来,而《杂录》云"县令具舟迎之",《旧唐书》亦云"聂令自棹舟迎甫",且杜甫此时本在舟中,更何待县令具舟? 此与诗不合者三。

据诗题及诗,聂令馈送酒肉,尚属初次,也只是这一次,而《杂录》于"令尝馈牛肉白酒"之后,复有"宰遂致牛肉白酒以遗甫"之文,那就不止一次了。将一事化为二事,而又别无他据,此与诗不合者四。

诗题及诗,明言"聂耒阳书致酒肉,疗饥荒江,诗得代怀",分明是聂令先馈酒肉,杜甫才作诗道谢的,馈酒肉在前,赠诗在后。而《杂录》作者却说"甫投诗于宰,宰遂致酒肉"。恰恰跟他引以为证的杜甫自己所说的话相反。如果不是由于作者未曾真正的读过杜甫这首诗,因而无知妄说,那就只能说是一种恶意的诬蔑和中伤,此与诗不合者五。

诗明言"知我碍湍涛,半旬获浩瀁"。则饥饿仅五日,而《杂录》乃云"涉旬不得食"(《旧唐书》又径作"旬日不得食")。此与诗不合者六。

诗云:"礼过宰肥羊,愁当置清醥。"则赠诗乃作于既饮酒、既食肉之后。杜甫此时似很高兴,因不仅解决了饥饿问题,同时他所关心的问罪消息也得到了证实,所以篇末有"开颜憩亭沼"的话。观诗题"兴尽本韵"(专押《广韵》三十"小")一语,可知这首诗还是杜甫相当用心之作。因为韵脚愈狭,束缚愈大,写起来也就愈麻烦,得多费点心血。但是《杂录》却说:"甫饮过多,一夕而卒。"既然是"一夕而卒",那么这首并不是太短、太容易、太简单可以一挥而就的诗,到底是怎样完成的呢? 所以黄鹤说:"谢聂令诗,云兴尽本韵,又且宿留驿亭,若果以饫死,岂能为是长篇? 又且游憩山亭? 以诗证之,其诬明矣!"此与诗不合者七。

诗题明言:"至县呈聂令。"如果"一夕而卒",这话便没交代。所以浦注说:"题云至县,则是受馈成诗后,仍登岸至县呈谢。新旧书谓,啖炙醉湾,一昔(同夕)而卒者,非也。"此与诗不合者八。

诗云"昨见狄相孙,许公人伦表"。是聂令与杜甫非有亲故,杜甫也不曾向他呼吁,可见他的"书致酒肉",乃是出自一片真心爱慕的义举,所以杜甫赠诗也极致赞美,称为:"义士烈女家,风流吾贤绍。"而《杂录》却说:"颇为令长所厌!"这就不仅诬蔑了杜甫,连聂令也蒙不白之冤了。此与诗不合者九。

暮秋将归秦,留别湖南幕府亲友 (五律)

【题解】

大历五年(770)秋作于潭州。湖南幕府,湖南观察使辛京杲的幕府。《旧唐书·代宗本纪》载:"大历五年五月癸未,以羽林大将军辛京杲为潭州刺史、湖南观察使。"

水阔苍梧野,天高白帝秋[1]。

途穷那免哭? 身老不禁愁。

大府才能会[2],诸公德业优。

北归冲雨雪,谁悯弊貂裘[3]?

【注释】

〔1〕 水阔二句:苍梧野,相传舜帝死于苍梧之野。白帝,是司秋的神。

〔2〕 大府句:大府,唐时谓节度使府为"大府"。才能会,人才聚集。

〔3〕 北归二句:冲雨雪,诗人预计回到中原已是寒冬,故云。弊貂裘,《战国策·秦策》:"(苏秦)说秦王,书十上而说不行,黑貂之裘敝,

黄金百斤尽,资用乏绝,去秦而归。"诗意在求援,但属辞蕴藉。

【语译】

苍梧之野水接天,白帝司秋气爽鲜。身老途穷愁难禁,哪免逢秋泪暗潸。节度大府人才聚,诸公德业更领先。北归料应冲雨雪,衣弊饥寒有谁怜?

【研析】

一年前,杜甫还说"舌存耻作穷途哭",如今却云"途穷那免哭"。要不是觉察到自己生命之钟即将停摆,杜甫是不会这样说的。诗似乎写得蕴藉,其实他是欲哭无泪。原本说"不死会归秦",但现在他要做的,只是乞骸骨能葬故乡。可是就连这一点夙愿,也要等到四十多年后(唐宪宗元和八年),才由他的孙子杜嗣业实现,将他的骸骨千辛万苦地带回故乡。这位为天下苍生流尽泪的人,身后竟如此孤寂——"杜甫有很多哭人的诗,然而——尽管他在当时已是'新诗海内流传遍'、'大名诗独步'的作家,却竟没有一个哭他的人,我们竟找不出一首当时人哭他的诗"(萧涤非《杜甫研究》)。

这是杜甫最后一首五律。

风疾舟中伏枕书怀三十六韵
奉呈湖南亲友（五排）

【题解】

大历五年(770)冬作于自潭州往岳阳舟中。风疾,头风、风痹病。据《遣闷奉呈严公》诗"老妻忧坐痹,幼女问头风",知早在成都时杜甫便得了这种病。又据《催宗文树鸡栅》诗"愈风传乌鸡",则知在夔州时,此病仍常发,且迄未根除。伏枕,即卧病。浦注说:"仇本以是诗为绝笔,玩其气味,酷类将死之言,宜若有见。"

　　　　　　轩辕休制律,虞舜罢弹琴。
　　　　　　尚错雄鸣管,犹伤半死心[1]。
　　　　　　圣贤名古邈,羁旅病年侵[2]。
　　　　　　舟泊常依震,湖平早见参[3]。
　　　　　　如闻马融笛,若倚仲宣襟[4]。
　　　　　　故国悲寒望,群云惨岁阴[5]。
　　　　　　水乡霾白屋,枫岸叠青岑[6]。
　　　　　　郁郁冬炎瘴,蒙蒙雨滞淫[7]。
　　　　　　鼓迎非祭鬼,弹落似鸮禽[8]。
　　　　　　兴尽才无闷,愁来遽不禁[9]。
　　　　　　生涯相汩没,时物自萧森[10]。

【章旨】

　　第一段写风疾及舟中所见。

【注释】

〔1〕　轩辕四句:原注:"伏羲造瑟琴,舜弹五弦琴,歌南风之篇有矣。"这
　　　　四句得连看,因第三句申明第一句,第四句申明第二句。四句暗示
　　　　自己的风疾。轩辕制律以调八方之风,舜弹五弦琴以歌南风,而自
　　　　己则大发其头风;他故意将头风之"风"等同于音乐之"风",因此怪
　　　　他们律管有错,琴心有伤,大可不必制、不必弹了。雄鸣管,《汉
　　　　书·律历志》载:"黄帝使伶伦制十二筒,以听风之鸣。其雄鸣为
　　　　六,雌鸣亦六。"半死心,枚乘《七发》:"龙门之桐,高百尺而无枝,其
　　　　根半死半生。于是使琴挚斩以为琴,野茧之丝以为弦。"这里"半死

心”有自比之意。

〔2〕 圣贤二句：圣贤，指轩辕、虞舜。古邈，古远也。下句言病源乃在自己的"羁旅"生活。

〔3〕 舟泊二句：震，卦名，指东方。湖，指洞庭湖。参，参星，西方七宿之一，晓星。

〔4〕 如闻二句：写羁旅望乡心绪。马融笛，东汉马融《长笛赋》序云："有洛客逆旅吹笛，融去京师逾年，暂闻甚悲而乐之。"仲宣，王粲字仲宣，其《登楼赋》云："凭轩槛以遥望兮，向北方而开襟。"

〔5〕 岁阴：岁暮，秋冬为阴也。

〔6〕 水乡二句：霾，尘雾，此用为动词，蒙蔽。白蜃，此指雾霾中的房屋如海市蜃楼。白蜃，一作"白屋"，指贫者之居。青岑，犹青山。

〔7〕 郁郁二句：湖南地气暖，故冬日犹炎瘴郁郁不散。滞淫，细雨连绵。

〔8〕 鼓迎二句：鼓迎，击鼓迎神，写土俗。《岳阳风土记》："荆湖民俗，岁时会集，或祷祠，多击鼓，令男女踏歌，谓之歌场。"非祭鬼，祭不该祭祀之鬼，所谓淫祀。《论语》："非其鬼而祭之，谄也。"弹落，弓弹击落。鸮，猫头鹰。贾谊《鵩鸟赋》："鵩似鸮，不祥鸟也。"

〔9〕 兴尽二句：是说才略一高兴开怀，又复愁来而不胜凄绝。兴尽，此谓尽兴。

〔10〕 生涯二句：汩没，沉沦。时物，岁时景物。

【语译】

　　轩辕哟，您且休夸制律功；虞舜哟，您也甭再费劲调琴歌南风。我的头风不就是律管错？如今成了个半死翁！圣贤离我们太遥远，我可是近年漂泊成病痛。孤舟常在东方转，湖平晓星早当空。耳鸣如同马融悲闻笛，北望开襟情与王粲同。乌云密布愁岁暮，故国凄凉远眺中。水乡尘雾迷蒙埋白屋，枫林岸上群山叠又重。炎瘴郁郁冬不散，细雨绵绵无始终。击鼓踏歌多淫祀，不祥之禽落弹弓。观此方尽兴，兴尽愁复充。生涯如此长沉沦，时景萧森每相通。

疑惑樽中弩,淹留冠上簪[1]。

牵裾惊魏帝,投阁为刘歆[2]。

狂走终奚适?微才谢所钦[3]。

吾安藜不糁,汝贵玉为琛[4]。

乌几重重缚,鹑衣寸寸针[5]。

哀伤同庾信,述作异陈琳[6]。

十暑岷山葛,三霜楚户砧[7]。

叨陪锦帐座,久放《白头吟》[8]。

反朴时难遇,忘机陆易沉[9]。

应过数粒食,得近四知金[10]?

【章旨】

第二段书怀,诉说十多年来的清贫与节操。

【注释】

〔1〕 疑惑二句:樽中弩,即杯弓蛇影,言多疑畏之事。《风俗通》:"应彬请杜宣饮酒,壁上悬赤弩,照于杯中,影如蛇,宣恶之,及饮得疾。后彬知之,延宣于旧处设酒,指谓宣曰:此乃弩影耳。宣病遂瘳。"冠上簪,朝簪,指自己还挂个"工部员外郎"的衔头。

〔2〕 牵裾二句:牵裾,《三国志·辛毗传》:"帝(文帝)欲徙冀州士家十万户实河南……毗曰:'陛下欲徙士家,其计安出?'帝曰:'卿谓我徙之非邪?'毗曰:'诚以为非也!'帝曰:'吾不与卿共议也!'毗曰:'陛下不以臣不肖,厕之谋议之官,安得不与臣议邪?臣所言,非私也,乃社稷之虑也,安得怒臣?'帝不答,起入内,毗随而引其裾。帝奋衣不还。良久乃出,曰:佐治(毗字),卿持我何太急邪!"此喻作者曾因谏房琯罢相事而触犯唐肃宗。投阁,扬雄被收,投阁自杀。仇注:"子云(扬雄字)被收,本为刘歆子棻狱辞连及,今云为刘歆,

借用以趁韵耳。"

〔3〕　狂走二句：狂走,指逃难。奚适,何往。谢,愧也。所钦,所钦敬的
　　　　人。从下联"汝贵玉为琛"看,当指湖南亲友中的朝贵。

〔4〕　吾安二句：藜不糁,只用藜作羹,而无米粒。《庄子·让王》："孔子
　　　　穷于陈蔡之间,七日不火食,藜羹不糁。"汝,泛指朝官。琛,宝玉。
　　　　《晋书·宋纤传》："(纤)少有远操,沉静不与世交……酒泉太守马
　　　　岌造焉,纤不见。岌……铭诗于石壁曰……其人如玉,维国之琛。"
　　　　上下句形成强烈的对比,浦注："吾自为吾,汝自为汝,苦乐各不相
　　　　谋也。"

〔5〕　乌几二句：乌几,乌皮几,用黑羊皮蒙覆的小桌。因该小桌破旧,只
　　　　好用绳子层层缚起而用之。鹑衣,《荀子》："子夏贫,衣若县
　　　　(悬)鹑。"鹑尾短秃,故以为形容。

〔6〕　哀伤二句：同庾信,庾信尝作《哀江南赋》,此谓忧国伤时与之同。
　　　　异陈琳,陈琳作檄可愈魏太祖头风。《三国志·陈琳传》注引《典
　　　　略》："琳作诸书檄草成,呈太祖,太祖先苦头风,是日疾发。卧读琳
　　　　所作,翕然而起曰：'此愈我病。'"此谦言无陈琳之才。

〔7〕　十暑二句：自乾元二年(759)入蜀,至大历三年(768)出峡,计其成
　　　　数为十个年头,故称"十暑"。岷山,指蜀中,葛布宜夏,以应"十
　　　　暑"。三霜,自大历三年至此时大历五年,凡三年,故称"三霜"。楚
　　　　户,《史记·项羽本纪》："楚虽三户,亡秦必楚。"砧,捣衣石,制冬衣
　　　　必捣帛,以应"三霜"。

〔8〕　叨陪二句：是说十三年中,虽所至谬承地方官接待,得陪侍锦帐,但
　　　　到底合不来,还是写自己的诗。叨陪,忝陪,谦语。锦帐,指权贵。
　　　　放,放歌。白头吟,汉乐府民歌有《白头吟》,这里借用,含有年
　　　　老意。

〔9〕　反朴二句：反朴,《老子》："还淳返朴。"此句言世道浇薄,已难于再
　　　　回到那政治清明的时代。忘机,弃除那钻营计较之心。陆沉,指隐
　　　　遁。《庄子》："方且与世违,而心不屑与之俱,是陆沉者也。"注："人
　　　　中隐者,譬无水而沉也。"

〔10〕 应过二句：数粒食，极言其穷。张华《鹪鹩赋》："巢林不过一枝，每食不过数粒。"四知，天知、地知、子知、我知。此言不受来路不正之财物。语出《后汉书·杨震传》："王密怀金十斤遗震，曰：暮夜无知者。震曰：天知、地知、子知、我知，何谓无知！"

【语译】

杯弓蛇影疑畏多，工部郎官挂一个。也曾牵裾直谏如辛毗，险成扬雄受累去投阁。又避战乱奔何地？面对亲贤有愧怍！如今我但安贫食野菜，君自尊贵佩玉珂。乌皮小几层层缚，百衲短衣寸寸破。诗同庾信哀家国，檄无陈琳能疗头风作。西蜀十载历暑衣葛布，南楚三度经霜听砧过。放歌久唱《白头吟》，厕身锦帐常陪座。反朴归真世难遇，不会钻营隐遁可。所求无多数粒米，愧受赠金囊中涩。

春草封归恨，源花费独寻[1]。
转蓬忧悄悄，行药病涔涔[2]。
瘗夭追潘岳，持危觅邓林[3]。
蹉跎翻学步，感激在知音[4]。
却假苏张舌，高夸周宋镡[5]。
纳流迷浩汗，峻址得欹嵚[6]。
城府开清旭，松筠起碧浔[7]。
披颜争倩倩，逸足竞駸駸[8]。
朗鉴存愚直，皇天实照临[9]！

【章旨】

第三段叙入湖南以后情事，主要是对湖南亲友的高谊表示感谢。

【注释】

〔1〕　春草二句：封，封断。源花，即"桃花源"，陶潜有《桃花源记》，相传即在湖南。

〔2〕　转蓬二句：转蓬，自伤流落，如蓬草之随风飘转。行药，本指服药后散步，以宣导药气；此指服药。涔涔，犹岑岑，痹闷貌。

〔3〕　瘗夭二句：瘗，埋葬。潘岳，西晋诗人，在往长安途中，一子夭亡，故《西征赋》云："夭赤子于新安，坎路侧而瘗之。"杜甫在湖南亦有一女夭折。持危，扶持攲危。《论语·季氏》："危而不持，颠而不扶。"这里是指身体羸弱，行步攲危。觅邓林，《山海经》："夸父与日逐走……道渴而死，弃其杖，化为邓林。"邓林即桃树林。觅邓林即觅杖，但兼含仰仗湖南亲友之意。

〔4〕　蹉跎二句：蹉跎二字总承上来，言行步艰危，一直很不顺利。学步，语出《庄子·秋水》："独不闻夫寿陵余子之学行于邯郸与？未得国能，又失其故行矣，直匍匐而归耳！"此系慨词，言历尽坎坷，反欲学时人之行径，宁不可笑。意实谓不愿随俗而趋。知音，指湖南亲友。

〔5〕　却假二句：谓多承湖南亲友奖誉己之才能。郭受《赠杜甫》诗说："新诗海内流传遍。"韦迢赠诗也说："大名诗独步。"杜甫在入湖南以前，还从未得过这样高的推崇和荣誉。假，借重。苏、张，战国时纵横家苏秦、张仪，均以舌辩著称，以喻湖南亲友。镡，剑环，又称剥鼻、剑口或剑首。周宋镡，语出《庄子·说剑》："天子之剑，以燕谿、石城为锋，齐、岱为锷，晋、魏为脊，周、宋为镡，韩、魏为夹。"周宋镡乃喻其重要。

〔6〕　纳流二句：两句犹《史记·李斯列传》"太山不让土壤，故能成其大；河海不择细流，故能就其深"意。这是对湖南亲友的期盼语，希望家属能得到他们的容纳。浩汗，水大貌。嶔崟，山高貌。

〔7〕　城府二句：清旭，朝晖。浔，水边，此指湘江畔。

〔8〕　披颜二句：二句承上四，谓湖南诸公海量能容，必笑迎来附众才俊。披颜，开颜。倩倩，笑貌。逸足，良马，此指俊才。骎骎，马行疾貌。

〔9〕　朗鉴二句：朗鉴，明察。存，体谅和包涵。萧先生注："'皇天实照临'，是向亲友发誓。见得如果你们能原谅我的愚直，当我死后，照拂家小，则此恩此德，皇天在上，实照临之。这是极沉痛，也是极愤慨的话。"

【语译】

春草封断北归路，桃源渺茫难独寻。身如转蓬忧悄悄，服药风痹更闷闷。哀葬夭女思潘岳，体孱须扶觅桃林。行步危艰难从俗，还仗亲友是知音。借重诸公多奖誉，高夸诗才海内尊。还期海量纳涓滴，犹盼崇冈容沙尘。高城大府升朝日，松竹翠起湘水滨。笑容可掬迎贤俊，天下英才竞来奔。明鉴能容直如我，皇天在上自照临！

公孙仍恃险，侯景未生擒[1]。

书信中原阔，干戈北斗深[2]。

畏人千里井，问俗九州箴[3]。

战血流依旧，军声动至今[4]。

葛洪尸定解，许靖力难任[5]。

家事丹砂诀，无成涕作霖[6]！

【章旨】

第四段是呈诗意图之所在：自己生命垂危，家属还盼亲友垂怜。

【注释】

〔1〕　公孙二句：杜甫借此事喻臧玠杀崔瓘后，三州刺史合兵进讨，杨子琳受赂而还事。公孙，公孙述，东汉初，尝割据四川。侯景，梁的叛将。未生擒，邓魁英、聂石樵注："《南史·侯景传》：慕容绍宗追侯景，'（侯景）昼夜兼行，追军不敢逼'。使谓绍宗曰：'景若就禽，公

复何用？' 绍宗乃纵之。"

〔2〕　书信二句：阔，阔绝。北斗，指长安。深，言长安战祸深重。

〔3〕　畏人二句：写作客他乡之小心谨慎。千里井，《苏氏演义》卷下引
《金陵记》："江南计吏，止于传舍闲，及将就路，以马残草泻于井中，
而谓已无再过之期。不久，复由此，饮，遂为昔时莝刺喉死。后人
戒之曰：'千里井，不泻莝！'" 此以"千里井"喻人世之险恶。问俗，
《礼记·曲礼上》："入竟（境）而问禁。入国而问俗。" 箴，古代一种
寓规诫的文体。

〔4〕　战血二句：言战乱依然。时湖南有臧玠之乱，岭南有冯崇道等反
叛，西北仍有吐蕃的侵略。

〔5〕　葛洪二句：葛洪，据《晋中兴书》记载："葛洪止罗浮山中炼丹，在山
积年，忽与广州刺史邓岱书云：当欲远行。岱得书狼狈往，洪已
亡，时年八十一颜色如平生，体亦柔软，举尸入棺，其轻如空衣，时
人咸以为尸解得仙。"《后汉书·方术列传·王和平传》注："尸解
者，言将登仙，假托为尸以解化也。" 此言己之将死。许靖，《三国
志·蜀书·许靖传》："除尚书郎，典选举。灵帝崩，董卓秉政……
靖惧诛，奔仙（孔伷为豫州刺史）。伷卒，依扬州刺史陈祎。祎
死……靖收恤亲里，经纪振赡，出于仁厚。孙策东渡江，皆走交州，
以避其难。靖身坐岸边，先载附从，疏亲悉发，乃从后去。当时见
者莫不叹息。" 杜甫挈家逃难，有似许靖，故以自比。但衰病不免死
于道路，半途撇下家小，所以又说"力难任"。

〔6〕　家事二句：言求仙不成，家事无着，惟有涕泪如雨，求告湖南亲友，
乞其垂怜，以此当作活命之甘霖，作最后一搏。丹砂诀，炼丹之方。
涕作霖，犹泪如雨下。霖，凡三日以上的大雨称"霖"。《书·说
命》："若岁大旱，以汝作霖雨。" 殷高宗任命傅说之辞也，以喻济世
泽民。《读杜心解》注："家事只靠丹砂，则将登仙乎？况又无成也。
作霖，乃活人之本，而以涕为之，则是饮泣待毙耳。言外若曰：亲友
亦念之否？"

【语译】

叛将仍割据,纵寇养患不肯擒。中原辽远无来信,长安苦战祸犹深。世道险恶行路难,入乡问俗须谨慎。战乱仍流血,鼓角至今频。求仙不得死难免,挈家逃难力难任。本无鸡犬升天炼丹术,唯以涕泪求告当甘霖!

【研析】

一代诗史,身后萧条如此,令人扼腕!杜甫以此绝笔,结束了苦难的历程。

附带再说几句。萧先生认为:"前人评杜诗'无一字无来历',对排律来说,这话并不错。"问题还在于:此诗"字字有出处",却也字字切合实事,有自己的真情在,且一气通贯,是"用古典述今事,古事今情",绝非堆砌。排律这一形式颇遭非议,但我总以为文学作品不必覆盖所有读者,只要是它还有读者群,就证明还有活力。何况读者兴趣可以移易、培养,我相信只要阐释到位,杜诗中的排律依然可以给人美的享受,何况这一首是如此饱含情感,用典如此贴切!唐人元稹对杜诗"铺陈终始,排比声韵"之誉应重新认识。拙作《论杜律铺陈排比的叙述方式》(原载《杜甫研究学刊》2007年第1期,收入本《文集》第一册)有详论,敬请有兴趣的读者参考。今年(2014)恰好是我七十周岁,这本书也算是为我半辈子学杜诗打上一个结。

篇 目 索 引

四　划

六 划

七　划

八 划

九 划

十二 划